잭 런던

16 세계문학 단편선

잭 런던

고정아 옮김

H
현대문학

차례

클론다이크 이야기

배교자 외

클론다이크 이야기

들길을 가는 사내에게 건배
To the Man on Trail

"다 넣어."

"그러면 너무 강하지 않겠어, 키드? 위스키와 알코올만 해도 꽤 지독해. 그런데 거기에다 브랜디와 페퍼 소스까지 더하면……"

"다 넣어. 이 펀치를 만드는 사람이 누군데?" 맬러뮤트 키드가 뿌연 수증기 사이로 사람 좋은 미소를 지었다. "자네가 나만큼 이 지역에서 오래 토끼 발자국을 쫓고 연어 뱃살을 먹으며 살아 보면 크리스마스는 1년에 딱 한 번뿐이라는 걸 알게 될 거야. 그리고 펀치 없는 크리스마스란 금맥이 눈곱만큼도 없는 바위를 뚫는 것과 같다는 것도."

"더 넣어. 더 세지게." 빅 짐 벨든이 찬성했다. 그는 크리스마스를 보내려고 채굴권이 있는 메이요 천 변 광구鑛區에서 내려왔고, 모두가 알다시피 지난 두 달 동안 큰사슴 고기만 먹었다. "설마 우리가 타나나 강 변에서 만들었던 술을 잊은 건 아니겠지?"

"그래, 잊었어. 이봐들, 온 부족이 술에 취해 싸우는 모습을 봤으면 자네들도 아주 즐거워했을 거야. 그게 다 설탕과 산성 반죽의 위대한 발효 덕분이지. 자네가 오기 전의 일이야." 맬러뮤트 키드가 스탠리 프린스를 돌아보며 말했다. 스탠리 프린스는 젊은 광산 기술자로 이곳에 온 지 2년이 되었다. "그때는 여기에 백인 여자가 없었는데, 메이슨은 결혼을 하고 싶어 했지. 루스의 아버지는 타나나족 족장이었고, 온 부족이 결혼에 반대했어. 독해? 남은 설탕을 다 넣었는데, 평생 만든 펀치 중에 제일 잘됐어. 그때 그 추격전을 자네들이 봤어야 하는데. 강을 내려가고 육로를 가로질러 갔지."

"그럼 여자는?" 키 큰 프랑스계 캐나다인 루이 사부아가 흥미를 느끼고 물었다. 지난겨울 포티마일에서 이 모험 이야기를 들었기 때문이다.

그러자 타고난 이야기꾼인 맬러뮤트 키드는 북극 지방 로킨바*의 이야기를 가감 없이 전했다. 북극의 거친 모험가들은 마음이 흔들렸고, 추위와 죽음과의 사투 말고 다른 것들도 있는 따뜻한 남쪽 땅에 대한 열망을 느꼈다.

"우리는 첫 해빙이 막 시작되었을 때 유콘 강에 닿았어." 그가 말했다. "그들 부족은 겨우 15분 거리에 있었지. 하지만 그 덕분에 살았어. 두 번째 해빙이 위쪽의 얼음 더미를 깨서 길을 막았거든. 그들이 마침내 누클루키에토에 들어갔을 때는 온 교역소가 준비되어 있었지. 그리고 그 혼례에 대해서는 여기 루보 신부님께 여쭤 봐. 신부님께서 의

---

* 19세기 영국의 소설가 월터 스콧 경의 서사시 「마미온」에 등장하는 발라드의 주인공으로, 약혼자가 있는 여자와 달아난다.

식을 집전하셨으니까."

예수회 신부는 입술에서 파이프를 뗐지만, 오직 신부다운 미소를 통해서만 만족을 표현했다. 반면에 개신교와 가톨릭 신자는 열렬하게 반응했다.

"세상에나!" 루이 사부아가 소리쳤다. 그는 이야기의 낭만에 취한 것 같았다. "그 조그만 여자가, 메이슨도 용감하고. 세상에나!"

이어 주석 잔에 든 펀치가 첫 순배를 도는 가운데 늘 목마른 베틀스가 벌떡 일어나서 가장 좋아하는 술 노래를 불렀다.

> 헨리 워드 비처와
> 주일 학교 교사들이
> 사사프라스 뿌리 음료를 마셨네.
> 하지만 내 입으로
> 그것의 제 이름을 말한다면
> 그것은 금단의 열매의 즙이라네.

"아, 금단의 열매의 즙." 술꾼들이 떠들썩하게 합창했다.

> 아, 금단의 열매의 즙
> 하지만 내 입으로
> 그것의 제 이름을 말한다면
> 그것은 금단의 열매의 즙이라네.

맬러뮤트 키드의 독한 혼합주가 효력을 발휘했다. 야영지와 들길에 사는 사내들은 술이 안겨 주는 따뜻한 빛 속에서 휴식했고, 농담과 노래와 모험담이 이어졌다. 여러 국적의 외국인들은 서로를 위해 일일이 건배했다. 영국인 프린스는 "신세계의 젊은 주인 엉클 샘"*을 위해 건배했고, 양키인 베틀스는 "여왕 폐하를 위해" 건배했다. 그리고 프랑스계 사부아와 독일 교역자인 마이어스는 알자스와 로렌을 위해 잔을 부딪쳤다.

그런 뒤 맬러뮤트 키드가 잔을 손에 들고 일어나서 기름종이 창문을 힐끗 바라보았다. 창문에는 아직 서리가 7~8센티미터 두께로 달라붙어 있었다. "오늘 밤 들길을 가는 사내에게 건배. 그의 식량이 떨어지지 않기를. 개들이 쓰러지지 않기를. 그리고 성냥불이 잘 붙기를."

철썩! 철썩! 익숙한 개채찍 소리가 들렸다. 이어 맬러뮤트의 개들이 낑낑거리는 소리, 썰매가 오두막으로 다가오는 소리가 들렸다. 그들은 대화를 멈추고 누가 오는지 기다렸다.

"신출내기는 아니야. 개들도 쉬게 하고 자기도 쉬려는 거겠지." 맬러뮤트 키드가 프린스에게 말했다. 개들이 이를 딱딱거리는 소리, 늑대처럼 으르렁거리는 소리, 고통으로 깽깽거리는 소리를 듣자, 그들의 단련된 귀는 낯선 이가 자기 개를 먹이려고 그들의 개를 물리치고 있다는 것을 알았다.

그런 뒤 예상대로 문을 두드리는 소리가 났다. 강하고 자신 있는 소리였다. 이어 낯선 이가 들어왔다. 그는 빛에 눈이 부신지 문 앞에 잠시 서 있었고, 덕분에 모두가 그를 잘 살펴볼 수 있었다. 그는 모직 옷

* 미국, 미국 정부, 전형적인 미국인을 뜻한다.

과 털가죽으로 온몸을 싸맸고, 아주 강렬한 인상이었다. 190센티미터 가 다 되는 키에, 그에 걸맞게 어깨가 넓고 흉곽이 두꺼웠다. 깨끗이 면도한 얼굴은 추위로 벌게지고, 긴 속눈썹과 눈썹에는 얼음이 하얗 게 매달렸으며, 커다란 늑대 가죽 모자는 귀와 목 가리개만 위로 살짝 들려 올라가 있었다. 진정 동장군이 직접 오두막으로 걸어 들어온 것 만 같은 모습이었다. 체크무늬 모직 외투 위에 두른 구슬 허리띠에는 콜트 사의 리볼버 두 자루와 사냥칼 한 자루, 당연하게 개채찍도 매달 려 있었으며, 최고 구경의 최신 패턴 무연 라이플총도 있었다. 그는 탄 탄하고 탄력 있는 걸음으로 들어왔지만, 그래도 몹시 지쳐 있음이 분 명했다.

어색한 침묵이 흘렀지만 그가 씩씩하게 "안녕들 하십니까!" 하고 인 사하자 어색함은 곧 사라지고, 다음 순간 맬러뮤트 키드가 그와 악수 했다. 그들은 처음 만나는 사이였지만, 이야기를 들어 서로를 알고 있 었고, 둘 다 서로를 알아보았다. 빠른 소개가 이어지고, 그가 펀치 한 잔을 받아 마신 뒤 그곳으로 오게 된 사연을 말했다.

"개 여덟 마리가 끄는 썰매가 사람 셋을 태우고 지나간 지 얼마나 됐 습니까?" 그가 물었다.

"이틀은 됐지요. 그자들을 쫓는 중이오?"

"네, 제 개들인데 코앞에서 놓쳤어요. 망할 놈들. 하지만 벌써 이틀 을 따라잡았어요. 다음번에는 잡을 겁니다."

"그자들이 버티면요?" 벨든이 대화를 이어 나가려고 물었다. 맬러뮤 트 키드가 이미 커피 주전자를 올리고 바쁘게 베이컨과 큰사슴 고기 를 튀기고 있었기 때문이다.

낯선 이가 의미심장하게 리볼버 두 자루를 두드렸다.

"도슨에서는 언제 떠난 거요?"

"12시에요."

"어젯밤?"—아마도 그렇겠지만.

"오늘 낮입니다."

사람들 사이에 놀라움의 웅성거림이 일었다. 당연했다. 이제 막 자정이었고, 12시간 만에 거칠고 언 강 길을 120킬로미터나 주파했다는 것은 시시한 일이 아니었기 때문이다.

하지만 대화는 곧 개인사를 벗어나서 어린 시절의 들길 이야기로 돌아갔다. 낯선 젊은이가 거친 음식을 먹는 동안 맬러뮤트 키드는 그의 얼굴을 살펴보았다. 그리고 곧 그의 얼굴이 구김 없고 정직하고 솔직하고, 그래서 마음에 든다고 결론을 내렸다. 아직 젊은데도 심한 고생으로 얼굴에 주름이 깊었다. 말투도 쉬는 모습도 온화했지만, 그의 푸른 눈은 행동을 해야 할 때, 특히 어려움에 부닥쳤을 때 필요한 강철 빛을 띠었다. 각지고 튼튼한 턱은 강한 고집과 불요불굴의 정신을 드러냈다. 하지만 그런 사자 같은 특징들 가운데 감성적인 천성을 일러 주는 부드러움, 얼마간의 여성적인 면모도 충분히 엿보였다.

"그렇게 해서 나는 그 여자하고 결혼했지." 벨든이 흥미로운 연애사를 마무리 지었다. "'아버지, 저희 왔어요.' 마누라의 말에 장인이 '이 망할 것'라고 대꾸하더니 내게 말했지. '짐, 그 옷을 벗게. 저녁 식사 전에 5만 평 중 얼마만큼이라도 땅을 갈아 놓았으면 좋겠어.' 그러고는 딸에게 '그리고 샐, 너는 부엌으로 가' 하고는 코를 훌쩍이며 입을 맞췄다. 나는 정말 행복했지만 장인이 나를 보고 '짐!' 하고 소리치는 바람에 얼른 창고를 청소했지."

"미국 집에 아빠를 기다리는 아이들이 있나요?" 낯선 이가 물었다.

"아니, 셀은 아이를 낳지 못하고 죽었소. 그래서 내가 여기에 온 거요." 벨든은 불이 붙어 있는 파이프에 멍하니 다시 불을 붙이다가 환한 얼굴로 말했다. "그쪽은 어떻게 되시오? 결혼은 하셨소?"

그는 그 대답으로 시계 뚜껑을 열더니 시곗줄을 잡아 아래로 툭 떨구고 건네주었다. 벨든은 깡통으로 만든 간이 램프의 심지를 돋우고 시계 안쪽을 유심히 들여다보더니 감탄의 말을 중얼거리고는 루이 사부아에게 건넸다. 루이 사부아는 여러 차례 "세상에나!" 하고는 그것을 프린스에게 주었는데, 그러는 그의 손이 떨리고 눈에는 특이한 부드러움이 떠올라 있었다. 남자들의 거친 손에서 손으로 전해진 그것은 어떤 여자의 사진이었다. 그런 남자들이 좋아하는 의존적인 유형으로, 품에 아기를 안고 있었다. 아직 그 놀라운 사진을 보지 못한 사람들은 호기심이 차올랐다. 본 사람들은 조용히 추억에 잠겼다. 그들은 기아도 괴혈병도, 또 사고나 홍수로 인한 느닷없는 죽음도 마주할 수 있었다. 하지만 사진 속의 낯선 여자와 아이는 그들 모두의 여자와 아이가 되었다.

"아이는 아직 못 봤어요. 사내애라네요. 지금 두 살이에요." 낯선 이가 보물을 돌려받으면서 말했다. 그리고 그것을 잠시 더 바라보더니 시계 뚜껑을 닫고 얼른 고개를 돌렸다. 하지만 차오르는 눈물을 감출 수는 없었다.

맬러뮤트 키드가 그를 간이침대로 데리고 가서 눈을 좀 붙이라고 말했다.

"4시 정각에 깨워 주세요. 꼭!" 이것이 그의 마지막 말이었다. 잠시 후 그는 무거운 숨을 쉬며 고단한 잠으로 빠져들었다.

"허 참! 대단한 친구로군." 프린스가 말했다. "개썰매로 120킬로미터를 달려와서는 3시간 뒤에 다시 떠나겠다니. 이 친구는 누구예요, 키드?"

"잭 웨스턴데일. 여기 온 지 3년 됐고, 소처럼 일했는데도 불운만 겪고 있어. 나랑 아는 사이는 아니지만, 싯카 찰리한테 들었지."

"저렇게 예쁜 아내를 고향에 두고 이런 지옥 구덩이에서 여러 해를 처박혀 살기가 쉽지 않았을 텐데. 여기에서 1년은 바깥세상의 2년이나 다름없잖아요."

"저 사람의 문제는 순수한 용기와 고집이야. 두 번이나 큰돈을 벌었다가 두 번 다 잃었거든."

대화는 베틀스가 일으킨 소란으로 중단되었다. 낯선 이가 준 충격이 이미 사그라지고 있었기 때문이다. 그런 뒤 단조로운 식사와 고된 노역으로 점철된 황량한 세월이 거친 여흥 속에 잊혔다. 맬러뮤트 키드만이 제정신을 유지하며 여러 차례 불안한 눈길로 회중시계를 바라보았다. 그러다가 한번은 벙어리장갑을 끼고 비버 가죽 모자를 쓰고 오두막을 나가 식량 은닉처를 뒤졌다.

그는 지정된 시간을 기다리지 못하고 15분 먼저 손님을 깨웠다. 젊은 거인은 아주 뻣뻣해져 있었고, 그를 일으키는 일은 상당히 힘들었다. 그가 비틀거리며 오두막을 나가 보니 개들이 썰매에 묶이고 출발 준비가 다 갖추어져 있었다. 사람들은 그에게 추격이 빨리 끝나기를 빌어 주었고, 루보 신부는 서둘러 축복을 내리고 허겁지겁 오두막으로 들어갔다. 당연한 일이었다. 영하 60도의 날씨에 귀와 손에 아무것도 두르지 않고 바깥에 오래 있는 것은 좋은 일이 아니었다.

맬러뮤트 키드는 그를 따라 큰 들길 입구까지 가서 그의 손을 꽉 잡고 조언을 해 주었다.

"썰매에 연어알 5킬로그램이 있을 거야. 그건 개들한테 생선 7킬로그램만큼의 힘을 줘. 펠리에 가서 개 먹이를 사려고 생각하는 것 같은데 그건 불가능해." 낯선 이는 놀라서 눈을 반짝거렸지만 그의 말을 막지는 않았다. "개 먹이건 사람 먹이건 식량은 파이브핑거스에나 가야구할 수 있고, 거기까지는 에누리 없이 320킬로미터야. 서티마일 강의 물을 조심하고, 르바지 호수 위쪽에 있는 큰 지름길로 가."

"어떻게 아시죠? 소식이 저보다 먼저 도착했을 리는 없는데?"

"몰라. 그리고 알고 싶지도 않아. 하지만 자네가 쫓는다는 그 개 떼는 자네 것이 아니야. 싯카 찰리가 지난봄에 그 사람들한테 판 거야. 하지만 찰리는 언젠가 자네가 공정한 사람이라고 말했고, 나는 찰리를 믿어. 자네 얼굴도 내 마음에 들고. 그리고 또…… 아, 그냥 고지대를 달려서 바다로 나가고, 아내한테 돌아가. 그리고," 그리고 키드는 벙어리장갑을 벗고 봉지를 꺼냈다.

"아뇨, 그건 필요 없습니다." 낯선 이는 뺨에 눈물이 얼어붙은 채 발작하듯 맬러뮤트 키드의 손을 잡았다.

"그러면 개들을 아끼지 마. 쓰러지는 대로 버리고 가. 개는 사면 돼. 1파운드*에 10달러를 비싸다고 생각하지 마. 파이브핑거스, 리틀새먼, 후탈링쿠아에 가면 개를 살 수 있어. 그리고 발이 젖지 않게 조심해. 시속 40킬로미터 정도로 달리고, 속도가 떨어지면 불을 피우고 양말을 갈아 신어."

15분도 지나지 않아 종소리가 울리면서 새 손님의 등장을 알렸다.

* 약 450그램.

문이 열리고 노스웨스트 준주 기마경찰*이 들어오고, 뒤이어 혼혈 개 몰이꾼 두 명이 들어왔다. 웨스턴데일과 마찬가지로 그들도 온몸을 꽁꽁 싸맸고, 지친 기색이었다. 혼혈인 두 명은 들길에서 태어났기에 한결 고생이 덜했다. 하지만 젊은 경찰은 심하게 지쳐 있었다. 그래도 그는 끈질긴 고집으로 자신이 정한 속도를 지켰고, 길에서 쓰러질 때까지 그 고집을 꺾지 않을 태세였다.

"웨스턴데일이 언제 떠났습니까? 여기에서 쉬었지요?" 경찰의 질문은 쓸데없는 것이었다. 길에 남은 자국이 이미 많은 것을 이야기해 주고 있었기 때문이다.

맬러뮤트 키드가 벨든의 눈을 보자 벨든은 분위기를 파악하고 우물우물 대답했다. "조금 전에요."

"크게 말해 봐요." 경찰이 으름장을 놓았다.

"그 사람을 급히 잡아야 하는 모양이군요. 그 사람이 도슨 쪽에서 무슨 말썽을 일으켰습니까?"

"해리 맥팔랜드에게서 4,000달러를 강탈해 교역소 상점에서 시애틀 수표로 바꿨습니다. 여기에서 그자를 놓치면 그걸 현금화하는 걸 막을 수 없어요. 그자가 언제 떠났습니까?"

사람들은 모두 흥분을 억누른 눈빛이었다. 맬러뮤트 키드가 눈치를 주었기 때문에 젊은 경찰이 둘러보는 얼굴은 모두 딱딱하기만 했다.

그는 프린스에게 다가가서 질문했다. 같은 영국인의 솔직하고 열렬한 얼굴을 들여다보는 것은 힘들었지만 그는 들길의 상태에 대해 횡설수설했다.

---

* 노스웨스트 준주州. 캐나다의 지방 행정 구역. 이 지역의 기마경찰은 말이 아니라 개썰매를 타고 다녔다.

그러고 나서 경찰은 거짓말을 할 수 없는 루보 신부를 발견했다. "15분 전에 떠났습니다. 하지만 4시간을 쉬었습니다." 루보 신부가 대답했다.

"15분 전에 떠났고, 휴식을 취했다고! 이런!" 불쌍한 경찰이 비틀거리며 뒤로 물러났다. 그는 피로와 실망으로 쓰러질 지경이 되어, 도슨에서 10시간을 달려왔고 개들이 기진맥진했고 어쩌고 하며 중얼거렸다.

맬러뮤트 키드는 그에게 펀치를 한 잔 주었다. 그러고는 문 쪽으로 돌아서서 개몰이꾼들에게 따라오라고 했다. 하지만 온기와 휴식의 약속이 너무도 유혹적이었기에 그들은 저항했다. 키드는 그들이 쓰는 프랑스 방언을 알았기에 신경을 곤두세우고 그들의 말을 들었다.

그들은 개들이 지쳤다고 투덜거렸다. 사이워시와 바베트는 2킬로미터도 못 가서 쏴 죽여야 할 것 같고, 다른 개들도 별다를 바 없다고. 모두 좀 쉬는 게 나을 것 같다고.

"개 다섯 마리만 빌려주시겠습니까?" 경찰이 맬러뮤트 키드를 돌아보며 물었다.

키드는 고개를 저었다.

"콘스탄틴 경감* 이름으로 5,000달러짜리 수표를 써 드리겠습니다. 여기 제 신분증입니다. 전 제 재량으로 수표를 쓸 수 있어요."

다시 침묵의 거절이 이어졌다.

"그렇다면 여왕 폐하의 이름으로 개들을 징발하겠습니다."

키드는 어이없다는 미소를 지으며 총기 더미로 시선을 돌렸고, 영국

---

* 1895~1898년에 유콘 지역 기마경찰 대장이던 찰스 콘스탄틴을 말한다.

인 경찰은 어쩔 수 없음을 깨닫고 문으로 돌아섰다. 개몰이꾼들이 나가기 싫어하자 경찰은 그들에게 계집애들이니 똥개니 하고 욕을 퍼부었다. 그러자 나이 든 혼혈의 검은 얼굴이 분노로 붉어지며 숨김없는 말투로 대장을 지치도록 끌고 간 뒤에 눈 속에 파묻어 버리겠다고 호언했다.

젊은 경찰은 자신이 지닌 최대한의 의지력을 발휘해서 전혀 지치지 않은 척하며 문 앞으로 걸어갔다. 하지만 사람들은 모두 그의 노력을 알고 감탄했다. 그는 고통에 얼굴이 찡그러지는 것을 막을 수 없었다. 개들은 눈 속에 웅크리고 있었고, 놈들을 일으키기는 거의 불가능했다. 불쌍한 짐승들은 따가운 채찍 아래 신음했다. 개몰이꾼들이 화가 나서 잔인하게 굴었기 때문이다. 그들은 대장 바베트를 줄에서 떼어 낸 뒤에야 썰매를 움직여 길을 갈 수 있었다.

"이런 악당에 거짓말쟁이 같으니라고!" "세상에나! 몹쓸 사람이었어!" "도둑놈!" "인디언보다 더 나빠!" 사람들은 화가 났다. 첫째로 자신들이 속았기 때문이고, 둘째로는 정직이 최고의 덕목인 북극 지방의 윤리가 짓밟혔기 때문이었다. "우리가 그놈을 도와줬어. 그놈이 무슨 짓을 했는지 알면서." 모두가 맬러뮤트 키드에게 비난의 눈길을 던졌다. 그는 모퉁이에서 바베트가 쉬도록 도와주다가 일어서서 사람들에게 조용히 마지막 펀치를 돌렸다.

"추운 밤이야, 친구들, 더럽게 추운 밤." 그는 그렇게 조리에 닿지 않는 말로 변호를 시작했다. "자네들은 모두 들길을 다녀 봤고, 들길의 의미를 잘 알지. 지친 개를 출발시키면 안 돼. 자네들은 한쪽 이야기만 들었어. 피부가 잭 웨스턴데일보다 하얀 남자는 우리와 같은 음식을 먹지 않고 같은 이불도 덮지 않아. 지난가을 그 친구는 자신이 번 돈

전부인 4,000달러를 조 카스트렐에게 주고 도미니언 천 변의 광구를 사 달라고 했어. 그대로 했다면 그 친구는 백만장자가 됐을 거야. 하지만 그 친구가 서클시티에 남아서 괴혈병에 걸린 동료를 돌보는 동안 카스트렐이 어떻게 했는지 알아? 맥팔랜드의 술집에서 도박으로 돈을 몽땅 날렸어. 다음 날 카스트렐은 눈 속에 죽어 있었지. 불쌍한 잭은 이 겨울에 아내와 한 번도 본 적 없는 아들에게 갈 계획을 품고 있었어. 그래서 자기 동료가 잃어버린 딱 그만큼—4,000달러—을 취한 거야. 어쨌건 이제 그 친구는 갔으니, 자네들이 어떻게 할 방법은 없어."

맬러뮤트 키드는 자신을 빙 둘러싼 재판관들을 둘러보다가 그들의 얼굴이 누그러든 것을 보고 잔을 높이 들었다. "오늘 밤 들길을 가는 사내에게 건배. 그의 식량이 떨어지지 않기를. 개들이 쓰러지지 않기를. 성냥불이 잘 붙기를. 신이 그를 돕고, 행운이 함께하기를. 그리고……"

"기마경찰에게 혼란이 있기를." 빈 잔들이 쨍그랑거리는 소리 위로 베틀스가 외쳤다.

백색 침묵
The White Silence

"카르멘은 이틀 이상 못 가." 메이슨이 얼음덩어리를 뱉고 불쌍한 동물을 처량하게 바라보다가 녀석의 발을 다시 입에 넣고 발가락 사이에 낀 잔인한 얼음을 뜯어냈다.

"나는 이름이 거창한 개치고 쓸모 있는 개를 본 적이 없어." 그가 일을 마치고 개를 옆으로 밀쳤다. "그런 개들은 도망치거나 짐의 무게를 못 이기고 죽어. 캐시어, 사이워시, 허스키 같은 무난한 이름의 개들이 잘못되는 거 봤어? 그런 일은 없어! 여기 슈컴을 봐."

딱! 앙상한 짐승이 눈을 번쩍였고, 놈의 흰 이빨이 메이슨의 목을 물 뻔했다.

"어쩌려고?" 개채찍 끄트머리로 귀 뒤를 강타당하자 짐승은 눈 속에 뻗어 부르르 떨면서 송곳니 사이로 누런 침을 줄줄 흘렸다.

"아까 말했듯이 슈컴을 좀 봐. 투지가 있어. 이번 주가 지나기 전에 놈이 카르멘을 먹어 치울 거야."

"내가 다른 예상을 해 볼까?" 맬러뮤트 키드가 녹이려고 불 앞에 둔 언 빵을 뒤집으며 응수했다. "길이 끝나기 전에 우리가 슈컴을 먹을 거야. 어때요, 루스?"

인디언 여자는 커피에 얼음을 넣고 맬러뮤트 키드와 남편을 번갈아 바라보더니 개들에게 눈길을 돌리고 아무 대답도 하지 않았다. 대답이 필요 없다는 뜻이었다. 엿새 치 식량을 간신히 챙기고 개들의 식량은 전혀 없이 320킬로미터의 들길을 쉬지 않고 가는 일정은 다른 대안을 허락하지 않았다. 두 남자와 한 여자는 불 앞에 앉아 빈약한 식사를 시작했다. 점심 휴식이었기에 개들은 썰매에 계속 매인 채로 그들이 먹는 모습을 부럽게 바라보았다.

"내일부터 점심은 없어." 맬러뮤트 키드가 말했다. "그리고 개들을 잘 살펴야 돼. 점점 고약해지고 있어. 기회만 생기면 동료를 잡아먹으려 들 거야."

"나는 예전에 엡워스 감리교 청년회 회장이었고, 주일 학교 교사였어." 메이슨이 뜬금없는 말을 하고 김이 오르는 모카신을 바라보며 사색에 빠졌다가, 루스가 잔을 채워 주자 다시 정신을 차렸다. "우리한테 차가 많은 건 정말 다행이야! 테네시 주에 살 때 차밭을 본 적이 있어. 지금 따끈한 옥수수빵 한 개만 먹을 수 있다면 얼마나 좋을까! 하지만 걱정 마, 루스, 그렇게 오래 배를 주리지는 않을 거야. 모카신도 그리 오래 신지 않을 거야."

여자는 그 말에 우울함을 떨쳤고, 그녀의 두 눈에는 백인 남편에 대한 사랑이 차올랐다. 그는 그녀가 본 첫 번째 백인 남자였고, 그녀가 알던 사람들 중 여자를 짐승이나 가축 이상으로 대해 준 첫 번째 남자였다.

"그래, 루스." 루스의 남편은 여러 말이 뒤죽박죽 섞인 언어로 말을 계속했다. 그들은 오직 그 언어로만 의사소통을 할 수 있었다. "우리가 큰돈을 벌어 바깥세상에 나갈 때까지 기다려. 우리는 백인의 카누를 가지고 솔트워터로 갈 거야. 그래, 물은 사납고 험한 산은 오르락내리락 정신이 없지. 그리고 너무 크고 너무 멀어. 열 밤, 스무 밤, 마흔 밤을 가야 돼." 그는 손가락으로 그 숫자들을 세어 보였다. "물살은 어디나 거세. 그런 뒤 다음 해 여름에는 큰 마을, 수많은 사람, 똑같은 모기를 만나. 인디언의 천막집들은 어찌나 높은지. 소나무 10그루, 20그루만큼이야. 엄청나!"

그는 여기에서 무력감 속에 말을 멈추고 맬러뮤트 키드에게 호소하는 눈길을 던졌다가, 손동작으로 일일이 소나무 20그루를 놓아 표현했다. 맬러뮤트 키드는 유쾌한 조롱을 보냈다. 하지만 루스의 눈은 경이와 기쁨으로 커졌다. 그녀는 그가 농담을 한다고 생각했고, 그런 노력은 그녀의 여심을 기쁘게 했다.

"그런 다음에 어떤…… 상자에 들어가서 푸! 하고 올라가." 그는 그 모습을 설명하려고 빈 잔을 공중에 던졌다가 다시 능숙하게 잡고 소리쳤다. "그리고 다시 툭 내려와. 아, 위대한 주술사들이시여! 당신은 포트유콘*으로 가고, 나는 악틱시티로 가. 스물다섯 밤 거리야. 내가 긴 끈을 잡고 '안녕, 루스! 잘 지내?' 하고 물으면, 당신이 '그쪽이 내 착한 남편인가요?' 하고 묻고, 내가 '그래' 하고 말하면, 당신이 '빵을

* 유콘 강과 포큐파인 강의 합류점에 있다.

구울 수 없어요, 소다가 없어요' 하고, 내가 '은닉처를 봐, 밀가루 밑에, 안녕' 하면, 당신은 거기에 가서 소다를 찾아. 어쨌건 당신은 포트유콘에, 나는 악틱시티에 있어!"

이런 말도 안 되는 이야기에 루스가 어찌나 천진하게 웃는지 두 남자도 웃음을 터뜨렸다. 개들이 시끄러워져서 경이로운 바깥세상 이야기가 끝났고, 으르렁거리는 싸움꾼들을 떼어 놓았을 때 그녀는 이미 썰매들을 묶어 놓았고, 모두가 길에 오를 준비가 되었다.

"이랴! 볼디! 가자!" 메이슨이 채찍을 거세게 휘두르자 개들이 줄에 매인 채 낮게 신음하며 썰매를 끌고 나갔다. 루스는 두 번째 썰매에 탔고, 마지막으로 출발할 예정인 맬러뮤트 키드가 그녀의 출발을 도왔다. 그는 황소조차 일격에 쓰러뜨릴 강하고 거친 남자였지만, 불쌍한 동물들은 차마 때리지 못했는데, 그런 방식으로 개들을 대하는 개몰이꾼은 흔치 않았다. 그는 개들의 고통에 함께 울다시피 했다.

"제발 가자, 불쌍한 친구들아!" 그는 몇 차례 개들을 출발시키려다 실패하자 힘없이 중얼거렸다. 하지만 마침내 그의 인내는 보상을 받았고, 개들은 고통의 신음을 내면서도 황급히 동료들을 따라갔다.

더 이상 대화는 없었다. 들길의 노역은 그런 사치를 허용하지 않는다. 세상의 온갖 험한 노역 가운데서도 북극 지방 들길을 가는 노역이 최악이다. 침묵을 대가로 하루의 이동을 견딜 수 있는 사람은 행복하다. 그리고 그것도 이미 만들어져 있는 길의 경우이다.

그리고 모든 눈물 날 만큼 고역스러운 일 가운데 최악은 들길을 내는 일이다. 아무리 바닥이 넓은 눈신을 신는다 해도, 한 걸음 한 걸음마다 무릎 높이까지 눈에 빠진다. 그러면 발을 똑바로 들어 올려야 한다. 방향이 살짝만 어긋나도 재난이 닥친다. 눈신은 눈 위로 확실히 들어 올려서 앞으로 내디뎌야 한다. 먼저 한 발을 들어 올렸다 놓고 나서 다음 발을 40~50센티미터 정도 수직으로 들어 올려야 한다. 이 일을 처음 해 보는 사람은 설령 발을 너무 가까이 디뎌서 대자로 뻗는 일을 피한다 해도, 100미터도 못 가서 지쳐 포기한다. 하루 동안 개의 도움 없이 길을 갈 수 있는 사람은 떳떳한 양심과 쉽게 이해할 수 없는 자부심을 품고 침낭으로 기어들 수 있다. 기나긴 들길에서 스무 밤을 보내는 사람은 신들도 부러워할 사람이다.

오후는 지나갔고, 말 없는 여행자들은 백색 침묵에서 태어난 경외감 속에 일에 열중했다. 자연은 아주 많은 수단으로 사람의 유한함을 일깨운다. 거대한 밀물, 성난 폭풍, 지진의 충격, 끝없는 천둥…… 하지만 그 모든 것 가운데 가장 무시무시하고 섬뜩한 것은 아무것도 할 수 없는 백색 침묵이다. 모든 움직임이 멈추고, 하늘은 맑고 놋쇠 같다. 아무리 작은 속삭임도 신성 모독 같고, 자기 목소리에 겁을 먹게 된다. 창백한 죽음의 황야를 지나가는 한 점 생명체로서 겁 없이 그 길에 오른 자신의 만용에 놀라고, 자신의 인생이 구더기의 그것보다 대단할 것이 없음을 깨닫는다. 온갖 괴상한 생각이 멋대로 떠오르고, 세상의 모든 수수께끼가 표현을 얻고자 애쓴다. 죽음, 신, 우주에 대한 두려움이 닥친다. 그리고 부활과 생명의 희망, 불멸에 대한 열망, 갇힌 실재實在의 헛된 분투…… 그때 인간은 진실로 홀로 신과 함께 걷는다.

하루가 그렇게 저물어 갔다. 강이 크게 굽이도는 곳에서 메이슨은 지름길인 좁은 육로로 개들을 몰았다. 하지만 개들은 높은 둑 앞에서 뒷걸음질을 쳤다. 루스와 맬러뮤트 키드가 썰매 위에서 미는데도 개들은 자꾸 뒤로 미끄러졌다. 그런 뒤 모두가 힘을 합해 노력했다. 허기로 허약해진 불쌍한 짐승들은 마지막 힘을 쏟았다. 썰매는 위로 위로 올라가서 강둑 꼭대기에 자리 잡았다. 하지만 선두의 개가 뒤쪽 개들의 줄을 오른쪽으로 휙 움직이는 바람에 메이슨의 눈신이 그 줄에 얽혔다. 결과는 가혹했다. 메이슨이 넘어졌다. 개 한 마리가 줄에 묶인 채 쓰러졌고, 썰매가 뒤집히면서 모든 것이 땅바닥으로 떨어졌다.

채찍이 찰싹거리며 개들을 사납게 후려갈겼다. 특히 쓰러진 놈이 가장 가혹하게 맞았다.

"그러지 마, 메이슨." 맬러뮤트 키드가 사정했다. "저 불쌍한 놈은 지금 간신히 버티고 있어. 기다렸다 다시 놈들을 묶자고."

메이슨은 그가 말을 마칠 때까지 가만히 기다렸지만 이내 긴 채찍을 휘둘러서 쓰러진 짐승을 완전히 휘감았다. 카르멘—녀석은 카르멘이었다—은 눈 속에서 몸을 움츠리고 처량하게 울면서 옆으로 굴렀다.

비극적인 순간, 들길에서 벌어진 안타까운 사건이었다. 죽어 가는 개, 분노한 두 동료. 루스는 걱정 가득한 눈길로 두 남자를 번갈아 보았다. 하지만 맬러뮤트 키드는 눈으로는 질책을 가득 보냈지만 그 이상은 자제하고 몸을 굽혀 녀석을 묶은 줄을 잘랐다. 아무도 입을 열지 않았다. 개들은 2두 1조였고, 어려움은 극복되었다. 썰매는 다시 길을 갔고, 죽어 가는 개는 뒤를 따라왔다. 짐승이 움직일 수 있는 한 총을 쏘지 않고, 놈은 이런 마지막 기회를 받는다. 야영지까지 따라와서—놈에게 그럴 힘이 남아 있다면—사람들이 큰사슴을 잡기를 바라는 것이다.

메이슨은 이미 자신의 행동을 후회하면서도 고집 때문에 사과하지 못하고 행렬의 앞에서 다시 개를 몰았지만, 공중에 위험이 떠 있으리라고는 상상도 하지 못했다. 길 양옆은 수목이 울창했고, 그들은 그 사이를 뚫고 달렸다. 들길에서 15미터도 더 떨어진 곳에 큰 소나무 한 그루가 서 있었다. 그것은 수 세대에 걸쳐 그곳에 서 있었고, 운명은 수 세대에 걸쳐 이런 종말을 준비해 왔다. 아마 메이슨의 운명도 그렇게 정해졌을 것이다.

그는 느슨해진 모카신 끈을 조이려고 몸을 굽혔다. 썰매가 멈추고, 개들은 칭얼거리지 않고 눈 속에 엎드렸다. 기이한 적막이 흘렀다. 추위에 싸인 숲에는 숨소리 하나 없었다. 외부의 추위와 정적은 자연의 심장을 얼리고 떨리는 입술을 강타했다. 한숨이 공중을 뚫고 지나갔다. 그것은 귀로 들렸다기보다 몸으로 느껴졌다. 그것은 공허 속에 어떤 움직임이 일 것을 알리는 전조 같았다. 그런 뒤 세월과 눈의 무게를 짊어지고 있던 그 큰 나무가 삶의 비극에서 마지막 역할을 수행했다. 메이슨은 쩍 하는 경고의 소리에 몸을 일으키다가 거의 꼿꼿이 선 자세로 어깨를 정통으로 맞았다.

난데없는 위험, 갑작스러운 죽음. 맬러뮤트 키드는 그런 일을 얼마나 자주 겪었던가! 그가 지시를 내리고 행동에 뛰어드는 동안 나무의 솔잎은 여전히 떨리고 있었다. 인디언 여자도 백인 여자들과는 달리 기절하지도, 비탄에 울부짖지도 않았다. 대신 맬러뮤트 키드의 지시에 따라 즉석에서 변통한 지레를 온몸으로 눌러 나무의 무게를 줄이며 남편이 신음하는 것을 들었다. 그러는 동안 맬러뮤트 키드는 도끼로 나무를 쳤다. 강철이 언 나무줄기를 타격하는 소리가 유쾌하게 울렸고, 타격이 이루어질 때마다 "허! 허!" 하는 힘겨운 호흡이 동반되었다.

마침내 키드는 한때 사람이었던 처량한 물체를 눈 속에 눕혔다. 하지만 동료의 고통보다 더 괴로운 것은 여자의 얼굴에 담긴 말 없는 고통, 희망과 절망이 섞인 의문의 표정이었다. 말은 거의 없었다. 북극 지방 사람들은 일찍부터 말의 무용함과 행동의 무한한 가치를 배운다. 영하 55도의 날씨에 사람은 눈 속에 누워 그리 오래 버틸 수 없다. 그래서 그들은 썰매줄을 자르고 다친 이를 털가죽에 싸서 나뭇가지로 만든 침상에 뉘었다. 그의 앞에는 불이 타올랐다. 바로 그 재난을 일으킨 나무로 피운 불이었다. 다친 자의 뒤편 살짝 위쪽으로 원시적인 덮개가 펼쳐졌다. 돛천이 복사열을 붙잡아 그에게 다시 전달했다. 자연에서 물리학을 배운 사람이라면 누구나 아는 수완이었다.

그리고 죽음과 잠자리를 함께한 사람들은 죽음의 부름을 바로 알아들었다. 메이슨은 중상이었다. 대강 보아도 알 수 있었다. 오른팔, 다리, 허리가 부러지고 하반신이 마비되었으며, 내부 장기가 손상되었을 가능성도 높았다. 이따금 들리는 신음이 유일한 생명의 표시였다.

희망이 없었다. 아무것도 할 수 없었다. 참혹한 밤이 천천히 다가왔다. 루스는 인디언답게 절망을 자제했고, 맬러뮤트 키드의 황동빛 얼굴에도 새로운 주름이 더해졌다. 실제로 그들 중에 가장 고통을 덜 겪는 사람은 메이슨이었다. 그는 테네시 주 동부의 그레이트스모키 산맥에서 보낸 어린 시절로 돌아가 있었기 때문이다. 가장 처량한 것은 그가 오래전에 잊은 남부 사투리였다. 그가 떠드는 물놀이터와 너구리 사냥과 수박 서리 이야기를 루스는 전혀 알아듣지 못했지만, 키드는 이해하고 느꼈다. 그것은 수년 동안 문명과 차단되어 산 사람만이 느낄 수 있는 공감이었다.

아침이 되자 다친 이는 의식을 되찾았고, 맬러뮤트 키드는 고개를 숙여서 그의 속삭임을 들었다.

"우리가 타나나 강 변에서 만났던 때를 기억해? 돌아오는 해빙 때면 4년이야. 그때 나는 루스를 별로 좋아하지 않았어. 그냥 예뻐서 약간 들떴을 뿐이지. 하지만 자꾸 루스 생각이 났어. 루스는 좋은 아내였어. 어려울 때 늘 내 곁에 있었어. 그리고 교역 문제에서는 루스를 따를 자가 없지. 루스가 무스혼 급류를 내달려서 자네하고 나를 구한 일 기억해? 총알이 우박처럼 물 위에 쏟아졌지. 또 누쿨루키에토에서 배를 곯았던 때는? 아니면 루스가 깨지는 얼음길을 달려 소식을 전했던 때는? 그래, 루스는 나한테 좋은 여자였어. 예전 여자보다 더. 내가 전에 결혼했던 거 몰랐지? 말 안 했으니까. 미국에서 결혼한 적이 있어. 그래서 내가 여기에 온 거야. 함께 자란 사이였어. 하지만 나는 아내에게 이혼할 기회를 주려고 떠났고, 아내는 기회를 잡았지.

어쨌건 그건 루스하고 아무 상관 없어. 나는 한몫 잡아서 내년에 바깥세상에 나가려고 했어. 루스하고 같이. 하지만 이제 늦었어. 루스를 자기 부족으로 돌려보내지 마, 키드. 여자가 거기로 돌아가는 일은 아주 힘들어. 생각해 봐! 4년 가까이 우리하고 같이 베이컨과 콩과 밀가루와 건과일을 먹고 살았는데, 생선과 순록으로 돌아가야 한다니. 루스가 우리 방식을 경험하고 그게 자기네 방식보다 좋다는 걸 알게 된 지금, 그 사람들에게 돌아가는 건 좋지 않아. 루스를 돌봐 줘, 키드. 아 아니야, 자네는 언제나 그 사람들을 피했지. 그리고 왜 여기에 왔는지도 말한 적이 없어. 루스한테 잘해 주고 되도록 빨리 미국으로 보내 줘. 하지만 다시 돌아올 수 있게 해 줘야 돼. 향수병에 걸릴 수 있으니까.

그리고 아기. 아기 때문에 우리는 더 가까워졌어, 키드. 사내애였으면 좋겠어. 생각해 봐! 내 살 중의 살이야. 아이는 여기에 살면 안 돼.

딸이라면 더욱 그래. 내 모피를 팔아. 5,000달러는 될 거고, 회사에 그만큼 더 있어. 그리고 내 주식은 자네 주식하고 똑같이 해 줘. 법정 지급분이 있을 거야. 아이가 학교를 잘 다니게 해 줘. 그리고 무엇보다 아이가 여기로 돌아오지 않게 해 줘. 여기는 백인의 땅이 아니야.

나는 이제 끝났어, 키드. 잘해야 서너 밤 정도 버티겠지. 자네는 얼른 가야 돼. 가야 돼! 내 아내와 아들을 챙겨 줘. 오, 하느님! 제발 사내아이기를! 자네가 내 곁에 있으면 안 돼. 나는 곧 죽을 사람으로서 자네한테 얼른 떠나라고 명령하겠어."

"사흘만 기다려 봐." 맬러뮤트 키드가 애원했다. "자네가 회복될 수도 있어. 사냥감이 나타날 수도 있고."

"그렇지 않아."

"사흘만."

"자네는 가야 돼."

"이틀."

"아내와 아들이 중요해, 키드. 자네도 그런 부탁은 안 할 거야."

"하루."

"안 돼! 자네는……"

"딱 하루만. 식량은 아껴 먹을 수 있어. 내가 큰사슴을 잡을지도 몰라."

"그래, 그럼 꼭 하루만. 하지만 거기에서 1분도 더 지체해서는 안 돼. 그리고 키드, 내가 혼자 운명을 맞게 하지 마. 한 방이면 돼. 자네는 이해할 거야. 아아, 그런데 내 살 중의 살을 볼 수가 없다니!

루스를 이리 오라고 해. 작별 인사를 해야 해. 우리 아들을 생각해서 내가 죽을 때까지 기다리지 말라고 말해야 돼. 내가 말하지 않으면 자네를 따라가지 않을지도 몰라. 안녕, 친구. 안녕.

키드! 천변 언덕, 거기 산사태 난 곳 옆쪽을 파 봐. 내가 거기에서 사금을 40센트어치 캤어.

그리고 키드!" 그가 몸을 낮게 숙이고 희미하게 마지막 말을 꺼냈다. 죽음을 앞둔 남자가 자존심을 굽히는 순간이었다. "카르멘 일은……미안해."

맬러뮤트 키드는 우는 여자를 메이슨의 곁에 둔 채 파카를 입고 눈신을 신고 겨드랑이에 라이플총을 끼고 숲으로 들어갔다. 그는 북극 지방의 엄혹한 슬픔을 꽤나 겪었지만, 이렇게 어려운 경우는 처음이었다. 이론적으로 보면 세 명이 살 가능성과 한 명이 죽을 가능성 사이의 간단한 수학 문제였다. 그래도 그는 망설였다. 그들은 5년 동안 강에서 들길에서, 야영지와 광산에서 사고로 홍수로 기아로 죽음을 직면한 채 동료애를 다져 왔다. 그들의 유대는 몹시 깊었고, 때문에 그는 루스가 자기들 사이에 들어온 첫날부터 그녀에게 여러 차례 막연한 질투를 느꼈다. 그런데 이제 그것을 자기 손으로 끊어야 했다.

그는 큰사슴을 한 마리, 꼭 한 마리만 보내 달라고 기도했지만 사냥감은 모두 그곳을 떠난 것 같았고, 밤이 되자 그는 지친 몸을 이끌고 빈손으로 느릿느릿 야영지로 돌아왔다. 마음이 몹시 무거웠다. 그런데 개들이 요란하게 짖고 루스가 비명을 질러서 그는 서둘러 달려갔다.

야영지에 가 보니 여자가 개들 가운데에 서서 도끼를 휘두르고 있었다. 개들이 철칙을 깨고 주인의 식량에 덤빈 것이다. 그는 라이플총을 뒤집어 들고 싸움에 끼어들었다. 오랜 자연선택 법칙이 원시적 환경 속에서 더욱 가혹하게 펼쳐졌다. 라이플총과 도끼가 공중을 가르면서 규칙적으로 개들을 때리기도 하고, 빗나가기도 했다. 유연한 몸들이 날뛰며 거친 눈빛과 침 흐르는 송곳니를 번득였고, 사람과 짐승은 패권을 놓고 처절하게 싸웠다. 그런 뒤 패퇴한 짐승들은 불가로 물러가서 상처를 핥으며 별들에게 고통을 호소했다.

말린 연어 전체가 다 없어졌고, 황야를 320킬로미터 더 가야 하는 그들에게 남은 것은 밀가루 2킬로그램이 전부였다. 루스는 남편에게 돌아갔고, 맬러뮤트 키드는 도끼에 머리가 박살 난 개의 따뜻한 몸을 갈랐다. 그리고 가죽과 내장을 뺀 모든 부위를 주의 깊게 베어서 조금 전까지 동료였던 개들에게 던져 주었다.

아침이 되자 새로운 문제가 닥쳤다. 개들이 저희끼리 으르렁거리고 있었다. 아직도 희미한 생명줄을 붙들고 있던 카르멘이 집단 공격을 받아 쓰러졌다. 채찍을 휘둘러도 소용없었다. 그들은 채찍질에 움찔거리고 울부짖으면서도 흩어지지 않았고, 카르멘은 마지막 조각까지—뼈와 가죽과 털까지 포함한 모든 조각이—사라졌다.

맬러뮤트 키드는 자기 할 일을 하며 메이슨의 말에 귀를 기울였다. 그는 테네시로 돌아가서 횡설수설하며 지난날의 형제들에게 열렬하게 훈계하고 있었다.

그는 인근의 소나무를 이용해서 빠르게 작업했고, 루스는 그가 사냥꾼들이 때로 오소리와 개가 고기를 훔쳐 가지 못하게 만드는 식량 은닉 장치 같은 것을 만드는 모습을 지켜보았다. 그는 작은 소나무 두 그루를 서로를 향해 거의 땅바닥까지 굽혀 내려서 큰사슴 가죽끈으로 단단히 묶었다. 그런 뒤 개들을 때려서 썰매 두 대에 묶고, 모피에 싸인 메이슨을 제외한 모든 것을 전과 똑같이 실었다. 그러고는 끈으로 메이슨을 꽁꽁 싸서 묶고, 모피의 양 끝을 휘어진 두 그루의 소나무에 각각 묶었다. 사냥칼을 한 번만 휘두르면 모피가 찢어지면서 메이슨의 몸이 공중으로 날아오를 것이다.

루스는 남편의 마지막 소원에 따라 몸부림치지 않았다. 불쌍한 여자. 그녀는 복종의 가르침을 잘 배웠다. 어린 시절부터 세상의 주인들에게 고개 숙였고, 또 모든 여자가 고개 숙이는 것을 보았다. 그녀에게 여자가 저항하는 것은 세상의 이치에 맞지 않아 보였다. 키드는 그녀가 남편에게 입을 맞출 때—그녀의 부족에는 그런 관습이 없었다—슬픔의 몸부림을 한 번 허락했다. 그런 뒤 그녀를 맨 앞 썰매로 데리고 가서 눈신을 신겼다. 그녀는 맹목적이고 본능적으로 썰매채와 채찍을 잡고 개들을 들길로 몰았다. 맬러뮤트 키드는 혼수상태에 빠진 메이슨에게 갔다. 그리고 루스가 눈앞에서 사라지고 나서도 오랫동안 불가에 웅크리고 앉아 동료가 죽기를 기다리고 희망하며 기도했다.

백색 침묵 속에서 고통스러운 생각에 싸여 혼자 있는 것은 즐거운 일이 아니다. 검은 침묵은 자비롭다. 그것은 사람을 감싸 주고, 그 숨결은 천 번의 불가해한 위로를 전한다. 하지만 강철 같은 하늘 아래 맑고 차갑게 펼쳐진 백색 침묵은 잔인하기만 할 뿐이다.

1시간이 지났다. 그리고 2시간. 하지만 메이슨은 죽지 않았다. 정오의 태양은 남쪽 지평선 위로 올라오지 않고도 하늘 위로 불의 기운을 던졌다가 빠르게 사라졌다. 맬러뮤트 키드는 몸을 일으켜 동료에게 다가갔다. 그리고 그를 한 번 힐끔 보았다. 백색 침묵이 자신을 조롱하는 것 같았고, 가슴속에 거대한 공포가 밀려들었다. 짧은 폭발음과 함께 메이슨은 공중 무덤으로 솟아올랐고, 맬러뮤트 키드는 개들을 채찍질해서 눈밭을 맹렬히 달려갔다.

이역에서

In a Far Country

이역만리로 떠나는 사람은 자신이 배운 모든 것을 잊고 새 땅의 관습을 익힐 자세를 갖추어야 한다. 옛 이상과 옛 신을 버리고, 때로는 지금까지 자신의 행동을 형성한 규약도 뒤집어야 한다. 적응력이 높은 사람들은 그런 변화를 즐거움의 원천으로 삼을 수도 있다. 하지만 자라나며 익힌 습성이 몸속에 굳어 버린 사람들은 환경의 변화를 참지 못하고, 이해할 수 없는 새로운 제약으로 인해 몸과 마음에 상처를 입는다. 이런 상처는 작용과 반작용을 통해 여러 가지 해악을 일으키고 다양한 불행을 만든다. 새로운 환경에 적응하지 못하는 사람은 고향으로 돌아가는 것이 좋다. 너무 오래 지체하면 죽음을 면하기 어려우니.

익숙한 문명의 안락함에 등을 돌리고 시원始原의 야성, 북극의 단순한 원시성을 찾아간 사람이 성공할 가능성은 그의 몸에 배어 있는 습관의 양과 질에 반비례한다고 할 수 있다. 적응을 잘하는 자들은 물질적 습관이 별로 중요하지 않음을 깨닫는다. 고급 요리를 거친 끼니로, 반들거리는 가죽 구두를 부드럽고 모양 없는 모카신으로, 깃털 침대를 눈 속의 침낭으로 바꾸는 일은 어찌 보면 아주 쉬운 일이다. 진정한 위기는 세상을 대하는 정신적 태도, 특히 동료를 대하는 태도를 배우는 데에서 온다. 여기에는 일상의 예의 대신 이타심과 절제와 관용이 필요하기 때문이다. 그렇게 해서, 그리고 그렇게 해야만 진정한 동료애라는 고귀한 진주를 얻을 수 있다. "고맙다"는 말을 하면 안 된다. 입을 열지 않고도 그런 뜻을 전달하고, 그에 상응하는 보답으로 그런 마음을 증명해야 한다. 요컨대 말 대신 행동, 글 대신 정신이 필요하다.

세상이 북극의 금광 이야기로 떠들썩하고 북극의 매력이 남자들의 심장을 움켜잡자, 카터 웨더비는 안락한 사무직을 내던지고 저축한 돈 절반을 아내에게 맡긴 뒤 남은 돈으로 장비를 샀다. 그는 낭만적인 성품이 아니었다. 상업 세계에 노예로 매여 산 생활이 모든 낭만을 짓뭉갰다. 그저 끊임없는 업무에 지쳤고, 한탕 할 수 있는 큰 모험을 원했다. 그래서 다른 많은 바보들처럼 북극 지방 개척자들이 수십 년 동안 다닌 옛길들을 무시하고, 봄철이 되었을 때 서둘러 에드먼턴으로 갔다. 그리고 그곳에서 애석하게도 그의 영혼에 도움이 되지 않는 한 무리의 사람들과 만났다.

이 집단이 특이한 점은 오직 계획뿐이었다. 목적지도 다른 집단들과 마찬가지로 클론다이크 강이었다. 하지만 그 목적지에 가기 위해 이들이 선택한 경로는 노스웨스트 준주의 온갖 변덕 속에 나고 자란 강인한 원주민조차 혀를 내두를 만한 곳이었다. 자크 바티스트조차 놀랐다. 그는 치페와족 여자와 부아야저*의 아들로, 북위 65도 북쪽의 사슴 가죽 오두막에서 첫울음을 터뜨리고 사슴 비계를 빨아 먹으며 그 울음을 그쳤다고 한다. 그는 돈을 받고 그들을 만년빙까지 실어다 주기로 했음에도 그들이 무언가를 물어볼 때마다 불길하게 고개를 저었다.

퍼시 커스퍼트의 불운의 별도 하늘로 오르고 있던 것이 분명하다. 그도 이 원정대에 참여했기 때문이다. 그는 평범한 남자였지만 교양의 깊이와 은행 잔고가 모두 넉넉했고, 그 사실은 중요하다. 그는 그런 모험에 나설 이유가 전혀 없었다. 이유라면 마음속에 감상적인 부분이 이상 증식을 했다는 것뿐이었다. 그는 그것을 진정한 낭만과 모험 정신으로 착각했다. 많은 사람들이 흔히 그런 착각으로 인해 치명적인 실수를 저지른다.

봄기운이 처음 번졌을 때 이 원정대는 얼음이 풀린 엘크 강을 달렸다. 웅장한 모습이었다. 일행이 많았고, 거기에다 볼썽사나운 혼혈 부아야저들과 그 처자식들도 따라갔기 때문이다. 그들은 날이면 날마다 평저선과 카누에 힘을 쏟으며, 모기를 비롯한 온갖 벌레에 시달리고, 수로 사이의 육로에서 땀을 흘리며 욕을 했다. 이런 혹독한 고생은 사람의 영혼을 바닥까지 끌고 가기 마련이고, 원정대원들은 애서배스카 호수가 남쪽으로 사라지기 전에 이미 각자의 진정한 색깔을 드러냈다.

원정대 최고의 뺀질이이자 투덜 대장은 카터 웨더비와 퍼시 커스퍼트 두 사람이었다. 원정대 전체의 불만을 모두 합해도 이들 중 한 사

---

* 북미 북서부에서 백인의 모피 사업을 도와주는 뱃사공을 칭하는 말.

람이 내는 몫도 되지 않았다. 거기에다 두 사람은 야영지의 수백 가지 잡일에 단 한 번도 자원해서 나선 적이 없었다. 물을 길어 오고, 장작을 패고, 설거지를 하고, 갑자기 필요한 물품을 찾아 장비를 뒤져야 할 때, 이 문명의 나약한 두 후손은 항상 어딘가를 삐거나 어딘가에 물집이 생겼다. 그들은 밤이 되면 아직 할 일이 산더미인데도 가장 먼저 잠자리에 들었고, 아침이면 사람들이 모든 준비를 끝내고 아침 식사를 하려고 할 때에야 일어났다. 식사에는 가장 먼저 달려들었지만, 요리에는 가장 늦게 끼어들었다. 소량의 별미가 있으면 가장 먼저 달려왔고, 남의 몫까지 침범했다는 사실은 항상 뒤늦게 깨달았다. 노를 젓게 하면 물을 사뿐사뿐 때려서 배의 힘을 분산시켰다. 그들은 스스로가 교묘하게 행동한다고 여겼지만, 동료들은 조용히 욕을 하고 점점 그들을 싫어하게 되었다. 반면 자크 바티스트는 아침부터 저녁까지 대놓고 그들에게 욕설과 비웃음을 날렸다. 하지만 자크 바티스트는 본래 신사가 아니었다.

원정대는 그레이트슬레이브 호수 변에서 허드슨 베이 사의 개들을 사고, 말린 생선과 육포를 짐에 추가했다. 그런 뒤 카누와 평저선은 매켄지 강의 빠른 물살을 따라 달려서 어느새 툰드라 지대로 들어섰다. 가능성이 있어 보이는 '지맥'이란 지맥은 모두 시굴되었지만, '채산성 있는 광맥'은 계속 북쪽으로 올라갔다. 그레이트베어 호수에 이르자 부아야저들은 미지의 땅에 대한 두려움으로 하나둘 원정대를 떠났고, 포트오브굿호프에 이르렀을 때 그들은 위험한 급물살을 타며 마지막으로 용감하게 견인줄을 동여맸다. 남은 건 자크 바티스트뿐이었다. 그는 만년빙까지 함께 가겠다고 맹세하지 않았던가?

그들은 이제 소문을 토대로 작성된 엉터리 지도를 수시로 살펴보았다. 그리고 서둘러야 한다고 느꼈다. 태양이 이미 하지점을 지나 다시 겨울을 끌고 내려왔다. 그들은 매켄지 강 하구를 통해 북극해로 나갔다가 해안을 빙 둘러 리틀필 강 하구로 들어갔다. 물살을 거슬러 올라가는 고투가 시작되었고, 두 무능력자는 그 어느 때보다 힘들어했다. 견인줄과 삿대, 노와 등짐, 급류와 중간 육로…… 이런 고난은 한 사람에게는 모험에 대한 깊은 염증을 안겨 주었고, 다른 사람에게는 진정한 모험의 낭만을 뜨겁게 새겨 주었다. 어느 날 그들은 반항심이 차올랐고, 자크 바티스트에게 욕을 듣자 벌레들이 때로 그러듯 꿈틀거렸다. 하지만 혼혈 부아야저는 두 사람을 두드려 팼고, 그들은 매 자국을 안고 일을 했다. 그들이 가혹 행위를 당한 것은 이번이 처음이었다.

원정대는 리틀필 강 수원지에서 배를 버렸고, 남은 여름 동안 매켄지 강 유역과 웨스트랫 강을 연결하는 큰 중간 육로를 지났다. 웨스트랫 강은 포큐파인 강으로 이어졌고, 포큐파인 강은 다시 유콘 강에 합류했으며, 그 지점은 바로 북극 지방의 대동맥인 유콘 강이 북극권과 만나는 지점이었다. 하지만 그들은 결국 겨울의 추격을 뿌리치지 못했고, 어느 날 뗏목을 두꺼운 소용돌이꼴 얼음덩어리에 묶고 서둘러 짐을 강변으로 올렸다. 그날 밤 강물은 여러 차례 얼었다 풀렸다. 그리고 다음 날 아침 영원히 잠이 들었다.

"여기에서 유콘 강까지는 650킬로미터가 넘지 않을 거야." 슬로퍼가 엄지손톱을 지도의 축척에 따라 포개 움직여 보고 결론을 내렸다. 두 무능력자가 불평으로 징징대던 회의가 끝나 가고 있었다.

"예전에는 허드슨 베이 사의 교역소였죠. 지금은 안 쓰이지만." 자크 바티스트의 아버지는 지난날 모피 회사의 원정을 이끌었고, 그 과정에서 동상 걸린 발가락 두 개를 길 위에 남겼다.

"힘들어 죽겠어요! 백인은 없나요?" 원정대의 누군가가 말했다.

"백인은 없어." 슬로퍼가 딱 잘라 말했다. "하지만 유콘 강 상류로 800킬로미터만 가면 도슨이 있어. 여기서부터 대략 1,500킬로미터지."

웨더비와 커스퍼트가 신음을 합창했다.

"얼마나 걸리지, 바티스트?"

혼혈 부아야저는 잠시 따져 보았다. "농땡이 피우는 사람 없이 모두가 힘써 일하면 10, 20, 30, 40, 50일이 걸려요." 그러더니 무능력자들을 가리키며 말했다. "하지만 저 어린애들이 있으니 알 수 없죠. 지옥이 얼 때쯤, 아니 그때도 안 될지 몰라요."

사람들은 눈신과 모카신을 만들던 손을 멈추었다. 누군가가 자리에 없는 사람을 부르자, 그가 모닥불가의 낡은 오두막에서 나와 합류했다. 그 오두막은 북극의 광대한 오지에 숨어 있는 수많은 수수께끼 가운데 하나였다. 누가, 언제 그 오두막을 지었는지 아무도 몰랐다. 돌을 쌓아 만든 들판의 무덤 두 기가 그 초기 방랑자들의 비밀을 담고 있을 것이다. 하지만 그 돌을 쌓은 사람은 또 누구인가?

결정의 순간이 왔다. 자크 바티스트는 개들에게 장비를 채우다 말고 버둥거리는 개를 눈 속에 때려눕혔다. 요리사가 일정이 지연되는 것을 말없이 항변하며 들끓는 콩 냄비에 베이컨을 한 줌 던져 넣은 뒤 귀를 기울였다. 슬로퍼가 일어섰다. 그의 몸은 무능력자들의 건강한 신체와 우스꽝스러울 만큼 대조되었다. 그는 갈색 피부에 허약한 몸으로, 남미의 어느 열병 지대를 빠져나와서 쉬지 않고 다른 지역으로 이동했으며, 아직도 다른 사람들과 함께 일할 수 있었다. 체중은 40킬로그램 정도였고, 무거운 사냥칼을 가지고 다녔으며, 반백의 머리는 이제 젊은 시절이 지나갔음을 말해 주었다. 웨더비나 커스퍼트의 젊은 근육은 그보다 열 배는 더 힘을 쓸 수 있었지만, 그는 하룻길에 그들을 지옥으로 보낼 수도 있었다. 그리고 그날 종일토록 그는 자신보다 힘센 동료들이 1,500킬로미터에 이르는 최악의 고생길에 오르도록 독려했다. 그는 남미인 특유의 열정, 거기에다 지난 시대 게르만인 같은 고집을 비롯해 양키 같은 빠른 이해와 행동력을 갖추고 있었다.

"얼음이 얼자마자 개썰매로 떠나는 것에 찬성하는 사람들은 '예' 하세요."

"예!" 여섯 명의 목소리가 울렸다. 욕을 퍼부으며 1,000킬로미터가 넘는 고생길을 갈 목소리들이었다.

"반대는?"

"여기요!" 무능력자 두 사람이 처음으로 개인적 이해를 초월해서 의견을 일치시켰다.

"다른 분들은 어떻게 하기를 원하나요?" 웨더비가 호전적으로 덧붙였다.

"다수결! 다수결!" 원정대의 다른 사람들이 소리쳤다.

"두 사람이 안 가면 원정은 실패할 가능성이 높아." 슬로퍼가 부드럽게 말했다. "하지만 우리가 열심히 노력하면 두 사람 없이도 해낼 수 있을 거야. 다른 사람들은 어떻게 생각해?"

환호성이 메아리를 일으켰다.

"하지만 나 같은 사람은 어떻게 해야 하나요?" 커스퍼트가 걱정스러운 투로 물었다.

"같이 안 가는 거야?"

"같이 안 가요."

"그러면 마음대로 해. 거기에 대해서는 달리 할 말이 없어."

"저기 사랑하는 단짝하고 결정하면 되겠네." 다코타 주 출신의 진지한 남자가 웨더비를 가리켰다. "저 사람은 요리를 하거나 장작을 주울 때 어떻게 해야 하느냐고 반드시 물을 테니까."

"그러면 다 결정된 걸로 봐도 되겠군." 슬로퍼가 결론을 내렸다. "여기에서 8킬로미터 안에 야영한다면 내일 출발할 거야. 모든 걸 정돈하고, 잊은 게 없는지 잘 생각해 봐."

썰매가 강철 날 위에서 삐걱거렸고, 개들이 차고 죽을 장비를 두른 채 몸을 낮추고 힘을 썼다. 자크 바티스트는 슬로퍼 옆에 서서 오두막에 마지막 눈길을 던졌다. 유콘식 난로 연통에서 연기가 처량하게 올랐다. 두 무능력자가 문 앞에서 그들을 바라보고 있었다.

슬로퍼가 자크 바티스트의 어깨에 손을 얹었다.

"자크 바티스트, 킬케니 고양이 이야기 들어 본 적 있어?"

혼혈인은 고개를 저었다.

"킬케니 고양이들은 가죽도 털도 울음소리도 안 남을 때까지 싸우지. 알겠어? 아무것도 안 남을 때까지. 봐. 저 두 사람은 일하는 걸 싫어해. 일을 안 할 거야. 그건 분명해. 겨우내 오두막에는 저 둘뿐일 거야. 아주 길고 어두운 겨울이지. 저들은 킬케니 고양이가 될 거야. 어떻게 생각해?"

바티스트는 프랑스인의 기질에 따라 어깨를 으쓱했지만 인디언 기질에 따라 말은 삼갔다. 어쨌건 그 어깻짓은 예언을 담은 동작이었다.

처음에 작은 오두막에서는 모든 일이 잘 굴러갔다. 동료들의 거친 조롱 때문에 웨더비와 커스퍼트는 서로의 책임을 의식하게 되었다. 게다가 건강한 두 남자가 할 만큼 일이 많지도 않았다. 그리고 채찍을 휘두르며 자신들을 괴롭히던 혼혈인이 사라진 것도 아주 기쁜 일이었다. 처음에 두 사람은 서로 일을 하려고 했다. 그들이 그렇게 자질구레한 일들을 매끄럽게 해내는 모습을, 이제 기나긴 들길에 올라 몸과 마음이 모두 지쳐 갈 동료들이 보았으면 눈이 휘둥그레졌을 것이다.

근심은 사라졌다. 삼면을 둘러싼 숲은 끝없는 땔감 공급처였다. 문 앞에서 몇 미터만 가면 포큐파인 강이 있었고, 그 얼음에 뚫은 구멍은 수정처럼 맑고 아플 만큼 차가운 샘물을 공급했다. 하지만 그들은 곧 거기에서도 불만거리를 찾았다. 구멍은 자꾸 얼어붙었고, 얼음을 깨려고 많은 시간을 고생해야 했다. 이름 모를 오두막 건설자들은 옆벽의 통나무를 길게 이어서 뒤쪽의 은닉처를 지탱하게 만들었다. 원정대는 그곳에 상당량의 식량을 보관해 두었다. 식량도 넉넉했다. 두 사람에게 필요한 분량의 세 배 정도였다. 하지만 대부분이 소금에 절인 돼지고기와 힘줄이라 미각에는 바람직하지 않았다. 설탕은 평범한 성인 남자 두 명의 몫으로 충분했지만, 이 두 사람은 어린아이들보다 나을 것이 없었다. 그들은 일찌감치 설탕을 탄 뜨거운 물이 얼마나 달콤한지 발견했고, 팬케이크와 빵 껍질에도 하얀 시럽을 듬뿍 뿌렸다. 거기에다 커피와 차, 특히 마른 과일도 설탕을 크게 축냈다. 그들이 처음으로 다툰 것도 설탕 때문이었다. 달리 동료가 없는 두 사람이 싸우기 시작하는 것은 심각한 문제가 된다.

웨더비는 정치 문제에 목소리를 높이는 편이었지만, 커스퍼트는 주식에 투자할 뿐 영연방은 알아서 굴러가게 두라는 유형이었기에 그런 화제를 무시하거나 그에 대해 가시 돋은 경구들을 던졌다. 하지만 웨더비는 그 말들에 담긴 예리한 함의를 이해할 만큼 영리하지 않았고, 커스퍼트는 이런 식의 탄약 소모가 짜증스러웠다. 그는 똘똘한 말로 사람들을 꼼짝 못하게 하는 데 익숙했기에 그걸 알아줄 사람이 없는 것이 상당히 견디기 힘들었다. 그는 불만스러워졌고, 무의식적으로 머리 나쁜 동료에게 책임을 돌렸다.

그들은 살아 있다는 사실을 제외하고는 아무런 공통점이 없었다. 어느 한 가지도 통하지 않았다. 웨더비는 평생 사무원의 업무 말고는 아무것도 몰랐다. 커스퍼트는 문학 석사이자 화가이자 상당한 저작을 쓴 작가이기도 했다. 한 사람은 자신이 신사라고 생각하는 하층 남자였고, 다른 한 사람은 자신이 신사라는 것을 아는 신사였다. 이것을 보면 사람은 진정한 동료애 없이도 신사가 될 수 있는지도 모른다. 사무원의 감성은 커스퍼트의 미감만큼이나 컸고, 주로 상상으로 지어낸 그의 장황한 연애담은 문학 석사에게는 하수구의 가스 같았다. 그는 사무원을 돼지우리가 어울리는 더럽고 교양 없는 짐승이라고 생각했고, 그 생각을 말로도 표현했다. 그러면 사무원은 그에게 계집애 같은 무뢰한이라고 말했다. 웨더비는 사실 '무뢰한'이라는 말의 뜻을 잘 몰랐지만, 어쨌거나 그 말은 목적을 달성했다. 인생에서 중요한 것은 결국 그것 아닌가.

웨더비는 음정을 세 번에 한 번꼴로 틀리면서 〈보스턴 강도〉나 〈멋쟁이 오두막 청년〉 같은 노래를 몇 시간씩 불렀다. 그러면 커스퍼트는 화가 나서 울다가 더 참지 못하고 추운 바깥으로 피신했다. 하지만 맹렬한 추위 속에 오래 버틸 수는 없었고, 작은 오두막은 그들을—침대, 난로, 탁자 등과 함께—가로세로 3~4미터의 공간에 욱여넣었다. 서로의 존재 자체가 서로에게 모욕이 되었고, 분노의 침묵은 갈수록 길고 강렬해졌다. 이런 침묵의 시기가 닥치면 그들은 서로를 완전히 무시하려고 했지만, 때로 눈을 번득이거나 입꼬리를 올리는 일을 참지 못했다. 그리고 각자 마음속에 신은 어떻게 저런 사람을 만들게 되었나 하는 깊은 의문을 품었다.

할 일 자체가 별로 없었기에 시간은 참을 수 없는 짐이 되었다. 이때문에 그들은 자연스럽게 더욱 게을러졌다. 그들은 벗어날 길 없는 육체적 무기력에 빠져서 아주 작은 일을 하는 것도 버거워했다. 식사 당번이던 어느 날 아침, 웨더비는 동료의 코 고는 소리를 들으며 침대에서 기어 나와서 먼저 램프에, 이어 난로에 불을 붙였다. 주전자는 꽝꽝 얼어 있었고, 오두막에는 씻을 물이 없었다. 하지만 그는 신경 쓰지 않았다. 그는 주전자가 녹기를 기다리며 베이컨을 자르고 빵을 만드는 혐오스러운 일에 착수했다. 그런데 커스퍼트는 내내 반쯤 감은 눈으로 그 모습을 교활하게 지켜보고 있었다. 그 결과 소동이 벌어져서 그들은 서로를 저주하고 그때부터 각자 따로 요리를 해서 먹기로 했다. 일주일이 지나자 커스퍼트는 아침 세수를 하지 않고도 자신이 만든 식사를 차분히 먹었다. 웨더비는 빙긋 웃었다. 그 뒤로 몸을 씻는 어리석은 습관은 그들의 인생에서 사라졌다.

설탕과 다른 사치품이 줄어들면서 그들은 자기 몫을 제대로 챙기지 못하게 될까 봐 걱정하기 시작했다. 그리고 상대가 자기 몫을 침범하지 못하게 더 게걸스럽게 먹어 댔다. 이런 식탐 경연 속에 사치품은 큰 타격을 받았고, 사람도 타격을 받았다. 결국 신선한 채소와 운동 부족으로 피가 탁해져서 그들의 온몸에 보기 싫은 보라색 발진이 돋아났다. 그러나 그들은 그런 경고에 귀를 기울이지 않았다. 다음에는 근육과 관절이 부풀고 살빛이 검게 변했으며, 입과 잇몸과 입술이 누리 끼리해졌다. 하지만 그들은 고통으로 유대감을 느끼는 대신 괴혈병이 진행되어 가는 상대방의 증상을 즐거워했다.

그들은 외모에도 예의에도 전혀 신경을 쓰지 않았다. 오두막은 돼지 우리가 되었으며, 침대 정돈도, 이부자리 밑에 새 소나무 가지를 까는 일도 하지 않게 되었다. 하지만 이불 속에만 머물 수는 없었다. 추위가 맹렬해져서 난로가 연료를 많이 소비했기 때문이다. 머리카락과 수염 은 길고 부스스해졌고, 의복은 넝마주이마저 고개를 돌릴 지경이 되 었다. 하지만 그들은 상관하지 않았다. 그들은 병자였고, 그들의 모습 을 볼 사람도 없었다. 여기에다 움직이는 것 자체도 큰 고통이었다.

이 모든 문제 위에 새로운 문제가 생겨났다. 북극의 공포였다. 이 공 포는 강추위와 깊은 침묵의 자식으로, 태양이 남쪽 지평선 아래로 영 원히 사라지는 12월의 어둠 속에서 태어났다. 이 일이 그들에게 미친 영향은 각자의 본성에 따라 달랐다. 웨더비는 점점 더 괴상한 미신의 노예가 되어 이름 없는 무덤에 잠든 영혼들을 부활시키려고 온갖 노 력을 기울였다. 그 일은 환상적이었고, 그는 그 영혼들이 추위를 피해 오두막 안 자신의 담요 속으로 기어들어 와서 자신들이 죽기 전에 겪 은 고생담을 이야기하는 꿈을 꾸었다. 그들이 그에게 달라붙어 언 팔 다리를 휘감으면 그는 그 끈적대는 감촉을 피해 몸을 움츠렸고, 그들 이 그의 귀에 앞날의 일을 속삭이면 겁먹은 비명으로 오두막을 뒤흔 들었다. 커스퍼트는 영문을 몰랐다. 그들은 이제 서로 말도 하지 않았 기 때문이다. 그리고 그렇게 깨어나면 어김없이 리볼버를 잡았다. 그 런 뒤 침대에 일어나 앉아서 꿈에 빠져 있는 웨더비에게 무기를 겨냥 한 채 불안하게 떨었다. 커스퍼트는 웨더비가 미쳐 간다고 생각하고,

목숨의 위협을 느꼈다.

커스퍼트의 병은 그보다는 형체가 불분명했다. 통나무를 쌓아 그 오두막을 지은 미지의 기술자들은 지붕 마룻대에 풍향계를 달아 두었다. 커스퍼트는 그것이 항상 남쪽을 향하고 있는 것을 알아차리고, 어느 날 그 변함없는 모습이 지겨워져서 그것을 동쪽으로 돌리고는 유심히 관찰했다. 하지만 그것을 움직일 바람은 한 조각도 불지 않았다. 그런 뒤 그는 풍향계를 북쪽으로 돌리며 바람이 정말로 불기 전에는 그것을 다시 건드리지 않겠다고 맹세했다. 하지만 공기는 겁이 날 만큼 고요했고, 그는 한밤중에도 자주 일어나서 풍향계가 움직였는지를 확인했다. 10도 정도만 움직였어도 그는 만족했을 것이다. 하지만 그것은 운명처럼 머리 위에서 미동도 하지 않았다. 상상력이 미쳐 날뛰었고, 어느새 풍향계는 그에게 영물이 되었다. 그는 때로 그것이 가리키는 방향을 따라 음울한 황야를 내다보며 공포에 온 영혼을 적셨다. 보이지 않는 것과 알지 못하는 것에 대한 상념에 잠겨 있다 보면, 영원의 짐이 자신을 짓뭉개려는 듯한 느낌이 들었다. 북극 지방의 모든 것에는 짓누르는 힘이 있었다. 생명과 움직임의 부재. 어둠. 음울하고 끝없는 평화. 심장 박동마저 신성 모독처럼 느껴지는 오싹한 정적. 어떤 말로도 생각으로도 포착할 수 없는 섬뜩한 무언가를 지키는 것처럼 무거운 숲.

그가 최근에 떠난, 바쁜 사람들과 큰 사업이 가득한 세상이 아득히 멀게 느껴졌다. 이따금 회상이 비집고 들어왔다. 북적이는 시장과 회랑과 대로, 이브닝드레스와 사교 모임, 그가 알던 좋은 남자들과 사랑스러운 여자들…… 하지만 그것은 수 세기 전 다른 행성에서 살았던 인생의 희미한 기억이었다. 지금 이곳의 허깨비 같은 나날이 현실이었다. 풍향계 아래에 서서 시선을 극지의 하늘에 고정하고 있으면 이 세상에 남쪽 세상이 있다는 것, 지금 이 순간 그곳은 생명과 활동으로 북적이고 있다는 것을 느낄 수 없었다. 남쪽 세상은 없고, 어떤 여자도 아기를 낳지 않고, 서로 타협하는 결혼 생활도 없었다. 그가 바라보는 황량한 하늘 너머에는 광막한 고독이 있었고, 그 너머에 더 광막한 고독이 있었다. 꽃향기가 넘치는 햇살의 땅은 없었다. 그것은 오랜 낙원의 꿈일 뿐이었다. 햇살이 비추는 서쪽 세상, 향료가 넘치는 동쪽 세상, 미소 짓는 이상향이나 축복의 섬들. 하하! 그의 웃음은 허공을 찢었고, 그 흔치 않은 소리에 그 자신도 놀랐다. 태양은 없었다. 이곳은 죽음과 추위와 어둠의 우주였고, 그곳의 주민은 그 자신뿐이었다. 웨더비? 그런 순간에 웨더비는 고려되지 않았다. 그는 이제 죄목도 잊은 어떤 죄로 그에게 영구 속박 된 괴물 유령 캘러밴*이었다.

그는 죽은 자들 속에서 죽음과 함께 살았다. 자신이 무가치하다는 감각에 압도되었으며, 잠든 세월의 조용한 공격에 마비되었다. 그는 모든 것의 규모에 기가 질렸다. 자신을 뺀 모든 것이 최상급의 성질을 띠었다. 바람과 움직임의 완벽한 정지, 눈 덮인 황야의 거대함, 하늘의 높이와 침묵의 두께. 그 풍향계, 그것이 움직이기만 한다면. 벼락이 떨어져서 산불이 난다면. 하늘이 두루마리처럼 말려 올라가고, 파멸이 닥친다면! 어떤 것, 어떤 것이라도 좋았다! 하지만 아무 일도 일어나지 않았다. 정적이 사방을 채웠고, 북극 지방의 공포가 그의 심장에 언 손가락을 댔다.

한번은 로빈슨 크루소처럼 강가에서 동물의 흔적을 보았다. 섬세한

* 셰익스피어의 「폭풍우」에 등장하는 노예 괴물.

50

눈 위에 눈신토끼의 희미한 발자국이 찍혀 있었다. 그것은 계시였다. 북극 지방에 생명이 있었다. 따라가고 바라보고 기뻐할 것이 있었다. 그는 부어오른 근육도 잊고 흥분하여 눈을 헤치고 갔다. 숲은 그를 삼켰고, 짧은 오후의 빛은 사라졌다. 하지만 그는 계속 탐색했고, 마침내 자연이 존재를 드러내자 지쳐서 눈 속에 무력하게 누워야 했다. 그는 신음하며 자신의 어리석음을 저주했고, 그 발자국이 상상의 산물임을 깨달았다. 그날 밤 늦게 그는 기어서 오두막으로 돌아왔다. 뺨이 얼고 발에 이상한 마비감이 일었다. 웨더비는 악의적으로 웃을 뿐 조금도 도와주지 않았다. 커스퍼트는 바늘로 발가락을 찔러 가며 난로 앞에서 언 발을 녹였다. 일주일 후 괴저가 시작되었다.

하지만 웨더비에게도 문제가 있었다. 이제 죽은 자들이 무덤에서 더 자주 나왔고, 꿈속에서도 생시에도 좀처럼 그의 곁을 떠나지 않았다. 그는 그들을 기다리면서도 두려워했고, 돌무덤 앞을 지날 때마다 몸을 떨었다. 어느 날 밤 죽은 자들이 꿈에 찾아와서 그에게 무언가를 시켰다. 얼마 후 깨어나 보니 그는 돌무더기 틈에 누워 있었다. 그는 참혹한 공포에 떨며 오두막으로 달려갔다. 하지만 그곳에 한참을 누워 있던 것이 분명했다. 발과 뺨이 얼어 있었기 때문이다.

그는 때로 그들의 끊임없는 출현을 견디지 못하고 오두막을 뛰어다니며 도끼를 휘둘러 집 안을 마구 부수기도 했다. 웨더비가 이렇게 유령 때문에 미쳐 날뛰면, 커스퍼트는 담요 속으로 파고들어 여차하면 쏘려고 리볼버의 공이치기를 풀고 그를 주시했다. 그러던 어느 날 웨더비는 한 차례의 광란에서 깨어났다가 자신을 조준하고 있는 총을 보았다. 그는 의심이 일었고, 그 또한 목숨에 위협을 느끼며 지내게 되었다. 그 뒤로 그들은 서로를 면밀히 감시했고, 한 사람이 다른 사람의 등 뒤를 지나갈 때마다 깜짝 놀라 뒤를 돌아보았다. 이런 두려움은 광증이 되어 잠을 잘 때에도 사라지지 않았다. 서로에 대한 두려움 때문에 그들은 말없이 밤새도록 램프를 태웠고, 잠자리에 들기 전에는 밤사이에 램프용 기름이 떨어지지 않게 채워 놓았다. 작은 동작도 상대를 크게 자극했고, 두 사람은 손가락을 방아쇠울에 얹은 채 이불 속에서 떨다가 서로의 조용한 감시의 눈길을 마주치곤 했다.

북극의 공포, 정신적 긴장, 악화되는 질병으로 그들은 인간다운 면모를 모두 잃고, 쫓기며 사는 야생 동물처럼 되어 갔다. 뺨과 코는 동상으로 검게 변했다. 얼어붙은 발가락은 첫 번째 마디와 두 번째 마디가 하나둘 떨어져 나갔다. 움직임 하나하나가 고통스러웠지만, 난로는 늘 허기져 있어서 그들의 비참한 몸에서 고통을 우려냈다. 그것은 날마다 먹이—진정한 인간의 살 1파운드—를 요구했고, 그들은 숲으로 장작을 구하러 기어 나갔다. 한번은 두 사람이 서로 모른 채 마른 가지를 찾아 기어 다니다가 반대 방향으로 한숲에 들어갔다. 두 해골은 어느 순간 갑자기 서로를 마주 보았다. 고통으로 크게 뒤틀린 겉모습 때문에 그들은 서로를 알아보지 못했다. 둘은 자리에서 벌떡 일어나 비명을 지르며 망가진 팔다리로 도망쳤다. 그런 뒤 오두막 앞에 쓰러져서 문을 미친 듯이 긁어 대다가 자신들의 실수를 깨달았다.

이따금 그들도 제정신이 들었고, 그런 어느 한 시기에 그들은 분쟁의 주요 원인인 설탕을 공평하게 분배했다. 그러고는 식량 은닉처에 각자의 자루를 따로 보관하고 맹렬히 감시했다. 이제 남은 것은 몇 컵 분량이 전부였고, 그들은 서로를 전혀 믿지 않았기 때문이다. 그러던 어느 날 커스퍼트가 실수를 했다. 그는 고통으로 몸도 가누기 힘들고 머리도 어지럽고 눈도 잘 보이지 않는 상태에서 설탕병을 들고 은닉처로 기어갔다가 웨더비의 자루를 자기 자루로 착각했다.

이 일이 일어난 때는 1월 초였다. 태양이 최저점을 지난 지 어느 정도 되었고, 이제 정오가 되면 북쪽 하늘 위로 노란 빛줄기가 나타났다. 설탕 자루를 착각한 다음 날, 커스퍼트는 몸과 마음이 나아지고 있는 느낌을 받았다. 정오가 가까워져 날이 밝아지자 그는 짧은 햇빛을 누리려고 바깥으로 기어 나갔다. 그는 그것을 태양이 앞날에 대한 뜻을 전하는 것이라 여겼다. 웨더비 역시 몸이 좀 나아져서 그의 옆으로 기어 나왔다. 그들은 움직임 없는 풍향계 아래에서 눈 속에 서로 기대앉아 기다렸다.

사방에는 죽음 같은 고요가 흘렀다. 다른 기후에서 자연이 그런 분위기가 되면 조용한 기대감이 들 것이다. 작은 목소리가 긴장을 깨리라는 기대감이. 북극은 그렇지 않았다. 두 사람은 유령 같은 평화 속에 영원 같은 세월을 살았다. 그들은 지난날의 노래를 기억하지 못했다. 앞날의 노래도 떠올리지 못했다. 이 오싹한 고요는 늘 있던 것, 영원의 정적이었다.

그들은 북쪽에 눈을 고정했다. 그들의 등 뒤, 남쪽의 우뚝한 산들 뒤로 보이지 않는 태양이 그들의 하늘이 아닌 다른 하늘 꼭대기로 올라갔다. 이 거대한 화폭의 유일한 관람객인 그들은 가짜 여명이 천천히 커지는 것을 보았다. 불꽃이 희미하게 밝아졌다. 그것은 진해지고, 적황색, 자주색, 주황색으로 변했다. 빛이 너무 밝아져서 커스퍼트는 그 뒤에 반드시 태양이 있으리라고 생각했다. 북쪽에 뜨는 태양, 그것은 기적이었다! 그러더니 그 빛이 희미해지는 과정도 없이 갑자기 사라졌다. 하늘은 무색이 되었다. 빛은 꺼졌다. 그들은 숨을 죽이고 흐느끼는 듯한 소리를 냈다. 하지만 보라! 공중에 서리 입자가 반짝이더니 풍향계가 눈 위에 북쪽으로 희미한 윤곽선을 드리웠다. 그림자였다! 때는 정각 12시였다. 그들은 황급히 남쪽으로 고개를 돌렸다. 눈 덮인 산등성이 위로 황금빛 테두리가 살짝 올라와서 그들에게 순간의 미소를 보인 뒤 다시 사라졌다.

그들은 눈물이 차오른 눈으로 서로를 찾았다. 마음이 기이하게 누그러들었다. 그들은 서로에게 저항할 수 없이 이끌렸다. 태양이 돌아오고 있었다. 그것은 내일도 모레도 글피도 올 것이다. 그리고 매번 좀더 오래 머물 것이고, 마침내 온종일 머리 위에 떠서 지평선 아래로 내려가지 않을 것이다. 밤은 없을 것이다. 겨울의 얼음 감옥은 깨질 것이다. 바람이 불고, 숲이 노래할 것이다. 땅은 복된 햇빛에 잠기고, 사방에 다시 생명이 일 것이다. 그러면 그들은 이 악몽을 끝내고 함께 남쪽 나라로 갈 것이다. 그들은 몸을 앞으로 던져서 서로의 손을 잡았다. 벙어리장갑 아래 부풀고 뒤틀린 손을.

하지만 그 약속은 실현되지 못할 운명이었다. 북극은 북극이고, 그곳에서는 사람의 마음이 이상한 법칙에 따라 움직인다. 그 법칙은 이역만리로 떠나 보지 않은 사람들은 이해할 수 없다.

그 1시간 뒤 커스퍼트는 오븐에 빵 팬을 얹고, 집에 돌아가면 병원에서 자기 발을 어떻게 치료할까를 생각했다. 이제 집은 그리 멀게 느껴지지 않았다. 웨더비는 은닉처를 뒤지고 있었다. 그리고 폭풍처럼 욕을 퍼붓다가 갑자기 멈추었다. 커스퍼트가 설탕을 훔쳤다. 하지만 돌무덤 속의 죽은 자들이 찾아와서 그의 목에 들끓는 말들을 잠재우지 않았다면 사태는 달라졌을지도 모른다. 그들은 그를 은닉처에서 부드럽게 끌고 나왔고, 그는 은닉처를 닫지 않았다. 끝이 다가왔다. 그들이 꿈속에서 속삭이던 일이 곧 일어나려 하고 있었다. 그들은 그를 부드럽게, 아주 부드럽게 장작더미로 이끌고 가서 손에 도끼를 쥐여 주었다. 그런 뒤 그가 오두막 문을 여는 것을 도와주었고, 그는 그들이 뒤에서 문을 닫았다고 느꼈다. 어쨌건 그는 문이 탕 닫히고 빗장이 덜 컥 걸리는 소리를 들었다. 그들은 이제 밖에서 그가 일을 마치기를 기다리고 있었다.

"카터! 왜 그래, 카터!"

퍼시 커스퍼트는 웨더비의 표정을 보고 놀라서 황급히 둘 사이에 탁자를 가로놓았다.

카터 웨더비는 서두르지도 않고 흥분한 기색도 없이 그에게 다가왔다. 그 얼굴에는 연민도 없고 열정도 없었다. 오직 할 일이 있는 사람, 그 일을 잘 수행해야 하는 사람의 침착하고 무감각한 표정이 떠올라 있었다.

"자네 대체 왜 그래?"

웨더비는 뒤로 물러서서 커스퍼트가 문으로 피하는 것을 막았지만 입은 열지 않았다.

"카터, 왜 그래. 말을 해 봐."

커스퍼트는 재빨리 머리를 굴려서 스미스 앤드 웨슨 권총이 있는 자신의 침대로 옆 걸음질을 했다. 그리고 두 눈을 미친 남자에게 고정한 채 뒤로 침대 위를 굴러 권총을 잡았다.

"카터!"

웨더비의 얼굴 앞에 화약이 번쩍 터졌지만 그는 무기를 휘두르며 앞으로 뛰어들었다. 도끼가 척추 아래쪽에 깊이 박혔고, 퍼시 커스퍼트는 다리의 모든 감각이 사라지는 것을 또렷이 느꼈다. 그런 뒤 웨더비가 그의 몸 위로 털썩 쓰러져서 힘없는 손가락으로 그의 목을 감싸쥐었다. 또 한 번의 도끼질에 커스퍼트는 권총을 떨어뜨렸고, 곧 숨을 헐떡이며 총을 찾아 담요 속을 더듬었다. 그때 한 가지 생각이 떠올랐다. 그는 웨더비의 벨트에 있는 칼집에 손을 댔다. 그들은 이렇게 서로 바짝 어깨를 맞붙이고 부둥켜안은 채 최후의 대치를 했다.

퍼시 커스퍼트는 힘이 빠져나가는 것을 느꼈다. 하체는 아무 쓸모 없었다. 웨더비의 둔중한 무게가 덫에 걸린 곰처럼 그를 짓뭉갰다. 오두막에 익숙한 냄새가 가득 찼고, 그는 빵이 타고 있다는 것을 알았다. 하지만 무슨 상관인가? 그는 이제 빵이 필요 없었다. 은닉처에는 여섯 컵 분량이 설탕이 있었다. 이런 일을 예견했다면 지난 며칠 그것을 아끼지 않았을 것이다. 풍향계는 움직일까? 지금 약간 방향이 바뀌고 있는지도 모른다. 오늘 해를 봤던가? 나가서 봐야지. 하지만 이제 움직일 수가 없었다. 웨더비가 이렇게 무거운 줄은 몰랐다.

오두막이 어쩌나 빨리 추워졌는지! 불이 꺼진 것이 분명했다. 추위가 밀려들었다. 이미 영하인 것이 분명했다. 얼음이 문 안으로 기어들어 왔다. 볼 수는 없어도 경험을 통해 오두막의 온도에 따라 얼음이 어디까지 왔을지 짐작할 수 있었다. 아래쪽 경첩이 이미 하얘졌을 것이다. 이 이야기가 세상에 전해질까? 친구들은 어떻게 생각할까? 그들은 커피를 마시며 이 일에 대한 기사를 읽고 클럽에서 이야기할 것이다. 그들의 모습이 눈앞에 생생했다. "불쌍한 커스퍼트. 나쁜 친구는 아니었는데." 이렇게 말할 것이다. 그는 그들의 추도의 말에 미소를 짓고 터키탕을 찾아 나섰다. 길에는 아까 그 친구들이 그대로 있었다. 이상하게도 그들은 자신의 사슴 가죽 모카신과 누더기가 된 두꺼운 양말을 알아보지 못했다! 택시를 타야지. 목욕을 하고서 면도하는 것도 괜찮을 거야. 아니, 먼저 식사를 해야겠어. 스테이크, 감자, 채소, 아 얼마나 신선할까! 저건 뭐지? 황금빛으로 흐르는 꿀! 그런데 왜 저렇게 많이 가져왔지? 하하! 다 먹지도 못할 거야. 닭아! 알겠습니다. 그는 상자에 발을 올려놓았다. 구두닦이가 의아한 눈으로 그를 올려다보았고, 그는 자신의 사슴 가죽 모카신을 보고 황급히 그 앞을 떠났다.

저 소리! 풍향계가 도는 것이 분명했다. 아니, 그저 그의 귓속에 울리는 노랫소리일 뿐이었다. 노랫소리일 뿐. 얼음은 이제 빗장을 넘었을 테고, 위쪽 경첩도 얼음에 덮였을 것이다. 이끼 덮인 지붕 기둥 사이에 얼음들이 점점 나타났다. 정말이지 느렸다! 아니, 그렇게 느리지는 않았다. 또 하나, 그리고 또 하나가 생겼다. 두 개, 세 개, 네 개. 이제 너무 빨리 생겨서 셀 수도 없었다. 두 개가 합해지고 있었다. 여기에 또 하나가 더해졌다. 이제는 얼음 자국이 없었다. 얼음이 오두막 전체를 완전히 덮어 버렸다.

어쨌건 그는 일행이 있을 것이다. 천사 가브리엘이 북극의 침묵을 깨고 온다면, 그들은 손을 잡고 백색 옥좌 앞에 함께 설 것이다. 그리고 신은 그들을 심판할 것이다. 심판할 것이다!

그런 뒤 퍼시 커스퍼트는 눈을 감고 잠으로 빠져들었다.

들길의 지혜
The Wisdom of the Trail

싯카 찰리는 불가능한 것을 이루었다. 다른 인디언도 찰리만큼 들길의 지혜를 알았을지 모른다. 하지만 백인의 지혜, 들길의 명예와 법을 모두 아는 자는 그뿐이었다. 하지만 그것은 하루아침에 이룬 것이 아니었다. 원주민의 정신은 일반화를 하는 데 익숙하지 않기 때문에, 무언가를 이해하려면 많은 일을 여러 번 반복해서 겪어야 한다. 싯카 찰리는 어린 시절부터 여러 차례 백인들과 맞닥뜨렸고, 어른이 되자 그들에게 운명을 맡기기로 하고 부족에 영원한 작별을 고했다. 그러나 그때에도 그들의 힘을 존경하고 경외하고 그에 대해 숙고하면서도, 그 비밀의 정수가 명예와 법이라는 것은 파악하지 못했다. 그는 여러해 동안 증거를 축적한 뒤에야 마침내 그것을 이해하게 되었다. 그는 이방인이었기에 무언가를 알 때는 백인보다 더 잘 알았다. 그리고 인디언이었기에 불가능한 것을 이루었다.

이런 일들을 겪는 동안 그는 자기 부족에게 특정한 경멸을 품게 되었다. 그는 평소에는 그것을 잘 감추고 살았지만, 지금은 그 경멸을 카추크테와 고히의 머리 위에 다국어 욕설로 퍼부었다. 찰리 앞에서 몸을 움츠리는 그들은 으르렁거리는 두 마리 늑대개와 같았다. 겁이 많아 덤비지는 못해도 송곳니를 감추지도 못하는 늑대개. 그들은 아름답지 않았지만, 그것은 싯카 찰리도 마찬가지였다. 세 사람 다 험상궂은 생김새였다. 그들의 얼굴에는 살이 없었다. 광대뼈에는 강추위로 인해 터졌다 얼기를 반복한 딱지가 가득했고, 두 눈은 절망과 허기의 빛으로 섬뜩하게 번득였다. 명예와 법의 울타리 밖에 자리한 자들은 믿을 수 없다. 싯카 찰리는 그것을 알았다. 그래서 그들에게 열흘 전에 다른 야영 장비와 더불어 라이플총을 버리게 했다. 이제 남은 총은 그와 이핑웰 대위의 라이플총이 전부였다.

"저기 불을 피워." 그가 명령하고, 자작나무 껍질이 붙은 소중한 성냥갑을 꺼냈다.

두 인디언은 부루퉁한 얼굴로 나뭇가지를 주우러 갔다. 하지만 기력이 없어서 허리를 굽히다 말고 어지러운 시늉을 하며 쉬거나 무릎을 덜덜 떨며 작전의 중심지로 돌아가곤 했다. 한 차례 나뭇가지를 주워 오고 나면 병 기운과 피로를 이길 수 없는 듯 잠깐씩 쉬었다. 때로는 말없이 인내하는 금욕주의자 같은 눈빛을 띠었다. 하지만 그들의 자아는 거칠게 외치는 것 같았다. "나는 살고 싶어!"라는 모든 생명체의 떨림음을.

남쪽에서 불어오는 가벼운 바람이 그들의 노출된 신체를 할퀴고, 털가죽과 살을 뚫고 뼛속까지 강추위를 전달했다. 그래서 불이 크게 피어올라 눈밭을 동그랗게 녹이자, 싯카 찰리는 꾸물거리는 동료들에게 덮개 천을 치는 일을 도와 달라고 했다. 덮개 천이란 그저 불가에 바람을 등지고 담요 한 장을 45도 각도로 치는 것이었다. 그것은 찬 바람을 막아 주고 그 안에 앉은 사람들에게 열을 되쏘아 주었다. 그런 뒤에는 몸이 눈과 바로 닿지 않도록 푸른 가문비나무 가지를 깔았다. 이 일을 마친 뒤에 카추크테와 고히는 자신들의 발을 돌보았다. 얼어붙은 모카신은 긴 여행에 처량하게 닳고 날카로운 성엣장에 찢어져 있었다. 인디언 각반도 사정은 비슷했다. 각반을 녹이고 벗고 하자 다양한 상태의 괴저를 보이는 하얀 발가락들이 들길의 단순한 이야기를 전해 주었다.

싯카 찰리는 두 사람이 각반과 신발을 말리게 두고, 왔던 길로 다시 나갔다. 그 역시 불가에 앉아 괴로운 몸을 돌보고 싶은 마음이 굴뚝같았지만 명예와 법이 그것을 금지했다. 그는 얼어붙은 들판에서 고생스럽게 일했다. 발걸음 하나, 근육의 움직임 하나하나가 다 고역이었다. 그는 최근 몇 차례나 성엣장 사이에 살얼음이 언 곳에서 허약한 발밑이 꺼지기 전에 미친 듯이 동작을 빨리해야 했다. 그런 곳에서 죽음은 빠르고 쉽게 찾아왔다. 하지만 거기에서 인내를 멈추고자 하는 소망은 그에게 없었다.

그때 두 명의 인디언이 강굽이를 돌아 나타나며 그의 깊은 고뇌는 끊어졌다. 그들은 무거운 짐을 진 것처럼 비틀거리며 숨을 헐떡였다. 하지만 그들의 짐은 고작 몇 킬로그램 정도였다. 그는 그들에게 큰 소리로 묻고, 그들의 대답에 안심하는 것 같았다. 그는 계속 갔다. 다음으로 백인 남자 두 명이 가운데에 여자 한 명을 부축하고 왔다. 그들도 술 취한 것처럼 움직였고, 팔다리가 기운 없이 떨렸다. 하지만 여자는 그들에게 살짝만 기대고 스스로의 힘으로 움직이려 했다. 그녀를 보자 싯카 찰리의 얼굴에 기쁨의 빛이 지나갔다. 그는 이핑웰 부인을 존경했다. 많은 백인 여자를 보았지만 그와 함께 들길을 다닌 여자는 그녀가 처음이었다. 이핑웰 대위가 그 일을 제안하며 도움을 청했을 때 그는 무겁게 고개를 저었다. 그것은 북극의 음울한 광막함을 뚫고 가는 미지의 여행이었기에, 인간의 영혼을 바닥까지 시험할 것이 분명했다. 거기에다 대위의 아내가 동행한다는 것을 알게 되자 그 일과 엮이기를 단호히 거절했다. 자기 부족의 여자라면 반대하지 않았을 것이다. 하지만 남쪽 나라의 여자들은 달랐다. 그들은 그런 일에 나서기에는 너무 무르고 부드러웠다.

싯카 찰리는 이런 유형의 여자를 몰랐다. 그녀를 만나기 5분 전까지만 해도 그는 자신이 이 원정을 이끌리라는 생각은 눈곱만큼도 하지 않았다. 하지만 여자가 눈부시게 미소를 지으며 다가와 깔끔한 영어를 구사하며 사정하거나 설득하는 대신 요점을 정확히 전달하자, 그는 자기도 모르게 응하고 말았다. 그녀가 그 눈에 부드러움과 어떤 호소를 담았다거나 목소리가 떨렸다거나 여성의 매력을 이용하려 했다면 그는 강하게 버텼을 것이다. 하지만 그녀의 맑은 눈과 청아한 목소리, 솔직함과 평등한 대우가 그의 이성을 마비시켰다. 그때 그는 그녀가 새로운 유형의 여자라고 느꼈고, 길을 나서고 얼마 지나지 않아 왜 이런 여자의 아들들이 땅과 바다를 정복했는지, 왜 자기 부족 여자의 아들들이 그들을 이기지 못했는지를 알았다. 무르고 부드럽다! 그는 날마다 그녀를 관찰했다. 지치고 힘들어도 굴하지 않는 모습을. 그러는 동안 '무르고 부드럽다'는 말은 그에게 영원한 후렴이 되었다. 그는 그녀의 발이 편한 길과 따뜻한 땅에 익숙하고, 북극의 모카신에는 낯설며, 매섭고 강한 추위를 접한 적이 없다는 것을 알았고, 그런 두 발이 힘겨운 하루하루를 뚫고 변함없이 달싹거리는 데 감탄했다.

그녀는 언제나 미소를 짓고 사람들을 격려했으며, 지위가 낮은 일꾼도 예외로 두지 않았다. 길이 어두워지면서 그녀는 더 힘을 모으는 것 같았다. 어린아이가 티피* 안의 가죽 꾸러미를 알듯 길의 굽이를 다 안다고 자랑하던 카추크테와 고히가 길을 모른다고 털어놓았을 때 남자들이 터뜨리는 욕설 틈에서 용서의 목소리를 올린 것도 그녀였다. 그녀는 그날 밤 그들에게 노래를 불러 주었고, 그들은 결국 짜증을 떨치고 새로운 희망 속에 앞날을 마주할 준비를 했다. 그리고 식량이 부족해서 할당량이 몹시 빈약해졌을 때 남편과 싯카 찰리의 음모에 맞서 자신들도 다른 사람들과 똑같은 양을 받도록 한 사람도 그녀였다.

싯카 찰리는 이런 여자를 아는 것이 자랑스러웠다. 그녀를 만나면서 그의 인생은 더 풍성하고 넓어졌다. 지금까지 그는 자기 자신만을 조언자로 삼고 누구의 손짓에도 주의를 기울이지 않았다. 그는 자신의 명령에 따라 스스로를 만들었고, 자신의 의견이 아닌 어떤 의견도 무시하며 스스로의 남성성을 키웠다. 그런데 이제 처음으로 그의 바깥에 있는 것이 안에 있는 좋은 것을 불러냈다. 그 맑은 눈이 자신을 인정하고, 그 청아한 목소리가 감사를 전하고, 그 입술이 가볍게 미소를 짓는 것만 보아도, 그는 몇 시간을 신과 함께 걸었다. 그것은 그의 남성성에 새로운 자극이 되었다. 그는 처음으로 들길에 대한 자신의 지혜에 의식적인 자부심을 품었다. 그리고 이 둘이 힘을 합해서 용기를 잃어 가는 동료들을 끊임없이 격려했다.

* 아메리카 원주민이 사용한 거주용 텐트.

그를 보자 두 남자와 한 여자는 얼굴이 밝아졌다. 어쨌건 그는 그들이 의지하는 일꾼이었기 때문이다. 하지만 싯카 찰리는 언제나처럼 단단한 철의 외관 속에 괴로움도 즐거움도 감추고, 그들에게 다른 사람들의 상태를 물은 뒤 야영지까지 남은 거리를 말해 주고 계속 길을 갔다. 다음으로 그는 짐도 없이 다리를 저는 인디언 하나를 만났다. 입술은 꼭 다물리고, 눈은 추위에 무너진 발의 고통으로 굳어 있었다. 그는 가능한 모든 조치를 취한 상태였지만, 결국 약하고 불운한 자는 죽을 것이고, 싯카 찰리는 그가 살날이 며칠 남지 않았다고 생각했다. 그가 오래 버틸 수 없다는 것을 알았기에 찰리는 그에게 투박한 격려의 말을 했다. 그 뒤로 인디언 둘이 더 왔고, 그는 그들에게 원정대에 있는 세 번째 백인 남자 조를 돕게 했다. 그들이 버리고 떠난 일이었다. 싯카 찰리는 그들의 몸에 숨은 반항기를 알아보았고, 그들이 결국 자신의 통제를 벗어났다는 것도 알았다. 그래서 그들이 지금껏 게을리 하던 일로 돌아가라는 명령에 사냥칼을 빼 들었을 때도 놀라지 않았다. 안타까운 일이었다. 세 명의 허약한 남자가 광막한 자연 앞에서 보잘것없는 힘을 쓴다는 것은. 하지만 두 남자는 한 남자가 라이플총을 탕탕 쏘자 움츠러들었고, 매 맞은 개처럼 다시 그에게 복종했다. 2시간 뒤 그들은 비틀거리는 조를 양옆에서 부축하고 싯카 찰리를 뒤에 세운 채 다른 원정대원들이 덮개 천 아래 웅크리고 있는 야영지에 도착했다.

　"동료들, 잠들기 전에 몇 마디 하겠다." 사람들이 발효되지 않은 빵을 약간 먹고 나자 싯카 찰리가 인디언들에게 인디언 말로 이야기했다. 백인들에게는 이미 이야기를 마친 뒤였다. "우리가 살아남기 위한 것이다. 나는 법을 만들고, 그것을 어기는 자의 머리에 죽음을 내릴 것이다. 우리는 침묵의 언덕을 지났고, 이제 스튜어트 강의 상류로 간다. 하루 이틀이 걸릴 수도 있고, 며칠이 걸릴 수도 있고, 여러 날이 걸릴 수도 있지만, 때가 되면 유콘 강 변에 이를 테고 그곳에는 식량이 많다. 우리는 법을 지켜야 한다. 오늘 내가 길을 내도록 시킨 카츄크테와 고히는 자기들이 성인 남자라는 걸 잊고 겁먹은 아이들처럼 달아났다. 그렇다. 그들은 잊었다. 그러니 우리도 잊자. 하지만 지금부터는 잊지 말아야 한다. 만약 그들이 기억하지 못하면⋯⋯" 그는 엄격한 표정이 되어 라이플총을 가볍고도 무거운 손길로 만졌다. "내일 그들은 밀가루를 지고 갈 것이고, 백인 조가 길에 쓰러지지 않도록 돌봐야 할 것이다. 밀가루의 분량은 이미 정확하게 재어 놓았으니 밤이 되었을 때 한 줌이라도 부족하면⋯⋯ 알지? 오늘 자기 일을 잊은 사람들이 또 있다. 무스헤드와 스리새먼은 백인 조를 눈 속에 그냥 두고 갔다. 이제는 잊어버리면 안 된다. 날이 밝으면 두 사람은 일행에 앞서 길을 낼 것이다. 이것이 법이다. 법을 잘 지키고 절대 어겨서는 안 된다."

싯카 찰리는 아무리 애를 써도 줄 간격을 촘촘히 유지할 수가 없었다. 맨 앞에서 길을 내는 무스헤드와 스리새먼에서 카츄크테와 고히와 조까지는 사이가 1.5킬로미터도 넘게 벌어져 있었다. 모두가 비틀거리고 쓰러지고 내키는 대로 쉬었다. 행렬은 불규칙하게 띄엄띄엄 이어졌다. 각자가 마지막 힘을 짜내 전진했지만 그런 뒤에도 항상 기적적으로 새로운 힘이 남아 있었다. 매번 누군가가 쓰러졌고, 다시 일어나지 못하리라고 굳게 믿었지만 다시 일어서고 또 일어서고 일어섰다. 육체는 무너졌지만 의지가 이끌었다. 하지만 한 번의 승리는 새로운 비극이 되었다. 발이 언 인디언은 더 이상 걷지 못하고 기어서 갔다. 그는 쉬지도 못했다. 추위의 채찍을 알았기 때문이다. 이핑웰 부인의 입술에 걸린 미소마저 딱딱하게 굳었고, 그 눈은 아무것도 보지 못하는 듯 멍했다. 그녀는 자주 멈춰 서서 벙어리장갑을 낀 손으로 가슴을 누르며 현기증 속에 숨을 몰아쉬었다.

백인 조는 고통의 단계를 넘어가 있었다. 그는 이제 혼자 죽게 내버려 두라고 사정하지 않았고, 망상이라는 진통제로 안정되어 있었다. 카추크테와 고히는 그를 거칠게 끌며 사나운 눈길과 주먹을 여러 차례 날렸다. 그들에게 이것은 더없이 부당한 일이었다. 그들의 가슴은 증오와 두려움으로 들끓었다. 왜 우리가 이런 약골 때문에 힘을 빼야 하는가? 계속 이렇게 가는 것은 죽음을 의미했다. 하지만 이 일을 하지 않으면? 그들은 싯카 찰리의 법과 라이플총을 기억했다.

빛이 사위면서 조는 더 자주 넘어졌고, 일어서는 일조차 너무도 힘들어져서 그들은 점점 뒤로 처졌다. 때로 세 사람 모두가 눈 속에 쓰러졌다. 인디언들도 지쳐 있었다. 하지만 그들의 등에는 생명과 힘과 온기가 있었다. 밀가루 자루 안에는 삶의 모든 가능성이 있었다. 그들은 자꾸 그것을 생각하게 되었고, 그 뒤에 생겨난 일도 그리 이상한 일이 아니었다. 그들은 수천 개의 잔가지가 성냥을 기다리고 있는 폐목 더미 옆에 쓰러졌다. 근처의 얼음에는 구멍이 뚫려 있었다. 카추크테는 나무와 물을 보았고 고히도 그것을 보았다. 그들은 서로를 보았다. 그들은 아무 말도 하지 않았다. 고히가 불을 붙였다. 카추크테는 주석 잔에 물을 담아서 데웠다. 조는 그들이 모르는 언어로 다른 땅의 일을 중얼거렸다. 그들은 따뜻한 물에 밀가루를 넣었고, 멀건 죽이 되자 그것을 여러 잔 마셨다. 조에게는 한 잔도 주지 않았다. 하지만 조는 신경 쓰지 않았다. 그는 아무것에도, 심지어 불붙은 장작 틈에서 그슬려 연기가 나는 자신의 모카신에도 신경 쓰지 않았다.

깨끗한 눈의 장막이 부드럽게 내려와서 그들을 하얗게 감쌌다. 운명이 구름을 걷고 공기를 맑게 하지 않았다면 그들은 더 많은 길을 밟았을 것이다. 아니 그 일이 10분만 늦게 일어났어도 그들은 살았을 것이다. 하지만 싯카 찰리는 그때 마침 뒤를 돌아보았다가 불에서 솟는 연기를 보고 사태를 짐작했다. 그리고 고개를 앞으로 돌려 충실하게 명령에 따르는 자들과 이핑웰 부인을 보았다.

"동료들, 너희는 스스로가 남자라는 사실을 또 한 번 잊었어. 좋아. 이제 먹일 입이 더 줄어들 거야."

싯카 찰리는 이렇게 말하면서 밀가루 자루 주둥이를 여며 이미 등에 메고 있는 자루 옆에 묶었다. 그리고 조를 발로 차서 그의 행복을 깨고 고통 속에 일어서게 했다. 그런 뒤 그를 들길 위로 다시 출발시켰다. 두 인디언은 달아나려고 했다.

"멈춰, 고히! 너 카추크테도! 밀가루가 너희 다리를 총알보다 빠르게 만들어 줬다고 생각하는 거야? 법을 피할 수 있다고 생각하지 마. 배가 부른 채 죽는다는 데 만족하고, 마지막으로 남자답게 행동해. 여기 폐목 더미 앞으로 와. 둘 다, 어서!"

두 남자는 반항도, 두려움도 없이 복종했다. 사람을 짓누르는 것은 현재가 아니라 미래이기 때문이다.

"고히, 너는 치페완 마을의 천막에 처자식이 있어. 그런데 네 의지는 왜 그 모양이지?"

"대위가 내게 약속한 물건들을 아내에게 전해 줘요. 담요, 구슬, 담배, 백인들식의 이상한 소리를 내는 상자. 내가 들길에서 죽었다고 말해 줘요. 하지만 어떻게 죽었는지는 말하지 마세요."

"그리고 아내도 아이도 없는 카추크테 너는?"

"내가 받을 물건은 코심 교역소장의 아내인 누나에게 줘요. 누나는 남편한테 맞고 살아요. 누나에게 내가 받기로 된 물건을 주고 이제 우리 부족으로 돌아가라고 말해 줘요. 혹시 대장이 그 남자를 만난다면, 그리고 그럴 마음이 있다면, 그 사람은 죽는 게 좋아요. 그 남자는 누나를 때리고, 누나는 겁에 질려 살아요."

"두 사람은 법에 따라 죽는 데 불만 없어?"

"없어요."

"그러면 안녕, 동료들. 오늘이 가기 전에 따뜻한 오두막에 가서 푸짐한 솥 옆에 앉아 있기를."

그리고 그는 라이플총을 들었고, 수차례의 메아리가 정적을 깼다. 그 소리가 사그라지자마자 멀리서 다른 총소리가 울렸다. 싯카 찰리는 놀랐다. 총소리는 여러 발이었는데, 원정대에 다른 총은 한 자루뿐이었다. 그는 고요히 누워 있는 두 남자를 힐끔 바라보고 들길의 지혜에 심술궂은 미소를 지었다. 그리고 유콘 강의 사람들을 만나러 서둘러 길에 올랐다.

북극의 오디세이
An Odyssey of the North

I

썰매는 줄 삐걱대는 소리와 선도견들의 종소리에 따라 영원한 애가 哀歌를 부르고 있었다. 하지만 남자들과 개들은 지쳐서 아무 소리도 내지 않았다. 들길은 새로 내린 눈을 무겁게 지고 있었고, 그들은 먼 길을 왔다. 언 사슴 고기를 잔뜩 짊어진 썰매날은 폭신한 눈 위에 악착같이 매달려서 거의 사람 같은 고집으로 버텼다. 어둠이 다가왔지만 밤을 보낼 야영지는 없었다. 눈이 바람 없는 대기를 가르고 부드럽게 떨어졌다. 눈송이가 아니라 섬세한 얼음 결정이었다. 날은 따뜻했고—영하 20도를 약간 밑도는 정도였다—사람들은 조심하지 않았다. 마이어스와 베틀스는 귀마개를 올렸고, 맬러뮤트 키드는 벙어리장갑을 벗었다.

개들은 이른 오후부터 지쳤지만, 이제 새 힘을 내보이기 시작했다. 기민한 놈들은 안절부절못했다. 썰매줄을 답답해했고, 어찌할 줄 모르고 홱홱 움직이며, 코를 킁킁거리고 귀를 바짝 세웠다. 또 굼뜬 동료에게 짜증을 내며 놈들의 엉덩이를 물어 재촉했다. 그러면 혼난 놈들도 조급증이 옮아서 함께 부산을 떨었다. 마침내 선두 썰매의 선도견이 만족스러운 울음을 외치며 눈 속에 몸을 움츠리고 목줄을 잡아당겼다. 나머지가 그 뒤를 따랐다. 등줄이 한데 모이고, 옆줄이 조여지고, 썰매들이 앞으로 돌진했다. 남자들은 썰매채를 꽉 붙들고, 재빨리 발을 들어 썰매날을 피했다. 하루의 피로가 떨어져 나갔고, 그들은 소리질러 개들을 격려했다. 개들은 즐거운 울음으로 화답했다. 그리고 짙어지는 어둠을 뚫고 빠른 속도로 길을 달렸다.

"오른쪽, 오른쪽!" 남자들이 돌아가며 소리쳤고, 썰매들은 갑자기 큰 들길에서 벗어나 바람을 탄 돛배처럼 기울어져서 한쪽 날에 온 무게를 실었다.

그들은 100미터 정도를 더 달려 불이 켜진 양피지 창문으로 갔다. 그 창문은 그곳에 사람이 살고, 유콘식 난로가 타오르며, 찻주전자에 김이 오르고 있다는 것을 말해 주었다. 하지만 그곳에는 이미 침입자가 있었다. 허스키 개 60마리가 반항적으로 합창했고, 선두 썰매의 개들 위로 다른 개들이 들이닥쳤다. 문이 벌컥 열리고, 노스웨스트 준주 경찰의 진홍색 제복을 입은 남자가 무릎 높이의 사나운 짐승들을 헤치며 다가왔다. 그는 채찍 손잡이를 차분하고 공평하게 휘둘러 개들을 제압했다. 이어 남자들이 악수를 했고, 이렇게 해서 맬러뮤트 키드는 낯선 이의 환영을 받으며 자기 오두막에 들어섰다.

본래 그를 맞을 예정이었고, 앞서 말한 유콘식 난로에 불을 지펴고 뜨거운 차를 만든 당사자인 스탠리 프린스는 손님들로 바빴다. 오두막에는 법을 집행하고 우편물을 배달하는 비슷비슷한 여왕의 공복이 여남은 명 있었다. 그들은 출신은 제각각이지만 공통된 생활로 인해 한 가지 유형이 되었다. 여위고 강단 있는 체격, 들길에서 단련된 근육, 그을린 얼굴, 솔직하고 근심 없는 영혼, 맑고 차분한 눈이 그것이다. 그들은 여왕의 개를 몰고, 여왕의 적에게 공포를 안겨 주었으며, 여왕이 주는 빈약한 식사에 만족했다. 그들은 인생을 보았고 큰일을 하며 낭만을 누렸지만 그것을 알지 못했다.

그리고 그들은 아주 편안했다. 그중 두 사람이 맬러뮤트의 간이침대에 뻗어서 자신의 프랑스인 조상들이 처음 노스웨스트 지방에 와서 인디언 여자들을 만났을 때 부른 샹송을 불렀다. 베틀스의 침대도 침범당했고, 원기 왕성한 부아야저 서너 명이 담요 속에서 발가락을 꼼지락거리며 울슬리가 하르툼까지 갔을 때* 그 여단에서 함께 배를 탄 사람의 이야기를 들었다. 그리고 그 사람이 이야기에 지치자 어느 카우보이가 버펄로 빌이 유럽의 수도를 순회할 때 본 궁정과 왕과 고관대작과 귀부인 들의 이야기를 했다. 구석에는 패배한 어느 옛 전투의 전우인 혼혈인 두 명이 개 연결끈을 수리하며, 노스웨스트가 반란으로 타오르고 루이 리엘이 왕이었던 시절을 이야기했다.**

거친 조롱과 더 거친 농담이 오갔고, 들길과 강의 위험이 평범한 일처럼, 오직 거기에 담긴 유머와 우스꽝스러운 사건을 통해서 회고되

---

* Garnet Joseph Wolseley(1833~1913). 영국의 육군 원수로, 1884~1885년에 영국의 나일강 원정대를 이끌고 강을 거슬러 수단의 하르툼까지 갔다.
** Louis Riel(1844~1885). 1870년과 1883년에 인디언과 메이티인(인디언과 프랑스계 캐나다인의 혼혈인)을 이끌고 노스웨스트 준주에 대한 영국의 통치에 저항하는 반란을 일으켰다가 처형당했다.

었다. 프린스는 이렇듯 역사의 현장을 목격하고, 위대하고 낭만적인 사건을 평범하고 우연한 일로 보는 이름 없는 영웅들에게 매혹되었다. 그는 소중한 담배를 그들에게 너그럽게 돌렸고, 회고의 녹슨 사슬이 풀리면서 잊혔던 오디세이들이 그를 위해 특별히 부활했다.

대화가 그친 뒤 손님들이 마지막 파이프를 채우고 꽁꽁 말아 둔 침낭을 풀자, 프린스는 맬러뮤트 키드에게 이야기를 더 해 달라고 졸랐다.

"저 카우보이에 대해서는 자네도 알잖아." 맬러뮤트 키드가 모카신 끈을 풀면서 말했다. "영국인의 피가 섞인 건 짐작하기 어렵지 않아. 다른 사람들은 모두 '쿠뢰르 뒤 부아'*에 얼마인지 모를 다른 여러 피가 섞여 있어. 문 옆에서 자는 저 두 친구는 '부아 브륄'**이라고 하는 정식 혈통이야. 허리에 인디언식 천을 두른 저 친구는—눈썹과 턱 동작을 봐—지난날 인디언 여자의 천막에서 울었던 스코틀랜드 남자의 후예라는 걸 알 수 있어. 그리고 외투를 베고 자는 잘생긴 친구는 프랑스 혼혈이야. 자네도 저 친구가 말하는 걸 들었지? 그 옆에서 자는 두 인디언을 좋아하지 않아. 리엘이 통치할 당시 정식 혈통이 부상했을 때 순혈들이 치안을 유지했고, 그 뒤로도 그들은 서로를 존중하고 있지."

"그러면 난로 옆에 우울한 얼굴로 앉아 있는 친구는 어때요? 영어를 못할 것 같은걸요. 그리고 밤새 입을 한 번도 안 열었어요."

"아냐. 영어를 꽤 잘해. 사람들이 말할 때 다 알아듣는 눈빛이었어. 하지만 다른 사람들하고 같은 부류는 아니야. 사람들이 프랑스어 사투리로 말할 때는 못 알아들었거든. 나도 저 사람의 혈통이 궁금했어.

* 유럽의 모피상을 도와 일한 프랑스계 백인 또는 혼혈인.
** 프랑스계와 인디언의 혼혈.

한번 확인해 봐야겠어."

"난로에 나무를 더 넣어요!" 맬러뮤트 키드가 문제의 사나이를 바라보며 큰 소리로 말했다.

그는 즉시 그 말에 따랐다.

"어디선가 규율을 배웠네요." 프린스가 낮은 소리로 말했다.

맬러뮤트 키드는 고개를 끄덕이고 양말을 벗었다. 그리고 누워 있는 남자들을 헤치고 난로 쪽으로 가서 그 앞에 널린 수십 개의 양말 틈에 자신의 젖은 양말을 널었다.

"도슨에는 언제 가십니까?" 맬러뮤트 키드가 조심스럽게 물었다.

남자는 잠시 그를 보더니 대답했다. "사람들 말로 120킬로미터 거리라고 합디다. 그러니까 아마 이틀 걸릴 겁니다."

억양이 약간 특이했지만 어색한 망설임이나 단어를 찾느라 더듬는 일은 없었다.

"전에 이 지방에 오신 적이 있나요?"

"아뇨."

"노스웨스트 준주도 처음이신가요?"

"아뇨."

"그곳이 고향인가요?"

"아뇨."

"그러면 고향이 어디신가요? 여기 있는 저 사람들하고는 다르지요?" 맬러뮤트 키드가 손을 휘둘러서 개몰이꾼들은 물론 프린스의 간이침대에 들어간 경찰관 두 명까지 가리켰다. "어디 출신입니까? 비슷한 얼굴들을 본 적이 있지만 어디였는지 기억이 안 납니다."

"저는 당신을 압니다." 그의 뜬금없는 대답에 맬러뮤트 키드의 질문

방향이 바뀌었다.

"어디에서요? 절 본 적이 있으시다고요?"

"아뇨. 오래전에 당신의 친구인 신부님을 파스틸리크에서 만난 적이 있습니다. 그분이 제게 맬러뮤트 키드를 아느냐고 물으셨죠. 먹을 것도 주시고요. 하지만 그곳에 오래 있지는 않았어요. 그분이 제 이야기를 하시던가요?"

"아! 당신이 바로 해달 가죽으로 개를 산 사람이로군요!"

남자는 고개를 끄덕이고 파이프의 재를 떨더니 털가죽을 끌어 올려 덮어서 그쯤에서 대화를 중단하고 싶다는 뜻을 밝혔다. 맬러뮤트 키드는 램프를 불어 끈 뒤 프린스의 담요 속으로 기어들었다.

"어떤 사람이에요?"

"몰라. 말을 돌리고 입을 다무네. 하지만 아주 호기심이 동하는걸. 저 사람 이야기를 들은 적이 있어. 8년 전에 온 바닷가 마을이 저 사람 소식을 궁금해했지. 수수께끼 같은 사람이야. 한겨울에 수천 킬로미터 떨어진 북쪽에서 왔어. 베링 해를 돌아 악마에게 쫓기듯이. 어디 출신인지는 아무도 모르지만 아주 먼 곳이 분명해. 저 사람은 골로빈 만에서 스웨덴 선교사들에게 먹을 것을 받아먹고 먼 길에 지친 채로 남쪽으로 가는 길을 물었다고 해. 우리는 나중에 그 이야기를 들었지. 그런 뒤 저 사람은 해안 길로 가지 않고 노턴 해협으로 나갔어. 눈보라와 강풍이 날뛰었지만, 저 사람은 천 명도 더 죽었을 고난을 뚫고 살아남았고, 세인트마이클스를 놓친 뒤 파스틸리크를 통해 다시 상륙했어. 남은 건 개 두 마리가 전부였고, 아사 직전이었대.

그때 루보 신부님이 먹을 것을 챙겨 주었고, 저 사람은 다시 바로 떠나고 싶어 했지만, 신부님은 개를 구해 줄 수가 없었지. 신부님도 길을 떠나려고 내가 도착하기만을 기다리고 계셨거든. 저 북극의 율리시스 씨*는 개 없이 출발할 만큼 바보가 아니라서 며칠 동안 아주 답답해했 대. 그런데 저 사람 썰매에는 깨끗이 손질된 해달 가죽이 가득했대. 해 달 가죽은 금값이잖아. 파스틸리크에는 샤일록 같은 러시아 상인도 있었어. 그리고 그 상인에게는 상태가 안 좋아서 곧 죽일 예정인 개들 이 있었지. 두 사람은 그다지 오래 흥정하지 않았지만 저 사람이 다시 남쪽으로 떠날 때 그의 썰매에는 개가 있었고, 샤일록 씨는 해달 가죽 을 가지고 있었어. 내가 봤어. 그리고 아주 훌륭한 가죽이었지. 계산해 보니까 개 값이 한 마리당 500달러도 넘었더군. 그리고 저 수수께끼의 사내가 해달 가죽의 가치를 모르는 것 같지도 않았어. 저 사람은 인디 언 혈통이고, 짧은 대화로 추측해 보건대 백인들 틈에서 지낸 것 같아.

베링 해의 얼음이 녹은 뒤 저 사람이 먹을 것을 찾아 누니바크 섬으 로 갔다는 소식이 들렸어. 그런 뒤 흔적 없이 사라졌다가 지금 8년 만 에 나타난 거야. 도대체 어디에 있다가 온 걸까? 그동안 무슨 일을 한 걸까? 왜 다시 왔을까? 저 사람은 인디언이고, 어디에서 어떻게 살았 는지 아무도 모르지만, 행동에 규율이 있어. 인디언에게는 드문 일이 지. 프린스, 자네가 풀어야 할 북극의 수수께끼가 또 하나 생겼군."

"아이고, 고맙습니다. 하지만 수수께끼가 너무 많은걸요." 그가 대답 했다.

맬러뮤트 키드는 이미 숨소리가 깊어졌지만, 젊은 탄광 기술자는 짙 은 어둠 속을 들여다보며 핏속의 이상한 흥분이 사라지기를 기다렸 다. 그러다 마침내 잠이 들었지만 그때도 그의 머리는 잠들지 않아 그

---

* 『오디세이아』의 주인공 오디세우스의 라틴어 이름 Ulysses를 영어로 읽은 이름.

는 미지의 백색 땅을 헤매고 다니며 끝없는 들길에서 개들과 씨름하고, 사람들이 살고 노역하다가 남자답게 죽는 것을 보았다.

다음 날 아침 개몰이꾼들과 경찰들은 동이 트기 몇 시간 전에 도슨을 향해 떠났다. 하지만 여왕의 이익을 돌보고 여왕의 미미한 백성들을 다스리는 높은 분들은 집배원들에게 별로 휴식을 주지 않았다. 그들은 일주일 뒤에 솔트워터행 편지를 잔뜩 짊어지고 스튜어트 강에 나타났다. 개들은 새로운 놈으로 바뀌어 있었지만, 어쨌거나 개는 개일 뿐이었다.

남자들은 얼마간의 휴식을 바랐다. 게다가 이 클론다이크 지역은 북극의 신新개척지였고, 그들은 금가루가 물처럼 흐르고 댄스홀들에 술잔치가 끊이지 않는 떠들썩한 황금 도시를 보고 싶어 했다. 하지만 그들은 다시 이곳에 와서 양말을 말렸고, 전에 왔을 때처럼 즐겁게 저녁 담배를 피웠다. 어쨌거나 대담한 한두 명은 그곳을 떠나 동쪽의 미개척지 로키 산맥을 넘고 매켄지 계곡을 통해 치페완 지방으로 돌아갈일을 꿈꾸었고, 두세 명은 심지어 계약 기간이 종료되면 바로 그 길로 귀향하기로 결심하고 즉시 계획에 착수했는데, 그 위험한 일을 마치도시 사람의 당일치기 숲 나들이처럼 말했다.

해달 가죽의 사나이는 대화에 관심을 보이지 않았지만 몹시 불안해보였는데, 그러다 마침내 맬러뮤트 키드를 옆으로 데리고 가서 낮은소리로 잠시 이야기를 했다. 프린스는 호기심에 차서 그들을 바라보았고, 그들이 모자와 장갑을 끼자 수수께끼는 더 커졌다. 그들이 돌아왔을 때, 맬러뮤트 키드는 금 저울을 탁자에 놓고 1.8킬로그램의 금을달더니 수수께끼 사나이의 가방에 옮겨 담았다. 그런 뒤 개몰이꾼 대장이 합류했고, 그와 함께 어떤 거래가 이루어졌다. 다음 날 개물이꾼 일행은 상류로 올라갔지만 해달 가죽의 사나이는 먹을 것을 약간 챙겨서 도슨으로 돌아갔다.

"어떻게 생각해야 할지 모르겠더군." 맬러뮤트 키드가 프린스의 질문에 대답했다. "하지만 그 불쌍한 사람은 어떤 이유로 일을 그만두고 싶어 했어. 이유는 말하지 않았지만 어쨌건 그 사람한테는 아주 중요한 일 같았어. 이 일은, 말하자면, 군대 같은 거야. 그는 2년 계약을 했고, 벗어나려면 돈을 내야 해. 그냥 그만두고 여기 남아 있을 수는 없지만, 어떻게든 이 지역에 머물고 싶어 하더라고. 도슨에 갔을 때 마음을 먹었다더군. 하지만 아무도 그를 몰랐고, 돈도 한 푼 없고, 그나마 내가 그 사람하고 두 마디라도 이야기를 한 유일한 사람이었어. 그래서 그는 부지사를 만나 이야기했고, 내게서 돈을 빌릴 생각으로 사직했대. 빚은 1년 후에 갚겠다고 했고, 원한다면 내게 큰 어떤 것에 대한 정보를 주겠다고 했어. 자기도 보진 못했지만 그게 크다는 건 안대.

그리고 어찌나 열렬하던지! 나를 데리고 나갔을 때 그 사람은 거의 울 지경이 되어서 내게 부탁하고 사정했지. 눈 속에 무릎까지 꿇는 바람에 내가 간신히 일으켰지 뭐야. 미친 사람 같았어. 여러 해 동안 이걸 목표로 살았는데 여기에서 주저앉을 수는 없다고 했어. 그게 뭐냐고 물었지만 대답하지 않더군. 사람들이 자기를 계속 다른 곳에서 일하게 만들지도 모르고, 2년 뒤에야 도슨에 가게 된다면 그때는 너무 늦을 거라고 했어. 내 평생 남자가 그토록 애태우는 모습은 처음 봤어. 그래서 돈을 빌려주겠다고 했더니 다시 눈 속에 주저앉아서 끌어 올려 세워야 했지. 투자금으로 생각하라고 했더니, 그 사람이 뭐라고 했는지 알아? 자기가 발견한 걸 내게 모두 주고 나를 꿈도 꿔 본 적 없는 부자로 만들어 주겠다고 맹세하더군. 투자금을 받고 인생과 시간을 바쳐 일한 사람들은 대개 소득의 절반도 주기 힘들어하는데 말야. 분명 어떤 깊은 사연이 있을 거야. 프린스, 잘 기억해 둬. 그 사람이 이 지역에 계속 있으면 언젠가 소식을 듣게 될 거야······."

"이 지역을 떠나면요?"

"그러면 내 호의는 타격을 받고, 내 금 1.8킬로그램은 날아가는 거지."

차가운 날씨는 긴 밤을 몰고 왔고, 태양이 남쪽 설선 위로 유서 깊은 까꿍 놀이를 시작했지만, 맬러뮤트 키드의 투자금에 대한 소식은 오지 않았다. 그러던 중 1월 초의 어느 쓸쓸한 아침에 짐을 가득 실은 개썰매단이 스튜어트 강 하류에 있는 그의 오두막에 찾아왔다. 해달 가죽의 사나이가 그 사이에 있었고, 그와 함께 신들이 지금은 거의 잊은 지난날의 방법으로 빚은 듯한 남자도 들어왔다. 사람들은 행운과 용기와 500달러짜리 흙을 말할 때면 늘 액슬 건더슨의 이름을 언급했고, 배짱과 힘과 모닥불을 과감하게 지나가는 일을 이야기할 때도 늘 그를 소환했다. 그리고 대화가 시들면 그와 운명을 함께하는 여자에 대한 이야기가 다시 불타올랐다.

이미 말했듯이 액슬 건더슨을 만들 때 신들은 지난날의 솜씨를 기억하고, 세상의 유년 시절에 했던 방식으로 그를 빚었다. 그는 키가 2미터를 훌쩍 넘었고, 엘도라도 왕*을 표시하는 화려한 복장을 했다. 가슴,

* 노다지를 발견한 광부.

목, 팔다리는 모두 거인의 것이었다. 140킬로그램에 가까운 무게의 뼈와 근육을 감당하기 위해 그의 눈신은 다른 사람들보다 1미터는 더 컸다. 거친 이마와 거대한 턱과 파란색의 단호한 눈으로 이루어진 울퉁불퉁한 얼굴은 오직 힘의 법칙밖에 모르는 사람의 이야기를 전했다. 옥수수수염처럼 노란색이지만 하얗게 서리가 내린 머리는 밤을 지나가는 일광처럼 반짝이며 곰가죽 외투 위로 길게 늘어져 있었다. 그가 개들보다 먼저 좁은 길을 힘차게 걸어오는 모습을 보면, 막연한 바다의 분위기가 느껴졌다. 그리고 그가 채찍 손잡이로 맬러뮤트 키드의 문을 두드렸을 때의 풍모는 약탈에 나선 바이킹 해적이 성문을 열라고 호통치는 것 같았다.

프린스는 여자 같은 팔로 빵을 반죽하면서 세 손님에게 계속 눈길을 던졌다. 누구라도 평생토록 집에 맞아들이기 힘들어 보이는 손님들이었다. 그는 맬러뮤트 키드가 율리시스 씨라고 이름 붙인 수수께끼의 사나이에게 여전히 깊은 호기심을 느꼈다. 하지만 더 큰 호기심을 불러일으킨 것은 액슬 건더슨과 액슬 건더슨의 아내였다. 그녀는 그날의 이동에 피곤해했다. 남편이 이 동토의 금으로 부를 얻은 뒤로 오랜 세월 동안 안락한 집에서 편안하게 지냈기 때문이다. 그녀는 벽에 기댄 가녀린 꽃처럼 남편의 거대한 가슴에 기대서 맬러뮤트 키드의 선량한 농담에 나른하게 대답하고, 이따금 검고 그윽한 눈동자로 프린스의 피를 이상하게 끓게 했다. 프린스는 남자고 건강했으며, 여러 달 동안 여자를 거의 접하지 못했기 때문이다. 그녀는 프린스보다 나이가 훨씬 많았고, 게다가 인디언이었다. 하지만 그녀는 그가 그동안 만난 원주민 아낙들과 달랐다. 프린스는 대화를 통해 그녀가 다른 곳 출신이고 많은 곳을 다녔으며, 자신의 고국인 영국에서도 살았다는 것을 알아냈다. 그녀는 인디언 여자들이 아는 것을 대부분 알았고, 그들이 모르는 것도 많이 알았다. 그녀는 말린 생선으로 요리를 할 줄 알았고, 눈 속에 잠자리를 만들 줄 알았다. 하지만 복잡한 코스 요리에 대한 설명으로 그들을 괴롭혔고, 그들이 거의 잊은 여러 가지 요리 이야기로 내부에 이상한 불화를 일으켰다. 그녀는 큰사슴, 곰, 푸른 여우 그리고 북극 지방 바다의 양서류를 잘 알았다. 숲과 강의 전설에 익숙했고, 눈에 찍힌 사람과 새와 짐승의 발자국은 책에 찍힌 글자처럼 읽었다. 프린스는 그녀가 벽에 걸린 '야영지의 규칙'을 읽으며 동의의 뜻으로 눈을 반짝이는 것을 보았다. 늘 목마른 베틀스가 피가 들끓었을 때 만든 규칙으로, 간결하고 단순한 것이 강점이었다. 프린스는 오두막에 여자가 올 때면 언제나 그것을 뒤집어 놓았다. 하지만 누가 이 원주민 아내를 의심할 수 있었을까. 어쨌건 이제는 늦었다.

그녀가 바로 액슬 건더슨의 아내, 그 이름과 명성이 남편의 명성과 함께 북극 전역에 퍼진 여자였다. 맬러뮤트 키드는 식탁에서 그녀에게 옛 친구처럼 장난을 쳤고, 프린스는 처음 만난 어색함을 떨치고 그 사이에 끼었다. 그녀는 그 불평등한 경연에서 잘 버텼고, 재치가 떨어지는 남편은 아무것도 시도하지 않고 박수만 쳤다. 그는 아내를 몹시 자랑스러워했다. 그의 눈길과 행동 하나하나가 그의 인생에서 아내가 얼마나 중요한지를 선명하게 보여 주었다. 즐거운 경연이 벌어지는 동안 모두가 잊은 해달 가죽의 사나이는 침묵 속에 식사를 했고, 다른 사람들이 식사를 마치기 한참 전에 식탁에서 물러나서 개들에게 갔다. 그의 동료들도 곧 벙어리장갑과 파카를 챙겨 입고서 그를 따라 나갔다.

며칠 동안 눈이 오지 않았고, 썰매들은 눈이 단단히 다져진 유콘 길을 번들거리는 얼음길만큼이나 수월하게 달렸다. 율리시스가 선두 썰매에서 길을 이끌었고, 두 번째 썰매에 프린스와 액슬 건더슨의 아내가 탔으며, 맬러뮤트 키드와 노란 머리 거인이 세 번째 썰매에 탔다.

"그냥 직감일 뿐이오, 키드." 거인이 말했다. "하지만 맞을 것 같소. 저 사람은 거기에 간 적은 없지만 이야기를 그럴듯하게 하고, 내가 예전에 쿠트네이 지역에서 이야기를 들은 적 있는 지도를 보여 줬소. 나는 당신이 함께 갔으면 좋겠소. 하지만 저자는 이상한 자요. 다른 사람이 끼어들면 자기는 그만두겠다고 단도직입적으로 말했소. 하지만 내가 돌아오면 당신한테 첫 정보를 주고 또 내 옆자리를 주겠소. 거기에다 마을 현장의 지분 절반을 주겠소."

"아니! 아니요!" 그는 맬러뮤트 키드가 사양하기 전에 미리 소리쳤다. "나는 이 일을 이끌고 있고, 일을 마치려면 두 사람이 필요해요. 잘하면 제2의 크리플크리크*가 될지도 몰라요. 듣고 있소? 제2의 크리플크리크라니까! 이건 사금이 아니라 석영금이오.** 우리가 제대로만 하면 전체를 통째로 차지할 수도 있소. 수백만, 수천만 달러를. 나는 전에 그곳의 이야기를 들었고, 아마 당신도 그럴 거요. 같이 도시를 세웁시다. 인부를 수천 명 써서 수로를 내고 기선을 들이는 거요. 대형 교역선도 있고, 상류로 가는 경증기선도 있을 거요. 철도 측량, 제제소, 발전소도 있고, 우리만의 은행, 상업 회사, 기업 연합도 있을 거요. 그러니 내가 돌아올 때까지 기다리고 계시오!"

썰매들은 들길이 스튜어트 강 하구를 가로지르는 곳에 멈추어 섰다. 얼음 바다는 미지의 동쪽까지 멀리 뻗어 있었다. 눈신들이 썰매줄에

---

* 1849년 캘리포니아 골드러시 때 최고의 노다지 지역.

** 석영금은 암석에 박힌 금으로 사금보다 수익성이 높으며, 클론다이크 최대의 노다지는 석영 광산에 있었다.

서 풀렸다. 액슬 건더슨은 악수를 하고 앞으로 걸어가며 물갈퀴처럼 넓적한 눈신으로 포슬포슬한 눈 속에 무릎까지 푹푹 빠져 가며 눈을 다졌다. 개들이 눈에 묻혀 허우적거리지 않도록 하기 위해서였다. 그의 아내는 그 불편한 눈신을 아주 익숙하게 신고서 마지막 썰매 뒤로 갔다. 그들은 고요를 깨며 명랑하게 작별 인사를 나누었다. 개들이 칭얼거렸고, 해달 가죽의 사나이는 뒷줄의 고집 센 개와 채찍으로 대화를 했다.

1시간 뒤에 행렬은 넓은 종이를 가로지르는 검고 곧은 연필 선 같은 모습이 되었다.

II

그로부터 여러 주가 지난 어느 날 밤, 맬러뮤트 키드와 프린스는 오래된 잡지에서 찢어 낸 체스 문제를 푸는 데 골몰해 있었다. 키드는 보난자 천 변 광산에서 막 돌아와 큰사슴 사냥을 준비하며 쉬는 중이었다. 프린스도 겨우내 개울과 들길에 있었기에 이제 오두막에서 평화로운 한 주일을 보내고 싶은 열망이 강렬했다.

"블랙 나이트를 중간에 놓고 킹을 압박해. 아니, 그건 안 되겠다. 가만, 다음번 수는……"

"왜 폰을 두 칸이나 전진시키는 거죠? 중간에 먹힐 게 분명해요. 그리고 비숍이 없어졌으니까……"

"가만! 그러면 구멍이 생겨. 그리고……"

"아니, 방어 수단이 있어요. 계속해요! 그렇게 하면 돼요."

그것은 아주 재미있었다. 누군가가 문을 두 번 두드리자 맬러뮤트 키드가 말했다. "들어와요." 문이 열렸다. 무언가가 비틀거리며 들어왔다. 프린스는 그쪽에 힐끔 눈길을 던졌다가 벌떡 일어났다. 그의 놀란 모습에 맬러뮤트 키드도 고개를 돌렸다가 역시 깜짝 놀랐다. 물론 나쁜 일을 보는 것이 이번이 처음은 아니었다. 그것이 그들을 향해 비틀거리며 들어왔다. 프린스는 슬금슬금 물러나서 스미스 앤드 웨슨 총을 걸어 둔 못으로 손을 뻗었다.

"이게 뭐죠?" 그가 맬러뮤트 키드에게 속삭였다.

"몰라. 동상과 굶주림에 시달린 병자 같은데." 키드가 대답하고는 반대 방향으로 가서 문을 닫고 돌아왔다. "조심해! 미쳤을지도 몰라."

그것이 식탁으로 다가왔다. 램프의 밝은 불길이 그것의 눈길을 끌었다. 그것은 흥미를 느꼈고, 섬뜩한 소리로 낄낄거렸다. 그러더니 그가―그것은 사람이었다―가죽 바지를 추스르면서 몸을 굽히고 뱃노래를 시작했다. 선원들이 밧줄을 감고, 바다가 그들의 귀에 콧김을 뿜을 때 부르는 노래였다.

　　양키 배가 강을 내려오네!
　　당겨라, 친구들! 당겨!
　　선장이 누군지 알려 줄까?
　　당겨라, 친구들! 당겨!
　　사우스캐롤라이나의 조녀선 존스라네,
　　당겨라! 친구……

그러더니 그가 불쑥 노래를 끊고 늑대처럼 으르렁거리며 고기 선

반으로 다가갔고, 그들이 막을 틈도 없이 이빨로 생베이컨을 물어뜯었다. 그는 맬러뮤트 키드와 격렬하게 씨름했지만, 그 미친 힘은 솟았을 때만큼이나 갑자기 사라졌고, 그는 힘없이 약탈품을 포기했다. 두사람이 의자에 앉히자 그는 상반신을 식탁에 널브러뜨렸다. 그러더니 소량의 위스키로 힘을 되찾고 맬러뮤트 키드가 앞에 놓아 준 설탕통에 숟가락을 꽂았다. 그렇게 그가 입맛을 약간 달래자 프린스는 몸을 떨면서 그의 앞에 묽은 쇠고기 수프를 내놓았다.

어두운 광기에 감싸인 그 짐승의 눈은 수프를 한 숟가락 뜰 때마다 타올랐다 사그라졌다. 얼굴에는 살이 거의 없었다. 어찌나 여위고 움푹한지 인간의 얼굴과 유사한 구석이 별로 없었다. 끝없는 추위가 상처에 새 상처를 덧입히며 갉아먹은 얼굴이었다. 여위고 딱딱한 얼굴 표면은 마른 피 같은 검은색이었고, 안쪽으로 붉은 생살이 보이는 쓰라린 상처가 가득했다. 가죽옷은 낡고 더러웠고, 한쪽은 털이 불에 그슬려 그가 불 위에 누운 적이 있다는 사실을 일러 주었다.

맬러뮤트 키드는 볕에 그을린 가죽이 조각조각 찢긴 부분을 가리켰다. 그것은 그가 지독한 굶주림으로 옷마저 찢어 먹었다는 표시였다.

"당신은…… 누구요?" 키드가 느리지만 분명하게 물었다.

남자는 들은 척하지 않았다.

"어디에서 왔소?"

"양키 배가 강을 내려오네." 그가 떨리는 목소리로 노래했다.

"거지가 강을 내려온 건 분명해." 키드가 그와 좀 더 똘똘한 대화를 해 보려고 그를 흔들었다.

그러자 남자가 통증에 비명을 지르며 옆구리에 손을 댔다. 그리고 식탁에 반쯤 기댄 채 일어섰다.

"그 여자는 나를 보고 웃었어…… 혐오하는 눈으로, 그리고 나에게…… 오지…… 않을 거야."

그의 목소리가 끊겼고, 그가 다시 주저앉자 맬러뮤트 키드가 그의 손목을 잡고 소리쳤다. "그게 누구야? 누가 오지 않는다는 거야?"

"그 여자, 웅가. 웅가가 웃고 나를 찔렀어. 그리고……"

"그리고?"

"그리고……"

"그리고 뭐?"

"그리고 그 남자는 눈 속에 조용히 누웠어. 오랫동안. 아직도…… 눈 속에…… 누워 있어."

두 남자는 답답함에 서로를 바라보았다.

"누가 눈 속에 있다는 거야?"

"그 여자. 웅가는 혐오하는 눈으로 나를 바라보았고 그리고……"

"그래, 그래."

"그리고 칼을 꺼냈고, 한 번, 두 번…… 여자는 힘이 없었어. 내가 너무 늦었어. 그리고 거기에는 금이 많아. 아주 많아."

"웅가가 어디에 있는데?" 맬러뮤트 키드가 물었다. 그 여자가 근방 어딘가에서 죽어 가고 있을지도 몰랐기 때문이다. 그는 남자를 사납게 흔들며 계속 물었다. "웅가가 어디 있어? 웅가가 누구야?"

"그 여자는…… 눈 속에…… 있어."

"그리고 또!" 키드가 그의 손을 잔인하게 눌러 잡았다.

"나도…… 눈 속에…… 있을…… 거지만…… 빚을…… 갚아야…… 해서. 무거운…… 빚을…… 갚아야 해…… 갚아야……" 비틀거리는 어휘들이 행진을 멈춘 사이 그는 주머니에서 사슴 가죽 주머니를 꺼냈다. "투자금…… 5파운드…… 빚…… 맬러…… 뮤트…… 키드……
나는……" 남자의 머리가 식탁으로 떨어졌고, 맬러뮤트 키드도 그것
을 다시 들어 올리지 못했다.

"율리시스야." 그가 금가루 주머니를 식탁 위에 툭 던지며 조용히 말
했다. "액슬 건더슨 부부하고 종일 있었던 것 같아. 일단 침대에 눕히
자. 이 사람은 인디언이야. 견뎌 내고 이야기도 해 줄 거야."

두 사람이 그의 옷을 자르자 그의 오른쪽 가슴 근처에 아물지 않은
칼자국 두 개가 딱딱한 입술을 벌리고 있었다.

III

"내 방식대로 말하겠습니다. 하지만 두 분은 이해할 겁니다. 맨 처음
부터, 그러니까 나와 그 여자의 이야기를 먼저 하고 다음으로 그 남자
의 이야기를 하겠습니다."

해달 가죽의 사나이는 한동안 불을 쬐지 못한 사람답게 불이 사라
질까 두려운 듯 난로 앞으로 다가갔다. 맬러뮤트 키드는 램프의 심지
를 돋운 뒤 램프의 위치를 조정해서 빛이 이야기꾼의 얼굴을 잘 비추
도록 했다. 프린스도 간이침대에서 나와 그들 곁에 자리 잡았다.

"내 이름은 나스입니다. 족장의 아들이고, 나 역시 족장으로, 일몰과
일출 사이에 어두운 바다 위에 뜬 아버지의 우미악*에서 태어났습니
다. 남자들은 밤새도록 힘겹게 노를 저었고, 여자들은 달려드는 파도

* 동물 가죽으로 만드는 카약과 비슷한 배.

를 퍼냈지요. 그들은 폭풍과 싸웠습니다. 짠 물보라가 내 어머니의 가슴을 얼렸고, 마침내 어머니의 숨은 물결과 함께 사라졌습니다. 하지만 나는 바람과 폭풍 속에서 울음을 터뜨리고 살아남았지요.

우리 부족은 아카탄에 살았습니다."

"아카탄이 어딥니까?" 맬러뮤트 키드가 물었다.

"알류샨 열도에 있는 아카탄을 말합니다. 치그닉을 지나 카달락도 지나서 우니막도 지난 곳에 있지요. 우리 부족은 세상 끝에 있는 바다 복판의 아카탄에 살았습니다. 바다에서 물고기, 물범, 해달을 잡고, 푸른 숲과 노란 해변 사이의 바위 지대에 옹기종기 집을 짓고 살았지요. 해변에는 카약을 대 놓고요. 우리 부족은 그 수가 많지 않았고, 세상은 아주 작았습니다. 동쪽에는 낯선 땅들이 있었는데, 모두 아카탄과 같은 섬들이라서 우리는 세상이 모두 섬인 줄 알았지만, 그걸 나쁘다고 생각하지 않았습니다.

나는 우리 부족 사람들과 달랐습니다. 해변 모래밭에는 우리 부족이 쓰지 않는 구부러진 목재와 파도에 흰 널빤지가 있었습니다. 삼면으로 바다가 보이는 섬 끝에 본래 그곳에는 자라지 않는 매끄럽고 꼿꼿하고 큰 소나무가 서 있었지요. 어느 날 두 남자가 그곳에 와서 여러 날 동안 관찰을 했다고 합니다. 그들은 해변에 부서져 있는 그 배를 타고 바다를 건너왔답니다. 그들은 당신들 같은 백인이었고, 물범들이 떠나 사냥할 것이 없어지자 어린애들처럼 약해졌답니다. 난 이런 이야기를 노인들에게서 들었고, 노인들 또한 그 부모에게서 이 이야기를 들었지요. 이 이상한 두 백인은 처음에는 우리 방식을 받아들이지 않았지만, 물고기와 기름을 먹자 튼튼하고 강해졌습니다. 그들은 각자 집을 한 채씩 짓고 여자를 한 명씩 골랐고, 시간이 지나자 아이들이 태어났습니다. 그렇게 해서 태어난 아이 중 하나가 내 아버지의 아버지의 아버지입니다.

　말했다시피 난 우리 부족 사람들과 달랐습니다. 바다에서 온 이 백인의 강하고 이상한 피를 받았기 때문입니다. 그들이 오기 전에 우리는 다른 법을 가지고 있었다고 합니다. 하지만 그들은 싸움을 좋아했고, 더 이상 싸우려 나서는 자가 없을 때까지 우리 남자들과 싸웠습니다. 그런 뒤 스스로 족장이 되어 우리의 옛 법을 버리고 새 법을 만들었고, 그에 따라 우리의 혈통은 예전처럼 어머니를 통해 이어지지 않고 아버지를 통해 이어지게 되었습니다. 그들은 또 아들 중에서도 장남이 아버지의 모든 것을 물려받고 다른 형제자매는 스스로 알아서 살게 했습니다. 그들은 다른 법도 전해 주었습니다. 물고기를 잡는 새로운 방법을 일러 주고, 숲에 우글거리는 곰을 사냥하는 방법도 알려 주었습니다. 그리고 기근을 대비해서 식량을 더 많이 저장하는 방법도 가르쳐 주었습니다. 이런 것은 좋은 것이었습니다.

　하지만 그들이 족장이 되어서 아무도 그들과 맞서 싸우지 않게 되자 그들은 자기들끼리 싸웠습니다. 그리고 내게 피를 물려준 남자가 남자 팔 길이의 물범 창으로 다른 남자의 몸을 꿰뚫었습니다. 그들의 자녀들도 싸움을 했고, 자녀의 자녀들도 싸웠습니다. 그런 증오와 악행이 내 시절까지 이어져서 양가에서 그들의 피를 간직한 사람은 오직 한 명씩만 남게 되었습니다. 내 혈통에서는 그게 나였습니다. 다른 사람 쪽에는 웅가라는 여자였고, 그녀는 어머니와 함께 살았습니다. 그녀의 아버지와 내 아버지는 어느 날 밤낚시를 나갔다가 돌아오지 않았습니다. 하지만 나중에 파도에 밀려 해변에 올라왔을 때 그들은 서로를 바짝 부둥키고 있었습니다.

사람들은 두 집안 사이의 증오를 알았기에 이 일을 의아해했습니다. 그리고 노인들은 고개를 저으면서 그녀가 아이를 낳고 나 또한 아기를 낳으면 싸움이 계속 이어질 거라고 말했습니다. 나는 어릴 때부터 이런 이야기를 들어서 웅가를 원수로, 그러니까 내 아이들과 싸울 아이들의 어머니로 보게 되었습니다. 나는 날마다 그런 일을 생각하다 조금 더 커서 애송이 청년이 되었을 때 왜 그래야 하는지 이유를 물었습니다. 사람들은 '우리도 모르지만 너희 아버지들이 그렇게 했다'고 대답했지요. 나는 후손들이 지난날의 싸움을 해야 하는 게 이상했고, 그 이유를 이해할 수 없었습니다. 하지만 사람들은 원래 그렇다고 말했고, 그때 나는 겨우 애송이일 뿐이었지요.

사람들이 나더러 서두르라고, 그래야 내 핏줄이 그녀의 핏줄보다 더 먼저 태어나서 강해진다고 말했습니다. 그것은 쉬운 일이었습니다. 나는 족장이었고, 사람들은 우리 아버지들의 일과 그들이 만든 법 때문에, 그리고 내가 가진 큰 재산 때문에 나를 우러러보았기 때문입니다. 어떤 여자라도 기꺼이 내게 왔겠지만 나는 아무도 마음에 들지 않았습니다. 그런데 노인들과 처녀의 어머니들은 나에게 서두르라고 했습니다. 그때 이미 많은 사냥꾼이 웅가의 어머니에게 큰 선물을 내걸고 청혼하고 있었기 때문입니다. 그리고 그녀의 아이들이 내 아이들보다 강해지면 내 아이들이 죽을 게 분명했지요.

하지만 마땅한 여자를 찾지 못하고 지내던 어느 날 밤, 나는 낚시를 나갔다가 돌아오고 있었습니다. 햇빛은 하늘에 낮게 누워서 눈에 가득 들어왔고, 바람은 자유롭고, 카약들은 하얀 바다와 함께 달렸습니다. 그때 웅가의 카약이 내 곁을 지나갔고, 그녀가 나를 바라보았는데, 검은 머리가 밤의 구름처럼 날리고 물보라가 뺨을 적시고 있었습니다. 이미 말했듯이 햇빛이 눈에 정면으로 들어왔고, 나는 애송이였습니다. 하지만 그 순간 모든 것이 분명해지고, 나는 그것이 동류의 영혼을 부르는 소리라는 걸 알았습니다. 그녀는 나를 앞질러 가면서 몇 미터 거리에서 뒤를 돌아보았는데, 그 표정은 오직 웅가만이 지을 수 있는 표정이었고, 나는 다시 그것이 동류의 영혼을 부르는 소리라는 것을 알았습니다. 우리가 게으른 우미악들을 빠른 속도로 앞질러 지나가자 사람들이 소리를 질렀습니다. 하지만 그녀는 노를 아주 잘 저었고, 나는 심장이 돛처럼 부풀어서 좀처럼 따라잡지 못했습니다. 바람이 새로 일고 바다가 파도로 하얘졌으며, 우리는 바람을 탄 물범처럼 껑충껑충 뛰며 태양의 황금 길을 달려갔습니다."

나스는 웅크린 몸을 의자 밖으로 살짝 빼내서 노를 저으며 경주하는 시늉을 했다. 난로 쪽을 바라보는 그 눈에는 흔들리는 카약과 웅가의 휘날리는 머리카락이 보이는 것 같았다. 그의 귓속에는 바람의 목소리가 울리고, 콧속에는 소금기가 날아 들어왔다.

"하지만 그녀는 해변에 닿자 웃으며 모래밭을 달려 어머니의 집으로 갔습니다. 그리고 그날 밤 나는 중대한 생각을 했습니다. 아카탄의 족장에게 걸맞은 훌륭한 생각이었습니다. 그래서 달이 뜨자 그녀의 어머니 집에 갔고, 야시누시가 그 집 문 앞에 쌓아 놓은 선물을 보았습니다. 야시누시는 웅가의 아이들의 아버지가 되기로 마음먹은 힘센 사냥꾼이었습니다. 다른 젊은이들도 그곳에 선물을 쌓았다가 가져갔고, 뒤에 오는 젊은이는 항상 앞사람보다 더 큰 더미를 쌓았습니다.

나는 달과 별을 바라보며 웃고, 온갖 재산이 가득한 내 집으로 갔습니다. 그리고 여러 차례 내 집과 그 집을 오가면서 선물 더미를 야시누시보다 한 뼘 더 높게 쌓았습니다. 볕에 말려 훈연한 생선들도 있었고,

물범 가죽이 40장, 털가죽이 그 절반가량 되었습니다. 가죽은 한 장한 장 주둥이를 묶고 안에 기름을 잔뜩 채웠습니다. 봄철에 곰이 나왔을 때 내가 숲에서 죽인 곰 10마리의 가죽도 있었습니다. 구슬과 담요와 진홍색 천도 있었습니다. 동쪽에 사는 사람들에게서 산 것이었는데, 그 사람들은 그것을 더 동쪽의 사람들에게서 샀다고 했습니다. 나는 야시누시의 선물 더미를 보고 웃었습니다. 나는 아카탄의 족장이고 내 재산은 우리 부족 어떤 젊은이보다 많았으며, 내 조상은 이 땅에 공적을 세우고 법을 만들어서 모든 사람이 그 이름을 아는 사람들이었기 때문입니다.

그래서 아침이 왔을 때 나는 바닷가로 가서 웅가 어머니의 집을 보았습니다. 내 선물은 아직 그대로 있었습니다. 여자들은 웃으면서 교활한 말을 주고받았습니다. 나는 어리둥절했습니다. 누구도 그만한 선물을 준 사람이 없었기 때문입니다. 그날 밤 나는 더 잘 무두질된 가죽으로 만들어지고 아직 바다에 나간 적 없는 카약을 선물 더미에 보탰습니다. 하지만 아침이 되었을 때 그것은 여전히 그 자리에 남아서 모든 남자의 비웃음을 받고 있었습니다. 웅가의 어머니는 아주 교활했고, 나는 사람들 앞에서 그런 수치를 당한 데 분노했습니다. 그래서 그날 밤 나는 더 많은 공물을 가져다 놓았고, 카약 20척의 값어치를 지닌 내 우미악을 끌고 갔습니다. 그리고 아침이 되니 선물 더미는 사라지고 없었습니다.

그래서 나는 결혼 준비를 했고, 동쪽에 사는 사람들마저 잔치와 '포틀래치'*를 위해 왔습니다. 웅가는 우리식 달력으로 나보다 네 살이 많

* 북미 북서 해안의 인디언이 잔치를 할 때 선물을 대량으로 나누어 주는 일.

있습니다. 나는 아직 애송이였습니다. 하지만 그때 나는 족장이자 족장의 아들이었기에 그런 것은 중요하지 않았습니다.

하지만 바다 위에 배 한 척이 돛을 펴고 나타나더니 바람을 받으며 점점 다가왔습니다. 배는 배수구로 맑은 물을 흘렸고, 남자들이 바쁘게 펌프질을 했습니다. 덩치 큰 남자가 뱃머리에 서서 바닷속을 바라보며 천둥 같은 목소리로 명령을 내리고 있었습니다. 그의 눈은 바다 같은 파란색이고 머리는 바다사자의 갈기 같았습니다. 머리카락은 남쪽 땅의 밀짚 또는 선원들이 꼬는 마닐라 밧줄 같은 노란색이었고요.

그 시절 우리는 먼 바다를 지나가는 배는 많이 보았지만 아카탄 해변까지 온 배는 그것이 처음이었습니다. 잔치는 중단되고 여자와 아이들은 집으로 도망쳤으며, 남자들은 활시위를 메기고 손에 창을 들었습니다. 하지만 배가 바닷가에 닿았을 때 낯선 남자들은 우리를 신경 쓰지 않고 바쁘게 각자의 일을 했습니다. 썰물이 지자 그들은 스쿠너*를 옆으로 기울이고 바닥에 뚫린 큰 구멍을 메웠습니다. 그래서 여자들이 돌아왔고, 잔치는 계속 이어졌습니다.

밀물이 들자 바다의 방랑자들은 스쿠너를 바다로 끌고 나가더니 우리에게 왔습니다. 그들은 선물을 가지고 왔고, 우호적이었습니다. 그래서 나는 그들에게 자리를 내주었고, 관대한 정신으로 다른 손님들과 똑같은 선물을 주었습니다. 그날은 내 결혼식 날이었고, 나는 아카탄의 족장이었기 때문입니다. 그 자리에 사자갈기 같은 머리를 한 사내가 있었습니다. 키가 몹시 크고 튼튼해서 그 발걸음에 땅이 흔들리는 것 같았지요. 그는 팔짱을 끼고 웅가를 한참 바라보았고, 해가 지고

* 둘 내지 네 개의 돛대에 세로돛을 단 서양식 범선.

별이 뜰 때까지 우리 곁에 있었습니다. 그런 뒤 배로 돌아갔지요. 나는 웅가의 손을 잡고 우리 집으로 갔습니다. 사람들은 옆에서 노래하고 웃고 떠들었고, 여자들은 그럴 때 으레 하는 엉큼한 말들을 했습니다. 하지만 우리는 신경 쓰지 않았습니다. 마침내 사람들이 모두 가고 우리만 남았습니다.

사방이 조용해졌을 때, 방랑자들의 대장이 우리 집에 나타났습니다. 그는 검은 병을 가지고 왔고, 우리는 함께 그 안에 든 것을 마셨습니다. 말했다시피 나는 아직 애송이였고, 평생을 세상 끝에서 살았습니다. 내 피는 불처럼 뜨거워졌고 심장은 파도에서 절벽으로 날아가는 물거품처럼 가벼워졌습니다. 웅가는 구석에 있는 모피들 틈에 눈을 크게 뜨고 말없이 앉아 있었습니다. 겁을 먹은 것 같았습니다. 그리고 사자갈기 사내는 그녀를 계속 바라보았고, 내 앞에 아카탄 어디에도 없는 물건을 잔뜩 쌓아 놓았습니다. 크고 작은 총, 화약, 탄환과 포탄, 강철로 만든 반짝이는 도끼와 칼, 신기한 연장들, 모두 생전 처음 보는 기이한 물건들이었습니다. 그가 몸짓으로 그게 모두 내 것이라고 말하자, 나는 그 너그러운 태도에 그가 아주 훌륭한 사람이라고 여겼습니다. 하지만 그는 웅가를 데리고 가겠다고도 말했습니다. 알겠습니까? 웅가를 자기 배로 데리고 가겠다고 했습니다. 내 조상의 피가 끓어올랐고, 나는 그를 창으로 찌르려고 했습니다. 하지만 검은 병의 술이 내 팔에서 힘을 빼앗아 갔고, 그는 내 목을 잡고 내 머리를 벽에 쾅쾅 찧었습니다. 나는 아기처럼 힘이 없었고, 다리로 몸을 지탱하지도 못했습니다. 웅가는 비명을 지르며 집 안의 물건들을 마구 집어 들었지만 그가 그녀를 문 앞으로 끌고 가자 그 물건들은 사방에 뚝뚝 떨어졌습니다. 문 앞에서 그는 거대한 팔로 그녀를 번쩍 들어 올렸고, 그녀가 자기의 노란 머리를 잡아 뜯자 발정 난 물범 같은 소리로 웃었습니다.

나는 바닷가로 기어가서 우리 부족을 불렀습니다. 하지만 그들은 겁을 먹었습니다. 야시누시만이 남자였지만, 그 사람들이 노로 머리를 때리자 그는 모래에 얼굴을 박고 쓰러져서 움직이지 않았습니다. 그런 뒤 그들은 노래를 부르며 돛을 올렸고, 배는 바람을 타고 떠났습니다.

사람들은 잘됐다고, 이제 아카탄에 핏줄 간의 전쟁은 없을 거라고 말했습니다. 하지만 나는 아무 말 없이 기다렸다가 보름달이 뜬 날 카약에 물고기와 기름을 넣고 동쪽으로 떠났습니다. 나는 많은 섬을 보고 많은 사람들을 만났습니다. 세상 끝에서 살다가 나와 보니 세상은 아주 컸습니다. 나는 몸짓으로 이야기했습니다. 하지만 사람들은 스쿠너도 사자갈기 사내도 보지 못했다고 하면서, 언제나 동쪽만 가리켰습니다. 나는 이상한 곳에서 자고 희한한 것들을 먹었으며 기이한 얼굴들을 보았습니다. 사람들은 웃었습니다. 내게 제정신이 아니라고 했습니다. 하지만 때로 노인들은 내 얼굴을 빛을 향해 돌리고 나를 축복해 주었고, 젊은 여자들은 부드러운 눈빛으로 내게 그 이상한 배와 웅가와 바다 사나이들의 일을 물었습니다.

이렇게 거친 바다와 폭풍을 뚫고 나는 우날라스카 섬에 갔습니다. 그곳에서 두 척의 스쿠너를 보았지만, 둘 다 내가 찾는 것이 아니었습니다. 그래서 계속 동쪽으로 동쪽으로, 점점 더 큰 세상으로 갔지만, 우나목에서도, 카디악에서도, 아토낙에서도 그 배에 대한 소식을 들을 수 없었습니다. 그러던 어느 날 바위 땅에 갔더니 사람들이 산에 구멍을 뚫고 있었습니다. 그곳에 스쿠너가 있었지만 내가 찾는 스쿠너는 아니었는데, 남자들은 그 배에 산에서 파낸 돌을 싣고 있었습니다. 온 세상이 돌 천지인데 굳이 돌을 파내는 그 사람들이 어린애 같다는 생각이 들었습니다. 하지만 그 사람들은 내게 먹을 것을 주고 일을 시켰습니다. 스쿠너가 바다에 떴을 때 선장은 나에게 돈을 주며 떠나라고 했습니다. 그에게 어디로 가는지 묻자 그는 남쪽을 가리켰습니다. 나는 함께 가겠다고 몸짓으로 말했고, 그는 처음에는 웃었지만 인력이 부족했기에 나를 일꾼으로 태웠습니다. 그래서 나는 그들의 말을 배우고, 밧줄을 당기고, 소나기가 내리면 돛을 접고, 차례가 오면 타륜을 잡는 일을 하게 되었습니다. 하지만 그것은 이상한 일이 아니었습니다. 내 조상들의 피는 바다 사나이들의 피였기 때문입니다.

나는 내가 찾는 그 남자와 같은 무리에 들어가면 그를 쉽게 찾을 거라고 생각했습니다. 어느 날 우리가 바다의 관문에서 항구로 들어갈 때 나는 내 손가락 개수만큼이나 많은 스쿠너를 살펴보았습니다. 하지만 배들은 부두마다 물고기만큼이나 많았습니다. 사람들에게 사자 갈기 사내에 대해 묻자 그들은 웃으며 여러 가지 말로 대답했습니다. 그 사람들은 지구의 맨 끝에서 온 사람들이었습니다.

그리고 나는 많은 사람의 얼굴을 보려고 도시로 갔습니다. 하지만 사람들은 얕은 바다의 대구처럼 바글거렸고, 나는 아무것도 헤아릴 수가 없었습니다. 소음에 시달려 아무것도 들을 수 없었고, 머리는 바쁜 움직임으로 어지러웠습니다. 그래서 나는 따뜻한 햇살에 잠긴 많은 땅을 계속 지나갔습니다. 들판에는 추수한 작물이 가득했고, 큰 도시들은 거짓을 입에 달고 심장은 황금을 향한 욕망으로 시커메져서 여자처럼 사는 남자들로 가득했습니다. 반면에 우리 아카탄 사람들은 사냥하고 고기를 잡고, 세상이 작은 데 만족하며 살았습니다.

하지만 그날 바다에서 집으로 돌아가던 웅가의 눈빛은 내 곁을 떠나지 않았고, 나는 때가 되면 그녀를 찾을 것을 알았습니다. 해 질 녘의 조용한 소로를 걸을 때에도 아침 이슬에 젖은 들판을 달릴 때에도 그녀는 늘 내 곁에 있었고, 그 눈에는 웅가만이 줄 수 있는 약속이 있었습니다.

그래서 나는 수백, 수천 개의 도시를 헤매고 다녔습니다. 어떤 사람들은 친절하게 먹을 것을 주었고, 어떤 사람들은 웃었으며, 어떤 사람들은 욕을 했습니다. 하지만 나는 입을 다물고 이상한 길들을 다니며 이상한 광경들을 보았습니다. 나는 족장의 아들이자 족장이었지만 때로는 다른 사람을 위해 일했습니다. 입이 거칠고 무쇠처럼 단단한 남자들, 동료 인간의 땀과 눈물로 황금을 만들어 내는 남자들을 위해. 하지만 질문에 아무런 답도 듣지 못하다가 나는 마침내 번식지로 돌아가는 물범처럼 바다로 돌아갔습니다. 그곳은 북쪽 다른 지역의 항구였는데, 거기에서 노란 머리 방랑자에 대한 희미한 소문을 들었고, 그가 물범 사냥꾼이며 그때에도 바다에 나가 있다는 사실을 알게 되었습니다.

그래서 나는 게으른 사이워시 인디언들과 함께 물범잡이 스쿠너에 타고, 그의 자취 없는 길을 따라 물범 사냥이 활발하게 이루어지던 북쪽으로 갔습니다. 우리는 여러 달을 바다에서 지내며 많은 배와 교신했고, 내가 찾는 남자가 벌이는 거친 행동과 관련된 이야기를 많이 들었습니다. 하지만 우리는 한 번도 바다 위에서 그를 보지 못했습니다. 우리는 북쪽 프리빌로프 제도까지 가서 바닷가에 떼 지어 사는 물범을 잡아, 배수구에 놈들의 기름과 피가 철철 흐르고 갑판에 사람 설 자리가 없어질 때까지 배에 실었습니다. 그런데 얼마 후 느린 증기선이 우리를 추적했습니다. 그 배는 우리에게 대포를 쏘았습니다. 하지만 우리는 돛을 접지 않고 달렸는데, 어느 날 바닷물이 갑판 위로 올라와 갑판을 깨끗하게 청소했고, 우리는 안개 속에 길을 잃었습니다.

우리가 두려움 속에 달아나는 동안, 노란 머리의 방랑자는 프리빌로프 제도에 가서 바로 공장으로 갔다고 합니다. 그리고 그들 중 몇몇이 그곳의 일꾼들을 잡아 놓고, 나머지가 1만 장의 생가죽을 소금 창고에서 실어 냈다고 합니다. 나는 들은 게 전부지만 그 말들을 믿습니다. 내가 해안을 떠돌아다니는 동안 북쪽 바다에는 그의 거친 행적에 대한 소문이 널리 퍼져 있었고, 그곳의 세 부족이 배를 타고 그를 찾아 나섰기 때문입니다. 그리고 웅가의 소식을 들었습니다. 선장들이 그녀를 찬양하는 노래를 부르며, 그녀는 늘 그 남자와 함께 있다고 말했습니다. 그녀는 그 남자가 속한 무리의 방식을 배우고 행복하게 지낸다고 했습니다. 하지만 나는 그 말에 속지 않았습니다. 그녀의 심장은 아카탄의 노란 해변과 그곳에 사는 자기 부족을 그리워할 게 분명했습니다.

그래서 오랜 시간이 지난 뒤 나는 바다의 관문 옆에 있는 항구로 돌아갔고, 그곳에서 그가 큰 바다를 건너 러시아 바다 남쪽에 뻗은 따뜻한 땅*의 동쪽으로 물범을 사냥하러 나갔다는 것을 알게 되었습니다. 나는 선원이 되어 그 남자와 같은 인종의 사람들과 배를 타고 그를 따라 물범 사냥을 나갔습니다. 그 새로운 땅 주변에는 배가 별로 없었습니다. 하지만 우리는 물범 떼 옆에 붙어서 봄철 내내 놈들을 북으로 몰고 갔습니다. 그리고 새끼를 배어 무거워진 암컷들이 러시아 경계선

* 일본을 가리킨다.

을 넘을 때 투덜거리고 두려워했습니다. 안개가 많이 끼고, 날마다 배에서 사람들이 사라졌기 때문입니다. 사람들이 일을 하려 들지 않았기에 선장은 배를 돌려서 왔던 길로 다시 갔습니다. 하지만 나는 두려움이 없는 노란 머리의 방랑자가 사람들이 가지 않는 러시아의 섬들까지 물범 떼를 따라갈 것을 알았습니다. 그래서 어느 날 밤 상갑판 망꾼이 조는 틈을 타서 훔친 보트로 혼자서 그 따뜻하고 긴 땅으로 갔습니다. 그리고 에도 만의 남자들을 만나러 다시 남쪽으로 갔습니다. 에도 만의 남자들은 거칠고 두려움이 없었고, 요시와라*의 여자들은 작고 강철처럼 반짝이고 예뻤습니다. 하지만 나는 멈출 수 없었습니다. 웅가가 북쪽 번식지 근처에 있을 것을 알았기 때문입니다.

에도 만의 남자들은 지구의 끝에서 온 사람들이었고, 신神도, 집도 없이 일본인의 깃발 아래 항해했습니다. 나는 그들과 함께 메드니 섬의 풍요로운 해변으로 갔고, 그곳에 소금에 절인 가죽을 높이 쌓았습니다. 그리고 그곳에서 아무도 만나지 못한 채 그 고요한 바다를 떠날 준비를 했습니다. 그러던 어느 날 강풍에 안개가 걷혔을 때 스쿠너 한 척이 굴뚝에 연기가 가득 피어오르는 러시아 전함을 뒤에 달고서 우리에게 들이닥쳤습니다. 우리는 바람을 타고 달아났습니다. 스쿠너는 더 바짝 다가와서 우리보다 1미터 정도 앞으로 갔습니다. 그리고 그 배의 선미에 사자갈기 사내가 있었습니다. 그는 범포로 난간을 누르며 호탕하게 웃고 있었습니다. 그리고 웅가가 거기에 있었습니다. 나는 바로 알아보았습니다. 하지만 대포가 바다 건너 대화를 시작하자 그는 그녀를 아래로 보냈습니다. 말했다시피 그 배와의 간격이 1미터

* 에도 외곽에 설치되었던 공인 유곽.

정도였기에 그 배의 키가 들썩이는 것까지 보였습니다. 나는 러시아 탄환을 등진 채 타륜을 움직이며 욕을 했습니다. 그가 우리를 질러 나가서 우리가 잡혀 있는 동안 달아날 생각을 하는 게 분명했기 때문입니다. 그리고 그 사람들이 우리 돛대를 무너뜨려서 결국 우리는 다친 갈매기처럼 바람 속으로 끌려갔습니다. 하지만 그는 수평선을 넘어갔습니다. 웅가와 함께.

우리가 무엇을 할 수 있었겠습니까? 물범 가죽들이 모든 걸 다 말해 주는데요. 그들은 우리를 러시아의 항구로 끌고 갔고, 그 뒤로 어느 외딴 지방에 보내서 소금 광산에서 일을 시켰습니다. 일부는 죽고, 일부는 살았습니다."

나스는 어깨에서 담요를 벗어 매질 자국으로 울퉁불퉁한 살을 보여 주었다. 프린스가 얼른 어깨를 다시 덮어 주었다. 그리 보기 좋은 모습이 아니었다.

"우리는 그곳에서 힘든 시간을 보냈습니다. 사람들은 때로 남쪽으로 떠났지만, 늘 다시 돌아왔습니다. 그래서 우리 에도 만에서 온 사람들은 어느 날 밤 경비대의 총을 빼앗아 북쪽으로 갔습니다. 그 땅은 아주 컸지요. 젖은 평원들과 거대한 숲이 있었고요. 추위가 와서 눈이 높이 쌓였고, 길을 아는 사람은 하나도 없었습니다. 여러 달 동안 우리는 끝도 없이 큰 숲을 지났는데, 그곳이 어디인지는 모릅니다. 먹을 것이 없어서 그냥 죽자고 드러누운 적도 많았습니다. 어쨌거나 우리는 마침내 차가운 바다에 도착했는데, 거기까지 온 사람은 세 명뿐이었습니다. 그중 한 사람이 에도에서 선장이었던 사람이라 큰 땅들의 배치와 얼음길들을 알았습니다. 그가 우리를 이끌었지만 그 길은 모릅니다. 아주 먼 길이었습니다. 그리고 결국 남은 사람은 둘뿐이었습니다.

우리는 이상한 사람 다섯 명이 사는 어느 땅에 갔고, 그 사람들은 개와 가죽이 있었지만 아주 가난했습니다. 우리는 눈 속에서 싸워서 그들을 모두 죽였지만 선장도 죽어서 개와 가죽은 내 것이 되었습니다. 그 뒤로 얼음길을 달렸지만 얼음이 깨졌고, 그렇게 떠다니다가 서풍에 실려 해변에 올라왔습니다. 그런 뒤 골로빈 만, 파스틸리크에 가서 신부님을 만났죠. 그런 뒤에는 방랑을 시작했던 따뜻한 태양의 땅을 찾아 남쪽으로 갔습니다.

하지만 바다는 이제 풍요롭지 않았고, 물범을 쫓는 사람들은 소득도 없이 다치기만 했습니다. 배들은 흩어지고, 선장과 선원 들은 내가 찾는 두 사람에 대해 아무 말도 하지 않았습니다. 그래서 나는 휴식 없는 바다를 등지고 나무와 집과 산이 늘 한자리에 있는 뭍으로 들어갔습니다. 그리고 멀리 여행하며 많은 것을 배웠습니다. 책을 통해서 글도 배웠습니다. 그것은 잘한 일이었습니다. 웅가도 글을 알 것이 분명했기 때문입니다. 그리고 어느 날 때가 오면 우리는—— 때가 오면.

그래서 나는 돛은 세우되 방향은 잡지 못하는 작은 물고기처럼 떠돌아다녔습니다. 하지만 눈과 귀는 항상 열려 있었고, 많은 곳을 여행한 사람들을 찾았습니다. 그들이 내가 찾는 사람들을 알 것이 분명했기 때문입니다. 그러던 어느 날 산에서 콩알만 한 금이 박힌 돌 조각을 가지고 내려오는 남자를 만났는데, 그 사람은 그들의 이야기를 들었고, 그들을 만난 적이 있었습니다. 그들은 부자고, 땅에서 금이 나오는 곳에 산다고 했습니다.

그곳은 거친 땅이고, 아주 멀었습니다. 하지만 나는 결국 산자락에 숨겨진 야영지에 도착했지요. 그곳에서는 사람들이 해를 보지 못하고 밤낮없이 일을 했습니다. 그러나 아직은 때가 아니었습니다. 나는 사람들의 이야기를 들었습니다. 그 남자는—— 그러니까 그 남자와 웅가는 영국으로 떠났다고 했습니다. 그곳에 가서 돈 많은 사람들을 모아 회사를 만들려 한다고 했습니다. 나는 그들이 살던 집을 보았습니다. 옛 왕국의 궁전 같더군요. 나는 두 사람의 생활을 엿보고 싶어서 어느 날 밤 그 집에 몰래 들어가 보았습니다. 이 방 저 방을 보니 왕과 왕비가 그렇게 살았을 것 같았습니다. 모든 것이 최고급이었습니다. 사람들은 모두 그녀가 왕비 대접을 받는다면서 여자의 핏줄을 궁금해했습니다. 그녀는 외부의 피도 물려받았기에 아카탄 여자들과는 달랐고, 아무도 그녀에 대해 정확히 몰랐습니다. 그녀는 왕비였습니다. 하지만 나는 족장이자 족장의 아들이었습니다. 그리고 오래전에 막대한 가죽과 배와 구슬을 주고 그녀를 샀습니다.

하지만 여러 말을 할 필요는 없었습니다. 나는 뱃사람이었고 뱃길을 알았습니다. 나는 영국으로 따라갔고, 이어 다른 나라들에도 갔습니다. 때로는 그들의 소문이 들렸고, 때로는 신문에 그들의 기사가 실렸습니다. 하지만 나는 그들을 만나지 못했습니다. 그들은 돈이 많아서 어디든 빨리 가지만 나는 가난했기 때문입니다. 하지만 얼마 후 그들에게 문제가 닥쳤습니다. 많은 재산이 연기처럼 사라진 겁니다. 그 당시 신문에는 늘 그 이야기가 나왔습니다. 하지만 그러고 난 후에는 아무 소식이 없었고, 나는 그들이 다시 금을 캐내는 땅으로 돌아갔다는 것을 알았습니다.

그들은 이제 가난해져서 세상을 떠돌았습니다. 나는 야영지들을 돌아다니다 쿠트네이 강까지 갔는데, 그곳에 그들의 자취가 희미하게 남아 있었습니다. 그들은 그곳을 떠났는데, 어떤 이들은 이리 갔다고 하고 어떤 이들은 저리 갔다고 했으며, 또 어떤 이들은 유콘 강으로 갔다고 했습니다. 그래서 나는 이 길 저 길을 돌아다녔고, 마침내 이토록 큰 세상에 지쳤습니다. 쿠트네이에서는 노스웨스트 혈통 사람과 함께 험하고 먼 길을 다녔는데, 그 사람은 굶주림에 몰려 죽는 게 낫겠다고 생각했지요. 그는 사람들이 모르는 산길로 유콘 강에 다녀온 적이 있었고, 이제 자신에게 죽음이 다가온 것을 알았기에 나에게 그 지도를 주고 금이 많은 어느 지역의 비밀 장소도 일러 주었습니다.

그 뒤로 온 세상이 북극으로 밀려들었습니다. 가난한 나는 개몰이꾼으로 일하기로 했습니다. 그 뒤로는 두 분도 알 겁니다. 나는 그와 그녀를 도슨에서 만났습니다. 그녀는 나를 몰라보았습니다. 나는 애송이일 뿐이고, 그녀는 화려한 인생을 살았기에 지난날 자신에게 막대한 선물을 준 자를 기억하지 못했습니다.

그다음에는? 당신이 내 계약을 풀어 주었습니다. 나는 내 방식대로 하려고 돌아갔습니다. 나는 오래 기다렸고, 이제 그에게 손을 대는 일은 급하지 않았기 때문입니다. 말했다시피 나는 내 방식대로 할 생각이었습니다. 내 인생의 수많은 경험을 돌아보면서 러시아 바닷가 숲의 추위와 배고픔을 기억했기 때문입니다. 알다시피 나는 그들—그와 웅가—을 동쪽으로 이끌고 갔습니다. 그곳은 간 사람은 많지만 돌아온 사람은 거의 없는 곳이었습니다. 나는 그들을 이끌고 사람들의 뼈와 저주가 그들이 갖지 못한 금 곁에 놓인 곳으로 갔습니다.

길은 멀고 눈은 깊었습니다. 우리 개들은 수도 많고 먹기도 많이 먹었습니다. 썰매들도 봄까지 버틸 수 없었습니다. 우리는 언 강이 풀리기 전에 돌아와야 했습니다. 그래서 썰매를 가볍게 하고 돌아오는 길에 배를 곯지 않도록 여기저기에 식량을 은닉해 두었습니다. 매퀘스턴 강에 세 사람이 있었는데, 우리는 그 사람들 근처에 식량 은닉처를 만들었고, 메이요 천에서도 그랬습니다. 그곳에는 남쪽에서 분수령을 넘어온 펠리족 12명의 사냥 야영지가 있었습니다. 그 뒤로 우리는 계속 동쪽으로 갔지만 사람은 보지 못했습니다. 있는 것은 잠든 강, 움직임 없는 숲, 북극의 백색 침묵뿐이었습니다. 말했듯이 길은 멀고 눈은 깊었습니다. 때로 우리는 하루에 12킬로미터에서 15킬로미터 정도만 갔고, 밤이면 죽은 듯이 잤습니다. 그리고 그들은 내가 잘못을 바로잡으러 온 아카탄의 족장 나스임은 꿈에도 몰랐습니다.

이제 우리는 식량 은닉처를 더 작게 만들었고, 밤에 몰래 그리로 돌아가서 오소리나 도둑이 든 것처럼 꾸미는 일은 쉬웠습니다. 다시 시시때때로 강이 나오고 물이 흘러넘치고 얼음이 보기보다 살얼음인 곳들이 나타났습니다. 그런 곳 한 곳에서 내가 몰던 썰매와 개들이 물에 빠졌고, 그것은 그와 웅가에게 불운이었지만 그 이상은 아니었습니다. 그 썰매에는 식량이 많았고, 개들은 튼튼했습니다. 하지만 그는 웃었습니다. 그는 힘이 넘쳤고, 남은 개들에게는 먹이를 주지 않다가 줄에서 한 마리씩 떼어서 동료들의 먹이로 주었습니다. 우리는 가볍게 돌아올 거라고, 개도 썰매도 없이 은닉처에서 은닉처로 이동하며 식량을 먹을 거라고 말했고, 그것은 사실이었습니다. 우리는 이제 식량이 거의 없었고, 마지막 개는 사람들의 뼈와 저주가 황금 곁에 놓인 땅에 도착한 날 밤 썰매줄에 매인 채로 죽었기 때문입니다.

험한 산들의 복판에 있는 그곳에 가기 위해서—지도는 정확했습니다—우리는 분수령의 얼음벽에 발 디딜 곳을 팠습니다. 우리는 그 너머에 계곡이 있을 거라고 생각했지만 계곡은 없었습니다. 눈이 사방을 수확기의 평원처럼 평평하게 덮고 있었고, 큰 산들은 하얀 머리를 별들 틈에 밀어 넣고 있었습니다. 계곡이 분명한 그 이상한 평원 중간에서 땅과 눈이 세상의 중심을 향해 꺼져 내렸습니다. 우리가 뱃사람이 아니었다면 그 광경에 정신을 잃었을 겁니다. 하지만 우리는 어지러운 절벽 가장자리에 붙어서 내려갈 길을 찾았습니다. 그런데 한쪽에서, 한쪽에서만, 절벽이 떨어져 내려서 강풍 속의 갑판처럼 경사가 졌습니다. 왜 그런 건지 이유는 모르지만 그렇게 되었습니다. 그가 '이건 지옥의 입구야. 내려가자' 하고 말했고, 우리는 내려갔습니다.

바닥에 오두막이 하나 있었습니다. 누군가가 위에서 통나무를 던져 내려서 지은 것이었습니다. 아주 오래된 오두막이었고, 사람들은 각기 다른 시기에 혼자서 죽으면서 그곳에 있던 자작나무 껍질에 마지막 말과 저주를 적어 놓았습니다. 한 사람은 괴혈병으로 죽고, 다른 사람은 동업자가 마지막 식량과 화약을 훔쳐서 달아났습니다. 세 번째 사람은 볼드페이스 곰에게 당했습니다. 네 번째 사람은 사냥을 해서 먹고 살다가 굶어 죽었습니다. 그런 식이었습니다. 모두 금을 두고 떠나지 못하고 이렇게 저렇게 죽었습니다. 그리고 그들이 모은 쓸모없는 금은 꿈속처럼 오두막 바닥을 노랗게 덮고 있었습니다.

하지만 내가 거기까지 이끌고 간 남자는 영혼이 차분하고 머리가 맑았습니다. 그가 말했습니다. '우리는 먹을 게 없어. 이 금은 그냥 보기만 하고, 이게 어디에서 났는지, 얼마나 있을지 알아봐야 해. 그런 다음에 금 때문에 판단력이 흐려지기 전에 바로 떠날 거야. 그리고 나중에 식량을 더 많이 가지고 돌아와서 모두 가져갈 거야.' 그래서 우리는 갱도 벽에 큼직하게 박힌 금맥을 마주쳤고, 그것을 측정하고 위아래에서 위치를 표시하고 소유권을 주장하는 말뚝을 박고 우리 권리의 표시로 나무들을 태웠습니다. 그런 뒤 식량 부족과 뱃병으로 무릎이 떨리고 심장은 불안에 휩싸인 채 마지막으로 그 큰 벽을 올라서 귀로에 올랐습니다.

그곳에 이르는 마지막 구간에서 우리는 웅가를 함께 부축했고 자주 넘어졌지만, 마침내 식량 은닉처에 도달했습니다. 그런데 그곳에 식량이 없었습니다. 잘된 일이었습니다. 그가 오소리의 짓이라 생각하고 오소리와 자신의 신들을 비난했기 때문입니다. 하지만 용감한 웅가는 미소를 지으며 그의 손을 잡았고, 나는 고개를 돌리고 참았습니다. 그녀가 말했습니다. '불을 피우고 아침까지 쉬어. 우리는 모카신으로 힘을 얻을 거야.' 그래서 우리는 모카신 꼭대기를 잘라서 몇 시간 동안 끓인 뒤 씹어 먹었습니다. 그런 뒤 아침이 되자 어떻게 할지를 의논했습니다. 다음 은닉처까지는 닷새 거리였습니다. 도저히 갈 수 없었습니다. 사냥을 해야 했습니다.

'나가서 사냥을 하자.' 그가 말했습니다.

'좋아요. 사냥을 합시다.' 내가 말했습니다.

그는 웅가에게는 불가에서 힘을 아끼라고 명했습니다. 그리고 우리는 나갔습니다. 그는 큰사슴을 쫓았고, 나는 내가 옮겨 놓은 은닉처로 갔습니다. 하지만 별로 많이 먹지 않았습니다. 그들에게 기운찬 모습을 보여 주지 않기 위해서였습니다. 밤에 야영지로 돌아올 때 그는 여러 차례 넘어졌습니다. 나도 기력이 쇠한 척하며 한 발 한 발이 마지막 걸음인 듯 눈신 위에서 비틀거렸습니다. 그리고 우리는 모카신으로 기력을 얻었습니다.

그는 훌륭한 남자였습니다. 그의 영혼은 마지막까지 그의 몸을 들어 올렸습니다. 그는 웅가의 일이 아니라면 소리 내어 울지도 않았습니다. 두 번째 날 나는 마지막 장면을 놓치기 싫어서 그를 따라갔습니다. 그는 자주 누워 쉬었습니다. 그날 밤 그는 죽음 바로 앞까지 갔습니다. 하지만 아침이 되자 기운 없이 욕을 하고 다시 나갔습니다. 그는 술 취한 사람 같았고, 여러 차례 포기할 듯한 모습을 보였습니다. 하지만 그는 강했고, 그의 영혼은 거인과 같았습니다. 그렇게 지친 채로도 무너지지 않았기 때문입니다. 그는 뇌조 두 마리를 잡았지만 먹지 않았습니다. 불은 필요 없었습니다. 뇌조는 생명을 의미했지만, 그는 웅가를 생각하고 야영지로 돌아갔습니다. 그는 이제 걷지도 못해서 눈속을 기어갔습니다. 나는 그의 눈에 죽음이 담긴 것을 보았습니다. 그때도 뇌조를 먹기에는 늦지 않았습니다. 하지만 그는 총을 버리고 개처럼 새를 입에 물고 갔습니다. 나는 그 옆에 똑바로 서서 걸어갔습니다. 그는 잠시 쉴 때마다 내가 아직 괜찮은 것을 신기해했습니다. 그는 아무 말도 하지 않았지만, 알 수 있었지요. 그가 입술을 움직였을 때도 소리는 나오지 않았습니다. 말했다시피 그는 훌륭한 사람이었고, 나는 마음이 약해졌습니다. 하지만 나는 내 인생을 돌아보고 러시아 바닷가 숲의 추위와 배고픔을 떠올렸습니다. 게다가 웅가는 내 여자였고, 나는 막대한 가죽과 보트와 구슬을 주고 그녀를 얻었습니다.

　우리는 그렇게 하얀 숲을 지나갔고, 우리 사이에는 바다 안개 같은 침묵이 무겁게 흘렀습니다. 그리고 우리 주변에는 과거의 유령들이 떠 있었습니다. 나는 아카탄의 노란 해변과 고기를 잡고 집으로 돌아가는 카약들과 숲가의 집들을 보았습니다. 그리고 스스로 족장이 되어 법을 만든 사람들, 나에게 그 한쪽 피를, 나와 결혼한 웅가에게 다른 쪽 피를 물려준 사람들도 보았습니다. 그렇습니다. 그리고 야시누시가 내 곁에 함께 걸었습니다. 그는 머리에 젖은 모래가 묻었고, 창 위로 넘어져 그 창이 부러질 때에도 손에서 창을 놓지 않았습니다. 나는 때가 왔다는 것을 알았고, 웅가의 눈에서 약속을 보았습니다.

우리는 그렇게 숲을 지났고, 마침내 야영지의 연기 냄새가 코로 들어왔습니다. 내가 그에게 몸을 굽히고 그의 입에서 뇌조를 떼어 냈습니다. 그는 옆으로 누워서 쉬었습니다. 그의 눈에 의문이 떠올랐고, 아래쪽에 있던 손이 천천히 허리의 칼을 향해 미끄러져 갔습니다. 하지만 나는 칼을 빼앗으면서 그의 얼굴에 대고 웃었습니다. 그때도 그는 몰랐습니다. 그래서 나는 검은 병의 술을 마시고 눈 위에 물건을 쌓는 시늉을 해서 내 결혼식 날 벌어진 일을 재현했습니다. 말은 한 마디도 하지 않았지만 그는 알아보았습니다. 하지만 그는 두려워하지 않았습니다. 입술에 조롱과 차가운 분노가 떠올랐고, 그 깨달음은 그에게 새로운 힘을 주었습니다. 거리는 멀지 않았지만 눈이 깊었고, 그는 아주 천천히 움직였습니다. 한번은 그가 좀처럼 일어나지 않아서 내가 그의 몸을 뒤집고 눈을 들여다보았습니다. 그 눈에서는 총기와 죽음이 번갈아 보였습니다. 그리고 내가 그를 놓자 그는 다시 안간힘을 쓰며 움직였습니다. 그렇게 우리는 불가로 왔습니다. 웅가는 즉시 그의 곁으로 갔습니다. 그의 입술이 소리 없이 움직였고, 이어서 그는 웅가에게 나를 가리켜 보였습니다. 그리고 눈 속에 조용히 누웠습니다. 지금도 그는 눈 속에 누워 있습니다.

나는 아무 말도 하지 않고 뇌조를 요리했습니다. 그런 뒤 그녀가 여러 해 동안 한 번도 듣지 못한 그녀의 말로 이야기했습니다. 그녀는 허리를 펴고 눈이 휘둥그레져서 나더러 누구냐고, 어디에서 그 말을 배웠느냐고 물었습니다.

'나는 나스요.' 내가 말했습니다.

'당신이? 당신이?' 그녀가 나를 보려고 가까이 기어 왔습니다.

'맞소, 나는 나스, 아카탄의 족장, 당신과 마찬가지로 새 피의 마지막 후손이오.' 내가 말했습니다.

그러자 그녀는 웃었습니다. 그동안 겪은 그 많은 일들을 걸고, 그런 웃음은 다시 듣지 않기를 바랍니다. 그 웃음은 내 영혼을 차갑게 얼렸고, 나는 백색 침묵 속에 죽어 가는 자와 웃는 여자와 홀로 있었습니다.

'가자!' 나는 그녀의 정신이 오락가락한다고 여기고 말했습니다. '얼른 배를 채우고 떠나자. 여기에서 아카탄까지는 먼 길이야.'

하지만 그녀는 자기 얼굴을 노란 갈기에 묻고 웃었고, 나는 천국이 무너져 내리는 것 같은 기분이 들었습니다. 나는 그녀가 날 보면 몹시 기뻐하며 지난날의 기억으로 돌아가고 싶어 할 줄 알았습니다. 하지만 일은 이상하게 흘러가는 것 같았습니다.

'어서! 길은 멀고 어두워. 서둘러!' 내가 그녀의 손을 강하게 잡으며 말했습니다.

'어디로?' 그녀가 이상한 웃음을 멈추고 일어나 앉았습니다.

'아카탄이지.' 나는 대답하고 그녀의 표정을 살폈습니다. 하지만 그녀는 그 남자처럼 입술에 조롱과 차가운 분노를 띠었습니다.

'그래, 같이 가. 당신하고 내가 손을 잡고 아카탄으로.' 그녀가 말했습니다. '우리는 더러운 오두막에서 생선과 기름을 먹으며 살고, 애들을 잔뜩 낳고, 매일매일 그 애들을 자랑하며 살 거야. 우리는 세상을 잊고 행복하게 살 거야. 좋아, 아주 좋아. 가! 어서 아카탄으로 돌아가.'

그리고 그녀는 남자의 노란 머리를 손으로 훑고는 좋지 않은 미소를 지었습니다. 그녀의 눈에는 약속이 없었습니다.

나는 여자의 낯선 모습에 당황해서 가만히 앉아 있었습니다. 그가 그녀를 빼앗아 간 날을 되짚어 보았습니다. 그녀는 비명을 지르며 그의 머리카락을 잡아 뜯었습니다. 하지만 지금은 그 머리카락을 어루만지면서 그 곁을 떠나려 하지 않았습니다. 나는 내가 준 막대한 선물과 오랜 기다림을 떠올렸습니다. 그래서 그녀를 잡고 지난날 그 남자가 그랬던 것처럼 억지로 그에게서 떼어 냈습니다. 그녀는 그날 밤처럼 저항했고, 새끼를 구하는 어미처럼 맹렬하게 맞섰습니다. 불이 우리와 그의 사이에 오게 되자 나는 손을 놓았고, 그녀는 앉아서 내 이야기를 들었습니다. 나는 그동안에 벌어진 모든 일, 낯선 바다와 낯선 땅에서 겪은 일을 전부 말했습니다. 힘겨운 추적, 굶주린 날들, 본래 내 것이었던 약속. 나는 바로 그날 그 남자와 나 사이에 있었던 일도 말했고, 옛날의 일들도 모두 말했습니다. 내 말을 듣는 동안 그녀의 눈에 약속이 떠오르더니 새벽 햇살처럼 점점 밝아졌습니다. 나는 거기에서 연민을, 여자의 따뜻함을, 사랑을, 웅가의 영혼을 읽었습니다. 그리고 다시 그 시절의 애송이가 되었습니다. 그 얼굴은 웅가가 웃으며 어머니의 집으로 달려갈 때의 얼굴이었기 때문입니다. 불안은 사라지고, 배고픔도, 힘겨운 기다림도 사라졌습니다. 때가 되었습니다. 나는 그녀의 심장이 나를 부르는 것을 느꼈고, 거기에 머리를 기대고 모든 걸 잊고 싶었습니다. 그녀가 두 팔을 벌렸고, 나는 그녀에게 기댔습니다. 그때 그녀가 눈에 증오를 번득이면서 내 허리춤으로 손을 움직여서 칼로 나를 찔렀습니다. 두 번이나요.

'개자식! 돼지 새끼 같은 놈!' 그녀가 비웃고 나를 눈 속에 던졌습니다. 그리고 정적이 깨질 때까지 웃고, 죽은 남자에게 돌아갔습니다.

말했다시피 그녀는 나를 두 번 찔렀습니다. 하지만 그녀는 굶주림으로 허약해져 있었고, 또 나를 죽이려던 것도 아니었습니다. 하지만 나는 그곳에서 나와 인생이 얽혀서 날 미지의 길로 이끌어 낸 그들과 함께 마지막 긴 잠을 자고 싶었습니다. 하지만 내게는 빚이 있었고, 그것 때문에 그곳에서 쉴 수가 없었습니다.

길은 멀고 추위는 혹독했으며 먹을 것은 거의 없었습니다. 펠리족은 큰사슴을 못 잡고 내 은닉처를 털었습니다. 세 백인도 마찬가지였지만, 지나가며 보니 그들은 바짝 여위어 오두막에 죽어 있었습니다. 그 뒤로 여기 와서 먹을 것과 불, 따뜻한 불을 발견할 때까지는 아무것도 기억나지 않습니다."

그는 말을 마치고 난로 위로 몸을 바짝 웅크렸다. 깡통 램프의 그림자들은 오랫동안 벽 위에 비극을 펼쳐 보였다.

"그럼 웅가는!" 프린스가 그녀의 모습이 눈앞에 생생한 듯 소리쳤다.

"웅가는 뇌조를 먹으려고 하지 않았습니다. 그리고 남자의 노란 머리에 얼굴을 묻고 두 팔로 그의 목을 안았습니다. 나는 웅가가 춥지 않도록 불을 가까이 옮겨다 놓았지만, 그녀는 반대편으로 기어갔습니다. 그래서 다시 그쪽에 불을 피웠지만 소용없었습니다. 먹으려고도 하지 않았으니까요. 그렇게 그들은 아직도 거기 눈 속에 있습니다."

"그러면 당신은 어떻게 할 겁니까?" 맬러뮤트 키드가 물었다.

"모르겠습니다. 아카탄은 작은 곳이고, 나는 세상 끝으로 돌아가서 살고 싶지 않습니다. 이제 사는 것 자체도 별 의미가 없고요. 콘스탄틴 경감에게 가면 내게 차꼬를 채우고 어느 날 목에 밧줄을 걸어 주겠지요. 그러면 나는 영원히 잠을 잘 겁니다. 하지만 몰라요. 모르겠어요."

"키드, 이건 살인이에요!" 프린스가 화가 나서 말했다.

"조용!" 맬러뮤트 키드가 말했다. "우리의 지혜와 정의감을 초월하는 일들이 있어. 우리는 이 일의 잘잘못을 가릴 수 없고, 또 판단할 처지도 아니야."

나스는 불 앞에 더 바짝 다가갔다. 정적이 무겁게 내려앉았고, 세 남자의 눈앞으로 많은 장면이 오갔다.

생명의 법칙
The Law of Life

코스쿠시 영감은 귀를 쫑긋 세웠다. 시력은 오래전에 시들었지만 청력은 아직도 예리해서, 아무리 작은 소리도 시든 이마 안쪽에 자리한 채 깜박이는 지성에 가 닿았다. 물론 그 지성은 이제 세상을 내다보지 못했다. 아! 저건 싯쿰토하야. 욕을 퍼부으면서 개들을 썰매줄에 묶고 있군. 싯쿰토하는 그의 손녀로, 지금 눈 속에 홀로 앉은 병든 할아버지에게 신경 쓸 겨를이 없었다. 야영지는 철거된 것이 분명했다. 들길은 멀었고, 짧은 하루해는 머물기를 거부했다. 그녀를 부르는 것은 삶과 삶의 의무이지 죽음은 아니었다. 그리고 영감은 이제 죽음과 아주 가까웠다.

그 생각에 노인은 순간적으로 공황을 느끼고, 마비된 손을 뻗어 옆에 있는 작은 장작더미 위를 헤맸다. 그리고 그것이 정말로 그곳에 있는 것을 확인하자 다시 낡은 털가죽으로 손을 돌리고 귀를 기울였다. 언 가죽이 우울하게 딱딱거리는 소리를 냈다. 큰사슴 가죽으로 만든 족장의 오두막을 철거해서 가지고 다닐 수 있는 크기로 접고 있다는 뜻이었다. 족장은 그의 아들이었다. 건장하고 강인한 부족의 우두머리이자 위대한 사냥꾼이었다. 짐을 꾸리는 여자들에게 서두르라고 다그치는 그의 목소리가 솟아올랐다. 코스쿠시 영감은 귀를 쫑긋 세웠다. 지하우의 오두막이 해체되는구나! 투스켄의 오두막도! 일곱, 여덟, 아홉, 이제 남은 것은 주술사의 오두막뿐이리라. 아! 이제 그곳도 해체되고 있구나. 주술사가 썰매에 짐을 실으며 투덜거리는 소리가 들렸다. 아이 하나가 칭얼거렸고, 여자가 부드러운 목구멍소리로 아이를 달랬다. 쿠티 녀석이로군. 노인은 생각했다. 늘 칭얼거리는 약골이지. 오래 못 살 거야. 아이가 죽으면 사람들은 언 툰드라 땅에 불을 놓아 구멍을 뚫고 그 위에 돌을 쌓아 오소리가 오지 못하게 할 것이다. 하지만 그게 무슨 상관인가? 잘해야 몇 년 버틸 것이고, 수많은 사람이 배를 곯고 있는데. 그리고 결국에는 죽음이 기다리고 있었고, 이 세상에 죽음만큼 굶주린 자는 없었다.

저게 뭐지? 아, 남자들이 썰매줄을 팽팽히 죄고 있구나. 그는 귀를 기울였다. 듣는 것도 이번이 마지막일 것이다. 채찍이 개들 틈에서 찰싹거렸다. 저 우는 소리라니! 녀석들은 정말로 일하는 것도 들길을 가는 것도 싫어하지! 그들은 떠났다. 썰매가 하나둘 침묵 속으로 사라졌다. 그들은 그의 인생 밖으로 떠났고, 그는 혼자서 마지막 시간을 마주했다. 아니다. 모카신이 눈을 밟는 소리가 났다. 그의 옆에 남자가 서 있었다. 그가 노인의 머리에 부드럽게 손을 댔다. 이런 일을 하다니 아들은 착한 사람이었다. 어떤 아들들은 부족이 다 떠날 때까지 기다리지도 않는다. 하지만 그의 아들은 기다렸다. 그는 과거를 헤매다가 젊은이의 목소리에 제자리로 돌아왔다.

"괜찮으세요?" 아들이 물었다.

노인이 대답했다. "그래, 괜찮다."

"옆에 장작이 있고 불이 잘 타고 있어요." 아들이 말했다. "오늘 아침 날은 흐려도 추위는 풀렸네요. 곧 눈이 올 거예요. 사실 지금도 눈이 오고 있어요."

"그래, 눈이 오는구나."

"모두 서두르고 있어요. 짐은 무겁고 사람들은 먹지 못해서 배가 납작해요. 들길은 멀고 빨리빨리 움직여야 해요. 저도 지금 가요. 괜찮으시죠?"

"괜찮다. 나는 지난해의 이파리처럼 줄기에 간신히 매달려 있을 뿐이야. 바람 한 줄기만 불어도 떨어질 거야. 목소리도 늙은 여자 같아졌고, 눈은 내 발이 놓이는 곳도 보지 못하고, 발은 무겁고, 온몸에 기력이 없어. 그러니 괜찮아."

그는 눈을 밟는 발소리가 모두 사라질 때까지 차분히 고개를 숙이고 있었다. 그리고 이제 아들이 소리쳐 부를 수 없는 거리까지 갔을 시간이 지나자 서둘러 장작에 손을 댔다. 이제 그와 영원한 심연 사이에 놓인 것은 그것뿐이었다. 마침내 그의 인생의 크기는 장작 한 뭉치만큼이 되었다. 그것이 하나둘 불 속으로 사라지면서 죽음도 한 걸음 한 걸음 다가올 것이다. 마지막 장작이 열기를 내주고 나면, 추위가 힘을 얻을 것이다. 먼저 그의 발이 얼고, 이어 손이 얼 것이다. 그리고 아래쪽에서부터 몸통으로 천천히 마비감이 올라올 것이다. 머리가 무릎으로 떨어질 테고 그는 휴식에 들 것이다. 쉬운 일이었다. 사람은 모두 죽는다.

그는 불평하지 않았다. 그것이 생명의 길이고, 그 길은 공정했다. 그는 땅과 가까이 태어나서 땅과 가까이 살았기에 땅의 법칙은 그에게 새로운 것이 아니었다. 그것은 모든 육신의 법칙이다. 자연은 육신에게 친절하지 않다. 자연은 개인이라는 구체적 생명체에는 관심이 없다. 자연이 관심을 품는 것은 종족이고 인종이다. 이것은 코스쿠시 영감의 투박한 정신이 추론할 수 있는 최대한의 추상적 사고였지만, 그는 그것을 확실하게 알았다. 그는 그 원칙이 모든 인생에서 실현되는 것을 보았다. 버드나무에 물이 오르고 파랗게 싹이 움텄다가 노란 이파리가 되어 떨어지는 것. 이 한 가지 사실에도 전체 역사가 담겨 있다. 하지만 자연은 개인에게 한 가지 과업을 맡긴다. 그것을 행하지 않으면 개인은 죽는다. 그것을 행해도 죽기는 마찬가지이다. 자연은 신경 쓰지 않는다. 순종하는 자들이 많고, 이 길에서 영원한 생명을 누리는 것은 순종하는 자들이 아니라 순종뿐이다. 코스쿠시의 부족은 역사가 유구했다. 그가 어릴 때 노인이던 자들은 그 전의 노인들을 알았다. 그렇기 때문에 부족은 분명 살아 있었고, 그것은 무덤조차 잊힌 아득히 먼 과거부터 지금까지 모든 성원이 복종했다는 뜻이었다. 그들은 중요하지 않았다. 그들은 일화였고, 여름 하늘의 구름처럼 떠나갔다. 그 자신도 일화였고, 곧 떠나갈 것이다. 자연은 신경 쓰지 않는다. 생명에게 자연은 한 가지 과제와 한 가지 법칙을 준다. 영속하는 것이 생명의 과제이고, 그것의 법칙은 죽음이다. 처녀들의 풍만한 가슴과 경쾌한 발걸음과 반짝이는 눈은 보기에 좋다. 하지만 처녀의 앞에는 과제가 있다. 처녀들은 반짝이는 눈과 빠른 걸음으로 남자들 앞에서 때로는 대담하고, 때로는 소심한 모습으로 그들을 불안에 빠뜨린다.

그리고 처녀가 점점 더 아름다워지면 어느 사냥꾼이 더 이상 참지 못하고 자기 오두막으로 데리고 가서 요리와 살림을 시키고 자기 아이들을 낳게 한다. 그리고 아이가 태어나면 여자는 아름다움을 잃는다. 팔다리는 생기를 잃고, 두 눈은 흐려지며, 불가에 앉은 아낙의 시든 뺨에 즐겁게 기대는 것은 아이들뿐이다. 여자의 과제는 끝났다. 얼마 후 기근이 닥치거나 먼 길에 오르게 되면, 여자는 지금 그가 여기 앉은 것처럼 작은 장작더미와 함께 눈 속에 남을 것이다. 그것이 법칙이다.

그는 나뭇가지 하나를 불 위에 얹고 다시 명상을 시작했다. 언제나 똑같았다. 첫 서리가 닥치면 모기는 사라진다. 청설모는 집을 떠나서 죽는다. 토끼도 늙으면 느리고 무거워지고 재빨리 도망치지 못한다. 심지어 덩치 큰 볼드페이스 곰조차 둔해지고 눈이 나빠지고 툭하면 싸움을 벌여서 마지막에는 허스키 개들에게 사냥당한다. 그는 어느 해 겨울 클론다이크 강 상류에 아버지를 버리고 온 일을 기억했다. 선교사가 이야기책과 약상자를 가지고 오기 한 해 전이었다. 코스쿠시는 그 상자를 떠올리며 여러 번 입맛을 다셨지만, 이제 그의 입술은 젖지 않았다. '진통제'가 특히 좋았다. 하지만 선교사는 결국 귀찮은 존재였다. 야영지에 고기도 가져오지 않고 먹기만 많이 해서 사냥꾼들의 불평을 샀다. 하지만 그는 메이요 천 분수령에서 숨을 멈추었고, 개들이 돌멩이를 헤치며 다투어 그의 뼈를 취했다.

코스쿠시는 불에 나무 하나를 더 넣고 더 먼 과거로 들어갔다. 대기근 시절이 있었다. 그때 노인들은 불가에 주린 배로 웅크리고 앉아 유콘 강이 세 겨울 동안 넓게 흐르고 세 여름 동안 얼어붙어 있던 먼 옛날의 희미한 일들을 이야기했다. 그는 그 기근 때 어머니를 잃었다. 그 여름 연어들은 산란하러 오지 않았고, 부족은 순록이 오는 겨울을 기다렸다. 마침내 겨울이 왔지만 순록은 오지 않았다. 이런 일은 그 누구도, 노인들도 모르던 일이었다. 어쨌건 순록은 오지 않았고, 그렇게 7년이 지났다. 토끼도 번식하지 않았고, 개들은 뼈와 가죽만 남았다. 길고 어두운 밤 동안 아이들은 울부짖으며 죽었고 여자들과 노인들도 죽었다. 부족민 가운데 새봄의 태양을 본 사람은 열에 하나도 되지 않았다. 정말이지 엄청난 기근이었다!

하지만 사람들 손에 고기가 썩어 나고 개들이 너무 뚱뚱해져서 일을 못 하던 풍요로운 시절도 보았다. 사냥감을 봐도 잡지 않고, 여자들은 계속 임신하고, 오두막은 사내 아기들과 계집 아기들로 바글거리던 시절. 그러자 기고만장해진 남자들이 고대의 싸움을 되살려서 분수령 너머 남쪽으로 펠리족을, 서쪽으로 타나나족을 죽이러 가던 시절이 있었다. 그는 풍요로웠던 어린 시절 늑대들이 큰사슴을 죽이는 광경을 본 적이 있었다. 징하와 함께 눈 속에 엎드려 지켜보았다. 징하는 나중에 뛰어난 사냥꾼이 되었는데, 마지막에는 유콘 강의 얼음 구멍에 빠져 죽었다. 한 달 뒤에 꽝꽝 언 채로 발견된 그는 밖으로 기어 나오는 자세를 하고 있었다.

하지만 그 큰사슴의 일. 징하와 그는 그날 어른들처럼 사냥하는 놀이를 하러 나갔다. 개울 바닥에 방금 지나간 큰사슴 발자국과, 그 옆에 늑대 여러 마리의 발자국이 있었다. 발자국을 잘 읽는 징하가 말했다. "늙은 놈이야. 무리에서 처졌어. 늑대들이 무리에서 놈을 빼내 왔고, 절대로 놓아주지 않을 거야." 정말로 그랬다. 그것이 놈들의 방식이었다. 늑대들은 밤낮도 없고 휴식도 없이 큰사슴의 코를 물어뜯으며 끝까지 그 곁을 떠나지 않았다. 징하와 그가 얼마나 사냥에 대한 욕망으로 들끓었는지! 그 결말은 꼭 봐야 했다!

그들은 흥분해서 그 뒤를 쫓았는데, 눈도 빠르지 않고 추적 솜씨도 별로인 코스쿠시마저 그냥 따라갈 수 있을 만큼 발자국이 컸다. 그들은 발자국 하나마다 새롭게 찍힌 비극을 읽으며 바쁘게 쫓아갔다. 마침내 큰사슴이 멈추고 저항했던 곳이 나왔다. 사방 폭이 성인 남자 키의 세 배 정도 되는 면적에 걸쳐 눈이 짓밟히고 뒤집혀 있었다. 가운데에는 큰사슴의 발자국이 깊이 찍히고, 주변에는 늑대들의 가벼운 발자국이 가득했다. 몇 놈이 사냥감에게 달려드는 동안 나머지 놈들은 옆에서 휴식을 취한 듯했다. 눈에 찍힌 그들의 긴 몸통 자국은 방금 생겨난 것처럼 깔끔했다. 늑대 한 마리는 필사적으로 달려드는 사냥감에게 밟혀 죽었다. 살이 깨끗이 뜯긴 뼈 몇 개가 그것을 증언해 주었다.

그들은 큰사슴이 두 번째로 저항한 곳에서 발을 멈추었다. 그곳에서 큰사슴은 다시 한 번 필사적으로 싸웠다. 눈 위의 흔적을 보면 녀석은 두 번 쓰러지고 적을 두 번 물리친 뒤 다시 일어났다. 오래전에 과제를 수행한 놈이었지만, 어쨌거나 생명은 소중했다. 징하는 쓰러졌던 큰사슴이 다시 일어나서 달아나는 일은 드물다고 했지만, 이놈은 확실히 그렇게 했다. 주술사에게 이 일을 이야기한다면 아마 그는 이 일에서 어떤 표지와 기적을 읽을 것이다.

그들은 다시 큰사슴을 따라 둑을 올라가서 삼림지로 들어갔다. 하지만 늑대들은 놈을 뒤에서 공격했고, 큰사슴은 결국 뒷발로 서서 놈들 위로 쓰러지며 두 마리를 눈 속에 묻었다. 그 일이 일어난 지 얼마 지나지 않은 것이 분명했다. 늑대들이 죽은 형제들을 그냥 두고 갔기 때문이다. 두 사람은 잇달아 나타난 두 번의 싸움 흔적을 서둘러 지났다. 길은 이제 붉게 물들었고, 큰 짐승의 발걸음은 짧고 흐트러져 있었다.

그런 뒤 그들은 마침내 전투 소리를 들었다. 사냥감을 쫓는 우렁찬 함성이 아니라 달라붙어서 이빨로 물어뜯는 짧고 거친 으르렁거림이었다. 징하는 바람을 안고서 눈 위를 포복했고, 앞으로 족장이 될 코스쿠시도 함께 기었다. 그들은 함께 어린 전나무의 낮은 가지를 밀고 앞을 내다보았고, 치열한 싸움의 마지막 장면을 보았다.

그 모습은 젊은 시절에 겪은 다른 모든 장면처럼 그에게 아직도 강렬했고, 그의 흐린 눈 앞에 먼 옛날 그 시절처럼 생생하게 펼쳐졌다. 코스쿠시는 그 일에 감탄했다. 그가 남자들의 지도자가 되고 부족 회의의 우두머리가 되었을 때, 그는 많은 위업을 이루고 그의 이름이 펠리족에게 저주가 되었기 때문이다. 그가 그 이상한 백인 남자와 공개적으로 칼을 맞대며 결투 끝에 죽인 일은 더 말할 것도 없다.

그가 그렇게 오랫동안 젊은 시절을 생각하는 사이 불이 사위면서 강추위가 밀어닥쳤다. 그는 이번에는 장작 두 개를 넣고, 남아 있는 장작의 수로 자신에게 남은 삶의 길이를 재어 보았다. 싯쿰토하가 할아버지를 생각해서 장작을 더 많이 모았다면 그의 시간은 더 길어졌을 것이다. 그것은 어려운 일도 아니었다. 하지만 그녀는 언제나 부주의한 아이였고, 징하의 손자인 비버의 눈길을 받았을 때부터 조상을 존경하지 않았다. 하지만 그게 뭐가 문제인가? 자신도 젊은 시절에는 그러지 않았던가? 그는 한동안 침묵의 소리를 들었다. 어쩌면 마음이 약해진 아들이 개들과 함께 돌아와서는 늙은 아비를 데리고 부족과 함께 살진 순록이 가득한 곳으로 갈지도 몰랐다.

그는 귀를 기울였다. 불안한 머릿속이 한순간 조용해졌다. 아무 소리도 없었다. 오직 그 자신만이 거대한 침묵 속에 숨을 쉬었다. 너무도 외로웠다! 그런데 저게 뭐지? 오한이 그의 몸을 훑었다. 익숙한 울

120

음소리가 허공을 길게 갈랐고, 그 소리는 아주 가까웠다. 그러더니 그의 캄캄한 눈 앞에 큰사슴이 비쳐 들었다. 그 늙은 수컷 큰사슴이었다. 찢어진 옆구리에서 피가 흐르고, 갈기는 엉망이 된 채 크고 넓은 뿔을 낮게 내리고 끝까지 흔들었다. 그 앞으로 회색 몸통들이 지나갔고, 반짝이는 눈, 늘어진 혀, 침이 흐르는 송곳니가 보였다. 잔혹한 포위망이 점점 좁아지더니 마침내 짓밟힌 눈 한가운데 검은 점으로 모였다.

차가운 주둥이가 그의 뺨을 찔러서 그의 정신은 펄쩍 현재로 돌아왔다. 그는 불로 손을 뻗어서 불타는 장작을 집어 들었다. 짐승은 사람에 대한 본능적인 두려움에 사로잡혀 뒤로 물러서며 긴 울음으로 형제들을 불렀다. 그러자 그들은 탐욕스럽게 대답했고, 턱에서 침을 줄줄 흘리는 회색 포위망이 노인을 동그랗게 감쌌다. 노인은 그 원이 좁아지는 소리를 들었다. 그는 불붙은 장작을 휘둘렀고, 훌쩍임은 으르렁거림이 되었다. 하지만 헐떡이는 짐승들은 흩어지지 않았다. 그중 한 놈이 그의 엉덩이를 뒤로 끌어서 가슴을 앞으로 고꾸라지게 했고, 이어 두 번째 녀석이, 이어 세 번째 녀석이 달려들었지만, 한 놈도 물러서지 않았다. 왜 내가 목숨에 매달려야 하는가, 그는 그렇게 묻고 불타는 장작을 눈앞에 떨구었다. 장작은 즈즈즈 소리를 내고 이내 꺼졌다. 포위망은 불안한 소리를 냈지만 흩어지지는 않았다. 코스쿠시는 다시 한 번 늙은 수컷 큰사슴이 마지막으로 싸운 곳을 보고 무거운 머리를 무릎으로 떨구었다. 그게 다 무슨 상관인가? 그게 생명의 법칙 아닌가?

그의 아버지들의 신
The God of His Fathers

I

원시의 숲이 사방으로 뻗어 있었다. 그곳은 요란한 희극과 고요한 비극의 고향이었다. 그곳에서는 고대의 잔혹함이 서린 생존 투쟁이 멈추지 않았다. 영국인과 러시아인은 앞으로 무지개의 끝에 있는 땅에서 맞부딪칠 운명이었고, 이곳은 그 땅의 심장이었다. 양키의 황금도 아직 그 광대한 땅을 사지 않았다. 늑대 무리는 수천 세대 전과 마찬가지로 아무런 양심의 가책 없이 순록 떼를 따라다니며 약한 놈, 새끼 밴 놈을 끌어 내렸다. 얼마 되지 않는 원주민들은 여전히 족장과 주술사의 법을 따르고 악령을 쫓고 마녀를 태워 죽이고 이웃 부족과 싸우고 적들을 탐식했다. 그들은 그만큼 식욕이 좋았다. 하지만 석기 시대는 저물어 가고 있었다. 미지의 들길과 지도에 없는 황야에 강철의 시대를 알리는 선구자들이 왔다. 하얀 얼굴과 푸른 눈의 강인한 사내들은 자기 인종의 불안을 체화한 자들이었다. 그들은 우연 또는 고의로, 혼자서 아니면 삼삼오오로 짝을 지어 느닷없이 나타나서 싸우거나 죽거나 아무도 모르는 곳으로 떠났다. 사제들은 분노하고, 족장들은 전사들을 소집하고, 돌과 강철이 부딪쳤지만 다 헛된 일이었다. 그들은 저수지에서 물이 흘러나오듯 나무껍질 카누로 넓은 물길을 타거나 모카신을 신고 늑대개들의 길을 뚫으며 어두운 숲과 고개 너머로 흘러들었다. 그들은 위대한 종족 출신이고 어머니도 많았다. 하지만 털가죽을 두른 북극 땅의 원주민들은 아직 그것을 몰랐다. 이름 없는 수많은 방랑자가 마지막 싸움을 하고 차가운 오로라 불빛 아래 죽었고, 또 다른 형제들은 불타는 모래와 불결한 정글에서 죽었지만, 그들의 목적이 성취될 때까지 그 일은 멈추지 않을 것이다.

12시가 다 된 시각이었다. 북극 지평선의 서쪽으로 장밋빛이 흐려지고 동쪽이 짙어지면서, 자정 무렵 태양이 보이지 않는 곳에서 머무는 것을 알렸다. 땅거미와 여명이 뒤섞여서 밤이랄 것이 없었다. 그저 하루와 하루가 연속되고, 두 개의 태양이 살짝 겹치는 것이었다. 물떼새는 소심하게 밤 울음을 울었고, 낭랑한 울새의 목청은 아침을 알렸다. 유콘 강 품 안의 한 섬에서 들새 무리가 끝없는 부당 행위를 호소했고, 아비새*는 고요한 강 너머에서 조롱의 웃음을 보냈다.

앞쪽으로, 느린 여울이 지는 둑에 자작나무 껍질로 만든 카누가 두세 줄 늘어서 있었다. 상아촉 창, 뼈촉 화살, 사슴 가죽으로 시위를 댄

---

* 북미산 큰 새로 사람 웃음소리 같은 소리를 낸다.

활 들과, 소박한 바구니 덫들은 연어들이 강의 탁류를 헤치며 산란 여행을 오고 있음을 알려 주었다. 뒤쪽의 가죽 천막과 건조대 들 틈에서는 어부들의 목소리가 솟았다. 청년들은 다른 청년과 법석을 피우며 놀거나 처녀들을 꾀었고, 재생산으로 존재의 목적을 달성한 탓에 이 모든 일에서 밀려난 아낙들은 푸른 덩굴 뿌리로 밧줄을 꼬며 수다를 떨었다. 그녀들의 발치에서는 벌거벗은 아이들이 놀거나 싸우거나 황갈색 늑대개와 함께 진창 속을 굴러다녔다.

야영지 한쪽에 다른 것들과 구별된 두 개의 천막이 또 하나의 작은 야영지를 이루고 있었다. 백인의 야영지였다. 다른 것을 다 제외하고 야영지의 위치만 봐도 그 사실을 알 수 있었다. 인디언 구역을 100미터가량 앞에서 내려다보는 곳이라 공격에도 유리했고, 언덕 위라 시야가 탁 트여 방어에도 유리했으며, 마지막으로, 패배한 경우에도 20미터 거리의 급경사 아래 카누가 대어 있었다. 이 천막 한 곳에서 아픈 아이의 울음소리와 아이를 달래는 엄마의 노랫소리가 흘러나왔다. 바깥에서 두 남자가 모닥불을 앞에 두고 대화를 했다.

"난 착한 아들처럼 교회를 사랑합니다. 그래요! 너무 사랑해서 낮에는 교회를 피해 달아나고 밤이면 결산하는 꿈을 꾸지요. 하!" 혼혈인의 목소리가 분노로 높아졌다. "난 붉은 강에서 태어났습니다. 아버지는 백인이고요. 당신처럼 하얀 피부를 지녔지요. 당신은 양키지만, 내아버지는 영국인의 후손이고 신사의 아들입니다. 어머니는 족장의 딸이고, 나는 남자였습니다. 내 피가 어떤 피인지를 알려면 나를 두 번 보십시오. 나는 백인들 속에서 그들과 함께 살았고, 내 가슴에는 우리아버지의 심장이 뛰고 있으니까요. 한 백인 여자가 내게 다정한 눈길을 주었습니다. 그녀의 아버지는 땅도 많고 말도 많이 키웠습니다. 지위가 높고, 프랑스 피를 지닌 사람이었죠. 그는 딸에게 제정신이 아니라고 했고, 딸과 이야기를 할수록 분개했습니다.

하지만 그녀는 제정신이었습니다. 우리는 얼른 사제 앞으로 갔으니까요. 하지만 그녀의 아버지가 발 빠르게 손을 써서 사제에게 거짓말을 했습니다. 사제는 뻣뻣한 태도로 우리가 함께 살게 해 주지 않았지요. 교회는 처음에는 내 출생을 축복해 주지 않더니 그때는 내 결혼을 방해하고 내가 손에 피를 묻히게 했습니다. 비앵(그래요)! 내게는 그렇게 교회를 사랑할 이유가 있습니다. 나는 그 사제의 여자 같은 입을 때렸고, 그녀와 함께 빠른 말을 타고 포트피에르로 갔습니다. 그곳에는 마음씨 좋은 목사가 있었거든요. 하지만 그 아버지와 형제들 그리고 아버지가 불러 모은 남자들이 곧 뒤따라왔습니다. 우리는 말을 타고 싸웠는데, 내가 세 사람을 안장에서 떨어뜨리자 나머지는 물러서서 포트피에르로 갔습니다. 우리는 동쪽 언덕과 숲으로 갔고, 그곳에서 결혼하지 않고 살았습니다. 내가 아들처럼 사랑하는 교회 때문에.

하지만 여자들은 이상합니다. 남자들은 이해할 수 없는 방식으로요. 내가 안장에서 떨어뜨린 사람 중에는 그녀의 아버지도 있었는데, 땅에 떨어지자마자 그 뒤로 달려온 말에 밟혔지요. 그녀와 나는 그 모습을 보았지만 그녀가 기억하지 않았다면 나는 그 일을 잊었을 겁니다. 그날 추격이 끝난 조용한 저녁에 그 일이 우리 사이에 끼어들었습니다. 우리가 별 아래 누워 하나가 될 그 고요한 밤에 말입니다. 그녀는 아무 말도 하지 않았지만, 그것은 우리 곁에 앉아서 우리를 갈라놓았습니다. 그녀도 그것을 밀쳐 두려고 했지만, 그 일은 그녀의 눈과 숨결에 자꾸자꾸 떠올랐지요.

결국 그녀는 내 아이를, 여자아이를 낳고 죽었습니다. 나는 아기에게 젖을 먹이기 위해 어머니의 부족으로 갔습니다. 하지만 내 손에는 교회로 인해 사람들의 피가 묻어 있었습니다. 북극의 기마경찰이 나를 찾아왔지만, 당시 부족장이던 외삼촌이 나를 숨겨 주고 내게 말과 음식을 주어서 나는 딸아이를 데리고 허드슨 만 지역까지 갔습니다. 그곳에는 백인이 드물었고, 사람들은 질문을 별로 하지 않았습니다. 나는 회사에 들어가 사냥꾼, 안내인, 개몰이꾼 등 많은 일을 했고, 그러는 사이 딸아이는 키 크고 날씬하고 괜찮은 여자로 자랐습니다.

당신도 알 겁니다. 길고 외로운 겨울이면 얼마나 이상한 생각이 피어나고 나쁜 행동이 생겨나는지. 교역소장은 모질고 겁 없는 사람이었습니다. 그리고 여자들이 가슴 설레며 바라볼 만한 사람도 아니었지요. 그런데 그자가 이제 막 처녀가 되어 가는 내 딸아이에게 눈길을 던진 겁니다. 오, 하느님! 그자는 나를 개썰매에 태워 아주 먼 곳으로 보냈습니다. 그렇듯이 그는 모질고 인정 없는 사람이었습니다. 내 딸아이는 피부도 하얗고, 영혼도 깨끗한 좋은 여자애였습니다. 그런데…… 그 애는 결국 죽었습니다.

내가 여러 달 만에 돌아온 날, 아주 추운 밤이었는데, 요새에 가 보니 개들이 다리를 절고 있었습니다. 인디언과 혼혈 들은 말없이 나를 바라보았고, 나는 알 수 없는 공포를 느꼈지만 아무 말도 하지 않고 개들을 먹이고 나도 일을 앞둔 사내에게 필요한 만큼 먹었습니다. 그러고 나서 무슨 일인지 묻자 사람들은 내가 화가 나면 무슨 일을 할지 두려워서 슬금슬금 피했습니다. 하지만 그 불쌍한 이야기는 곧 내게 남김없이 전해졌습니다. 사람들은 내가 그렇게 차분한 것을 신기해했습니다.

사람들이 이야기를 마치자 나는 교역소장의 집으로 갔습니다. 이 이야기를 하는 지금보다 더 차분했지요. 그는 겁을 먹고 혼혈들에게 도움을 요청했지만, 그들은 그러고 싶지 않아서 그를 도와주지 않았습니다. 소장은 사제의 집으로 달아났지요. 나도 따라갔지만 사제가 내 앞을 가로막고 부드럽게 말했습니다. 분노한 남자가 갈 곳은 다른 어느 곳도 아닌 신 앞이라고. 내가 분노한 아버지의 권리로 안으로 들여보내 달라고 했지만 사제는 자기 시체를 넘고 가야 한다고, 나더러 기도하라고 했습니다. 언제나 그렇게 교회가 문제였습니다. 그래서 나는 사제를 죽이고, 교역소장도 자기 신 앞에서 내 딸아이를 만나라고 보냈습니다. 백인들의 신은 아주 나쁜 신입니다.

그때 나를 추적하는 소리가 들렸습니다. 교역촌에 소식이 갔으니까요. 나는 달아났습니다. 그레이트슬레이브 지역을 지나고, 매켄지 강 계곡을 달려서 만년빙을 향해 화이트로키 산맥을 넘고 유콘 강의 큰 굽이를 지나서 여기에 당도했습니다. 그날부터 지금까지 우리 아버지 인종의 사람을 만나기는 당신이 처음입니다. 그리고 이게 마지막이기를 바랍니다! 저기 저 사람들, 내 부족은 소박한 사람들이고 나는 그들에게서 명예를 배우며 자랐습니다. 내 말이 그들의 법이고 그들의 사제는 내 명령을 따릅니다. 그러지 않으면 내가 가만두지 않습니다. 나는 그들을 대신해서 말을 하지만 이것은 내 말이기도 합니다. 우리를 건드리지 말아 주십시오. 우리는 당신들을 원하지 않습니다. 우리가 당신을 우리 불가에 앉히면, 그 뒤를 따라 당신의 교회가 오고 사제가 오고 당신의 신이 올 것입니다. 그리고 이걸 알아 두세요. 우리 마을에 백인이 오면 나는 그에게 자기 신을 부정하게 만들 것입니다. 당신은 첫 사람이니 관용을 베풀겠소. 그러니 얼른 떠나시오."

"우리 형제들의 행동은 내 책임이 아닙니다." 이야기를 듣던 상대가 명상하는 듯한 태도로 파이프를 채우며 말했다. 헤이 스토카드는 행동은 겁이 없지만 말은 이따금 신중했다. 물론 이따금일 뿐이다.

"하지만 나는 당신들 종족을 아오." 이야기를 하던 사람이 말했다. "당신들은 형제가 많고, 당신 같은 사람이 길을 내면 나머지가 그 길을 따라오지요. 때가 되면 당신들이 땅을 갖게 되겠지만, 내 생전은 아닐 거라 믿소. 그 사람들이 이미 큰 강 상류에 가 있고, 멀리 하류에는 러시아인들이 있다고 들었소."

헤이 스토카드는 고개를 번쩍 들었다. 이것은 놀라운 지리 정보였다. 포트유콘에 있는 허드슨 만 교역소 사람들은 강이 북극해로 흘러든다고 알고 있었다.

"그러면 유콘 강이 베링 해로 흘러든다는 말입니까?" 그가 물었다.

"그건 모르지만 하류에는 러시아인이 아주 많소. 그게 별일은 아니오. 직접 가서 보실 수도 있소. 그냥 당신 형제들에게 돌아가도 좋소. 하지만 사제들과 전사들이 내 명령을 수행하고 있으니 코유쿡 강 상류로는 가지 마시오. 나 붉은 바티스트의 명령이오. 내 말은 곧 법이고 나는 이 사람들의 족장이오."

"내가 러시아인들에게 가거나 내 형제들에게 돌아가지 않으면요?"

"그러면 당신들 신 앞에 빨리 가게 될 거요. 그 신은 나쁜 신이고, 백인들의 신이오."

붉은 태양이 피를 뚝뚝 흘리며 북쪽 하늘 위로 떠올랐다. 붉은 바티스트는 자리에서 일어나 고개를 짧게 끄덕였고, 선홍색 그림자와 울새 울음 속에 야영지로 돌아갔다.

헤이 스토카드는 불가에서 파이프를 마저 피우며, 연기와 석탄 속에 미지의 코유쿡 강 상류를 그려 보았다. 그 강은 여기에서 북극 여행을 끝내고 진흙 강인 유콘 지류에 합류하는 이상한 강이었다. 공포스러운 육로 여행에 나섰다가 난파한 선원들의 말을 믿는다면, 그리고 그의 주머니에 든 금가루병이 증거가 된다면 상류 어딘가, 겨울의 고향인 그곳 어딘가에 북극의 보물 창고가 있었다. 그런데 영국계 혼혈이자 배교자인 붉은 바티스트가 문지기가 되어 그 길을 막았다.

"젠장!" 그는 꺼져 가는 잉걸불을 발로 차고 일어나서 두 팔을 나른하게 벌리고 붉게 물들어 가는 북쪽을 짜증스럽게 바라보았다.

II

헤이 스토카드는 자기 모국어로 짧고 거칠게 욕을 했다. 아내는 냄비와 솥에서 고개를 들고 그의 시선을 따라 강물을 내려다보았다. 그녀는 테슬린 인디언이었고, 남편의 방언이 격렬해지는 방식을 잘 알았다. 눈신 끈이 미끄러지는 일에서부터 죽음을 무릅쓰는 상황까지 그녀는 욕의 양과 그 소리의 높이로 사태를 파악할 수 있었고, 그래서 지금은 신경을 써야 하는 상황임을 알았다. 긴 카누 한 척이 서쪽으로 지는 햇빛에 노를 반짝이며 여울을 향해 내려갔다. 헤이 스토카드는 그 모습을 유심히 바라보았다. 세 사람이 리드미컬하고도 규칙적으로 떠올랐다 가라앉기를 반복했다. 그중 붉은 두건을 두른 한 사람이 그의 눈길을 끌었다.

"빌! 이봐, 빌!" 그가 소리쳤다.

그러자 천막 한 곳에서 몸을 늘어뜨린 거인이 하품을 하고 졸린 눈을 비비며 나왔다. 하지만 이상한 카누를 보자 그 역시 곧바로 눈이 둥그레졌다.

"우라질, 저 망할 선교사!"

헤이 스토카드가 차가운 표정으로 고개를 끄덕이고 라이플총으로 손을 뻗으려다가 어깨를 으쓱했다.

"갈겨 버려요. 그러면 바로 끝나요. 안 그러면 저자가 우리를 다 망쳐 놓을 거예요." 빌이 말했다. 하지만 헤이 스토카드는 그런 과격한 조치를 거절하고 돌아섰고, 여자에게 하던 일을 계속하라고 말하고 둑에 나간 빌을 도로 불렀다. 두 인디언이 카누를 여울에 정박하자 요란한 모자 차림의 백인이 내려 둑을 올라왔다.

"타르수스의 사도 바울처럼 인사드립니다. 여러분께 평화가, 하느님 앞에는 은총이 있기를."

사람들은 그를 부루퉁하게 맞았고, 아무 대꾸도 하지 않았다.

"신성 모독자에 탐욕에 사로잡힌 헤이 스토카드 씨께 인사드립니다. 당신의 심장에는 맘몬 신이 있고, 정신에는 교활한 악마가 살고, 천막에는 간통녀가 있습니다. 하지만 여기 황야에서도 하느님의 사도인 나 스터지스 오언은 이런 여러 가지 죄를 참회하고 부정을 떨칠 것을 간청합니다."

"헛소리 그만둬요!" 헤이 스토카드가 짜증스럽게 말했다. "저기 붉은 바티스트에게는 지금 당신이 가진 걸로는 안 돼요."

그는 인디언 야영지 쪽을 가리켰다. 붉은 바티스트는 그쪽을 유심히 바라보며 새로 온 사람들이 누구인지 알아보려고 애쓰고 있었다. 빛을 전파하는 신의 사도 스터지스 오언은 절벽 가장자리로 가서 수하들에게 야영 장비를 가져오라고 시켰다. 헤이 스토카드는 그를 따라갔다.

"당신은 당신의 안락을 중히 여기시오?" 그가 선교사의 어깨를 잡아 돌렸다.

"제 생명은 하느님이 지켜 주시고, 저는 그저 그분의 포도밭에서 일하는 일꾼일 뿐입니다." 그가 엄숙하게 말했다.

"집어치우쇼! 그러면 당신은 순교자가 되고 싶은 거요?"

"그분의 뜻이 그러하시다면."

"여기에서 바로 알게 될 거요. 하지만 먼저 조언을 하나 해 주지. 따르든지 말든지 그건 당신 마음대로 하시오. 여기에서는 목적을 달성하지 못할 거요. 당신뿐 아니라 당신 수하들, 빌, 내 아내……"

"악마 벨리알의 딸이자 진정한 복음에 귀를 닫는 자가 누구인지 아십니까?"

"그리고 나도. 그건 당신뿐 아니라 우리한테도 문제가 돼요. 기억하겠지만 나는 지난겨울에 당신과 함께 얼음에 갇혀 있었고, 당신이 사람은 좋아도 바보라는 걸 알고 있소. 당신이 이교도를 개종시키는 것을 의무로 여긴다면 그것까지는 뭐라고 하지 않겠소. 하지만 상황을 좀 봐 가며 행동하시오. 저 사람 붉은 바티스트는 인디언이 아니에요. 그자는 우리 피를 받았고, 나만큼 겁이 없고 당신만큼이나 열렬해요. 당신들 둘이 만나면 지옥이 열릴 거고, 나는 거기에 얽히고 싶지 않소, 알겠소? 그러니 내 말을 듣고 그냥 떠나시오. 하류에 가면 러시아 사람들이 있을 거요. 그중에는 분명 그리스 사제도 있을 거고, 그 사람들이 안전하게 베링 해를 건너게 해 줄 거요. 유콘 강이 그리로 흘러드니까. 그리고 거기에서 문명 세계로 돌아가는 건 어렵지 않을 거요. 내 말 잘 듣고 신이 허락하는 한 최대한 빨리 여기를 떠나시오."

"가슴에 주님을 품고, 손에 복음을 든 자는 사람이나 악마의 음모를 두려워하지 않습니다." 선교사는 완강하게 말했다. "저는 그 사람을 만날 거고, 그자와 맞붙을 것입니다. 배교자 한 명을 우리에게 데리고 돌아오는 것은 이교도 천 명을 개종시키는 것보다 더 큰 성과입니다. 악에 열심인 사람은 선에도 열심일 수 있습니다. 기독교인 포로들을 예루살렘에 데려가려고 다마스쿠스로 가던 사울을 보십시오. 그에게 주님의 목소리가 내려왔습니다. '사울아, 사울아, 네가 어찌하여 나를 박해하느냐?' 그런 뒤 바울이 된 사울은 주님 편에 서서 더없이 열심히 영혼들을 구원했습니다. 타르수스의 바울이시여, 저도 당신처럼 주님의 포도밭에서 일하며, 시련과 고난, 비난과 경멸, 매질과 형벌을 참습니다. 오직 그분을 위해서요."

"차하고 주전자를 가져와." 잠시 후 선교사가 함께 온 사공들에게 소리쳤다. "순록 고기와 팬도 잊지 말고."

그가 직접 개종시킨 부하들이 둑으로 오자, 세 사람은 야영 장비를 등과 손에 지고 든 채로 무릎을 꿇고 자신들이 황야를 뚫고 여기까지 안전하게 온 데 감사를 바쳤다. 헤이 스토카드는 비웃음을 담아 그 의식을 바라보았다. 그런 낭만과 엄숙함은 그의 세속적인 영혼에는 아무 감흥도 주지 않았다. 붉은 바티스트는 계속 이쪽을 건너다보다가 그들의 익숙한 자세를 알아보고, 언덕과 숲에서 별 지붕 아래 자신과 함께 누웠던 여자와 황량한 허드슨 만 어딘가에 누워 있는 딸아이를 떠올렸다.

III

"안 돼요, 바티스트, 그럴 수는 없어요, 절대. 이 사람은 바보고, 실생활에 아무 쓸모 없지만 그래도 내줄 수는 없어요."

헤이 스토카드가 말을 멈추고 자신의 무례한 윤리를 어떻게 설명해야 할지 머리를 굴렸다.

"이 사람은 내 걱정거리예요, 바티스트. 과거에도 지금도. 그리고 나한테 온갖 문제를 안겼습니다. 하지만 이 사람은 나하고 같은 종족, 그러니까 백인이오. 그리고…… 이 사람이 깜둥이라도 이 사람 목숨으로 내 목숨을 살 수는 없어요."

"마음대로 하시오." 붉은 바티스트가 대답했다. "나는 당신에게 선택할 시간을 주었소. 이제 나는 내 사제와 전사를 데리고 올 거고, 그때는 당신을 죽이든지 당신의 신을 버리게 할 거요. 사제를 포기하면 평화롭게 떠나게 해 주겠소. 안 그러면 당신의 탐험은 여기에서 끝날 거요. 우리 부족은 당신들이라면 아기들까지 싫어하오. 지금도 우리 아이들은 당신들 카누를 훔쳤소." 그가 강 쪽을 가리켰다. 벌거벗은 소년들이 물 위쪽에서 내려와서 카누를 풀어 물 가운데로 밀고 들어가 있었다. 그리고 총알의 사정거리에서 벗어나자 배에 올라타고 강변으로 노를 저어 갔다.

"사제를 내주면 저걸 돌려주겠소. 당신 생각을 솔직히 말하시오. 하지만 서두를 필요는 없소."

스토카드는 고개를 저었다. 그의 눈길은 사내아이를 품에 안은 테슬린 여자에게 떨어졌고, 자기 앞의 남자들을 바라보지 않았다면 그도 흔들렸을 것이다.

"나는 두렵지 않아요." 스터지스 오언이 말했다. "주님이 오른손으로 나를 붙잡아 주실 테니 나는 홀로 불신자들의 땅에 들어갈 준비가 되어 있습니다. 아직도 늦지 않았어요. 신앙은 산도 움직입니다. 내가 마지막 순간에 저 사람의 영혼을 진정한 의로움으로 구원해 갈 수 있을지도 모릅니다."

"저 거지 놈을 고꾸라뜨려서 붙들어 매요. 인질로 잡아서 저치들이 추악하게 굴면 죽여 버려요." 빌이 스토카드의 귀에 대고 갈라진 목소리로 말하는 동안, 선교사는 계속 자기주장을 굽히지 않고 이교도들과 씨름했다.

"안 돼, 나는 평화로운 대화를 약속했어." 스토카드가 말했다. "이건 전쟁의 규칙이야, 빌. 저자는 여태껏 우리에게 공정하게 행동하고, 미리 경고를 해 주었어. 그리고…… 어쨌건 나는 약속을 깰 수 없어!"

"저자는 약속을 지킬 거예요. 걱정할 거 없어요."

"그건 의심하지 않아. 하지만 나는 혼혈인보다는 공정하게 굴어야 해. 그가 원하는 대로 해 주는 건 어때? 선교사를 내주고 끝내는 거 말이야."

"아, 안 돼요." 빌이 머뭇거렸다.

"왜, 그건 힘들어?"

빌은 얼굴을 붉히고 대화를 끝냈다. 붉은 바티스트는 여전히 결정을 기다리고 있었다. 스토카드가 그에게 다가갔다.

"이렇게 합시다, 바티스트. 내가 당신 마을에 갔던 건 코유쿡 강 상류로 가기 위해서였어요. 나쁜 뜻은 없었어요. 내 마음은 그때도 깨끗했고, 지금도 깨끗해요. 그런데 당신이 사제라고 부르는 이 사람이 우리한테 왔습니다. 내가 부른 건 아니에요. 이 사람은 나하고 상관없이 여기에 왔을 겁니다. 하지만 어쨌건 이 사람이 와서 내 무리에 섞였으니 나는 이 사람을 지켜야 돼요. 그리고 그렇게 할 거예요. 제대로 할 겁니다. 당신이 당신 뜻을 관철시키려고 하면, 당신 마을은 침묵에 잠기고 부족은 기근 때처럼 스러질 겁니다. 그래요, 우리는 죽겠지요. 하지만 당신네 최고의 전사들도 마찬가집니다……"

"하지만 남는 사람들은 평화를 누리고, 이상한 신의 말이나 이상한 사제의 언어로 괴로움을 겪지 않을 거요."

두 사람은 어깨를 으쓱하고 돌아섰고, 혼혈인은 야영지로 돌아갔다. 선교사는 두 수하를 불러 함께 기도했다. 스토카드와 빌은 몇 그루 되지 않는 근처의 소나무들을 도끼로 베어서 임시 방벽을 만들었다. 아이는 잠이 들었고, 여자는 아이를 털가죽 더미에 눕히고 요새 만드는 작업을 거들었다. 그렇게 삼면을 둘러쌌다. 뒤쪽은 경사가 가팔랐기에 그리로 공격할 수는 없었다. 이 일을 마치자 두 사람은 들판으로 나가서 여기저기 덤불을 쳤다. 맞은편 야영지에서 전투를 알리는 북소리와 사제가 사람들을 흥분시키는 목소리가 들렸다.

"최악은 저자들이 떼로 밀려온다는 거예요." 빌이 어깨에 도끼를 메고 돌아가면서 불만스럽게 말했다.

"그리고 자정까지 기다리지. 그러면 빛이 희미해져서 사격이 힘들어지니까."

"그러면 빨리 시작할수록 좋지요." 빌이 도끼를 내리고 라이플총을 집어 든 뒤 조심스럽게 자세를 잡았다. 주술사 한 명이 키가 월등하게 커서 부족민들 위로 쑥 튀어나와 있었다. 빌은 그를 겨냥했다.

"준비됐어요?" 그가 물었다.

스토카드는 탄약통을 열고 여자를 조금 떨어진 곳에 데려다 놓아 여자가 안전하게 재장전할 수 있게 한 뒤 명령을 내렸다. 주술사가 쓰러졌다. 한순간 침묵이 이어졌고, 이어 거친 함성 속에 뼈촉 화살들이 날아오다 중간에 떨어졌다.

"그 거지 놈을 보고 싶어요." 빌이 새 포탄을 던지면서 말했다. "그자의 두 눈 사이에 구멍을 뚫을 거예요."

"그건 안 될 거야." 스토카드가 음울하게 고개를 저었다. 바티스트는 호전적인 전사들을 진정시키고 있는 것이 분명했다. 그 포탄은 대낮의 공격을 재촉하는 대신 탈출을 일으켰고, 인디언들은 사정거리 밖으로 마을을 빠져나갔다.

포교의 열정이 차오른 스터지스 오언은 기적과 순교 어느 쪽을 위해서라도 혼자서 불신자의 야영지에 들어갔을 것이다. 하지만 그에 이어진 기다림 속에서 자연인의 면모가 떠오르면서 신념에서 우러나온 열정은 차츰 사그라졌다. 영적 희망의 자리에 육체적 공포가 들어섰고, 신에 대한 애정의 자리에 삶에 대한 애정이 들어섰다. 이것은 새로운 경험이 아니었다. 그는 자신의 나약함이 다가오는 것을 느꼈고, 예전부터 그것을 알았다. 그는 전에도 이에 맞서서 싸웠지만 결국 제압당한 적이 있었다.

그는 다른 사람들이 얼음 홍수의 맨 앞에서 미친 듯이 노를 저을 때 위기가 닥치자 세속적 공포에 사로잡혀서 노를 던져 버리고 하느님에게 살려 달라고 맹렬하게 빌었던 일을 기억했다. 그때 말고도 여러 시기가 있었다. 그 기억은 유쾌하지 않았다. 그것은 그의 영혼이 한없이 약하고 육신은 한없이 강하다는 부끄러움을 안겨 주었다. 하지만 삶에 대한 애정! 삶에 대한 애정! 그것을 버릴 수는 없었다. 그것 때문에 머나먼 조상들은 혈통을 이었다. 그것 때문에 그도 자신의 혈통을 이

을 것이다. 그의 용기는—그것을 용기라 부른다면—광신에서 비롯된
것이었다. 스토카드와 빌의 용기는 뿌리 깊은 이상을 고수하는 것에
서 나왔다. 삶에 대한 애정이 덜한 것은 아니었지만, 인종의 전통에 대
한 애정이 더 컸다. 그들도 죽음이 두렵지 않은 것은 아니었지만, 부끄
러움을 무릅쓰고 살지 않을 만큼은 용감했다.

선교사는 일어서서 희생의 분위기에 잠시 흔들렸다. 그는 건너편 야
영지로 가려고 바리케이드를 조금 올라가다가 땅에 털썩 떨어져서 덜
덜 떨며 울부짖었다. "영혼이 움직이는 대로! 영혼이 움직이는 대로!
도대체 내가 누구라고 하느님의 심판을 모른 척 지나치는가? 세상의
토대가 놓이기 전에 이미 모든 것이 생명의 책에 적혔는데. 나 같은 벌
레가 그 한 장을, 아니 한 귀퉁이를 지우는 걸까? 하느님이 의지하시
는 대로 영혼은 움직일지어다!"

빌이 그를 일으켜 세우고는 아무 말도 하지 않고 격렬하게 흔들었
다. 그러고는 덜덜 떠는 선교사를 떨구고 두 개종자를 돌아보았다. 하
지만 그들은 두려움을 보이지 않았다. 다가오는 전투를 준비하는 씩
씩함만이 있었다.

스토카드는 테슬린 여자와 낮은 소리로 대화를 하다가 이제 선교사
를 돌아보았다.

"그 사람을 이리 데려와." 그가 빌에게 명령했다.

"우리를 부부로 만들어 주시오." 빌이 스터지스 오언을 대령시키자
그가 명했다. 그리고 빌에게 사과하듯 덧붙였다. "이 일이 어떻게 끝날
지 몰라서 일단 내 일부터 처리하기로 했어."

여자는 백인 남편의 명령에 따랐다. 그녀에게 의식은 아무 의미가
없었다. 그녀가 볼 때 자신은 첫날부터 그의 아내였다. 개종자들이 증

인이 되었다. 빌은 선교사 옆에 서 있다가 그가 헤맬 때 할 일을 일러 주었다. 스토카드는 여자의 입에서 대답을 들었고, 때가 왔을 때 달리 방법이 없어서 엄지와 검지로 반지를 만들어 그녀의 손가락에 끼워 주었다.

"이제 키스할 차례예요!" 빌이 소리쳤고, 스터지스 오언은 너무 겁을 먹어서 거역하지 못했다.

"이제 아이에게 세례를 주시오!"

"잘되어 가는군요." 빌이 말했다.

"새 들길에 오르려면 준비를 잘 갖춰야지." 아이 아버지가 어머니의 품에서 아들을 받아 안으며 말했다. "전에 내가 한 번 투자금을 받고 캐스케이드에 간 적이 있어. 그런데 모든 장비를 다 갖추었는데 소금을 빼먹었지. 앞으로는 빼먹지 않을 거야. 여자와 아이가 오늘 밤 분수령을 넘는다면 음식은 생기는 대로 먹어야 할 거야. 우리끼리 얘기지만 가망이 별로 없지. 하지만 실패해도 잃는 건 없어."

물 한 잔으로 세례를 마치자 아이는 방벽 한쪽 안전한 구석에 뉘어졌다. 남자들은 불을 피웠고, 저녁 식사가 준비되었다.

태양이 북쪽으로 달려가면서 지평선에 더 가까이 내려앉았다. 그 부분의 하늘이 핏빛이 되었다. 그림자는 길어지고 빛은 흐려졌으며, 어두운 숲에서는 짐승들이 천천히 사라졌다. 강에 사는 새늘마저 잡담을 누그러뜨리고 잠자리에 드는 일상극을 연출했다. 오직 부족민들만이 소리를 높여, 전쟁의 북소리가 둥둥 울리고 사나운 민요 소리가 높게 일었다. 하지만 태양이 사라지자 그 소리도 그쳤다. 한밤의 고요는 둥글고 완전했다. 스토카드는 무릎으로 일어나 통나무들 위를 내다보았다. 한번은 아이가 괴롭게 울어서 그의 정신을 흐트러뜨렸다. 어머니가 아이를 굽어보았고, 아이는 다시 잠이 들었다. 침묵은 끝없고 깊었다. 갑자기 울새가 목청 높여 노래를 시작했다. 밤이 지났다.

그때 어두운 형체들이 물결을 이루어 평원으로 돌진했다. 화살이 휘파람 소리를 냈고, 활시위가 핑핑 노래했다. 총이 탕탕하고 응답했다. 멀리서 날아온 창이 아이 위로 몸을 굽힌 테슬린 여인을 꿰뚫었다. 화살 하나가 통나무들 틈으로 빠져나와서 선교사의 팔에 박혔다.

그들의 돌진을 막을 수는 없었다. 중간 부분은 복닥거려 지체되었지만 나머지는 파도처럼 밀려닥쳐서 방벽을 타 넘었다. 스터지스 오언은 천막으로 달아났고, 남자들은 쓰러져서 인간 파도에 파묻혔다. 헤이 스토카드만이 다시 일어나서 깽깽거리는 개를 던지듯 부족민들을 내던졌다. 그는 도끼를 잡았다. 누군가의 검은 손이 아이의 맨발을 잡아서 어머니의 품에서 빼냈다. 그 손에서 아이의 작은 몸뚱이는 공중을 빙글 돌고 통나무에 부딪혀 죽었다. 스토카드는 남자의 턱을 부수고 빈터에 쓰러졌다. 거친 얼굴들이 그에게 밀려들면서 창과 화살을 퍼부었다. 태양이 솟아올랐고, 그들은 진홍색 그림자 속에 밀려갔다 밀려왔다. 두 번, 그가 도끼를 너무 세게 휘두르는 바람에 비틀거리자 그들이 그에게 돌진했다. 하지만 그는 매번 그들을 물리쳤다. 그들은 쓰러졌고, 그는 그들을 죽도록 두들기고 피떡으로 만들었다. 그대로 날은 계속 밝아 갔고, 울새들은 노래했다. 얼마 후 그들은 경외감을 느끼며 물러섰고, 그는 숨을 헐떡이며 도끼에 기댔다.

"대단해!" 붉은 바티스트가 소리쳤다. "당신은 남자요. 당신의 신을 부정하면 살려 주겠소."

스토카드는 힘없이, 하지만 품위 있게 거절했다.

"여기 이 사람은 여자요!" 스터지스 오언이 혼혈인 앞에 끌려와 있었다.

그는 팔에 난 생채기 하나를 빼면 멀쩡했지만, 극도의 두려움으로 눈이 빙글빙글 돌아가고 있었다. 영웅적인 풍모의 신성 모독자가 상처와 화살이 가득 박힌 몸을 도끼에 거만하게 기댄 채 무심하고 강인하고 당당한 태도로 그의 흔들리는 시선을 마주했다. 선교사는 죽음의 어두운 문으로 고요히 내려갈 수 있는 그 사람에게 큰 질투를 느꼈다. 그리스도는 확실히―그, 스터지스 오언이 아니라―그런 방식으로 빚어졌다. 한데 자신은 왜 그렇지 않은가? 그는 조상의 저주와 자신에게 전해진 영혼의 나약함을 느꼈고, 아무리 상징적으로 생각하려고 해도 자신을 그렇게 약하게 만든 창조주의 손길에 분노를 느꼈다. 그보다 더 강한 사람이라도 이 상황이 안겨 주는 분노와 스트레스는 배교를 선언하기에 충분했고, 스터지스 오언 역시 그렇게 하지 않을 수 없었다. 그는 인간의 분노가 두려워서 신의 진노를 무릅썼다. 그는 신에게 봉사하도록 키워졌지만 이렇게 내쳐졌다. 그가 받은 신앙은 신앙의 힘이 없는 신앙이었다. 그가 받은 영혼은 영혼의 힘이 없는 영혼이었다. 그것은 부당했다.

"당신의 신은 지금 어디에 있지?" 혼혈인이 물었다.

"모릅니다." 그는 교리문답을 하는 아이처럼 뻣뻣하게 언 채로 서 있었다.

"당신에게 그러면 신이 있나?"

"있었습니다."

"지금은?"

"없습니다."

헤이 스토카드는 눈에서 피를 닦아 내고 웃었다. 선교사는 꿈을 꾸

듯 신기하게 그를 바라보았다. 멀리 이동하는 듯 아득한 거리감이 닥쳤다. 벌어진 일과 벌어질 일에서 그의 역할은 아무것도 없었다. 그는 멀찍이 떨어져 있는 구경꾼이었다. 바티스트의 말이 희미하게 다가왔다.

"좋아. 이 사람을 그냥 보내고 털끝 하나 다치지 않게 해. 카누와 먹을 것을 주어서 평화롭게 떠나보내. 러시아인들이 있는 곳으로 보내서 그들의 사제에게 신이 없는 나라의 붉은 바티스트 이야기를 전하라고 해."

그들은 그를 절벽 가장자리로 데리고 갔다가 비극의 마지막 장면을 보려고 멈춰 섰다. 혼혈인이 헤이 스토카드에게 돌아섰다.

"신은 없소." 그가 말했다.

스토카드는 웃음으로 대답했다. 젊은이 한 명이 창을 겨누었다.

"당신에게는 신이 있소?"

"있소, 우리 아버지들의 신이."

스토카드가 도끼를 바로잡았다. 붉은 바티스트가 신호를 하자 창이 그의 가슴으로 날아갔다. 스터지스 오언은 창의 상아촉이 그의 등을 꿰뚫고, 그가 웃으며 흔들리다가 쓰러지면서 창자루를 부러뜨리는 모습을 보았다. 그런 뒤 스터지스 오언은 강으로 내려갔다. 그는 이제 붉은 바티스트의 이야기를 가지고 러시아인들에게 갈 것이다. 바티스트의 나라에는 신이 없다고.

바타르

Bâtard

바타르는 악마였다. 그 사실은 북극 전체가 알았다. 그는 많은 사람에게 '지옥의 종자'라고 불렸지만, 그의 주인인 블랙 르클레르는 그를 '바타르'*라는 수치스러운 이름으로 불렀다. 블랙 르클레르 역시 악마였기에 둘은 잘 맞았다. 악마가 둘이 모이면 그곳이 바로 지옥이 된다는 속담이 있다. 그건 당연한 일이고, 바타르와 블랙 르클레르가 만났을 때 모두가 그런 일을 예상했다. 둘이 처음 만났을 때 바타르는 아직 어린 강아지였고, 여위고 허기지고 눈빛이 사나웠다. 둘은 만나자마자 서로를 노려보며 으르렁거렸다. 르클레르는 윗입술을 늑대처럼 들어 올려 희고 잔인한 이를 드러내는 버릇이 있었기 때문이다. 다른 강아

* 프랑스어로 '사생아'라는 뜻.

지들 틈에서 바타르를 빼낼 때 그는 그렇게 윗입술을 위로 올린 채 눈을 거칠게 번득였다. 그들은 운명의 상대임이 분명했다. 그 순간 바타르는 여린 송곳니를 르클레르의 손에 박았고, 르클레르는 놈의 연약한 생명을 끝낼 듯이 다섯 손가락으로 놈의 목을 꽉 졸랐기 때문이다.

"사크레담(이런 썩을)." 프랑스인 르클레르는 나직하게 말하며 손에서 흘러나오는 피를 달래고, 눈 속에서 목이 졸려 버둥거리는 작은 강아지를 내려다보았다.

르클레르는 식스티마일 교역소의 점원인 존 햄린을 돌아보았다. "저런 성질이 마음에 드는군. 얼마입니까, 므시외? 얼마요? 지금 당장 사겠소."

그리고 그 개를 몹시 미워한 르클레르는 놈을 사고서 그런 수치스러운 이름을 지어 주었다. 그런 뒤 둘은 5년 동안 세인트마이클스와 유콘 강 삼각주에서 펠리 강 상류와 피스 강, 애서배스카, 그레이트슬레이브 호수까지* 북극 지역을 누비고 다녔다. 그리고 악행으로 이름을 얻었다. 이전까지는 어떤 남자와 개도 그런 악명을 누린 적이 없었다.

바타르는 아비를 몰랐다. 그래서 이름이 그랬다. 하지만 존 햄린의 말에 따르면 놈의 아비는 대형 회색 늑대였다. 어쨌거나 바타르의 어미는 으르렁거리고 싸우기 좋아하고, 음란하고 거칠고 뻔뻔했으며, 머리가 크고 가슴이 두꺼웠다고 그는 희미하게 기억했다. 또 눈빛이 사악하고 생명력이 끈질겼으며 술수의 천재였다. 그 개는 믿음과 신뢰같은 것을 전혀 가지고 있지 않았다. 일관적인 것은 배신하는 기질뿐이었고, 놈이 숲에서 늑대와 밀통했다는 사실도 그런 부도덕의 증거

* 알래스카와 캐나다의 노스웨스트 준주를 모두 포함하는 광대한 지역.

였다. 이렇게 바타르의 조상들은 사악하고 강인했고, 그는 그들의 뼈와 살 중의 뼈와 살로 그것을 모두 물려받았다. 그리고 블랙 르클레르가 그 잔인한 손에 파닥이는 작은 강아지를 받아 안은 뒤 놈을 압박하고 괴롭혀서 마침내 섬뜩하고 혐오 가득한 크고 사나운 짐승으로 만들어 냈다. 괜찮은 주인을 만났다면 바타르는 평범하고 유능한 썰매 개가 될 수도 있었을 것이다. 그런 기회는 오지 않았다. 르클레르는 녀석의 타고난 사악함을 확고하게 해 주었다.

바타르와 르클레르의 역사는 전쟁의 역사이다. 잔인하고 혹독한 그 5년의 세월은 첫 만남만 보아도 익히 짐작할 수 있다. 우선 잘못은 르클레르에게 있었다. 그의 미움은 이해력과 지성을 갖춘 것이었지만, 이 다리 길고 못생긴 강아지의 미움은 맹목적이고 본능적이며, 이유도 체계도 없었기 때문이다. 처음에는 폭력에 아무런 절제가 없었고 (그것은 나중에 왔다) 단순한 구타와 무자비한 가혹 행위가 이어졌다. 한번은 바타르가 귀를 다쳤다. 찢어진 근육은 회복되지 않았고, 그 귀는 영원히 아래로 늘어져서 고문자의 기억을 되새겨 주었다. 그리고 놈은 잊지 않았다.

놈의 강아지 시절은 어리석은 반항의 시기였다. 늘 패배하면서도 늘 반격했다. 반격하는 것이 본성이었기 때문이다. 바타르를 제압하기는 불가능했다. 놈은 채찍과 몽둥이에 깽깽거리면서도 언제나 반항심과 복수심을 표출했고, 그리하여 또 어김없이 더 많은 구타를 촉발했다. 하지만 놈은 어미만큼이나 생명력이 끈질겼다. 웬만한 일로는 죽지 않았다. 놈은 불운 속에 번성했고 기근 속에 살이 쪘으며, 처절한 생존 투쟁 속에 초자연적 지능을 키웠다. 교묘함과 간사함은 허스키 개 어미의 것이었고, 맹렬함과 대담함은 늑대 아비의 것이었다.

바타르가 울부짖지 않는 것은 아비에게서 온 특성일 수 있었다. 강아지 울음은 다리가 굵어지면서 바로 사라졌고, 녀석은 음울하고 조용해져서 경고 없이 바로 공격했다. 욕을 하면 으르렁거리고 때리면 물었지만, 그러면서도 내내 이죽거리며 미움을 드러냈다. 하지만 르클레르가 아무리 극단적인 고통을 주어도 놈에게서 공포나 고통의 울부짖음을 불러일으키지는 못했다. 하지만 이 독기는 오히려 르클레르의 분노를 부채질하고, 그가 더욱 극악무도하게 행동하게 만들었을 뿐이다.

르클레르가 바타르에게 생선 반 마리를 주고 다른 개들에게는 한 마리씩 주면, 바타르는 다른 개의 생선을 빼앗았다. 놈은 식량 은닉처를 뒤지고 수천 가지 강도짓을 벌여서 모든 개와 개 주인에게 공포의 존재가 되었다. 르클레르가 바타르를 때리고 바베트를 귀여워하자—바베트는 일을 바타르의 반만큼도 안 했다—바타르는 바베트를 눈 속에 쓰러뜨리고 튼튼한 이빨로 뒷다리를 부러뜨려서 결국 르클레르가 바베트를 쏘아 죽이게 만들었다. 이렇듯 바타르는 동료들을 모두 잔혹하게 제압해서, 그들에게 일과 먹이의 법을 부과하고 자신이 정한 법에 따라 살게 했다.

5년 동안 바타르는 친절한 말을 딱 한 마디 듣고, 부드러운 손길도 딱 한 번 받았을 뿐이다. 그때는 그것이 무엇인지 몰라서 야생 동물처럼 뛰어올라 번개처럼 그 손을 콱 깨물었다. 그 사람은 선라이즈에 새로 온 선교사로, 말도 행동도 온화했다. 그는 그 뒤로 6개월 동안 미국의 집에 편지를 쓰지 못했고, 매퀘스턴의 외과의사가 패혈증을 막기 위해 300킬로미터를 달려와야 했다.

바타르가 야영지와 교역소에 들어가면 남자와 개 들은 놈을 곁눈질

했다. 남자들은 걷어찰 듯 다리를 들며 놈을 맞았고, 개들은 털을 바짝 세우고 이를 드러냈다. 한번은 어떤 남자가 정말로 바타르를 걷어찼는데, 그러자 놈은 재빨리 남자의 정강이를 물고 강철 같은 턱으로 이빨을 뼈까지 박아 넣었다. 남자가 놈을 죽이려고 들자 블랙 르클레르가 불길한 눈빛으로 사냥칼을 들고 끼어들었다. 바타르를 죽이는 것, 아, 그것은 르클레르가 나중의 기쁨을 위해 아껴 둔 일이었다. 어느 날 그 일은 일어날 것이다. 아니면, 하, 앞날은 모르는 일이지만 어떻게든 문제는 풀릴 것이다.

그들은 이제 서로에게 골칫거리가 되어 있었기 때문이다. 숨결 하나하나가 상대의 심기를 거스르고 위협했다. 그들은 사랑보다 강한 미움으로 묶여 있었다. 르클레르는 바타르가 기백을 잃고 자기 발밑에 움츠려 낑낑거릴 날을 고대했다. 그리고 바타르는── 르클레르는 바타르가 무슨 생각을 하는지 알았고, 바타르의 눈에서 그것을 여러 차례 읽었다. 그 내용이 몹시 또렷했기에 그는 바타르가 등 뒤에 있을 때면 잊지 않고 수시로 뒤를 돌아보았다.

르클레르가 큰돈을 줄 테니 그 개를 팔라는 제안을 거절했을 때 사람들은 놀랐다. "언젠가 당신은 아무 대가도 못 받고 놈을 죽여야 할 겁니다." 한번은 존 햄린이 이런 말을 하기도 했다. 바타르가 르클레르에게 차여 눈 속에서 헐떡이고 있을 때였다. 놈이 갈비뼈가 부러졌는지 어떤지 아무도 몰랐지만 누구도 알아보려 하지 않았다.

"그건 내 일이오, 므시외." 르클레르가 건조하게 말했다.

사람들은 바타르가 달아나지 않는 데에도 놀랐다. 그들은 그 이유를 이해하지 못했다. 하지만 르클레르는 이해했다. 그는 야외의 사나이, 인간 언어의 바깥에 사는 사람이었기에 바람과 폭풍의 소리, 밤의 한숨, 새벽의 속삭임, 대낮의 외침을 알았다. 그는 푸성귀 자라는 소리, 수액 흐르는 소리, 싹이 움트는 희미한 소리를 들었다. 그리고 움직이는 것들, 그러니까 덫에 걸린 토끼, 움푹한 날개로 공기를 휘젓는 음울한 까마귀, 달빛 아래 비척거리는 볼드페이스 곰, 해 질 녘부터 잿빛 그림자처럼 어둠을 누비는 늑대의 미묘한 언어도 알았다. 그는 바타르의 말을 또렷하게 알아들었다. 그래서 바타르가 달아나지 않는 이유를 잘 알았고, 그래서 더 자주 등 뒤를 돌아보았다.

화가 나면 바타르는 볼썽사나운 모습이 되었고, 실제로 르클레르의 목을 향해 여러 차례 뛰어올랐지만, 늘 대기 중인 채찍 손잡이에 맞아 인사불성으로 눈 속에 뻗기 일쑤였다. 그래서 바타르는 때를 기다리는 법을 익혔다. 힘이 다 자라고 젊음이 절정에 이르자 녀석은 때가 왔다고 생각했다. 놈은 어깨가 넓고 근육이 단단했으며, 덩치가 평균보다 훨씬 크고, 머리에서 어깨까지 목 전체에 억센 털이 가득했다. 어느 면으로 봐도 순종 늑대였다. 르클레르가 털가죽을 덮고 잠을 잘 때 바타르는 때가 무르익었다고 여겼다. 놈은 머리를 낮추고 하나뿐인 귀를 뒤로 젖힌 채 고양이처럼 조용히 그에게 다가갔다. 바타르는 아주 조용히 숨을 쉬었고, 르클레르에게 바짝 다가간 뒤에야 고개를 들었다. 그리고 잠시 멈춰서 볕에 그을린 황소 같은 목을 보았다. 아무런 방비 없이 노출된 울퉁불퉁한 목이 깊고 조용한 맥박에 따라 오르내렸다. 그 모습에 침이 송곳니와 혀에서 주르륵 흘렀고, 놈은 다친 귀와 무수한 구타와 막대한 가혹 행위를 떠올리며 잠자는 남자에게 소리 없이 뛰어올랐다.

르클레르는 목에 송곳니가 박히는 고통에 깨어났다. 완벽한 동물의 본성을 지닌 그는 그 순간 맑은 머리로 상황을 완전하게 이해했다. 그래서 두 손으로 바타르의 기도를 움켜잡고 털가죽에서 굴러 나와서 자신의 체중으로 놈을 깔아뭉갰다. 하지만 누대에 걸친 바타르의 조상들은 무수한 사슴과 순록의 목에 매달려 그들을 쓰러뜨렸기에, 놈에게도 그런 지혜가 있었다. 르클레르가 자신을 짓누르자 놈은 뒷다리를 위쪽과 안쪽으로 움직여 남자의 가슴과 배의 피부와 근육을 찢었다. 남자의 몸이 움찔거리자 놈은 그의 목을 물고 흔들었다. 다른 썰매개들이 다가와서 옆에서 으르렁거렸고, 바타르는 정신이 혼미한 가운데 그들의 이빨이 자신을 노리는 것을 알았다. 하지만 그것은 중요하지 않았다. 중요한 것은 남자, 자기를 짓누르고 있는 남자였고, 놈은 계속 사력을 다해 찢고 할퀴고 흔들고 물었다. 하지만 르클레르가 계속 목을 조르자, 바타르는 산소 부족으로 가슴이 요동쳤고, 눈이 흐려지면서 턱이 풀리고 검게 부푼 혀가 밖으로 늘어졌다.

"이 악마 같은 놈!" 르클레르가 입과 목에 자신의 피를 가득 머금은 채 숨넘어갈 듯이 말하고 정신 잃은 개를 떼어 냈다.

그런 뒤 르클레르는 녀석에게 달려들려는 다른 개들에게 욕을 했다. 개들은 조심스레 뒤로 물러나서 입맛을 다셨다. 목털이 모두 빳빳이 일어나 있었다.

바타르는 얼른 정신을 차렸고, 르클레르의 목소리에 비틀비틀 일어나서 힘없이 흔들거렸다.

"더러운 악마 새끼! 버르장머리를 완전히 고쳐 놓겠어!" 르클레르가 침을 튀기며 소리쳤다.

바타르는 지친 폐에 공기가 달콤하게 밀려들자 다시 남자의 얼굴로 뛰어올랐지만, 그 이빨은 목표물을 놓치고 덫처럼 철컥 닫혔다. 둘이 함께 눈 위를 뒹구는 동안 르클레르는 미친 듯이 주먹을 휘둘렀다. 마침내 둘은 떨어져서 서로를 마주 보고 원을 그리며 양옆으로 움직였다. 르클레르는 칼을 꺼낼 수도 있었다. 발치에는 총도 있었다. 하지만 그의 가슴에 야수성이 날뛰었다. 녀석을 손과 이빨로 해치우고 싶었다. 바타르가 달려들었지만 르클레르는 주먹을 휘둘러 놈을 때려눕히고 그 몸 위에 털썩 쓰러져서 개의 어깨에 이빨을 세게 박아 넣었다.

세상의 유년 시절에나 있었을 원시적 배경의 원시적 장면이었다. 어두운 숲의 빈터, 둥글게 서서 웃고 있는 늑대개들, 그 가운데 두 짐승이 서로 얽혀서 물고 뜯고 날뛰고 헐떡이고 흐느끼고 욕하고 몸부림치고, 격정과 살해욕에 사로잡혀 근원적 야수성을 드러내며 찢고 할퀴고 긁었다.

하지만 르클레르가 주먹으로 바타르의 귀 뒤를 갈기자 놈은 한순간 마비되어서 쓰러졌다. 르클레르는 두 발로 녀석의 몸통을 밟고 놈을 끝장낼 듯 그 위에서 펄쩍펄쩍 뛰었다. 그는 바타르의 두 다리가 모두 부러진 뒤에야 멈춰 서서 숨을 쉬었다.

"아아! 아아!" 그는 기도와 후두가 굳어 말을 할 수 없었고, 대신 주먹을 휘두르며 소리를 질렀다.

하지만 바타르는 굴하지 않았다. 놈은 무력하게 누운 채로도 입술을 달싹이며 으르렁거리려고 했지만 그럴 힘이 없었다. 르클레르는 놈을 걷어찼고, 놈의 지친 이빨은 그의 발목을 물었지만 피부를 뚫지 못했다.

르클레르는 채찍을 집어 들고 놈을 피걸레로 만들 듯 휘둘렀고, 한 번 휘두를 때마다 이렇게 소리쳤다. "이번에는 죽여 버리겠어! 반드시 죽여 버리겠어!"

결국 그도 탈진과 출혈로 인한 현기증을 이기지 못하고 다친 동물

옆에 쓰러졌고, 늑대개들이 자기들 몫의 복수를 하러 오자 마지막 정신을 붙들고 놈들의 이빨을 막아 내려고 몸으로 바타르를 덮었다.

이 일은 선라이즈에서 그리 멀지 않은 곳에서 일어났고, 몇 시간 뒤에 르클레르가 부르는 소리에 문을 연 선교사는 썰매에 바타르가 매여 있지 않은 것을 보고 놀랐다. 르클레르가 썰매의 깔개를 들추고 바타르를 안고 비틀비틀 안으로 들어왔을 때도 놀라움은 줄어들지 않았다. 마침 놀기 좋아하는 매퀘스턴의 외과의사가 그 집에 놀러 와 있었고, 두 사람은 함께 르클레르를 치료하려고 했다.

"메르시, 농(괜찮아요)." 르클레르가 말했다. "개를 고쳐요. 죽는 건 안 돼요. 놈은 내가 죽여야 해요. 그래서 놈은 죽으면 안 돼요."

외과의사는 르클레르가 죽지 않은 것 자체가 '경이'라고 했고, 선교사는 '기적'이라고 했다. 하지만 몸이 약해진 탓에 그는 봄이 되자 열병에 걸려 다시 자리에 누웠다. 바타르는 훨씬 더 큰 고통을 겪었지만, 놀라운 생명력 덕분에 바닥에 묶여 지낸 몇 주일 사이에 뒷다리의 뼈가 붙고 신체 기관들도 기력을 찾았다. 그리고 마침내 회복기에 들어선 르클레르가 누런 얼굴로 오두막 문 앞에 나와 햇빛을 맞았을 때, 바타르는 동료들을 다시 지배했고, 썰매개들뿐 아니라 선교사의 개들도 복종시켰다.

르클레르가 처음 선교사의 팔을 잡고 나와서 세 발 의자에 조심조심 앉았을 때 놈은 근육 하나, 털끝 하나 움직이지 않았다.

"봉(좋아)! 봉! 햇빛은 좋아!" 그가 쇠약한 두 손을 온기 속으로 뻗었다.

그런 뒤 개를 보자 그 눈에 다시 예전의 빛이 번득였다. 그는 선교사의 팔을 가볍게 잡았다. "몽페르(신부님), 저 바타르란 놈은 악마예요.

총을 가져다주세요. 그래야 제가 평화롭게 햇볕을 쬘 수 있어요."

그 뒤로 여러 날 동안 그는 오두막 문 앞에 앉아 햇볕을 쬐었다. 그는 졸지 않고 무릎에 총을 올려놓고 있었다. 바타르는 날마다 무엇보다 먼저 그 자리에 그 무기가 있는지를 보았다. 그리고 그것을 보면 알았다는 의미로 입술을 살짝 들어 올렸고, 르클레르는 그 답으로 자기 입술을 들어 올렸다. 어느 날 선교사가 그들의 그런 행동을 알아차렸다.

"세상에나! 저 짐승이 정말로 사람을 이해하는군요."

르클레르는 조용히 웃었다. "몽페르, 보시다시피 저놈은 사람의 말을 압니다."

그것을 확인해 주듯 바타르는 하나뿐인 귀를 살짝 씰룩거리며 소리를 들었다.

"죽여 버릴 거요."

바타르가 목구멍 깊숙한 곳에서 그르렁거리자, 목덜미의 털이 곤두서고 온몸의 근육이 팽팽해졌다.

"이렇게 총을 들고." 그가 말하며 총으로 바타르를 겨냥했다.

바타르는 옆으로 한 걸음을 펄쩍 뛰어서 오두막 모퉁이를 돌아 사라졌다.

"세상에!" 선교사는 간격을 두고 말을 되풀이했다.

르클레르는 자랑스러운 미소를 지었다.

"그런데 저놈은 왜 달아나지 않나요?"

프랑스 남자가 어깨를 으쓱했다. 그것은 완전한 무지에서 무한한 이해까지 그 어떤 것도 표현할 수 있는 그들 특유의 몸짓이었다.

"그리고 르클레르 씨는 왜 저놈을 안 죽이시나요?"

그의 어깨가 다시 올라갔다.

"몽페르, 아직 때가 아니에요." 그가 잠시 후에 말했다. "녀석은 악마예요. 언젠가 내가 녀석을 결딴낼 거요. 뼈도 못 추리게. 언젠가!"

어느 날 르클레르는 개들을 다시 모아서 강배를 타고 포티마일로 갔다가 알래스카 상업 회사에서 일을 의뢰받아 여러 달 동안 포큐파인 강을 탐험했다. 그 뒤로 코유쿡 강 상류의 버려진 도시 악틱시티로 갔다가 이어 유콘 강 변의 야영지들을 떠돌았다. 그 시간 동안 바타르는 교육을 잘 받았다. 놈은 많은 고문을 받았는데, 특히 굶주림 고문, 갈증 고문, 불 고문 그리고 무엇보다 음악 고문을 당했다.

다른 개들과 마찬가지로 놈도 음악을 즐기지 않았다. 그것은 놈의 신경을 뒤틀고, 몸의 섬유 조직들이 찢기는 듯한 고통을 주었다. 음악을 들으면 놈은 늑대가 추운 밤하늘을 바라보며 울부짖듯 길게 울었다. 그러지 않을 수가 없었다. 그것은 르클레르와 겨룰 때 놈의 유일한 약점이고 부끄러운 지점이었다. 반대로 르클레르는 음악에 열광했다. 독한 술만큼이나 좋아했다. 그의 영혼이 무언가를 표현하고 싶어 몸부림칠 때, 그는 대개 그 두 가지 중 한 가지를 활용했고, 둘 다 활용하는 경우는 더 많았다. 술에 취하면 그의 두뇌는 소리 없는 노래로 물결쳤고, 안에서 악마가 날뛰면 그의 영혼은 바타르를 괴롭히는 것을 더없는 즐거움으로 여겼다.

"이제 음악을 좀 즐겨 볼까. 어때, 바타르?" 그가 말했다.

그가 꺼낸 것은 낡고 찌그러진 하모니카였지만, 그는 그것을 소중히 여겨 정성껏 수리했다. 어쨌거나 그것은 돈으로 살 수 있는 가장 좋은 것이었고, 그는 그 은색 떨림판을 통해서 사람이 들어 본 적 없는 괴상하고 불안한 음악을 연주했다. 그러면 목구멍이 막힌 바타르는 입을 꽉 다물고 오두막 안쪽 모퉁이로 조금씩 물러갔다. 그리고 르클레르는 겨드랑이에 몽둥이를 끼고 계속 하모니카를 불면서 한 발 한 발, 더 이상 물러설 곳이 없을 때까지 개를 몰아넣었다.

처음에 바타르는 납작 엎드려서 아주 작은 틈새로라도 들어가려고 했다. 하지만 음악이 가까워지면 놈은 자기도 모르게 일어섰다. 등을 통나무 벽에 대고 소리의 물결을 흘으려는 듯 앞다리로 공기를 휘저었다. 입은 꽉 다물었지만, 몸에 극심한 근육 수축이 일어나 이상하게 움찔거리다 마침내 고통 속에 온몸을 비틀었다. 통제력을 잃으면서 턱이 발작적으로 뒤틀리며 벌어졌고, 목구멍 깊은 곳에서부터 떨림이 올라왔다. 그 소리는 음역이 너무 낮아서 인간의 귀로는 들을 수 없었다. 그런 뒤에는 콧구멍이 벌렁거리고, 동공이 확장되고, 털이 분노로 일어섰으며, 늑대의 긴 울음이 나왔다. 그 소리는 처음에는 분명치 않게 나왔다가 심장을 저미는 소리로 폭발한 뒤 비통한 운율 속에 사라졌다. 하지만 다음번에는 옥타브가 더 높아지고, 다시 심장을 터뜨리듯 폭발하고, 이어 끝없는 슬픔과 불행 속에 천천히 시들고 사그라졌다.

그것은 지옥에 걸맞았다. 르클레르는 악마 같은 총명함으로 특정 신경과 마음의 끈을 다 헤아리는 듯했고, 긴 울음과 흐느끼는 단조短調로 슬픔의 마지막 조각까지 이끌어 냈다. 그것은 무서운 소리였고, 바타르는 그 후 24시간 동안 불안과 초조 속에 평범한 소리에도 깜짝깜짝 놀랐으며, 자기 그림자에 걸려 비틀거렸다. 하지만 그러면서도 동료 썰매개들에게는 악의적이고 오만하게 굴었다. 기백이 약해지는 신호도 내보이지 않았다. 그보다는 더욱 음울하고 조용해져서 놀라운 참을성으로 때를 기다렸고, 르클레르는 그런 모습에 의문과 걱정을 품었다. 개는 불가에 앉아서 몇 시간 동안 르클레르를 바라보았고, 그 모진 눈에는 미움이 가득했다.

르클레르는 자신이 생명의 정수에 저항했다는 느낌을 자주 받았다. 그리고 그것은 매가 벼락처럼 내리꽂히는 힘이자, 커다란 회색기러기가 머나먼 땅으로 날아가는 힘이자, 산란기의 연어가 유콘 강 3,000킬로미터의 급물살을 거슬러 올라가는 힘 같았다. 그럴 때면 그는 자기 생명의 정수를 표현해야 한다고 느끼고, 독한 술과 거친 음악과 바타르에 빠져서 자신의 보잘것없는 힘으로 세상과 겨루고, 이 세상에 있고, 있었고, 있을 모든 것에 시비를 걸었다.

"거기 뭐가 있어." 자신의 변덕스러운 음악이 바타르의 존재 깊은 곳의 현을 건드려서 길고 구슬픈 울음을 이끌어 내면 그는 말했다. "내 손으로 그걸 꺼내겠어. 하하! 이렇게 재미있을 수가! 신부가 영창하고 여자는 기도하고 남자는 맹세하고 새들은 짹짹거리고 바타르는 멍멍 짖네. 다 똑같다네. 하하!"

고결한 고티에 신부가 한번은 지옥의 모습을 상세히 설명하며 그를 꾸짖은 적이 있었다. 하지만 그 뒤로 다시는 그를 꾸짖지 않았다.

"그럴지도 모르죠, 몽페르." 그가 대답했다. "하지만 저는 솔송나무가 불을 지나가듯 지옥을 통과할 것 같은데요?"

하지만 좋은 일이 그렇듯이 나쁜 일도 언젠가는 끝나기 마련이고, 블랙 르클레르도 그랬다. 그해 여름 간조 때 그는 맥두걸에서 삿대배를 타고 선라이즈로 갔다. 맥두걸을 떠날 때는 티모시 브라운과 함께였지만 선라이즈에 도착할 때는 혼자였다. 게다가 그들이 떠나기 직전에 싸웠다는 이야기가 돌았다. 24시간 늦게 출발한 10톤짜리 외륜선 리지 호가 르클레르보다 사흘 먼저 도착해서 그런 소식을 전했기 때문이다. 마침내 선라이즈에 도착한 르클레르의 어깨에는 총구가 또 렷하게 나 있었다. 그는 매복 공격에 당했다고 설명했다.

선라이즈는 노다지가 발견되어 사정이 확 바뀌어 있었다. 수백 명의 황금 사냥꾼, 다량의 술, 대여섯 명의 전문 도박꾼이 유입되면서, 선교 사는 인디언들 속에서 노력하며 보낸 세월이 감쪽같이 지워지는 것을 보았다. 인디언 아낙들이 아내 없는 광부들의 숙식을 돌보아 주고 인 디언 사내들이 따뜻한 털가죽을 검은 병이나 깨진 시계와 바꾸게 되 었을 때, 선교사는 잠자리에 들면서 여러 차례 "신이시여" 하고 한탄하 다가 길쭉한 상자 속에서 인생을 마감했다. 그러자 도박꾼들이 룰렛 과 카드 테이블을 선교관으로 들여왔고, 칩 딸가닥거리는 소리와 술 잔 부딪치는 소리가 새벽부터 밤을 지나 다시 새벽까지 울렸다.

티모시 브라운은 이런 북극의 모험가들에게 사랑받는 사람이었다. 그의 유일한 단점은 불같은 성미와 툭하면 나가는 주먹이었지만 다 사소한 것이었다. 따뜻하고 너그러운 성품이 그런 것을 보상하고도 남았기 때문이다. 반면에 블랙 르클레르는 보상할 것이 아무것도 없 었다. 그의 많은 행동이 그가 이름만큼 '검다'는 것을 증명해 주었기 에, 그는 티모시 브라운과 정반대로 미움의 대상이었다. 그래서 선라 이즈 사람들은 그의 어깨에 소독제를 발라 주고 그를 린치 판사 앞으 로 데려갔다.

사정은 단순했다. 그는 맥두걸에서 티모시 브라운과 싸웠다. 그리고 티모시 브라운과 함께 맥두걸을 떠났다. 하지만 선라이즈에 도착할 때는 티모시 브라운이 없었다. 그의 모진 성품을 고려하면 그가 티모 시 브라운을 죽였다는 일치된 결론이 나왔다. 반면에 르클레르는 다 른 여러 가지 사실은 인정했지만, 자신이 티모시 브라운을 죽였다는 결론은 부인하고 나름의 방식으로 경위를 설명했다. 그와 티모시 브라운이 삿대배를 타고 바위 강변을 따라 선라이즈 앞 30킬로미터까지 왔을 때 강변에서 총소리가 두 번 울렸다. 티모시 브라운은 피를 흘리며 강물에 떨어져서 붉은 거품 속에서 떠내려갔고, 그것이 그의 마지막이었다. 르클레르는 어깨에 총을 맞고 배 바닥에 몸을 던졌다. 그리고 조용히 엎드린 채 강변을 내다보았다. 인디언 두 명이 고개를 내밀더니 자작나무 껍질로 만든 카누를 들고 물가로 나왔다. 그들이 카누를 물에 띄울 때 르클레르는 달아났다. 그러면서 그중 한 명을 쏘아서 티모시 브라운처럼 강물로 떨어뜨렸다. 다른 한 명은 카누 바닥에 엎드렸고, 그런 뒤 카누와 삿대배는 경쟁하듯 아래로 떠내려갔다. 그러다 섬을 가운데 두고 물이 갈라지는 곳에 이르자 카누는 섬의 한쪽으로 내려갔고, 삿대배는 다른 쪽으로 갔다. 그것이 카누의 마지막 모습이었고, 그는 선라이즈로 왔다. 그리고 카누의 인디언이 펄쩍 뛰어오른 모습을 보면 자신은 분명히 그를 맞혔다. 그게 전부였다.

사람들은 이런 설명을 받아들이지 않았다. 그들은 그에게 리지 호가 조사를 하러 올 때까지 10시간의 유예를 주었다. 10시간이 지나자 리지 호가 헐떡거리며 선라이즈로 들어왔다. 조사는 필요 없었다. 그의 설명을 뒷받침할 증거는 전혀 없었다. 사람들은 그에게 유서를 쓰라고 했다. 르클레르는 선라이즈에 5만 달러짜리 채굴권이 있었기 때문이다. 그들은 법을 만들 뿐 아니라 법을 지키는 집단이기도 했다.

르클레르는 어깨를 으쓱하고 말했다. "그렇다면 작은 부탁 하나만 하겠소. 나는 5만 달러는 교회에 주고 허스키 개 바타르는 악마에게 주겠소. 작은 부탁이란 녀석을 먼저 목매달아 달라는 거요. 그런 뒤 나를 목매달아 주시오. 좋지 않소?"

그들은 좋다고, 지옥의 종자가 주인을 위해 마지막 길을 터 주는 건 좋은 일이라고 했고, 법정은 커다란 가문비나무 한 그루가 우뚝 서 있는 강둑으로 옮겨 갔다. 슬랙워터 찰리가 밧줄로 올가미를 만들어 르클레르의 머리에 씌우고 팽팽하게 잡아당겼다. 르클레르는 두 손이 등 뒤로 묶인 채 과자 상자에 올라섰다. 올가미의 다른 쪽 끝은 낮은 가지에 팽팽하게 묶였다. 이제 상자를 걷어차면 그는 공중을 허우적거리게 될 것이다.

"이제 개는 자네가 묶어, 슬랙워터." 광산 기술자로도 일하는 웹스터 쇼가 말했다.

르클레르는 웃었다. 슬랙워터는 담배를 씹으며 올가미를 만든 뒤 손에 들고 여유롭게 몇 바퀴를 감았다. 그러는 중간에 한두 번 멈춰서 얼굴에 달려드는 모기들을 쫓았다. 르클레르를 제외한 나머지 모두가 모기를 쫓느라 손을 휘저었다. 르클레르의 머리 주변에는 모기들이 작은 구름을 이루고 있었다. 땅바닥에 뻗어 있는 바타르마저 앞발로 눈과 입을 문질러 모기를 쫓았다.

하지만 바타르가 고개를 들기를 슬랙워터가 기다리는 동안, 희미한 외침이 조용한 공기를 뚫고 내려왔고, 누군가 선라이즈 쪽에서 두 팔을 흔들며 강변의 평지를 달려왔다. 교역소 직원이었다.

"취소해, 친구들." 그가 헐떡이며 달려왔다.

"리틀 샌디와 베르나도트가 지금 막 들어왔어." 그가 숨을 고르면서 설명했다. "아래쪽에 배를 대고 지름길로 왔어. 비버를 데리고 왔어. 뒤쪽 물길에 막힌 카누에 있는 걸 잡아 왔어. 카누에는 총알구멍이 두 개 있었어. 다른 친구는 클록쿠츠라고 마누라를 죽이고 달아난 자야."

"보시오. 내가 뭐라고 그랬소? 그자가 분명해요! 내가 알아. 나는 진실을 말했다니까." 르클레르가 기뻐서 소리쳤다.

"이 망할 인디언들에게 예의를 가르쳐 주어야겠군." 웹스터 쇼가 말했다. "살도 투실투실 찌고 기운들이 넘쳐. 본때를 보여 줘야 해. 인디언들을 모두 불러 놓고 비버를 목매달아서 일벌백계합시다. 그렇게 해야 해요. 가서 그놈의 말이나 들어 봅시다."

"므시외! 나도 그 재미를 함께 봅시다." 사람들이 땅거미 속에서 선라이즈 쪽으로 흩어지려고 하자 르클레르가 소리쳤다.

"돌아와서 줄을 풀어 주리다." 웹스터 쇼가 고개를 돌리고 소리쳤다. "그사이에 당신은 죄와 섭리를 생각하시오. 다 당신에게 도움이 될 테니 감사하는 마음으로 말이오."

르클레르는 재난에 익숙하고 신경이 튼튼하고 인내심이 강한 남자답게 긴 기다림에 착수했다. 그것은 그가 그 일에 화를 내지 않기로 마음먹었다는 뜻이었다. 몸을 편하게 늘어뜨리기는 불가능했다. 팽팽한 줄은 꼿꼿이 선 자세만을 허락했다. 다리 근육을 조금만 풀어도 거친 올가미가 목을 파고들었다. 하지만 그렇게 계속 꼿꼿이 서 있자니 다친 어깨에 많은 통증이 밀려왔다. 그는 아랫입술을 내밀고 눈으로 내려앉는 모기를 쫓기 위해 얼굴 위로 입김을 불었다. 하지만 어쨌건 끝에는 보상이 찾아올 것이다. 죽음의 구렁에서 빠져나갈 수 있다면 약간의 육체적 통증은 기꺼이 감내할 수 있었다. 비버의 교수형을 직접 못 보는 것이 안타까울 뿐이었다.

그는 그렇게 생각을 하다가 바타르에게 눈이 가 닿았다. 바타르는 앞발 사이에 머리를 놓고 땅바닥에 잠들어 있었다. 그 모습을 보자 르클레르는 생각을 멈추었다. 그리고 놈이 진짜로 자는 것인지 잠든 척하는 것인지 알아내려고 개를 유심히 관찰했다. 바타르의 옆구리는 규칙적으로 오르내렸지만 르클레르가 볼 때는 숨의 간격이 너무 빠르다 싶었다. 또한 평온하게 자는 듯했으나 녀석의 털에는 예리하게 경계하는 기운이 있었다. 그는 개가 잠들었다는 것을 확인하기 위해서라면 선라이즈 채굴권이라도 줄 수 있을 듯한 심정이었다. 그리고 중간에 한 번 그의 관절이 우두둑할 때, 그는 찔리는 심정으로 바타르가 일어났는지 보려고 얼른 그쪽으로 고개를 돌렸다. 놈은 그때는 일어나지 않았지만, 몇 분이 지나자 천천히 일어나서 기지개를 쭉 켜고 주변을 조심스레 둘러보았다.

"사크레담." 르클레르가 나직하게 말했다.

주변에 아무도 없는 것을 확인하자 바타르는 자리에 앉아서 윗입술을 비틀어 미소 비슷한 표정을 짓고 르클레르를 올려다보며 뺨을 핥았다.

"내 끝이 다가오는구나." 남자가 말하고 소리 내어 웃었다.

바타르가 다가왔다. 사태를 교활하게 파악하는 동안 잘린 귀가 움찔거렸고 멀쩡한 귀가 쫑긋 일어섰다. 놈은 머리를 한쪽으로 삐딱하게 기울인 채 가볍고 장난스러운 걸음으로 다가왔다. 그리고 상자에 몸을 부드럽게 문질러서 상자를 흔들었다. 르클레르는 평형을 유지하려고 애썼다.

"바타르, 조심해. 내가 널 죽일 거야." 그가 차분하게 말했다.

그 말에 바타르는 으르렁거리면서 상자를 더 세게 흔들었다. 그런 뒤 뒷발로 일어서더니 앞발을 상자 높은 곳에 대고 밀었다. 르클레르는 한 발을 앞으로 뻥 찼지만, 밧줄이 목을 확 조여들자 거의 중심을 잃을 뻔했다.

"야. 저리 가. 가!" 그가 소리를 질렀다.

바타르는 5~6미터 뒤로 물러갔다. 그 태도가 악마처럼 가벼워서 르클레르는 착각을 할 수 없었다. 물구멍에 살얼음이 잡히면 놈은 자주 그리로 몸을 던져서 얼음을 깨곤 했다. 그 일이 떠오르자 르클레르는 지금 바타르가 무슨 생각을 하는지 알 수 있었다. 바타르는 돌아서서 멈추었다. 그러더니 흰 이빨을 보이며 웃었고, 르클레르가 거기에 응답했다. 그런 뒤 바타르는 전속력으로 상자를 향해 돌진했다.

15분 뒤 슬랙워터 찰리와 웹스터 쇼가 돌아와 보니 유령 같은 몸이 희미한 빛 속에 추처럼 흔들리고 있었다. 얼른 다가가 보니 늘어진 남자의 몸에 살아 있는 것이 매달려서 흔들고 물고 밀고 있었다.

"야! 비켜! 이 지옥의 종자야." 웹스터 쇼가 소리쳤다.

하지만 바타르는 그를 노려보며 입을 벌리지도 않은 채 위협적으로 으르렁거렸다.

슬랙워터 찰리가 총을 꺼냈지만 오한으로 손이 떨려서 더듬거렸다.

"여기, 자네가 해." 그가 무기를 건네주며 말했다.

웹스터 쇼는 짧게 웃은 뒤 눈을 빛내며 미간에 조준경을 대고 방아쇠를 당겼다. 바타르의 몸이 충격으로 비틀리며 잠시 땅바닥 위에서 발작하다가 한순간 힘을 잃었다. 하지만 놈의 이빨은 여전히 꽉 물려 있었다.

노인 동맹
The League of the Old Men

노스웨스트 준주 기마경찰 본부에서 한 남자가 사형죄로 재판을 받고 있었다. 그는 노인이었고, 르바지 호수 아래쪽에서 유콘 강에 합류하는 화이트피시 강의 원주민이었다. 온 도슨 시민이 이 일에 관심을 기울였고, 1,000킬로미터도 넘게 뻗은 유콘 강 일대 주민들도 마찬가지였다. 땅과 바다를 빼앗은 앵글로색슨족은 피정복민에게 법을 내렸고, 그 법은 대개 가혹했다. 하지만 임버의 경우에는 처음으로 법이 무르고 약해 보였다. 수학적으로 따져 보면 그에게 어떤 벌을 내려도 공평하지 않았다. 처벌은 기정사실이었다. 여기에는 의문의 여지가 없었다. 그것이 사형일지라도 임버는 목숨이 한 개뿐이었고, 그가 저지른 죄는 수십 건이었기 때문이다.

사실 그의 손에는 너무도 많은 사람의 피가 묻어서 그가 과연 몇 건의 살인을 저질렀는지 정확히 알아내는 일조차 불가능했다. 사람들은 들길에서 담배를 피우거나 난로 앞을 얼쩡거리면서 그의 손에 스러진 목숨을 어림해 보았다. 그에게 살해된 자들은 모두 백인인데, 한 명씩 죽기도 하고, 두 명씩 죽기도 하고, 집단으로 죽기도 했다. 그 살인 행위들은 뚜렷한 목적도, 이유도 없어 보여서 오래도록 기마경찰의 수수께끼였다. 경찰 시대에도 그랬고, 나중에 그곳 개울들에서 금이 나오자 번영의 대가를 받으려고 자치령에서 주지사를 보냈을 때에도 마찬가지였다.*

하지만 더 큰 수수께끼는 임버가 도슨에 와서 자수를 했다는 점이었다. 때는 유콘 강이 얼음장 밑을 콸콸 흐르던 늦봄이었고, 그 인디언 노인은 강에서 힘겹게 강둑을 올라와서 시내의 대로를 바라보며 눈을 깜박거렸다. 목격자들에 따르면 그는 힘없이 비틀거렸고, 오두막용 통나무 더미를 보고는 거기 가서 앉았다. 그리고 종일 그 자리에 앉아서 지난날을 쓸어가 버린 백인들의 물결을 바라보았다. 사람들은 호기심에 그를 바라보았고, 이상한 표정을 한 인디언 노인에 대해 이런저런 말이 오갔다. 나중에 수많은 사람이 노인의 기이한 모습에 깊은 인상을 받았다고 기억했고, 그 뒤로 영원토록 그의 비범함을 알아본 것에 자부심을 품었다.

하지만 그 일은 리틀 디킨슨이 주인공이 될 때까지 가만히 기다렸다. 리틀 디킨슨은 큰 꿈과 약간의 돈을 가지고 그 땅에 왔지만, 현금과 함께 꿈이 사라지자 미국으로 돌아갈 경비를 벌기 위해 홀부룩 앤드 메이슨 증권 중개소에서 사무원으로 일하고 있었다. 홀부룩 앤드

---

* 유콘 강 지역은 초기에 노스웨스트 기마경찰의 준군정 통치를 받다가 1898년에 주지사의 관리 아래로 들어갔다.

메이슨 사 맞은편에 임버가 앉은 통나무 더미가 있었다. 디킨슨은 점심을 먹으러 가기 전에 창밖으로 그를 보았고, 점심을 먹고 돌아온 뒤에도 창밖으로 그 인디언 노인이 계속 그 자리에 있는 것을 보았다.

디킨슨은 계속 창밖을 내다보았고, 그 역시 그 뒤로 영원토록 자신의 눈썰미에 자부심을 품었다. 그는 낭만적 성품을 지닌 작은 체구의 사나이로, 그 꼼짝 않는 이교도 노인을 침략자 색슨족을 차분하게 바라보는 인디언의 수호신으로 생각했다. 임버는 여러 시간이 흘러도 자세를 바꾸지 않았고, 근육 하나 움직이지 않았다. 디킨슨은 사람들이 오가는 대로에서 썰매에 꼿꼿이 앉아 있던 남자를 떠올렸다. 사람들은 그가 쉬고 있는 줄 알았지만 나중에 만져 보니 그는 번잡한 대로 한복판에서 뻣뻣하게 얼어 죽어 있었다. 사람들은 그를 불가로 끌고 가서 약간 녹인 뒤에야 몸을 펴서 관에 넣을 수 있었다. 디킨슨은 그 기억에 몸을 떨었다.

얼마 후 디킨슨은 담배도 피우고 바람도 쐴 겸 길에 나갔는데, 조금 있으니 에밀리 트래비스가 그 길을 지나갔다. 에밀리 트래비스는 단정하고 섬세한 여자로, 런던에서건 클론다이크에서건 백만장자 광산 기술자의 딸에 어울리는 차림을 하고 다녔다. 리틀 디킨슨은 나중에 다시 피울 요량으로 시가를 잠시 창문 바깥 턱에 내려놓고 모자를 들었다.

그들이 10분가량 잡담을 하는데, 에밀리 트래비스가 디킨슨의 어깨 너머를 보고 작게 비명을 질렀다. 디킨슨도 돌아보고 깜짝 놀랐다. 임버가 길을 건너서 그곳에 와 있었다. 그는 핼쑥하고 허기진 허깨비처럼 보였고, 여자에게 시선을 고정하고 있었다.

"무슨 일이죠?" 리틀 디킨슨이 용기를 내서 떨리는 목소리로 물었다.

임버는 끙 소리를 내더니 에밀리 트래비스에게 다가갔다. 그리고 그 녀를 주의 깊게 살펴보았다. 특히 그녀의 윤기 흐르는 갈색 머리와 나비 날개처럼 부드러운 솜털에 감싸인 뺨에 관심이 있는 듯했다. 그는 그녀의 주변을 돌면서 말이나 선박을 살펴보는 듯한 치밀한 눈으로 그녀를 살폈다. 탐색하던 그의 눈이 저물어 가는 태양에 닿기 전 그녀의 분홍색 조개 모양 귀에 닿았고, 그는 그 자리에 멈춰 서서 그 발그레한 투명함을 곰곰 관찰했다. 그러더니 다시 그녀의 얼굴로 돌아가 파란 눈을 유심히 바라보았다. 그런 뒤 다시 끙 소리를 내고 그녀의 어깨와 팔꿈치 중간에 손을 댔다. 다른 손으로는 그녀의 팔을 들어 올려서 접었다. 그 얼굴에는 혐오감과 의구심이 어려 있었고, 그는 경멸스럽다는 소리를 내면서 그녀의 팔을 떨구었다. 그런 뒤 목구멍으로 몇 마디 소리를 내뱉은 뒤 그녀에게 등을 돌리고 디킨슨에게 말을 걸었다.

디킨슨은 그의 말을 알아들을 수 없었고, 에밀리 트래비스는 웃었다. 임버는 찡그린 얼굴로 두 사람을 번갈아 보았지만 둘 다 고개를 저었다. 그가 떠나려고 할 때 그녀가 소리를 질렀다.

"아, 지미! 이리 와!"

지미가 길 건너편에서 왔다. 그는 키 크고 덩치 큰 인디언으로, 백인 풍 옷을 입고 머리에는 엘도라도 왕이 썼을 법한 챙 넓은 멕시코 모자를 쓰고 있었다. 그는 꺼칠한 목소리로 더듬더듬 임버와 이야기를 했다. 지미는 싯카족으로 내륙 방언들은 잘 알지 못했다.

"이 사람 화이트피시 사람." 그가 에밀리 트래비스에게 말했다. "이 사람 말 잘 몰라요. 백인 대장 보고 싶다요."

"주지사를 말하는 거겠지." 디킨슨이 말했다.

지미는 화이트피시 노인과 조금 더 이야기를 했고, 그의 얼굴은 당혹감으로 무거워졌다.

"알렉산더 경감 보고 싶다요." 그가 설명했다. "백인 남자, 백인 여자, 백인 아이 죽였다요. 백인 많이 죽였다요. 죽고 싶다요."

"정신이상 같은걸." 디킨슨이 말했다.

"뭐라요?" 지미가 물었다.

디킨슨은 손가락으로 자기 머리를 가리키고 빙글빙글 돌려 보였다.

"나도 그렇게 생각하요." 지미가 말하고, 여전히 백인 대장을 원하는 임버를 돌아보았다.

기마경찰 한 명이(클론다이크 지역에서 그들은 말을 타지 않는다) 다가와서 임버가 반복해서 전달하는 소망에 대해 들었다. 경찰은 어깨가 넓고 가슴이 두꺼운 건장한 젊은이였다. 튼튼한 다리를 넓게 벌리고 서자—임버도 키가 컸지만—임버보다 머리 절반 정도가 더 컸다. 회색 눈은 차분하고 침착했으며, 핏줄과 전통의 힘에 유별난 자신감을 품고 있었다. 그의 빛나는 남성성은 소년 같은 모습 때문에 더욱 두드러졌고—그는 갓 성년이 된 참이었다—매끄러운 뺨은 처녀처럼 쉽게 붉어졌다.

임버는 즉시 그에게 끌렸다. 그의 뺨에 새겨진 칼자국을 보자 눈에 불길이 타올랐다. 그는 시든 손으로 젊은이의 다리를 훑고 부푼 근육을 쓰다듬었다. 그러더니 손마디로 넓은 가슴을 치고, 갑옷처럼 어깨를 두른 근육을 누르고 찔렀다. 호기심에 찬 행인들이 주변에 모여들었다. 억센 광부, 산악인, 변경 개척자, 다리가 길고 어깨가 넓은 세대의 아들들이. 임버는 그 사람들을 차례로 바라보고 화이트피시 말로 소리쳤다.

"뭐라고 그래?" 디킨슨이 물었다.

"저 경찰한테만 말한다요." 지미가 통역해 주었다.

리틀 디킨슨은 체구가 작았고, 에밀리 트래비스가 옆에 있다 보니 질문한 것이 후회되었다.

경찰도 그를 불쌍히 여기고 위기를 모면시켜 주었다. "이 사람 말에 무언가가 있는 것 같아요. 이 사람을 경감님께 데려가서 조사해 봐야겠습니다. 이 사람한테 나를 따라오라고 말해 줘, 지미."

지미가 목이 경련하는 소리를 몇 번 더 냈고, 임버는 흡족한 얼굴로 끙 소리를 냈다.

"하지만 뭐라고 말했는지 물어봐, 지미. 그리고 내 팔을 잡은 게 무슨 의미였는지도."

그렇게 말한 것은 에밀리 트래비스였고, 지미가 그 질문을 하고 대답을 들었다.

"에밀리는 걱정 없다요." 지미가 말했다.

에밀리 트래비스는 만족스러워 보였다.

"에밀리는 강하지 않아, 아기처럼 부드럽다요. 자기 손으로 분지를 수 있다요. 에밀리가 저렇게 힘센 경찰 같은 아들을 낳을 수 있는 게 신기하다요."

에밀리 트래비스의 눈은 침착함을 유지했지만 두 뺨은 빨개졌다. 리틀 디킨슨도 당황해서 얼굴이 빨개졌다. 경찰도 어린 청년답게 얼굴이 불타올랐다.

"가요." 경찰이 거칠게 말하며 군중을 향해 돌아서서 길을 냈다.

그렇게 해서 임버는 경찰 본부까지 가게 되었다. 그는 모든 것을 자백했고, 그곳에서 다시는 나오지 못했다.

임버는 몹시 피곤해 보였다. 얼굴에는 세월과 무력감이 준 피로가 새겨져 있었다. 어깨는 우울하게 처지고 눈은 빛을 잃었다. 더벅머리는 본래 백발이어야 했지만, 햇볕에 타고 비바람에 시달려 어떤 색깔도 아닌 상태로 힘없이 늘어져 있었다. 그는 주변의 일에 아무 관심을 보이지 않았다. 법정은 인근 개울과 들길을 누비는 사내들로 가득 찼고, 그들의 낮고 불길한 수다는 그의 귀에 깊은 동굴 속 바다의 으르렁거림 같았다.

그는 창가에 앉았고, 이따금 바깥의 울적한 광경으로 무감각한 눈을 돌렸다. 하늘은 흐렸고 잿빛 가랑비가 뿌렸다. 유콘 강 유역은 홍수기였다. 얼음이 다 녹아 강물이 시내로 들어왔다. 대로에는 카누와 삿대 배의 물결이 끊이지 않고 오갔다. 임버는 이 배들이 대로에서 방향을 돌려서 본부 연병장의 물 위로 들어오는 것을 여러 번 보았다. 배들은 이따금 눈앞에서 사라졌는데, 그런 뒤에는 배가 건물의 통나무 벽에 부딪히고 사람들이 창문을 통해 안으로 들어오는 소리가 났다. 그러고 나면 사람들이 물에 잠긴 1층을 걸어 첨벙첨벙 계단을 올라오는 소리가 들렸다. 그리고 그들은 마침내 문 앞에 나타나서 모자와 물이 떨어지는 장화를 벗고 기다리는 군중에 합류했다.

사람들이 그에게 시선을 고정하고 그가 무슨 벌을 받을지 엄숙하고도 즐겁게 기다리는 동안, 임버는 그들을 바라보며 그들의 행동 방식과 좋을 때에도 나쁠 때에도, 홍수 때에도 기근 때에도, 재난과 공포와 죽음의 시절에도 결코 잠자지 않고 계속 이어졌고 앞으로도 영원히 그럴 것 같은 그들의 법에 대해 깊이 생각했다.

한 남자가 탁자를 세게 두드리자 잡담은 침묵 속으로 사그라졌다. 임버는 남자를 보았다. 높은 사람 같았지만, 뒤쪽 책상에 앉은 네모진 이마의 남자가 그곳에 있는 모든 사람과 탁자를 두드린 남자를 통솔하는 것 같았다. 같은 탁자에 있는 다른 남자가 일어나서 여러 장의 종이를 낭독했다. 그는 새로운 쪽을 시작할 때는 항상 목을 가다듬었고, 맨 마지막을 읽을 때는 손가락에 침을 묻혔다. 임버는 그 말을 알아듣지 못했지만 다른 사람들은 알아들었고, 그는 사람들이 그 내용에 분노하고 있음을 알았다. 때로는 사람들이 아주 크게 분노했고, 한번은 어떤 남자가 사납게 욕을 해서 탁자의 남자가 정숙을 외치며 탁자를 두드려야 했다.

그 남자의 낭독은 끝이 없어 보였다. 단조롭게 이어지는 그 말들은 임버를 꿈으로 이끌었고, 낭독이 끝났을 때 그는 깊은 꿈에 잠겨 있었다. 그때 누가 그에게 모국어인 화이트피시 말로 말을 걸었고, 그는 놀라지도 않고 깨어나서 누이의 아들, 백인들과 살기 위해 오래전에 부족을 떠난 젊은이의 얼굴을 보았다.

"저를 기억 못 하시는군요." 그가 인사 대신 말했다.

"너는 부족을 떠난 호우칸 아니냐. 네 어미는 죽었다." 임버가 말했다.

"어머니는 나이가 많으셨지요." 호우칸이 말했다.

하지만 임버는 듣지 못했고, 호우칸은 그의 어깨에 손을 얹어 그를 다시 깨웠다.

"저 남자가 한 말을 삼촌에게 전해 드릴게요. 삼촌이 저지르고 또 바보처럼 알렉산더 경감에게 말한 일들이에요. 삼촌은 그게 사실인지 아닌지 말해야 해요. 그렇게 하라고 되어 있어요."

호우칸은 선교단에 들어가서 글을 배웠다. 그의 손에는 조금 전 남자가 읽은 종이 다발이 들려 있었다. 그것은 임버가 지미를 통해서 알렉산더 경감에게 처음 자술을 했을 때 서기가 받아 적은 것이었다. 호우칸은 그것을 읽었다. 잠시 자술서를 듣던 임버는 놀라운 표정이 되어 불쑥 말했다.

"그것은 내가 한 말이다, 호우칸. 너는 어떻게 듣지도 않은 이야기를 하느냐?"

호우칸은 뿌듯한 웃음을 지었다. 그의 머리는 가운데 가르마였다. "종이에 적혀 있으니까요. 들은 적은 없어요. 이게 제 눈을 통해서 머리로 들어갔다가 다시 입으로 나와서 삼촌에게 가는 거예요. 그렇게 나오는 거예요."

"그렇게 나온다고? 그게 종이에 있다고?" 임버는 놀라움으로 나직하게 속삭이고, 엄지와 검지로 종이를 부스럭거리며 종이에 적힌 글자들을 보았다. "훌륭한 주술이로구나, 호우칸. 너는 경이를 일으키는 자야."

"이런 건 아무것도 아니에요." 젊은이가 우쭐해져서 가볍게 대답했다. 그리고 서류를 아무 데나 읽었다. "그해에 얼음이 풀리기 전에 노인과 한쪽 다리를 저는 소년이 왔다. 나는 이 사람들도 죽였고, 노인은 요란한 소리를 냈다……"

"사실이다." 임버가 숨도 쉬지 않고 말했다. "그 노인은 요란한 소리를 냈고, 오랫동안 죽지 않았어. 하지만 네가 그걸 어떻게 아는 거냐, 호우칸? 백인들 대장이 말해 준 거지? 그걸 본 사람은 아무도 없어. 내가 그 사람한테만 말했거든."

호우칸은 짜증스럽게 고개를 저었다. "종이에 적혀 있다고 말씀드렸잖아요. 삼촌은 바보 같아요."

임버는 잉크 글씨가 가득한 종이를 노려보았다. "사냥꾼은 눈 위의 발자국을 보고 말해. 어제 여기 토끼가 지나갔고, 여기 버드나무 옆에서 귀를 쫑긋 세웠다가 겁을 먹었구나. 그리고 여기에서 돌아서서 제 길로 갔구나. 여기에서 깡충깡충 빠르게 뛰어갔구나. 그런데 여기 그보다 더 날랜 스라소니가 왔구나. 스라소니가 여기로 펄쩍 뛰어들어서 눈 속에 발톱을 박았구나. 그리고 여기에서 토끼를 덮쳐서 배를 뒤집었구나. 그러니 이제 여기 스라소니만의 길만 남고 토끼는 없구나. 사냥꾼이 눈에 찍힌 자국을 보며 그렇게 말하는 것처럼 너도 종이를 보고 그렇게 말하다니, 여기 늙은 임버가 한 일이 찍혀 있느냐?"

"그래요." 호우칸이 말했다. "이제 삼촌은 제가 말을 시킬 때까지 여자 같은 혀를 놀리지 말고 가만히 듣기만 하세요."

그 뒤로 오랫동안 호우칸은 임버의 자술 내용을 읽었고, 임버는 말 없이 생각에 잠겨 있었다. 마지막에 그가 말했다.

"그것은 나의 이야기이고 진실이지만 나는 늙었고, 잊어버렸던 일들이 새롭게 떠오른다. 그것은 여기 대장이 알면 좋은 일들이다. 먼저 아이스 산맥을 넘어온 남자가 있었다. 교묘한 쇠 덫으로 화이트피시 강의 비버를 잡았지. 나는 그자를 죽였다. 또 오래전에 화이트피시 강으로 금을 찾아온 세 남자가 있었다. 나는 그들도 죽여서 오소리 밥으로 남겨 두었다. 파이브핑거스에서 뗏목에 고기를 잔뜩 실어 온 남자가 있었다."

임버가 말을 멈추고 기억을 되새길 때마다 호우칸은 그 내용을 통역해 주었고 서기는 받아 적었다. 법정은 임버가 꾸밈없이 털어놓는 작은 비극들을 둔감하게 들었고, 임버는 마지막으로 붉은 머리에 사팔뜨기인 남자를 아주 먼 거리에서 쏘아 죽인 일을 이야기했다.

"이런!" 구경꾼들 앞쪽에 앉은 남자가 말했다. 그의 목소리에는 슬픔과 안타까움이 가득했다. 그는 붉은 머리였다. "이런! 우리 형 빌이에요." 그가 다시 말했고, 낭독과 통역이 이어지는 동안 그의 엄숙한 "이런!"이 규칙적으로 법정을 울렸다. 동료들도 그를 제지하지 않았고, 탁자에 앉은 남자도 그에게 정숙을 명하지 않았다.

임버가 다시 한 번 고개를 숙였고, 그의 눈이 탁해졌다. 눈에 막이 하나 올라와서 세상의 침입을 막아 주는 것 같았다. 그리고 그는 꿈을 꾸었다. 노령만이 젊음이 지닌 거대한 무익함에 대해 꿈을 꿀 수 있기에.

얼마 후 호우칸이 다시 그를 깨우고 말했다. "일어나요, 임버 삼촌. 삼촌은 왜 이런 문제를 일으키고, 이 많은 사람을 죽이고, 결국 법의 처벌을 받으려고 여기까지 왔는지 설명해야 해요."

임버는 힘없이 일어서서 앞뒤로 흔들거렸다. 그리고 나직하고 그르렁거리는 목소리로 말을 시작했지만 호우칸이 그를 막았다.

"이 노인은 미쳤습니다." 그가 네모진 이마의 남자에게 영어로 말했다. "이 사람의 이야기는 바보나 어린아이가 하는 말과 같습니다."

"우리는 어린아이의 말과 같은 그의 이야기를 듣겠다." 네모진 이마의 남자가 말했다. "그리고 그의 말을 한 마디도 빠짐없이 다 듣겠다. 알아듣겠나?"

호우칸은 알아들었고, 임버의 눈이 번득였다. 누이의 아들과 높은 사람 사이에 벌어지는 일을 목격했기 때문이다. 그런 뒤 구릿빛 피부의 애국적 서사시가 시작되었다. 구리에 새겨 대대로 전할 만한 내용이었다. 사람들은 기이할 만큼 조용해졌고, 네모진 이마의 남자는 이마에 손을 대고 자신의 영혼과 자기 부족의 영혼에 대해 숙고했다. 들리는 것은 규칙적으로 교대하는 임버의 나직한 목소리와 통역자의 높은 목소리뿐이었다. 그리고 이따금 붉은 머리 남자에게서 놀라움과 생각에 잠긴 "이런!" 하는 소리가 교회 종소리처럼 울렸다.

"나는 화이트피시족의 임버이다." 호우칸의 통역은 이렇게 시작되었다. 타고난 원시성이 그를 다시 사로잡았고, 선교단에서 익힌 교양과 문명의 얇은 피막은 임버 노인의 이야기에 담긴 야만적 울림과 리듬을 접하는 순간 사라졌다. "내 아버지는 오츠바옥이라는 강한 남자였다. 어렸을 때 우리 땅은 햇살과 즐거움이 가득하고 따뜻한 땅이었다. 사람들은 이상한 일로 배를 주리지 않았고, 새로운 목소리를 듣지도 않았다. 아버지가 산 방식이 자식이 사는 방식이었다. 여자들은 젊은 남자들의 눈에서 호감을 보았고, 젊은 남자들은 여자들을 만족스럽게 바라보았다. 아기들은 여자들의 가슴에 매달렸고, 부족이 늘어나면서 그들의 엉덩이는 무거워졌다. 그 시절, 남자들은 남자였다. 평화와 풍요의 시절에도, 전쟁과 기근의 시절에도 그들은 남자였다.

그 시절에는 물에 고기가 지금보다 많았고, 숲에 짐승도 많았다. 우리 개들은 늑대였다. 가죽이 두꺼워 추위에도 폭풍에도 강했다. 그리고 우리도 개들과 같았다. 추위에도 폭풍에도 강했다. 펠리족이 우리 땅에 들어왔을 때, 우리는 그들을 죽이고 우리도 죽었다. 우리는 남자이고 화이트피시족이며, 우리 아버지들도 또 아버지의 아버지들도 펠리족과 싸우며 땅의 경계를 정했기 때문이다.

말했듯이 우리는 우리의 개와 같았다. 어느 날 처음으로 백인이 왔다. 그 사람은 눈 속을 기어서 왔다. 그의 피부는 팽팽했고, 그 속의 뼈는 날카로웠다. 그런 사람은 본 적이 없었기에 우리는 그가 어느 부족이고 어디에 사는지 궁금했다. 그리고 그는 약했다. 어린아이보다도 약해서 우리는 그를 불가에 앉히고 털가죽을 주고 어린애를 먹이듯 먹을 것을 주었다.

그의 옆에는 개가 한 마리 있었다. 덩치는 우리 개들의 세 곱절이었지만 몹시 약했다. 그 개는 털이 짧아서 따뜻하지 않았고, 꼬리는 얼어서 끄트머리가 떨어져 나가 있었다. 우리는 이 이상한 개도 먹이고 불가에 재웠으며 우리 개들이 달려들지 못하게 했다. 그냥 두었으면 우리 개들이 그 개를 죽였을 것이다. 남자와 개는 큰사슴 고기와 말린 연어를 먹고 힘을 되찾았고, 그러더니 겁이 없어졌다. 남자는 큰 소리로 떠들며 노인과 젊은이 들을 비웃었고 여자들을 뻔뻔하게 바라보았다. 그리고 그 개도 우리 개들과 싸웠는데, 털이 그렇게 짧고 살이 연한데도 하루에 우리 개 세 마리가 죽었다.

우리가 남자에게 어느 부족이냐고 묻자 그는 '나는 형제가 많다'고 말하고 기분 나쁜 소리로 웃었다. 그러더니 힘을 완전히 되찾고서 떠났다. 그리고 그와 함께 족장의 딸인 노다도 갔다. 그런 뒤 우리 암캐 하나가 새끼를 낳았는데, 우리는 그런 개를 본 적이 없었다. 머리가 크고 턱이 두꺼우며 털이 짧고 힘이 없었다. 강한 남자인 우리 아버지 오츠바옥의 모습이 생생하다. 아버지는 그런 힘없는 모습에 화가 나서 돌을 던졌고, 힘없는 개는 죽어 버렸다. 그리고 두 해 여름이 지났을 때 노다가 사내아이를 안고 돌아왔다.

그것이 시작이었다. 두 번째 백인이 다시 털 짧은 개를 데리고 와서 개들만 남겨 놓고 떠났다. 그리고 우리의 가장 튼튼한 개 여섯 마리를 데리고 갔다. 그 대가로 우리 외삼촌 쿠소티에게 여섯 발을 연달아 쏠 수 있는 놀라운 권총을 주었다. 쿠소티는 덩치가 컸고, 총이 생기자 우리의 활과 화살을 '여자들 물건'이라며 비웃었다. 그러고는 총을 들고 볼드페이스 곰을 사냥하러 갔다. 이제 우리는 권총으로 볼드페이스 곰을 사냥하는 게 좋은 일이 아니라는 것을 알지만 쿠소티가 어떻게 알았겠는가? 그는 용감하게 곰에 맞서서 재빨리 여섯 발을 쏘았다. 하지만 곰은 그르렁거리며 그의 가슴팍을 달걀 껍질처럼 부수었고, 쿠소티의 머리는 벌집에서 꿀이 나오듯 땅바닥에 골을 쏟았다. 그는 훌륭한 사냥꾼이었지만, 이제 그의 아낙과 아이들에게 고기를 가져다줄 사람이 없어졌다. 우리는 화가 나서 '백인들에게 좋은 물건이라고 해도 우리에게는 좋지 않다'고 말했다. 그것은 사실이다. 백인은 숫자도 많고 뚱뚱한데, 그네들 방식을 따라 하면 우리는 수가 줄고 여윈다.

세 번째 백인이 놀라운 음식과 물건을 잔뜩 가지고 와서 우리의 가장 강한 개 20마리를 사 가지고 갔다. 또한 온갖 선물과 약속으로 우리의 젊은 사냥꾼 10명도 어딘지 모르는 곳으로 데리고 갔다. 그들은 사람이 간 적 없는 아이스 산맥의 눈 속에서, 아니면 세상 바깥에 있는 침묵의 언덕에서 죽었다고 한다. 어쨌거나 우리 화이트피시 사람들은 그 개들과 젊은 사냥꾼들을 두 번 다시 보지 못했다.

해가 가면서 점점 더 많은 백인이 돈과 선물을 가지고 왔다가 젊은 이들을 데리고 떠났다. 어떤 젊은이들은 돌아와서 펠리족의 땅 너머에서 벌어지는 위험한 일과 고된 노동을 이야기했고, 어떤 젊은이들은 돌아오지 않았다. 우리는 말했다. '그 백인들이 생명을 두려워하지 않는다면 그것은 그들의 수가 많기 때문이다. 하지만 우리 화이트피시는 수가 적으니 더 이상 젊은이들이 떠나지 못하게 해야 한다.' 하지만 젊은이들은 떠났고, 젊은 여자들도 떠났다. 우리는 화가 났다.

우리가 밀가루와 절인 돼지고기, 차를 좋아한 것은 사실이다. 하지만 그건 나쁜 일이었다. 차가 떨어지면 우리는 말수도 줄어들고 화를 벌컥벌컥 내게 되었다. 그래서 백인들의 교역품을 탐내게 되었다. 교역! 교역! 언제나 교역이 문제였다. 어느 해 겨울 우리는 고기를 팔아서 고장 난 시계, 이가 다 빠진 줄, 탄약통 없는 권총을 샀다. 그런 뒤기근이 오자 고기가 없어서 봄이 오기 전에 40명이 죽었다.

우리는 말했다. '이제 우리는 약해졌다. 펠리족이 공격해 오면 우리 땅의 경계는 무너질 것이다.' 하지만 펠리족 역시 우리와 같은 일을 겪었고, 그들도 약해져서 우리를 공격할 수 없었다.

강한 남자였던 우리 아버지 오츠바옥은 이제 현명한 노인이 되었다. 그가 족장에게 말했다. '보라. 우리 개들은 쓸모없어졌다. 놈들은 이제 전처럼 털이 북슬북슬하지도 않고 몸도 튼튼하지 않아서, 추위 속에 썰매를 끌지 못하고 죽는다. 마을에서 늑대개들만 남기고 개들을 모두 죽이자. 그리고 늑대개를 밤에 밖에 묶어 놓으면 그것들이 숲의 늑대와 짝을 지어서 다시 추위에 강하고 힘센 개들이 생겨날 것이다.'

사람들은 아버지의 말을 따랐고, 우리 화이트피시족은 튼튼한 개로 유명해졌다. 우리 개는 이 땅에서 최고였다. 하지만 우리들은 그렇지 않았다. 우리의 젊은 남녀들 중 가장 뛰어난 이들은 백인들을 따라가서 먼 들길과 강을 헤매 다녔다. 젊은 여자들은 노다처럼 늙고 망가져서 돌아오거나 아예 오지 않았다. 잠시 들른 젊은이들은 불가에 앉아서 나쁜 말과 거친 행동을 했으며 괴이한 물을 마시고 밤낮없이 노름을 했다. 그렇게 평화 없는 시간을 보내다가 백인들이 부르면 다시 모르는 곳으로 떠났다. 그들은 명예도 존경도 없이 우리의 오랜 풍습을 비웃고, 족장과 주술사들을 면전에서 조롱했다.

말했듯이 우리 화이트피시는 약한 부족이 되어 있었다. 우리는 따뜻한 가죽과 털가죽을 팔아 담배와 술을 사고, 얇은 면직물을 사서 추위에 떨었다. 기침병이 닥치자 많은 남자와 여자가 밤새 기침을 하며 땀을 흘렸고, 들길에 나간 사냥꾼들은 눈 위에 피를 토했다. 그리고 여러 사람이 차례로 입에서 피를 흘리며 죽었다. 여자들은 아기를 잘 낳지 못했고, 태어난 아기도 약하고 병에 잘 걸렸다. 백인들은 다른 병도 가져왔다. 우리가 알지 못하던 것들이었다. 그 병들의 이름은 천연두, 홍역 같은 것이었다. 우리는 연어가 가을에 물속에 알을 낳고 더 살 필요가 없어졌을 때처럼 그런 병들로 죽었다.

그렇지만 정말이지 이상한 점이 하나 있다. 백인은 죽음의 숨결이다. 그들의 모든 방식이 죽음으로 이어진다. 그들의 콧구멍은 죽음으로 차 있다. 하지만 그들은 죽지 않는다. 그들이 가진 것은 술, 담배, 털 짧은 개이다. 그리고 수많은 질병, 천연두, 홍역, 기침병과 입에서 피가 나는 병이다. 그들이 가진 것은 추위와 폭풍에 약한 하얀 피부이고, 순식간에 여섯 발을 쏘지만 아무 쓸모 없는 권총이다. 하지만 그들은 그렇게 병이 많은데도 피둥피둥 살이 찌고, 온 세상을 짓누르고 사람들을 짓밟는다. 백인 여자들도 아기처럼 연약하다. 금세 죽을 것 같은데도 죽지 않고 남자들을 낳는다. 그리고 이 모든 무름과 약함과 병에서 힘과 권능이 나온다. 그들은 신이거나 악마인 것 같지만, 어느 쪽인지 나는 모른다. 화이트피시족의 노인인 나 임버가 무엇을 알겠는가? 내가 아는 것은 이 백인들, 멀리서 온 방랑자이자 온 세상의 싸움꾼은 이해할 수 없는 사람들이라는 것뿐이다.

말했듯이 숲의 짐승은 점점 줄어들었다. 백인의 총은 솜씨가 좋고 먼 거리에서도 짐승을 잘 죽이는 것이 사실이다. 하지만 죽일 짐승이 없는데 총이 무슨 소용인가? 내가 화이트피시 강의 어린아이였을 때는 언덕마다 큰사슴이 있고, 해마다 셀 수도 없이 많은 순록이 왔다.

하지만 지금은 사냥꾼이 들길에 열흘을 있어도 큰사슴 한 마리를 보기가 어렵다. 셀 수 없이 많던 순록은 한 마리도 오지 않는다. 총이 멀리서도 잘 죽인다 해도 죽일 것이 없으면 아무 소용 없다.

나 임버는 화이트피시족, 펠리족을 비롯한 이 땅의 모든 부족이 숲의 짐승들처럼 사라져 가는 모습을 보면서 많은 생각을 했다. 나는 주술사들과 이야기했고, 현명한 노인들과 이야기했다. 나는 마을의 소리들에 흔들리지 않도록 마을을 떠났고, 내 배가 나를 압박하고 눈과 귀를 흐리지 않도록 고기를 먹지 않았다. 나는 신호를 찾기 위해 눈을 크게 뜨고 소리를 놓치지 않으려고 귀를 쫑긋 세운 채 숲 속에서 오랫동안 잠도 자지 않고 앉아 있었다. 그리고 캄캄한 어둠 속을 혼자 걸어 강둑으로 갔다. 바람이 신음하고 물이 흐느끼는 그곳에서 나는 죽어서 나무에 들어간 늙은 주술사들의 영혼에서 지혜를 구했다.

그랬더니 환상처럼 내게 털 짧고 약해 빠진 그 개들이 왔고, 길은 단순해 보였다. 강한 남자였던 내 아버지 오츠바옥의 지혜에 따라 우리 늑대개들은 피를 깨끗하게 지켜서 털도 따뜻했고 썰매 일도 잘했다. 그래서 나는 마을로 돌아가서 사람들에게 말했다. '이 백인들은 아주 큰 부족이다. 자기들 땅에 고기가 없어져서 여기에 새 땅을 만들려고 우리에게 왔다. 하지만 그들이 우리를 약하게 만들어서 죽게 한다. 그들은 굶주린 종족이다. 우리는 이미 고기를 잃었다. 우리가 살기 위해서는 그들 역시 그들의 개들처럼 다루는 것이 좋다.

그리고 나는 싸울 것을 권했다. 화이트피시의 남자들은 내 말을 들었지만, 이 사람은 이 말을 하고 저 사람은 저 말을 했고, 어떤 사람은 쓸데없는 다른 말을 하며, 아무도 용감하게 전쟁을 입에 올리지 않았다. 하지만 젊은이들이 이렇게 물처럼 약하고 겁을 드러낼 때, 말없이 앉아 있는 노인들의 눈에는 불길이 펄럭였다. 그래서 마을이 모두 잠들었을 때 나는 노인들을 숲으로 데리고 가서 이야기를 더 했다. 우리는 생각이 통했고, 좋았던 젊은 시절과 자유로운 땅, 풍요의 시절, 기쁨과 햇살을 추억했다. 그리고 서로를 형제로 부르며 비밀을 맹세하고, 우리에게 닥친 악의 종족을 이 땅에서 몰아내기로 엄숙하게 서약했다. 우리가 바보였던 것은 분명하지만, 화이트피시의 우리 노인들이 어떻게 알았겠는가?

다른 사람들을 격려하기 위해서 내가 가장 먼저 행동에 나섰다. 내가 유콘 강을 지키고 있을 때 카누 한 척이 내려왔고, 거기에 백인이 두 명 타고 있었다. 내가 강둑에서 일어서서 손을 들자 그들이 방향을 틀어 나에게 다가왔다. 뱃머리에 있던 남자가 내가 자신들을 왜 부르는지 알아보려고 고개를 들었을 때 내 화살이 공기를 뚫고 날아가서 그의 목에 박혔고, 그는 내가 부른 이유를 알게 되었다. 뱃고물에서 노를 들고 있던 두 번째 남자가 총을 드는 순간 나의 창 세 자루 중 한 자루가 그에게 꽂혔다.

'이들이 시작이다.' 노인들이 모였을 때 내가 말했다. '앞으로 모든 부족의 노인이 한데 뭉치고 이어 아직 힘이 있는 젊은이들이 뭉치면 일은 쉬워질 것이다.'

그런 뒤 우리는 죽은 두 백인을 강에 버렸다. 그리고 그들의 좋은 카누로 불을 지폈다. 카누에 있던 물건도 모두 태웠다. 하지만 먼저 그 물건을 보았더니 가죽 자루들이기에 칼로 열어 보았다. 주머니 안에는 지금 호우칸 네가 읽은 것 같은 종이가 잔뜩 들어 있었다. 우리는 거기에 찍힌 자국들을 신기해했지만 그것을 이해하지는 못했다. 이제 나는 현명해졌고, 그것이 네가 말한 대로 사람의 말을 적은 것이라는 걸 안다."

　호우칸이 카누 사건에 대한 통역을 마쳤을 때 법정이 웅성거리더니 한 남자가 목소리를 높여 말했다. "그것은 91년에 사라진 우편물이에요. 피터 제임스와 딜레이니가 그걸 들여오다가 르바지에서 떠나는 매슈스와 마지막으로 대화를 했습니다." 서기는 계속 글을 적었고, 북부의 역사에 또 하나의 문단이 더해졌다.

　"이 밖에는 더 없다." 임버가 천천히 말했다. "우리가 한 일은 거기 종이에 적혀 있다. 우리는 노인이고, 이해하지 못했다. 나 임버조차 아직 이해하지 못한다. 우리는 은밀하게 죽였고 계속 죽였다. 우리는 나이가 많아 꾀가 많았고, 서두르지 않으면서도 빨리 행동하는 법을 알았다. 백인들이 검은 얼굴과 거친 말로 우리에게 와서 젊은이 여섯 명을 사슬에 묶어 데려갔을 때, 우리는 더 많이 죽여야 한다는 것을 알았다. 그래서 우리 노인들은 강을 따라 모르는 땅으로 갔다. 그것은 용감한 일이었다. 우리는 늙고 겁이 없었지만, 멀리 가는 일만은 늙은이들에게 큰 두려움이다.

　그렇게 우리는 서두르지 않고 교활하게 죽였다. 칠쿳 강과 삼각주에서, 바다로 나가는 길목에서, 백인들이 야영을 하거나 들길을 내는 곳 어디에서나 우리는 그들을 죽였다. 그들이 죽은 것은 사실이지만 아무 소용 없었다. 그들은 산을 넘어서 점점 많이 밀려왔고, 늙은 우리는 점점 수가 줄었다. 카리부크로싱 근처에 어느 백인의 야영지가 있었다. 그는 아주 작은 백인이었고, 노인 셋이 잠자는 그에게 들이닥쳤다. 다음 날 나는 그곳에 가 보았다. 그때까지 숨을 쉬는 것은 그 백인뿐이었고, 그는 죽기 전에도 내게 욕을 퍼부을 힘이 있었다.

　그렇게 노인들은 하나둘 떠났다. 때로는 그들이 죽고 한참 지난 뒤에야 우리에게 소식이 닿았다. 때로는 아예 소식이 오지 않았다. 다른 부족의 노인들은 약하고 겁이 많아서 우리와 함께하지 않았다. 말했 듯이 모두가 차례로 죽고 나만 남게 되었다. 화이트피시족의 나 임버 만이. 내 아버지 오츠바옥은 강한 남자였다. 이제 화이트피시는 없다. 노인 중에 내가 마지막이다. 젊은 남자와 여자 들은 다 떠났다. 일부는 펠리족에게 가고, 일부는 새먼족에게 갔으며, 백인에게는 더 많이 갔 다. 나는 아주 늙고 피곤하며, 호우칸 네 말대로 법에 맞서는 것은 무 용한 일이다. 나는 법의 처분을 받으러 왔다."

"아 임버 삼촌, 삼촌은 정말로 바보예요." 호우칸이 말했다.

하지만 임버는 꿈을 꾸고 있었다. 네모진 이마의 판사 역시 꿈을 꾸 었고, 그의 종족 전체가 거대한 주마등처럼 눈앞에 떠올랐다. 강철 군 화를 신고 갑옷을 입은 종족, 사람들 사이에 법을 만들고 세상을 움직 이는 자들의 환상이. 그것은 검은 숲과 침침한 바다 위로 빨갛게 깜박 거리며 떠올라서 충만한 정오를 향해 핏빛으로 불타올랐다. 그런 뒤 핏빛 모래가 그늘진 비탈을 굴러 어둠 속으로 떨어졌다. 그는 법이 그 모든 것을 뚫고 가는 것을 보았다. 법은 무자비하고 강력하며, 흔들림 없이 늘 명령하는 것, 법을 실현하거나 법이 박살 내는 티끌 같은 인간 보다, 그리고 물론 그 자신보다도 더 위대한 것이었다. 그의 심장이 부 드러움을 원한다고 해도.

생명의 애착
Love of Life

모든 것 가운데 이것이 남을 것이다—
그들은 살아서 주사위를 던졌다.
황금 주사위가 사라져도
놀이는 소득이 될 것이다.

  두 사람은 고통 속에 절뚝절뚝 강둑을 내려갔다. 한번은 앞선 남자
가 흩어진 바위들 틈에서 비틀거렸다. 그들은 지치고 허약했으며, 그
얼굴에는 오랜 고난을 겪은 데서 나온 인내의 표정이 떠올라 있었다.
어깨에는 무거운 담요 짐이 있었다. 이마를 가로지르는 끈이 짐의 무
게를 분산해 주었다. 두 사람 다 라이플총을 들었다. 어깨는 앞으로 나
오고 머리는 그보다 더 나와 있으며 두 눈은 땅바닥에 고정된, 구부정

한 자세였다.

"그 식량 은닉처에 탄약통 두 개만 있다면 얼마나 좋을까." 두 번째 남자가 말했다.

그 목소리는 피곤하고 아무런 감정이 없었다. 열의 없이 던진 말이었고, 첫 번째 남자도 바위들 위로 뿌글거리는 우윳빛 개울로 절뚝절뚝 들어갈 뿐 대답하지 않았다.

두 번째 남자는 그 뒤를 따라갔다. 그들은 신발도 벗지 않고 얼음처럼 차가운 물속을 걸었다. 너무 차가워서 발목이 아프고 발가락이 마비될 지경이었다. 때때로 물이 무릎까지 튀어 올랐고, 두 사람 다 발디딜 곳을 찾아 허우적거렸다.

뒤에 오는 남자가 미끄러운 돌을 밟고 넘어질 뻔했지만 고통의 비명을 지르며 격렬하게 몸부림치면서 중심을 되찾았다. 그는 어지러운 것 같았고, 비틀거리는 동안 무언가를 잡을 듯 아무것도 들지 않은 손을 허공에 내뻗었다. 중심을 잡고 나서는 다시 앞으로 걸었지만 또 한번 비틀거리다 넘어질 뻔했다. 그런 뒤 그는 자리에 서서 뒤를 돌아보지 않는 첫 번째 남자를 바라보았다.

그는 무언가를 깊이 생각해 보는 듯 족히 1분을 그렇게 서 있었다. 그리고 소리쳤다.

"이봐, 빌, 나 발목을 삐었어."

빌은 우윳빛 물속을 휘적휘적 걸어갔다. 그는 돌아보지 않았다. 두 번째 남자는 빌이 가는 모습을 보았고, 얼굴은 계속 무표정했지만 눈은 상처받은 사슴 같았다.

첫 번째 남자는 개울을 건넌 뒤에도 뒤를 돌아보지 않고 계속 갔다. 물속에 선 남자는 그 모습을 바라보았다. 입술이 약간 떨려서 그 위에 자리한 거친 갈색 수염이 눈에 띄게 흔들렸다. 그의 혀가 입 밖으로 나와 입술을 적셨다.

"빌!" 그가 소리쳤다.

그것은 곤경에 빠진 강한 남자가 애원하는 소리였지만 빌은 고개를 돌리지 않았다. 빌은 기이하게 절뚝거리며 완만한 비탈을 올라 낮은 언덕 능선으로 걸어갔다. 그는 빌이 언덕마루를 넘어 사라질 때까지 계속 그 모습을 바라보았다. 그런 뒤 시선을 주변으로 한 바퀴 빙 돌려 빌이 떠나고 자기 곁에 남은 세상을 천천히 살펴보았다.

지평선 근처에서 희미하게 타오르는 태양은 부연 안개와 증기에 가려 뚜렷한 윤곽이 없이 그저 덩어리 같았다. 남자는 시계를 꺼내서 보았고, 그러는 동안 한 다리로 몸을 지탱했다. 4시였고, 계절은 7월 말 또는 8월 초 근처라서—그는 1~2주일 정도는 정확한 날짜를 몰랐다—태양이 대충 북서쪽에 있다는 것을 알았다. 남쪽을 보고 그 황량한 언덕 너머 어딘가 그레이트베어 호수가 있다는 것도 알았고, 또 그 방향에서 북극권이 캐나다의 툰드라 지역을 가로지른다는 것도 알았다. 그가 서 있는 이 개울은 코퍼마인 강의 지천이었고, 코퍼마인 강은 북쪽으로 흘러 코로네이션 만과 북극해로 나갔다. 그는 그곳에 가 본 적은 없지만, 허드슨 베이 사의 지도에서 본 적은 있었다.

그는 다시 주변을 둘러보았다. 용기를 주는 풍경은 아니었다. 사방이 부드러운 능선이었다. 언덕은 모두 낮았고, 나무도, 덤불도, 풀도 없었다. 그 섬뜩한 황량함은 그의 눈에 공포를 안겨 주었다.

"빌! 빌!" 그가 한 번, 두 번 속삭였다.

그는 우윳빛 물속에 선 채 움츠러들었다. 광막함이 압도하듯 밀려들어 그 고요한 공포로 그를 짓이길 것 같았다. 그는 학질에 걸린 듯 덜덜 떨었고, 손에서 총을 첨벙 물에 떨어뜨렸다. 그러자 그는 정신이 들었다. 그는 힘써 두려움을 물리치고 물속을 더듬어 총을 찾았다. 그리고 다친 발목의 부담을 덜기 위해 짐을 어깨 왼쪽으로 더 밀었다. 그런 뒤 조심조심 고통에 찡그리며 개울을 건너갔다.

그는 걸음을 멈추지 않았다. 필사적으로 고통을 무시하고, 동료가 사라진 언덕마루로 다급히 올라갔다. 그 모습은 앞선 동료보다도 더 기이하고 희극적이었다. 하지만 언덕마루에서 내려다본 계곡은 생명이 전혀 없었다. 그는 다시 두려움을 누르고 짐을 왼쪽 어깨 더 멀리로 밀어서 멘 뒤 휘청휘청 비탈길을 내려갔다.

계곡 바닥에는 폭신한 이끼가 스펀지처럼 물을 품고 있었다. 그가 발을 디딜 때마다 발밑에서 물이 뿜어 올랐고, 발을 들어 올릴 때마다 젖은 이끼가 그의 발을 놓기 싫다는 듯이 빨아 당겼다. 그는 그렇게 젖은 땅을 걸으며, 동료의 발자국을 따라 이끼의 바다에 섬처럼 솟은 너럭바위들을 지나갔다.

혼자였지만 그는 길을 잘 알았다. 멀리 앞쪽에는 말라 죽은 가문비나무와 전나무에 둘러싸인 작은 호수가 있었다. 그 지역은 '팃친니칠리에'라고 하는데, 그 지역 말로 '작은 막대기의 땅'이라는 뜻이었다. 그 호수로 흘러드는 개울이 하나 있었는데, 그 개울은 우윳빛이 아니고, 또 골풀은 있지만—그는 잘 기억했다—폐목은 없었다. 그는 그 물길을 따라 개울이 시작되는 분수령까지 가면 되었다. 그곳에서 분수령을 건너면 서쪽으로 가는 다른 개울이 시작되는 지점을 만날 테고, 디즈 강 합류점까지 그 개울을 따라가서 뒤집은 카누에 돌을 쌓아 만든 은닉처를 찾을 것이다. 그 은닉처에는 빈 총의 탄약이 있을 테고, 낚싯바늘과 낚싯줄, 작은 그물처럼 식량을 마련할 여러 가지 도구가 있을 것이다. 그리고 밀가루(많지는 않지만), 베이컨 한 조각 그리고 콩도 있을 것이다.

빌은 그곳에서 그를 기다릴 것이고, 그들은 디즈 강을 타고 남쪽으로 가서 그레이트베어 호수에 닿을 것이다. 그리고 계속 남쪽으로 호수를 건너 매켄지 강에 닿을 테고, 그런 뒤에도 계속 남쪽으로 겨울의 추격을 뿌리치며 갈 것이다. 그러는 동안 여울에는 다시 얼음이 얼고, 날씨는 나무들이 울창하고 먹을 것이 가득한 허드슨 베이 사의 어느 남쪽 교역소까지 쌀쌀해질 것이다.

그는 이런 생각을 하며 걸어갔다. 그의 몸도 물론 열심히 노력했지만, 그의 정신 역시 그에 못지않게 노력하며 빌이 자신을 버리지 않았다고, 빌은 분명히 은닉처 앞에서 기다릴 것이라고 믿으려 했다. 그렇게 생각하지 않을 수 없었다. 그렇지 않다면 이 모든 노고의 보람 없이 그는 쓰러져 죽을 것이다. 흐린 태양이 북서쪽으로 천천히 사라질 때 그는 빌과 함께 겨울을 피해 남쪽으로 가는 이 길을 구석구석, 여러 차례 훑었다. 은닉처의 식량과 허드슨 베이 사 교역소의 식량도 거듭 생각했다. 그는 이틀 동안 아무것도 먹지 못했다. 배불리 먹지 못한 기간은 그보다 훨씬 더 길었다. 그는 중간에 자주 허리를 굽히고 희끄무레한 색깔의 물이끼 열매를 따서 입에 넣고 씹었다. 물이끼 열매는 물에 싸인 작은 씨였다. 입에 넣으면 물이 녹았고, 씨를 씹으면 알싸한 맛이 났다. 그는 열매에 아무 영양분이 없음을 알았지만, 어떤 지식과 경험도 초월하는 희망으로 그것을 끈기 있게 씹었다.

그는 9시에 바위에 발가락을 찧었고, 피로와 쇠약함에 비틀거리다 쓰러졌다. 그는 옆으로 누워 한동안 가만히 있었다. 그런 뒤 어깨에서 짐을 풀고 엉거주춤 일어나 앉았다. 아직 빛이 남아 있었기에 박명 속에서 바위틈을 더듬어 마른 이끼를 찾았다. 그리고 이끼를 많이 모으자 불을 피웠다. 불은 보잘것없었지만 그는 그 위에 물주전자를 올렸다.

그는 짐을 풀고 가장 먼저 성냥의 개수를 셌다. 67개였다. 그는 확실히 하려고 세 번을 셌다. 그리고 그것을 몇 뭉치로 나누어서 기름종이로 싸고, 한 뭉치는 빈 담배쌈지에, 또 한 뭉치는 낡은 모자 띠 안쪽에, 또 한 뭉치는 셔츠 속 가슴팍에 넣었다. 그랬더니 갑자기 공포심이 밀려들어서 뭉치를 모두 풀어서 다시 세어 보았다. 변함없이 67개였다.

그는 젖은 신발을 불에 말렸다. 모카신은 젖고 여기저기 갈라졌다. 두꺼운 양말은 군데군데 구멍이 났고 발은 까져서 피가 났다. 그는 욱신거리는 발목을 살펴보았다. 발목이 무릎만 하게 부어 있었다. 그는 두 장의 담요 중 한 장을 길쭉하게 찢어 내어 발목을 단단히 묶었다. 그리고 담요를 계속 찢어서 그 조각으로 두 발을 둘둘 감아 신발 겸 양말로 삼았다. 그런 뒤 김이 오르는 뜨거운 물을 마시고, 시계태엽을 감고 담요 속으로 들어갔다.

그는 죽은 듯이 잤다. 자정 무렵에 짧은 어둠이 왔다가 갔다. 해는 동북쪽에서 떴다. 그 방향에서 뜬 것은 맞았다. 해가 회색 구름에 가려 보이지 않았을 뿐이다.

6시에 그는 가만히 누운 채 잠에서 깼다. 회색 하늘을 똑바로 올려다보는데 곧바로 허기가 몰려왔다. 그는 옆으로 몸을 돌려 팔꿈치로 몸을 일으키다가 쿵 하는 콧방귀 소리에 깜짝 놀랐다. 돌아보니 수컷 순록이 호기심 어린 눈으로 조심스럽게 그를 바라보고 있었다. 놈과의 거리는 겨우 15미터였고, 그의 머릿속에 즉시 불 위에서 지글거리는 순록 고기의 모습과 맛이 떠올랐다. 그는 기계적으로 빈 총을 집어

들어서 겨냥을 하고 방아쇠를 당겼다. 순록은 킁 콧방귀를 뀌고 달아났고, 발굽 소리가 너럭바위들에 요란하게 울렸다.

그는 욕을 하고 빈 총을 던졌다. 그리고 크게 신음하며 몸을 일으켰다. 그것은 느리고 힘든 과제였다. 관절들은 녹슨 경첩처럼 수많은 마찰 속에 삐걱삐걱 움직였고, 굽히고 펴는 일 하나하나에 모두 강인한 의지가 필요했다. 마침내 몸을 일으킨 뒤에도 허리를 펴고 꼿꼿이 서는 평범한 자세를 만드는 데만 다시 1분 정도가 흘렀다.

그는 작은 언덕을 기어올라서 앞을 내다보았다. 나무도 덤불도 없고, 있는 것은 그저 잿빛 바위, 잿빛 호수, 잿빛 실개천이 드문드문 가로지르는 잿빛 이끼 바다뿐이었다. 하늘도 잿빛이었다. 해는 없었고 나올 기미도 없었다. 그는 북쪽이 어디인지 몰랐고, 전날 밤 그곳으로 어떻게 왔는지도 잊었다. 하지만 길을 잃지는 않았다. 그것은 알았다. 그는 곧 작은 막대기의 땅에 갈 것이다. 그는 그것이 왼쪽 어딘가, 그리 멀지 않은 곳에 있다고 느꼈다. 어쩌면 저 얕은 언덕만 넘으면 될지도 몰랐다.

그는 다시 이동하기 위해 짐을 챙겼다. 세 뭉치로 나눈 성냥 꾸러미를 다시 확인했지만 다시 세지는 않았다. 하지만 납작한 사슴 가죽 자루를 두고는 생각에 잠겼다. 그것은 그리 크지 않았다. 두 손을 펼치면 가려질 만한 크기였다. 무게는 7킬로그램으로 나머지 짐 전체의 무게와 맞먹었고, 그것이 고민이었다. 결국 그는 그것을 옆으로 밀어 놓고 짐을 말았다. 그러다가 한 번 멈춰서 다시 자루를 바라보다가 그것을 허겁지겁 집어 들면서 주변을 노려보았다. 마치 그 황야가 자루를 빼앗아 가기라도 하려는 듯이. 마침내 그가 하루의 이동을 위해 비틀거리며 일어섰을 때 자루는 등짐에 합류해 있었다.

그는 왼쪽으로 가면서 이따금 멈추어서 물이끼 열매를 먹었다. 발목은 뻐근했고 절뚝거림은 더 심해졌지만, 그 고통은 배 속의 고통에 비하면 아무것도 아니었다. 허기의 고통은 거셌다. 그것이 어찌나 괴로운지 그는 작은 막대기의 땅으로 가는 길을 계속 생각할 수가 없었다. 물이끼 열매는 이런 괴로움을 달래 주지 못했고, 독한 맛으로 혀와 입천장만 아리게 했다.

그가 어느 골짜기에 도착하자 뇌조들이 바위와 이끼 위로 퍼드덕 날아올랐다. 놈들이 꾸꾸 하는 소리를 냈다. 그는 돌을 던졌지만 하나도 맞지 않았다. 그는 짐을 땅바닥에 내려놓고 고양이가 참새를 쫓듯 뇌조를 쫓았다. 뾰족한 바위가 바지를 찢고 무릎이 바위에 핏자국을 남겼지만, 배고픔의 고통 속에 그 상처는 느껴지지 않았다. 젖은 이끼 위를 기는 통에 옷이 젖고 체온이 내려갔다. 그러나 그런 것은 전혀 의식되지 않았다. 먹을 것에 대한 열망은 그토록 컸다. 하지만 뇌조는 언제나 눈앞에서 날아올랐고, 꾸꾸 소리는 그에게 조롱이 되었다. 그는 놈들과 같은 소리를 한번 크게 질러서 욕을 했다.

그는 한번은 잠자고 있던 놈과 맞닥뜨렸다. 하지만 놈이 바로 앞 바위 구석에서 퍼드덕 날아오를 때에야 겨우 놈을 보았다. 그는 도망치는 뇌조만큼이나 놀라서 손을 내뻗었지만 손에 잡힌 것은 꽁지깃 세 개뿐이었다. 날아가는 새를 보면서 그는 뇌조가 자신에게 크게 해코지라도 한 것처럼 강렬한 증오를 느꼈다.

하루가 흐르는 동안 그가 지나간 골짜기와 저습지 들에는 사냥감이 더욱 풍성했다. 스무남은 마리 순록 무리가 라이플총 사격 거리 안을 감질나게 지나갔다. 놈들을 쫓아 달리고 싶은 열망이 거칠게 솟았고, 잡을 수 있으리라는 확신이 들었다. 검은 여우 한 마리가 입에 뇌조를 물고 다가왔다. 그는 소리쳤다. 공포의 외침이었지만, 여우는 놀라 달아나면서도 뇌조를 놓치지 않았다.

오후가 저물어 갈 때 그는 우윳빛으로 흩어진 골풀들 틈을 흐르는 석회질 개울을 따라갔다. 골풀을 잡아당기자 크기는 작은 못만 하고 생긴 것은 어린 양파 싹 같은 것이 뽑혀 나왔다. 그것은 부드러웠고, 그것을 씹자 맛있는 음식처럼 아삭 소리가 났다. 하지만 그 섬유는 질겼다. 그것은 물이 밴 질긴 섬유였고, 물이끼 열매처럼 영양분이 없었다. 그는 짐을 던져 버리고 골풀 속에 엎드려 소처럼 그것을 우적우적 씹어 먹었다.

그는 피곤해서 자꾸만 쉬고 싶었다. 누워서 자고 싶었지만 악착같이 계속 움직였고, 그렇게 추동한 것은 작은 막대기의 땅에 가고자 하는 욕망보다 오히려 허기였다. 그는 개구리를 찾아 연못을 긁고, 벌레를 찾아 맨손으로 흙을 팠다. 하지만 물론 이렇게 북쪽에 개구리나 벌레가 살지 않는다는 것을 잘 알았다.

그는 물웅덩이를 일일이 살피며 다니다가 마침내 땅거미가 그림자를 길게 드리울 때 어느 물웅덩이에서 피라미만 한 물고기를 한 마리 발견했다. 그는 팔을 어깨까지 물에 담갔지만 물고기는 도망쳤다. 그는 두 손을 다 넣고 바닥의 우윳빛 진흙을 휘저었다. 그러다 흥분 속에 웅덩이에 빠져서 허리까지 젖었다. 물은 이제 물고기를 볼 수 없을 만큼 혼탁해졌고, 그는 침전물이 가라앉을 때까지 기다려야 했다.

추적이 재개되었지만 물은 다시 혼탁해졌다. 그는 기다릴 수 없었다. 짐에서 주석 양동이를 풀어서 웅덩이 물을 퍼냈다. 처음에는 너무 정신없이 퍼내서 온몸에 물이 튀었고 또 퍼낸 물을 너무 가까이 쏟아서 웅덩이로 도로 들어가게 했다. 그러다가 침착해지려고 애쓰며 신중하게 작업했다. 심장이 쿵쿵거리고 손은 덜덜 떨렸지만. 그렇게 30분이 지나자 웅덩이에는 물이 거의 없어졌다. 남은 물은 한 컵 분량도 되지 않았다. 그러나 물고기는 없었다. 그리고 돌들 사이에 난 틈이 보였다. 물고기는 그 틈을 통해 옆에 있는 더 큰 웅덩이로 달아난 것이었다. 그 옆 웅덩이는 그가 하룻밤 하룻낮을 바쳐도 퍼낼 수 없는 크기였다. 틈이 있는 걸 알았다면 돌멩이로 그곳부터 막았을 테고, 그랬다면 고기를 잡을 수 있었을 것이다.

그는 그렇다고 생각하며 지친 몸으로 젖은 흙 위에 쓰러졌다. 그는 처음에는 조용히 혼자 울었지만 얼마 후에는 자비 없는 황야를 향해 큰 소리로 울었다. 그 뒤로는 마른 울음이 오랫동안 그를 흔들었다.

그는 불을 피우고 따뜻한 물을 마셔 온기를 얻었고, 지난밤과 똑같이 너럭바위에 야영지를 차렸다. 그가 마지막으로 한 일은 성냥이 젖지 않은 걸 확인하고 시계태엽을 감은 일이었다. 담요는 젖어서 끈적거렸다. 발목은 욱신거렸다. 하지만 배가 고프다는 생각밖에는 아무 생각도 들지 않았고, 불안한 잠은 그를 상상할 수 있는 온갖 음식이 차려진 잔치와 연회의 꿈으로 이끌었다.

그는 추위와 몸살 기운 속에 잠에서 깼다. 해는 없었다. 땅과 하늘은 더 짙은 잿빛이 되어 있었다. 바람이 거칠게 불었고, 밤사이 시작된 눈이 언덕 꼭대기를 하얗게 덮었다. 그가 불을 피우고 물을 끓이는 동안 주변 공기는 답답하고 하얘졌다. 질척한 진눈깨비였고, 눈송이는 크고 축축했다. 처음에 그것들은 땅에 닿자마자 녹았지만, 자꾸자꾸 내리면서 땅을 덮고 불을 끄고 이끼 연료를 망쳤다.

그것은 그에게 짐을 둘러메고 어딘지 몰라도 무조건 앞으로 가라는 신호였다. 그는 작은 막대기의 땅이나 빌, 디즈 강 변에 카누를 뒤집어 만든 은닉처를 생각하지 않았다. 그저 '먹는다'는 동사에 사로잡혀 있었다. 그는 허기로 제정신이 아니었다. 저습지를 벗어나지 않기만 한다면 길이 어디로 향하건 신경 쓰지 않았다. 그는 젖은 눈 속을 더듬어 물이끼 열매를 찾고 골풀 뿌리를 뽑았다. 하지만 그것은 맛도 없고 어떤 충족감도 주지 않았다. 신맛이 나는 풀을 발견해서 보이는 족족 먹었지만, 찾기가 쉽지 않았다. 땅에 붙어 자라는 식물이라서 눈에 쉽게 덮였기 때문이다.

그는 그날 밤 불도 없고 따뜻한 물도 없이 담요 속으로 기어들어 허기에 시달리며 토막잠을 청했다. 눈은 차가운 비로 변했다. 그는 여러 차례 깨어서 비가 얼굴로 떨어지는 것을 느꼈다. 다시 밝은 아침은 해가 없는 잿빛 아침이었다. 비는 그쳐 있었다. 찌르는 듯한 허기는 사라졌다. 먹을 것을 열망하는 감각은 소진되고 없었다. 위장에 둔하고 묵직한 통증이 느껴졌지만 크게 괴롭지는 않았다. 그는 조금 차분해져서 작은 막대기의 땅과 디즈 강 변의 은닉처에 생각을 집중했다.

그는 망가진 담요를 다시 길쭉하게 찢어서 피가 흐르는 두 발에 감았다. 또한 그날의 이동에 대비해서 다친 발목을 꽉 조였다. 짐을 챙길 때 납작한 사슴 가죽 자루 앞에서 한참 망설였지만 결국 그것도 챙겨 들었다.

비에 눈이 녹아서 이제는 언덕 꼭대기들만 하얬다. 해가 나왔고, 그는 방위를 확인할 수 있었다. 하지만 그 덕분에 이제 자신이 길을 잃었다는 것을 알았다. 아마 어제 헤매는 동안 너무 왼쪽으로 치우쳐 온 것 같았다. 그는 빗나간 부분을 벌충하기 위해서 오른쪽으로 갔다.

배고픔의 고통은 이제 그리 강하지 않았지만 몸에 기운이 너무 없었다. 그는 자주 쉬어야 했고, 그때마다 이끼 열매와 골풀을 찾아 먹었다. 혀는 바짝 마르고 지의류라도 자라는 듯 부풀었으며 쓴맛이 났다. 그리고 심장이 힘들어졌다. 겨우 몇 분을 걸었는데 정신없이 쿵쿵거리더니 이어 불규칙한 박자로 퍼덕거리며 어지러움과 혼미함을 안겼다.

하루가 절반쯤 지났을 때 그는 큰 웅덩이에서 피라미 두 마리를 보았다. 웅덩이 물을 퍼낼 수는 없었지만 그는 이제 조금 더 침착했기에 주석 양동이로 놈들을 잡을 수 있었다. 물고기의 크기는 새끼손가락 정도밖에 되지 않았지만, 그는 이제 특별히 배가 고프지 않았다. 위장에 느껴지는 둔중한 통증은 점점 더 둔하고 희미해졌다. 위장이 줄고 있는 것 같았다. 그는 잡은 물고기를 날것 그대로 조심조심 씹어 먹었다. 먹는 것은 이제 순전한 이성의 활동이었다. 그는 먹고 싶은 욕망이 없었지만 살기 위해서는 먹어야 한다는 것을 알았다.

저녁에는 피라미를 세 마리 잡아서 두 마리를 먹고 한 마리는 아침을 위해 남겨 두었다. 햇빛에 이끼들이 좀 말라서 그는 뜨거운 물로 온기를 얻을 수 있었다. 그날은 15킬로미터 이상을 걸었다. 다음 날은 심장이 허락하는 만큼 걸어서 8킬로미터 정도만 갔다. 하지만 위장은 그에게 어떤 불편도 안겨 주지 않았다. 잠이 든 것이다. 그리고 그가 지나가는 땅은 어떻게 된 일인지 순록이 점점 많아지고 늑대도 많아졌다. 늑대 울음소리가 자주 황야를 울렸고, 한번은 늑대 세 마리가 길 앞에서 슬그머니 도망치기도 했다.

다시 밤이 오고 아침이 왔다. 그는 이성이 더 또렷해져서 납작한 사슴 가죽 자루의 끈을 풀었다. 그 안에서 금가루와 금덩이가 노랗게 쏟아져 나왔다. 그는 금을 대강 두 뭉치로 나눈 뒤 한 뭉치는 담요 조각에 싸서 눈에 잘 띄는 너럭바위에 숨기고 다른 한 뭉치는 도로 자루에 넣었다. 그리고 남은 담요 한 장도 찢어서 발을 감쌌다. 총은 버리지 않았다. 디즈 강 변의 은닉처에 탄약이 있었기 때문이다.

안개가 자욱한 날이었고, 그날 다시 허기가 깨어났다. 그는 아주 쇠약했고, 현기증으로 인해 이따금 눈앞이 보이지 않았다. 비틀거리고 넘어지는 일은 이제 그리 드물지 않았다. 한번은 비틀거리다 뇌조 둥지 위로 쓰러졌는데, 둥지에는 부화한 지 하루 된 새끼 네 마리가 있었다. 그는 한 입 거리밖에 안 되는 그 파닥이는 생명체를 산 채로 입에 넣고 달걀 껍질을 씹듯 씹어 먹었다. 어미 뇌조가 주변에서 날개를 퍼덕이며 소리를 질렀다. 그는 총을 휘둘러 어미를 때려잡으려고 했지만 어미는 피했다. 그가 돌을 던지자 그중 하나가 어미의 날개를 부러뜨렸다. 어미 뇌조는 다친 날개를 끌고 한쪽 날개를 퍼덕이며 달아났고, 그는 그 뒤를 쫓았다.

새끼 뇌조들은 식욕만 돋울 뿐이었다. 그는 다친 발목으로 절뚝거리며 돌멩이를 던지고 이따금 거친 비명을 질렀다. 때로는 아무 소리 없이 달렸다. 그러다 넘어지면 악착같이 일어섰고, 쓰러질 듯 현기증이 느껴지면 손으로 눈을 문질렀다.

그는 새를 따라 골짜기 바닥을 건너갔고, 그곳에서 젖은 이끼에 찍힌 발자국을 보았다. 그의 발자국은 아니었다. 그것은 분명했다. 빌의 발자국이 분명했다. 하지만 그는 멈출 수 없었다. 어미 뇌조가 달려가고 있었기 때문이다. 먼저 새를 잡고 다음에 발자국을 살펴볼 것이다.

뇌조도 지쳤지만 그도 지쳤다. 뇌조는 옆으로 누워 헐떡거렸다. 그도 3~4미터 거리에 옆으로 누워 헐떡거렸다. 뇌조를 잡으러 기어갈 기력이 없었다. 마침내 그가 기력을 찾았을 때는 새도 기력을 찾아 그의 굶주린 손을 피해 달아났다. 추적이 재개되었다. 밤이 내려왔고, 새는 달아났다. 그는 기운이 없어 비틀거렸고, 짐을 등에 멘 채 앞으로 고꾸라지는 바람에 뺨을 베였다. 그는 오랫동안 움직이지 않았다. 그런 뒤 옆으로 돌아누워서 시계태엽을 감고 아침까지 누워 있었다.

다음 날도 종일 안개가 끼었다. 하나 남은 담요의 절반이 발을 감싸는 데 쓰였다. 빌의 발자국을 찾는 데 실패했지만 그것은 중요하지 않았다. 허기가 너무도 심하게 보채서, 그는 그저 빌도 길을 잃었을지 궁금할 뿐이었다. 정오가 되었을 때는 짐이 너무 무겁게 느껴졌다. 그는 금을 다시 나누었고, 이번에는 절반을 그냥 땅바닥에 쏟았다. 오후에는 나머지 반도 버려서 그에게 남은 것은 담요 반 토막, 주석 양동이, 총이 전부였다.

이제 환각이 일어나기 시작했다. 그는 탄약 한 발이 남아 있다는 확신이 들었다. 총의 약실에 있었는데, 그것을 미처 생각하기 못한 것이다. 하지만 그러면서도 그는 약실이 비었다는 사실을 알았다. 그래도 환각은 사라지지 않았다. 그는 몇 시간 동안 환각과 싸우다가 총을 열고 텅 빈 약실을 보았다. 그 실망감은 정말로 그곳에 탄약이 있으리라고 기대했던 것처럼 고통스러웠다.

그 후 30분가량 걷는데 다시 환각이 찾아왔다. 그는 다시 그것에 맞서 싸웠지만 환각은 지속되었고, 결국 총을 열어 그것이 사실이 아님을 확인했다. 그의 정신은 때때로 먼 들판을 헤맸고, 그는 이상한 생각과 변덕에 머리를 내준 채 자동인형처럼 터덜터덜 걸었다. 하지만 이런 현실도피는 짧게 지속될 뿐이었다. 굶주림의 고통이 그를 계속 불렀기 때문이다. 한번은 그런 도피 상태에 빠져들었다가 어떤 광경을 보고 정신이 번쩍 들었는데, 그 순간 그는 거의 기절할 뻔했다. 그는 술 취한 사람처럼 기우뚱 흔들렸다. 앞에 말이 있었다. 말! 그는 자기 눈을 믿을 수가 없었다. 그들 사이에 안개가 두텁게 끼고 드문드문 빛이 있었다. 그는 눈을 세게 비비고 다시 보았다. 그랬더니 그것은 말이 아니라 불곰이었다. 불곰이 호전적인 호기심을 띠고 그를 살펴보고 있었다.

그는 총을 어깨로 들어 올리다가 진실을 깨달았다. 그래서 총을 내리고 허리춤의 칼집에서 사냥칼을 꺼냈다. 눈앞에 고기가 있었다. 그는 엄지로 칼날을 훑었다. 날카로웠다. 칼끝도 뾰족했다. 그는 달려들어서 곰을 죽일 것이다. 하지만 심장이 쿵쿵쿵 경고의 소리를 냈다. 소리가 둥둥 당당 거세지면서 이마가 철띠를 두른 듯 조이고 현기증으로 머릿속이 일렁였다.

앞뒤 없던 용기는 거대한 공포의 물결 앞에 사라졌다. 이렇게 쇠약한 상태에서 곰에게 공격받으면 어떻게 되는 거지? 그는 허리를 펴서 덩치를 키우고, 칼을 꽉 잡은 채 곰을 노려보았다. 곰은 조심스레 두어 걸음 다가와서 뒷발로 서더니 약하게 그르렁거렸다. 여기에서 달아나면 곰은 그를 쫓아올 것이다. 하지만 그는 달아나지 않았다. 그는 이제 공포에서 솟은 용기로 가득했다. 그도 그르렁거렸고, 그 거친 소리는 생명의 가장 깊은 뿌리에 휘감겨 있는 공포를 표출했다.

곰은 섬뜩하게 그르렁거리며 옆으로 움직였다. 꼿꼿하게 선, 겁 없고 이상한 동물에 놀란 것 같았다. 하지만 그는 움직이지 않았다. 석상처럼 가만히 있었고, 마침내 위험이 사라지자 온몸을 부르르 떨면서 젖은 이끼 위에 털썩 쓰러졌다.

그러다 다시 몸을 추스르고 길을 가다 보니 이제 새로운 두려움이 일었다. 자신이 먹을 것이 없어 서서히 죽는 것이 아니라 기아가 생존의 마지막 노력을 고갈시키기 전에 폭력적 방식으로 죽을지도 모른다는 두려움이었다. 그곳에는 늑대가 있었다. 황야 여기저기에서 울리는 늑대 울음 때문에 공기 자체가 위험하게 느껴져서, 그는 자신도 모르게 두 손을 앞으로 내밀고 바람에 밀려온 천막을 밀듯 공기를 밀려고 했다.

이따금 두세 마리의 늑대가 그의 앞을 지나갔다. 하지만 그들은 그를 피했다. 수가 충분하지 않았고, 순록을 사냥하는 중이었기 때문이다. 순록은 대들지 않았지만 이 이상한 두발짐승은 할퀴거나 물지도 몰랐다.

오후가 저물어 갈 무렵 그는 늑대들이 사냥에 성공한 흔적을 보았다. 30분 전까지 팔팔하게 소리치며 뛰어다니던 새끼 순록의 뼈가 흩어져 있었다. 그는 뼈를 바라보았다. 살점은 깨끗하게 발려 있었지만, 아직도 사라지지 않은 생명의 기운으로 발그레한 색을 띠었다. 그 자신도 그날이 지나기 전에 그렇게 될 수 있었다! 인생이란 그런 것이다. 헛되고 덧없는 것. 생명이 있는 것만이 고통받는다. 죽으면 더 이상 괴롭지 않다. 죽는 것은 잠드는 것이다. 그것은 중지, 휴식을 의미한다. 그런데 왜 자신은 죽음을 받아들이려고 하지 않는가?

하지만 그런 생각을 오래 하지는 않았다. 대신 이끼 위에 주저앉아서 뼈를 입에 넣고 그 안에 아직 발그레하게 남은 생명의 기운을 빨아먹었다. 그림자처럼 희미하면서도 달콤한 고기의 맛은 그를 미치게 했다. 그는 입을 다물고 뼈를 씹었다. 때로는 뼈가 부러지고 때로는 그의 이가 부러졌다. 잠시 후 그는 돌멩이로 뼈를 찧어 부드럽게 만들어 먹었다. 서두르다가 손가락도 찧었지만, 그것이 그다지 아프지 않다는 사실에 놀랄 여유도 없었다.

그 후 며칠은 눈과 비가 휘몰아치는 지독한 날들이었다. 그는 자신이 언제 야영지를 꾸리고 해체했는지 알지 못했다. 이제 밤에도 낮처럼 꾸준히 이동했다. 쓰러질 때마다 쉬었고, 죽어 가는 생명이 잠시 화르르 타오를 때마다 기어갔다. 그는 이제 사람으로서 분투하지 않았다. 그를 밀고 가는 것은 죽음을 피하려는 생명 자체였다. 그는 고통받지 않았다. 그의 신경은 둔하고 무감각해졌고, 그의 정신은 이상한 환각과 달콤한 꿈으로 가득했다.

하지만 그는 계속 새끼 순록의 뼈를 빨고 씹었다. 남은 뼈를 추려서 가져왔기 때문이다. 그는 언덕도 분수령도 넘지 않고 넓고 얕은 골짜기를 흐르는 개울만 따라갔다. 그는 그 개울도 골짜기도 보지 못했다. 그가 보는 것은 환상뿐이었다. 걸어갈 때도 기어갈 때도 영혼과 육신은 함께 있었지만, 그것들은 각자 따로 기능했고 그 연결 끈은 몹시 가늘었다.

그는 너럭바위에 누운 채 온전한 정신으로 눈을 떴다. 햇살이 밝고 따뜻했다. 멀리서 새끼 순록의 울음소리가 들렸다. 비와 바람과 눈의 기억이 희미하게 떠올랐지만, 폭풍이 이틀간이었는지 2주일간이었는지는 알지 못했다.

한동안 그는 가만히 누워 있었고, 밝은 햇빛이 쏟아져서 그의 처참한 육신을 온기로 채워 주었다. 좋은 날이라고 그는 생각했다. 어쩌면 그곳이 어딘지 알 수 있을지도 몰랐다. 그는 고통스럽게 힘을 내 옆으로 굴렀다. 그의 밑으로 넓은 강이 느리게 흘렀다. 강물의 모습이 낯설어서 그는 의아했다. 그의 눈은 천천히 그것을 좇고 멀리 황량한 언덕들을 훑었다. 그것들은 그가 여태껏 본 어떤 언덕보다 더 황량하고 민둥하고 야트막했다. 그는 천천히, 침착하게 흥분하지 않고 이상한 개울이 멀리서 반짝이는 바다로 흘러드는 모습을 보았다. 그는 여전히 침착했다. 특이하다고, 환상이나 신기루, 그중에서 환상에 더 가까우리라고, 흐트러진 정신의 장난이리라고 생각했다. 반짝이는 바다 한가운데에 배 한 척이 정박해 있는 모습을 보니 그 생각이 더 확고해졌다. 그는 잠시 눈을 감았다가 다시 떴다. 이상하게도 환상이 흩어지지 않고 그대로 있었다! 하지만 이상하지 않았다. 그는 이 황야 한복판에는 바다도 배도 없다는 것을 총에 탄약이 없다는 것만큼이나 잘 알았다.

등 뒤에서 컥컥 소리가 들렸다. 목이 막힌 숨소리 아니면 기침 소리 같았다. 그는 힘이 너무 없고 몸이 너무 뻣뻣해서 아주 천천히 반대편으로 몸을 굴렸다. 아무것도 보이지 않았지만 그는 끈기 있게 기다렸다. 다시 컥컥, 콜록콜록 소리가 나더니 5~6미터 거리에 있는 울퉁불퉁한 바위 두 개 사이로 늑대의 회색 머리가 보였다. 귀가 다른 늑대들처럼 뾰족하게 서 있지 않았다. 두 눈은 흐리고 충혈되었고, 고개는 힘 없이 늘어진 듯 보였다. 늑대는 햇빛 속에 계속 눈을 깜박거렸다. 병이 든 것 같았다. 그가 바라보는 앞에서 놈은 다시 컥컥, 콜록콜록 소리를 냈다.

어쨌건 이것은 사실이라고 그는 생각하고, 지금껏 환상에 가려졌던 현실을 보려고 몸을 반대편으로 굴렸다. 하지만 여전히 바다는 멀리서 반짝였고 배도 똑똑히 보였다. 그렇다면 저것이 현실이라는 말인가? 한참 눈을 감고 생각해 보니 깨달음이 왔다. 그는 북동쪽, 그러니까 디즈 강 분수령 반대편으로 와서 코퍼마인 계곡에 들어온 것이다. 이 넓고 느린 강은 코퍼마인 강이었다. 반짝이는 바다는 북극해였다. 저 배는 매켄지 강 하구에서 먼 동쪽으로 이동해서 코로네이션 만에 정박한 고래잡이배였다. 그는 오래전에 본 허드슨 베이 사의 지도를 떠올렸고, 그러자 모든 것이 분명해지고 앞뒤가 맞았다.

그는 일어나 앉아서 임박한 문제로 정신을 돌렸다. 담요 붕대는 다 닳았고, 그의 발은 형체도 없이 찌그러진 생살 덩어리가 되어 있었다. 담요는 이제 없었다. 총도 칼도 없었다. 모자도 어디에서인가 잃어버렸고, 모자 띠에 넣은 성냥도 같이 사라졌다. 하지만 가슴팍의 성냥은 담배쌈지와 기름종이에 싸여 안전했다. 그는 시계를 보았다. 시계는 11시를 가리켰고 아직도 돌아갔다. 그가 계속 태엽을 감은 것이 분명했다.

그는 침착했다. 기운은 없었지만 고통도 없었다. 배도 고프지 않았다. 음식을 생각해도 아무 유혹이 느껴지지 않았고, 그는 모든 행동을 오직 이성에 따라 했다. 그는 양쪽 바지 자락을 무릎까지 찢어서 그 천 조각으로 발을 감았다. 어떻게 해서인지 주석 양동이는 간직하고 있어서, 배를 향한 힘겨운 여행을 떠나기 전에 따뜻한 물을 마실 수 있을 터였다.

그의 움직임은 느렸다. 경련이 그를 흔들었다. 그는 마른 이끼를 모으다가 자신이 일어설 수 없음을 알았다. 여러 차례 실패한 끝에 그는 기어가는 것으로 만족했다. 한번은 그가 병든 늑대 근처로 기어갔다. 놈은 내키지 않는 듯 그를 피하며 혀로 제 뺨을 핥았지만, 그 혀는 꼬부릴 힘조차 없어 보였다. 건강한 붉은색이 아니라 황갈색이었고, 거칠고 마른 점액으로 덮여 있었다.

따뜻한 물을 1리터가량 마시자 그는 다시 일어설 수 있었고, 심지어 목숨이 오락가락하는 사람치고는 제법 잘 걸을 수 있었다. 그는 거의 1분에 한 번씩 쉬어야 했다. 그의 걸음은 덜덜 흔들렸고, 그것은 그를 따라오는 늑대도 마찬가지였다. 그리고 그날 밤 반짝이는 바다에 어둠이 내렸을 때 그는 6~7킬로미터 정도밖에 움직이지 못했다는 사실을 알았다.

밤사이에 병든 늑대의 기침 소리가 들렸고, 이따금 새끼 순록들의 울음소리도 들렸다. 사방에 생명이 있었고 그것은 강한 생명, 팔팔하게 살아 있는 생명들이었다. 그는 병든 늑대가 병든 자신을 따라오는 것은 그가 먼저 죽기를 바라는 마음 때문임을 알았다. 아침에 눈을 떠 보니 늑대가 허기진 눈으로 안타깝다는 듯이 자신을 바라보고 있었다. 놈은 웅크린 채로 일어섰다. 꼬리는 매 맞은 개처럼 다리 사이에 늘어져 있었다. 놈은 차가운 아침 바람에 몸을 떨고 그가 말을 걸자 낙심해서 웃었지만, 그의 목소리도 갈라진 속삭임 정도에 지나지 않았다.

태양이 밝게 떠올랐고, 그는 오전 내내 반짝이는 바다 위에 뜬 배를 향해 걷다가 넘어지곤 했다. 날씨는 더없이 좋았다. 고위도 지역 특유의 짧은 늦더위였다. 그것은 일주일 정도 지속될 수도 있고, 내일이나 모레 끝날 수도 있었다.

그는 오후에 다른 사람의 흔적을 발견했다. 걷지 못하고 네 발로 기어간 흔적이었다. 그는 그것이 빌의 발자국일지도 모른다고 생각했지만, 그에 대해서 아무런 느낌도 들지 않았다. 그는 호기심이 없었다. 감각과 감정은 모두 그를 떠났다. 그는 이제 고통도 느끼지 않았다. 위장도 신경도 잠이 들었다. 다만 그에게 남아 있는 생명이 그를 이끌고 갔다. 그는 몹시 피곤했지만 생명은 죽기를 거부했다. 그가 계속 물이끼 열매와 피라미를 먹고, 따뜻한 물을 마시고, 병든 늑대를 경계하는 것은 그 생명이 죽기를 거부해서였다.

다른 사람의 흔적은 곧 끝이 났다. 그곳에는 뜯어 먹힌 지 얼마 안된 뼈들이 뒹굴었고, 젖은 이끼에는 늑대 발자국이 찍혀 있었다. 그는 자신의 것과 똑같은 납작한 사슴 가죽 자루가 날카로운 이빨에 찢긴 것을 보았다. 그것을 들려고 했지만 그의 연약한 손에 자루는 너무 무거웠다. 빌은 그것을 끝까지 가지고 왔다. 하하! 그는 빌을 비웃을 것이다. 그는 살아서 반짝이는 바다 위에 뜬 배로 그 자루를 가지고 갈 것이다. 그의 웃음은 까마귀 울음처럼 거칠고 섬뜩했고, 병든 늑대도 그를 따라 처량하게 울부짖었다. 그는 갑자기 웃음을 멈추었다. 저게 빌이라면 어떻게 빌을 비웃을 수 있을까? 저 뼈, 저 깨끗하게 발라 먹힌 연분홍색 뼈가 빌이라면?

그는 돌아섰다. 그렇다. 빌은 그를 버리고 갔다. 하지만 그는 빌의 금을 취하지도, 빌의 뼈를 먹지도 않을 것이다. 그러나 상황이 반대였다면 빌은 아마 그렇게 했을 것이라고 그는 비틀비틀 걸으며 생각했다.

물웅덩이가 나왔다. 그는 피라미를 찾아 고개를 굽히다가 무언가에 쏘인 것처럼 뒤로 확 물러났다. 물에 비친 자기 얼굴을 본 것이다. 그 모습이 너무도 처참해서 마비되었던 감각마저 충격을 받았다. 웅덩이에는 피라미가 세 마리 있었지만 물을 퍼내기에는 웅덩이가 너무 컸다. 그는 몇 차례 주석 양동이로 물고기를 떠내려고 하다가 그만두었다. 겁이 났다. 이렇게 약한 몸으로는 자칫 중심을 잃고 물에 빠질지도 몰랐다. 그가 모래톱에 있는 통나무를 잡아타고 강으로 가지 않은 것은 그 때문이었다.

그날 그는 배와의 거리를 5킬로미터 줄였고, 다음 날은 3킬로미터 줄였다. 이제 그는 빌처럼 기어갔기 때문이다. 그리고 닷새째에 보니 배는 아직도 수 킬로미터 밖에 있었고, 자신은 하루에 1~2킬로미터도 갈 수 없었다. 늦더위는 계속되었고, 그는 계속 기다가 기절하다가 뒤를 돌아보았는데, 병든 늑대가 계속 기침을 하면서 자신을 따라오고 있었다. 그의 무릎도 발처럼 거친 생살 덩어리였다. 셔츠 등판으로 패드를 만들어 무릎에 댔지만, 그가 지나가는 이끼와 돌멩이 들에는 붉은 자국이 남았다. 한번은 뒤를 돌아보니 늑대가 그 핏자국을 게걸스레 핥고 있었고, 그는 자신의 종말이 어떨지 확실히 알 수 있었다. 그러니까 그 늑대를 이기지 못한다면. 그런 뒤 그때까지와 똑같은 엄혹한 비극이 시작되었다. 기어가는 병든 남자와 절뚝이는 병든 늑대, 두 생명체가 서로의 목숨을 노리면서 반송장 상태로 황야를 지나갔다.

그것이 건강한 늑대였다면 그는 별로 신경 쓰지 않았을 것이다. 하지만 저 볼썽사납고 다 죽은 놈의 배를 채워 주는 일은 생각만으로도 견딜 수 없었다. 그는 까다로웠다. 그의 정신은 다시 방황을 시작해서 환상이 끼어들었고, 명석한 정신으로 있는 시간이 드물어지고 짧아졌다.

귀 바로 옆에서 들리는 기침 소리에 그는 다시 한 번 깨어났다. 늑대는 절뚝거리며 뒤로 물러섰다가 자기 몸을 지탱하지 못하고 넘어졌다. 어처구니없었지만 웃음은 나지 않았다. 겁도 나지 않았다. 그러기에는 너무 많은 것을 겪었다. 하지만 그 순간은 정신이 또렷했기에 그는 누워서 생각을 했다. 배까지는 이제 6~7킬로미터 정도밖에 남지 않았다. 눈에서 안개를 문질러 내자 그것이 아주 또렷이 보였고, 소형 보트의 흰 돛이 반짝이는 바닷물을 가르는 것도 보였다. 하지만 그는 남은 그 거리를 갈 수 없었다. 그는 그것을 알았고, 그 사실을 차분히 받아들였다. 자신은 1킬로미터도 기어갈 수 없었다. 그러나 살고 싶었다. 이렇게 숱하게 고생을 하고 죽는 것은 억울했다. 운명은 그에게 너무 가혹했다. 그래서 그는 죽음을 눈앞에 두고서도 죽기를 거부했다.

완전한 광기라 해도 죽음의 손아귀에 사로잡힌 채 죽음에 저항하고 죽기를 거부했다.

그는 눈을 감고 조심스럽게 마음을 진정시켰다. 그는 존재의 모든 우물 위로 조수처럼 솟아오르는 무기력을 이기려고 혼신의 힘을 다했다. 그 죽음의 무기력은 정말로 바다처럼 밀려들고 또 밀려들어서 그의 의식을 조금씩 물속에 가라앉혔다. 때로 그는 그 밑에 거의 가라앉았다가 힘없는 팔 동작으로 망각을 뚫고 헤엄쳐 올라왔다. 그리고 다시 어떤 알 수 없는 영혼의 연금술로 한 조각 의지를 찾아서 더욱 강하게 헤쳐 나갔다.

그가 꼼짝 않고 누워 있는데, 병든 늑대의 씨근덕거리는 숨소리가 점점 가까워졌다. 그것은 무한한 시간을 뚫고 점점 가까워졌지만, 그는 움직이지 않았다. 그것이 그의 귀 옆에 왔다. 거칠고 메마른 혀가 사포처럼 뺨에 닿았다. 그의 두 손이 앞으로 튀어 나갔다. 아니면 적어도 그것을 뻗으려고 했다. 손가락을 독수리 발톱처럼 굽혔지만 허공을 움켜잡았을 뿐이다. 속도와 정확성은 힘을 요구하는데 그에게는 그것이 없었다.

늑대의 인내심은 대단했다. 그의 인내심도 만만치 않았다. 그는 반나절이 지나도록 꼼짝 않고 누워서 무의식과 싸우고, 자신을 먹으려하고 자신이 먹고자 하는 놈을 기다렸다. 때로 무기력의 바다가 솟아오르면 그는 긴 꿈을 꾸었다. 하지만 깨었다 잠들었다 하는 그 시간 내내 그는 계속 씨근덕거리는 숨소리와 꺼끌꺼끌한 혀가 다가오기를 기다렸다.

그는 숨소리는 듣지 못했지만 손에 혀가 닿는 느낌에 꿈에서 천천히 깨었다. 그는 기다렸다. 송곳니가 부드럽게 몸에 닿았다. 압력이 커졌다. 늑대는 그토록 오랫동안 기다린 먹이에 이를 박아 넣으려고 마지막 힘을 쓰고 있었다. 하지만 그는 오래 기다렸고, 망가진 손으로 늑대의 턱을 잡았다. 늑대가 힘없이 비틀거리는 동안 그는 간신히 손에 힘을 주었고, 다른 손이 그리로 다가갔다. 5분 뒤에 그는 온몸의 무게를 늑대 위에 실었다. 두 손은 늑대를 목 졸라 죽일 힘이 없었지만, 그는 얼굴을 늑대의 목에 바짝 댔다. 입안에 털이 가득 들어왔다. 30분 뒤에 그는 따뜻한 액체가 목구멍으로 넘어가는 것을 느꼈다. 그것은 유쾌하지 않았다. 녹은 납을 억지로 위장에 밀어 넣는 것 같았고, 오직 의지가 강요한 행동이었다. 얼마 후 그는 등을 대고 돌아누워서 잠이 들었다.

포경선 '베드퍼드 호'에는 과학 탐험대가 승선해 있었다. 그들은 갑판에 서 있다가 해변에 이상한 물체가 있는 것을 발견했다. 그것은 바다를 향해 내려오고 있었다. 그들은 그것이 무엇인지 판단하지 못했고, 과학자였기에 보트를 타고 그것을 살펴보러 해변으로 갔다. 그들이 본 것은 살아 있지만 사람이라고 불리기 어려운 생명체였다. 그것은 눈도 멀고 의식도 없었다. 그것은 괴물 벌레처럼 땅바닥에서 꿈틀거렸다. 그 노력은 대부분 아무 성과가 없었지만, 그것은 노력을 멈추지 않았고 그렇게 꿈틀거리며 1시간에 5미터 정도를 갔다.

그로부터 3주 뒤에 그는 포경선 베드퍼드 호의 2층 침대에 누워 있었고, 망가진 뺨 위로 눈물을 흘리며 자신이 누구인지, 어떤 일을 겪었는지를 말했다. 또 어머니에 대해, 따뜻한 캘리포니아 남부에 대해, 오렌지 과수원과 꽃이 있는 집에 대해 횡설수설했다.

그리고 그로부터 오래지 않아 그는 과학자들과 선원들과 함께 식탁에 앉았다. 그리고 그렇게 많은 음식에 기뻐했지만 그것이 다른 사람들의 입으로 들어가는 모습을 불안한 눈으로 바라보았다. 음식이 사람들의 입으로 사라질 때마다 그의 눈은 깊은 한탄의 빛을 띠었다. 그는 정신이 멀쩡했지만 함께 식사하는 사람들을 싫어했다. 그는 먹을 것이 금방 사라지리라는 공포에 시달렸다. 그래서 요리사, 사환, 선장에게 식량이 얼마나 있는지를 물었다. 그들이 수도 없이 안심시켜도 그는 믿지 못했고, 자기 눈으로 직접 확인하려고 식료품실 주변을 배회했다.

　그는 점점 뚱뚱해졌다. 날마다 덩치가 커졌다. 과학자들은 고개를 저으며 여러 가지 이론을 세웠다. 그들은 그의 식사량을 제한했지만, 그래도 그는 허리가 굵어지고 배가 부풀어 올랐다.

　선원들은 웃었다. 그들은 그 이유를 알았다. 과학자들도 그를 관찰한 뒤 알게 되었다. 아침 식사 후 그는 거지처럼 구부정하게 손을 내밀고 어느 선원에게 다가갔다. 선원은 웃으며 그에게 건빵을 건넸다. 그는 그것을 움켜쥐고 구두쇠가 황금을 보듯 바라보다가 셔츠 가슴팍에 넣었다. 다른 선원들도 웃으면서 비슷하게 적선을 했다.

　과학자들은 신중했다. 그들은 그를 방해하지 않았다. 하지만 그의 침대를 유심히 관찰했다. 침대는 건빵으로 빼곡했고, 매트리스 안에도 건빵이 가득했다. 구석구석 건빵이 없는 곳이 없었다. 하지만 그의 정신은 멀쩡했다. 그는 언제 닥칠지 모르는 굶주림에 대비하고 있었다. 그것이 전부였다. 과학자들은 그가 충격에서 회복될 것이라고 말했다. 그리고 실제로 베드퍼드 호가 샌프란시스코 만에 닻을 내리기 전에 그는 회복되었다.

포르포르툭의 재치
The Wit of Porportuk

엘수는 선교단 소녀였다. 어머니는 엘수가 아주 어릴 때 죽었고, 어느 해 여름 앨버타 수녀가 엘수를 수렁에서 구해 내 성십자가 선교단에 데리고 가서 신에게 바쳤다. 엘수는 순혈 인디언이었지만 어떤 2세대 혼혈이나 3세대 혼혈 소녀보다도 뛰어났다. 수녀들에게 그렇게 적응력이 높고 또 그렇게 활기찬 소녀는 처음이었다.

엘수는 빠르고 솜씨 좋고 똑똑했지만, 무엇보다 불꽃, 살아 있는 생명의 불꽃 같았다. 그것은 의지, 친절, 용기가 한데 어울린 불길이었다. 족장인 아버지의 피가 그녀에게 흐르고 있었다. 엘수에게 순종은 협상하고 합의할 수 있는 문제였다. 그녀는 공정함을 열망했고, 그녀가 수학에 뛰어났던 것은 아마 그 때문이었을 터이다.

하지만 그녀는 다른 일에도 뛰어났다. 그녀는 선교단의 어떤 여학생

과도 비교할 수 없을 만큼 영어에 능숙해졌다. 그녀는 합창단을 이끌었으며, 노래에도 균형을 불어넣었다. 예술적 기질 또한 충만해서 그녀의 불꽃은 창조를 향해 흘러갔다. 좀 더 우호적인 환경에서 나고 자랐다면 그녀는 아마 문학이나 음악을 했을 것이다.

하지만 그녀는 족장 클라키나의 딸 엘수로 태어나서 예술가는 한 명도 없고 순수한 영혼의 수녀들만 있는 성십자가 선교단에서 살았다. 수녀들의 관심은 오직 정결함과 올바름 그리고 하늘 저편 불멸의 땅에서 누릴 영혼의 안녕뿐이었다.

세월은 흘렀다. 여덟 살에 선교단에 들어간 엘수는 이제 열여섯 살이 되었다. 수녀들이 엘수를 미국에 보내 고등교육을 받게 하는 문제를 두고 교단의 상급자들과 연락을 주고받을 때, 그녀의 부족 남자가 선교단에 찾아와서 그녀를 만났다. 엘수는 그 남자를 보고 약간 당황했다. 그는 더러웠다. 캘러밴처럼 원시적이고 추한 몰골에 한 번도 빗지 않은 더벅머리였다. 그는 그녀를 불만스럽게 바라보았고, 앉으라는 청을 거절했다.

"네 오빠가 죽었다." 그가 짧게 말했다.

엘수는 특별히 충격을 받지는 않았다. 오빠에 대한 기억은 거의 없었다. 전령이 말을 이었다. "네 아버지는 늙으셨고 혼자이시다. 그분의 큰 집은 비었고, 그분은 네 목소리를 듣고 네 모습을 보고 싶어 하신다."

아버지 클라키나에 대한 기억은 또렷했다. 마을의 우두머리, 선교사와 교역자의 친구, 거인 같은 체격, 친절한 눈과 자연스러운 태도 그리고 거칠지만 당당한 행동거지.

"가겠다고 전해 주세요." 엘수가 대답했다.

수녀들은 수렁에서 건진 소녀가 수렁으로 돌아가겠다는 데 크게 낙심했다. 하지만 엘수에게 아무리 부탁해도 소용없었다. 언쟁과 충고와 울음이 이어졌다. 앨버타 수녀는 그녀를 미국에 보낼 계획까지 밝혔다. 엘수는 그런 황금빛 전망을 똑바로 바라보고는 고개를 저었다. 그녀의 눈에는 다른 전망도 있었다. 타나노 교역촌에서 거대하게 굽어 흐르는 유콘 강의 모습이었다. 교역촌 한쪽에는 성 조지 선교단이 있고, 반대쪽에는 교역소가 있으며, 그 가운데 인디언 마을이 있고 또 어느 노인이 노예들을 거느리고 사는 큰 통나무집이 있었다.

유콘 강 3,000킬로미터 일대의 모든 주민은 그 통나무집과 그곳에 사는 노인과 그의 노예를 알았다. 그리고 수녀들도 그 집과 그 집에서 벌어지는 끝없는 술잔치를 알았다. 그래서 선교단 사람들은 엘수가 떠날 때 눈물을 흘렸다.

큰 집에 도착하자 엘수는 대대적으로 집을 정비했다. 자신이 모든 일을 주관하던 클라키나는 어린 딸의 이런 주도적 행동에 반대했지만, 결국 원시적인 장엄함을 꿈꾸며 유콘 강 일대에서 가장 부유한 인디언인 포르포르툭에게 돈을 빌렸다. 클라키나는 교역소에서도 대량의 지출을 했다. 엘수는 큰 집을 새롭고 화려하게 재탄생시켰고, 클라키나는 옛 전통에 따라 그 집에서 계속 손님을 대접하고 술잔치를 벌였다.

이런 일은 유콘 지역 인디언에게는 특이한 일이었지만 클라키나는 원래 특이한 인디언이었다. 잔치를 베푸는 걸 과도하게 좋아하는 점뿐 아니라 족장으로 돈을 많이 벌어서 그런 일을 감당할 능력이 있다는 점에서도 그랬다. 처음 교역이 시작되었을 때 그는 부족의 실력자였고, 백인 교역 회사들을 통해 수익을 남겼다. 그리고 나중에는 포르포르툭과 함께 코요쿡 강 변에서 금을 발견했다. 클라키나는 교육 면에서도, 출신 면에서도 모두 귀족이었다. 포르포르툭은 부르주아였고, 클라키나에게서 금광을 샀다. 포르포르툭은 열심히 일해서 재산을 불리는 데 기뻐했다. 클라키나는 큰 집으로 돌아가서 돈을 썼다. 포르포르툭은 알래스카 인디언 가운데 최고 부자로 알려졌고, 클라키나는 가장 무구한 자로 알려졌다. 포르포르툭은 고리대금업을 했다. 클라키나는 시대에 뒤떨어진 사람이었다. 중세의 폐허, 전사이자 술과 노래를 좋아하는 잔치꾼이었다.

엘수는 성십자가 선교단과 그곳의 방식에 잘 적응했던 것처럼 큰 집과 그곳의 방식에도 금세 적응했다. 그녀는 아버지를 변화시키거나 아버지의 발걸음을 신에게 인도하려 들지 않았다. 물론 그가 술을 너무 많이 마시면 나무라기는 했지만, 그것은 그의 건강을 위해서, 그리고 그가 땅 위를 제대로 걷게 하기 위해서였다.

큰 집의 빗장은 늘 풀어졌다. 드나드는 사람들이 너무 많아서 가만히 있지를 못했다. 큰 거실의 서까래는 축배와 노래로 흔들렸다. 식탁에는 전 세계에서 온 사람들과 먼 부족의 족장들이 앉았다. 영국인과 식민지 주민, 여윈 양키 교역자와 큰 회사의 뚱뚱한 관리, 서부 지역의 카우보이, 바다의 선원, 사냥꾼, 수십 국적의 개썰매꾼 등이었다.

엘수는 세계의 공기를 호흡했다. 그녀는 영어가 모국어만큼 능숙했고, 영어 노래도 불렀다. 인디언의 살아 있는 의례도, 사라져 가는 전통도 알았다. 행사가 있을 때면 족장의 딸로서 부족의 의복을 갖추어 입었다. 하지만 대개 백인 여자 같은 차림을 했다. 선교단의 교육과 타고난 바느질 솜씨는 헛되지 않았다. 그녀는 백인 여자 같은 옷을 입고, 그런 옷을 만들었다.

그녀의 행동 방식은 아버지만큼이나 특이했고, 그녀가 차지하는 위치도 아버지만큼이나 독특했다. 그녀는 타나노 교역촌에서 백인 여자들과 사회적 지위가 동등하게 여겨지는 단 한 명의 인디언 여자였다. 백인 남자들이 존경을 담아 청혼하는 유일한 인디언 여자였고, 또 어떤 백인 남자에게도 모욕받지 않은 유일한 인디언 여자이기도 했다.

엘수는 아름다웠기 때문이다. 백인 여자처럼 아름다운 것은 아니었고, 인디언 여자처럼 아름다운 것도 아니었다. 그녀의 아름다움은 이목구비가 아니라 그녀의 불꽃에서 왔다. 얼굴선과 이목구비만 본다면 그녀는 전형적인 인디언 여자였다. 검은 머리칼에 매끈한 갈색 피부에, 대담하게 반짝이는 검은 눈은 검광劍光처럼 예리하고 긍지에 차 있었다. 독수리 부리처럼 섬세한 코에 콧구멍은 가늘게 떨렸으며, 높은 광대뼈는 간격이 멀지 않았고, 입술은 얇았지만 너무 얇지 않았다. 하지만 이 모든 것 위에, 그리고 이 모든 것을 뚫고 그녀의 불꽃이 있었다. 분석할 수 없는 불길이자 그녀의 영혼인 그 불꽃은 그녀의 눈에서 부드럽게도 강렬하게도 타오르고, 그 뺨을 물들이고, 콧구멍을 부풀리고, 입술 끝을 올려 주었고, 입술이 쉬고 있을 때에도 그 입술에 떠올라서 고동쳤다.

그리고 엘수는 재치가 있었다. 상처를 줄 만큼 날카롭지는 않지만 사람들의 가벼운 약점을 재빨리 찾아냈다. 그녀의 웃음은 주변을 비추는 가벼운 불꽃 같았고, 주변에서는 그에 답하는 웃음이 솟았다. 하지만 그녀는 어떤 일에서도 중심에 서지 않았다. 그녀 스스로 그런 일을 허락하지 않았다. 큰 집과 그 집의 모든 의미는 아버지의 것이었다. 그는 영웅적인 자태를 하고 그 안을 주인으로, 주연의 개최자로, 법률의 제정자로 최후까지 누비고 다녔다. 실제로 그가 힘이 약해지면서 엘수는 그의 흔들리는 손에서 많은 책임을 떠맡았다. 하지만 겉으로는 여전히 그가 지배자였다. 술로 망가진 그는 식탁에서 자주 졸았지만 겉으로는 언제나 연회의 주인이었다.

그리고 못마땅한 눈으로 머리를 흔드는 포르포르툭의 불길한 자태도 큰 집을 누비고 다녔다. 그는 이 모든 잔치의 비용을 댔다. 정말로 돈을 대는 것은 아니었다. 이상한 방식으로 복리를 붙여서 해마다 클라키나의 재산을 조금씩 빼 갔기 때문이다. 언젠가 포르포르툭은 엘수에게 큰 집의 사치스러운 생활을 꾸짖었다. 그가 클라키나의 마지막 재산을 빼 간 뒤의 일이었다. 하지만 그런 뒤 다시는 그녀를 꾸짖지 못했다. 엘수는 아버지처럼 타고난 귀족이었던지라 아버지만큼 돈을 경멸했고, 또 아버지만큼 명예감을 중시했기 때문이다.

포르포르툭은 계속 투덜대며 선금을 주었고, 돈은 언제나 황금빛 거품이 되어 흘러 나갔다. 엘수는 한 가지 점을 확실히 했다. 그것은 아버지가 지금껏 살아온 대로 돌아가셔야 한다는 것이었다. 그가 낮은 곳으로 내려가거나 잔치가 축소되거나 손님 접대가 줄어들어서는 안 되었다. 예로부터 기근이 들면 수많은 인디언이 신음하며 큰 집에 찾아왔다가 만족해서 돌아갔다. 기근이 들고 돈이 없으면 포르포르툭에게 돈을 빌렸고, 인디언들은 여전히 만족해서 돌아갔다. 엘수는 다른 시대, 다른 나라의 귀족들을 따라서 자신의 뒤로 홍수가 닥친다고 말할 수도 있었을 것이다.* 그녀에게 그 홍수는 늙은 포르포르툭이었다. 그는 선금을 건넬 때마다 그녀를 탐욕스럽게 바라보며 마음속에 지난 날의 불꽃이 다시 불붙는 것을 느꼈다.

---

* 프랑스 절대왕정 시대 말기에 국왕 루이 15세 또는 퐁파두르 부인이 "내 뒤로 홍수가 닥칠 것이다"라고 말했다는 이야기가 있다.

하지만 엘수는 그를 쳐다보지도 않았다. 선교단에서 반지와 신부와 성경 책과 함께 그녀와 결혼하고자 하는 백인들에게 눈길을 둔 것도 아니었다. 타나노 교역촌에 있는 그녀와 같은 핏줄, 같은 부족, 같은 마을의 청년 아쿤 때문이었다. 그녀에게 그는 강하고 아름다워 보였다. 그는 뛰어난 사냥꾼이었지만 온 세상을 돌아다닌 탓에 가난했다. 그는 여러 미지의 황야에도 가 보았고, 싯카와 미국에도 다녀왔고, 미대륙 반대편 허드슨 만에도 가 보았다. 그리고 물범잡이 배를 타고 시베리아와 일본에도 간 적이 있었다.

그러다 클론다이크 금광 지대에서 돌아왔을 때 습관대로 자신이 다른 세상에서 본 것을 클라키나에게 보고하러 큰 집에 왔다. 그리고 3년 전에 선교단에서 돌아온 엘수를 처음 보았다. 그 뒤로 아쿤은 더 이상 먼 곳을 다니지 않았다. 일당이 20달러나 하는 대형 증기선의 도선사 일도 마다했다. 그는 사냥을 하고 고기를 잡았지만, 타나노 교역촌 근처를 벗어나지 않았고, 큰 집에 자주 와서 오래 머물렀다. 엘수는 다른 남자들과 견주어 보고 그가 좋다고 판단했다. 그는 그녀에게 노래도 불러 주고 온갖 정성을 기울였고, 온 타나노 사람이 그의 사랑을 알게 되었다. 그러자 포르포르툭은 웃음을 짓고 큰 집의 유지비로 더 많은 돈을 주었다.

그런 뒤 클라키나의 죽음 잔치가 있었다. 그는 죽음이 목구멍까지 차오른 채 잔칫상에 앉았고, 그 죽음은 술로 씻어 낼 수 있는 것이 아니었다. 웃음과 농담과 노래가 돌았고, 아쿤이 어떤 이야기를 하자 서까래가 울렸다. 그곳에는 눈물도 한숨도 없었다. 클라키나가 살아온 방식 그대로 죽는 것은 더없이 적절한 일이었고, 그 사실을 예술적 공감을 지닌 엘수보다 더 잘 아는 사람은 없었다. 떠들썩한 옛 군중이 있고, 언제나 그렇듯 동상 걸린 세 선원이 있었다. 그들은 74명의 선원 가운데 생존한 자들로, 오랜 북극 횡단 여행을 마치고 그곳에 와 있었다. 클라키나의 등 뒤에는 노인 네 사람이 있었다. 젊은 시절의 노예들 중 남은 자들이었다. 그들은 침침한 눈으로 그의 시중을 들었고, 떨리는 손으로 그의 잔을 채웠으며, 그가 죽음의 손길에 사로잡혀 기침하고 헐떡거릴 때 그의 어깻죽지 사이를 때렸다.

격렬한 밤이었고, 시간이 흐르고 웃음이 흐르는 동안 죽음은 클라키나의 목구멍에서 점점 더 크게 요동쳤다. 그때 그는 포르포르툭에게 사람을 보냈다. 포르포르툭은 추운 바깥에서 안으로 들어와서 자기 돈으로 차린 고기와 술을 못마땅하게 바라보았다. 하지만 벌게진 얼굴들 끝에 있는 엘수의 얼굴을 보자 그의 눈에 불꽃이 일면서 못마땅한 기색이 잠시 사라졌다.

클라키나의 옆자리에 그의 자리가 만들어졌고, 그 앞에 잔이 놓였다. 클라키나는 그 잔에 직접 독주를 따라 주고 소리쳤다. "마셔! 좋지 않은가?"

고개를 끄덕이고 입맛을 다시는 포르포르툭의 눈에 눈물이 차올랐다.

"자네 집에서 이런 술을 언제 마셨나?" 클라키나가 물었다.

"제 늙은 목구멍에 술이 달다는 것은 부정하지 않겠습니다만," 포르포르툭이 대답하고는 무슨 말로 문장을 맺을지 망설였다.

"하지만 돈이 너무 들어." 클라키나가 소리치며 대신 문장을 완성해 주었다.

포르포르툭은 잔칫상에 도는 웃음에 몸을 움찔했다. 그리고 눈에 악의를 번득이며 말했다. "우리는 어릴 때부터 동갑이었습니다. 하지만 지금 족장의 목구멍에는 죽음이 있고, 나는 아직 건강하게 살아 있습니다."

좌중에 불길한 웅성거림이 일었다. 클라키나는 숨이 넘어갈 듯 기침을 했고, 늙은 노예들이 그의 어깻죽지 사이를 때렸다. 그는 숨을 되찾은 뒤 손을 흔들어 소란을 잠재웠다.

"자네는 장작이 비싸다고 자기 집에 때는 불도 아까워했지! 자네는 인생을 아까워했어. 사는 일에는 돈이 많이 드는데 자네는 그 값을 대기 싫어했어. 자네의 인생은 불도 없고 바닥에 이불 한 장 없는 오두막 같았어." 그가 잔을 들어 노예에게 채우라고 신호했다. "하지만 나는 제대로 살았어. 자네가 누리지 못한 인생의 따뜻함을 누렸지. 자네가 오래 살 것은 맞아. 하지만 몸을 떨면서 깨어 있는 추운 밤은 길기 마련이지. 내 밤은 짧았지만 나는 따뜻하게 잤어."

그는 잔을 비웠다. 노예의 떨리는 손은 잔이 떨어져 깨지는 것을 막지 못했다. 클라키나는 숨을 헐떡거리며 다른 술꾼들의 입술에 얹힌 잔들을 보다가 털썩 쓰러졌다. 그 자신의 입술은 박수갈채에 가벼운 미소를 지었다. 그가 신호를 보내자 두 노예가 그를 똑바로 앉히려고 했다. 하지만 그들도 힘이 없었고, 클라키나의 덩치가 워낙 컸던지라 네 노인은 덜덜 떨며 그를 일으켜 앉혔다.

"하지만 사는 방식은 중요하지 않아." 그가 말을 이었다. "자네하고 나는 오늘 밤 다른 할 일이 있어, 포르포르툭. 빚은 불행이니 나는 자네와 불행한 관계야. 내 빚이 얼마나 되지?"

포르포르툭은 주머니를 뒤져 증서들을 꺼냈다. 그러더니 술을 홀짝이고 입을 열었다. "여기 1889년 8월의 증서가 있습니다. 300달러. 이자는 지불되지 않았습니다. 다음 해에는 500달러가 있습니다. 그리고 두 달 뒤에 1,000달러가 있습니다. 그리고……"

"증서가 많기도 하군!" 클라키나가 신경질적으로 소리쳤다. "그렇게 하나하나 들으니 머리가 빙빙 도는 것 같아! 전체를 말해! 전체가 얼마야?"

포르포르툭은 증서들을 보며 신중하게 말했다. "1만 5,967달러 75센트입니다."

"그러면 그냥 1만 6,000달러로 해. 1만 6,000달러로." 클라키나가 통 크게 말했다. "자잘한 숫자는 골치 아파. 그리고 지금 내가 자네를 부른 건 이것 때문이야. 1만 6,000달러짜리 차용증을 새로 쓰면 내가 거기에 서명하겠어. 나는 이자는 몰라. 어쨌건 자네가 원하는 만큼 크게 적고, 다음 세상에서 갚을 수 있게 해 줘. 우리가 위대한 인디언 아버지 앞에서 만났을 때 말야. 그때 빚을 갚지. 나 클라키나가 약속하겠어."

포르포르툭은 어리둥절한 표정이 되었고, 요란한 웃음이 방을 흔들었다. 클라키나가 두 손을 들고 소리쳤다. "농담이 아냐. 나는 언제나 공정해. 이것 때문에 자네를 부른 거야, 포르포르툭. 차용증을 써."

"나는 다음 세상하고는 거래하지 않습니다." 포르포르툭이 천천히 대답했다.

"위대한 아버지 앞에서 나를 만나지 않을 거야?" 클라키나가 묻고 덧붙였다. "나는 분명히 거기 갈 거야."

"나는 다음 세상하고는 거래하지 않습니다." 포르포르툭이 부루퉁하게 다시 말했다.

죽음을 앞둔 남자는 놀란 표정으로 그를 보았다.

"나는 다음 세상에 대해서는 아무것도 모르고, 이 세상에서 사업을 할 뿐입니다." 포르포르툭이 말했다.

클라키나의 얼굴이 맑아졌다. "자네가 추운 밤을 보내서 그래." 그가 웃더니 잠시 생각해 보고 말했다. "자네가 이 세상에서 돈을 받아야 한다면 나한테 남은 건 이 집뿐이야. 이 집을 가지고 거기 촛불에 증서를 태워."

"이 집은 낡았고 별 값어치가 없습니다." 포르포르툭이 말했다.

"트위스티드새먼 강에 내 광산이 있어."

"그곳은 채산성이 없습니다." 그가 말했다.

"나는 증기선 코요쿡 호에 지분이 있어. 절반의 소유권이."

"그 배는 유콘 강 바닥에 가라앉았습니다."

클라키나는 깜짝 놀랐다. "그래, 잊었군. 작년 봄 얼음이 녹을 때였지." 그는 잠시 생각했고, 사람들은 술잔을 든 채 그의 말을 기다렸다.

"그러면 나는 자네에게 빚을 갚을 수 없을 것 같군…… 이 세상에서는?"

포르포르툭이 고개를 끄덕이고 잔칫상을 훑어보았다.

"그러면 포르포르툭 자네가 사업을 잘못한 거야." 클라키나가 교활하게 말했다. 그러자 포르포르툭이 대담하게 말했다. "아니요. 아직 손상되지 않은 담보물이 있습니다."

"뭐라고?" 클라키나가 소리쳤다. "나한테 아직 재산이 있어? 뭔지 말해 봐. 당장 자네에게 주고 빚을 모두 갚겠어."

"저기 있습니다." 포르포르툭은 엘수를 가리켰다.

클라키나는 그 말을 이해하지 못했다. 잔칫상 저편을 보다가 눈을 비비고 다시 보았다.

"족장님의 딸, 엘수요. 제가 엘수를 취하고 빚을 모두 탕감해 드리겠습니다. 채무증서를 촛불에 태우겠습니다."

클라키나의 커다란 가슴팍이 바쁘게 들썩거렸다. "허허! 이런 농담을! 허허허!" 그가 큰 소리로 웃었다. "자네의 잠자리는 춥고, 자네 딸들은 엘수의 엄마뻘이야! 허허허!" 그는 숨이 막힐 듯 기침을 했고, 늙은 노예들이 등을 때렸다. "허허!" 그는 다시 웃고 경련했다.

포르포르툭은 참을성 있게 기다리며 술잔을 홀짝이고 잔칫상에 앉은 두 줄의 얼굴을 살핀 뒤 차분하게 말했다. "농담이 아닙니다. 제 말은 선의의 제안입니다."

클라키나가 정신이 들어서 그를 보다가 잔으로 손을 뻗었지만 잡지 못했다. 노예 하나가 그에게 잔을 건네자 잔과 술이 포르포르툭의 얼굴로 날아갔다.

"저놈을 내쫓아! 눈밭에 굴려!" 클라키나가 줄에 묶인 사냥개들처럼 안달하며 탁자에 앉아 있던 이들에게 소리쳤다.

요란한 소동이 그를 지나 문밖으로 나가자 그는 노예들에게 신호했고, 네 노인이 비틀거리며 그를 일으켜 세우자 그는 꼿꼿하게 서서 잔을 들고 돌아오는 손님들을 맞으며 따뜻하고 짧은 밤을 위해 건배했다.

클라키나의 재산을 정리하는 데는 시간이 오래 걸리지 않았다. 엘수는 교역소에서 사무원으로 일하는 토미라는 영국인에게 도움을 청했다. 온통 빚뿐이었다. 기한이 지난 차용증, 저당 잡힌 자산, 저당 잡혔지만 가치 없는 자산. 차용증과 저당은 모두 포르포르툭의 것이었다. 토미는 복리를 살펴보면서 여러 차례 그를 강도라고 불렀다.

"그건 빚인가요, 토미?" 엘수가 물었다.

"이건 강도질이에요." 토미가 대답했다.

"어쨌건 빚은 빚이에요." 엘수가 말했다.

겨울이 지나고 초봄이 되었지만, 포르포르툭에게 진 빚은 지불되지 않았다. 그는 자주 엘수를 찾아와서 아버지에게 했던 것처럼 그 빚을 청산할 방법을 일러 주었다. 또한 그가 데리고 온 늙은 주술사들은 빚을 갚지 않으면 아버지가 영원한 저주에 빠질 것이라고 말했다. 어느 날 다시 한 번 그런 설명을 들은 뒤에 엘수가 포르포르툭에게 최종 선언을 했다.

"두 가지를 말씀드릴게요. 먼저 저는 아저씨의 아내가 되지 않아요. 그걸 명심해 주세요. 두 번째로 그 1만 6,000달러는 1센트도 빼놓지 않고 다 갚겠어요."

"1만 5,967달러 75센트야." 포르포르툭이 정정했다.

"아버지께서는 1만 6,000달러라고 하셨어요. 그렇게 갚겠습니다." 그녀가 대답했다.

"어떻게?"

"방법은 모르지만 찾아볼 거예요. 이제 더 이상 저를 괴롭히지 말고 가 주세요. 계속 저를 괴롭히시면……" 그녀는 잠시 망설이며 적절한 벌칙을 찾아보았다. "그러시면 첫눈이 오자마자 사람들을 불러서 아저씨를 눈밭에 굴리겠습니다."

그때는 아직 초봄이었고, 얼마 후 엘수는 온 지역을 깜짝 놀라게 했다. 칠쿳에서 삼각주까지 유콘 강 전역에, 야영지란 야영지에 모두 소문이 돌았다. 6월에 첫 연어가 돌아오면 클라키나의 딸 엘수가 포르포르툭의 빚을 갚기 위해 경매에서 자신을 팔겠다는 것이었다. 그녀를 말리려는 시도는 모두 실패했다. 성 조지의 선교사가 와서 그녀와 씨름했지만 그녀는 이렇게 대답했다.

"다음 세상에서 갚을 수 있는 것은 신께 진 빚뿐이에요. 사람의 빚은 이 세상의 것이니까 이 세상에서 갚아야 해요."

아쿤도 그녀와 씨름했지만 그녀는 이렇게 대답했다. "나는 너를 사랑해, 아쿤. 하지만 명예는 사랑보다 크고, 내가 어떻게 아버지의 이름을 더럽힐 수 있겠어?" 성십자가 선교단의 앨버타 수녀가 첫 증기선을 타고 먼 길을 찾아왔지만 역시 성과가 없었다.

"아버지는 끝없는 숲을 헤매고 계세요." 엘수가 말했다. "빚을 다 갚기 전에는 울부짖는 영혼들과 함께 영원히 헤매실 거예요. 빚을 다 갚아야 아버지는 위대한 아버지의 집에 가실 수 있어요."

"정말 그걸 믿는 거니?" 앨버타 수녀가 물었다.

"저는 몰라요. 하지만 아버지께서 그렇게 믿으셨어요." 엘수가 대답했다.

앨버타 수녀는 믿을 수 없다는 듯 어깨를 들썩였다.

"우리가 믿는 게 사실인지 어떤지 어떻게 아나요?" 엘수가 말했다. "수녀님께 다음 세상은 천사들이 하프를 연주하는 천국이겠지만…… 그건 수녀님이 그렇게 믿기 때문이에요. 아버지께 다음 세상은 큰 집의 식탁에서 신과 잔치를 하는 거예요."

"그리고 너는? 너의 다음 세상은 뭐니?" 앨버타 수녀가 물었다.

엘수는 잠시 망설이다 대답했다. "저는 양쪽이 섞인 게 좋아요. 다음 세상에서 아버지의 얼굴뿐 아니라 수녀님의 얼굴도 보고 싶어요."

경매일이 왔다. 타나노 교역촌은 사람들로 북적였다. 각 부족민이 관습에 따라 연어 회귀를 보러 와서 기다리는 동안 춤을 추고 놀고 교역하고 수다를 떨며 시간을 보냈다. 그리고 언제나처럼 백인 모험가, 교역자, 금광 투기꾼 들도 얼마간 섞이고, 호기심이나 흥미를 느끼고 온 백인도 많았다.

봄이 얼른 물러가지 않아서 연어 회귀는 예년보다 늦었다. 하지만 그럴수록 기대감만 더 높아졌다. 그리고 경매일이 되자 분위기는 아쿤으로 인해 긴장되었다. 그가 일어나서 엘수를 사는 사람은 누구든 그 자리에서 바로 죽일 것이라고 엄숙하게 선언했기 때문이다. 그는 윈체스터 총을 휘둘러서 그 사람을 어떻게 죽일지를 보여 주었다. 엘수는 화를 냈지만, 그는 그녀와 대화하기를 거부하고 추가로 탄약을 사러 교역소로 갔다.

첫 연어는 밤 10시에 잡혔고, 자정에 경매가 시작되었다. 경매장은 유콘 강 변의 높은 강둑에 마련되었다. 태양은 정북 방향 지평선 아래에 있었고, 하늘은 섬뜩한 붉은빛이었다. 강둑 한쪽에 놓인 탁자와 두 개의 의자 주변에는 많은 사람이 모여들었다. 앞쪽에는 백인들과 몇몇 족장이 있었다. 그중 특히 눈에 띄는 것은 총을 들고 서 있는 아쿤이었다. 토미가 엘수의 부탁에 따라 경매 진행을 맡았지만, 경매 물품에 대한 설명은 그녀가 직접 했다. 그녀는 원주민 복장, 화려하고 거친 족장의 딸 복장을 하고, 사람들에게 잘 보이도록 의자 위에 올라서서 말했다.

"누가 저를 아내로 사실 건가요? 저를 보세요. 저는 스무 살이고 처녀입니다. 저는 저를 사는 남자에게 좋은 아내가 되겠습니다. 백인이 저를 사면 백인 여자의 옷을 입겠습니다. 인디언이 저를 사면 저는……" 그녀는 잠깐 망설였다. "인디언 아낙의 옷을 입겠습니다. 저는 옷을 직접 만들고 꿰매고 세탁하고 수선할 줄 압니다. 성십자가 선교단에서 8년 동안 이런 일을 배웠습니다. 저는 영어를 할 줄 알고, 오르간도 연주합니다. 셈도 하고 수학도 어느 정도 압니다. 저는 최고 액수를 부르는 사람에게 팔릴 것이고, 그 사람에게 직접 매도증서를 작성해 드리겠습니다. 참, 저는 노래도 곧잘 하며 평생 아픈 적이 없었습니다. 몸무게는 57킬로그램이고 아버지가 돌아가신 지금 친척은 아무도 없습니다. 저를 원하는 분이 계십니까?"

그녀는 불꽃처럼 대담하게 군중을 살펴보고 의자에서 내려왔다. 하지만 토미의 요청에 따라 다시 의자에 올라갔고, 그는 다른 의자에 올라서서 경매를 시작했다.

엘수의 주변에는 아버지의 늙은 노예 네 명이 서 있었다. 그들은 뒤틀린 몸으로 덜덜 떨면서도, 과거의 세대로서 젊은 생명의 기이한 장난을 흔들림 없이 바라보았다. 군중 앞쪽에는 유콘 강 상류에서 노다지를 찾은 엘도라도 왕이 몇 명 있었고, 그 옆에는 파산한 투기자 두 명이 괴혈병으로 목발을 짚고 서 있었다. 군중 가운데에는 타나노 강 상류의 오지에서 온 어느 아낙의 격렬한 눈빛이 두드러졌다. 해변에서 온 길 잃은 싯카족이 르바지 호수에서 온 스틱족 옆에 서 있었고, 그 뒤에는 프랑스계 캐나다인 부아야저 대여섯 명이 자기들끼리 무리지어 있었다. 멀리 들새 떼 서식지에서 희미한 울음이 솟아올랐다. 제비들이 유콘 강의 잔잔한 수면에서 사람들의 머리 위로 날아올랐고, 울새들이 노래했다. 숨어 있는 태양의 삐딱한 빛이 수천 킬로미터 밖 산불의 희미한 연기를 뚫고 하늘을 우중충한 적색으로 물들였고, 땅은 그 반사된 빛 속에 붉게 반짝였다. 이 붉은빛이 모두의 얼굴에서 반짝거렸고, 모든 것에 비현실적인 느낌을 부여했다.

경매는 천천히 시작되었다. 그 지역이 처음인, 그것도 겨우 30분 전에 온 싯카족이 당당한 목소리로 100달러를 불렀다가 아쿤이 자신에게 총을 겨누는 모습을 보고 깜짝 놀랐다. 경매의 열기는 시들했다. 도선사로 일하는 토지카캇 인디언이 150달러를 불렀고, 얼마 후 유콘 강 상류에서 쫓겨난 도박꾼이 200달러를 불렀다. 엘수는 슬퍼졌다. 자존심을 다쳤다. 하지만 그로 인해 그녀의 얼굴은 군중들 앞에 더욱 대담한 불길로 타올랐다.

사람들 사이에 시끌시끌한 소리가 일더니 포르포르툭이 앞으로 밀고 나와서 큰 목소리로 입찰에 참가했다. "500달러!" 그리고 그 말의 효과를 확인하려고 당당하게 사방을 둘러보았다.

그는 자신의 막대한 부를 몽둥이처럼 휘둘러서 경쟁자들의 기를 초장에 꺾어 버릴 생각이었다. 하지만 한 부아야저가 반짝이는 눈으로 엘수를 바라보다가 100달러 높은 금액을 불렀다.

"700달러!" 포르포르툭이 재빨리 응수했다.

그러자 부아야저도 그 못지않게 재빨리 "800달러" 하고 말했다.

그러자 포르포르툭은 다시 한 번 부의 몽둥이를 휘두르며 소리쳤다. "1,200달러!"

부아야저는 안타깝고도 실망스러운 표정으로 물러났다. 더 이상 입찰은 없었다. 토미가 열심히 사람들을 독려했지만 입찰을 이끌어 내지는 못했다.

엘수는 포르포르툭에게 말했다. "높은 가격의 입찰액을 부르신 건 좋았어요, 아저씨. 하지만 제가 한 말을 잊지는 않으셨겠지요. 저는 절대로 아저씨와 결혼하지 않는다는 거요!"

"이건 공공 경매야." 그가 되쏘았다. "나는 널 사서 매도증서를 받을 거야. 나는 1,200달러를 불렀어. 그 정도면 싼 거지."

"엄청 싼 겁니다!" 토미가 소리쳤다. "제가 비록 경매 사회자지만 그렇다고 입찰을 못 하는 건 아닙니다. 저는 1,300달러를 부르겠습니다."

"1,400달러." 포르포르툭이 말했다.

"나는 엘수 당신을 사서…… 내 누이로 삼겠습니다." 토미가 엘수에게 속삭이고 소리쳤다. "1,500달러!"

엘도라도 왕 한 명이 2,000달러로 끼어들었고, 토미는 떨어져 나갔다.

포르포르툭은 세 번째로 부의 몽둥이를 휘둘러서 500달러를 확 올렸다. 엘도라도 왕은 자존심이 상했다. 누구도 자신의 기를 꺾을 수 없었다. 그래서 500달러를 더 높여 불렀다.

엘수는 이제 3,000달러가 되었다. 포르포르툭은 3,500달러를 불렀다가 엘도라도 왕이 1,000달러를 더 부르자 헉 소리를 냈다. 포르포르툭은 다시 500달러를 올렸고, 엘도라도 왕이 1,000달러를 더 부르자 다시 헉 소리를 냈다.

포르포르툭은 화가 났다. 자존심이 다치고 자기 힘이 도전받았다고 여겼다. 그의 힘이란 바로 부였다. 그는 세상 앞에 약한 모습을 보이지 않을 것이다. 엘수는 뒷전이 되었다. 기나긴 세월 추운 밤을 보내며 저축하고 아낀 돈을 여기에서 탕진할 지경이 되었다. 엘수는 6,000달러가 되었다. 그는 7,000달러를 불렀다. 이어 가격은 상대가 부르기가 무섭게 1,000달러씩 올라갔다. 두 남자는 1만 4,000달러에서 멈춰서 숨을 골랐다.

그때 예상치 못한 일이 일어났다. 훨씬 더 무거운 몽둥이가 나왔다. 정적 속에서 도박꾼이 투기의 냄새를 맡고 동료 서너 명과 연합해서 1만 6,000달러를 불렀다.

"1만 7,000달러." 포르포르툭이 힘없이 말했다.

"1만 8,000달러." 엘도라도 왕이 말했다.

포르포르툭이 기운을 냈다. "2만 달러."

도박꾼 연합은 떨어져 나갔다. 엘도라도 왕이 1,000달러를 올렸고, 포르포르툭도 그만큼 올렸다. 그러는 동안 아쿤은 자신이 누구를 죽여야 할지 확인하려는 듯 분노와 호기심이 어린 표정으로 두 사람을 번갈아 바라보았다. 엘도라도 왕이 다음 액수를 부르려다가 아쿤이 다가오자 먼저 허리춤의 총을 풀고 말했다.

"2만 3,000달러."

"2만 4,000달러." 포르포르툭이 사악하게 웃었다. 그의 확고한 액수가 마침내 엘도라도 왕을 흔들었기 때문이다. 엘도라도 왕은 엘수에게 다가가서 그녀를 한참 살펴보았다.

"500 더." 마침내 그가 말했다.

"2만 5,000달러." 포르포르툭이 말했다.

엘도라도 왕은 다시 한참 살펴보고 고개를 저었다. 그리고 다시 보더니 내키지 않는 듯 말했다. "500 더."

"2만 6,000달러." 포르포르툭이 말했다.

엘도라도 왕이 이쯤에서 고개를 젓고 토미의 간청하는 눈을 외면했다. 그리고 이제 아쿤은 포르포르툭에게 다가갔다. 엘수의 빠른 눈이 그것을 알아차렸고, 토미가 엘도라도 왕에게 다시 한 번 입찰하기를 간청하는 동안, 그녀는 허리를 굽히고 노예 한 명에게 조그맣게 말했다. 그리고 토미의 "더 없습니까? 없습니까?" 하는 소리가 공중을 울리는 가운데, 그 노예가 아쿤에게 가서 귓속말을 했다. 엘수가 그를 열렬하게 바라보았지만 아쿤은 말을 들었다는 어떤 표시도 드러내지 않았다.

"낙찰되었습니다! 포르포르툭 씨가 2만 6,000달러에 낙찰받았습니다."토미의 목소리가 울렸다.

포르포르툭은 아쿤에게 불안한 눈길을 던졌다. 모든 눈이 아쿤에게 향했지만 그는 움직이지 않았다.

"저울을 가져오세요." 엘수가 말했다.

"내 집에서 지불할 거야." 포르포르툭이 말했다.

"저울을 가져오세요. 모두가 볼 수 있는 이곳에서 지불하셔야 돼요." 엘수가 다시 말했다.

그래서 사람들은 교역소에서 금 저울을 가져왔고, 그사이에 포르포르툭도 자리를 떴다가 한 남자를 데리고 돌아왔다. 남자는 사금이 묵직하게 담긴 사슴 가죽 자루를 메고 있었다. 포르포르툭의 등 뒤에는 총을 든 남자도 있었는데, 그 남자는 아쿤만을 바라보았다.

"이게 1만 5,967달러 75센트의 차용증과 저당권이야." 포르포르툭이 말했다.

엘수는 그것을 받아 들고 토미에게 말했다. "이걸 1만 6,000달러로 계산해 줘요."

"그러면 이제 남은 1만 1,000달러를 금으로 지불하셔야 합니다." 토미가 말했다.

포르포르툭은 고개를 끄덕이고 자루를 열었다. 엘수는 강둑 가장자리에 서서 증서들을 갈기갈기 찢어 유콘 강으로 날려 보냈다. 계량이 시작되었다가 곧 멈추었다.

"1온스*당 17달러로 계산하시오." 포르포르툭이 저울을 조정하는 토

* 약 31그램.

미에게 말했다.

"16달러예요." 엘수가 날카롭게 말했다.

"1온스에 17달러로 하는 게 이 지방의 관례야. 그리고 이건 사업 거래야." 포르포르툭이 말했다.

엘수는 웃으며 말했다. "그건 올봄에 새롭게 시작된 관례예요. 작년까지는 온스당 16달러였어요. 아버지가 빚을 질 때는 16달러였어요. 아버지가 아저씨한테서 빌린 돈을 가지고 상점에 가면 금 1온스당 밀가루를 17달러어치가 아니라 16달러어치 샀어요. 그러니까 17달러가 아니라 16달러로 계산해 주세요." 포르포르툭은 툴툴거렸지만 계량을 막지는 않았다.

"그걸 세 더미로 만들어 줘요, 토미. 1,000달러, 3,000달러, 6,000달러 이렇게요." 그녀가 말했다.

일은 더디게 진행되었고, 계량이 이어지는 동안 모두가 아쿤을 힐끔거렸다.

"지불이 끝날 때를 기다리고 있는 거야." 한 사람이 말했고, 사람들은 대체로 그 말을 수용하면서 돈이 지불되면 아쿤이 무슨 짓을 할지 궁금해했다. 총을 들고 포르포르툭의 뒤에 서 있던 남자도 아쿤을 관찰하며 기다렸다.

계량이 끝났고, 검누런 사금 더미 세 개가 탁자 위에 생겨나자 엘수가 말했다. "여기 아버지가 교역소에 진 빚 3,000달러가 있습니다. 토미, 이걸 교역소에 가져다주세요. 그리고 여기 네 노인이 있습니다. 모두 아시죠? 여기 1,000달러로 이분들이 배를 곯거나 담배가 떨어지지 않게 해 주세요."

토미는 금을 따로따로 자루에 퍼 담았다. 탁자에는 6,000달러가 남

았다. 엘수가 거기에 작은 삽을 찔러 넣더니 빙글 돌아서 유콘 강 물
위로 금빛 소나기를 뿌렸다. 그녀가 두 번째로 사금 더미에 삽을 찔러
넣자 포르포르툭이 그녀의 손목을 잡았다.

"이건 내 돈이에요." 그녀가 차분하게 말했다. 포르포르툭은 손목을
놓았지만, 그녀가 금을 강물에 남김없이 쏟아붓는 것을 바라보면서
이를 갈고 인상을 썼다.

군중은 아쿤만을 바라보았고, 포르포르툭의 뒤에 선 남자는 총을 팔
뚝에 얹고 1미터 앞에 있는 아쿤을 직접 겨냥하고 있었다. 남자는 엄
지손가락을 공이치기에 얹었지만 아쿤은 아무 일도 하지 않았다.

"매도증서를 작성하시오." 포르포르툭이 엄격하게 말했다.

토미는 엘수에 대한 모든 권리를 포르포르툭에게 귀속시키는 매도
증서를 작성했다. 엘수는 증서에 서명했고, 포르포르툭은 그것을 접어
주머니에 넣었다. 그러더니 갑자기 눈을 번쩍이며 엘수에게 말했다.

"하지만 그건 네 아버지의 빚이 아니었어. 내가 지불한 돈은 너에 대
한 값이야. 너를 판 건 오늘이지 작년이나 그 전해가 아니야. 너에게 지
불한 금은 오늘 교역소에서 1온스당 밀가루를 16달러가 아니라 17달
러어치 살 수 있어. 나는 1온스당 1달러를 잃었으니 전부 625달러를
손해 봤어."

엘수는 잠시 생각해 보고 실수를 깨달았다. 그녀는 조용히 웃고 이
어 소리 내어 웃었다.

"아저씨 말이 맞아요. 제가 착각했어요. 하지만 이제 너무 늦었어요.
아저씨는 돈을 지불했고 금은 없어졌어요. 아저씨가 빨리 생각하지
못해서 손해를 봤어요. 아저씨는 옛날만큼 재치 있지 않아요. 아저씨
는 늙었어요."

포르포르툭은 대답하지 않았다. 그리고 불안한 눈길로 아쿤을 건너다보고 안심을 했다. 그는 입술을 당겨 잔인한 표정을 짓고 말했다. "가자. 우리 집으로."

"제가 봄에 말씀드린 두 가지를 기억하시죠?" 엘수는 그를 따라가려는 기색을 전혀 내보이지 않고 말했다.

"내가 거기에 신경을 쓴다면 내 머리에는 여자들 헛소리가 가득할 거다." 그가 대답했다.

"저는 아저씨의 빚을 다 갚겠다고 했어요." 엘수가 신중하게 말했다. "그리고 아저씨의 아내가 되지 않을 거라고요."

"하지만 그건 매도증서를 작성하기 전이지." 포르포르툭이 주머니 속의 종이를 손가락으로 바스락거렸다. "나는 온 세상이 보는 앞에서 너를 샀어. 너는 내 거야. 그걸 부정할 수는 없어."

"맞아요. 저는 아저씨 거예요." 엘수가 침착하게 말했다.

"나는 네 주인이야."

"아저씨는 제 주인이에요."

포르포르툭의 목소리가 살짝, 하지만 당당하게 올라갔다. "너는 내 개야."

"저는 아저씨의 개예요." 엘수가 차분하게 말했다. "하지만 제가 전에 말씀드린 것을 잊지 마세요. 다른 남자가 저를 샀다면 저는 그 남자의 아내가 되었을 거예요. 좋은 아내가 되었을 거예요. 그러려고 했어요. 하지만 아저씨의 아내가 될 수는 없어요. 그러니까 저는 아저씨의 개예요."

포르포르툭은 자신이 불장난에 뛰어들었다는 것을 알았지만, 어쨌거나 그렇다면 더 확실하게 장난을 치기로 마음먹었다. "이제 나는 너를 엘수가 아닌 개로 대하겠다. 그러니 나를 따라와." 그가 그녀의 팔을 잡으려 했지만, 그녀가 손을 뻗어 그것을 막았다.

"서두르지 마세요. 아저씨는 개를 샀어요. 개는 도망가요. 그러면 아저씨 손해죠. 저는 아저씨의 개예요. 제가 달아나면 어떻게 할 건가요?"

"네 주인으로 나는 너를 두드려 팰 거다."

"저를 잡으면요?"

"그래, 너를 잡으면."

"그러면 잡으세요."

그는 그녀에게 손을 뻗었지만 그녀가 재빨리 피했다. 그녀는 웃으며 탁자를 돌았다. "저 애를 잡아!" 포르포르툭이 그녀의 옆에 서 있던 총을 든 인디언에게 명령했다. 하지만 인디언이 팔을 뻗자 엘도라도 왕이 귀싸대기를 때려서 그를 쓰러뜨렸다. 총이 땅에 떨어졌다. 아쿤에게는 기회였다. 하지만 그는 눈을 반짝거릴 뿐 아무 일도 하지 않았다.

포르포르툭은 노인이었지만 추운 밤들을 보내면서 힘을 보존했다. 그는 탁자 주변을 돌지 않고 탁자를 획 넘어갔다. 엘수는 허를 찔렸다. 그녀는 비명을 지르며 뒤로 물러섰고, 토미가 아니었다면 포르포르툭에게 잡혔을 것이다. 토미가 발을 뻗어 포르포르툭을 넘어뜨렸다.

"그러면 잡아 봐요." 그녀는 고개를 돌려 웃으며 달아났다.

그녀는 가볍게 달렸지만 포르포르툭도 빠르고 강했다. 그는 그녀를 따라잡았다. 젊은 시절 그는 가장 발이 빠른 젊은이였다. 그래도 엘수는 유연하게 피했다. 원주민 복장을 했기에 발이 치맛자락에 걸리지도 않았고, 나긋나긋하고 부드러운 몸은 포르포르툭의 손가락을 획획 피했다.

군중은 웃음과 혼란 속에 흩어져서 추격전을 보러 달렸다. 행렬이 인디언 야영지로 들어갔고, 엘수와 포르포르툭은 피하고 돌고 되돌아가면서 천막들 사이를 누볐다. 엘수는 두 팔을 이리저리 움직여 균형을 잡는 것 같았다. 때로는 몸 전체를 앞으로 급하게 기울여서 아주 예리한 곡선을 이루었다. 포르포르툭은 계속 한 걸음 뒤 또는 옆에서 여윈 사냥개처럼 그녀를 쫓았다.

그들은 야영지 뒤쪽 들판을 지나서 숲으로 사라졌다. 타나노 교역촌은 그들이 다시 나타나기를 오래도록 기다렸지만 그 기다림은 헛일이 되었다.

그러는 동안 아쿤은 밥을 먹고 잠을 잔 뒤 증기선 승선장에서 얼쩡거렸다. 왜 아무것도 하지 않느냐는 타나노 사람들의 분노에 찬 소리에는 귀를 기울이지 않았다. 포르포르툭은 24시간 뒤에 돌아왔다. 그는 아무하고도 말하지 않고 곧장 아쿤에게 시비를 걸러 갔다. 그러나 아쿤은 어깨만 으쓱한 채 상대하지 않고 자리를 비켰다. 포르포르툭은 시간을 낭비하지 않고 추적과 이동 능력이 가장 뛰어난 젊은이 여섯 명을 선발해서 그들을 이끌고 숲으로 뛰어들었다.

다음 날 상류행 증기선 시애틀 호가 강변에 와서 장작을 실었다. 배가 밧줄을 풀고 강둑에서 멀어져 갈 때 아쿤은 그 배의 조타실에 있었다. 그 뒤로 몇 시간 지나지 않아 그가 타륜을 잡았을 때 자작나무 껍질로 만든 작은 카누가 강둑을 떠나 강에 오르는 것이 보였다. 카누 안에는 한 사람뿐이었다. 그는 그것을 자세히 들여다보면서 배를 물가로 움직이고 속도를 늦추었다.

선장이 조타실로 들어와서 물었다. "무슨 일이지? 강물에 아무 문제가 없는데 말야."

아쿤은 툴툴거렸다. 그는 여러 사람이 탄 큰 카누가 강둑을 떠나는 것을 보았다. 그는 시애틀 호의 속도를 늦추면서 배를 더 가장자리로 움직였다.

선장은 노발대발했다. "뭐야, 겨우 인디언 여자잖아."

아쿤은 툴툴거리지 않았다. 그는 인디언 여자와 그것을 뒤쫓는 카누만을 보았다. 두 번째 카누에는 여섯 개의 노가 번쩍거렸고, 여자의 노는 느렸다.

"이러다가는 좌초해." 선장이 타륜을 붙들면서 말했다.

그러나 아쿤은 힘을 주어 타륜을 자기 방향으로 돌리면서 선장의 눈을 빤히 들여다보았다. 선장은 천천히 타륜의 살을 놓았다.

"이상한 거지 놈." 그가 혼자서 중얼거렸다.

아쿤은 시애틀 호를 얕은 물가로 몰고 가서 인디언 여자의 손가락이 앞쪽 난간을 잡을 때까지 기다렸다. 그런 뒤 전속력으로 달리라고 신호하고 다시 강물 안쪽으로 방향을 돌렸다. 큰 카누는 아주 가까이 와 있었지만 카누와 증기선 사이의 간격은 점점 넓어졌다.

여자가 웃으며 난간 너머로 몸을 굽히고 소리쳤다. "그럼 날 잡아 봐요!"

아쿤은 포트유콘에서 증기선을 떠났다. 그리고 작은 삿대배를 구해 포큐파인 강 상류로 올라갔다. 옆에는 엘수가 있었다. 힘든 여행이었고, 길은 세상의 등뼈를 타고 갔다. 하지만 아쿤은 그 길을 간 적이 있었다. 포큐파인 강의 상류 꼭대기에 이르자 그들은 배를 떠나서 로키 산맥을 걸어갔다.

아쿤은 엘수와 함께 걷는 일도, 그녀의 걸음걸이를 보는 일도 좋았다. 그 움직임에는 그가 좋아하는 음악이 있었다. 그는 특히 부드럽게 무두질한 가죽을 두른 동그란 정강이, 가느다란 발목, 모카신을 신고 온종일 걸어도 지치지 않는 발을 좋아했다.

"너는 공기처럼 가벼워." 그가 그녀를 올려다보며 말했다. "걷는 건 너한테 힘든 일이 아니야. 네 발걸음이 정말 가벼워서 거의 떠다니는 것 같아. 엘수, 너는 사슴 같고, 때로 네가 나를 바라보거나 무슨 소리를 듣고 촉각을 곤두세울 때 네 눈은 사슴 눈 같아. 지금 나를 바라보는 네 눈도 사슴 눈 같아."

그러자 엘수는 빛나는 얼굴로 그에게 고개 숙여 입을 맞추었다.

"매켄지 강에 닿으면 겨울이 오기 전에 지체 없이 남쪽으로 갈 거야." 얼마 후 아쿤이 말했다. "우리는 눈이 없는 태양의 땅으로 갈 거야. 하지만 언젠가는 돌아가야 해. 나는 세상을 많이 보았지만, 알래스카 같은 곳도 없고, 우리 해 같은 해도 없어. 그리고 긴 여름을 보내면 눈도 반가워."

"그리고 너는 글을 배울 거야." 엘수가 말했다.

아쿤이 말했다. "그래, 배울 거야."

하지만 그들은 매켄지 강에서 지체하게 되었다. 그들은 매켄지 인디언들과 일행이 되었는데, 아쿤이 사냥 중에 총에 맞은 것이다. 총은 한 젊은이의 손에 있었고, 총알은 아쿤의 오른팔을 부러뜨린 뒤 더 나아가 갈비뼈 두 대도 부러뜨렸다. 아쿤은 대강의 처치법을 알았고, 엘수는 성십자가 선교단에서 소독법을 배웠다. 마침내 뼈를 맞춘 뒤 아쿤은 뼈가 잘 붙도록 불가에 누웠다. 그리고 불의 연기가 모기를 쫓아 주기를 바랐다.

그 후 포르포르툭이 젊은이 여섯 명을 데리고 왔다. 아쿤은 자신의 무기력에 신음하면서 매켄지족에게 하소연했다. 하지만 포르포르툭은 엘수를 요구했고, 매켄지족은 어리둥절해했다. 포르포르툭은 엘수를 잡으려 했지만 매켄지족은 허락하지 않았다. 그것은 재판을 해야 하는 일이었다. 그리고 그것이 남녀의 일이었기에 노인 회의가 소집되었다. 젊은이들은 마음이 뜨거워서 온정 어린 판결을 내릴 수 있었기 때문이다.

노인들이 모깃불 주변에 둘러앉았다. 그들의 얼굴은 여위고 주름졌으며, 그들의 숨은 헐떡거렸다. 연기는 그들에게 좋지 않았다. 그들은 때로 시든 손을 들어 연기를 뚫고 온 용감한 모기를 때렸고, 그런 뒤에는 고통스럽게 마른기침을 쏟았다. 어떤 이들은 피를 토했고, 한 명은 약간 떨어진 곳에 고개를 숙이고 앉아서 꾸준히 침을 흘렸다. 모두가 기침병에 걸려 있었고, 죽은 자들 같았다. 그들에게 남은 시간은 짧았다. 그것은 죽은 자들의 재판이었다.

"나는 큰돈을 주고 저 여자를 샀소." 포르포르툭이 이야기를 마무리했다. "그렇게 큰돈은 본 적도 없을 거요. 이곳 사람들이 가진 것 전부, 창, 화살, 총, 가죽, 털가죽, 천막, 배, 개, 그걸 전부 팔아도 1,000달러도 안 될 거요. 하지만 나는 저 여자 엘수를 사려고 이곳의 창, 화살, 총, 가죽, 털가죽, 천막, 배, 개를 전부 합한 것의 26배가 되는 돈을 주었소. 아주 큰 값을 치르고 산 거요."

노인들은 무겁게 고개를 끄덕였지만, 그들의 쪼글쪼글한 눈은 여자의 값이 그렇게 높을 수 있다는 데 놀라 휘둥그레졌다. 침을 흘리는 노인은 입술을 닦았다. "그게 사실인가?" 그가 포르포르툭의 젊은이 여섯 명에게 물었다. 모두가 사실이라고 했다.

"그게 사실인가?" 그가 엘수에게 물었고 그녀도 "사실입니다" 하고 대답했다.

"하지만 포르포르툭은 노인입니다." 아쿤이 말했다. "저분의 딸들이 엘수보다 훨씬 나이가 많습니다."

"그렇습니다. 포르포르툭은 노인입니다." 엘수가 말했다.

"자기 나이의 힘을 판정하는 것은 포르포르툭이 할 일이다." 침을 흘리는 노인이 말했다. "우리도 노인이다. 하지만 노인이 젊은이들이 생각하는 것만큼 늙은 것은 아니다."

그 말에 노인들은 합죽이 입을 씰룩이며 고개를 끄덕이고 기침했다.

"저는 이분의 아내가 되지 않을 거라고 말했습니다." 엘수가 말했다.

"하지만 너는 이 사람에게서 우리가 가진 모든 재산의 26배를 가져가지 않았느냐?" 애꾸눈 노인이 물었다.

엘수는 말이 없었다.

"그게 사실이냐?" 그의 애꾸눈이 불에 달군 송곳처럼 그녀를 꿰뚫었다.

"사실입니다." 그녀가 말했다.

"하지만 저는 다시 도망칠 겁니다. 저는 언제든 도망칠 겁니다." 그녀가 잠시 후 소리쳤다.

"그것은 포르포르툭이 알아서 할 일이다. 우리는 재판을 할 뿐이다." 다른 노인이 말했다.

"자네는 이 여자를 위해 어떤 값을 치렀는가?" 그들은 아쿤에게 물었다.

"저는 값을 치르지 않았습니다." 그가 대답했다. "엘수는 값을 매길 수 없습니다. 저는 사금으로도 개로도 천막으로도 털가죽으로도 엘수의 값을 매기지 않았습니다."

노인들은 나지막하게 중얼거리며 토론했다. "여기 노인들은 얼음처럼 차갑군요." 아쿤이 영어로 말했다. "나는 이 사람들의 판결을 듣지 않겠어요, 포르포르툭. 당신이 엘수를 데려가면 나는 당신을 죽일 겁니다."

노인들은 토론을 멈추고 그를 의심스럽게 바라보았다. "자네가 하는 말을 우리는 알아듣지 못하겠다." 한 사람이 말했다.

"이자는 나를 죽이겠다고 말했소." 포르포르툭이 일러 주었다. "그러니 이자가 나를 해치지 못하게 총을 빼앗고 이 부족의 젊은이들을 옆에 앉혀 주시오. 이자는 젊고, 젊은이한테 뼈가 부러진 게 무슨 대수요!"

아쿤은 힘없이 총과 칼을 빼앗겼고, 그의 어깨 양편에 매켄지족 젊은이들이 앉았다. 애꾸눈 노인이 일어나서 몸을 꼿꼿이 세우고 말했다. "겨우 한 여자를 사는 데 그토록 큰돈이 들어갔다는 것은 놀라운 일이다. 하지만 그게 적절한 값이었는지는 우리의 관심사가 아니다. 우리는 판결을 내리러 모였고, 이제 판결을 내린다. 이에 대해 우리는 아무 의심도 없다. 모두가 알다시피 포르포르툭은 막대한 값을 치르고 엘수를 샀다. 그러므로 엘수는 다른 누구도 아닌 포르포르툭의 여자이다." 그런 뒤 그는 무겁게 앉아서 기침했다. 노인들은 고개를 끄덕이며 기침했다.

"당신을 죽일 거요." 아쿤이 영어로 소리쳤다.

포르포르툭이 미소 짓고 일어서서 노인들에게 말했다. "여러분은 진실한 판결을 내리셨소. 내 젊은이들이 여러분께 담배를 많이 드릴 거요. 이제 여자를 내게 건네주시오."

아쿤은 이를 갈았다. 젊은이들이 엘수의 팔을 잡았다. 그녀는 저항하지 않고 포르포르툭에게 갔고, 그 얼굴은 시무룩한 불꽃 같았다.

"내가 이야기를 마칠 때까지 발치에 앉아 있어." 그가 명령하고 잠시 가만히 있다가 말했다. "내가 노인인 것은 사실이오. 하지만 나는 젊은 이들의 방식을 이해합니다. 내게는 아직 불꽃이 있소. 물론 나는 이제 젊지 않소. 또 이 늙은 다리로 남아 있는 날들을 뛰어다니며 살고 싶은 마음도 없소. 엘수는 사슴처럼 잘 달리는 여자요. 엘수를 따라 달려 보았기에 그것을 잘 알고 있소. 아내의 발이 그토록 빠른 것은 좋지 않소. 나는 막대한 값을 치르고 엘수를 샀는데 여자가 자꾸만 도망을 치고, 아쿤은 돈을 한 푼도 치르지 않았는데 엘수는 그에게 달려가고 있소.

내가 매켄지 마을에 왔을 때 머릿속에는 한 가지 생각뿐이었소. 하지만 회의를 지켜보면서 엘수의 빠른 발을 생각하자 생각이 많아졌소. 그리고 이제 생각은 다시 한 가지만 남았지만, 그건 여기에 올 때와는 다른 생각이오. 내 생각을 들어 보시오. 한번 주인에게서 달아난 개는 계속 달아나는 법이오. 번번이 잡아 와도 번번이 달아나지요. 그런 개가 있으면 우리는 팔아 버립니다. 엘수는 자꾸 달아나는 개와 같소. 나는 엘수를 팔겠소. 이곳의 노인들 중 엘수를 살 분이 있소?"

노인들이 기침을 하고 침묵을 지켰다.

"아쿤은 사고 싶겠지만 저자는 돈이 없소." 포르포르툭이 다시 말했다. "그래서 나는 엘수를 그가 말한 대로 아무런 값 없이 그에게 줄 거요. 지금 바로 그에게 주겠소."

그는 엘수의 손을 잡고 그녀를 아쿤이 누운 곳으로 데리고 갔다.

"이 아이는 나쁜 버릇이 있다, 아쿤." 그가 그녀를 아쿤의 발치에 앉혔다. "예전에 내게서 달아났으니 앞으로는 네게서도 달아날 거야. 하지만 걱정할 필요 없다, 아쿤. 내가 알아서 해 주마. 엘수는 네게서 달

아나지 않을 거야. 포르포르툭이 약속하마. 이 아이는 재치가 뛰어나
다. 내가 여러 번 당했기 때문에 알지. 하지만 나도 한번 재치를 부려
볼까 한다. 그리고 내 재치로 엘수가 네게서 도망가지 못하게 해 주겠
다, 아쿤.”

포르포르툭은 엘수의 두 발을 위아래로 엇갈려 놓았다. 그리고 사람
들이 의도를 짐작하기도 전에 발목에 총을 쏘았다. 아쿤이 몸을 일으
키려다 젊은이들에 붙들려 버둥거리면서 부러진 뼈가 다시 부러지는
소리가 들렸다.

“공정한 일이다.” 노인들이 서로에게 말했다.

엘수는 아무 소리도 내지 않았다. 가만히 앉은 채 이제 평생토록 걷
지 못할 자신의 망가진 발목을 바라보았다.

“내 다리는 튼튼해, 엘수. 하지만 이 다리로 너에게서 달아나지는 않
을 거야.” 아쿤이 말했다.

엘수는 그를 바라보았다. 아쿤은 엘수를 알고 지낸 오랜 세월 동안
처음으로 그녀의 눈물을 보았다.

“네 눈은 사슴 눈 같아, 엘수.” 그가 말했다.

“공정합니까?” 포르포르툭이 묻고, 연기 가장자리에 서서 떠날 준비
를 하며 웃었다.

“공정하다.” 노인들이 말하고 침묵 속에 앉아 있었다.

불 피우기
To Build a Fire

하루가 차갑고 침침하게, 몹시 차갑고 침침하게 밝았을 때 남자는 유콘 강의 큰 들길을 벗어나 높은 흙둑을 올랐다. 그곳에는 어둡고 인적 드문 들길이 울창한 가문비나무 숲을 뚫고 동쪽으로 뻗어 있었다. 둑은 가팔랐고, 그는 꼭대기에서 숨을 고르려고 멈췄다가 멈춘 것을 정당화하기 위해 시계를 보았다. 9시였다. 하늘에 구름은 없었지만 해도 없고, 해의 기미도 없었다. 맑은 날이었는데도 모든 것의 표면에 아련한 장막이 씌워진 듯했다. 아침에 드리워진 이 미묘한 어둠은 해가 없기 때문이었다. 남자는 해가 없는 것이 걱정되지 않았다. 그는 해 없는 하늘에 익숙했다. 해를 본 지 여러 날이 지났고, 그 유쾌한 천체가 정남향의 지평선 위로 살짝 떠올랐다가 사라지는 모습도 며칠이 더 지나야 볼 수 있었다.

남자는 자신이 온 길을 돌아보았다. 폭이 1.5킬로미터가 넘는 유콘 강은 1미터 두께의 얼음 아래 숨어 있었다. 얼음 위에는 눈이 몇 미터 높이로 쌓였고, 그 순수한 흰색은 초겨울에 생겨난 유빙 더미 위로 부드러운 곡선을 이루어 오르내렸다. 눈이 닿는 한 남쪽도 북쪽도 오직 흰색뿐이었고, 예외라면 가문비나무에 덮인 남쪽 어느 섬의 옆을 돌아가는 가늘고 구불구불한 검은 선뿐이었다. 그 선은 북쪽으로 구불구불 뻗어서 다른 가문비나무 섬 뒤로 사라졌다. 그 검은 선은 들길, 큰 들길이었다. 남쪽으로 칠쿳 고개, 다이아를 지나 바다까지 800킬로미터를 가고, 북쪽으로 도슨까지 100킬로미터를 가고, 그곳에서 다시 북쪽으로 눌라토까지 1,600킬로미터를 가고, 또 2,500킬로미터를 더 가서 마침내 베링 해의 세인트마이클스에 이르는.

하지만 이 모든 것—까마득히 뻗은 미지의 들길, 해 없는 하늘, 지독한 추위, 이 모든 낯설고 기이한 것들—은 남자에게 아무 영향을 미치지 않았다. 오래전부터 거기에 익숙해서가 아니었다. 그는 '체차코', 즉 그 땅이 초행길인 자였고, 당연히 이곳에서 겨울을 보내기도 이번이 처음이었다. 그의 문제는 상상력이 없다는 것이었다. 그는 인생의 여러 가지 일에 빠르고 빈틈없었지만, 일에만 그렇고 그 의미에는 그렇지 못했다. 섭씨 영하 45도는 화씨로는 빙점 아래로 80도도 더 내려간 온도이다.* 이런 사실은 그에게는 그저 추위와 불편함일 뿐 그 이상은 아니었다. 그것 때문에 항온 동물인 자신의 연약함에 대해, 좁은 기후대에서만 살 수 있는 인간 일반의 연약함에 대해 사유하지는 않았다. 여기에서 더 나아가 불멸의 영역을 상상하거나 인간이 우주에서 차지

---

* 섭씨 영하 45도는 화씨 영하 50도이고, 화씨 온도의 빙점은 영상 32도이다.

하는 위치를 추론하지도 않았다. 영하 45도는 뼛속을 파고드는 혹한이라 장갑, 귀마개, 따뜻한 모카신, 두꺼운 양말로 막아야 하는 대상이었다. 그에게 영하 45도는 정확히 영하 45도였다. 그 이상의 어떤 것이 있다는 생각은 머리에 떠오르지 않았다.

그는 다시 길을 가려고 돌아서서 침을 퉤 뱉어 보았다가 쩍 하는 소리에 깜짝 놀랐다. 다시 침을 뱉어 보았다. 침은 다시 한 번 공중에서 쩍 소리를 내며 얼어붙어서 눈 위에 떨어졌다. 그는 영하 45도에서는 눈 위에 뱉은 침이 금세 언다는 사실을 알았지만 이 침은 공중에서 얼었다. 기온이 영하 45도보다 더 낮은 것이 분명했다. 정확히 얼마인지는 몰랐다. 하지만 기온은 중요하지 않았다. 그는 헨더슨 천의 왼쪽 지류에 있는 금광으로 가고 있었고, 그곳에는 친구들이 있었다. 그들은 인디언 천의 분수령을 넘어갔고, 그는 봄에 유콘 강 섬들에서 통나무를 구할 수 있을지 알아보기 위해 둘러 가는 길이었다. 그는 6시에 야영지에 도착할 것이다. 어둠이 살짝 내린 뒤겠지만 그곳에 가면 친구들이 있고 불이 있고 따뜻한 식사가 있을 것이다. 그는 재킷 속 셔츠 안쪽에 불룩 튀어나온 꾸러미를 손으로 눌러서 점심을 확인했다. 손수건에 싸서 맨살에 얹어 둔 것이다. 비스킷이 어는 것을 막으려면 그러는 수밖에 없었다. 그는 비스킷을 생각하면서 혼자 빙긋이 웃었다. 가운데를 하나하나 갈라서 베이컨 기름에 적신 뒤 튀긴 베이컨 조각으로 두툼하게 감싼 것이었다.

그는 키 큰 가문비나무 숲으로 들어갔다. 길은 희미했다. 마지막 썰매가 지나간 뒤 눈이 다시 30센티미터 내렸고, 그는 자신이 썰매 없이 가볍게 이동하는 것을 다행으로 여겼다. 사실 그의 짐은 손수건에 싼 비스킷뿐이었다. 하지만 이렇게 추울 줄은 몰랐다. 그는 손에 낀 벙어리장갑으로 마비된 코와 광대뼈를 문지르며 정말로 추운 날씨라고 생각했다. 그의 얼굴에는 구레나룻이 따뜻하게 났지만, 그것은 높은 광대뼈와 찬 공기 속으로 돌진하듯 튀어 나간 코를 보호해 주지는 못했다.

남자의 뒤에 개가 한 마리 따라왔다. 북극 태생인 진정한 늑대개로, 회색 털가죽도, 그 안쪽의 기질도 형제인 야생 늑대와 차이가 없었다. 개도 강추위에 움츠러들어 있었다. 놈은 지금이 길을 갈 때가 아니라는 것을 알았다. 놈의 본능은 인간의 판단력보다 현실을 더 잘 알았다. 기온은 실제로 영하 45도를 밑도는 정도에 그치지 않았다. 영하 50도도, 55도도 아닌 영하 60도였다. 화씨 온도로는 빙점 아래로 107도였다. 개는 온도계 같은 것은 몰랐다. 놈의 머리는 극한의 추위에 대해 남자처럼 예리하게 인식하지 못할 것이다. 하지만 개에게는 본능이 있었다. 그래서 막연하지만 깊은 공포를 느끼고 얌전히 남자의 뒤를 따라오게 되었고, 남자가 예기치 못하게 움직일 때마다 의문을 보였다. 개는 남자가 야영지에 들어가거나 어딘가에 자리를 잡고 불을 피우기를 기대하는 것 같았다. 개는 불을 알았고 불을 원했다. 아니면 눈 속에 기어들어서 찬 공기를 피하고 싶어 했다.

놈의 입김이 얼음 가루가 되어 털가죽, 특히 턱과 입 주변에 내려앉았고, 눈썹도 언 입김으로 하얘졌다. 남자의 붉은 수염도 하얬지만, 그곳의 얼음은 더 단단했고 매번 내쉬는 따뜻하고 축축한 숨결로 계속 커졌다. 남자는 담배도 씹었는데, 얼음이 입술을 어찌나 단단하게 재갈 물렸는지 담뱃진을 내뱉을 때 턱을 움직이기가 힘들었다. 그 결과 그의 턱에는 호박琥珀 같은 강도와 색의 수정 수염이 길게 자라났다. 그가 넘어지면 그것은 유리처럼 산산조각이 날 것이다. 하지만 그는 신경 쓰지 않았다. 그 지역에서 씹는담배를 하는 사람들은 모두 그런 고충을 겪었고, 그는 두 차례에 걸쳐 극심한 추위를 겪어 보았다. 두 번 다 이토록 춥지는 않았지만 식스티마일의 알코올 온도계는 영하 45도와 50도를 기록했다.

그는 평탄한 숲을 몇 킬로미터를 지난 뒤 유콘 강 유역 특유의 검은 초목 지대를 지나고 둑을 내려가서 얼어붙은 개울 바닥에 이르렀다. 그곳이 헨더슨 천이고, 15킬로미터만 더 가면 그 지류였다. 시계를 보니 10시였다. 그는 1시간에 6.5킬로미터를 가고 있었기 때문에 12시 반이면 그곳에 도착하리라는 계산이 섰다. 그는 그곳에 도착하면 기념으로 그곳에서 점심을 먹기로 마음먹었다.

남자가 개울 바닥으로 돌아들자 낙심한 개가 꼬리를 늘어뜨린 채 다시 그의 발치에 쓰러졌다. 썰매 자국은 뚜렷했지만 마지막 자국 위로 눈이 10여 센티미터 쌓여 있었다. 한 달 동안 누구도 이 조용한 개울 길을 오가지 않았다. 남자는 꾸준히 걸었다. 생각이 많은 사람도 아니었지만, 지류 분기점에서 점심을 먹을 것이고 6시에는 야영지의 친구들을 만날 것이라는 생각 말고 달리 할 생각도 없었다. 대화 상대도 없었다. 하지만 있었다 해도 입의 얼음 재갈 때문에 대화를 할 수 없었을 것이다. 그래서 그는 단조롭게 담배만 씹으며 황갈색 수염을 늘려 갔다.

아주 춥다는 생각과 이런 추위는 처음이라는 생각이 반복적으로 들었다. 길을 걸으며 그는 장갑 낀 손등으로 광대뼈와 코를 문질렀다. 기계적으로 손을 바꿔 가며 문질렀지만 아무리 해도 손을 멈춘 순간 광대뼈가 다시 마비되고 다음 순간 코끝이 마비되었다. 그는 뺨이 얼 것을 확신하며 버드가 혹한 속에 나갈 때 쓰는 코덮개 같은 물건을 만들어 오지 않은 것을 후회했다. 그런 덮개는 뺨도 가려 주었다. 하지만 어쨌건 그것은 별일 아니었다. 뺨이 어는 게 무슨 문제인가? 약간 아플 뿐, 그것이 전부이다. 전혀 중요하지 않았다.

남자는 머릿속에 생각은 별로 없었지만 눈으로는 사방을 예리하게 관찰해서 개울의 변화, 만곡과 굽이와 폐목 더미를 눈여겨보았고 언제나 발밑을 조심했다. 한번은 굽이를 돌다가 놀란 말처럼 옆으로 피하면서 서너 걸음 뒤로 물러섰다. 그가 아는 그 개울은 바닥까지 꽝꽝 얼어 있었지만—극지의 그 겨울에 물이 흐르는 개울은 없었다—그는 언덕 기슭에서 시작되어 눈 밑을 지나고 개울의 얼음 위로 흐르는 샘물이 있다는 것을 알았다. 그런 샘물은 아무리 강한 추위에도 얼지 않았고, 그래서 위험했다. 그것은 덫이었다. 그리고 10센티미터, 또는 1미터 깊이의 눈 밑에 물웅덩이를 만들었다. 때로는 그 위로 1센티미터 두께의 살얼음이 얼고 그 위에 다시 눈이 쌓일 때도 있었다. 때로는 물과 살얼음이 번갈아 층을 이루어서 한번 잘못 디디면 몇 개의 층을 뚫고 내려가 허리까지 적시는 일도 일어났다.

그가 그렇게 놀라서 뒷걸음질을 친 것은 그 때문이었다. 발밑이 꺼지는 느낌 속에 눈 밑에서 살얼음이 깨지는 소리가 들렸다. 그리고 그런 날씨에 발이 젖는 것은 엄청나게 고생스럽고 위험한 일이었다. 다른 피해는 없다 해도 어쨌건 이동이 늦어졌다. 걸음을 멈추고 불을 피워야 하기 때문이다. 불 앞에 맨발을 드러내고 양말과 모카신을 말려야 했다. 그는 개천 바닥과 강둑을 살펴보았고, 물이 오른쪽에서 흘러온다고 판단했다. 그는 잠시 코와 뺨을 비비며 생각해 보다가 발밑을 조심 또 조심하면서 왼쪽으로 둘러 갔다. 그리고 위험에서 벗어나자 다시 담배를 씹으며 시속 6.5킬로미터의 걸음을 재개했다.

그 뒤로 2시간 동안 그는 그런 덫에 몇 번 더 마주쳤다. 웅덩이를 숨긴 눈은 대개 아래쪽으로 약간 꺼져 있어서 위험을 솔직하게 예고했다. 하지만 한번은 아주 위험할 뻔했다. 그리고 한번은 위험이 의심되어 개를 먼저 보냈다. 개는 가려고 하지 않았다. 남자가 밀 때까지 버티다가 아무런 발자국도 없는 흰 공간을 재빨리 건너갔다. 그러다 얼음이 꺼져서 버둥거리며 좀 더 단단한 곳으로 물러갔다. 앞발과 앞다리가 젖었고, 즉시 얼어붙었다. 놈은 얼른 다리에 생긴 얼음을 핥아 먹으려 했고, 이어 눈 위에 엎드려 발톱 사이에 생긴 얼음을 깨물었다. 그것은 본능이었다. 얼음을 그냥 두면 발이 다쳤다. 놈은 그 사실을 몰랐다. 그저 존재의 깊은 곳에서 솟아오르는 알 수 없는 명령에 따를 뿐이었다. 하지만 남자는 그것을 알았기에 오른손에서 장갑을 벗어 함께 얼음 조각을 떼 주었다. 손가락을 노출하고 1분도 지나지 않았는데 마비감이 급속도로 밀어닥쳐서 그는 놀랐다. 정말로 추운 날씨였다. 그는 서둘러 장갑을 끼고 손으로 가슴팍을 맹렬히 문질렀다.

12시는 하루 중 가장 밝은 시간이었다. 하지만 겨울 해는 남쪽으로 너무도 멀리 있어서 지평선 위로 떠오를 수가 없었다. 해와 헨더슨 천 사이에는 두두룩한 땅이 솟아 있었지만, 그는 맑은 정오의 하늘 아래 그림자 없이 걸었고, 12시 반에 헨더슨 천의 지류 합류점에 도달했다. 그는 자신의 속도에 만족했다. 그대로 가면 6시에는 틀림없이 친구들을 만날 수 있을 것이다. 그는 재킷과 셔츠를 풀고 점심을 꺼냈다. 그 일을 하는 데는 15초 이상이 걸리지 않았지만, 그 짧은 시간에도 맨살을 드러낸 손가락이 곧장 마비되려고 했다. 하지만 그는 다시 장갑을 끼지 않고 손가락을 다리에 대고 여남은 번 세게 때렸다. 그런 뒤 비스킷을 먹으려고 눈 덮인 통나무에 앉았다. 손가락으로 다리를 때린 통증은 놀라울 만큼 금세 사라졌고, 그는 비스킷을 한 입도 깨물지 못했다. 그는 손가락을 반복해서 때린 뒤 장갑을 끼고, 먹기 위해 다른 손의 장갑을 벗었다. 그리고 비스킷을 베어 물려고 했지만 얼음 재갈 때문에 그러지 못했다. 불을 지피고 몸을 녹여야 하는 걸 잊은 것이다. 그는 자신의 어리석음에 웃었고, 그러면서도 밖으로 드러난 손가락이 마비되는 것을 확인했다. 또 자리에 앉을 때 느꼈던 발가락의 고통도 이미 사라지고 있었다. 발가락이 따뜻해진 것인지 마비된 것인지 의아했다. 그는 발가락을 모카신 안쪽으로 오그려 보고 마비된 것이라고 판단했다.

그는 서둘러 장갑을 끼고 일어섰다. 겁이 났다. 통증이 돌아올 때까지 발을 쿵쿵 굴렀다. 정말로 추운 날씨라고 그는 생각했다. 설퍼 천의 노인이 추위에 대해 한 말은 사실이었다. 그때 그는 그 말에 웃었다! 그걸 보면 사람은 무슨 일이건 너무 장담하면 안 된다. 날씨가 몹시 춥다는 것은 명확했다. 발을 구르고 팔을 휘두르며 제자리를 서성거리자 마침내 온기가 돌아왔다. 그는 이어 성냥을 꺼내 불을 피우기 시작했다. 지난봄에 개울이 불어나면서 밀려온 잔가지들이 잔뜩 엉켜 있는 덤불에서 땔감을 구했다. 조심조심 불을 키워서 곧 불이 이글거리자 그는 얼굴에 얼어붙은 얼음을 녹이고 그 온기 아래에서 비스킷을 먹었다. 한순간 추위는 힘을 쓰지 못했다. 개도 만족해서 불에서 온기는 얻되 그슬리지는 않을 만한 거리에서 몸을 폈다.

식사를 마치자 그는 파이프에 담배를 채워 피우며 잠시 쉬었다. 그런 뒤 벙어리장갑을 끼고 귀에 모자의 귀마개를 확실히 대고 왼쪽 지류를 따라 개천가를 걸었다. 개는 안타까워하며 불로 돌아가고 싶어 했다. 남자는 추위를 몰랐다. 어쩌면 그의 조상은 대대손손 추위를, 강

추위를, 영하 60도의 추위를 몰랐는지도 모른다. 하지만 개는 알았다. 개의 조상은 모두 알았고, 개도 그 지식을 물려받아서 그런 혹한에 돌아다니는 것은 좋은 일이 아님을 알았다. 눈 속 구멍에 들어가, 이런 추위를 보내는 우주 공간 앞에 구름의 장막이 드리워지기를 기다려야 했다. 하지만 개와 남자 사이에는 이렇다 할 유대가 없었다. 한쪽이 다른 한쪽의 노예였고, 놈이 받은 대접이라고는 채찍질과 채찍질을 하겠다는 으름장뿐이었다. 그래서 개는 남자에게 자신의 두려움을 전달하려 하지 않았다. 놈은 남자의 안녕을 걱정하지 않았다. 놈이 불로 돌아가고 싶어 한 것은 자신의 안녕을 위해서였다. 하지만 남자가 휘파람을 불고 채찍질 같은 소리로 말하자 개는 얼른 달려서 그 뒤를 따라갔다.

남자가 담배를 씹자 다시 수염이 황갈색으로 변하기 시작했다. 습기 찬 숨은 금세 다시 콧수염, 눈썹, 속눈썹에 흰 가루를 뿌렸다. 헨더슨 천의 왼쪽 지류에는 샘물이 별로 없는 듯했고, 남자는 30분 동안 샘물의 기미도 보지 못했다. 그때 그 일이 일어났다. 아무 기미도 없는 곳, 눈이 부드럽고 균열 없이 쌓여 그 아래 지반이 단단해 보이는 곳에서 남자의 발밑이 꺼졌다. 깊지는 않았다. 정강이 절반까지 물에 젖었을 때 그는 단단한 얼음 위로 허우적거리며 나왔다.

그는 화가 났고 불운을 욕했다. 6시에 야영지의 친구들을 만나려고 했지만 이 일 때문에 1시간은 지체될 것이다. 불을 피우고 신발과 양말을 말려야 하기 때문이다. 이렇듯 낮은 기온에서는 그렇게 하지 않을 수 없었다. 그도 그만큼은 알았다. 그는 돌아서서 둑을 올랐다. 둑 위 가문비나무들 주변에는 개울물이 불었을 때 실려 온 나뭇가지들이 덤불 속에 엉켜 있었다. 주로 막대기와 잔가지였지만 단단한 가지와 마른 풀도 많았다. 그는 눈 위에 큰 나무토막 몇 개를 던졌다. 그것이 불의 토대가 되고, 어린 불길이 눈에 닿아 꺼지는 것을 막아 주었다. 불은 주머니에 넣어 온 자작나무 껍질에 성냥을 대서 만들었다. 그것은 종이보다 더 잘 탔다. 그것을 토대 위에 놓고, 그 여린 불꽃에 마른 풀과 아주 작은 가지 들을 얹었다.

그는 위험을 예리하게 의식하며 조심조심 작업했다. 차츰 불꽃이 강해졌고, 그는 점점 더 큰 가지를 넣었다. 눈 속에 쪼그려 앉은 채로 덤불에서 가지들을 빼서 불에 넣었다. 실패하면 끝이었다. 영하 60도에서는 불을 피우는 데 한 번에 성공해야 했다. 그러니까 발이 젖었을 경우에는 말이다. 발이 젖지 않았다면 불을 피우는 데 실패해도 몇백 미터쯤 달려가면 곧 혈액이 순환되었다. 하지만 영하 60도에서 발이 젖으면 달리는 방법으로는 혈액 순환을 회복시킬 수 없다. 아무리 빨리 달려도 더 빨리 얼 뿐이다.

남자는 이 모든 것을 알았다. 그리고 지난가을 설퍼 천의 노인이 해 준 충고가 이제 소중하게 느껴졌다. 그의 발은 이미 모든 감각을 잃었다. 불을 피우기 위해 벙어리장갑을 벗었더니 손가락이 금세 마비되었다. 시속 6.5킬로미터로 걸을 때는 심장이 몸의 표면과 모든 말단 부위까지 피를 펌프질 해 보냈다. 그러나 걸음을 멈춘 순간 펌프질은 느려졌다. 우주의 추위는 행성의 보호막 없는 극지를 때렸고, 그는 극지에서 온몸으로 그 충격을 받았다. 그의 피는 그 충격에 움츠러들었다. 피는 개처럼 살아 있었고, 개처럼 이 혹한을 피하고 싶어 했다. 시속 6.5킬로미터로 걷는 한 그는 좋든 싫든 피부 표면까지 피를 펌프질 해 보낼 수 있었다. 하지만 이제 피는 사라져서 몸 구석구석으로 가라앉았다. 말단 부위들이 그것을 가장 먼저 느꼈다. 젖은 발이 가장 빨리 얼었고, 노출된 손가락은 아직 얼지는 않았지만 가장 먼저 마비되었다. 코와 뺨은 이미 얼어 갔고, 피부 전체도 곧바로 차가워졌다.

하지만 그는 안전했다. 발가락과 코와 뺨은 큰 피해가 없을 것이다. 불이 이미 힘을 얻었기 때문이다. 그는 불 속에 손가락 굵기의 잔가지를 넣었다. 1분만 지나면 손목만 한 가지를 넣을 수 있을 테고, 그러면 젖은 양말과 신발을 벗고 그것들이 마르는 동안 맨발을 녹일 수 있을 것이다. 물론 처음에는 눈으로 발을 문질러야 한다. 불은 잘 타올랐고, 그는 안전했다. 그는 설퍼 천의 노인을 떠올리고 미소를 지었다. 노인은 기온이 영하 45도 아래로 떨어지면 클론다이크 지역을 혼자 다니지 못하게 법으로 막아야 한다고 주장했다. 어쨌건 그는 이렇게 왔다가 사고를 당했고, 또 혼자였다. 하지만 위험은 면했다. 어떤 노인들은 좀 여자 같다는 생각이 들었다. 남자는 어떤 상황에서도 냉정만 잃지 않으면 되고, 그는 무사했다. 남자다운 남자라면 당연히 혼자서 다닐 수 있다. 하지만 뺨과 코가 어는 속도는 놀라웠다. 그는 손가락이 그렇게 빨리 생명을 잃을 줄은 몰랐다. 그것들은 정말로 생명을 잃었다. 그 손가락을 움직여 나뭇가지를 집어 들기도 힘들었고, 손가락 전체가 자기 몸에서 멀리 떨어져 있는 것 같았기 때문이다. 손으로 가지를 잡아도 눈으로 보지 않고는 그것을 잡았다는 사실을 알 수 없었다. 그와 손끝을 연결하는 선은 거의 끊어져 있었다.

그런 일은 중요하지 않았다. 불이 있었다. 타닥타닥 타오르는 그 불은 춤추는 불꽃 하나하나가 생명을 약속했다. 그는 모카신을 풀었다. 모카신은 얼음에 덮였고, 무릎 중간까지 오는 두꺼운 양말은 무쇠 장화 같았다. 모카신 끈은 큰 화재에 휘어진 철근 같았다. 그는 잠시 마비된 손으로 씨름하다가 잘못을 깨닫고 칼집에서 칼을 꺼냈다.

하지만 신발 끈을 자르기 전에 사고가 일어났다. 그것은 그의 실수 또는 잘못이었다. 가문비나무 밑에 불을 피운 것이 문제였다. 불은 뻥 뚫린 공간에 피워야 했다. 나무 밑에 불을 피운 것은 덤불에서 가지를 가져다 넣기가 편해서였다. 불 위로 가지를 벌린 나무에는 눈이 잔뜩 쌓여 있었다. 몇 주일 동안 바람 한 점 없었기에 가지들은 최대치의 눈을 안고 있었다. 그가 가지를 더 넣을 때마다 나무는 조금씩 떨렸다. 그 떨림은 그가 알아차리기에는 너무 작았지만 재난을 불러오기에는 충분했다. 높은 가지 하나가 눈을 쏟았다. 그것이 아래쪽 가지에 떨어져서 그 가지의 눈을 떨구었다. 이 과정이 온 나무로 퍼지며 산사태처럼 커져서 남자와 불을 덮쳤고, 불은 그 즉시 꺼졌다! 불이 타오르던 자리에는 어지러운 눈 더미뿐이었다.

그는 충격을 받았다. 사형 선고를 들은 것 같았다. 그는 잠시 가만히 앉아서 불이 타오르던 자리를 바라보았다. 그런 뒤 아주 차분해졌다. 설퍼 천의 노인이 옳았는지도 모른다는 생각이 들었다. 그가 동료와 함께 길을 나섰다면 위험에 빠지지 않았을 것이다. 동료가 불을 피울 수 있었을 것이다. 하지만 불을 다시 피우는 일도 그가 해야 했고, 두 번째 시도는 절대 실패하면 안 되었다. 성공한다 해도 발가락 몇 개는 잃을 것이다. 그의 발은 이제 심하게 얼었을 테고 두 번째 불을 피우는 데는 시간이 좀 걸릴 것이다.

그런 생각들이 떠올랐지만 그는 가만히 생각만 하고 있지는 않았다. 머릿속에 생각들이 스쳐 지나가는 내내 바삐 움직였다. 이번에는 어떤 괘씸한 나무가 불을 꺼뜨리지 못하도록 뻥 뚫린 곳에 불을 피울 자리를 새로 만들었고, 개울에 실려 온 마른 풀과 잔가지를 모았다. 손가락이 곱아서 그것들을 잡아 뜯을 수는 없었지만, 한 움큼 정도를 모을 수 있었다. 썩은 가지와 푸른 이끼 들도 모았다. 바람직한 땔감은 아니지만 그가 구할 수 있는 최선이었다. 그는 체계적으로 작업했다. 심지어 불이 힘을 얻으면 쓸 용도로 굵은 가지들도 한 아름 모았다. 그러는 내내 개는 가만히 앉아서 그를 지켜보았다. 개의 눈에는 열망이 담겨 있었다. 놈에게 그는 불을 피우는 사람이었고, 불은 천천히 생겨났다.

모든 것이 준비되자 그는 자작나무 껍질을 꺼내려고 주머니에 손을 넣었다. 그는 그 안에 나무껍질이 있다는 것을 알았고, 손에 닿는 감각은 없었지만 그것이 손끝에서 바스락거리는 소리는 들었다. 하지만 아무리 노력해도 집을 수가 없었다. 그러는 가운데 그의 의식은 매 순간 발이 얼고 있음을 자각했다. 이 생각은 그를 공황 상태로 몰아넣었지만 그는 애써 이를 물리치고 냉정을 유지했다. 그는 이빨로 손에 벙어리장갑을 끼고, 두 팔을 앞뒤로 흔들며 온 힘을 다해 두 손을 옆구리에 두드렸다. 처음에는 앉아서 하다가 잠시 후에는 일어서서 했다. 개는 계속 눈 속에 앉아 있었다. 늑대 같은 꼬리는 앞발을 따뜻하게 감쌌고, 늑대 같은 귀는 남자를 지켜보듯 쫑긋 서 있었다. 남자는 두 팔과 두 손을 휘두르고 두드리다가 따뜻한 자연의 방한복을 입은 동물에게 강렬한 질투가 솟는 것을 느꼈다.

그렇게 손가락을 두드리자 얼마 후 감각이 희미하게 돌아왔다. 그 감각은 점점 커져서 엄청난 통증으로 변했지만 그는 통증을 기쁘게 환영했다. 그는 오른손 장갑을 벗고 자작나무 껍질을 꺼냈다. 노출된 손가락은 다시 감각을 잃기 시작했다. 다음으로 그는 유황성냥을 꺼냈다. 하지만 추위는 이미 그의 손가락에서 생명을 빼앗아 갔고, 그는 성냥 하나를 떼어 내려고 하다가 성냥 전체를 눈에 떨구었다. 그것을 주워 올리려는 노력은 실패했다. 죽은 손가락은 그것을 느끼지도, 집어 들지도 못했다. 그는 신중에 신중을 기했다. 얼어 가는 발, 코, 뺨에 대한 생각을 밀어내고 온 영혼을 성냥에 바쳤다. 손가락의 감각으로 느끼는 대신 손가락이 성냥 뭉치에 닿는 것을 눈으로 보면서 그것들을 모았다. 그것은 의지의 힘을 통해서였다. 연결은 끊어지고, 손가락은 말을 듣지 않았기 때문이다. 그는 오른손에 장갑을 낀 뒤 무릎에 대고 맹렬히 두드렸다. 그리고 장갑 낀 두 손으로 성냥 뭉치를 눈과 함께 퍼내서 무릎에 올렸다. 하지만 사정은 나아지지 않았다.

얼마간의 사투 끝에 그는 손바닥 끝 부분으로 성냥 뭉치를 잡을 수 있었다. 그런 뒤 그것을 입으로 가지고 갔다. 그가 격렬한 노력으로 입을 벌리자 얼음이 요란하게 부서져 내렸다. 그는 아래턱을 안으로 당기고 윗입술을 위로 말아 올린 뒤 성냥을 떼어 내려고 윗니로 긁었다. 마침내 성냥 하나를 떼어 내서 무릎에 떨구었다. 하지만 사정은 나아지지 않았다. 그것을 주워 들 수 없었기 때문이다. 그는 방법을 고안했다. 성냥을 이로 물고 다리에 대고 긁은 것이다. 20번쯤 긁자 불이 붙었다. 그는 불붙은 성냥을 입에 물고 자작나무 껍질에 가져다 댔다. 하지만 타오르는 유황불은 콧구멍을 통해 폐로 들어와서 격렬한 기침을 일으켰고, 성냥은 눈 위에 떨어져서 꺼졌다.

설퍼 천 노인의 말이 옳다고, 그는 그 뒤로 이어진 차분한 절망 속에 생각했다. 기온이 영하 45도 이하일 때 사람은 동료와 함께 다녀야 한다. 손을 두드렸지만 아무런 감각도 없었다. 그는 갑자기 이빨로 벙어리장갑을 벗어 두 손을 모두 노출했다. 그리고 성냥 뭉치 전체를 양손바닥 끝으로 잡았다. 팔근육은 아직 얼지 않아서 성냥을 꽉 잡을 수 있었다. 그런 뒤 그것을 다리에 대고 긁었다. 그것은 환하게 타올랐다. 70개의 성냥이 동시에! 그 불을 끌 바람은 없었다. 그는 연기를 피해 고개를 한쪽으로 기울이고 타오르는 성냥을 자작나무 껍질에 댔다. 그러는 동안 손에 감각이 느껴졌다. 살이 타고 있었다. 살 타는 냄새가 났다. 표피 아래 깊은 곳에서 그것이 느껴졌다. 그 감각은 지독한 고통으로 변했다. 그래도 그는 참고 성냥불을 자작나무 껍질에 댔지만 불은 얼른 붙지 않았다. 그의 두 손이 성냥불과 자작나무 껍질 사이를 가로막고 대부분의 불꽃을 흡수하고 있었기 때문이다.

더는 참을 수 없게 되었을 때 그는 두 손을 떼었다. 성냥불은 지글거리며 눈 속에 떨어졌지만 자작나무 껍질은 불이 붙었다. 그는 마른 풀과 작은 가지를 불꽃 속에 넣었다. 재료를 가릴 수는 없었다. 양 손바닥 끝으로 그 일을 해야 했기 때문이다. 잔가지들에는 썩은 목재와 녹색 이끼가 달라붙어 있었고, 그는 이빨로 그것들을 최대한 물어뜯었다. 불을 다루는 그의 동작은 신중하면서도 서툴렀다. 불은 생명을 의미했고 꺼지면 안 되었다. 몸의 표피에서 피가 가시면서 떨림이 시작되었고, 그의 동작은 더 서툴러졌다. 작은 불 위로 커다란 녹색 이끼 뭉치가 정통으로 떨어졌다. 그는 손으로 그것을 집어내려고 했지만, 몸이 떨리는 바람에 손이 너무 크게 움직여서 작은 불의 중심이 흔들리고 불붙은 풀과 잔가지가 흩어졌다. 그는 그것을 다시 모으려고 했지만, 아무리 신경을 곤두세우고 노력해도 떨리는 몸이 말을 듣지 않아서 잔가지들은 대책 없이 흩어졌다. 가지 하나하나가 연기 속에 꺼졌다. 불 피우기는 실패했다. 무감각하게 주변을 둘러보는데, 불의 잔해 맞은편에 앉은 개가 보였다. 개는 안타까운 눈길로 불안하게 어깨를 굽히며 앞발을 차례로 들었다 내리고, 무게중심을 이리저리 옮기고 있었다.

개를 보자 그의 머리에 거친 생각이 떠올랐다. 눈보라에 갇혔을 때

사슴을 죽이고 그 시신 속에 들어가 목숨을 건졌다는 남자의 이야기를 들은 적이 있었다. 개를 죽여서 그 따뜻한 몸에 두 손을 녹이면 불을 다시 피울 수 있을 것이다. 그는 개를 불렀지만, 그 목소리에 담긴 이상한 어조가 개를 긴장시켰다. 놈은 그가 그런 말투로 자신을 부르는 것을 들은 적이 없었다. 무언가 이상했고, 놈의 의심 많은 성격은 위험을 감지했다. 어떤 위험인지는 몰라도 놈의 머리 어딘가에서 두려움이 일었다. 놈은 그의 목소리에 귀를 납작 내렸고, 불안하게 어깨를 굽히는 동작과 앞발을 차례로 들어 올리는 동작이 더욱 커졌다. 하지만 놈은 남자에게 오지 않았다. 남자는 두 손 두 발로 개에게 기어갔다. 이 이상한 자세는 다시 의심을 일으켰고, 개는 잰걸음으로 옆으로 물러났다.

남자는 눈 속에 잠시 앉아서 냉정을 되찾으려고 했다. 그런 뒤 이빨로 벙어리장갑을 끼고 두 발로 일어섰다. 그리고 자신이 정말로 서 있는지 확인하려고 아래를 내려다보았다. 발에 아무런 감각이 없어서 몸이 땅과 분리되었기 때문이다. 그가 꼿꼿하게 서자 개는 차츰 의심을 떨쳤다. 그리고 그가 채찍 같은 목소리로 단호하게 부르자 개는 동맹의 습관을 되살려서 그에게 갔다. 놈이 손에 닿을 만한 거리에 오자 남자는 중심을 잃었다. 그는 개를 향해 팔을 뻗었지만 그 손이 개를 잡을 수 없다는 사실, 그 손가락에 힘도 느낌도 전혀 없다는 사실에 진정으로 놀랐다. 그는 잠시 자기 손가락이 얼었고 갈수록 더 얼고 있다는 사실을 잊었다. 이 모든 일은 순식간에 일어났고, 그는 개가 피하기 전에 놈의 몸뚱이를 두 팔로 끌어안았다. 그리고 개를 안은 자세로 눈 속에 앉았다. 개는 으르렁거리다 낑낑거리다 버둥거렸다.

하지만 그가 할 수 있는 일은 그것이 전부였다. 개를 두 팔로 감싸고 앉아 있는 것. 그는 자신이 개를 죽일 수 없다는 사실을 깨달았다. 그럴 방법이 없었다. 이런 대책 없는 손으로는 칼집에서 칼을 꺼낼 수도 잡을 수도 없었고, 개의 목을 조를 수도 없었다. 그가 개를 놓자 개는 다리 사이에 꼬리를 늘어뜨린 채 으르렁거리며 황급히 달아났다. 그리고 12미터 정도 떨어지자 그 자리에 멈춰 서서 귀를 쫑긋 세우고 호기심에 찬 눈으로 그를 살펴보았다. 남자가 자기 손이 어디에 있는지 보려고 눈길을 내리니 손은 팔 끝에 달려 있었다. 자기 손이 어디에 있는지 알기 위해 눈을 사용해야 한다는 사실이 어이없었다. 그는 팔을 앞뒤로 흔들며 장갑 낀 두 손을 옆구리에 탕탕 쳤다. 5분 동안 격렬하게 그 일을 하자 심장이 피부로 피를 충분히 펌프질 해 보내서 떨림이 멈추었다. 하지만 손의 감각은 돌아오지 않았다. 그는 손이 팔 끝에 추처럼 매달려 있는 듯한 느낌을 받았지만, 실제로 그것을 느낄 수는 없었다.

둔하고 먹먹한 죽음의 공포가 다가왔다. 이제 문제는 손가락 발가락이 얼거나 손발을 잃는 정도가 아니라 생사가 걸린 문제이며, 자신의 상황이 매우 불리하다는 사실을 깨닫자 공포는 빠른 속도로 커졌다. 그는 공황 상태에 빠졌고, 돌아서서 희미한 길의 자취를 따라 개울 바닥을 달렸다. 개가 그 뒤를 따라왔다. 그는 난생처음 경험하는 공포 속에 아무런 생각 없이 맹목적으로 달렸다. 그렇게 눈을 헤치며 가는데 천천히 그의 눈에 무언가가 다시 들어오기 시작했다. 개울둑, 폐목 더미, 이파리 없는 사시나무와 하늘이었다. 달렸더니 조금 나아졌다. 그는 떨지 않았다. 계속 달리면 발이 녹을지도 몰랐다. 그리고 어쨌건 계속 달리면 야영지에도 일찍 도착해서 친구들을 만날 것이다. 물론 손발가락 몇 개를 잃고 얼굴 일부도 망가질 것은 분명했다. 하지만 그곳에 도착하면 친구들이 그를 돌봐 주고 남은 몸을 살려 줄 것이다. 동시에 그의 머릿속에는 다른 생각도 들었다. 야영지와 친구들에게 이르지 못하리라는 생각, 그곳은 너무 멀다는 생각, 추위는 자신보다 너무 강하다는 생각, 곧 뻣뻣하게 얼어 죽으리라는 생각이었다. 그는 이 생각들은 밀어내고 더는 거기 관심을 주지 않았다. 때로 그것이 앞으로 비집고 나와 관심을 촉구했지만, 그는 다시 뒤로 밀치고 다른 생각을 하려고 했다.

발이 꽁꽁 얼어서 땅을 밟는 감각이 전혀 없는데도 자신이 그 발로 달릴 수 있다는 사실이 신기했다. 그는 표면을 사뿐사뿐 스치고 지나가는 것 같았고, 땅과는 아무 관련이 없는 것 같았다. 예전에 날개 달린 메르쿠리우스 신을 본 적이 있었다. 메르쿠리우스도 땅을 스치고 다닐 때 이런 느낌일까 싶었다.

계속 뛰다 보면 친구들이 있는 야영지에 도착하리라는 그의 이론에는 한 가지 결함이 있었다. 그는 지구력이 없다는 것이었다. 그는 몇 차례 넘어졌고, 비틀거리다 결국 털썩 쓰러졌다. 일어나려고 했지만 실패했다. 그는 앉아서 쉬어야 한다고, 그런 다음에 일어나서 걸어야겠다고 생각했다. 앉아서 숨을 고르는 동안 따뜻하고 편안한 느낌이 들었다. 떨리지 않았고, 따뜻한 빛이 가슴과 몸통으로 들어오는 느낌마저 들었다. 하지만 코나 뺨을 만져 보면 여전히 감각이 없었다. 그것들은 달려도 녹지 않을 것이다. 손도 발도 녹지 않을 것이다. 그의 몸에서 언 부분이 점점 늘어나리라는 생각이 들었다. 그는 그 생각을 억누르고 다른 생각을 하려고 했다. 그것에 따르는 공황을 알았고 그 느낌이 두려웠다. 하지만 그 생각은 물러나지 않고 지속되어서 마침내 자신의 온몸이 꽁꽁 언 모습이 눈앞에 떠올랐다. 그것은 끔찍했고, 그는 다시 들길을 맹렬하게 달렸다. 한 번 걸음을 늦추었지만 언 부위가 점점 퍼져 가고 있다는 생각에 다시 달렸다.

　개도 계속 그와 함께 달렸다. 그가 두 번째로 쓰러졌을 때 개는 꼬리로 앞발을 감고 남자의 앞에 앉아서 호기심 어린 눈길로 그를 바라보았다. 그는 개가 그토록 따뜻하고 안전하게 있다는 데 화가 나서, 개가 사과하듯 귀를 내릴 때까지 개에게 욕을 했다. 이번에는 떨림이 더 빨리 닥쳤다. 그는 추위에 지고 있었다. 추위는 사방에서 그의 몸속으로 파고들었다. 그는 그 생각에 다시 앞으로 나아갔지만, 30미터도 가지 못해 고꾸라졌다. 그것은 그의 마지막 공황이었다. 숨과 통제력이 돌아왔을 때 그는 일어나 앉아서 위엄 있게 죽음을 맞이하는 일을 생각했다. 하지만 그 생각은 그런 표현으로 떠오르지 않았다. 그의 머리에 떠오른 생각은 지금껏 자신이 머리 잘린 닭처럼 뛰어다닌 것은—그 순간 그의 머리에 떠오른 비유였다—바보 같은 짓이었다는 것이었다. 자신은 어쨌건 곧 얼어 죽을 테니 그런 운명을 점잖게 맞는 것도 좋을 듯했다. 그렇게 마음의 평화를 얻었더니 졸음이 찾아왔다. 자다가 죽는 것은 좋은 일이라고 그는 생각했다. 그것은 마취제를 맞는 것과 같았다. 얼어 죽는 것은 사람들의 생각만큼 나쁘지 않았다. 그보다 끔찍한 죽음도 많았다.

　친구들이 다음 날 자기 시신을 발견하는 모습이 떠올랐다. 문득 그는 친구들과 함께 들길을 걸어오고 있었다. 그리고 여전히 그들과 함께 길 굽이를 돌아서 자신이 눈 속에 누워 있는 모습을 보았다. 그는 더 이상 자기 몸속에 있지 않았다. 이미 자기 바깥으로 나가서 친구들과 함께 눈 속의 자신을 바라보고 있었다. 그는 날씨가 정말로 춥다고 생각했다. 미국에 돌아가면 사람들에게 진짜 추위에 대해 말해 줄 수 있을 것이다. 그의 생각은 설퍼 천의 노인에게 흘러갔다. 노인이 따뜻하고 편안하게 파이프를 피우는 모습이 눈앞에 생생히 떠올랐다.

"영감님 말씀이 맞았어요." 남자가 설퍼 천의 노인에게 중얼거렸다.

그런 뒤 남자는 졸음에 빠졌고, 그 잠은 평생 가장 편안하고 만족스러운 잠처럼 느껴졌다. 개가 그를 바라보며 기다렸다. 짧은 하루는 길고 느린 땅거미 속으로 저물었다. 불의 기미도 없었고, 게다가 개는 일평생 사람이 불도 피우지 않고 이렇게 눈 속에 가만히 앉아 있는 것을 본 적이 없었다. 땅거미가 다가왔을 때, 개는 불 생각이 너무도 간절해져서 앞발을 높이 들고 칭얼거렸다가 남자의 꾸지람을 예상하고 귀를 납작 내렸다. 하지만 남자는 말이 없었다. 얼마 후 개는 큰 소리로 울었다. 그리고 다시 얼마 후 남자에게 갔다가 죽음의 냄새를 맡았다. 놈은 그 냄새에 털을 쭈뼛 세우고 물러났다. 그리고 잠시 어물쩍거리면서 별들이 춤추며 반짝이는 차가운 하늘 아래 웅웅 울었다. 그런 뒤 돌아서서 자신이 아는 야영지를 향해 달려갔다. 그곳에서는 다른 사람들이 자신에게 먹을 것을 주고 불을 피워 줄 것이다.

배교자 외

순금의 협곡

All Gold Canyon

협곡의 푸른 심장부에서, 절벽은 엄격한 구도와 거친 선을 벗어나 작고 아늑한 구석을 하나 만들고, 거기에 달콤함과 부드러움을 채워 넣었다. 이곳에서는 모든 것이 휴식했다. 좁은 개울마저 급물살을 멈추고 잠시 고요한 웅덩이를 이루었다. 붉은 옷을 입고 뿔을 넓게 벌린 수사슴 한 마리가 무릎까지 물에 담근 채 고개를 떨구고 졸고 있었다.

웅덩이 한쪽 옆에는 작은 풀밭이 있었다. 서늘하고 탄력 있는 초록 표면은 거친 절벽 하단까지 뻗어 있었다. 웅덩이 반대편에는 완만한 비탈이 맞은편 절벽으로 이어졌다. 비탈은 고운 풀로 덮이고, 그 사이로 주황, 보라, 황금색 꽃들이 점점이 박혀 반짝였다. 협곡의 아래쪽은 막혀서 시야가 차단되었다. 절벽들이 갑자기 몸을 기대서, 협곡은 이끼와 덩굴과 가지에 둘러싸인 채 어지러운 바위들로 끝이 났다. 협곡 위쪽 멀리로는 소나무 언덕과 봉우리 들이 있었다. 그 너머 더 멀리에는 뾰족한 흰색 산마루들이 구름처럼 솟아 있고, 시에라네바다 산맥의 만년설이 태양의 불길을 엄혹하게 되쏘고 있었다.

협곡에는 먼지가 없었다. 나뭇잎과 꽃잎은 깨끗하고 무구했다. 풀은 여린 벨벳 같았다. 미루나무 세 그루가 웅덩이 위 고요한 하늘로 솜털을 띄워 보냈다. 비탈은 맨자니타 나무가 뿜어내는 봄 내음으로 가득 찼고, 매년 다시 피어나는 잎들은 다가오는 건조한 여름에 대비해서 몸을 수직으로 비틀기 시작했다. 맨자니타 나무 그림자들 너머 비탈에는 마리포사 튤립들이 반짝이는 나방 떼가 비행 도중 잠시 멈췄다가 다시 날아가려는 듯한 모습으로 떨고 있었다. 여기저기에서 숲의 광대 마드론 나무는 연두색 줄기가 붉게 변하고, 포도송이 같은 꽃에서 향기를 뿜어내고 있었다. 이 은방울꽃 같은 크림색 꽃송이들은 향기가 달콤했다.

바람의 숨결은 전혀 없었다. 공기는 향기로 나른했다. 공기가 무겁고 축축했다면 그 달콤함은 곧 질릴 것이지만, 공기는 밝고 가벼웠다. 별빛이 공기로 변해서 내려왔다가 햇빛에 따뜻해지고 꽃향기에 젖은 것 같았다.

이따금 나비가 빛과 그림자 속을 넘나들었다. 사방에서 야생벌이 나른하게 붕붕거렸다. 이 쾌락주의자들은 식탁에서 서로를 온화하게 떠밀 뿐 무례하지는 않았다. 작은 개울은 이따금 희미하게 보글거릴 뿐 너무도 조용했다. 마치 졸음에 겨워 속삭이다 잠이 들었다 깨어나곤 하는 것 같았다.

협곡의 심장부에서는 모든 움직임이 떠다니는 것 같았다. 햇빛과 나비가 나무들 사이를 떠다녔다. 붕붕거리는 벌 소리와 개울의 속삭임도 떠다녔다. 떠다니는 소리와 떠다니는 색깔이 한데 얽혀서 섬세하고 투명한 직물을 짜는 것 같았다. 그 직물은 그곳의 정령이었다. 그 정령은 평화로운 정령이지만 죽음이 아니라 조용히 맥동하는 생명, 침묵이 아닌 고요, 격하지 않은 움직임, 생명력은 가득하되 몸부림은 없는 휴식의 정령이었다. 이곳의 정령은 나른할 만큼 여유롭고 만족스럽게 번영하며 먼 곳의 전쟁 소식으로 흔들리지 않는 평화의 정령이었다.

붉은 옷을 입고 뿔을 넓게 벌린 수사슴은 그 정령의 통치를 인정하고 차갑고 그늘진 웅덩이에 무릎까지 담근 채 졸았다. 괴롭히는 날벌레도 없어서 놈은 여유롭게 휴식했다. 때로 개울이 깨어 속삭일 때면 놈의 귀가 움직였지만, 게으른 움직임이었다. 그 소리는 그저 잠에서 깨어난 개울이 내가 잠을 잤네 하고 조잘거리는 소리라는 것을 알았기 때문이다.

하지만 어느 순간 수사슴은 어떤 소리에 귀를 쫑긋 세우고 긴장했다. 머리를 돌려 협곡을 내려다보고 떨리는 콧구멍으로 공기의 냄새를 맡았다. 놈은 개울이 흘러드는 초록 장막 속을 꿰뚫어 보지는 못했지만 귀로는 사람의 목소리를 들었다. 단조롭고 리드미컬한 목소리였다. 바위에 금속이 쩽강거리는 소리도 들렸다. 수사슴은 그 소리에 놀라서 콧김을 쿵 뿜으며 풀밭으로 올라갔고, 여린 벨벳 위에 발굽을 디딘 채 다시 귀를 쫑긋 세우고 공기의 냄새를 맡았다. 그런 뒤 풀밭을 살금살금 걸어갔고, 중간에 한 번 서서 귀를 기울였다가 유령처럼 소리 없이 협곡 밖으로 사라졌다.

강철 뒷굽이 바위에 부딪치는 소리가 쩽강쩽강 들려왔고, 남자의 목소리는 더 커졌다. 그것은 노랫소리 같았고, 가까워지면서 가사까지 제대로 들렸다.

> 고개를 돌리고 저 다정한
> 은총의 언덕들을 바라보라.
> (너는 죄의 힘을 비웃는구나!)
> 주위를 둘러보고
> 네 죄를 땅에 던져라.
> (아침에 주님을 만나리니!)

노래와 함께 기어오르는 소리가 났고, 장소의 정령은 붉은 옷의 수사슴을 따라 달아났다. 녹색 장막이 갈라지면서 한 남자가 풀밭과 물웅덩이와 언덕 비탈을 내다보았다. 그는 신중한 사람이었다. 그는 풍경을 획 둘러보고 이어 그 인상을 확인하기 위해서 구석구석을 꼼꼼히 살펴보았다. 그리고 그제야 입을 열어 활기차고 엄숙하게 말했다.

"이런 세상에! 저것 좀 봐! 숲과 물과 풀과 언덕! 산금山金 광부의 기쁨이자 조랑말의 낙원이로군! 지친 눈을 달래 주는 시원한 녹색! 창백한 사람들을 위한 약은 없어. 금 사냥꾼의 비밀 목초지이자 지친 당나귀의 휴식처일 뿐이지!"

갈색 피부의 남자는 얼굴에 유쾌함과 유머가 도드라졌다. 그 표정은 내면의 기분과 생각에 따라 빠르게 변화했다. 생각이 얼굴에 보이는 사람이었다. 생각은 돌풍이 호수 표면을 지나가는 것처럼 그의 얼굴을 지나갔다. 그의 성글고 텁수룩한 머리는 안색만큼이나 특색 없어 보였다. 그는 신체의 모든 색깔이 눈으로 들어간 것 같았다. 눈은 놀라울 만큼 선명한 청색이었다. 그 눈에는 웃음과 즐거움이 담겨 있었다.

또한 아이 같은 순진함과 놀라움이 가득했지만, 개인의 경험과 세계의 경험에 기초한 독립심과 강한 의지도 조용히 담겨 있었다.

그는 덩굴 장막 밖으로 먼저 곡괭이와 삽과 사금 접시를 내밀고, 그런 뒤에 자기 몸을 끌어냈다. 남자는 빛바랜 작업복과 검은 면 셔츠 차림에, 징 박힌 작업화를 신고, 바람과 비와 태양과 야영지 연기의 거친 손길을 보여 주는 찌그러지고 더러운 모자를 쓰고 있었다. 그는 꼿꼿이 서서 눈을 크게 뜨고 이 비밀의 정원을 바라보면서 협곡의 따뜻하고 달콤한 숨결을 떨리는 콧구멍으로 음미하듯 빨아들였다. 두 눈은 가느다란 청색 띠가 되었고, 얼굴은 기쁨에 싸였으며, 입은 미소 속에 소리쳤다.

"정말이지 모두가 향기롭구나! 장미유와 향수 공장 따위는 없는데!"

그는 혼잣말을 하는 버릇이 있었다. 휙휙 바뀌는 얼굴 표정이 그의 생각과 기분을 모두 말해 줄 것 같았지만, 혀가 그 뒤를 바짝 따라와서 같은 이야기를 한 번 더 전했다.

남자는 웅덩이 가장자리에 엎드려 물을 길게 들이켰다. "물맛 좋다." 그는 이렇게 중얼거리고는 고개를 들어 맞은편 언덕을 바라보며 손등으로 입을 훔쳤다. 언덕이 눈길을 끌었다. 그는 여전히 엎드린 자세로 언덕 형태를 주의 깊게 살폈다. 비탈을 훑고 무너지는 협곡 절벽까지 갔다가 다시 웅덩이로 내려오는 그의 눈은 훈련된 눈이었다. 그는 자리에서 일어나서 다시 한 번 언덕을 살펴보았다.

"저 모습도 좋은걸." 그가 결론을 내리고 곡괭이와 삽과 사금 접시를 집어 들었다.

그는 웅덩이 아래 개울로 내려가서는 돌멩이들을 민첩하게 밟으며 물을 건넜다. 그리고 비탈과 물이 만나는 지점에서 흙을 한 삽 퍼서 사금 접시에 담고 접시를 물속에 반쯤 담갔다. 그런 뒤 능숙한 동작으로 접시를 빙글빙글 돌려서 흙과 모래가 물에 쓸려 나가게 했다. 크고 가벼운 입자들이 표면에 떠오르면 익숙한 동작으로 접시 밖으로 내보냈다. 때로는 속도를 높이려고 접시 돌리기를 멈추고 손가락으로 자갈과 돌멩이를 긁어내기도 했다.

접시의 내용물은 빠른 속도로 줄어들어 고운 흙과 작은 모래 입자만 남았다. 아주 고운 침전물이었다. 이 단계에 이르자 그는 아주 신중해졌다. 그는 예리한 눈길과 까다로운 손길로 계속 그것을 따라 냈고, 접시에는 더 고운 침전물들만 남겨졌다. 마침내 접시에는 물만 남은 것 같았지만, 남자가 빠르게 반원을 그리며 물을 내보내자 접시 바닥에 검은 모래층이 생겼다. 물감을 쓱 칠한 것처럼 연한 색이었다. 그는 그것을 자세히 들여다보았다. 그 가운데 조그만 금 알갱이가 있었다. 그는 접시 물을 밖으로 약간 흘렸다. 빠른 동작으로 물을 흔들어 내보내며 검은 모래 알갱이를 계속 뒤집었다. 마침내 또 한 개의 작은 금 알갱이가 그의 노력에 보답했다.

침전물은 이제 아주 고와졌다. 평범한 사금 채광에 필요한 것 이상으로 가늘어졌다. 그는 검은 모래를 조금씩 접시의 얕은 테두리 위로 보내서 알갱이 하나도 놓치지 않도록 예리하게 살펴보았다. 그리고 검은 모래를 신중하게 조금씩 조금씩 흘려 보냈다. 바늘 끝만 한 금 알갱이가 접시 테두리에 나타나자 그는 물을 휙 튀겨서 그것을 접시 바닥에 돌려보냈다. 그런 식으로 금 알갱이가 하나, 또 하나 발견되었다. 그는 몹시 신중했다. 목동이 양 떼를 몰 듯 금 알갱이를 하나도 흘리지 않고 모았다. 마침내 흙을 퍼 담았던 접시에 금 알갱이들만 남았다. 그는 그것을 세어 보더니 물을 빙글 돌려서 그 모든 노력의 성과를 밖으로 날려 보냈다.

하지만 자리에서 일어나는 그의 파란 눈은 욕망으로 번득였다. "일곱 개." 그는 그렇게 힘들게 모아서 그렇게 어이없이 던져 버린 금 알갱이의 수를 입으로 확인했다. "일곱 개." 그 숫자를 기억에 새길 듯 다시 강조했다.

그는 한참을 가만히 서서 언덕 기슭을 살펴보았다. 그 눈에서 새로운 호기심이 타올랐다. 그의 예리한 태도에는 사냥감의 냄새를 맡은 맹수 같은 기쁨이 있었다.

그는 개울 아래로 몇 걸음 내려가서 다시 한 번 흙을 한 접시 퍼냈다.

그리고 다시 세심한 세광洗鑛 작업을 시작해서 금 알갱이를 추려 내고 개수를 센 뒤 물에 버렸다.

"다섯 개야, 다섯 개."

그는 다시 한 번 언덕을 훑어보고 개울 더 아래쪽에서 접시를 채웠다. 금 알갱이 수가 줄어들었다. "넷, 셋, 둘, 둘, 하나." 그는 중얼거리며 개울을 내려갔다. 오직 한 개의 금 알갱이가 나오자 그는 마침내 일을 그만두고 마른 나뭇가지로 불을 피웠다. 그리고 그 불에 사금 접시를 얹어서 검푸른 색이 될 때까지 태우고 접시를 들어 올려 까다롭게 살폈다. 그런 뒤 만족스러운 듯 고개를 끄덕였다. 접시 색깔이 그렇게 되면 아무리 작은 금 알갱이도 놓치지 않을 수 있었다.

그는 다시 개울 아래쪽으로 내려가면서 접시로 흙을 훑었다. 금 알갱이 하나가 나왔다. 세 번째 접시에는 아예 금이 없었다. 하지만 그는 여기에 만족하지 않고 반경 30센티미터 안쪽의 흙을 세 번 더 퍼내서 훑어보았다. 하지만 금은 없었는데, 그 사실은 그에게 실망 대신 만족을 안겨 주는 것 같았다. 그는 실패할 때마다 의기양양해졌고, 마침내 기쁨에 차서 소리쳤다.

"이게 진짜가 아니라면 하늘에서 떨어진 사과에 머리가 깨져도 좋아!"

그는 애초에 작업을 시작한 지점으로 되돌아가 이번에는 개울 상류 쪽으로 올라가면서 같은 일을 했다. 처음에는 금 알갱이가 늘어났다. 엄청나게 늘어났다. "열넷, 열여덟, 스물하나, 스물여섯." 그가 암기하듯 중얼거렸다. 웅덩이 바로 위쪽에서 수확이 가장 풍성했다. 35개였다.

"이 정도면 수합해도 될 듯한데." 그는 안타깝게 말하고 그것을 물에 쓸려 보냈다.

해가 하늘 꼭대기로 올라갔다. 남자는 계속 작업하면서 개울 상류 쪽으로 올라갔다. 결과물은 꾸준히 감소했다.

"멋지게 줄어드는걸." 흙 한 삽에서 금 알갱이가 겨우 한 개 나오게 되자 그는 이제야 기뻐했다.

그리고 몇 번의 흙질에도 금 알갱이가 나오지 않자 허리를 펴고 당당한 눈길로 언덕 기슭을 바라보았다.

"아하! 산금 씨!" 그는 비탈길 땅 밑에 누가 숨어서 듣기라도 하는 양 소리쳤다. "산금 씨! 내가 갈 거야. 내가 가. 나는 분명히 당신한테 갈 거야! 듣고 있어, 산금 씨? 내가 당신한테 가는 건 호박이 콜리플라워가 아닌 것처럼 확실해!"

그는 돌아서서 구름 없는 파란 하늘의 태양을 바라보았다. 그 눈길은 무언가를 측정하는 것 같았다. 그런 뒤 자신이 만든 삽 자국을 따라 개울 아래로 내려갔다. 그리고 웅덩이 아래쪽에서 개울을 건너 녹색 장막 뒤로 사라졌다. 하지만 그곳의 정령은 고요함과 휴식을 이끌고 돌아올 수 없었다. 남자의 노랫소리가 여전히 낭랑하게 협곡을 울렸기 때문이다.

얼마 후 아까보다도 더 크게 바위에 강철 뒷굽을 부딪치는 소리를 내면서 남자가 돌아왔다. 녹색 장막이 크게 흔들렸다. 격렬하게 몸부림치며 밀려갔다 밀려왔다. 금속 소리가 요란했다. 남자의 목소리가 더 크고 절박해졌다. 그러더니 거대한 덩치가 뛰어나와 숨을 헐떡였다. 와지끈뚝딱 소리가 울리고 나뭇잎이 우수수 떨어지는 가운데 말 한 마리가 장막을 뚫고 나왔다. 말 등에 실린 짐에는 끊어진 덩굴들이 주렁주렁 매달려 있었다. 말은 놀란 눈으로 자신이 뛰어든 곳을 바라보다가 고개를 숙이고 평온하게 풀을 뜯었다. 이어 또 한 마리 말이 나타나서는 이끼 낀 바위에 한 번 미끄러졌다가 푹신한 풀밭에서 중심을 잡았다. 사람이 타고 있지 않았지만, 등에는 오랜 세월 흠집 나고 변색된, 뿔이 높은 멕시코식 안장이 매여 있었다.

남자가 마지막으로 왔다. 그는 짐과 안장을 던져 놓고 야영할 만한 곳을 살피면서 말들이 자유롭게 풀을 뜯게 했다. 그리고 식량을 풀고 프라이팬과 커피 주전자를 꺼냈다. 그런 뒤 마른 가지를 한 아름 모아다가 돌멩이 몇 개로 불 피울 자리를 만들었다.

"어쨌거나 나는 식욕이 있어. 쇳밥도 못도 두 접시를 먹을 수 있어." 그가 말했다.

그는 허리를 펴고 성냥을 찾아 작업복 주머니를 뒤지며 눈으로는 웅덩이 너머 비탈을 바라보았다. 손가락에 성냥이 닿았지만 주머니에서 꺼내지는 않았다. 남자는 눈에 띄게 망설이며 식사 재료를 보고 언덕을 보았다.

"한 번 더 해 볼까 봐." 그가 마침내 결론을 내리고 개울을 건너갔다.

"별로 의미가 없다는 건 알아." 그가 어색하게 중얼거렸다. "하지만 식사를 1시간 늦추는 게 별일은 아니니까."

그는 아까 흙질을 한 곳 몇 걸음 뒤쪽에 두 번째 줄을 만들며 새로운 작업을 시작했다. 해가 서쪽 하늘 아래로 떨어지면서 그림자가 길어졌지만 남자는 일을 멈추지 않았다. 세 번째 줄의 흙질이 시작되었다. 그 작업은 언덕에 횡선을 만들며 한 줄 한 줄 위로 올라갔다. 각 줄의 가운데 부분이 가장 성과가 풍성했다. 그리고 기슭을 올라갈수록 줄은 눈에 띄게 짧아졌다. 그 길이가 줄어드는 비율을 보면 마지막 줄은 길이가 아주 짧아서 줄이라고 하기에도 어렵고, 그다음에는 점밖에 없을 것 같았다. 전체적으로 뒤집힌 V 자 모양이 되어 갔다. V 자의 양변은 금이 섞인 흙의 경계 지점을 표시했다.

남자의 목표점은 그 V 자의 정점이 분명했다. 그는 V 자의 양변과 언덕 위쪽을 자주 바라보며 그 정점, 그러니까 금이 섞인 흙이 끝나는 지점이 어디일지 판단해 보려고 했다. 그곳에 '산금 씨'가 있었다. 남자는 비탈 위쪽 상상의 지점을 그 익숙한 이름으로 부르면서 우렁차게 소리쳤다.

"거기에서 나오시지, 산금 씨! 고분고분하게 내려와!"

"좋아, 산금 씨." 그가 나중에 결심한 듯 덧붙였다. "내가 그리 가서 당신을 끌어내야 할 모양이군. 그렇게 하겠어! 그렇게 할 거야!" 그리고 이후에도 똑같이 위협했다.

그는 매번 접시를 물로 가져가서 세광했는데, 언덕 위로 올라가면서 접시는 더욱 풍성해졌고, 그는 마침내 바지 뒷주머니에 넣어 가지고 다니는 빈 베이킹파우더통에 금 알갱이를 수합해 넣기 시작했다. 그는 일에 너무 몰두해서 땅거미가 내리는 것도 알아채지 못하다가 접시 바닥에서 금 알갱이가 보이지 않자 그제야 시간의 흐름을 알아차렸다. 그는 불쑥 허리를 폈다. 그리고 갑자기 놀라고 감탄한 표정을 지으면서 느리게 말했다.

"아이고, 내 정신 좀 봐! 밥 먹는 걸 잊었잖아!"

그는 어둠 속에 개울을 첨벙첨벙 건너서 오래 미룬 불을 피웠다. 팬케이크와 베이컨과 데운 콩이 그날 저녁이었다. 그런 뒤 그는 연기 속에 타오르는 석탄불 앞에서 파이프를 피우며 밤의 소리를 듣고, 개울이 달빛을 싣고 협곡을 흘러가는 모습을 바라보았다. 마침내 그는 잠자리를 만들고 무거운 신발을 벗고 담요를 턱까지 끌어 올렸다. 달빛에 비친 얼굴이 시체처럼 하얬다. 하지만 그 시체는 자신이 부활할 것을 아는 시체였다. 남자가 불쑥 한쪽 팔꿈치로 몸을 일으키고 개울 건너 비탈을 바라보았다.

"잘 자, 산금 씨." 그가 졸음에 잠겨 소리쳤다.

그는 새벽 내내 잠을 자다가 햇빛이 눈꺼풀을 때리자 번쩍 깨어나 주변을 둘러보며 자기 존재의 연속성을 확인하고, 현재의 자신과 어제까지의 자신을 연결시켰다.

옷 입기는 신발 버클을 채우는 게 다였다. 그는 불을 바라보고 이어 언덕 기슭을 보고 망설였지만 유혹을 누르고 불을 지폈다.

"침착해, 빌. 침착해." 그는 스스로를 꾸짖었다. "서두른다고 무슨 소득이 있어? 허둥대며 땀을 빼 봐야 소용없어. 산금 씨는 널 기다릴 거야. 네가 아침도 먹기 전에 달아나지 않아. 이제 너한테 필요한 건 신선한 먹을거리야. 그리고 그것을 구하는 건 너한테 달려 있어."

그는 물가에서 짧은 나무줄기를 하나 자른 뒤 주머니에서 줄 한 토막과 한때 훌륭한 가짜 미끼였던 지저분한 파리를 꺼냈다.

"새벽에는 물지도 몰라." 그가 중얼거리며 물웅덩이에 낚싯줄을 던졌다. 그리고 잠시 후 기쁘게 소리쳤다. "내가 뭐랬어? 응? 내가 뭐랬어?"

그는 얼레도 없고 시간을 낭비할 생각도 없었기에 그냥 힘으로 당겨서 25센티미터 크기의 펄떡이는 송어를 물 밖으로 끌어냈다. 그리고 세 마리를 연달아 더 잡아서 아침 식사를 끝냈다. 그런데 언덕 기슭으로 올라가는 디딤돌 앞에서 그는 무슨 생각인지 갑자기 걸음을 멈추었다.

"개울 하류로 조금 내려가는 게 좋을 것 같아. 어떤 놈이 염탐하고 있을지도 몰라." 그가 말했다.

하지만 그는 그냥 돌을 밟고 지나갔고, "정말로 내려가야 돼" 하면서 조심성을 버리고 일을 시작했다.

밤이 오자 그는 몸을 폈다. 굽은 자세로 일한 탓에 허리가 뻐근했다. 그는 아픈 근육을 달래려고 손을 등에 댔다.

"이럴 수가! 또 저녁 먹는 걸 잊었어! 조심하지 않으면 두 끼 먹는 놈이 될 거야."

"산금처럼 사람의 혼을 빼는 건 본 적이 없어." 그날 밤 담요 속으로 기어들면서 그가 말했다. 언덕 기슭에 밤 인사를 하는 것도 잊지 않았다. "잘 자, 산금 씨!"

그리고 해가 뜨자마자 일어나서 서둘러 아침을 먹고 일찌감치 일을 시작했다. 몸속에서 열기가 커지는 것 같았다. 점점 풍성해지는 흙질의 성과도 그 열기를 달래지 못했다. 그의 뺨에는 태양이 만든 것 이상의 홍조가 피어났고, 그는 피곤도 시간의 흐름도 잊었다. 접시에 흙을 채우면 세광하러 개울로 달려 내려갔다. 그리고 다시 접시를 채우러 헐떡거리며 언덕을 달려 올라갔다.

그는 이제 물에서 100미터 정도 거리였고, 뒤집힌 V자는 확실한 비율을 보였다. 금이 섞인 땅은 폭이 규칙적으로 좁아졌고, 남자는 마음의 눈으로 양변을 위로 뻗어서 그 합류점을 찾아보았다. 바로 그것, V자의 정점이 그의 목표 지점이었고, 그는 그곳을 찾으려고 계속 흙질을 했다.

"맨자니타 위로 2미터, 그리고 오른쪽으로 1미터." 그가 마침내 결론을 내렸다.

그때 유혹이 찾아왔다. "그건 내 얼굴의 코처럼 분명해." 그러고는 힘든 횡선 작업을 멈추고 정점으로 올라가서 흙을 퍼냈고, 그 흙을 가지고 내려와서 세광을 했다. 하지만 금은 없었다. 깊게도 파고 얕게도 파면서 접시를 12번 채우고 씻었지만 금 알갱이는 전혀 없었다. 그는 유혹에 굴복한 자신에게 화가 나서 거칠게 욕을 했다. 그리고 언덕을 내려가서 다시 횡선 작업을 했다.

"더디 가도 확실하게 해야 돼, 빌, 더디 가도 확실하게." 그가 조그맣게 말했다. "네 인생에 지름길은 없다는 걸 이제 알 때가 됐잖아. 바보짓은 그만해, 빌. '더디 가도 확실하게'가 네 유일한 수완이야. 그러니까 하던 대로 해."

줄이 점점 짧아지면서 V의 양변이 가까워지자 구덩이는 더 깊어졌다. 금의 자취는 땅속으로 파고들고 있었다. 지표에서 70센티미터 깊이에서만 금색을 볼 수 있었다. 60센티미터 깊이와 80센티미터 깊이에서는 아무런 소득도 없었다. V의 맨 아랫부분인 물가에서는 풀뿌리 깊이에서 금이 나왔다. 하지만 언덕을 올라갈수록 금은 땅속으로 깊이 들어갔다. 한 번의 흙질을 위해 90센티미터씩 구덩이를 파는 것은 간단한 일이 아니었다. 그리고 현재 위치와 V의 정점 사이에 구덩이를 몇 개 더 파야 할지도 몰랐다. "게다가 그쪽에 가면 그게 얼마나 더 깊어질지 몰라." 그는 잠시 멈춰 한숨을 쉬면서 손가락으로 아픈 허리를 달랬다.

욕망에 들뜬 남자는 요통과 근육통에도 아랑곳하지 않고 부드러운 갈색 흙을 곡괭이와 삽으로 파면서 언덕을 올라갔다. 그의 앞쪽에 뻗은 매끈한 비탈은 총총 박힌 꽃들로 향기로웠다. 하지만 뒤쪽은 난장판이었다. 언덕의 매끄러운 피부를 뚫고 강력한 화산이 터져 나온 것 같았다. 그의 느린 움직임은 아름다움을 망치고, 그 자리에 더러운 자국을 남기고 지나가는 민달팽이 같았다.

금이 점점 깊이 내려가면서 일이 힘들어졌지만, 그는 접시에 금이 늘어 가는 데서 위안을 찾았다. 한 번의 흙질로 찾은 금의 가치가 20센트, 30센트, 50센트, 60센트가 되었고, 밤이 되자 그는 한 번의 작업에서 무려 1달러어치 금이 나온 접시를 씻었다.

"어떤 호기심 많은 놈팡이가 내 초원에 끼어든다면 그건 그저 내 운이겠지." 그는 그날 밤 담요를 턱 밑까지 끌어당기고 졸린 소리로 중얼거렸다.

그러더니 벌떡 일어나 앉아서 소리쳤다. "빌! 잘 들어, 빌! 너한테 달렸어. 내일 아침 여기를 뒤져서 그 무언가를 발견하는 건 너한테 달려 있어. 알겠어? 내일 아침이야, 잊지 마!"

그는 하품을 한 뒤 비탈을 건너다보고 소리쳤다. "잘 자, 산금 씨."

다음 날 아침 그는 해를 앞질렀다. 그가 아침 식사를 마쳤을 때에야 첫 빛이 나왔다. 그는 절벽에 팬 곳들을 밟고 협곡 위쪽으로 올라갔다.

꼭대기에 올라가 보니 그곳은 고독의 영토였다. 사방이 온통 산뿐이었다. 동쪽은 산맥과 산맥이 겹겹이 이어지다 마침내 눈 덮인 시에라네바다 산맥에, 서부 세계의 등뼈가 하늘을 향해 일어선 꼭대기에 닿았다. 남쪽과 북쪽을 보니 산맥의 주요 방향을 관통하는 횡방향 산맥들이 더 잘 보였다. 서쪽으로 가면 산맥은 약해져서 부드러운 언덕으로 변했고, 그 언덕들은 이쪽에서는 보이지 않는 큰 계곡으로 내려갔다.

그 거대한 땅에 사람의 흔적이나 사람이 한 일의 흔적은 보이지 않았다. 그런 흔적은 그의 발치에 파헤쳐진 언덕 기슭뿐이었다. 남자는 주의 깊게 그 모습을 바라보았다. 한번은 협곡 아래쪽 먼 곳에서 희미한 연기가 보이는 것 같았다. 하지만 다시 살펴보고 언덕의 자주색 대마 풀이 협곡 절벽의 그림자를 받아 그렇게 보인 것이라고 판단했다.

"산금 씨! 어서 나오는 게 좋을걸! 내가 갈 거거든! 내가 갈 거야!"
그가 협곡에 대고 소리쳤다.

남자는 무거운 작업화 때문에 걸음이 둔해 보였지만, 보기와 달리 그 어지러운 높이에서도 산양처럼 가볍게 내려왔다. 발밑에서 돌멩이가 흔들려도 당황하지 않았다. 그는 흔들리는 돌이 문제로 이어지는 데 필요한 시간을 정확히 아는 것 같았고, 불안한 발밑을 안전한 곳으로 이동해 가는 순간적 접촉 지점으로 삼았다. 경사가 몹시 가팔라서 잠시도 똑바로 서 있기 힘든 지점에서도 그는 어물거리지 않았다. 그의 발은 그런 위험한 표면을 가볍게 디뎌서 전진의 도약을 얻었다. 그리고 살짝 디디는 것조차 불가능한 곳에서는 튀어나온 바위나 틈새나 절벽에 자라는 덤불을 손으로 살짝 잡으며 내려갔다. 그가 마침내 크게 소리를 지르며 절벽에서 훌쩍 뛰어내리자 절벽이 우르르 부서져 내렸고, 그는 흙과 자갈 사태 속에 하강을 마쳤다.

그날 아침 첫 번째 흙질은 2달러도 넘는 금을 산출했다. V자의 중심 부분에서 나온 흙이었다. 그 양옆에서는 소출이 뚝 떨어졌다. 횡선은 아주 짧아졌다. 뒤집힌 V자의 양변은 이제 겨우 몇 미터 거리였다. 그것들의 합류점도 위로 겨우 몇 미터 거리에 있었다. 하지만 금맥은 점점 땅속으로 깊이 들어갔다. 오후가 되었을 때 그는 금의 흔적을 찾아 구덩이를 1.5미터나 파야 했다.

하지만 금의 흔적은 이제 흔적 이상이 되었다. 그것은 사금 광산 자체였고, 남자는 산금을 확인한 뒤 다시 돌아와서 땅 전체를 작업하기로 결심했다. 하지만 소출이 점점 풍성해지면서 걱정이 들었다. 오후가 저물어 갈 때 흙질은 한 번에 3~4달러의 소출을 냈다. 남자는 고민 속에 머리를 긁으며 몇십 센티미터 위 V자의 정점 부근에 있는 맨자니타 덤불을 바라보았다. 그리고 고개를 끄덕이고 신탁이라도 받은 듯이 말했다.

"두 가지 중 하나야, 빌. 산금 씨가 언덕 아래로 쏟아졌든가 아니면 너무 덩치가 커서 네가 통째로 들고 나갈 수가 없는 거. 그건 아주 괴롭겠지?" 그는 이 유쾌한 딜레마에 키득거렸다.

밤이 내려올 때 그는 개울가에서 접시에 5달러어치 금을 담아 들고 짙어지는 어둠과 싸우고 있었다.

"전깃불이 있다면 계속할 수 있을 텐데." 그가 말했다.

그는 그날 밤 좀처럼 잠을 이루지 못했다. 여러 차례 마음을 달래며 눈을 감고 잠이 찾아오기를 기다렸지만, 욕망으로 피가 불끈거려서 자꾸자꾸 눈을 뜨고 중얼거렸다. "지금 바로 해가 뜨면 얼마나 좋을까."

마침내 잠이 왔지만 그는 별빛이 흐려지자마자 눈을 번쩍 떴고, 새벽이 흐릿하게 밝았을 때 이미 아침을 먹고 산금 씨의 비밀 거주지를 향해 언덕을 올라갔다.

남자가 그날 처음으로 만든 횡선은 구덩이를 세 개 뚫을 길이밖에 되지 않았다. 금맥은 아주 좁아졌고, 그는 나흘 동안 추적한 황금 강물의 수원지에 아주 바짝 다가와 있었다.

"진정해, 빌. 진정해." 그가 스스로를 달래며 마침내 V 자의 양변이 합류하는 지점에 마지막 구덩이를 팠다.

"내가 당신을 잡았어, 산금 씨, 당신은 나한테서 도망갈 수 없어." 그는 계속 그렇게 말하며 구덩이를 점점 더 깊이 팠다.

1.2미터, 1.5미터, 1.8미터, 그는 흙을 파 내려갔다. 땅을 파기가 힘들어졌다. 곡괭이가 부서진 바위를 긁었다. 그는 바위를 살폈다.

"썩은 석영이야." 그는 결론을 내리고 삽으로 구덩이 바닥의 흙을 퍼냈다. 그리고 곡괭이로 깨진 석영을 내리쳤고, 석영은 곡괭이질을 할 때마다 점점 잘게 부서졌다.

그는 깨진 석영 조각들 틈으로 삽을 쑤셔 넣었다. 그리고 노란빛을 보자 삽을 떨어뜨리고 쪼그려 앉았다. 농부가 막 캐낸 감자에서 흙을 털듯 남자도 썩은 석영 조각 하나를 들고 흙을 털었다.

"이럴 수가! 완전히 덩어리야! 덩어리!" 그가 소리쳤다.

그가 손에 든 돌 조각은 절반만 석영이었다. 나머지 절반은 순금이었다. 그는 그것을 접시에 놓고 다른 조각을 살펴보았다. 노란색이 살짝 보였지만 손가락에 힘을 주어서 썩은 석영을 부수니 두 손에 반짝이는 노란색이 가득 떨어졌다. 그는 석영 조각들에서 흙을 털고 금 접시에 던져 놓았다. 그곳은 보물 구덩이였다. 석영은 많은 부분이 썩어 떨어져 나가서 석영보다 금이 더 많았다. 이따금 석영이 전혀 없는 금 조각, 그러니까 순금 조각도 있었다. 한 덩어리는 곡괭이가 파헤친 곳에서 한 움큼의 노란 보석처럼 반짝였고, 그는 고개를 기울여서 그것을 바라보고 천천히 뒤집어 보며 풍성한 빛을 감상했다.

"뭐? 투 머치 골드*라고?" 남자가 비웃음을 담아 말했다. "여기에 대면 그건 30센트짜리로 보일 거야. 여기는 전부가 금이야. 나는 지금 이 협곡에 '순금 협곡'이라는 이름을 붙이겠어!"

그는 계속 쪼그려 앉은 채 돌 조각들을 살피고 접시에 던져 넣었다. 그런데 갑자기 어떤 위험이 감지되었다. 그에게 그림자가 드리워진 것 같았다. 하지만 그림자는 없었다. 불안한 기운에 목이 죄었다. 이어 피가 천천히 식으면서 땀에 젖은 셔츠가 등에 차갑게 달라붙었다.

그는 벌떡 일어나지도 않고 주변을 둘러보지도 않았다. 아무런 움직임도 일으키지 않았다. 그는 이 불길한 느낌의 특징을 생각해 보면서 위험 신호의 근원을 찾으려고, 보이지 않는 위협의 존재를 감지하려고 했다. 적대하는 것들은 어떤 영기靈氣가 있고, 그것은 감각을 초월하는 미묘한 매개체를 통해 드러난다. 그는 그 영기를 느꼈지만 어떻게 느꼈는지는 몰랐다. 구름이 태양을 지나가는 듯한 느낌이었다. 그와 생명 사이에 어떤 어두운 것, 숨 막히는 것, 위협적인 것, 그러니까 생명을 집어삼키고 죽음을—그의 죽음을—부르는 그림자가 지나간 듯했다.

그의 존재의 모든 힘이 벌떡 일어나서 미지의 위험에 맞설 것을 명했지만, 그는 차분히 공황을 억제하고 금덩어리를 든 채 가만히 쪼그

---

* 클론다이크의 노다지 지역 중 하나로, '너무 많은 금'이라는 뜻이다.

려 앉아 있었다. 그는 주변을 둘러보지 않았지만, 무언가가 자기 뒤쪽 그리고 위쪽에 있다는 것을 알았다. 그는 손에 든 금에만 신경을 쓰는 척했다. 그것을 꼼꼼히 살펴보고 이리저리 돌려 보고 흙을 털어 냈다. 그러는 동안 그의 뒤에 서 있는 것은 계속 그의 어깨 너머로 금을 보고 있었다.

계속 금덩어리만 바라보는 척하면서 귀를 쫑긋 세웠더니 뒤에 있는 것의 숨소리가 들렸다. 그는 무기가 될 만한 것을 찾아 앞쪽 땅바닥을 살폈지만, 보이는 것은 캐낸 금뿐이고, 그것은 이런 궁지에서는 아무 쓸모 없었다. 곡괭이는 때에 따라 유용한 무기가 될 수 있지만 이번은 그런 경우가 아니었다. 남자는 자신이 곤경에 처했음을 깨달았다. 그는 2미터 깊이의 좁은 구덩이에 있었다. 머리도 땅 아래에 있었다. 그는 함정에 갇혔다.

그는 쪼그린 자세를 유지했다. 행동은 침착했지만, 머릿속으로는 온갖 경우를 생각해 보았고 자신의 무력함만 절감했다. 그는 계속 석영 조각에서 흙을 털어 내고 금을 접시에 담았다. 달리 할 일이 없었다. 하지만 조만간 일어나서 뒤에서 숨을 쉬는 위험한 존재를 마주해야 했다. 초조한 시간이 흘렀고, 일어서야 할 시간은 점점 가까워졌다. 아니면—그 생각을 하자 젖은 셔츠가 달라붙은 등이 차갑게 느껴졌다—보물에 고개를 박고 죽음을 맞을지도 몰랐다.

그래도 그는 쪼그린 자세로 금에서 흙을 털면서 어떤 방식으로 일어나야 할지 생각을 굴려 보았다. 벌떡 일어나서 구덩이 밖으로 나가 평지에서 그 위협적인 존재를 만날 수도 있었다. 아니면 별생각 없이 아무렇게나 일어났다가 그것을 발견한 척할 수도 있었다. 본능과 그의 몸에 있는 모든 투쟁 근육은 밖으로 재빨리 기어 나가는 것을 선호했다. 하지만 지력과 꾀는 미지의 위협을 조심스럽게 만나는 것을 선호했다. 그가 이렇게 생각을 굴리는 사이 탕 하는 소리가 귀청을 찢었다. 동시에 그는 등 왼쪽을 맞았고, 그 지점에서 강한 불꽃이 살을 뚫고 타올랐다. 그는 튀어 일어나려고 했지만 중간에 쓰러졌다. 그의 몸은 폭염에 시든 이파리처럼 찌그러 들었고, 그는 가슴을 금 접시에, 얼굴을 흙과 바위에 박은 채 쓰러졌다. 구덩이가 좁은 탓에 두 다리는 엉킨 채 뒤틀려 바닥에 떨어졌다. 다리는 몇 차례 경련하듯 움찔거렸다. 학질에 걸린 듯 몸이 덜덜 떨렸다. 깊은 한숨으로 폐가 천천히 부풀었다. 그런 뒤 공기가 천천히, 아주 천천히 새어 나왔고, 그의 몸도 천천히 납작해져서 무기력으로 빠져들었다.

한 남자가 리볼버를 손에 들고 서서 구덩이 아래를 내려다보고 있었다. 그는 쓰러져 꼼짝 않는 몸을 오랫동안 바라보았다. 그러더니 안을 좀 더 잘 보려고 구덩이 가장자리에 앉아서 권총을 무릎에 올려놓았다. 그리고 주머니에서 갈색 종이를 꺼내 담배 부스러기를 떨구었다. 그 조합은 양 끝을 꼬부린 납작한 갈색 담배가 되었다. 그는 계속 구덩이 바닥의 시체를 바라보면서 담배에 불을 붙이고 부드럽게 연기를 빨아들였다. 그는 여유롭게 담배를 피웠다. 한번은 담뱃불이 꺼져서 다시 불을 붙였다. 그리고 내내 아래쪽의 시신을 지켜보았다.

마침내 그가 담배꽁초를 던지고 일어섰다. 그리고 구덩이에 다가가서 두 손으로 양 끝을 짚고 안으로 내려갔다. 권총은 여전히 오른손에 들고 있었다. 발과 바닥의 거리가 1미터 정도 되자 그는 두 손을 놓고 뛰어내렸다.

그런데 그의 발이 바닥에 닿는 순간 산금 광부의 팔이 튀어나오더니 그의 두 다리를 재빨리 잡아서 넘어뜨렸다. 구덩이에 뛰어드느라 총을 든 손은 머리 위쪽에 있었다. 광부가 번개처럼 다리를 잡았지만 그 역시 못지않게 빠른 동작으로 총을 내렸다. 그는 아직 공중에 떠 있는 상태로 방아쇠를 당겼다. 좁고 사방이 막힌 공간에 울리는 총소리가 귀를 먹먹하게 했다. 연기가 구덩이를 채워서 아무것도 보이지 않았다. 그는 등 쪽으로 떨어졌고, 산금 광부의 몸이 고양이처럼 그를 타고 올라왔다. 광부가 자신을 짓누르는 동안에도 침입자는 총을 쏘려고 오른팔을 굽혔다. 하지만 그 순간 광부가 팔꿈치로 그의 손목을 찍어 눌렀다. 총구가 위로 튀어 올라가서 총알은 구덩이 벽에 박혔다.

다음 순간 침입자는 광부가 자기 손목을 잡는 것을 느꼈다. 싸움은 이제 권총을 잡기 위한 육박전이 되었다. 두 사람은 그것을 서로 상대에게 돌리려고 사력을 다했다. 구덩이 안의 연기가 사라져 갔다. 등을 대고 누운 침입자는 이제 앞이 희미하게 보였다. 하지만 그때 적이 그의 눈에 흙을 던져서 눈앞이 캄캄해졌고, 그 충격에 권총을 잡은 손이 느슨해졌다. 다음 순간 그는 머리에 격렬한 어둠이 닥치는 것을 느꼈고, 어둠의 한복판에서 그 어둠조차 끝났다.

하지만 산금 광부는 총알이 떨어질 때까지 총을 쏘고 또 쏘았다. 그러고는 총을 던져 올리고 숨을 헐떡이며 죽은 남자의 다리 위에 주저앉았다.

광부는 흐느끼며 숨을 헐떡거렸다. "스컹크 같은 놈! 내 뒤를 밟고 내가 일을 다 할 때까지 지켜보다가 등에 총을 쏘다니!"

분노와 피로로 눈물이 솟을 지경이었다. 그는 죽은 사람의 얼굴을 들여다보았다. 흙과 모래를 뿌려서 알아보기가 힘들었다.

"모르는 사람인걸." 광부가 살펴보고 결론을 내렸다. "그냥 평범한 도둑이었어, 망할! 그런데 등에다 총을 쏘았어! 등에다!"

그는 셔츠를 풀어 헤치고 왼쪽 옆구리를 앞뒤로 더듬었다.

"관통했지만 피해는 없어!" 그가 기뻐하며 외쳤다. "겨냥은 제대로 했을 거야. 하지만 방아쇠를 당길 때 총이 흔들렸어. 망할 놈! 하지만 내가 이겼어! 내가!"

그는 옆구리의 총알구멍을 더듬어 살폈고, 약간 속상한 표정을 지었다. "엄청 아파지겠네. 어쨌건 이걸 치료하고 여기에서 나가는 건 나한테 달렸어."

그는 구멍을 기어 나가서 언덕 아래 야영지로 갔다. 그리고 반시간 후 말을 끌고 돌아왔다. 열린 셔츠 안쪽으로 상처를 거칠게 감싼 붕대가 보였다. 왼손이 느리고 불편했지만, 그렇다고 왼손을 안 쓰지는 않았다.

그는 죽은 남자의 어깨 아래쪽에 밧줄을 묶어서 구덩이 밖으로 끌어냈다. 그런 뒤 금을 모으는 일에 착수했다. 그는 몇 시간 동안 꾸준히 일했고, 욱신거리는 어깨를 자주 쉬며 소리쳤다.

"등에다 총을 쐈어, 스컹크 같은 놈! 등에다!"

마침내 보물을 깨끗이 씻어 담요 조각들로 단단히 싼 뒤 그는 그 값어치를 추측해 보았다.

"150킬로그램은 될 게 분명해. 절반은 석영과 흙일 테니까 금은 70~80킬로그램 정도겠지. 빌! 정신 차려! 금 80킬로그램이면 4,000달러야! 그게 다 네 거야, 다 네 거!"

기뻐서 머리를 긁는데 낯선 구멍이 손가락에 닿았다. 앞뒤로 만져보니 두 번째 총알이 두피에 새긴 자국이었다.

그는 성난 걸음으로 죽은 남자에게 걸어가 소리쳤다.

"나를 죽이려고 했지? 그렇지? 어쨌건 내가 너를 죽였으니 제대로 묻어 주겠어. 너라면 그렇게 해 주지 않았겠지만."

그는 시신을 끌고 가서 구덩이 안에 넣었다. 시체가 털썩 소리를 내며 옆으로 떨어졌고, 얼굴은 위를 향해 뒤틀렸다. 광부는 그 모습을 내려다보다가 성을 냈다.

"너는 내 등에다 총을 쐈어!"

그는 곡괭이와 삽으로 구덩이를 메우고, 금을 말에 실었다. 짐이 너무 무거워서 야영지에 돌아오자 그 일부를 자신이 탈 말에 나눠 실었다. 그렇게 했는데도 장비 일부를 버려야 했다. 곡괭이, 삽, 사금 접시, 남은 음식과 조리 기구, 그 밖의 잡동사니들을.

해가 정점에 떠올랐을 때 남자는 덩굴 장막 앞으로 말들을 억지로 끌고 갔다. 바위에 오르려면 말들은 앞발을 들고 엉킨 초목을 비집고 가야 했다. 한번은 그가 탄 말이 꽈당 넘어져서 남자는 짐을 내리고 말을 세워야 했다. 말이 다시 길을 갈 때 남자는 고개를 장막 밖으로 내밀고 언덕 기슭을 올려다보았다.

"스컹크 같은 놈!" 그가 소리치고 사라졌다.

덩굴과 가지가 흔들리고 부러졌다. 나무들이 밀려왔다 밀려가면서 말들이 지나갈 길을 마련해 주었다. 강철 굽이 돌 위에 쨍강쨍강 울렸고, 이따금 욕설과 명령 소리가 들렸다. 그러더니 남자가 낭랑하게 노래를 불렀다.

고개를 돌리고 저 다정한
은총의 언덕들을 바라보라.
(너는 죄의 힘을 비웃는구나!)
주위를 둘러보고

네 죄를 땅에 던져라.

(아침에 주님을 만나리니!)

노래는 점점 희미해졌고, 침묵을 타고 그곳의 정령이 돌아왔다. 개울은 다시 졸다가 속삭이기를 반복했고, 야생벌들은 나른하게 날아올랐다. 꽃향기 짙은 공기 위로 눈송이 같은 미루나무 솜털이 떠다녔다. 나비들이 나무들 틈을 드나들고, 그 모든 것 위로 해가 고요히 타올랐다. 풀밭에 남은 신발 굽 자국과 파헤쳐진 언덕 기슭만이 그곳의 평화를 해치고 간 생명체의 요란한 흔적을 나타냈다.

배교자
The Apostate

이제 나는 일하려고 일어난다.
내가 피하지 않기를 신께 기도한다.
밤이 오기 전에 내가 죽는다 해도
내 일은 모두 괜찮기를 신께 기도한다.
아멘.

"조니, 안 일어나면 아침은 없어!"

소년에게 그 위협은 아무 소용 없었다. 그는 악착같이 잠에 매달려서 꿈꾸는 자들이 꿈을 위해 분투하듯 힘써 그것을 무시했다. 느슨하게 주먹 쥔 소년의 두 손이 힘없이 움찔거리며 허공을 쳤다. 어머니를 향한 주먹질이었지만 어머니는 익숙한 동작으로 주먹을 피해 아들의 어깨를 흔들었다.

"건드리지 말아요!"

그 외침은 잠결에 희미하게 시작되어 울부짖듯 맹렬하게 솟아올랐다가 이내 알아듣기 힘든 칭얼거림으로 잦아들었다. 그것은 고통받는 영혼이 반항과 아픔을 담아 내지르는 외침이었다.

하지만 어머니는 수그러들지 않았다. 슬픈 눈과 피로한 얼굴의 어머니는 이 일에 익숙했다. 평생토록 매일같이 한 일이었기 때문이다. 그녀는 이불을 확 벗겨 내려고 했다. 하지만 주먹질을 멈춘 소년은 필사적으로 이불에 매달렸다. 소년은 계속 이불을 뒤집어쓴 채 침대 발치에 웅크렸다. 그러자 어머니는 이불을 바닥으로 끌어 내리려고 했다. 소년은 저항했다. 어머니는 온몸으로 이불을 당겼다. 그녀의 체중이 더 나갔기에 소년과 이불은 버티지 못했다. 소년은 본능적으로 이불을 따라갔다. 살을 파고드는 방 안의 추위를 피하기 위해서였다.

침대 가장자리까지 끌려가자 소년은 바닥으로 곤두박질칠 것 같았다. 하지만 의식이 가물가물 살아나자 그는 몸을 바로 하고 아슬아슬하게 균형을 잡았다. 그런 뒤 두 발로 바닥에 내려섰다. 어머니가 곧장 소년의 어깨를 잡고 흔들었다. 소년이 다시 주먹을 휘둘렀다. 이번에는 힘도 더 실리고 방향도 정확했다. 하지만 그와 동시에 그는 눈을 떴다. 그녀가 그를 놓았다. 그는 잠이 깼다.

"됐어요." 그가 중얼거렸다.

어머니는 램프를 집어 들고 소년을 어둠 속에 남겨 둔 채 서둘러 나갔다.

"지각하면 급료가 깎여." 어머니가 경고했다.

어두운 것은 그에게 아무렇지 않았다. 그는 어둠 속에서 옷을 입고 부엌으로 갔다. 마르고 연약한 소년치고 발걸음이 몹시 무거웠다. 다리는 다리 자체의 무게로 끌렸는데, 그토록 여윈 다리가 그렇게 무겁다는 것이 이상해 보였다. 그는 앉는 부분이 깨진 의자를 식탁으로 끌고 갔다.

"조니!" 어머니가 소리쳤다.

소년은 의자에서 벌떡 일어나 말없이 개수대로 갔다. 개수대는 더러웠다. 배수구에서 냄새가 올라왔다. 그는 신경 쓰지 않았다. 개수대에서 냄새가 나는 것은 그에게는 자연의 질서 중 하나였고, 비누가 설거지물로 얼룩지고 거품이 잘 나지 않는 것도 마찬가지였다. 그는 비누 거품을 내려고 특별히 노력하지도 않았다. 수돗물을 몇 번 튀기는 게 다였다. 그는 이도 닦지 않았다. 칫솔이라는 것을 본 적도 없고, 이 세상에 이 닦기 같은 바보짓을 하는 사람이 있다는 사실도 알지 못했다.

"내가 말 안 해도 하루에 한 번은 씻어야 돼." 어머니가 나무랐다.

그녀는 깨진 냄비 뚜껑을 들고서 커피를 두 잔 따랐다. 그는 아무 말도 하지 않았다. 이것은 그들의 일상적인 싸움이었고, 어머니가 아주 단호하게 명령하는 한 가지였다. 그는 하루에 한 번 꼭 세수를 해야 했다. 그는 더럽고 축축하고 해진 수건에 얼굴을 닦았고, 수건은 그의 얼굴 가득 보풀을 남겼다.

"집이 가깝다면 얼마나 좋을까." 소년이 앉을 때 어머니가 말했다. "어쨌든 나는 최선을 다하고 있어. 그건 너도 알지? 집세 1달러 차이는 아주 크고, 이 집은 더 넓어. 그건 너도 알지?"

소년은 그런 말을 제대로 듣지 않았다. 벌써 여러 번 들은 말이었다. 그녀의 생각은 범위가 한정되어 있었고, 그녀는 집이 공장에서 멀어서 생기는 어려움을 늘 거듭해서 말했다.

"1달러로 먹을 걸 더 살 수 있죠. 좀 걸어도 먹을 게 많아지는 편이 좋아요." 그가 격언처럼 말했다.

그는 서둘러 먹었다. 빵을 절반쯤 씹어 뭉개진 덩어리를 커피로 넘겼다. 그들은 그 뜨겁고 혼탁한 액체를 커피라고 불렀다. 조니는 그것을 커피라고, 그것도 훌륭한 커피라고 생각했다. 그것은 그에게 남은 몇 안 되는 인생의 환상 가운데 하나였다. 그는 평생 진짜 커피를 마셔 본 적이 없었다.

빵과 함께 차가운 돼지고기 한 점이 있었다. 어머니는 그의 잔에 다시 커피를 따라 주었다. 빵을 거의 다 먹자 그는 더 먹을 것이 있는지 살펴보았다. 어머니가 그 탐색의 눈길을 차단하고 말했다.

"욕심부리지 마, 조니. 그만하면 충분히 먹었어. 동생들은 너보다 적어."

그는 그 질책에 대꾸하지 않았다. 원래도 말이 별로 없었다. 그리고 이제 허기진 눈길을 던지지도 않았다. 그는 불평하지 않았다. 그의 인내심은 그것을 가르친 학교만큼이나 지독했다. 그는 커피 잔을 비우고 손등으로 입을 닦은 뒤 일어서려고 했다.

"잠깐. 빵을 한 조각 더 잘라 줘도 될 것 같아. 작은 조각이라도." 그녀가 서둘러 말했다.

그녀의 행동에는 속임수가 있었다. 빵 덩어리에서 한 조각을 잘라 내는 척하면서 빵 덩어리와 조각을 도로 상자에 넣고 자신이 먹을 빵 두 조각 중 하나를 건넸다. 그녀는 자신이 아들을 속였다고 생각했지만 소년은 전부터 그 술책을 알았다. 어쨌거나 그는 아무렇지도 않게 빵을 받아 들었다. 그는 어머니가 늘 아파서 별로 많이 먹지 않는다고 생각했다.

그녀는 그가 마른 빵을 씹는 것을 보고 그의 잔에 자신의 커피를 따랐다.

"오늘 아침은 왠지 별로 안 받네."

멀리서 호루라기 소리가 울려 두 사람은 일어났다. 그녀는 선반에 놓인 주석 자명종 시계를 보았다. 시계 바늘이 5시 반을 가리켰다. 공장의 다른 사람들은 이제 막 일어날 시간이었다. 그녀는 어깨에 숄을 두르고 지저분하고 구겨진 낡은 모자를 머리에 썼다.

"빨리 가자." 그녀가 말하고는 심지를 돌리고 숨을 훅 불어 램프를 껐다.

그들은 더듬더듬 부엌을 나가 계단을 내려갔다. 맑고 추운 날이었고, 바깥 공기가 닿자 조니는 몸을 떨었다. 아직 별빛도 흐려지지 않았고, 도시는 암흑에 잠겨 있었다. 조니도 어머니도 기운 없이 터덜터덜 걸었다. 다리 근육에는 땅을 힘차게 걷고자 하는 열정이 없었다.

15분 동안 말없이 걷고 나서 어머니가 오른쪽으로 방향을 틀었다.

"늦지 않게 어서 가." 그녀는 어둠 속으로 들어서면서 마지막 주의를 주었다.

그는 아무 반응을 하지 않고 계속 길을 갔다. 공장 구역에 들어서자 여기저기에서 문이 열렸고, 그는 곧 어둠을 뚫고 가는 무리에 섞였다. 공장 정문에 들어서는데 다시 호루라기 소리가 울렸다. 동쪽을 보니 비죽비죽 솟은 지붕들 위로 희미한 빛이 기어오르고 있었다. 하루를 꼭 이만큼 본 뒤 그는 등을 돌리고 일꾼 집단에 합류했다.

그는 줄지어 놓인 수많은 기계들 중 한 대 앞에 앉았다. 그의 앞에 놓인 통에는 작은 얼레가 가득하고 그 위에서 큰 얼레들이 빠른 속도로 돌았다. 그는 큰 얼레에 작은 얼레들의 실끈을 감았다. 일은 단순했다. 필요한 것은 속도뿐이었다. 작은 얼레들은 금방금방 떨어졌고, 그 실을 감는 큰 얼레가 너무 많아서 잠시도 쉴 틈이 없었다.

그는 기계적으로 일했다. 작은 얼레가 떨어지자 왼손으로 장치를 정지시키고 엄지와 검지로 날아가는 삼끈의 끝을 잡아 큰 얼레도 함께 멈췄다. 그리고 오른손으로는 작은 얼레의 느슨한 삼끈 끝을 잡았다. 양손이 다 필요한 이런 다양한 행동을 그는 아주 신속하게 수행했다. 그런 뒤 두 손을 빠르게 움직여 그물짜기 매듭을 묶고 얼레를 다시 돌렸다. 그물짜기 매듭이 어려울 것은 없었다. 한때 그는 잠을 자면서도 그 매듭을 묶을 수 있다고 자랑했다. 그리고 때로 그물짜기 매듭을 수도 없이 묶으며 기나긴 야간 노동을 할 때면 실제로 그렇게 하기도 했다.

어떤 소년들은 작은 얼레가 떨어지면 얼른 갈아 끼우지 않고 시간과 기계를 헛돌게 했다. 그런 일을 막는 관리자가 있었다. 그는 조니의 옆자리 동료가 그렇게 하는 것을 보고 따귀를 때렸다.

"저기 조니를 좀 봐. 조니를 좀 닮아 봐!" 관리자는 화를 내며 말했다.

조니의 얼레는 하나도 남김없이 팽팽 돌아갔지만, 그는 이런 간접적인 칭찬이 기쁘지 않았다. 한때는…… 하지만 그것은 오래전, 아주 오래전의 일이었다. 사람들이 자신을 모범으로 치켜세울 때도 그의 덤덤한 얼굴에는 표정이 없었다. 그는 완벽한 일꾼이었다. 그 자신도 알았다. 그런 말을 자주 들었다. 그것은 흔한 일이었고, 게다가 이제는 아무 의미가 없어 보였다. 그는 완벽한 일꾼에서 완벽한 기계로 발전했다. 때로 일이 잘못되면 그것은 기계와 마찬가지로 잘못된 재료 때문이었다. 완벽한 못 금형이 불량 못을 내는 확률이 그가 실수하는 확

률과 비슷할 것이었다.

이것은 그다지 놀라운 일이 아니었다. 그는 기계와 친밀한 관계가 아닐 때가 없었다. 기계는 거의 그의 본성이 되었고, 어쨌건 그는 기계 속에서 자랐다. 12년 전 바로 이 공장의 방직실에서 작은 소동이 인 적이 있다. 조니의 엄마가 기절한 것이다. 사람들은 그녀를 시끄러운 기계들 틈에 눕혔다. 나이 든 여자 방직공 두 명이 불려 왔고, 작업반 장이 도와주었다. 그리고 몇 분 뒤 방직실에는 생명이 하나 더 늘었다. 그 아이가 조니였다. 그는 방직실의 소음 속에서 태어났고, 그가 들이 마신 첫 숨은 보풀과 습기로 가득한 공기였다. 그는 바로 그 첫날부터 폐에서 보풀을 빼내려고 기침을 했고, 같은 이유로 평생 기침을 했다.

조니의 옆자리에 있는 소년이 칭얼거리며 코를 훌쩍였다. 그 얼굴 은 멀리서 위협적인 눈길을 던지고 있는 관리자에 대한 미움으로 경 련했다. 하지만 얼레는 모두 꽉 차서 돌고 있었다. 소년은 빙글빙글 도 는 얼레들을 바라보며 크게 욕을 했다. 하지만 그 소리는 2미터도 가 지 않았다. 방직실의 소음이 벽처럼 그것을 가두었다.

조니는 이 모든 일에 신경을 쓰지 않았다. 그는 모든 일을 수긍하는 버릇이 있었다. 게다가 모든 일은 반복되면 단조로워지고, 그는 이런 일도 벌써 여러 번 목격했다. 그가 볼 때 관리자에게 반항하는 것은 기 계에게 반항하는 것과 마찬가지였다. 기계들은 특정한 방식으로 돌아 가서 특정한 일을 하도록 만들어졌다. 관리자도 마찬가지였다.

하지만 11시에 방직실에 불안한 기운이 일었다. 그 불안은 어떻게 해서인지 금세 사방에 퍼졌다. 조니의 맞은편에 앉은 외다리 소년이 저편에 있는 빈 쓰레기 수레로 뛰어가 목발까지 들고 그 안으로 들어 가서 숨었다. 공장의 현장감독이 젊은이 한 명을 데려오고 있었다. 젊은이는 좋은 옷을 입었고, 셔츠에도 풀이 먹여져 있었다. 조니의 분류법에 따르면 신사이고, 또 '감찰관'이었다.

그는 지나가면서 날카로운 눈으로 소년들을 살펴보았다. 때로는 걸음을 멈추고 질문을 했다. 그는 고래고래 소리를 질러야 했고, 그럴 때마다 얼굴이 우스꽝스럽게 일그러졌다. 그의 예리한 눈은 조니 옆의 기계가 비어 있는 것을 알아차렸지만 아무 말도 하지 않았다. 조니도 그와 눈이 마주쳤다. 그 순간 그가 우뚝 서서 조니를 기계에서 끌어내려고 팔을 잡았다가 깜짝 놀라서 팔을 놓았다.

"꽤 말랐죠." 현장감독이 불안하게 웃었다.

"꼬챙이 같아요." 젊은이가 대답했다. "저 다리를 봐요. 저 아이는 구루병이에요. 초기지만 확실해요. 간질이 아니라면 결핵이 먼저 저 아이를 데려갈 거예요."

조니는 가만히 들었지만 알아듣지는 못했다. 게다가 앞날의 질병에는 관심이 없었다. 더 직접적이고 심각한 질병이 바로 앞에 있었는데, 그것은 바로 감찰관이었다.

"사실대로 말해 주렴. 너 몇 살이니?" 감찰관이 말했다. 아니 허리를 굽혀 소년의 귀에 입을 대고 소리쳤다.

"열네 살요." 조니는 거짓말을 했다. 그것도 목청껏. 어찌나 힘차게 했는지 마른기침이 터져서 오전 내 폐에 쌓인 보풀들이 흔들렸다.

"열여섯은 돼 보여요." 현장감독이 말했다.

"아니면 예순 살일 수도 있죠." 감찰관이 말했다.

"처음부터 저 얼굴이었어요."

"언제부터요?" 감찰관이 얼른 물었다.

"여러 해 됐죠. 얼굴이 전혀 나이를 안 먹어요."

"나이를 거꾸로 먹는 것도 아니겠죠. 여기에서 일한 지 오래됐죠?"

"일하다 말다 했어요. 하지만 그건 새 법이 통과되기 전이에요." 현장감독이 서둘러 덧붙였다.

"기계가 비었네요?" 감찰관이 조니의 옆자리가 빈 것을 보고 물었다. 반쯤 감긴 얼레가 미친 듯이 날고 있었다.

"그런 것 같군요." 현장감독이 관리자를 손짓해 부른 뒤 그의 귀에 대고 소리치고 기계를 가리켰다. "쉬는 기계입니다." 그가 감찰관에게 보고했다.

그들은 지나갔고, 조니는 질병을 피한 데 안도해서 다시 일로 돌아갔다. 하지만 외다리 소년은 그렇게 운이 좋지 못했다. 예리한 눈의 감찰관이 그를 쓰레기 수레에서 끌고 나왔다. 소년의 입술은 떨렸고, 그 표정은 심각하고 돌이킬 수 없는 재난에 빠진 사람 같았다. 관리자는 마치 소년을 처음 보는 것처럼 놀란 표정을 지었고, 현장감독의 얼굴은 충격과 불쾌함에 싸였다.

"이 애를 압니다." 감찰관이 말했다. "이 애는 열두 살이죠. 나는 지난 한 해 동안 공장 세 곳에서 이 애를 내쫓았어요. 이번이 네 번째예요."

그는 외다리 소년에게 돌아섰다. "나한테 학교에 가겠다고 약속했잖니."

외다리 소년은 울음을 터뜨렸다. "제발, 감찰관님, 집에 아기 둘이 죽었고, 저희는 너무 가난해요."

"기침은 왜 그렇게 하니?" 감찰관이 소년에게 죄를 추궁하듯 물었다.

그리고 죄를 부정하려는 듯 외다리 소년이 대답했다. "별거 아니에요. 지난주에 감기에 걸렸어요, 감찰관님. 그게 다예요."

외다리 소년은 결국 감찰관과 함께 방직실을 나갔고, 현장감독이 불안하고 성난 표정으로 그 뒤를 따랐다. 그 뒤로는 다시 단조로움이 내려앉았다. 긴 오전과 더 긴 오후가 지나갔고, 호루라기 소리가 종료 시간을 알렸다. 조니가 공장 문을 나설 때 바깥은 이미 어두웠다. 그사이에 해는 하늘을 한 걸음 한 걸음 걸어 올라가서 세상을 은혜로운 온기로 채운 뒤 비죽비죽한 지붕들 너머로 사라졌다.

저녁은 그 가족에게 가장 중요한 식사였다. 조니가 동생들과 함께 하는 유일한 식사이기도 했다. 그에게 이 일은 거의 적과의 대치와 비슷했다. 그는 나이가 이렇게 많은데 동생들은 어이없을 만큼 어렸기 때문이다. 그는 동생들의 어린 모습을 참지 못했다. 이해할 수가 없었다. 그의 어린 시절은 너무도 오래전이었다. 그는 철없는 어린 정신들의 장난을 참지 못하는 짜증스러운 노인 같았다. 그는 음식 앞에 말없이 얼굴을 찌푸리고 그들도 곧 일을 하러 가야 한다는 생각으로 위안을 삼았다. 그러면 동생들도 기세가 꺾여서 자신처럼 점잖아질 것이다. 이렇게 해서 조니는 다른 인간들처럼 자신을 우주의 척도로 만들었다.

식사를 할 때 어머니는 다양한 말을 무한히 반복하며 자신은 최선을 다하고 있다고 했다. 그래서 빈약한 식사를 마치자 조니는 풀려난다는 느낌 속에 의자를 물리고 일어섰다. 그는 침대와 현관 사이에 잠시 갈등하다가 결국 현관 밖으로 나갔다. 그리고 현관 계단에 앉아서 두 무릎을 끌어당기고 좁은 어깨를 앞으로 굽힌 채 팔꿈치를 무릎에 얹고 손으로 턱을 받쳤다.

그는 그 자리에 앉아서 아무 생각도 하지 않았다. 그냥 가만히 쉬었다. 그의 정신은 잠들어 있었다. 동생들이 나와서 다른 집 아이들과 함께 시끄럽게 뛰어놀았다. 모퉁이의 전등이 그들을 비추었다. 그는 짜증이 났고 그들도 그 사실을 알았다. 하지만 모험 정신이 발동해서 그에게 장난을 쳤다. 그들은 손을 잡고 몸으로 박자를 맞추면서 그의 얼굴에 대고 엉터리 노래를 불렀다. 그는 처음에는 동생들에게 욕을 했다. 작업반장들에게서 배운 욕을. 하지만 그래도 소용없자 자신의 위엄을 위해 집요한 침묵으로 빠져들었다.

얼마 전에 열 살 생일이 지난 바로 밑의 동생 월이 무리의 우두머리였다. 조니는 그에게 그다지 따뜻한 마음이 없었다. 그의 인생은 초기부터 월에 대한 끊임없는 양보로 점철되어 있었다. 그는 월이 자신에게 큰 빚을 졌지만 그것을 고마워하지 않는다고 확고히 믿었다. 아득한 옛날 그가 아직 일하지 않던 시절에는 월을 돌보는 데 많은 시간을 바쳤다. 월은 그때 아기였고, 어머니는 지금처럼 공장에 다녔다. 조니는 어린 아빠와 어린 엄마의 역할을 모두 맡았다.

월은 그런 양보의 혜택을 잘 보여 주었다. 체격이 좋고 튼튼했으며 키는 조니와 비슷하고 몸무게는 훨씬 더 나갔다. 한 사람의 생명의 피가 다른 사람에게 흘러들어 간 것 같았다. 정신도 마찬가지였다. 조니는 잘 회복되지 않을 만큼 지치고 피로했지만, 월은 모든 것이 가득 차서 흘러넘칠 것 같았다.

놀리는 노랫소리가 점점 커졌다. 월은 춤을 추며 몸을 숙이고 혀를 내밀었다. 조니의 왼팔이 튀어 나가서 월의 목을 감쌌다. 동시에 앙상한 주먹으로 동생의 코를 때렸다. 그의 주먹은 처량할 만큼 앙상했지만, 그것이 맵다는 사실은 고통의 비명이 증명했다. 다른 동생들이 소리를 질렀고, 여동생 제니가 집 안으로 달려 들어갔다.

그는 월을 밀고 정강이를 걷어차고는 그의 얼굴을 땅에 메다꽂았다.

그러고도 월의 얼굴을 땅바닥에 서너 차례 뭉갠 뒤에야 동생을 놓아 주었다. 잠시 후 나타난 어머니는 걱정과 분노의 회오리바람 같았다.

"월이 나를 가만두지 않는 걸 어떻게 해요? 저 애는 내가 피곤한 걸 몰라요." 조니가 어머니의 비난에 대답했다.

"나는 형만큼 커." 월이 어머니의 품에서 씨근덕거렸다. 얼굴은 눈물과 흙과 피로 범벅이 되어 있었다. "나는 이제 형만큼 크고 앞으로 더 클 거야. 그러면 형을 가만 안 둘 거야. 두고 봐."

"너도 그렇게 컸으니 공장에 가야 돼." 조니가 으르렁거렸다. "그게 너한테 닥친 문제야. 너도 일해야 해. 엄마가 널 공장에 보낼 거야."

"월은 너무 어려. 아직 꼬마야." 어머니가 말했다.

"저는 월보다 어려서부터 공장에 다녔어요."

조니는 억울함을 표현하려고 입을 열었다가 다시 닫았다. 그리고 우울하게 돌아서서 집 안으로 들어가 침대에 누웠다. 그의 방은 부엌의 온기를 들어오게 하려고 문을 열어 놓고 있었다. 그가 어두운 방 안에서 옷을 벗을 때 어머니가 집에 들른 이웃 여자와 이야기하는 소리가 들렸다. 어머니는 기운 없이 훌쩍거리면서 띄엄띄엄 말했다.

"조니가 왜 저렇게 되었는지 모르겠어요. 예전에는 이러지 않았어요. 참을성 많고 천사 같은 아이였는데."

그러더니 서둘러 변명했다.

"조니는 좋은 아이예요. 열심히 일하고 있고, 사실 너무 어려서부터 일했죠. 하지만 그게 내 잘못은 아니에요. 나는 최선을 다하고 있다고요."

부엌의 훌쩍거림이 길어졌고 조니는 눈을 감고 중얼거렸다. "나는 정말 열심히 일했어요."

다음 날 아침 다시 어머니가 그를 잠의 손아귀에서 빼냈다. 그는 빈약한 아침 식사를 하고 어둠 속을 걷다가 지붕들 위로 희미하게 떠오르는 해를 보고 돌아서서 공장으로 들어갔다. 새로운 하루였지만 모든 하루가 똑같았다.

하지만 그의 인생이 나름대로 다양했던 적이 있었다. 그가 이 일 저 일을 넘나들었을 때와 병에 걸렸을 때였다. 그는 여섯 살 때부터 월의 꼬마 엄마이자 아빠였고, 그때 다른 동생들은 더 어렸다. 일곱 살 때 그는 공장에 가서 얼레를 감았다. 여덟 살 때는 다른 공장에서 일했다. 새 일은 아주 쉬웠다. 손에 막대기를 잡고 앉아서 앞으로 흘러가는 천의 방향을 잡아 주는 것뿐이었다. 이 천의 물결은 기계의 입에서 나와서 뜨거운 롤러를 지나 다른 곳으로 흘러갔다. 하지만 그는 해가 들지 않고 머리 위에 가스등이 이글거리는 곳에서 한자리에 앉아서 스스로 기계의 일부가 되었다.

그곳은 덥고 습했지만 그는 그 일을 좋아했다. 아직 어리고 꿈과 망상이 넘쳤기 때문이다. 그는 끝없는 천의 물결을 보면서 멋진 꿈을 꾸었다. 하지만 몸을 움직일 일도, 머리를 쓸 일도 없는 그 일을 하면서 꿈은 점점 시들었고 그의 정신은 둔하고 나른해졌다. 그래도 그는 주급 2달러를 받고, 그 돈으로 지독한 굶주림에서 벗어나 만성 영양실조 상태로 이행할 수 있었다.

하지만 그는 아홉 살 때 직장을 잃었다. 홍역 때문이었다. 그리고 병이 낫자 유리 공장에 취직했다. 그 일은 봉급이 더 높았고 기술도 필요했다. 성과급이라서 기술이 좋을수록 급료가 높아졌다. 그것이 성과제였고, 성과제 덕분에 그는 뛰어난 일꾼이 되었다.

일은 단순했다. 작은 병에 유리 마개를 꽂고 끈으로 묶는 것이었다.

그는 허리에 삼끈 뭉치를 차고 양손으로 일하기 위해 두 무릎 사이에 병을 끼웠다. 그렇게 무릎 위로 허리를 굽히고 앉아 일하는 동안 그의 좁은 어깨는 점점 더 굽고 가슴팍은 하루에 10시간씩 움츠러들었다. 그것은 폐에 좋지 않았지만, 그는 하루에 병 3,600개의 마개를 묶었다.

현장감독은 그를 자랑스러워했고 손님이 오면 소개해 주었다. 10시간 동안 3,600개의 병이 그의 손을 지나갔다. 이것은 그가 기계 같은 정밀함을 익혔다는 뜻이었다. 낭비되는 동작은 하나도 없었다. 팔과 여윈 손가락의 모든 움직임이 빠르고 정확했다. 그는 매우 긴장한 상태로 일했고, 그 결과 불안해졌다. 밤이면 잠을 자면서도 근육이 뒤틀렸고, 낮에는 쉴 수 없었다. 그는 늘 긴장해 있었고, 근육은 계속 뒤틀렸다. 얼굴도 누레지고, 기침이 심해졌다. 움츠린 흉곽 속 연약한 폐에 폐렴이 들어앉았고, 그는 유리 공장에서 해고되었다.

그는 이제 처음에 얼레 감는 일을 했던 황마 공장으로 돌아왔다. 그랬더니 승진이 그를 기다리고 있었다. 그는 훌륭한 일꾼이었다. 다음에는 풀 먹이는 일로 옮겼다가 이어 방직실로 갔다. 그 뒤로는 효율만이 상승했을 뿐 그 밖의 변화는 없었다.

기계들은 그가 처음 공장에 갔을 때보다 빨라졌고, 그의 머리는 느려졌다. 그는 예전에는 늘 꿈을 꾸었지만 이제는 꿈을 꾸지 않았다. 그는 한 번 사랑에 빠진 적도 있었다. 그것은 뜨거운 롤러 앞에서 천의 방향을 잡아 주는 일을 할 때였고, 상대는 현장감독의 딸이었다. 그녀는 그보다 나이가 훨씬 많은 처녀였고, 그는 그녀를 멀리서 대여섯 번 본 것이 전부였다. 하지만 그러거나 말거나 상관없었다. 그는 자기 앞을 지나가는 천 위에 밝은 미래를 새겨 넣었고, 그 미래 속에서 그는 천재적인 일솜씨를 발휘하고 놀라운 기계를 발명해서 공장장이 된 뒤 그녀를 품에 안고 이마에 진지하게 입을 맞추었다.

하지만 그것은 모두 오래전, 그가 이렇게 늙고 지쳐서 사랑도 못 하게 되기 전의 일이었다. 그녀도 결혼해서 떠났고, 그의 정신은 잠이 들었다. 어쨌거나 그것은 놀라운 경험이었고, 그는 다른 남자와 여자가 동화 속 요정을 믿던 시절을 돌아보듯 그 시절을 돌아보았다. 그는 요정도, 산타클로스도 믿은 적이 없었다. 하지만 그 시절, 흘러가는 천위에 상상으로 새겼던 밝은 미래는 분명히 믿었다.

그는 아주 어린 나이에 성인이 되었다. 일곱 살에 그는 첫 봉급을 받고 청소년기를 시작했다. 그는 독립심이 생겼고, 어머니와의 관계도 달라졌다. 이유는 몰라도 일을 해서 돈을 벌고 가족의 생계를 책임진다는 사실 때문에 그는 어머니와 비슷한 위치에 서게 된 것 같았다. 그가 완전한 어른이 된 것은 열한 살 때 여섯 달 동안 야간조 근무를 하고 나서였다. 야간조 일을 하면 어떤 아이도 아이로 남아 있지 못한다.

그의 인생에는 몇 차례 큰 사건이 있었다. 그 하나는 어머니가 캘리포니아산 건자두를 사 온 일이었다. 다른 두 번은 어머니가 커스터드 빵을 만든 일이었다. 그것들은 사건이었다. 그는 그 기억을 따뜻하게 간직했다. 그리고 그 시절 어머니는 언젠가 아주 맛있는 음식을 만들어 주겠다고 했다. 그건 '플로팅 아일랜드'*라는 것으로 "커스터드보다 더 맛있다"고 어머니는 말했다. 여러 해 동안 그는 식탁에 플로팅 아일랜드가 놓일 날을 기다렸지만 결국 그 기대를 불가능한 꿈들의 연옥으로 추방했다.

---

* 커스터드 빵 안에 휘핑크림이나 머랭을 넣은 것.

한번은 길에서 25센트짜리 은색 동전을 주운 적이 있었다. 그것도 그의 인생에 일어난 큰 사건이자 비극적인 사건이었다. 은색 섬광을 본 순간 그는 그것을 주워 들기도 전에 자신의 의무를 알았다. 집에는 늘 먹을 것이 부족했고, 그는 토요일 밤마다 봉급을 가져가듯 그것도 집에 가져가야 했다. 이 경우 무엇이 올바른 행동인지는 분명했다. 하지만 그는 자기를 위해 돈을 써 본 적이 없었고, 사탕이 몹시 먹고 싶었다. 평생토록 기념일에만 맛본 사탕이 몹시 탐났다.

그는 자신을 속이려 하지 않았다. 그것은 죄였고, 그는 그것을 알면서도 방탕에 빠져서 사탕을 15센트어치 샀다. 10센트는 훗날의 방탕을 위해 남겨 두었지만 돈을 가지고 다니는 데 익숙하지 않아서 잃어버렸다. 그 일은 그가 양심의 가책에 격렬하게 시달릴 때 일어났고, 그는 그것을 천벌로 여겼다. 무시무시한 신의 분노가 섬뜩할 만큼 가깝게 느껴졌다. 신은 그의 죄를 보고 지체 없이 벌을 내렸는데, 심지어 그 벌도 다 내리지 않았다.

그의 기억 속에 그 사건은 그의 인생에서 가장 큰 범죄 행위였고, 그것을 회상하면 언제나 양심에 고통을 느꼈다. 그것은 그의 인생에 유일한 비밀이었다. 그리고 그는 그 행동을 후회했다. 자신이 25센트 동전을 쓴 방식이 마음에 들지 않았다. 더 잘 쓸 수도 있었다. 신이 그렇게 지체 없이 벌할 것을 알았다면 25센트를 한 번에 다 써서 신을 이겼을 것이다. 그런 생각을 하며 그는 그 25센트를 천 번 정도 썼고, 매번 방법이 개선되었다.

다른 기억이 하나 더 있었다. 희미해졌지만 아버지의 야만적인 발이 그의 영혼에 강력하게 찍어 놓은 기억이었다. 그것은 구체적인 기억이라기보다 악몽에 더 가까웠다. 사람이 잠이 들면 나무 위에 살던 조상 시절까지 거슬러 올라간다는 종種의 기억에 더 가까웠다.

이 특별한 기억은 대낮에 정신이 말똥말똥할 때는 찾아오지 않았다. 그것은 밤에 잠자리에 누웠을 때, 의식이 몽롱하게 가라앉을 때 찾아왔다. 그것이 찾아오면 그는 항상 화들짝 놀라서 깨어났고, 순간적으로 자신이 침대 발치에 가로로 누워 있는 느낌을 받았다. 침대에는 아버지와 어머니가 있었다. 그는 아버지를 본 적이 없었다. 그가 아버지에 대해 가진 인상은 단 한 가지, 그의 발이 야만적이고 무자비하다는 것뿐이었다.

이런 어린 시절의 기억은 있어도 최근의 기억은 그에게 없었다. 모든 날이 똑같았다. 어제도 작년도 천 년 전과, 아니면 1분 전과 똑같았다. 아무 일도 없었다. 시간의 흐름을 표시하는 사건은 아무것도 없었다. 시간은 흐르지 않았다. 늘 가만히 서 있었다. 움직이는 것은 시끄러운 기계들뿐이었고, 그것들은 제자리에서 움직였다. 점점 빨라지면서도.

열네 살이 되자 그는 풀 먹이는 일을 하게 되었다. 그것은 엄청난 사건이었다. 마침내 간밤의 잠이나 주급 말고도 기억할 수 있는 일이 생겼다. 그것은 한 시대를 표시했다. 그것은 기계의 올림픽, 어떤 신기원이었다. "내가 풀 작업을 하게 되었을 때" 또는 "내가 풀 작업을 하게 된 뒤, 또는 전" 같은 말들이 그의 입에 자주 올랐다.

그는 열여섯 살 생일을 방직실에 들어가 방직기를 돌리는 방식으로 기념했다. 그것은 성과급 일이었다. 공장의 교육을 통해 완벽한 기계가 된 그는 뛰어난 일솜씨를 발휘했다. 석 달이 지나자 그는 방직기 두 대를 돌렸고, 그 뒤로는 세 대, 네 대를 돌렸다.

방직실에서 2년이 지났을 때 그는 어떤 방직공보다 많은 천을 생산했고, 미숙련 직공들보다는 두 배 이상을 생산했다. 그가 돈을 점점 잘 벌게 되자 집안 형편도 좋아졌다. 하지만 그의 벌이는 수요를 초과하지 못했다. 아이들은 계속 자라고, 더 많이 먹었다. 그들은 학교에 갔고 책은 비쌌다. 그리고 어떻게 된 일인지 그가 일을 더 많이 할수록 물가는 더 빨리 올랐다. 집은 점점 낡아 가는데 집세는 더 올랐다.

그는 키가 더 컸지만, 그러자 더 야위어 보였다. 그리고 더 불안해졌다. 불안은 짜증을 더 키웠다. 동생들은 여러 차례의 교훈을 통해서 그를 피하는 것이 좋다는 사실을 배웠다. 어머니는 돈을 잘 버는 그를 존경하면서도 두려워했다.

그는 인생에 아무런 즐거움이 없었다. 그는 하루하루가 지나가는 모습을 보지 못했다. 밤 시간에는 무의식 속에 움찔거리며 잠을 잤다. 나머지 시간에는 일을 했고, 그때 그의 의식은 기계의 의식이었다. 그 정신 바깥에는 아무것도 없었다. 그는 이상은 없지만 환상은 하나 있었다. 자신이 좋은 커피를 마신다는 것이었다. 그는 일벌레였다. 이렇다할 정신생활이 없었다. 하지만 마음속 깊은 곳에서는 자신도 모르는 사이 노동하는 매시간이, 매번의 손동작이, 매번의 근육 수축이 차곡차곡 쌓이고, 그 자신과 그 주변의 작은 세상을 놀라게 할 행동이 준비되고 있었다.

어느 늦은 봄날, 그는 유난히 깊은 피로를 느끼며 퇴근했다. 그가 식탁에 앉을 때 식구들은 강렬한 기대를 품고 있었지만 그는 알아차리지 못했다. 그는 우울한 침묵 속에 기계적으로 앞에 놓인 것을 먹었다. 동생들은 음, 아, 하면서 쩝쩝 입맛을 다셨지만 그는 귀가 먹은 듯 아무 소리도 듣지 못했다.

"네가 먹는 게 뭔지 아니?" 어머니가 마침내 참지 못하고 물었다.

그는 앞에 놓인 접시를 멍하니 본 뒤 어머니를 멍하니 보았다.

"플로팅 아일랜드야." 어머니가 들떠서 공표했다.

"아." 그가 말했다.

"플로팅 아일랜드!" 동생들이 큰 소리로 합창했다.

"아." 그는 말했다. 그리고 두세 입을 더 먹고 덧붙였다. "오늘 밤은 별로 배가 안 고프네요."

그는 숟가락을 떨어뜨리고 힘없이 식탁에서 일어났다.

"바로 자야겠어요."

부엌을 지나가는 그의 발걸음은 평소보다 더 무거웠다. 옷을 벗는 일이 산을 움직이는 것처럼 힘들어서 그는 옷도 벗지 못하고 힘없이 울면서 침대로 기어들었다. 신발 한 짝은 아직도 신은 채였다. 머릿속에서 무언가가 솟아올라서 멍하고 멍한 느낌을 안겨 주었다. 여윈 손가락이 손목처럼 두껍게 느껴졌고, 그 끝에는 머릿속처럼 멍한 느낌이 있었다. 허리가 참을 수 없이 아팠다. 온몸의 뼈가 아팠다. 사방이 아팠다. 머릿속에서 꽥꽥, 쿵쿵, 우당탕 소리가 울리며 방직기 수백 만 대가 돌아갔다. 모든 공간이 방직기 북으로 가득 찼다. 북들이 별들 사이를 누볐다. 그는 혼자서 방직기 천 대를 움직였고, 그것들은 점점 속도를 높였다. 그의 머리도 점점 속도를 높이며 풀려서 마침내 천 개의 북에 감기는 실이 되었다.

그는 다음 날 아침 출근하지 않았다. 머릿속에서 작동하는 천 대의 방직기를 돌리느라 바빴다. 어머니는 일하러 갔지만 그 전에 의사를 불렀다. 의사는 심한 독감이라고 말했다. 제니가 그를 간호하며 의사의 지시를 이행했다.

독감은 심했고, 조니는 일주일이 지나서야 옷을 입고 비틀비틀 걸을 수 있었다. 의사는 다시 일주일이 지나면 일을 할 수 있을 것이라고 말했다. 그가 회복기에 들어선 첫날인 토요일 오후에 방직실 작업반장이 찾아왔다. 작업반장은 어머니에게 그가 최고의 방직공이라고 말했다. 그가 맡은 일은 그가 돌아올 때까지 중단시켰다고도 했다. 다음 주 월요일부터 일할 수 있다고.

"감사하다고 말씀드려야지, 조니?" 어머니가 불안하게 말했다.

"너무 아파서 제정신이 아니에요." 그녀가 손님에게 사과하듯 설명했다.

조니는 웅크리고 앉아서 바닥을 가만히 바라보았다. 작업반장이 가고 나서 한참 뒤에도 같은 자세로 앉아 있었다. 바깥은 따뜻했고, 그는 현관 계단에 앉아 오후를 보냈다. 때로 그의 입술이 달싹였다. 어떤 끝없는 계산에 빠진 것 같았다.

다음 날 아침, 날이 따뜻해진 뒤에 그는 현관 계단에 나가 앉았다. 이번에는 연필과 종이로 계산을 했는데, 계산 작업은 아주 힘들면서도 놀라웠다.

"100만 다음에는 뭐지?" 정오에 윌이 학교에서 돌아오자 그가 물었다. "그리고 그걸 어떻게 계산하지?"

그날 오후 그는 계산을 끝냈다. 그리고 날마다 종이와 연필 없이 현관 계단으로 나가서, 길 건너편의 나무 한 그루에 마음을 쏟았다. 몇 시간씩 그 나무를 바라보았고, 바람이 그 가지와 이파리를 흔들면 특히 관심을 집중했다. 그 일주일 동안 그는 자신과 깊은 교감에 빠진 듯 보였다. 일요일에 그는 현관 계단에서 서너 차례 크게 웃어서 어머니를 당황시켰다. 그녀는 여러 해 동안 그가 웃는 것을 본 적이 없었기 때문이다.

다음 날 새벽 그녀는 어둠 속에 그를 깨우러 갔다. 일주일 동안 충분히 자서 그는 쉽게 깨어났다. 그는 저항하지 않았고, 그녀가 이불을 잡아챘을 때 붙들려고 하지도 않았다. 그저 조용히 누워서 말을 했다.

"소용없어요, 어머니."

"그러다 늦어." 그녀는 아들이 아직도 잠에 젖어 있다고 생각하고 말했다.

"잠은 다 깼어요, 어머니. 그리고 소용없으니까 저를 그냥 두세요. 저는 안 일어날 거예요."

"그러면 공장에서 잘려!" 그녀가 소리쳤다.

"저는 안 일어나요." 그가 이상하고 열의 없는 목소리로 말을 되풀이했다.

그날 아침 그녀도 일을 나가지 않았다. 이것은 그녀가 아는 질병의 범위를 벗어나는 질병이었다. 열과 헛소리는 이해할 수 있었지만 이것은 완전한 정신이상이었다. 그녀는 그에게 이불을 덮어 주고 제니를 보내 의사를 불렀다.

의사가 왔을 때 조니는 조용히 자고 있었고, 조용히 깨어나서 의사가 맥을 짚게 했다.

"별문제는 없습니다. 너무 쇠약한 게 전부예요. 몸에 살이라고는 없어요." 의사가 말했다.

"조니는 예전부터 그랬어요." 어머니가 말했다.

"이제 나가세요, 어머니. 더 자게요."

조니는 평온하게 말하고 평온하게 돌아누워 잠이 들었다.

그는 10시에 깨어나서 옷을 입었다. 부엌으로 들어가자 어머니가 놀란 표정을 지었다.

"저는 떠날 거예요, 어머니. 작별 인사를 하러 왔어요." 그가 선언했다.

그녀는 앞치마를 얼굴에 뒤집어쓰고 털썩 주저앉아 울었다. 그는 참을성 있게 기다렸다.

"어쩌면 이런 날이 올 걸 알고 있었는지도 몰라." 그녀는 흐느꼈다.

"어디로 가니?" 그녀가 마침내 앞치마를 내리고 호기심 없는, 고통스러운 표정으로 그를 올려다보며 물었다.

"몰라요. 아무 데로나요."

그렇게 말을 하는데 그의 머릿속에 길 건너편에 있는 나무가 눈부시게 떠올랐다. 그것은 눈꺼풀 바로 아래에 숨어서 원하면 언제나 볼 수 있는 것 같았다.

"그러면 공장은?" 그녀가 떨며 물었다.

"저는 다시는 일하러 가지 않아요."

"조니! 그런 말은 하지 마!" 그녀가 울부짖었다.

그의 말은 그녀에게는 신성 모독이었다. 자기 아이가 신을 부정하는 말을 들은 것처럼 조니의 어머니는 그 말에 충격을 받았다.

"도대체 왜 그러는 거니?" 어머니가 권위를 보이려는 헛된 시도를 하며 물었다.

"숫자 때문이에요." 그가 대답했다. "그냥 숫자요. 일주일 동안 많은 계산을 했어요. 그리고 아주 놀랐어요."

"그게 이거랑 무슨 상관이 있는지 모르겠다." 그녀가 흐느꼈다.

조니는 참을성 있게 미소 지었고, 어머니는 그가 벌써 오래도록 짜증도 신경질도 내지 않는다는 데 충격을 받았다.

"말씀드릴게요. 저는 완전히 지쳤어요. 뭐가 나를 지치게 했을까요? 움직임이에요. 저는 태어나면서부터 움직였어요. 이제 움직이는 데 지쳤고, 더는 움직이지 않을 거예요. 제가 유리 공장에서 일하던 때 기억나세요? 저는 하루에 3,600개를 했어요. 병 하나에 동작이 열 가지였던 것 같아요. 그러면 하루에 3만 6,000동작을 한 거예요. 열흘이면 36만 동작이고, 한 달이면 100만 8,000동작이에요. 8,000은 그냥 빼 버려요." 그가 너그럽게 선행을 베풀듯이 말했다. "8,000을 빼도 한 달에 100만 개고, 1년이면 1,200만 개예요.

방직기 앞에서는 그 두 배를 움직여요. 그러면 1년에 2,400만 동작이에요. 저는 그렇게 100만 년을 움직였던 것 같아요.

이번 주에 저는 움직이지 않았어요. 아무 일도 안 하고 가만히 몇 시간씩 앉아 있는 건 정말 좋았어요. 저는 그 전까지 행복한 적이 없었어요. 시간이 없었어요. 항상 움직였어요. 행복할 방법이 없었어요. 다시는 그렇게 하지 않겠어요. 저는 그냥 가만히 앉아서 쉬고 또 쉴 거예요."

"하지만 윌이랑 동생들은 어떻게 하고?" 어머니가 절망적으로 물었다.

"끝이에요. 윌과 동생들은." 그가 말했다.

하지만 그의 목소리에 분노는 없었다. 그는 오래전부터 어머니가 작은아들에게 야심을 품고 있는 것을 알았지만 그 생각은 더 이상 괴롭지 않았다. 이제 아무것도 중요하지 않았다. 그 사실조차.

"저는 어머니가 윌에게 품은 기대를 알아요. 학교에 계속 보내서 사무원으로 키우려고 하시죠. 하지만 소용없어요. 윌은 끝났어요. 윌도 일을 해야 해요."

"내가 너를 어떻게 키웠는데." 그녀가 다시 앞치마를 뒤집어쓰고 태도를 바꾸어 울었다.

"어머니는 저를 안 키웠어요." 그가 슬프고도 따뜻한 어조로 대답했다. "제가 저를 키웠어요. 저는 월도 키웠어요. 월은 저보다 키도 크고 덩치도 커요. 저는 어려서 제대로 못 먹었어요. 월이 아이였을 때 저는 그 아이가 먹을 것도 벌었어요. 하지만 이제 끝났어요. 월도 저처럼 일을 하러 갈 수 있어요. 아니면 지옥에 가든 말든 상관 안 해요. 저는 피곤해요. 이제 떠날 거예요. 작별 인사 안 해 주세요?"

그녀는 대답하지 않았다. 앞치마를 다시 머리에 쓴 채 울고 있었다. 그는 문 앞에서 잠깐 멈추었다.

"어쨌건 나는 최선을 다했어." 그녀가 흐느꼈다.

그는 집을 나가서 길을 걸었다. 그 나무를 보자 그의 얼굴에 가벼운 기쁨이 떠올랐다. "가만히 앉아서 아무것도 안 하는 거." 그가 속말을 하듯 중얼거렸다. 안타까운 눈길로 하늘을 보았지만 햇빛이 너무 밝아 아무것도 보이지 않았다.

그는 오래, 천천히 걸었다. 방직 공장 앞을 지나갔다. 벽 너머로 방직실의 소음이 들리자 그는 웃었다. 부드럽고 평온한 미소였다. 그는 아무도 미워하지 않았다. 시끄럽고 요란한 기계들마저. 그에게는 분노가 없었다. 그저 극도로 쉬고 싶은 열망뿐이었다.

길이 시골로 접어들면서 집과 공장이 적어지고 넓은 공간이 많아졌다. 마침내 그는 도시를 떠나서 녹음이 우거진 철로 변 소로를 걷게 되었다. 그는 사람처럼 걷지 않았다. 사람처럼 보이지도 않았다. 그는 사람의 모조품이었다. 병든 원숭이처럼 비척거리는, 뒤틀리고 여위고 이름 없는 생명의 한 조각이었다. 팔은 힘없이 늘어지고, 어깨는 굽고 가슴은 좁은, 기이하고 섬뜩한 생명체.

그는 작은 기차역을 지나 나무 아래 풀밭에 누웠다. 그리고 오후 내내 그렇게 누워 있었다. 때로 잠이 들어서 근육을 씰룩거렸다. 깨어 있을 때도 움직이지 않고 누운 채로 새를 보거나 나뭇가지 사이로 하늘을 보았다. 한두 번 소리 내서 웃었지만, 그가 보거나 느낀 것과는 아무 관련 없었다.

땅거미에 이어 어둠이 내리자 화물 열차가 역에 들어섰다. 기관차가 측선으로 차량들을 옮길 때 조니는 살금살금 기차 옆을 기어갔다. 그리고 빈 화물 차량의 문을 열고 힘겹게 그 안으로 들어갔다. 그는 문을 닫았다. 엔진이 삑 울렸다. 조니는 누워서 어둠 속에서 미소 지었다.

슬롯의 남쪽
South of the Slot

옛 샌프란시스코, 즉 대지진* 전의 샌프란시스코는 '슬롯'으로 양분되어 있었다. 슬롯은 마켓 로 중앙에 난 철제 틈새로, 그곳으로 끝없는 케이블이 웅웅거리며 전차를 양방향으로 끌고 갔다. 슬롯은 사실 두 개였지만 서부의 빠른 화법은 그 두 개의 슬롯과 그것들이 나타내는 훨씬 많은 것을 단수로 간단히 '슬롯'이라고 불러 시간을 절약했다. 슬롯의 북쪽에는 극장, 호텔, 쇼핑 구역, 은행, 점잖은 사업체가 있었다. 슬롯의 남쪽은 공장, 빈민가, 세탁소, 공업사, 보일러 제작소 그리고 노동자들의 거주지가 있었다.

슬롯은 사회의 계층 분리를 표현하는 비유였고, 이 경계선을 프레디

---

* 1906년의 대지진을 말한다.

드러먼드보다 더 멋지게 넘나든 사람은 없었다. 그는 두 세계에서 다 살았을 뿐 아니라, 두 세계 모두에서 아주 잘 살았다. 프레디 드러먼드는 캘리포니아 대학의 사회학과 교수였고, 그가 처음 슬롯을 건너 노동자 구역에서 6개월을 살고『미숙련 노동자』라는 책을 쓴 것도 사회학 교수로서였다. 그 책은 사회 발전 분야 저술의 큰 성과이자 사회 불만 분야 저술에 대한 멋진 응답으로 사방에서 칭송받았다. 정치적, 경제적으로 그것은 정통 그 자체였다. 대형 철도 회사 사장들은 전권을 사서 직원들에게 나눠 주었다. 제조업 협회에서만 5만 부를 배포했다. 어떻게 보면 그것은 악명 높은『가르시아 장군에게 보내는 메시지』에 비견될 만큼 부도덕했고, 검약과 만족을 설교하는 면에서는『캐비지 패치의 위그스 부인』을 바짝 뒤쫓았다.*

처음에 프레디 드러먼드는 노동 계급 사람들과 어울리는 일이 몹시 힘들었다. 그는 그들의 생활 방식에 익숙하지 않았고, 그들도 당연히 그의 방식에 익숙하지 않았다. 그들은 의심했다. 그런 선례가 없었기 때문이다. 그는 전에 하던 일에 대한 이야기를 하지 못했다. 그의 손은 부드러웠다. 그의 깍듯한 예의는 불길했다. 처음에 그는 이 새로운 역할에 대해서 자신은 자유롭고 독립적인 미국인으로 육체노동을 선택했을 뿐이고 별다른 설명은 필요 없다고 생각했다. 하지만 이내 깨달았듯이 그것은 통하지 않았다. 처음에 사람들은 그를 임시로, 기인으로 받아들였다. 그러다 그가 조금씩 요령을 익히면서 그는 자기도 모르게 그곳에서 통용되는 역할로 흘러들었다. 그것은 좋은 시절, 훨씬

---

* 『가르시아 장군에게 보내는 메시지』(엘버트 허바드, 1899)는 노동자들에게 문제 제기를 하기 전에 먼저 자기 할 일을 다 하라는 산문집이다.『캐비지 패치의 위그스 부인』(앨리스 캘드웰 헤건, 1901)은 가난하지만 알뜰하게 살아가는 과부를 주인공으로 한 대중소설이다.

더 좋은 시절을 경험했지만 이제 운이 다한 사람의 역할이었다. 하지만 물론 그것도 일시적인 것으로 여겨졌다.

그는 여러 가지를 배우고 많은 것을 일반화해서—그중에는 오류도 많았다—그 모든 것을 『미숙련 노동자』에 담았다. 하지만 그는 자신이 본래 속한 집단의 침착하고 보수적인 방식을 따라 그런 일반화에 '잠정적'이라는 단서를 달아 퇴로를 만들었다. 그가 초기에 일한 곳 중 한 곳은 윌맥스 통조림 공장이었다. 그곳에서 그는 소형 포장 상자를 만드는 성과급 일에 투입되었다. 부품은 상자 공장에서 왔고, 프레디 드러먼드가 할 일은 부품을 조립해서 작은 망치로 쇠못을 박아 넣는 것이 전부였다.

그것은 숙련 노동이 아니라 성과급 일이었다. 통조림 공장의 일반 노동자들은 하루에 1달러 50센트를 벌었다. 프레디 드러먼드는 자신과 같은 일을 하는 다른 사람들은 슬슬 일을 해서 하루에 1달러 75센트를 번다는 사실을 알게 되었다. 사흘째에는 그도 똑같이 벌 수 있었다. 하지만 그는 야심이 있었다. 그는 슬슬 일하고 싶지 않았고, 유능하고 건강했기에 나흘째에는 2달러를 벌었다. 다음 날 고도의 긴장 상태로 힘을 썼더니 2달러 50센트를 벌었다. 동료 일꾼들은 그에게 험한 표정을 지어 보이고, 또 그가 상사에게 아부하고 앞서 나가는 데 대해서 그가 알아들을 수 없는 속어 섞인 농담을 던졌다. 그는 그들이 성과급 일에 게으름을 피우는 데 놀라서, 미숙련 노동자들은 생래적으로 게으르다고 일반화하고 다음 날 상자를 3달러어치 만들었다.

그날 밤 그가 공장에서 나오는데 동료들이 말을 걸었다. 그들은 화를 냈고 조리 없는 속어를 썼다. 그는 그런 행동의 동기를 이해하지 못했다. 행동 자체도 과격했다. 그가 일의 속도를 늦추기를 거절하고 계약의 자유, 미국인의 독립성, 노동의 신성함 등에 대해 떠들자, 그들은 그가 앞서서 달려 나갈 능력을 망쳐 놓았다. 그것은 맹렬한 싸움이었다. 드러먼드는 덩치가 크고 운동 능력이 좋았기 때문이다. 하지만 군중은 마침내 그를 쓰러뜨려 갈비뼈와 얼굴을 짓밟고 손가락을 뭉갰고, 그는 그로부터 일주일이 지나서야 침대에서 일어나 다른 일을 찾을 수 있었다. 이 모든 일은 그의 첫 책의 한 장章에 「노동의 폭정」이라는 제목을 달고 그대로 서술되었다.

얼마 후 그는 윌맥스 통조림 공장의 다른 부서에서 여자들에게 과일을 날라 주는 일을 하게 되었는데, 한 번에 과일 상자 두 개를 나르려고 하다가 다른 짐꾼들에게 바로 꾸중을 들었다. 그것도 게으름을 피우는 것이었지만, 곧 그는 자신이 그곳에 노동 조건을 바꾸러 간 것이 아니라 관찰하러 간 것이라고 결론을 내렸다. 그래서 그 뒤로는 상자를 하나씩 나르면서 게으름 피우는 기술을 잘 관찰해 그것에 대해 한 장을 따로 할애하고 마지막 몇 문단에서 잠정적 일반화를 했다.

그 여섯 달 동안 그는 여러 가지 일을 했고, 노동자 흉내를 제대로 낼 수 있게 되었다. 본래 언어 감각이 좋았던 그는 노동자들의 속어와 은어를 치밀하게 관찰하고 기록해서 그들의 언어를 잘 구사하게 되었다. 그리고 이 언어 덕분에 그들의 정신 과정을 좀 더 친밀하게 이해하게 되었고, 이를 통해 앞으로 쓸 책『노동 계급의 심리학』의 한 장을 위한 자료도 많이 모았다.

그렇게 첫 잠수 생활을 마치고 물 위로 올라왔을 때 그는 자신이 훌륭한 배우였고 폭넓은 연기력을 선보였음을 깨달았다. 그리고 자신의 유연함에 스스로도 놀랐다. 일단 언어를 익히고 여러 가지 까탈스러운 불안을 이겨 내자 그는 노동 계급의 어느 모퉁이로 흘러들어도 잘 적응해서 편안히 지낼 수 있었다. 두 번째 책『임금 노동자』서문에서 밝혔듯이 그는 노동자들에 대해 알고자 정말로 노력했고, 그것을 달성하는 방법은 그들과 함께 일하고, 같은 음식을 먹고, 같은 침대에서 자고, 같은 오락을 즐기고, 같은 생각을 하고, 같은 감정을 느끼는 것뿐이었다.

그는 사색가는 아니었다. 새로운 이론을 믿지도 않았다. 그의 기준과 표준은 모두 관습적이었다. 프랑스 혁명에 대한 그의 학위 논문은 대학 학술지에서 두드러졌는데, 그것은 치밀하고 방대한 자료 분석 때문만이 아니라 같은 주제의 글들 가운데 가장 건조하고 무감각하며 형식적이고 정통적이기 때문이기도 했다. 그는 조심성 있는 사람이었고, 다양하고 강철 같은 개인적 금제禁制들을 가지고 있었다. 그는 친구가 많지도 않았다. 또한 감정 표현이 없고 차가웠다. 그는 악덕도 행하지 않았으며, 그를 유혹할 만한 것은 아무것도 없었다. 그는 담배를 싫어하고 맥주를 혐오했으며, 저녁 식사에 이따금 곁들이는 가벼운 포도주 이상의 술은 전혀 마시지 않았다.

신입생 시절 그는 다른 온혈 동료들에게서 '얼음 상자'라는 별명을 얻었다. 교수가 된 뒤로는 '냉장고'로 통했다. 하지만 그가 슬퍼하는 이름은 한 가지뿐이었는데, 그것은 '프레디'*였다. 그 애칭은 고등학교 2학년 때 학교 미식축구 대표팀에서 풀백으로 뛸 때 생긴 것으로, 공식적인 것을 좋아하는 그의 영혼은 그런 애칭으로 불리는 아픔을 완전히 잊지 못했다. 그는 공식적인 자리가 아니면 언제나 '프레디'일 것이고, 그것은 앞날에도 마찬가지일 것이라는 전망이 그를 암울하게

---

* 프레디는 프레드릭을 줄여 부르는 애칭이다.

했다.

어쨌거나 그는 사회학 박사치고는 몹시 젊은 스물일곱 살이었고, 얼굴은 더 젊어 보였다. 겉모습이나 분위기는 건장한 대학생 같았다. 매끈하고 여유로우며 깔끔하고 단순하고 건강한 모습은 운동선수로 거둔 뛰어난 성적과 함께 차갑고 금제 많은 성품일 듯한 인상을 주었다. 그는 교실과 위원회 밖에서는 전공에 대한 이야기를 하지 않았지만 나중에 그의 책들이 불쾌한 대중적 인지도를 가져다주자 특정 저술 협회나 경제학 협회에서 이따금 논문을 읽는 일 정도는 양보했다.

그는 모든 것을 제대로 했다. 너무 제대로 했다. 복장도 태도도 언제나 옳았다. 멋쟁이는 아니었다. 그것과는 거리가 멀었다. 그의 복장과 태도는 대학인의 것으로, 근래에 우리 고등교육 기관에서 풍성하게 쏟아져 나오는 유형이었다. 그의 악수는 강하고 단단했다. 파란 눈은 차갑고 진지했다. 목소리는 확고하고 남성적이며 명료해서 듣기 좋았다. 프레디 드러먼드의 유일한 약점은 그가 가진 금제였다. 그는 느슨해지는 법이 없었다. 미식축구 선수 시절, 경기가 뜨거워질수록 그는 침착해졌다. 그는 권투 실력도 뛰어났는데, 그때는 거의 자동인형 같았다. 거리 측정, 타격 타이밍, 가드, 블로킹, 시간 끌기 모두 비인간적으로, 기계같이 정확했다. 그는 난타당하는 일이 드물었지만, 상대를 난타하는 일도 드물었다. 그의 계산과 통제는 펀치에 의도보다 500그램의 무게도 더 신도록 허락하지 않았다. 그에게 그것은 건강을 지키는 운동이었을 뿐이다.

시간이 지나면서 프레디 드러먼드는 더 자주 슬롯을 넘어가서 마켓로 남쪽으로 사라졌다. 여름과 겨울 방학을 그곳에서 보냈고, 주중이건 주말이건 그곳에서 보내는 시간이 소중하고 즐거워졌다. 그의 세 번째 책『대중과 전문가』는 여러 대학의 교재가 되었고, 그는 부지불식간에 네 번째 책『비효율의 오류』를 작업하기 시작했다.

그의 성정 어딘가에 특이한 속성 또는 기벽이 있었다. 어쩌면 그것은 자신이 자라고 교육받은 환경에 대한, 또는 대대로 학자였던 조상들의 점잖은 핏줄에 대한 반동이었을 수도 있다. 어쨌건 그는 노동자계급 세계에서 즐거움을 느꼈다. 자신의 세계에서는 '냉장고'인 그였지만 아래로 내려가면 술도 마시고 담배도 피우는 '덩치' 빌 토츠였다. 모두가 빌을 좋아했고, 몇몇 여공은 그를 사랑했다. 그는 처음에는 훌륭한 배우일 뿐이었지만 시간이 지나면서 흉내 내기가 제2의 천성이 되었다. 그는 더 이상 연기를 하지 않았다. 그는 소시지와 베이컨을 좋아했는데, 본래 세계에서는 가장 싫어하는 식품이었다.

처음에 필요에 의해 시작한 일이 차츰 그 자체를 위한 일이 되었고, 그는 강의실과 금제로 돌아갈 때가 다가오면 안타까움을 느꼈다. 그리고 다시 슬롯 아래로 내려가 법석을 떨며 지낼 꿈 같은 때를 간절히 기다리고 있는 자신을 자주 발견했다. 그가 사악한 것은 아니었지만, '덩치' 빌 토츠가 되면 프레디 드러먼드는 절대 하지 않았을 많은 일을 했다. 애초에 프레디 드러먼드라면 하고 싶지도 않았을 일들이었다. 그것이 가장 신기한 점이었다. 프레디 드러먼드와 빌 토츠는 완전히 다른 두 개의 생명체였다. 한쪽의 욕망과 취향과 충동은 다른 쪽의 그것과 전혀 달랐다. 빌 토츠는 아무런 양심의 거리낌 없이 일터에서 농땡이를 피울 수 있었지만, 프레디 드러먼드는 농땡이를 부당하고 범죄적이며 미국의 가치에 반하는 일로 비난했고, 그것을 비난하는 데 책의 여러 장을 할애했다. 프레디 드러먼드는 춤을 좋아하지 않았지만, 빌 토츠는 매그놀리아, 웨스턴 스타, 엘리트 같은 클럽들을 그냥 지나치지 않았다. 그는 정육 노동자 연례 가장무도회에서 최고 캐릭터상으로 75센티미터가 넘는 대형 은 컵을 받았다. 빌 토츠는 여자를 좋아했고, 여자들도 빌 토츠를 좋아했다. 반대로 프레디 드러먼드는 기꺼이 금욕 생활을 했고, 여성 선거권에 단호히 반대했으며, 남녀 공학 제도를 은근히 비난했다.

프레디 드러먼드는 복장을 바꾸면서 태도도 바꾸었고, 그것은 너무도 수월했다. 변화의 현장으로 쓰이는 작고 어두운 방에 들어설 때 그는 뻣뻣했다. 허리는 꼿꼿하고, 어깨는 뒤로 물러나 있으며, 얼굴은 심각하고 표정은 거의 없었다. 하지만 빌 토츠의 옷을 입고 나올 때는 다른 존재가 되었다. 빌 토츠는 구부정하지는 않아도 전체적으로 유연하고 부드러웠다. 목소리도 달랐고, 웃음소리도 컸으며, 말은 산만하고, 당연히 이따금 욕도 했다. 활동 시간대도 늦어져서 빌 토츠는 때로 술집에서 다른 노동자들과 즐거운 싸움을 벌였다. 일요일 소풍이나 나들이에서 돌아올 때는 여자들의 허리를 능숙하게 휘감고, 그 계급 남자의 덕목으로 꼽히는 희롱 섞인 농담을 재치 있게 던졌다.

빌 토츠가 노동자와 슬롯 남쪽의 주민으로 얼마나 철저했는지 그는 평균적인 노동자와 똑같은 계급의식을 지녔고, 노조 파괴자에 대한 혐오는 평균적인 노조 활동가보다 강했다. 부두 파업 때는 어떻게 해서인지 프레디 드러먼드가 현장에 나타나서 빌 토츠가 파업을 방해하는 인부들을 신나게 때리는 모습을 냉정하게 지켜보았다. 빌 토츠는 부두 노동조합에 조합비를 내고 있었기에 자신의 일을 약탈해 가는 자들에게 분개할 권리가 있었다. '덩치' 빌 토츠는 덩치가 큰 데다 실력이 좋아서 문제가 일어나면 언제나 전면에 섰다. 그렇게 자신의 다른 역할 속에서 분노를 표출할 때 프레디 드러먼드는 진정한 분노를 경험했고, 지하 세계의 경험을 일반화하고 사회학자답게 기록하는 것은 전형적인 대학 분위기로 돌아온 다음에야 가능했다. 빌 토츠에게는 계급의식을 뛰어넘는 시야가 결여되어 있다는 것을 프레디 드러먼드는 똑똑히 보았다. 하지만 빌 토츠는 보지 못했다. 파업 파괴자들이 일을 빼앗아 가는 것을 보았을 때 그는 바로 눈에 불길이 타올랐고, 그 밖에는 아무것도 보지 못했다. 나무랄 데 없는 복장과 태도의 프레디 드러먼드, 책상에 앉아 있거나 '사회학 17' 강의실에서 학생들을 마주한 프레디 드러먼드만이 빌 토츠를, 빌 토츠 주변을, 노조 파괴자와 노동조합원의 문제를, 그리고 그것과 세계시장에서 분투하는 미국 경제와의 관계를 모두 보았다. 하지만 빌 토츠는 다음번 끼니와 다음 날 밤 게이어티 체육 클럽에서 벌어질 권투 경기 이상을 내다보지 못했다.

프레디 드러먼드는 『여성과 노동』을 쓸 자료를 모으다가 자신이 위험에 빠져 있다는 첫 번째 신호를 받았다. 그는 두 세계 생활을 너무도 성공적으로 이어 나갔다. 하지만 이런 이상한 이중생활은 어쨌건 매우 불안한 것이었고, 그것이 오래 지속될 수 없다는 것을 그는 연구실에 앉아서 차분히 생각했다. 지금은 이행 단계였고, 지속하려 한다 해도 언젠가는 이쪽 아니면 저쪽 세계를 버려야 할 것이 분명했다. 두 세계를 다 유지할 수는 없었다. 그는 회전 책장의 위쪽 서가를 채운 책들, 학위 논문에서 시작해서 『여성과 노동』으로 끝나는 자신의 저작들을 바라보면서 머무르고 지켜야 할 세계는 이곳이라고 판단했다. 빌 토츠는 자기 역할에 충실했지만 이제는 위험한 공범이 되었다. 빌 토츠는 사라져야 했다.

프레디 드러먼드의 걱정은 메리 콘던 때문이었다. 그녀는 국제장갑노동자노동조합 974지회의 지회장이었다. 그는 북서부노동조합 연레대회의 관중석에서 그녀를 처음 보았고, 빌 토츠의 눈으로 보았으며, 빌 토츠는 그녀에게 호감을 느꼈다. 그녀는 프레디 드러먼드가 좋아할 유형은 아니었다. 그녀가 치타처럼 우아하고 탄탄한 몸매의 소유자이고, 아름답고 검은 눈에는 대회장 분위기에 걸맞은 불길, 또는 웃음이 담겨 있었다 해도 마찬가지였다. 그는 너무 생명력이 넘치고 또…… 금제가 없는 여자를 싫어했다. 프레디 드러먼드는 진화의 원칙을 신봉했다. 대학인들은 대체로 그랬다. 그는 인간이 들끓는 오물과 하등한 유기체에서 나와 생명의 사다리를 올라갔다고 믿었다. 하지만 이런 진화의 역사가 약간 부끄러워서 그에 대해 굳이 생각하지 않으려 했다. 그가 철의 금제를 실행하고 다른 사람들에게 설교한 것도, 여자도 자신과 같은 유형, 그러니까 이런 짐승의 부끄러운 혈통을 떨치고 훈련과 통제를 통해 먼 옛날의 선조와 차별성이 강조된 여자를 좋아한 것도 어쩌면 그 때문인지 몰랐다.

빌 토츠에게는 이런 생각이 전혀 없었다. 그는 대회장에서 처음 본 순간 메리 콘던에게 반했고, 그 자리에서 바로 그녀가 누구인지 알아내기로 결심했다. 그녀를 두 번째로 만난 것은 우연히도 그가 팻 모리세이의 화물 마차를 대신 몰고 갔을 때였다. 그는 미션 로의 어느 하숙집에 트렁크를 실어다 주기로 했다. 집주인의 딸이 그를 작은방으로 데리고 갔다. 그 방에 사는 사람은 장갑 직공이었지만 그때는 병원에 입원하고 없었다. 하지만 빌은 그 사실을 몰랐다. 그는 허리를 굽혀 큰 트렁크를 어깨에 올리고 일어서려고 했다. 열려 있는 문을 등진 자세였다. 그 순간 여자의 목소리가 들렸다.

"당신은 조합원인가요?" 그것이 질문이었다.

"그게 당신하고 무슨 상관이죠? 비켜요. 몸을 돌려야 돼요." 그가 말했다.

하지만 다음 순간 그는 그 큰 덩치로 반쯤 돈 뒤 트렁크의 무게에 밀려 벽에 쾅 부딪혔다. 그는 욕을 하려다가 자신이 메리 콘던의 성난 눈을 마주 보고 있음을 깨달았다.

"당연히 조합원이에요. 아까는 농담이었어요." 그가 말했다.

"조합원증은 어디에 있나요?" 그녀가 사무적으로 물었다.

"주머니에 있지만 지금은 꺼낼 수 없어요. 트렁크가 무거워요. 마차로 나가서 보여 드릴게요."

"트렁크를 내려요." 그녀의 명령이었다.

"왜요? 나는 조합원증이 있어요."

"내려놔요. 노조 파괴자는 그 트렁크에 손댈 수 없어요. 정직한 사람들의 노조 활동을 방해하다니 부끄러운 줄 아세요. 남자라면 노조에 가입해야죠."

메리 콘던의 얼굴은 창백했고, 분노가 역력히 드러나 있었다.

"당신처럼 덩치 큰 남자가 자기 계급을 배반하다니 한심한 일이에요. 아예 민병대에 들어가서 파업하는 조합 간부들에게 총을 쏠 생각인 것 같네요. 아니, 어쩌면 이미 민병대 소속인지도 모르죠. 당신은……"

"가만. 너무하는군요!" 빌은 트렁크를 바닥에 탕 내려놓고 허리를 펴고는 손을 외투 안주머니에 넣었다. "농담이라고 했죠. 봐요."

그것은 분명한 조합원증이었다.

"좋아요. 트렁크를 가져가요. 다음에는 농담하지 말아요." 메리 콘던이 말했다.

그녀는 그가 큰 트렁크를 어깨에 번쩍 얹는 모습에 표정을 누그러뜨렸고, 남자의 우아하고 큰 덩치를 훑어보며 눈빛을 반짝였다. 하지만 빌은 트렁크를 옮기느라 그것을 보지 못했다.

다음번에 그가 메리 콘던을 본 것은 세탁 파업 때였다. 세탁 노동자들은 조직화된 지 얼마 되지 않아 그런 일에 미숙했기에 메리 콘던에게 파업 지도를 부탁했다. 프레디 드러먼드는 그 일이 진행될 방향을 어렴풋이 알았기에 빌 토츠를 노조에 가입시켜서 조사하게 했다. 빌은 세탁실에서 일했고, 그날 아침 여자들에게 용기를 주기 위해 남자들이 먼저 불려 나왔다. 그리고 빌이 탈수실 앞에 있을 때 메리 콘던이 왔다. 뚱뚱한 현장감독이 그녀를 가로막았다. 그는 여공들이 불려 나가는 것을 막고, 메리 콘던에게 남의 일에 끼어들지 말라는 교훈을 줄 작정이었다. 메리가 그의 곁을 비집고 지나가려 하자 그가 두꺼운 손으로 그녀의 어깨를 찔렀다. 그녀는 옆을 둘러보다가 빌을 보았다.

"여기 계시군요, 토츠 씨. 좀 도와주세요. 저는 안에 들어가야 돼요." 메리가 소리쳤다.

빌은 놀라고 기뻤다. 그녀가 조합원증에 적힌 그의 이름을 기억한 것이었다. 다음 순간 현장감독은 법 앞의 권리가 어쩌고 떠들면서 문 앞에서 뽑혀 나갔고 여공들은 기계를 떠났다. 그 짧고 성과 높았던 파업 기간 동안 빌은 메리 콘던의 충실한 부하이자 심부름꾼으로 지냈지만, 그 일이 끝나 대학으로, 프레디 드러먼드로 돌아가자 빌 토츠는 그 여자의 어디가 좋았던 걸까 의아하게 여겨졌다.

프레디 드러먼드는 안전했지만 빌은 사랑에 빠졌다. 그 사실은 명백했고, 그것이 프레디 드러먼드에게 위험 신호가 되었다. 그동안 많은 일을 했으니 이제 모험을 끝내도 좋았다. 이제 다시 슬롯을 건널 필요는 없었다. 그의 최신 저서 『노동 전술과 전략』은 마지막 세 장만 빼면 완성되었고, 그는 그 부분을 쓸 자료를 충분히 확보했다.

그는 확실하게 프레디 드러먼드로 살기 위해서 본래 자리에서 더 튼튼한 유대를 확보해야 한다는 결론에도 이르렀다. 어쨌건 그는 결혼할 때가 되었고, 프레디 드러먼드가 결혼하지 않으면 빌 토츠가 분명히 결혼할 텐데, 그 결과는 너무 끔찍해서 상상하기도 힘들었다. 그래서 여기 이제 캐서린 밴 보스트가 등장한다. 그녀 역시 대학인이고, 철학과의 학과장인 그녀의 아버지는 교수단 중 유일한 부자이기도 했다. 어느 면으로 보아도 현명한 결혼이라고, 프레디 드러먼드는 약혼을 하고 그 사실을 알리면서 결론을 내렸다. 차갑고 과묵하며, 귀족적이고 신중하고 보수적인 외양의 캐서린 밴 보스트는 나름대로 따뜻한 면모가 있었지만 드러먼드와 맞먹는 금제를 가지고 있었다.

모든 일이 잘 돌아갔지만 프레디 드러먼드는 지하 세계의 부름을, 슬롯 남쪽의 자유롭고 제약 없는, 무책임한 인생의 유혹을 떨칠 수가 없었다. 결혼 날짜가 다가오자 그는 슬롯 남쪽의 생활이 정말로 방탕의 시절이었다고 느끼고, 무채색 강의실과 차분한 결혼 생활에 정착하기 전에 꼭 한 번만 더 방탕을 즐기며 선량한 건달 역할을 할 수 있으면 좋겠다고 열망하게 되었다. 그리고 유혹을 더해 주듯 아직 『노동 전술과 전략』 마지막 장이 끝나지 않은 상태였는데, 이는 그 장에 필요한 핵심 자료가 다 갖추어지지 않았기 때문이었다.

그래서 프레디 드러먼드는 마지막으로 빌 토츠가 되어 자료를 모았고, 불행히도 중간에 메리 콘던을 마주쳤다. 다시 연구실로 돌아와 생각하니 그것은 유쾌한 기억이 아니었다. 그 때문에 그는 두 배로 긴장했다. 빌 토츠는 흉악하게 행동했다. 그는 중앙노동위원회에서 메리 콘던을 만났을 뿐 아니라 집에 가다가 함께 식당에도 가서 굴 요리를 사 췄다. 그리고 그녀의 집 앞에서 헤어지기 전에 그녀를 안고 계속 키스를 했다. 그의 귀에 울린 그녀의 마지막 말, 북받치는 사랑으로 흐느끼던 그 말은 "빌…… 아아, 빌"이었다.

프레디 드러먼드는 그 기억에 몸을 떨었다. 그의 앞에 심연이 입을 벌리고 있었다. 그는 일부다처주의자가 아니었고, 현 상황이 이끌고 갈지 모르는 가능성에 경악했다. 이 일은 끝내야 했고, 그것은 완전히 빌 토츠가 되어 메리 콘던과 결혼하든지 아니면 철저하게 프레디 드러먼드로 남아서 캐서린 밴 보스트와 결혼하든지 두 가지 중 하나였다. 그러지 않으면 그는 경멸도 아까운 파렴치한이 될 것이다.

그 뒤로 몇 달 동안 샌프란시스코는 파업으로 시끄러웠다. 노동조합과 경영자 협회는 이번이 마지막인 것처럼 악착같이 겨루었다. 하지만 프레디 드러먼드는 원고를 교정하고 수업을 하면서 제자리를 지켰다. 그는 캐서린 밴 보스트에게 충실했고, 날마다 그녀의 존경할 만한 점을 새로이 발견했다. 심지어 사랑할 만한 점도 있었다. 전차 파업이 그를 유혹했지만, 그것은 예상만큼 격렬하지는 않았다. 정육 총파업이 왔다가 떠났다. 빌 토츠의 유령은 성공적으로 진압되고, 프레디 드러먼드는 오래전부터 계획한 '수익성 악화'에 관한 소책자를 새롭게 시작했다.

결혼식을 2주일 앞둔 어느 날, 캐서린 밴 보스트가 그를 차에 태우고 그녀가 관심을 가진 복지 시설의 '남성노동자클럽'으로 갔다. 그것은 그녀 오빠의 자동차였지만, 차 안에 다른 사람은 운전기사뿐이었다. 마켓 로와 기어리 로는 V 자의 두 변처럼 달리다가 커니 로와의 교차점에서 만났다. 그들의 자동차는 마켓 로를 달렸고, 그 교점에서 회전해서 기어리 로로 접어들 계획이었다. 하지만 그들은 무언가가 그들과 정점에서 만날 타이밍으로 기어리 로를 오고 있다는 것을 알아차리지 못했다. 신문을 통해서 정육 파업이 벌어지고 있으며 그것이 몹시 격렬하다는 사실은 알았지만, 그 순간 프레디 드러먼드의 정신은 그런 것에서 더없이 멀리 떨어져 있었다. 그의 옆에는 캐서린이 있지 않은가? 게다가 지금 그는 그녀에게 복지 사업에 대한 견해를 조심스럽게 펼치고 있었다. 그가 그 견해를 갖게 된 데는 빌 토츠의 모험이 한 역할을 했다.

기어리 로에는 파업 파괴자들이 모는 고기 수레 여섯 대가 있었다. 그리고 수레마다 마부 옆에 경찰이 앉아 있었다. 이 행렬을 100명의 경찰이 앞뒤 양옆으로 둘러싸고 호송했다. 경찰의 후미에는 적당한 거리를 두고 질서 정연하지만 시끄러운 군중이 서너 구역의 보도를 꽉 메우고 있었다. 쇠고기기업연합이 호텔에 고기를 제공하고, 부수적으로 파업도 깨려 하고 있었다. 세인트 프랜시스 호텔은 이미 쇠고기를 받았고, 그 대가로 많은 창문이 파손되고 여러 사람이 머리를 다쳤다. 이제 원정대는 팰리스 호텔에 고기를 공급하러 가고 있었다.

드러먼드는 아무것도 모르고 캐서린 옆에 앉아 복지 사업에 대해 이야기를 했고, 자동차는 규칙적으로 경적을 울리고 다른 차들을 피하며 교점을 돌기 위해 크게 커브를 틀었다. 그때 말 네 마리가 끄는 커다란 석탄 마차가 커니 로에서 나와서 마켓 로로 들어가려는 듯 그들의 앞을 막았다. 석탄차 마부는 어떻게 해야 할지 우왕좌왕하는 것 같았고, 두 사람이 탄 차의 운전기사는 속도를 늦추긴 했지만 교차로 경찰들의 고함을 무시하고 교통신호도 어기며 석탄차 앞으로 지나가려고 좌회전을 했다.

그 순간 프레디 드러먼드는 대화를 중단했다. 그리고 그것을 재개하지도 않았다. 상황이 정신없이 펼쳐지고 있었기 때문이다. 뒤에서 군중의 고함이 들렸고, 앞에는 헬멧을 쓴 경찰과 비틀거리는 고기 마차들이 보였다. 그 순간 석탄 마차 마부가 채찍을 휘둘러 고기 마차 행렬 앞으로 가더니 말들을 확 당겨 급정거했다. 그러고는 고삐를 브레이크 손잡이에 묶고 계속 그 자리에 있을 작정인 듯 주저앉았다. 그들의 자동차도 그 마차의 대형 선두마들이 헐떡이며 달라붙는 바람에 멈춰 서야 했다.

운전기사가 후진으로 물러나기 전에 늙은 아일랜드인이 삐걱대는 화물 마차를 몰고 질주해서 자동차의 앞을 막았다. 드러먼드는 말도 마차도 알아보았다. 자신이 자주 몰던 마차였기 때문이다. 아일랜드인은 팻 모리세이였다. 반대편에는 양조차가 석탄차와 엉켜 있고, 동쪽으로 가는 커니 로 전차가 징을 울리며 교착을 완성하러 달려가고 있었다. 전차 운전사는 교차로 경찰관에게 화가 나서 고함을 쳤다. 그리고 더 많은 마차가 달려와서 혼란을 더하고 있었다. 고기 마차들이 멈춰 섰다. 경찰이 갇혔다. 시위대가 공격에 나서면서 뒤쪽의 함성이 커졌고, 경찰의 전위는 자신들의 앞을 막은 마차들을 공격했다.

"피할 수 없게 되었네요." 드러먼드가 캐서린에게 차분하게 말했다.

"네, 정말 야만적이에요." 그녀 역시 차분하게 고개를 끄덕였다.

그는 그녀에게 더욱 감탄했다. 그녀는 정말로 자신과 같은 부류였다. 그녀가 소리를 지르며 자신에게 달려들었어도 만족했겠지만 이것은 정말로 훌륭했다. 그녀는 이 폭풍의 중심에서도 오페라 극장의 마차 주차장에 있는 듯 차분했다.

경찰은 길을 뚫으려고 애를 썼다. 셔츠 바람의 거한인 석탄차 마부가 파이프에 불을 붙이고 담배를 피웠다. 그는 자신에게 소리치며 욕을 하는 경감을 차분하게 내려다보다가 어깨만 살짝 들썩했다. 뒤쪽에서 몽둥이가 머리를 내리치는 소리가 탁탁 울리고 온갖 욕설, 고함, 악다구니가 솟구쳤다. 소리가 갑자기 커지는 것이 시위대가 저지선을 돌파하고 파업 파괴자들을 마차에서 끌어 내리고 있다는 것을 알려 주었다. 경감이 전위대를 이끌고 그쪽을 지원하자 뒤쪽의 시위대는 밀려났다. 그러는 동안 오른쪽 고층 빌딩에서는 창문이 연달아 열리고, 계급의식 있는 사무원들이 경찰과 파업 파괴단의 머리 위로 기물들을 던졌다. 쓰레기통, 잉크병, 문진, 타자기, 손에 잡히는 모든 것이 공중을 채웠다.

경감의 명령을 받은 경찰관이 석탄차의 마부를 체포하려고 석탄차의 높은 좌석으로 올라갔다. 마부는 여유롭고 평화롭게 일어나서 그를 맞더니 그를 품 안에서 으스러뜨리고 경감에게 던졌다. 마부는 젊은 거인이었고, 그가 석탄 짐 위로 올라가서 두 손에 석탄 덩어리를 집어 들자 마차 옆면을 오르던 경찰이 땅으로 떨어졌다. 경감은 대여섯 명의 부하에게 마차를 탈취하라고 명령했다. 마부는 석탄 짐 위를 이리저리 오가면서 그들에게 큼직한 석탄 덩어리를 던졌다.

보도의 군중과 막힌 길 위의 마부들은 격려와 기쁨의 함성을 보냈다. 전차 운전사는 운전 막대로 경찰 헬멧들을 내리치다가 거칠게 두드려 맞고 운전석에서 끌려 나왔다. 경감은 부하들이 당하는 데 격분해서 석탄차 공격을 재개했다. 20명가량의 경찰이 석탄차의 높은 옆면을 기어올랐다. 하지만 마부는 더 힘을 냈다. 때로 여섯 명에서 여덟 명에 이르는 경찰들이 굴러떨어져 길 위와 마차 아래에 뻗기도 했다. 마부가 뒤쪽의 공격을 물리치다가 돌아보니 경감이 앞쪽 좌석 위로 올라오고 있었다. 그가 아직 발을 딛지 못하고 불안한 상태일 때 마부가 10킬로그램도 넘는 석탄 덩어리를 던졌다. 그것은 경감의 가슴에 정통으로 맞았고, 그는 뒤로 넘어져서 후위의 말에 부딪혔다가 땅바닥에 떨어져서 드러먼드가 탄 자동차의 뒷바퀴에 부딪혔다.

캐서린은 그가 죽은 줄 알았지만 그는 벌떡 일어나서 다시 공격에 나섰다. 그녀는 장갑 낀 손을 밖으로 내밀어 쿵쿵거리며 몸을 떠는 말의 옆구리를 쓰다듬었다. 하지만 드러먼드는 그 행동을 보지 못했다. 그는 석탄차의 전투만을 보았고, 그의 복잡한 심리 깊은 곳에서 빌 토츠가 생명을 되찾으려 몸부림치고 있었다. 드러먼드는 법과 질서와 체제의 유지를 중시했지만, 그의 안에 있는 이 야만인은 그런 것을 인정하지 않으려 했다. 그때야말로 프레디 드러먼드는 스스로를 구하기 위해 철의 금제를 소환했다. 하지만 양쪽으로 갈라진 집은 무너지기 마련이다. 프레디 드러먼드는 의지와 힘을 빌 토츠와 나누어 가졌고, 그들 둘을 이룬 하나의 존재가 갈라지고 있음을 깨달았다.

프레디 드러먼드는 캐서린 밴 보스트와 함께 차분하게 자동차에 앉아 있었지만, 그 눈으로 바깥을 보는 사람은 빌 토츠였고, 그 눈 안쪽 깊은 곳에서는 점잖고 보수적인 사회학자 프레디 드러먼드와 전투적인 노동조합원 빌 토츠가 한 사람의 몸을 차지하기 위해 전투를 벌였다. 하지만 석탄 마차 전투의 불가피한 끝을 내다본 것은 빌 토츠의 눈이었다. 그는 경찰관들이 짐마차 위로 하나둘 올라가는 것을 보았다. 그들은 석탄 덩이 위에서 비틀거렸지만 긴 진압봉을 꺼내 휘둘렀다. 마부가 머리에 한 방을 맞았다. 두 번째는 피해서 어깨에 맞았다. 그것은 이미 끝난 경기였다. 그는 앞으로 확 달려들어 경찰관 두 명을 끌어안은 채 도로로 뛰어내렸다.

캐서린 밴 보스트는 피와 야만적인 싸움에 속이 울렁거리고 현기증이 일었다. 하지만 그다음에 그 불안을 압도하는, 황당하고 예기치 못한 사건이 일어났다. 그녀 옆에 앉아 있던 남자가 해괴하고 교양 없는 고함을 꽥 내지르고 벌떡 일어섰다. 그는 앞좌석 위로 넘어가더니 후위 말의 넓은 엉덩이로 뛰어올라 짐마차 위로 올라갔다. 그의 공격은 회오리바람 같았다. 석탄 짐 위에 있던 경찰은 이 점잖게 차려입은 흥분한 신사가 무엇을 하려는지 궁금해할 겨를도 없이 강펀치를 맞고 공중에 붕 떴다가 도로로 떨어졌다. 올라오던 경찰 또 한 명은 얼굴에 발길질을 당하고 같은 길을 갔다. 세 명의 경찰이 더 석탄 짐 위로 올라와서 빌 토츠와 어깨를 맞대고 대치했고, 그사이 그는 머리에 몽둥이세례를 받았고 외투와 조끼와 풀 먹인 셔츠 절반이 찢어졌다. 하지만 세 경관은 떨어져 나갔고, 빌 토츠는 석탄 덩이들을 미친 듯이 던지며 요새를 지켰다.

경감이 용감하게 공격을 이끌었지만, 큰 석탄 덩어리가 머리 위에서 터져 검은 비를 뿌리자 넘어져 뒹굴었다. 경찰은 시위대가 뒤쪽을 돌파하기 전에 앞쪽의 저지선을 뚫어야 했고, 빌 토츠는 시위대가 돌파할 때까지 석탄 마차를 지켜야 했다. 그래서 석탄 전투는 이어졌다.

시위대는 자신들의 전사를 알아보았다. 언제나처럼 '덩치' 빌이 선두에 왔고, 캐서린 밴 보스트는 사방에서 울리는 "빌! 빌!" 하는 함성에 어리둥절했다. 팻 모리세이는 마차 좌석에서 펄쩍펄쩍 뛰며 "다 죽여, 빌! 싹 죽여!" 하고 외쳤다. 그리고 보도에서 어떤 여자가 외쳤다. "조심해, 빌, 앞에!" 빌은 그 소리를 들었고, 멋지게 날아간 석탄이 마차 앞쪽의 공격자들을 물리쳤다. 캐서린 밴 보스트가 고개를 돌려 보니 보도에 한 혈색 좋은 여자가 검은 눈을 반짝이며 조금 전까지 프레디 드러먼드였던 남자를 열렬하게 바라보고 있었다.

사무 빌딩의 창문들에서 박수갈채가 울렸다. 다시 한 번 의자와 캐비닛이 소나기가 되어 내렸다. 시위대는 마차 대열 한쪽을 뚫고 전진을 계속해서 격리된 경찰 한 명 한 명을 따로따로 둘러쌌다. 그들은 파업 파괴단을 마차에서 끌어 내린 뒤 마차 끈을 잘랐고, 그러자 놀란 동물들은 달아났다. 많은 경찰이 석탄 마차 밑으로 몸을 피했고, 여기저기에서 경관을 등에 태우거나 머리에 매단 말들이 교착지 반대편으로 튀어 가서 마켓 로로 달려갔다.

캐서린 밴 보스트는 아까 그 여자가 경고하는 소리를 들었다. 여자는 다시 보도에 올라가서 소리였다.

"어서 달아나, 빌! 이제 당신 차례야! 어서!"

그때 경찰은 잠시 밀려나 있었다. 빌 토츠는 길로 뛰어내려서 보도의 여자에게 갔다. 캐서린 밴 보스트는 여자가 그를 끌어안고 그의 입술에 키스하는 것을 보았다. 그리고 그가 여자에게 한 팔을 두르고 웃고 떠들며 걸어가는 모습도 보았다. 그는 그녀가 상상도 한 적 없을 만큼 말이 많고 활달했다.

경찰이 돌아와서 지원군과 새 말과 마부를 기다리며 교착 지점을 치웠다. 할 일을 마친 시위대는 흩어졌고, 캐서린 밴 보스트는 자신이 프레디 드러먼드로 알던 남자를 계속 바라보았다. 그는 다른 사람들보다 머리 하나가 더 컸다. 그리고 여전히 여자에게 팔을 두르고 있었다. 그녀는 계속 자동차에 앉아 두 사람이 마켓 로를 지나고 슬롯을 건넌 뒤 3번로의 노동자 거주지로 사라지는 모습을 지켜보았다.

그 후의 세월 동안 캘리포니아 대학에 프레디 드러먼드라는 사람의 강의는 없었고, 프레드릭 A. 드러먼드라는 저자의 경제와 노동 관련 저작도 없었다. 대신 윌리엄 토츠라는 이름의 새로운 노동 지도자가 나타났다. 그는 메리 콘던과 결혼한 국제장갑노동자조합 974지회의 지회장이었다. 그는 악명 높은 식당 노동자 파업을 일으킨 장본인이었다. 그 파업의 성공으로 인해 수많은 노동조합이 생겨났으며, 그 가운데는 느슨하게 조직된 닭 가공 노동자와 장의사 노조도 있었다.

시나고
The Chinago

산호는 커지고 야자는 자라지만 사람은 떠난다.

_타히티 속담

아초는 프랑스어를 몰랐다. 그는 답답한 심정으로 복닥거리는 법정에 앉아서 이 관리, 저 관리가 번갈아 내뱉는, 폭발하는 프랑스어를 들었다. 아초에게 그것은 소음에 불과했고, 그는 충가의 살인범을 밝혀내는 데 그렇게 오랜 시간이 걸리는 프랑스인들의 어리석음에 놀랐다. 대농장에서 일하는 500명의 쿨리*는 아산이 범인임을 알았는데, 아산은 체포되지도 않았다. 물론 쿨리들 사이에는 서로에게 불리한 증언은 하지 않는다는 불문율이 있기는 했다. 하지만 그 사실은 너무도 분명했고, 프랑스인들은 아산이 범인이라는 사실을 알아내야 했다. 프랑스 사람들은 너무도 멍청했다.

* 중국이나 인도 출신의 노동자.

아초는 두려워할 일을 저지르지 않았다. 그는 살인에 가담하지 않았다. 살인 현장에 있었던 것은 사실이고, 그 후에 농장 감독 셰머가 곧장 막사로 달려와서 그를 비롯한 너댓 사람을 잡은 것도 사실이지만 그게 무슨 상관인가? 충가의 몸에 칼자국은 겨우 두 개였다. 대여섯 명의 남자가 칼을 두 번밖에 찌르지 않았다는 것은 사리에 맞지 않았다. 한 사람이 한 번만 찔렀다 해도, 오직 두 사람만이 그 일을 할 수 있었을 것이다.

아초는 그렇게 추론하고, 다른 네 명의 동료와 함께 법정에서 그 사건에 대해 거짓말을 섞어 혼란스러운 진술을 했다. 그들은 살인이 일어나는 소리를 들었고, 셰머처럼 현장으로 달려갔다. 그들은 셰머보다 먼저 도착했고, 그게 전부였다. 셰머가 우연히 근처를 지나다가 다투는 소리를 듣고 밖에 5분 이상 서 있었다고 한 증언은 사실이었다. 그리고 막사에 들어가 보니 이 죄수들이 있었는데, 그들이 막 들어온 것은 아니었다고, 막사에 달린 유일한 문 앞에 자신이 서 있었기 때문에 그 사실을 안다고 말했다. 하지만 그것이 무슨 상관인가? 아초와 동료 죄수 네 명은 셰머가 착각했다고 증언했다. 자신들은 결국 풀려나리라고 그들은 확신했다. 두 개의 칼자국으로 다섯 명이 참수당할 수는 없었다. 게다가 어떤 외국인 악마도 살인 현장을 보지 못했다. 어쨌거나 이 프랑스인들은 정말로 멍청했다. 중국의 행정관들이라면 그들 모두를 고문해서 진실을 알아낼 것이다. 고문을 하면 진실은 쉽게 알아낼 수 있다. 그런데 이 프랑스인들은 고문하지 않았다. 얼마나 바보들인가! 그러니 누가 충가를 죽였는지 절대 알아내지 못할 것이다.

하지만 아초는 모든 것을 알지는 못했다. 대농장을 소유한 영국 회사는 큰돈을 들여 500명의 쿨리를 타히티로 들여왔다. 주주들은 배당

금을 달라고 난리였지만 회사는 아직 한 푼도 주지 못했다. 그래서 회사는 큰돈이 들어간 노동자들이 서로를 죽이는 것을 원하지 않았다. 거기에는 프랑스인들도 있었다. 그들은 시나고에게 프랑스 법이 얼마나 훌륭한지 보여 주고 싶어 안달했다. 이따금 일벌백계하는 일만큼 좋은 것은 없었고, 게다가 나약하고 인간적인 죄를 저지른 자들을 고통과 아픔 속에 살게 하지 않는다면 뉴칼레도니아가 무슨 소용인가?*

아초는 이 모든 것을 알지는 못했다. 그저 법정에 앉아서 재판부가 자신들을 풀어 주고 얼른 대농장으로 돌려보내서 계약 기간을 채우게 하기만을 기다렸다. 판결은 곧 나올 것이다. 재판은 거의 끝나 갔다. 그것은 분명했다. 이제 증언도 없고, 수다도 잦아들었다. 프랑스 악마들도 지쳐서 판결을 기다리고 있는 것 같았다. 그렇게 기다리는 동안 그는 자신이 계약서에 서명하고 타히티행 배에 몸을 실었던 때를 떠올렸다. 그가 살던 어촌은 힘들었고, 일당 50멕시코센트에 남태평양에서 5년간 일하기로 계약했을 때 그는 행운을 잡았다고 느꼈다. 그의 마을에는 1년 내내 일해서 10멕시코달러를 버는 남자들이 있었고, 1년 내내 그물을 짜서 5달러를 버는 여자들과 남의 집에서 1년 동안 일해서 4달러를 받는 하녀들도 있었다. 그런데 그는 일당 50센트였다. 겨우 하루에 그렇게 엄청난 돈을 벌게 된 것이다! 만약 일이 힘들다면? 하지만 그는 5년이 지나면 집에 돌아올 것이고—계약서에 그렇게 적혔다—그 뒤로는 일할 필요가 없을 것이다. 그는 평생 부자로 살 것이다. 집이 있고 아내가 있고 아이들은 아버지를 존경할 것이다. 그렇다. 그리고 집 뒷마당에는 작은 정원을 꾸미며 명상과 휴식의 장소로

---

* 뉴칼레도니아는 타히티에서 4,000킬로미터 떨어진 섬으로, 유형장으로 쓰였다.

삼을 것이다. 작은 연못에 금붕어를 키우고, 나무에 풍경을 달고, 주변에는 벽을 높이 둘러서 명상이나 휴식을 하는 데 방해받지 않게 할 것이다.

그는 그 5년 중 3년을 일했다. 그동안 번 돈만으로도 이미 (그의 나라에서) 부자였고, 타히티의 면화 농장에서 명상과 휴식의 장소까지 남은 시간은 이제 2년뿐이었다. 하지만 그는 지금 충가의 살해 현장에 있었던 불운으로 돈을 잃고 있었다. 벌써 3주 동안 감옥에 있었고, 그 3주 동안 매일같이 50센트를 잃었다. 하지만 이제 곧 판결이 내려질 테고, 그는 일터로 돌아갈 것이다.

아초는 스물두 살이었다. 그는 유쾌하고 선량하고 웃음이 많았다. 몸은 아시아인답게 날씬하고 얼굴은 둥글었다. 달처럼 둥근 그 얼굴은 중국인들에게 흔하지 않은 평온함과 다정함을 발산했다. 그리고 그 외모도 거짓말을 하지 않았다. 그는 아무 문제도 일으키지 않고, 싸움에도 끼어들지 않았다. 노름도 하지 않았다. 그의 영혼은 노름꾼의 영혼이 될 만큼 거칠지 않았다. 그는 작은 것들과 단순한 일에 기뻐했다. 목화밭에서 뜨거운 노동을 마치고 맞는 고요하고 서늘한 저녁은 그에게 무한한 기쁨이었다. 그는 꽃 한 송이를 바라보고 존재의 수수께끼를 숙고하면서 몇 시간을 보낼 수 있었다. 초승달 모양을 한 작은 모래 해변의 왜가리, 날치들이 일으키는 은빛 물보라, 석호 위에 펼쳐지는 진줏빛과 장밋빛의 노을은 그에게 피곤한 하루 일과 셰머의 채찍을 모두 잊게 해 주었다.

카를 셰머는 야수, 아주 잔혹한 야수였다. 하지만 그는 밥값을 했다. 500명 노예의 힘—그들은 계약이 끝날 때까지 노예였다—을 마지막 한 방울까지 짜냈다. 셰머는 그 500명의 땀 흘리는 몸에서 짜낸 힘을 수출용 면화단으로 변화시키고자 치열한 노력을 기울였다. 그의 거만하고 피도 눈물도 없고 원시적인 야수성이 그런 변화를 이루어 냈다. 거기에다 그는 늘 두꺼운 가죽띠—7~8센티미터의 폭에 길이는 1미터가 약간 안 되는—를 가지고 다니면서 때때로 허리를 굽힌 쿨리의 벗은 등짝 위를 내리쳐서 총소리 같은 폭발음을 일으켰다. 그 소리는 셰머가 말을 타고 밭이랑을 다닐 때면 자주 울렸다.

노예들의 노동이 시작되고 얼마 지나지 않아 그가 한 번, 단 한 방의 주먹질로 쿨리를 죽인 일이 있었다. 그 주먹은 남자의 머리를 박살 내지는 않았지만 그 안에 든 것을 뒤집어 놓았고, 남자는 일주일을 앓다가 죽었다. 하지만 중국인들은 타히티를 지배하는 프랑스 악마들에게 불평하지 않았다. 그것은 그들의 일이었다. 셰머는 그들의 문제였다. 그들은 풀숲에 숨어 있거나 비 오는 날 숙소로 기어드는 지네를 피하듯 셰머의 분노를 피해야 했다. 시나고들—게으르고 피부가 검은 섬 주민들은 그들을 그렇게 불렀다—은 셰머의 기분을 거스르지 않으려고 애를 썼다. 그것은 그에게 최대한의 노동을 바치는 것을 의미했다. 셰머의 주먹은 회사에는 수천 달러짜리였고, 셰머는 그로 인해 아무런 문제를 겪지 않았다.

프랑스인들은 식민지를 경영하는 감각이 없고, 섬 자원을 개발하는 데도 아이들처럼 무능해서 이 영국 회사*의 성공을 보며 그저 기뻐할 뿐이었다. 셰머와 그 공포의 주먹이 무슨 문제인가? 시나고가 죽었다 한들 그저 시나고일 뿐이다. 의사는 그가 일사병으로 죽었다는 진단서를 떼어 주었다. 물론 타히티 역사에 일사병으로 죽은 사람은 없었

---

* 타히티 면화 커피 대농장 회사.

다. 하지만 바로 그 때문에 그 시나고의 죽음이 독특했다. 의사는 진단서에 그렇게 썼다. 그는 아주 솔직했다. 주주들에게 배당금을 주어야 했다. 그러지 못하면 타히티의 긴 실패의 역사에 또 하나의 실패를 추가할 것이다.

이 백인 악마들을 이해하기는 불가능했다. 아초는 법정에 앉아 판결을 기다리면서 그 불가해함에 대해 생각했다. 그들의 정신 안쪽에서 무슨 일이 벌어지는지 짐작할 방법은 없었다. 그는 몇몇 백인 악마를 보았다. 그들은 다 똑같았다. 장교, 선원, 프랑스 관리, 셰머 같은 대농장의 백인. 그들의 정신은 모두 수수께끼 같아서 그것을 파악하기란 불가능했다. 그들은 이유도 없이 화를 냈고, 그 분노는 언제나 위험했다. 그럴 때 그들은 꼭 들짐승 같았다. 그들은 사소한 일을 걱정했고, 때로는 시나고보다도 더 열심히 일했다. 성품은 시나고처럼 온화하지 않았다. 또 식탐이 많아서 무엇이든 많이 먹었고, 마시기는 더 많이 마셨다. 시나고는 그들이 어떤 행동에 기뻐하고 어떤 행동에 화를 내는지 알 수 없었다. 처음에는 기뻐하던 일에, 그 다음번에는 바로 격분하기도 했다. 백인 악마들의 눈에는 시나고들이 안을 들여다보지 못하게 막아 주는 막이 있었다. 거기에다 백인 악마들은 엄청난 능력이 있었다. 일을 하고, 일이 되게 하고, 결과를 만들고, 기어 다니는 모든 것을 자기 뜻에 맞추는 능력이 있었고 자연력과 같은 힘이 있었다. 그렇다, 백인은 이상하고 놀라웠고, 악마였다. 셰머를 보라!

아초는 왜 판결에 시간이 이렇게 오래 걸리는지 의아했다. 재판을 받는 사람들 가운데 충가에게 손을 댄 사람은 아무도 없었다. 아산이 혼자 그를 죽였다. 아산은 한 손으로 충가의 변발을 잡아서 뒤로 당기고 다른 손으로 그의 몸에 칼을 박았다. 그렇게 두 번 찔렀다. 법정에서 아초는 눈을 감고 살인 장면을 다시 회상했다. 말다툼, 서로에 대한 악담, 조상에 대한 욕설, 태어나지 않은 세대에 대한 저주, 아산이 달려들어 충가의 변발을 잡는다, 칼이 충가의 몸에 두 번 박힌다, 문이 벌컥 열리고 셰머가 들어온다, 모두 문으로 달려간다, 아산이 달아난다, 셰머가 허리띠로 나머지를 구석으로 몰아넣는다, 그리고 총을 쏴서 도움을 요청한다. 아초는 그 일을 다시 한 번 겪는 것처럼 몸을 떨었다. 허리띠질 한 번에 그는 뺨이 멍들고 살갗이 떨어져 나갔다. 셰머는 증인석에서 아초를 확인할 때 그 멍 자국을 가리켰다. 그 자국은 바로 조금 전에야 사라졌다. 아주 큰 타격이었다. 1센티미터만 더 안쪽에 맞았어도 눈알이 튀어나왔을 것이다. 그런 뒤 아초는 모든 것을 잊고 고향에 만들 명상과 휴식의 정원에 대한 환상에 빠져들었다.

그가 덤덤한 얼굴로 앉아 있을 때 행정관이 판결을 내렸다. 다른 네 동료의 얼굴도 모두 덤덤했다. 그리고 통역이 그들 다섯 모두가 충가의 살인에 대해 유죄이고, 아초우가 참수될 것이라고 전할 때도 그들은 덤덤했다. 아초는 뉴칼레도니아 감옥에서 20년, 왕리는 12년, 아퉁은 10년 징역형을 선고받았다. 하지만 여기에 열을 내 봐야 아무 소용 없었다. 머리가 잘릴 아초우마저 미라처럼 무표정했다. 행정관은 몇 마디를 보탰고, 통역은 어차피 한 사람은 죽어야 하는데, 셰머의 허리띠에 가장 심하게 망가진 것이 아초우의 얼굴이니 그가 범인이라는 확신이 들었다고 전했다. 그리고 아초의 얼굴 또한 심하게 멍이 들어서 그가 살인 현장에 있었고, 살인에 참여했다는 것을 증명하므로 징역 20년이 마땅하다고 했다. 그리고 아퉁의 10년형까지 내려가면서 선고의 근거를 하나하나 설명했다. 법원은 마침내 시나고들이 이 일의 교훈을 마음에 새기기를 바란다고 말했다. 하늘이 무너져도 타히티에서는 엄정한 법 집행이 이루어질 것이라고도 했다.

다섯 명의 시나고는 다시 감옥으로 갔다. 그들은 충격을 받지도, 슬픔에 빠지지도 않았다. 예상과 어긋난 선고는 백인 악마들과 지내는 동안 이미 익숙해진 일이었다. 시나고는 자신들이 예상할 수 없다는 사실만을 예상할 수 있을 뿐이었다. 자신들이 저지르지 않은 범죄로 중벌을 받는 일은 백인 악마들이 저지른 다른 무수한 일보다 특별히 더 이상할 것도 없었다. 그 뒤로 몇 주 동안 아초는 가벼운 호기심을 품고 아초우의 일을 생각했다. 그는 대농장의 단두대에서 머리가 잘릴 것이다. 그에게는 감형도 없고, 평온의 정원도 없을 것이다. 아초는 삶과 죽음에 대해 생각했다. 그는 동요하지 않았다. 20년은 20년일 뿐이었다. 그 세월만큼 그는 정원과 떨어져 있었다. 그것이 전부였다. 그는 젊고, 아시아인의 인내가 뼛속에 있었다. 20년은 충분히 기다릴 수 있었고, 그때가 되면 그는 피의 열기가 누그러들어 차분한 기쁨의 정원에 더 잘 어울리는 사람이 될 것이다. 그는 정원의 이름을 생각했다. 아침 고요 정원이 좋을 것 같았다. 그는 그 생각으로 종일 즐거웠고, 그를 통해 인내의 미덕에 대한 격언을 하나 만들어 내서 왕리와 아퉁에게 특히 큰 위안을 주었다. 하지만 아초우는 격언 따위에 신경 쓰지 않았다. 그는 곧 머리가 몸통에서 분리될 예정이었기에 그 사건을 기다릴 인내심이 필요 없었다. 그는 담배도 잘 피우고, 잘 먹고 잘 잤고, 시간이 느리게 흘러간다고 불평하지 않았다.

크뤼쇼는 경비병이었다. 그는 나이지리아, 세네갈에서 남태평양까지 여러 식민지에서 20년을 보냈지만, 그 20년은 그의 둔한 정신을 밝게 해 주지 못했다. 그는 남프랑스의 농부 시절과 마찬가지로 어수룩하고 아둔했다. 그는 규율을 알고 권위를 두려워했지만, 하느님과 경비대장의 차이는 오직 그가 바치는 굴종의 정도뿐이었다. 실제로 그의 머릿속에서는 경비대장이 하느님보다도 더 크게 느껴졌다. 예외는 하느님의 대리인들이 말을 하는 일요일뿐이었다. 하느님은 대개 아주 멀리 있었지만, 경비대장은 가깝게 있었다.

크뤼쇼는 수석 재판관으로부터 감옥에 가서 아초우의 신병을 인도받아 오라는 명령서를 받았다. 그런데 수석 재판관은 그 전날 프랑스 전함의 선장과 장교들에게 만찬을 베풀었다. 그는 덜덜 떨리는 손으로 명령서를 썼고, 눈이 너무 아파서 자신이 쓴 글을 읽지 못했다. 어쨌건 그가 서명하는 것은 시나고의 목숨일 뿐이었다. 그래서 그는 자신이 아초우의 이름에서 '우' 자를 빼먹은 것을 알아차리지 못했다. 그 명령서에는 '아초'라고 적혔고, 크뤼쇼가 그것을 제출하자 간수는 아초를 내주었다. 크뤼쇼는 아초를 노새 두 마리가 끄는 수레에 태우고 길을 갔다.

아초는 햇빛 속으로 나온 것이 기뻤다. 그는 경비병 옆에 앉아서 밝게 웃었다. 그리고 노새들이 남쪽의 아티마오노로 간다는 것을 알게 되자 더욱 밝게 웃었다. 의심할 것 없이 셰머가 그를 다시 부른 것이었다. 셰머는 그가 일하기를 원했다. 좋아, 열심히 일할 거야. 셰머가 불평할 일 없게 할 거야. 날은 더웠다. 사람들은 일을 쉬고 있었다. 노새는 땀을 흘렸고, 크뤼쇼도 땀을 흘렸으며, 아초도 땀을 흘렸다. 하지만 아초는 더위를 잘 참았다. 그는 대농장의 땡볕 아래 3년을 일했다. 그가 환한 웃음을 멈추지 않자 크뤼쇼마저 이상하다는 생각이 들었다.

"자네는 아주 웃기는 친구로군." 그가 마침내 말했다.

아초는 고개를 끄덕이고 더 다정하게 웃었다. 행정관과 달리 크뤼쇼는 카나카* 말을 했고, 그 말은 다른 시나고나 외국인 악마 들과 마찬가지로 아초도 잘 알았다.

"뭐가 그렇게 좋아? 이런 날은 슬픔에 가득 차야 하는 거 아냐?" 크뤼쇼가 꾸짖듯이 말했다.

"감옥 밖으로 나와서 기뻐요."

"그게 전부야?" 경비병이 어깨를 으쓱했다.

"그거면 충분하지 않나요?" 아초가 대답했다.

"그렇다면 머리가 잘려서 기쁜 건 아니로군?"

그러자 아초가 어리둥절한 표정이 되어서 물었다.

"제가 다시 셰머 밑에서 일하러 아티마오노의 대농장으로 가는 거 아닌가요? 지금 아티마오노로 가는 거 아니에요?"

크뤼쇼는 심각한 얼굴로 긴 콧수염을 쓰다듬었다. "어, 그게." 그가 오른쪽 노새에게 채찍을 휘두르다 마침내 말했다. "그러니까 자네는 지금 아무것도 모르는 거야?"

"뭘요? 셰머가 이제 저한테 일을 시키지 않을 건가요?" 아초는 불안해졌다.

"오늘 이후로는 그렇지." 크뤼쇼는 크게 웃었다. 멋진 농담이었다. "자네는 오늘 이후로는 일을 할 수가 없어. 머리가 잘린 사람은 일을 할 수 없으니까." 그는 아초의 옆구리를 쿡 찌르며 웃었다.

아초는 노새들이 뜨거운 길을 2킬로미터 가까이 달리는 동안 말없이 있다가 불쑥 물었다. "셰머가 제 머리를 자를 건가요?"

크뤼쇼는 미소 띤 얼굴로 고개를 끄덕였다.

"그건 잘못이에요." 아초가 심각하게 말했다. "머리가 잘릴 시나고는

* 폴리네시아 원주민.

제가 아니에요. 저는 아초예요. 판사님은 저한테 뉴칼레도니아 감옥에서 20년을 지내라고 판결했어요."

경비병은 웃었다. 멋진 농담이었다. 이 웃기는 시나고가 단두대를 피하려고 술수를 쓰는군. 노새들이 코코넛 숲을 지나고, 이어 반짝이는 해변 길을 갈 때 아초가 다시 말했다.

"저는 아초우가 아니에요. 판사님은 제 머리를 자르라고 하시지 않았어요."

"겁낼 것 없어." 크뤼쇼는 자신이 호송하는 죄수를 달래 주려는 따뜻한 마음으로 말했다. "그렇게 죽는 건 어렵지 않아." 그가 손가락을 튕겼다. "아주 빨리 가니까. 밧줄에 매달려 5분 동안 허공을 차면서 오만상을 찡그리는 것과 달라. 손도끼로 닭을 잡는 것하고 똑같아. 머리를 탁 치면 죽잖아. 사람도 마찬가지야. 탁! 하면 끝이야. 하나도 안 아파. 아프다는 생각도 못 해. 아예 생각 자체를 못 해. 머리가 없어지니까 생각을 못 하지. 아주 좋아. 나도 그렇게 순식간에 죽고 싶어. 그렇게 죽다니 자네는 운이 좋은 거야. 문둥병에 걸려서 몸이 조금씩 썩어 문드러진다고 생각해 봐. 처음에는 새끼손가락, 그다음에 엄지손가락, 그다음에 발가락 하는 식으로 말야. 내가 아는 한 사람은 뜨거운 물에 데었는데 죽는 데 이틀이나 걸렸어. 1킬로미터 밖에서도 그 비명이 들렸을 거야. 하지만 자네는? 그보다 더 간단할 수 없지! 탁! 칼이 자네 목을 그렇게 자를 거야. 그러면 끝나. 칼이 간지러울 수도 있지만 그걸 누가 알겠어? 그렇게 죽은 사람 중에 살아 돌아와서 말해 준 사람은 아무도 없는데."

그는 마지막 말이 끝내주는 농담이라 여기고, 그 말을 생각하며 30초가량 경련하듯 웃었다. 일부러 과장한 웃음이었다. 그는 시나고의 기분을 즐겁게 해 주는 것이 자신의 인간적인 의무라고 생각했다.

"하지만 저는 아초예요. 저는 머리를 잘리고 싶지 않아요." 시나고가 계속 말했다.

크뤼쇼는 얼굴을 찌푸렸다. 시나고의 장난이 도를 넘고 있었다.

"저는 아초우가 아니라……" 아초가 입을 열었다.

"그거면 돼." 경비병이 그의 말을 가로막았다. 그리고 두 볼을 부풀려서 사납게 보이려고 했다.

"저는……" 아초가 다시 입을 열었다.

"입 다물어!" 크뤼쇼가 고함쳤다.

그 뒤로 그들은 침묵 속에 길을 갔다. 파페에테에서 아티마오노까지는 30킬로미터였고, 그 길을 절반 넘게 갔을 때 아초가 다시 대화를 시도했다.

"판사님이 우리를 재판할 때 법원에서 나리를 보았어요. 그래요. 나리는 머리가 잘릴 아초우를 기억하실 거예요. 아초우는 키가 컸잖아요? 저를 봐요."

그는 벌떡 일어섰고, 크뤼쇼는 그가 키가 작다는 것을 알아보았다. 그리고 갑자기 아초우를 본 기억이 떠올랐는데, 그 기억 속의 아초우는 키가 컸다. 경비병에게 시나고는 다 똑같아 보였다. 이 얼굴도 저 얼굴도 다를 게 없었다. 하지만 키가 크고 작은 것은 그도 구별할 수 있었고, 그는 자신이 엉뚱한 사람을 태우고 간다는 사실을 깨달았다. 그가 노새들을 우뚝 세우자 끌채가 앞으로 튀어 나가서 노새들의 목띠를 잡아 올렸다.

"보세요, 실수였어요." 아초가 기쁘게 웃으며 말했다.

하지만 크뤼쇼는 생각에 빠졌다. 그는 이미 수레를 세운 것을 후회했다. 그는 수석 판사의 실수를 몰랐고, 자신이 그 문제를 해결할 방법은 없었다. 어쨌건 자신은 이 시나고를 아티마오노로 데려다주라는 명령을 받았고, 그랬으니 그를 아티마오노에 데려다주는 것이 임무였다. 엉뚱한 사람의 목을 자른다 한들 무슨 대수인가? 이러니저러니 해도 시나고일 뿐이고, 시나고가 대체 무엇인가? 게다가 실수가 아니었을지도 모른다. 그는 상관들의 머릿속에서 무슨 일이 벌어지는지 몰랐다. 그들은 자기 일을 가장 잘한다. 자신이 뭐라고 그 사람들 속을 헤아려 본다는 말인가? 오래전에 한 번 그가 그들의 생각을 헤아려 보려고 한 적이 있었는데, 그때 경비대장은 말했다. "크뤼쇼, 자네는 바보로군! 그걸 빨리 알아 둘수록 좋아. 자네는 생각을 하면 안 돼. 그냥 시키는 대로 하고 생각은 윗분들에게 맡겨." 그 생각이 떠오르자 자존심이 상했다. 또 그가 파페에테로 돌아가면 아티마오노에서 있을 처형 시간에 늦을 것이다. 그리고 돌아간 일이 잘못이라면 죄수를 기다리고 있는 경비대장에게 혼날 것이다. 게다가 파페에테에서도 혼날 것이다.

그는 노새들에게 채찍을 휘두르고 다시 길을 갔다. 시계를 보니 이미 30분이 늦을 것 같았고, 경비대장은 틀림없이 화를 낼 것이다. 그는 노새들을 더 재촉했다. 아초가 이 일이 잘못된 것이라고 설득할수록 크뤼쇼는 고집이 세졌다. 자신이 엉뚱한 사람을 데려간다는 사실은 기분 좋지 않았다. 하지만 이것이 자신의 실수가 아니기 때문에 지금 자신이 저지르는 잘못은 올바른 잘못이라는 확신이 들었다. 그리고 경비대장의 심기를 거스르느니 죄 없는 시나고 여남은 명에게 죽음을 안기는 편이 훨씬 나았다.

아초는 경비병이 채찍 손잡이로 머리를 때리고 조용히 하라고 소리친 뒤로는 가만히 입을 다물고 있을 수밖에 없었다. 그들은 침묵 속에 먼 길을 갔다. 아초는 외국 악마들의 이상한 행동 방식에 대해 생각했다. 그것을 이해할 방법은 없었다. 그들이 지금 하고 있는 일은 여태껏 그들이 한 모든 일과 일치했다. 처음에 그들은 다섯 명의 무고한 자에게 유죄를 선포하더니, 이제는 그렇게 무지한 그들 자신이 20년 징역형만이 합당하다고 선포한 이를 참수하려 했다. 그가 할 수 있는 것은 멍하니 앉아서 이 높으신 분들이 자신에게 배정해 준 몫을 생각하는 것뿐이었다. 한번은 공황감에 사로잡혀 온몸에 식은땀이 흘렀다. 하지만 그는 애써 그 상태에서 빠져나왔다. 그리고 『음즐문』*의 특정 구절들을 떠올리고 이를 암송하며 운명에 체념하려고 했다. 하지만 머릿속에는 자꾸 꿈꾸던 명상과 휴식의 정원만 떠올랐다. 그것은 좀처럼 물러가지 않았고, 결국 그는 꿈에 몸을 맡기고 그 정원에 앉아 나무에 걸린 풍경 소리를 들었다. 그랬더니 그 꿈속에서는 『음즐문』의 구절들을 암송할 수 있었다.

그렇게 시간이 흘러 마침내 아티마오노에 도착해서 노새들이 단두대 밑까지 달려갔고, 단두대 그림자 속에 짜증 난 경비대장이 서 있었다. 사람들은 아초를 얼른 단두대 사다리로 끌고 갔다. 아초는 농장의 쿨리 전체가 단두대 한쪽에 모여 있는 모습을 보았다. 셰머는 이 일이 그들에게 훌륭한 교훈이 될 것이라 생각하고 밭에 나간 쿨리를 모두 불러 모아서 현장을 지켜보게 했다. 그들은 아초를 보자 낮은 소리로 웅성거렸다. 착오가 생긴 것이 분명했지만 그들은 말하지 않았다. 이해할 수 없는 백인 악마들이 마음을 바꾼 것이 분명했다. 무고한 한 사

---

* 도교 사상을 담은 중국의 고대 경전 『문창제군음즐문文昌帝君陰騭文』.

람의 생명을 빼앗는 대신 무고한 다른 사람의 생명을 빼앗기로 한 것이다. 아초우거나 아초거나 무슨 상관인가? 그들은 백인이 그들을 이해하지 못하는 만큼 백인을 이해하지 못했다. 아초는 이제 머리가 잘릴 테고, 그들은 남은 2년을 채우면 중국으로 돌아갈 것이다.

셰머는 단두대를 직접 만들었다. 그는 솜씨가 좋은 사람이었다. 단두대를 본 적은 없지만 프랑스 장교들이 원리를 설명해 주었다. 그의 제안에 따라 당국은 처형 장소를 파페에테에서 아티마오노로 바꾸었다. 범죄 현장에서 처벌을 하는 것이 가장 좋고, 농장에서 일하는 500명의 시나고에게도 좋은 교훈이 될 것이라고 셰머는 주장했다. 셰머는 처형도 스스로 집행하겠다고 자원했고, 그 일을 하려고 지금 단두대에 올라서 있었다. 크기와 경도가 남자의 목과 같은 바나나 나무가 단두대에 놓여 있었다. 아초는 놀란 눈으로 그 광경을 바라보았다. 셰머는 작은 손잡이를 돌려서 칼날을 자신이 만든 기중기 위로 끌어 올렸다. 그런 뒤 밧줄을 당기자 칼날이 휙 떨어져서 바나나 나무줄기를 싹둑 잘랐다.

"잘돼?" 경비대장이 단두대 위로 올라오며 물었다.

"아주 잘됩니다. 보여 드리죠." 셰머가 기뻐하며 대답했다.

그는 다시 손잡이를 돌려서 칼을 끌어 올리고 밧줄을 당겨 칼날을 부드러운 바나나 나무 위로 떨어뜨렸다. 하지만 이번에는 칼날이 줄기의 3분의 2 정도밖에 들어가지 않았다.

경비대장이 인상을 쓰고 말했다. "그래 가지고는 안 되겠는데."

셰머는 이마에서 땀을 닦으며 말했다. "중량을 늘려야겠습니다." 그리고 단두대 가장자리로 가서 대장장이에게 10킬로그램짜리 쇳덩이를 가져오라고 소리쳤다. 그가 허리를 굽히고 칼날의 넓적한 상부에

쇳덩이를 붙이고 있을 때, 아초는 경비대장을 보고 그때가 기회라고 생각했다.

"판사님은 아초우의 머리를 자르라고 명령하셨습니다." 그가 말했다.

대장은 짜증스럽게 고개를 끄덕였다. 그는 그날 오후에 섬의 동쪽까지 25킬로미터를 갈 일과 그곳에서 자신을 기다리고 있는 진주 상인 라피에르의 혼혈 딸 베르트를 생각하고 있었다.

"저는 아초우가 아니라 아초예요. 간수님이 실수를 했어요. 아초우는 키가 크지만 저는 보시는 것처럼 키가 작습니다."

대장은 그를 힐끔 보고 착오가 있음을 깨달았다. "셰머! 이리 와 봐." 그가 엄격한 목소리로 외쳤다.

셰머는 툴툴거리며 쇳덩이가 만족스럽게 고정될 때까지 일을 계속했다. "시나고가 준비됐나요?" 그가 물었다.

"이 사람을 봐. 이 사람이 그 시나고야?" 경비대장이 물었다.

셰머는 놀랐다. 그는 몇 초간 짧게 욕을 한 뒤 자신이 직접 만들고 또 몹시 써 보고 싶은 물건을 안타깝게 바라보았다. 그러더니 마침내 입을 열었다. "대장님, 그렇다고 이 일을 미룰 수는 없어요. 벌써 이 500명의 시나고들은 3시간째 일을 못 하고 있어요. 맞는 사람을 찾느라고 다시 시간을 낭비할 수는 없습니다. 그냥 이 일을 치르죠. 이러건 저러건 시나고일 뿐이니까요."

경비대장은 그날 가야 할 먼 길과 진주 상인의 딸을 생각하고 마음속으로 갈등했다.

"진실이 밝혀지면 사람들은 크뤼쇼를 탓할 겁니다." 셰머가 말했다. "하지만 밝혀질 확률은 적어요. 어쨌건 아초우는 그 말을 하지 않을 테

350

니까요."

"사람들은 크뤼쇼를 탓하지도 않을 거야. 간수의 실수가 분명하니까." 경비대장이 말했다.

"그러면 일을 진행하죠. 아무도 우리를 탓할 수는 없어요. 시나고는 구별이 안 되니까요. 우리는 그저 인계된 시나고를 지시대로 처리했다고만 하면 됩니다. 게다가 이 쿨리들을 다시 한 번 일에서 빼내는 것은 정말 불가능합니다."

그들은 프랑스어로 말했고, 아초는 그 말을 한 마디도 알아듣지 못했지만, 어쨌건 그들이 자기 운명을 결정하고 있다는 것은 알았다. 그리고 그 결정이 대장에게 달려 있다는 것도. 그래서 그는 경비대장의 입술만 바라보았다.

"좋아. 일을 진행하지. 그저 시나고일 뿐이니까." 경비대장이 말했다.

"확실히 하기 위해 한 번만 더 시험해 보겠습니다." 셰머가 칼을 기중기 꼭대기로 올리고 아래에 놓인 바나나 나무를 앞으로 밀었다.

아초는 『음즐문』의 격언을 떠올리려 했다. "조화롭게 살아라"가 떠올랐지만 그건 이 상황과 맞지 않았다. 자신은 살지 못하고 죽을 것이다. 그 말은 맞지 않았다. "악의를 용서하라." 하지만 용서할 악의가 없었다. 셰머와 나머지는 아무런 악의 없이 이 일을 하고 있었다. 그들에게 이것은 정글을 개간하는 것, 물을 빼내는 것, 도랑을 파는 것, 목화씨를 심는 것처럼 해야 할 일의 일부였다. 셰머가 밧줄을 당겼고, 아초는 『음즐문』을 잊었다. 칼이 탕 떨어져서 나무줄기를 깨끗이 베었다.

"아름답군! 정말로 아름다워, 친구." 경비대장이 담뱃불을 붙이려다가 소리쳤다.

셰머는 칭찬에 우쭐해졌다.

"가자, 아초우." 그가 타히티 말로 말했다.

"하지만 저는 아초우가 아니라……" 아초가 말했다.

"입 다물어!" 하는 답이 돌아왔다. "또 한 번 입을 열면 머리를 박살낼 테다."

셰머가 주먹을 쥐고 그를 위협했고, 그는 침묵했다. 항의해서 무엇하겠는가? 외국 악마들은 언제나 멋대로였다. 그는 저항하지 않고 자기 몸과 크기가 같은 수직 판에 묶였다. 셰머가 죔쇠를 단단히 조였다. 끈이 살을 파고들어서 아팠다. 하지만 그는 불평하지 않았다. 고통은 오래가지 않을 것이다. 그는 판이 공중에서 수평으로 기우는 것을 느끼고 눈을 감았다. 그 순간 그는 마지막으로 명상과 휴식의 정원을 보았다. 자신이 그 정원에 앉아 있는 것 같았다. 서늘한 바람이 불었고, 나무에서 풍경이 부드럽게 울렸다. 새들도 졸린 울음을 울고, 높은 벽 너머에서 마을 사람들의 소리가 나직이 들렸다.

그런 뒤 그는 판이 멈추는 것을 느꼈고, 근육의 압박과 긴장을 통해 자신이 누웠다는 것을 알았다. 그는 눈을 떴다. 머리 위에 걸린 칼날이 햇빛 속에 이글거렸다. 그는 거기에 추가로 묶인 쇳덩이를 보고 셰머의 매듭 하나가 풀어진 것을 보았다. 그때 경비대장의 날카로운 명령소리가 들렸다. 아초는 얼른 눈을 감았다. 칼이 떨어지는 것을 보고 싶지는 않았다. 하지만 그는 그것을 느꼈다. 눈 깜박할 시간 동안. 그 순간 그는 크뤼쇼와 크뤼쇼가 한 말을 기억했다. 하지만 크뤼쇼는 틀렸다. 칼은 간지럽지 않았다. 그는 거기까지는 알았지만, 그 이상은 알지 못했다.

스테이크 한 조각
A Piece of Steak

톰 킹은 마지막 빵 조각으로 접시에 묻은 마지막 국물을 닦은 뒤 그 빵 조각을 입에 넣고 명상하듯 천천히 씹었다. 식탁에서 일어났을 때 그는 여전히 배가 고프다고 느꼈다. 하지만 그나마 식사를 한 것은 그뿐이었다. 다른 방에 있는 두 아이는 잠으로 저녁 식사를 잊도록 일찍 잠자리에 들여보냈다. 아내는 아무것도 손대지 않고 말없이 앉아 걱정스러운 눈으로 그를 바라보았다. 여위고 지친 노동 계급의 여자였지만, 지난날 미모의 흔적은 아직 남아 있었다. 국물용 밀가루는 복도 건너편 이웃에게 빌렸다. 마지막 반 펜스 동전 두 개는 빵을 사는 데 들어갔다.

그가 창가에 놓인 의자에 앉자 삐걱이는 의자가 그의 몸무게에 반항했다. 그는 기계적으로 입에 파이프를 물고 외투 주머니에 손을 찔렀다. 하지만 담배가 없다는 사실에 자신이 무슨 행동을 했는지 깨닫고, 건망증에 인상을 쓰면서 파이프를 치웠다. 그의 동작은 근육의 짐이 버겁기라도 한 듯 느리고 어설펐다. 단단하고 둔해 보이는 체구는 겉으로는 그다지 특별한 느낌을 주지 않았다. 거친 옷은 낡고 흐늘거렸다. 신발은 가죽이 너무 약해져서 역시 그다지 새것이 아닌 구두창을 무거워했다. 싸구려 면 셔츠도 옷깃이 해지고 얼룩들이 깊이 박혀 있었다.

톰 킹이 누구인지를 확실히 알려 주는 것은 그의 얼굴이었다. 그것은 전형적인 권투 선수, 오랜 세월 사각의 링에 복무한 사람의 얼굴, 그에 따라 싸우는 짐승의 모든 표시를 담은 얼굴이었다. 음울한 안색에, 말끔히 면도가 되어 이목구비 모두가 눈에 잘 띄었다. 모양을 잃은 입술은 얼굴에 난 큼직한 상처 같았다. 턱은 공격적이고 사나우며 두꺼웠다. 텁수룩한 눈썹 아래, 두꺼운 눈꺼풀에 덮인 느린 두 눈은 거의 무표정했다. 그는 동물이었지만, 그에게서 가장 동물 같은 부분은 바로 그 눈이었다. 그 눈은 졸린 사자 같은, 싸우는 동물의 눈이었다. 경사가 급한 이마는 좁았고, 머리카락을 짧게 잘라 고약한 머리의 혹이 모조리 드러났다. 수많은 펀치로 두 번 부러지고 여러 차례 변형된 코와 본래의 두 배 크기로 부풀어서 뒤틀린 콜리플라워 같은 귀가 얼굴 장식을 마무리했고, 깨끗이 면도했음에도 비죽비죽 튀어나온 턱수염은 검푸른 얼룩 같았다.

그러니까 전체적으로 보면 그의 얼굴은 어두운 골목이나 인적 드문 곳에서 보면 겁을 집어먹게 할 만한 얼굴이었다. 하지만 톰 킹은 범죄자가 아니었고, 지난날에도 범죄를 저지른 적은 없었다. 그와 같은 직업군의 사람들이 흔히 벌이는 싸움박질의 경우를 제외하고는 누구를 해친 적이 없었다. 그가 싸움을 건 적도 없었다. 그는 전문가였고, 그의 야수성은 직업적인 데만 국한되었다. 링 바깥에서 그는 느리고 느긋한 성품이었고, 젊은 시절 돈이 넘쳐 날 때에는 씀씀이도 컸다. 그는 원한을 품지 않는 성격이고, 적도 없었다. 싸움은 그에게 직업일 뿐이었다. 링에 오르면 상대를 때리고 부수고 쓰러뜨리고자 했다. 하지만 적의는 없었다. 그것은 순전히 직업적인 일이었다. 관람객들은 남자들이 서로를 두드려 패는 모습을 보려고 돈을 냈다. 승자는 큰 몫의 대전료를 받았다. 톰 킹이 20년 전 울루물루 고거와 만났을 때, 그는 고거가 뉴캐슬 대전에서 턱이 부러져서 치료한 지 넉 달밖에 되지 않았다는 것을 알았다. 그는 계속 그 턱을 노리다가 9회에 결국 그것을 다시 부러뜨렸다. 그것은 고거에게 악의가 있어서가 아니라 그게 고거를 무너뜨리고 큰 몫의 대전료를 받을 가장 확실한 방법이었기 때문이다. 고거 역시 그 일로 톰 킹에게 악의를 품지 않았다. 그것은 그저 경기였고, 두 사람 다 규칙에 따라 경기를 했다.

톰 킹은 언제나 말수가 적었고, 지금도 침묵 속에 앉아 두 손을 바라보았다. 손등에는 핏줄이 부풀어 있었다. 깨지고 뭉개지고 뒤틀린 손마디는 그것들이 어떤 용도로 쓰였는지를 증언해 주었다. 그는 남자의 목숨은 혈관의 목숨이라는 말은 듣지 못했지만, 혈관이 이렇게 부은 것이 무슨 의미인지는 알았다. 지난날 심장이 그 혈관들로 피를 지나치게 많이 보냈다는 뜻이었다. 혈관들은 더 이상 그런 일을 하지 않았다. 혈관은 신축성이 떨어졌고, 그것이 부으면서 그의 지구력도 떨어졌다. 그는 쉽게 피곤해졌다. 더 이상 맹렬한 20라운드 경기를 할 수 없었다. 공과 공 소리 사이에 격렬하게 치고 박고 때리는 일, 맹타에 뒤이어 또 한 번의 맹타를 날리는 일, 얻어맞으며 로프까지 밀려갔다가 반격에 나서서 상대를 반대편 로프로 밀어붙이는 일, 마지막 20회에 최고의 맹타를 퍼붓는 일, 온 관객의 기립 함성 속에 돌진하고 치고 피하고 주먹세례를 날리다가 이어 주먹세례를 받는 일, 그러는 내내 심장은 혈관으로 열심히 피를 펌프질 했다. 그 시절 혈관들은 부풀어 올랐다가 다시 수축했지만 점점 조금씩 덜 줄어들었다. 하지만 처음에는 그 차이가 아주 미미했다. 그는 손과 망가진 관절을 보았고, 잠시 '웨일스의 공포'라는 별명이 붙은 베니 존스의 머리 위에서 처음으로 손가락 관절을 다치기 전에 그 손들이 유감없이 실력을 발휘하던 젊은 시절을 떠올렸다.

배고프다는 느낌이 다시 돌아왔다.

"이런 젠장, 스테이크 한 조각 먹을 수 없는 거야?" 그가 커다란 주먹을 불끈 쥐고 억제된 분노를 뱉어 냈다.

"버크네 가게도 가 보고 솔리네 가게도 가 봤어……" 아내가 자기 잘못이기라도 한 양 더듬거렸다.

"그런데 안 된대?" 그가 물었다.

"안 된대. 버크가 그러는데……" 그녀가 말끝을 흐렸다.

"젠장! 뭐라고 했는데?"

"오늘 밤 샌델이 당신을 괴롭힐 거래. 그리고 당신 외상은 이미 많다고."

톰 킹은 끙 소리만 내고 대답은 하지 않았다. 젊은 시절 스테이크만 먹여 키우던 불테리어 개가 떠올랐다. 그때라면 버크는 스테이크 천 개라도 외상으로 주었을 것이다. 그때라면. 하지만 세월은 흐르고 톰 킹은 나이가 들었다. 이류 클럽에서 싸우는 늙은 선수는 장사꾼에게 어떤 외상도 기대할 수 없었다.

그는 아침에 깨어나서 스테이크에 대한 갈망을 느꼈고, 그 갈망은 사그라지지 않았다. 그는 이번 대전을 앞두고 훈련도 제대로 하지 못했다. 오스트레일리아에 가뭄이 들어 모든 것이 어려웠으며, 불규칙한 일자리도 찾기 힘들었다. 그는 스파링 파트너도 없고, 음식은 질이 떨어지는 데다 충분하지도 않았다. 그는 구할 수 있는 한 공사장 일을 나갔고, 새벽에는 다리 힘을 키우기 위해 도메인 공원을 달렸다. 하지만 아내와 두 아이를 먹여 살리며 파트너도 없이 훈련하는 것은 힘들었다. 샌델과 붙게 되자 가게들은 외상을 살짝 늘려 주었다. 게이어티 클럽의 비서는 그에게 패자 대전료에 해당하는 3파운드를 선금으로 주었지만, 그 이상은 거절했다. 이따금 그는 옛 친구들에게서 몇 실링씩 빌렸지만 친구들 역시 가뭄 때문에 힘들었다. 그래서—그 사실을 감추어 봐야 소용없다—그는 제대로 훈련하지 못했다. 그는 더 잘 먹어야 했고, 다른 걱정이 없어야 했다. 게다가 남자가 마흔이 되면 스무 살 때처럼 몸을 만들기가 쉽지 않다.

"몇 시지, 리지?" 그가 물었다.

아내가 복도 맞은편에 가서 물어보고 돌아왔다.

"8시 15분 전."

"몇 분 후에 첫 경기가 시작돼." 그가 말했다. "그냥 가벼운 오픈 경기야. 그런 다음 딜러 웰스와 그리들리의 4회전 경기가 있고, 스타라이트와 어떤 선원 친구의 10회전 경기가 있어. 내 경기는 1시간도 더 지나야 시작해."

다시 한 번 침묵 속에 10분이 흐르고 그가 일어섰다.

"사실은, 리지, 나는 훈련을 많이 못 했어."

그는 모자를 집어 들고 문으로 갔다. 그는 키스해 주려고 하지 않았지만—집을 나설 때 그는 키스하는 법이 없었다—그날 밤은 그녀가 그를 끌어안고 머리를 끌어 내려 키스했다. 거대한 남자 곁에서 그녀는 아주 작아 보였다.

"행운을 빌게, 톰. 꼭 이겨야 돼." 그녀가 말했다.

"그래, 꼭 이겨야지. 다른 건 없어. 나는 꼭 이겨야 돼." 그가 되풀이해 말했다.

그는 호탕하게 웃으려고 했지만 그녀가 그를 더 강하게 끌어안았다. 그녀의 어깨 너머로 그는 텅 빈 방을 보았다. 그가 이 세상에서 가진 것은 그게 전부였다. 집세가 밀린 집, 아내와 두 아이. 그리고 그는 처자식에게 먹을 것을 마련해 주기 위해 어둠 속으로 나아가고 있었다. 현대의 노동자처럼 기계를 돌리러 가는 것이 아니라 지난날의 원시적이고 동물적인 방식으로 싸워서 얻기 위해.

"꼭 이겨야지." 그가 다시 말했고, 그 목소리는 절박했다. "이기면 30파운드야. 그 돈이면 빚을 모두 갚고도 남아. 하지만 지면 한 푼도 못 받아. 전차를 타고 올 돈도 없어. 패자 대전료는 이미 받았으니까. 안녕, 이기면 바로 집에 올게."

"기다리고 있을게." 그녀가 복도에 대고 소리쳤다.

게이어티 클럽까지는 에누리 없는 3킬로미터였고, 그는 자신의 전성기를 생각하며 그 길을 걸었다. 그는 한때 뉴사우스웨일스 주의 헤비급 챔피언이었다. 택시를 타고 경기장에 갔고, 그때마다 열성 팬들이 택시값을 대면서 그와 함께 탔다. 토미 번스가 있었고, 양키 검둥이 잭 존슨이 있었다. 그들은 자동차를 타고 다녔다. 그리고 지금 그는 걸어갔다! 그리고 누구나 알듯이 경기 전에 3킬로미터를 걷는 것은 바람직한 일이 아니었다. 그는 노장이었고, 세상은 노장에게 열광하지 않았다. 그는 이제 공사판 일 말고는 어떤 일도 잘하지 못했고, 부러진 코와 부은 귀는 그 일에도 방해가 되었다. 기술을 배웠으면 좋았으리라는 생각이 들었다. 결과적으로는 그게 좋았을 것이다. 하지만 누구도 그런 말을 해 주지 않았고, 실제로 누가 그런 말을 해 주었어도 그가 흘려버렸을 것이다. 그때는 모든 것이 너무 쉬웠다. 큰돈, 화려한 싸움, 그사이의 휴식과 빈둥거림, 열혈 팬들의 환호와 격려—신사들은 그와 5분간 대화하는 영예를 위해 술을 샀다—그리고 열광, 들끓는 경기장, 폭풍 같은 마무리, "킹 승리!" 하는 심판의 선언, 그리고 다음 날이면 스포츠 면에 실리던 이름.

그런 시절이 있었다! 하지만 이제 생각해 보니 그때 자신이 때려눕힌 자들이 바로 노장이었다. 그는 떠오르는 '젊음'이었다. 그들은 침몰하는 '노년'이었다. 그렇게 쉬운 것도 당연했다. 그들은 혈관이 붓고 손마디가 깨지고 기나긴 전투로 온몸의 뼈가 지친 이들이었다. 그는 러시커터스 베이에서 18회에 노장 스토셔 빌을 물리친 때를 기억했다. 경기가 끝나고 빌은 대기실에서 어린애처럼 울었다. 아마 집세가 밀렸을 것이다. 그도 집에 아내와 두 아이가 있었을 것이다. 그리고 아마 경기 당일에 스테이크 한 조각이 몹시 먹고 싶었을 것이다. 빌은 그날 경기에서 인정사정없이 두드려 맞았다. 이제 그 자신이 똑같은 경험을 하고 보니 그는 20년 전 그날의 경기는 영광과 쉬운 돈만을 노리던 젊은 톰 킹보다 스토셔 빌에게 훨씬 더 중요한 경기였다는 것을 알 수 있었다. 스토셔 빌이 대기실에서 운 것도 당연했다.

사람은 모두 싸울 수 있는 한도가 있다. 그것은 이 세계의 철의 법칙이었다. 어떤 사람은 100번의 경기를 할 수 있지만, 다른 사람은 20번밖에 못 할 수도 있다. 각자의 체격과 근육의 특징에 따라 정해진 수가 있고, 그것을 다 채우면 끝이 난다. 그렇다, 그는 대부분의 사람보다 그 수치가 컸지만 이미 그의 몫으로 정해진 것보다 훨씬 더 많은 싸움을 했다. 그것은 심장과 폐가 터져 나가는 싸움, 혈관의 신축성이 사라지고, 젊고 유연한 근육이 뭉치는 싸움, 과도한 소모와 긴장으로 신경과 체력과 두뇌와 뼈가 닳는 싸움이었다. 그의 옛 싸움 상대들 중 남은 사람은 아무도 없었다. 그는 그 시절 동료들 가운데 마지막이었다. 그는 그들 모두가 망가지는 것을 보았고, 그 일부가 망가지는 데는 그도 힘을 보탰다.

사람들은 그를 노장과 붙였고, 그는 차례로 그들을 물리쳤다. 그리고 스토셔 빌처럼 대기실에서 우는 자들을 비웃었다. 그러나 이제 자신이 노장이었고, 사람들은 자신을 젊은이들에게 붙였다. 이번에는 샌델이었다. 그는 뉴질랜드 출신으로 전적이 화려했다. 하지만 오스트레일리아에서는 무명이라 늙은 톰 킹과 붙게 되었다. 샌델이 실력을 보여 주면 앞으로는 더 좋은 상대를 만나서 더 큰돈을 벌 것이다. 그러니까 그가 맹공을 퍼부을 것은 자명했다. 이 경기에서 이기면 그는 모든 것을 얻는다. 돈과 명예와 앞날의 밝은 전망. 그리고 톰 킹은 명성과 부로 향한 대로를 가로막은 늙은 샌드백이었다. 그는 이겨도 30파운드를 받아 집주인과 가게들에 빚을 갚는 것이 전부였다. 그렇게 생각하자니 그의 둔한 환상 속에 '젊음'의 모습이 떠올랐다. 화려하고 의기양양하며 전도유망한 젊음, 유연한 근육과 매끈한 피부, 피곤하지도 않고 터지지도 않으며 노력의 한계를 비웃는 심장과 폐. 그렇다, 젊음은 네메시스*였다. 그것은 노장들을 파괴하고, 그러는 가운데 결국 자

---

* 그리스 신화에 등장하는 복수의 여신.

신도 파괴된다는 것을 개의치 않았다. 그것은 혈관이 부풀고 관절이 부서지고 난 다음 새로운 젊음에게 파괴되었다. 젊음은 언제나 젊었기 때문이다. 늙는 것은 노년뿐이었다.

그는 캐슬리 로에서 왼쪽으로 돌았고, 그곳에서 세 구역을 더 가면 게이어티 클럽이었다. 문밖에서 어슬렁거리던 젊은 건달 무리가 그에게 존경을 보이며 길을 비켜 주었고, 누군가가 다른 사람에게 말했다. "저 사람이야! 저 사람이 톰 킹이야!"

대기실로 가는 길에 그는 클럽의 비서를 만나서 악수를 했다. 눈빛이 예리하고 표정이 영악한 젊은이였다.

"어떠세요, 톰?" 그가 물었다.

"아주 탱탱하지." 톰 킹은 그렇게 대답했지만 그것은 거짓말이었고, 자신에게 1파운드가 있다면 바로 그 자리에서 좋은 스테이크를 샀을 것이라고 생각했다.

그가 세컨드들을 달고 대기실을 나와서 링을 향해 걸어가자 관중석에서 환호성이 터져 나왔다. 그는 오른쪽 왼쪽으로 인사를 했지만 아는 얼굴은 거의 없었다. 대부분은 그가 첫 번째 월계관을 받았을 때 세상에 태어나지도 않은 어린 얼굴들이었다. 그는 가볍게 링 위로 뛰어오르고 로프 사이로 들어가서 자기 코너의 접의자에 앉았다. 심판인 잭 볼이 와서 악수를 했다. 볼은 퇴물 권투 선수로 메인 경기에 출전하지 못한 지 10년이 넘었다. 킹은 그가 심판을 보는 것이 기뻤다. 둘 다 노장이었다. 그가 샌델을 상대할 때 규칙을 약간 어기고 거칠게 군다 해도 볼이라면 봐줄 것이다.

떠오르는 젊은 헤비급 선수들이 차례로 링에 올라왔고, 심판이 관중에게 그들을 소개했다. 또한 그들의 도전도 발표했다.

"시드니 북부 출신의 영 프론토가 승자에게 도전하며 50파운드의 개인 베팅을 했습니다." 빌이 말했다.

관중은 환호했고, 샌델이 로프 사이로 들어가 자기 코너에 앉자 다시 열광했다. 톰 킹은 맞은편에 앉은 그를 유심히 살펴보았다. 이제 몇 분 후면 그들은 무자비한 전투에 휩싸일 테고, 상대를 때려눕히기 위해 온 힘을 쏟을 것이다. 하지만 별로 볼 수 있는 것이 없었다. 샌델도 그처럼 경기복 위에 바지와 스웨터를 입었기 때문이다. 강인하게 잘생긴 얼굴에 덥수룩한 노란 곱슬머리였고, 두꺼운 근육질 목은 눈부신 신체 능력을 암시했다.

영 프론토가 양 코너를 돌면서 메인 경기 선수들과 악수를 하고 링 밖으로 내려갔다. 도전은 계속되었다. 젊음은 언제나 로프 사이로 들어와서—미지의 젊음, 야심 찬 젊음—힘과 기술을 겸비한 자신에게는 승자와의 싸움이 걸맞다고 세상에 대고 외쳤다. 여러 해 전 무적의 전성기였다면 톰 킹은 그런 사전 행사를 즐거워도, 지루해도 했을 것이다. 하지만 지금 그는 젊음의 모습에 매혹되어 눈에서 그 모습을 떨치지 못했다. 권투 경기에는 언제나 이런 젊은이들이 로프 사이로 뛰어들어 와서 반항의 말들을 외쳤다. 그리고 언제나 노장이 먼저 내려갔다. 그들은 노장의 시신을 넘어 성공의 문에 다가갔다. 언제나 더 많은 젊은이가 와서—무적의 젊음, 불가항력의 젊음—언제나 노장을 물리친 뒤 그들 자신이 노장이 되어 똑같은 길을 내려갔으며, 다시 영원한 젊음이 그 뒤를 추격했다. 새로운 애송이들이 야심을 품고 늙은이들을 끌어내리면, 그 뒤로 세상이 끝날 때까지 더 많은 애송이가 왔다. 자기 뜻을 반드시 이루며 절대로 죽지 않는 젊음이.

킹은 기자석을 보고 《스포츠맨》의 모건과 《레프리》의 코빗에게 고

갯짓을 했다. 그런 뒤 두 손을 내밀자 세컨드인 시드 설리번과 찰리 베이츠가 글러브를 끼우고 끈을 묶어 주었고, 그 모습을 샌델의 세컨드가 꼼꼼히 관찰했다. 그의 세컨드 한 명도 샌델의 코너로 가서 똑같은 일을 했다. 샌델은 이제 바지를 벗었고, 그가 일어설 때 머리 위로 스웨터가 벗겨졌다. 그리고 톰 킹은 만개한 젊음을 보았다. 두꺼운 가슴, 튼튼한 근육, 공단처럼 매끈한 하얀 피부 아래 살아 있는 듯 꿈틀거리는 근육. 온몸에 생명력이 넘쳤고, 그것은 오랜 싸움으로 젊음을 소진시킨 아픈 몸에는 없는 생명력이었다.

두 남자가 서로를 만나러 나갔다. 그리고 공이 울리고 세컨드들이 의자를 들고 링 바깥으로 나가는 동안 악수를 하고 즉시 전투태세에 들어갔다. 샌델은 촉발 방아쇠의 용수철처럼 들어왔다 나갔다 다시 들어왔다 하면서 눈에 레프트를, 갈비뼈에 라이트를 작렬시키고, 카운터블로를 피해서 춤추듯 물러났다가 다시 위협적으로 춤추며 들어왔다. 그는 빠르고 영리했고, 그런 과시는 매혹적이었다. 관중은 환호했다. 그러나 킹은 매혹되지 않았다. 그는 너무 많은 경기를 치렀고, 너무 많은 젊은이와 싸웠다. 그는 펀치를 구별할 줄 알았다. 샌델의 펀치는 너무 빨라서 타격이 되지 않았다. 샌델은 처음부터 서두를 것이다. 그것은 충분히 예상할 수 있었다. 젊음의 방식이 그랬다. 거칠게 몰아치고 맹렬하게 공격하며 자신의 한계 없는 힘과 욕망으로 상대를 압도하려 한다.

샌델은 이쪽저쪽으로 정신없이 들어왔다 나갔다. 가벼운 발과 열렬한 심장, 경이로울 만큼 하얀 피부와 탄력 있는 근육은 베틀의 북처럼 수천 가지 행동을 넘나들며 눈부신 공격의 직물을 짜서, 영예로 가는 길을 막고 서 있는 톰 킹을 무너뜨리고자 했다. 하지만 톰 킹은 끈질기게 버텼다. 그는 자신의 직업을 알았고, 젊음을 잃은 지금 젊음도 알았다. 상대가 기운을 약간 잃기 전까지는 할 수 있는 것이 없었기에, 조용히 웃으면서 머리에 묵직한 펀치를 맞기 위해 일부러 몸을 숙였다. 그것은 교활한 술수였지만, 권투 경기의 규칙에는 아주 잘 부합했다. 손가락 관절은 조심해서 다뤄야 하고, 굳이 상대의 정수리를 때리겠다면 그에 따르는 위험을 감수해야 했다. 킹은 몸을 더 숙여서 펀치가 공중을 가르게 할 수 있었지만, 젊은 시절의 싸움들과 자신이 웨일스의 공포의 머리를 때리고 처음으로 손가락 관절이 박살 난 일을 기억했다. 그는 그저 경기를 할 뿐이었다. 그 행동은 샌델의 관절 하나를 망가뜨렸다. 그렇다고 샌델이 지금 그걸 신경 쓰지는 않을 것이다. 그러거나 말거나 상관없이 경기 내내 힘껏 주먹을 날릴 것이다. 하지만 나중에 오랜 싸움의 후유증이 하나둘 떠오르면, 그 관절을 안타까워하며 그걸로 톰 킹의 머리를 후려친 일을 떠올릴 것이다.

1라운드는 완전히 샌델의 라운드였고, 관중석 전체가 그의 폭풍 같은 돌진에 열광했다. 그는 킹에게 펀치를 산사태처럼 퍼부었고, 킹은 아무것도 하지 않았다. 그는 한 번의 공격도 없이 수비에 집중해서 펀치를 막고 피하고 클린치했다. 이따금 속임동작을 했고, 묵직한 펀치를 맞으면 고개를 저었으며, 가볍게 뛰는 일도, 힘 한 방울 낭비하는 일도 없이 느리게 움직였다. 샌델이 젊음의 거품을 소진시켜야 신중한 노년이 반격을 시도라도 할 수 있었다. 킹의 모든 움직임은 느리고 정확했고, 두꺼운 눈꺼풀에 싸인 느린 두 눈은 반쯤 잠들었거나 얼이 빠진 듯한 인상을 주었다. 하지만 그 눈은 모든 것을 보는 눈, 20년이 넘는 세월 동안 링 안의 모든 것을 보도록 훈련받은 눈이었다. 다가오는 펀치 앞에서도 깜박이거나 흔들리지 않고 차분하게 거리를 측정하는 눈이었다.

1라운드가 끝나고 1분 휴식을 하는 동안 그는 다리를 쭉 뻗고 두 팔을 로프의 직각 부분에 얹었다. 그리고 가슴과 복부를 숨김없이 헐떡이면서 세컨드들이 수건으로 몰아 주는 공기를 삼켰다. 그는 눈을 감고 관중 소리를 들었다. "왜 피하기만 해, 톰?" 많은 사람들이 소리쳤다. "저 친구가 겁나는 건 아니지?"

"근육이 굳었어." 앞좌석의 누군가가 말했다. "더 빨리 못 움직여. 2 대 1로 샌델에게 걸겠어. 파운드로."

공이 울리고 두 사람은 각자 코너에서 나왔다. 샌델은 얼른 경기를 재개하고 싶은 열망에 링 전체의 4분의 3 길이를 가로질러 왔다. 하지만 킹은 짧은 거리만 가도 되는 데 만족했다. 그것은 그의 절약 작전과 잘 맞았다. 그는 훈련도 제대로 못 하고 충분히 먹지도 못했기에 한 걸음 한 걸음이 중요했다. 게다가 그는 이미 클럽까지 3킬로미터를 걸어왔다. 2라운드는 1라운드의 반복이었다. 샌델은 회오리바람처럼 공격을 퍼부었고, 관중은 킹에게 왜 피하기만 하느냐고 화를 냈다. 속임동작을 하고 몇 차례 힘없는 펀치를 날린 것 외에 그가 한 일은 방어와 시간 끌기와 클린치뿐이었다. 샌델은 경기를 빠르게 진행하고 싶어 했지만, 킹은 그동안 터득한 지혜로 그에게 박자를 맞춰 주지 않았다. 그는 망가진 얼굴에 비애를 담고 오직 노년만이 가질 수 있는 조심성으로 힘을 아꼈다. 샌델은 젊음이었고, 젊음답게 아낌없이 힘을 쏟았다. 링의 지도자는 킹이었고, 그 지혜는 길고 고통스러운 싸움에서 나왔다. 그는 차분한 눈과 머리로 바라보고 천천히 움직이면서 샌델의 거품이 꺼지기를 기다렸다. 관중 대다수가 킹이 샌델에게 상대가 안 된다고 보고, 샌델에게 3 대 1로 돈을 걸어서 그 의견을 표현했다. 그러나 현명한 소수도 있었다. 그들은 지난날의 킹을 알았고, 쉬운 돈을 조심하는 자들이었다.

3라운드도 전처럼 일방적으로 시작해서 샌델이 모든 공격을 선도하고 연타를 퍼부었다. 그런데 30초 정도 지나자 자신감이 넘친 샌델이 틈을 보였다. 킹의 눈과 오른팔은 그 순간을 놓치지 않았다. 그것은 그가 제대로 날린 첫 펀치로, 팔을 단단히 굽히고 몸을 반쯤 회전시키면서 온 체중을 실은 훅이었다. 졸고 있던 사자가 갑자기 발을 날린 것 같았다. 샌델은 턱 왼쪽 옆을 맞고 황소처럼 쓰러졌다. 관중은 충격 속에 감탄했다. 이 남자는 근육이 굳은 것이 아니었다. 그는 기계 해머처럼 펀치를 날릴 수 있었다.

샌델은 흔들렸다. 몸을 굴려 일어나려고 했지만, 세컨드들이 서두르지 말고 카운트에 맞추라고 소리쳐서 그를 저지했다. 그는 한쪽 무릎을 꿇고 앉아 심판이 자기 귀에 큰 소리로 카운트를 셀 때까지 기다렸다. 그는 심판이 '9'를 카운트했을 때 자세를 갖추고 일어섰고, 다시 그를 마주한 톰 킹은 자신의 펀치가 목표 지점을 2~3센티미터 빗나간 것을 아쉬워했다. 제대로 맞았다면 케이오 승이었을 테고, 그러면 아내와 아이들에게 30파운드를 가져다줄 수 있었을 것이다.

3라운드의 남은 시간이 흘러가는 동안 샌델은 처음으로 상대에 대한 존경심을 보였지만 킹은 변함없이 느리고 졸려 보였다. 라운드가 끝나갈 무렵 킹은 세컨드들이 로프 사이로 튀어 오르려고 준비하는 모습을 보고 싸움을 자기 코너를 향해 이끌고 갔다. 그리고 공이 울리자 즉시 의자에 앉았다. 반면에 샌델은 자기 코너까지 링을 대각선 방향으로 가로질러 가야 했다. 그것은 사소한 일이었지만, 중요한 것은 작은 일들의 총합이었다. 샌델은 훨씬 여러 걸음을 걸어서 그만큼의

에너지를 잃고 소중한 휴식 시간도 그만큼 잃어야 했다. 라운드가 시작할 때마다 킹은 천천히 일어나서 상대가 먼 거리를 다가오게 만들었다. 그리고 라운드가 끝날 때면 늘 자기 코너에서 싸움을 끝내서 즉시 자리에 앉았다.

두 라운드가 다시 이어지는 동안 킹은 알뜰하게 힘을 아끼고 샌델은 낭비했다. 경기를 빠르게 진행시키려는 샌델의 의도는 킹을 힘들게 했다. 그가 퍼붓는 주먹 상당수가 명중했기 때문이다. 하지만 킹은 젊고 열렬한 관중들의 맞붙어 싸우라는 외침에도 아랑곳하지 않고 악착같이 느린 움직임을 고수했다. 6라운드에도 샌델은 신중하지 못해서 다시 한 번 톰 킹의 격렬한 라이트를 턱에 맞아 쓰러졌고, 다시 '9' 카운트에 일어섰다.

7라운드에 들어서자 샌델도 최상의 몸 상태에서 내려왔고, 그가 여태껏 경험한 가장 힘겨운 싸움에 접어들었다. 톰 킹은 노장이었지만, 그와 맞붙은 어떤 노장보다 훌륭했다. 그는 허둥대지 않고, 방어 능력이 뛰어나고, 또 주먹이 울퉁불퉁한 몽둥이 같은 노장, 그리고 양손이 모두 강한 노장이었다. 그렇지만 톰 킹은 공격을 자주 하지 않았다. 그는 망가진 관절을 잊지 않았고, 그 관절로 경기 끝까지 버티려면 타격을 매번 적중시켜야 했다. 코너에 앉아서 상대를 바라보자니 문득 자신의 지혜와 샌델의 젊음을 합하면 세계 헤비급 챔피언이 될 것이라는 생각이 들었다. 하지만 그것이 문제였다. 샌델은 세계 챔피언이 되지 못할 것이다. 그는 지혜가 없었고, 그것을 얻는 방법은 젊음을 주고 사는 것뿐이었다. 그리고 지혜를 얻으면, 젊음은 그것을 사는 데 쓰이고 없을 것이다.

킹은 자신이 아는 모든 것을 활용했다. 클린치할 기회를 놓치지 않왔고, 그럴 때마다 어깨를 상대의 갈비뼈에 들이박았다. 링의 이론에 따르면 어깨의 파괴력은 펀치에 못지않았고, 힘을 절약하는 면으로 보면 훨씬 이득이었다. 또 클린치 중에는 자기 체중을 상대에게 싣고 강하게 매달렸다. 그러면 심판이 다가왔고, 심판은 언제나 아직 쉬는 법을 배우지 못한 샌델의 도움을 받아 그들을 떼어 놓았다. 그는 자신의 힘찬 팔과 펄펄 뛰는 근육을 자제하지 못했고, 상대가 어깨로 갈비뼈를 치고 머리를 자기 왼팔 겨드랑이에 묻으며 클린치에 들어가면, 거의 예외 없이 오른팔을 자기 등 뒤로 뻗어 튀어나온 얼굴을 때렸다. 그것은 재치 있는 공격으로 많은 환호를 일으켰지만 전혀 위험하지 않고 힘만 소모시킬 뿐이었다. 하지만 샌델은 피로도 한계도 몰랐고, 킹은 조용히 웃으며 끈질기게 버텼다.

샌델이 킹의 몸통에 강력한 라이트를 작렬시켰고, 킹은 큰 타격을 받은 것 같았지만 늙은 팬들은 타격 직전에 킹의 왼손이 상대의 이두근을 노련하게 건드린 것을 알았다. 펀치가 매번 제대로 먹힌 것은 사실이었지만, 매번 이두근을 건드려서 그 힘은 약해졌다. 9라운드에 들어섰을 때 킹의 라이트 혹이 1분 사이에 세 차례 샌델의 턱에 꽂혔고, 샌델의 무거운 몸은 세 차례 바닥에 가로놓였다. 그는 매번 '9'를 셀 때까지 기다렸다가 일어났고, 흔들린 상태로도 여전히 강했다. 그는 이제 속도가 완연히 줄었고, 힘을 낭비하는 일도 줄어들었다. 그는 음울하게 싸웠다. 하지만 그의 가장 큰 자산은 여전히 젊음이었다. 킹의 가장 큰 자산은 경험이었다. 체력이 떨어지고 힘이 줄자, 그는 오랜 싸움으로 터득한 술수와 지혜와 힘의 안배로 그 자리를 채웠다. 불필요한 행동을 하지 않는 법뿐 아니라 상대가 힘을 낭비하게 하는 법도 배웠다. 그는 계속 손과 발과 몸통의 속임동작으로 샌델이 펄쩍 물러서

거나 허리를 굽히거나 반격을 시도하게 했다. 킹 자신은 휴식하면서 샌델은 휴식하지 못하게 했다. 그것은 노년의 전략이었다.

10라운드 초반에 킹은 상대의 얼굴에 레프트 스트레이트를 연달아 퍼부어 상대의 공격을 저지하기 시작했고, 신중해진 샌델은 레프트를 끌어내서 그것을 피한 뒤 옆통수에 라이트 훅을 꽂는 것으로 응수했다. 그 공격은 너무 높이 맞아서 큰 충격을 주기는 어려웠다. 하지만 그것에 맞은 순간 킹의 머릿속에는 익숙한 검은 장막이 내려왔다. 한순간, 아니 반의 반 순간, 그는 존재를 멈추었다. 상대와 관중석의 하얀 얼굴들이 그의 시야 밖으로 벗어났다. 그러나 다음 순간 상대와 관중석의 얼굴이 다시 보였다. 마치 그가 한순간 잠이 들었다가 깬 것 같았지만, 무의식의 순간이 너무 짧아서 쓰러질 틈은 없었다. 관객은 그가 비틀거리고 무릎이 흔들리는 것을 보았지만, 이어 다시 힘을 되찾고 턱을 자기 왼쪽 어깨로 더 깊이 꽂아 넣는 것도 보았다.

샌델이 몇 차례 계속 펀치를 날려서 킹은 한동안 정신이 멍했지만 곧이어 방어에 나섰다. 그 방법은 역시 받아치기였다. 그는 살짝 뒤로 물러서면서 왼팔로 속임동작을 하다가 오른팔에 온 힘을 실어 어퍼컷을 날렸다. 그 타이밍이 완벽해서 주먹은 레프트를 피하려 고개를 숙이는 샌델의 얼굴을 정통으로 가격했고, 샌델은 공중에 붕 떴다가 머리와 어깨로 바닥을 찧으며 쓰러졌다. 킹은 이런 공격을 두 번 하더니 고삐가 풀린 듯 맹타를 퍼부어서 상대를 로프로 몰아갔다. 그리고 샌델이 쉬거나 정신 차릴 틈을 주지 않고 연타를 날렸고, 그러자 온 관중은 기립하여 지붕이 들썩거릴 만큼 환호했다. 하지만 힘과 지구력이 좋은 샌델은 쓰러지지 않았다. 케이오가 분명해 보였고, 경관이 무시무시한 공격에 놀라 경기를 멈추려고 링사이드에서 일어섰다. 하지만 공이 울려 라운드가 끝났고, 샌델은 비틀거리며 자기 코너로 가서 경관에게 자신은 멀쩡하다고 말했다. 그리고 그것을 증명하기 위해 뒤로 두 번 점프를 해 보였고, 경관은 물러섰다.

코너에 앉아 숨을 거칠게 몰아쉬던 톰 킹은 실망했다. 경기가 중단되면 심판은 당연히 그의 승리를 판정할 테고, 그러면 승자의 대전료는 그의 몫이 될 것이다. 샌델과 달리 그는 영광이나 미래가 아니라 오직 30파운드를 위해 싸웠다. 그리고 이제 샌델은 1분의 휴식을 취하고 힘을 되찾을 것이다.

젊음은 누릴 것이다. 이 말이 킹의 머리에 떠오르면서 그 말을 처음 들었던 때가 기억났다. 그가 스토셔 빌을 때려눕힌 날이었다. 그 싸움 후에 어느 신사가 그에게 술을 사 주고 어깨를 토닥여 주면서 그 말을 했다. 젊음은 누릴 것이다! 신사의 말이 맞았다. 그리고 오래전 그날 그는 젊음이었다. 오늘 밤 젊음은 상대 코너에 앉아 있었다. 그는 지금 30분을 싸웠고, 또 노장이었다. 샌델처럼 싸웠다면 15분도 버티지 못했을 것이다. 하지만 중요한 것은 그가 회복하지 못한다는 것이었다. 불거진 혈관과 지친 심장 때문에 그는 라운드 중간의 쉬는 시간에 힘을 회복할 수 없었다. 게다가 시작할 때도 힘이 충분하지 않았다. 무거운 다리는 경련이 일어나려고 했다. 클럽까지 3킬로미터를 걸어온 것이 잘못이었다. 그리고 그날 아침 잠에서 깨어 열망하던 스테이크가 있었다. 그는 외상을 거절한 상인들에게 격렬한 미움이 솟았다. 늙은 사람이 제대로 먹지도 못하고 경기를 하는 것은 힘들었다. 그리고 스테이크 한 조각은 정말로 시시한 것이었다. 기껏해야 몇 펜스였다. 하지만 그것이 그에게는 30파운드를 의미했다.

공이 울려 11라운드가 되자 샌델이 달려오며 새로운 힘을 과시했지만 그것은 거짓이었다. 킹은 그것이 무엇인지 알았다. 경기 자체만큼 이나 오래된 허세였다. 그가 힘을 아끼려고 클린치를 했다가 풀자 샌델이 바로 공격에 나섰다. 킹이 원하던 바였다. 그가 레프트를 날리려는 척하자 상대는 바로 몸을 숙이며 위쪽으로 훅을 날렸고, 그는 반 발짝 물러서며 샌델의 얼굴에 어퍼컷을 먹여서 그를 바닥에 쓰러뜨렸다. 그 뒤로 그는 상대에게 휴식을 허락하지 않았다. 그도 많이 맞았지만 더 많이 때렸다. 샌델을 로프에 누인 채 훅을 비롯한 온갖 펀치를 날리고, 클린치를 당하면 밀거나 클린치를 풀었으며, 샌델이 쓰러지려고 하면 한 손으로 그를 잡고 다른 손으로는 로프에 때려눕혀서 쓰러지지 못하게 했다.

관중석은 열광의 도가니가 되었고, 사람들은 톰 킹을 응원했다. 거의 모두가 "톰! 톰!" "때려! 때려!" "톰 이겨라! 톰 이겨라!"를 외쳤다. 경기는 금세 끝날 듯 몰아쳤고, 권투 팬이 돈을 내고 보러 온 것은 바로 그런 것이었다.

그리고 지난 30분 동안 힘을 아낀 톰 킹은 이 마지막 분발에 그 힘을 강력하게 퍼부었다. 이것은 그의 유일한 기회였다. 지금이 아니면 없었다. 그의 힘은 빠르게 사라졌고, 그는 힘이 모두 소진되기 전에 상대를 쓰러뜨리고자 했다. 그런데 그렇게 공격을 하면서 자신이 가하는 타격의 무게와 피해의 정도를 냉정하게 계산해 보니 샌델이 정말 케이오시키기 어려운 상대임을 알 수 있었다. 그의 맷집과 지구력은 정말이지 강했고, 그것은 젊음의 싱싱한 맷집과 지구력이었다. 샌델은 정말로 전도유망했다. 그에게는 충분한 가능성이 있었다. 그런 강인한 내구성이 있어야 훌륭한 싸움꾼이 될 수 있었다.

샌델은 비틀거리고 휘청거렸다. 하지만 톰 킹의 다리는 경련했고 손가락 관절들은 그를 배신했다. 그래도 그는 강펀치를 날리려고 힘을 끌어모았고, 그 하나하나가 그의 망가진 손에 고통을 안겨 주었다. 이제 그는 거의 맞지 않았지만 상대와 마찬가지로 빠르게 힘을 잃었다. 펀치가 명중해도 힘이 실려 있지 않았고, 매번의 펀치가 강인한 의지력의 산물이었다. 다리는 납처럼 무거워서 눈에 띌 만큼 바닥에 끌렸다. 그 모습에 고무된 샌델의 팬들이 응원의 함성을 높였다.

킹은 힘을 끌어모아 연달아 두 번의 펀치를 날렸다. 레프트는 명치 약간 위쪽을 맞고, 라이트는 턱을 가로로 치고 지나갔다. 묵직한 펀치는 아니었지만 샌델도 약해져 있었기에 바닥에 쓰러져서 떨었다. 심판이 허리를 굽히고 서서 그의 귀에 대고 운명의 카운트를 했다. 그가 10을 세기 전에 일어서지 않는다면 경기는 끝이었다. 관중석은 고요해졌다. 킹은 떨리는 다리로 서 있었다. 깊은 혼곤함이 닥쳤고, 눈앞에 얼굴들의 바다가 흔들렸으며, 귀에는 심판의 카운트 소리가 아득하게 들렸다. 하지만 그는 승리가 자신에게 왔다고 생각했다. 그렇게 맞은 사람이 일어서는 것은 불가능했다.

오직 젊음만이 일어설 수 있었고, 샌델은 일어섰다. 그는 '4'에 엎드린 자세로 몸을 뒤집어 두 손으로 로프를 더듬어 찾았다. 그리고 '7'에 무릎으로 일어나서 쉬었다. 머리가 어깨 위에서 기운 없이 굴렀다. 심판이 "9!"를 외쳤을 때 샌델은 꼿꼿하게 일어서서, 왼팔로 얼굴을 가리고 오른팔로 복부를 감싸는 시간 끌기 자세를 제대로 갖추었다. 그렇게 해서 신체의 주요 부위를 보호한 채로 그는 클린치로 시간을 더 벌겠다는 소망을 품고 킹에게 비틀거리며 다가갔다.

샌델이 일어선 순간 킹은 그 앞에 가 있었지만 그가 날린 두 개의 주먹은 샌델의 팔에 부딪혀 힘을 잃었다. 다음 순간 샌델은 클린치를 한 채 버텼고, 심판은 그를 떼어 놓으려고 애를 썼다. 킹은 심판이 클린치 푸는 것을 도와주었다. 그는 젊음이 회복하는 속도를 알았고, 그 회복을 막으면 샌델을 잡을 수 있었다. 강펀치 하나면 샌델을 잡을 수 있었다. 확실히 잡을 수 있었다. 그는 작전으로도, 싸움으로도, 점수로도 그를 이겼다. 샌델은 클린치를 풀고 비틀거리며 패배와 생존의 갈림길에 위태롭게 서 있었다. 강펀치 한 방이면 쓰러져서 다시 일어나지 못할 것이다. 그 순간 톰 킹의 쓰라린 기억 속에 그 스테이크 한 조각이 떠올랐고, 그 순간 그는 그것이 자신이 날려야 하는 펀치에 힘을 실어 주었으면 얼마나 좋았을까 하는 생각을 했다. 그는 힘을 모아 펀치를 날렸지만, 그것은 강력하지도 빠르지도 않았다. 샌델은 비틀거렸지만 쓰러지지 않고 로프로 물러가 버텼다. 킹은 비틀거리며 그를 따라갔고, 자신이 붕괴되는 듯한 고통 속에 다시 한 번 펀치를 날렸다. 하지만 그의 몸은 그를 떠났다. 그에게 남은 것은 피로로 흐려진 싸움 지능뿐이었다. 턱을 겨냥한 펀치는 어깨 높이까지밖에 올라가지 못했다. 그는 더 높이 칠 생각이었지만 지친 근육이 그 명령에 따르지 못했다. 그리고 펀치의 충격으로 톰 킹 자신이 뒤로 비틀거리다가 쓰러질 뻔했다. 그는 다시 힘을 냈다. 하지만 그다음 펀치는 완전히 빗나갔고, 그는 완전한 무기력 속에 샌델에게 쓰러져서 그를 붙들고 늘어졌다.

하지만 킹은 일어서지 않았다. 그가 할 수 있는 일은 다 했다. 이제 끝났다. 젊음은 누렸다. 클린치를 한 상태에서도 그는 샌델이 힘을 얻는 것을 느꼈다. 심판이 두 사람을 떼어 놓을 때 그는 자기 눈앞에서 젊음이 회복하는 것을 보았다. 샌델은 순간순간 강해졌다. 그의 펀치는 처음에는 약하고 빗나갔지만, 점점 강하고 정확해졌다. 톰 킹은 흐린 눈으로 글러브가 턱으로 날아오는 것을 보고 팔을 들어 막으려고 했다. 그는 위험을 보고 방어를 의도했다. 하지만 팔이 너무 무거웠다. 50킬로그램짜리 납을 매단 것 같았다. 팔이 스스로를 들 능력이 없었기에 그는 영혼으로 들어 보려고 했다. 그런 뒤 글러브가 명중했다. 그가 전기불꽃 같은 강렬한 타격을 느낀 순간 검은 장막이 내려왔다.

다시 눈을 떴을 때 그는 자기 코너에 있었고, 관중이 본다이 해변의 파도처럼 포효하는 소리가 들렸다. 그의 뒷목에는 젖은 스펀지가 있고, 시드 설리번이 그의 얼굴과 가슴에 차가운 물을 뿜어 주고 있었다. 글러브는 이미 벗겨지고, 샌델이 허리를 굽혀 그와 악수하고 있었다. 그는 승자에게 아무런 원한이 없었기에 답으로 샌델의 손을 꽉 움켜쥐었다가 망가진 관절의 비명을 들었다. 샌델은 이어 링 중앙으로 가서 고요해진 관중들 앞에 영 프론토의 도전을 받아들이고 개인 베팅 액수를 100파운드로 높이자고 했다. 킹은 덤덤하게 그 모습을 바라보았고, 그러는 동안 세컨드들은 그의 몸에서 물을 닦고 그의 얼굴을 닦고, 그가 링을 떠나게 준비시켰다. 그는 배가 고팠다. 그것은 평범하게 속을 긁는 배고픔이 아니라 거대한 현기증, 온몸에 전달되는 빈 위장의 고동이었다. 그는 경기를 돌아보며 자신이 샌델을 벼랑 끝으로 몰고 갔던 순간을 떠올렸다. 아, 그 스테이크만 있었다면! 그는 그것이 부족해서 결정적인 한 방을 때리지 못했고 그래서 졌다. 모든 것이 그 스테이크 때문이었다.

세컨드들이 그가 로프 밖으로 나가는 것을 도와주려고 했다. 그는 그들을 물리치고 혼자 로프 밖으로 나온 뒤 무겁게 바닥으로 뛰어내려서 붐비는 중앙 복도를 걸어갔다. 옷을 갈아입고 대기실을 나서는데 홀 입구에서 어떤 젊은 친구가 말을 걸었다.

"거의 다 잡아 놓고 왜 한 방을 못 먹인 거죠?" 젊은이가 물었다.

"꺼져!" 톰 킹이 말하고 계단을 내려가 길로 들어섰다.

모퉁이 술집의 문이 열리면서 빛과 웃는 여종업원들이 보이고, 오늘의 경기를 이야기하는 사람들의 말소리와 바에 돈이 쩔그렁거리는 소리가 들렸다. 누군가 그를 부르며 들어와서 술을 마시라고 했다. 그는 잠시 망설이다가 거절하고 길을 갔다.

그는 주머니에 동전 한 닢 없었고, 집까지 3킬로미터는 아주 멀어 보였다. 그는 정말로 늙었다. 도메인 공원을 지나가다가 그는 경기 결과를 궁금해하며 기다리고 있을 아내 생각에 기운이 빠져서 벤치에 털썩 주저앉았다. 그것은 케이오보다 힘든 일이었고, 마주하기가 거의 불가능해 보였다.

그는 기력이 없고 아팠고, 망가진 관절은 그가 막노동 일자리를 찾는다 해도 일주일은 지나야 곡괭이나 삽자루를 잡을 수 있을 것이라고 경고했다. 빈 위장 속 허기의 고동이 점점 고통스러워졌다. 자신의 참담한 처지가 바위처럼 그를 짓눌렀고, 그의 눈에 익숙지 않은 물기가 떠올랐다. 그는 두 손으로 얼굴을 가리고 울면서 스토셔 빌을 떠올리고, 자신이 오래전 그날 그에게 했던 일을 떠올렸다. 불쌍한 스토셔 빌! 그는 이제 왜 빌이 대기실에서 울었는지를 알았다.

마우키
Mauki

그는 체중이 50킬로그램이었다. 곱슬머리의 흑인이었고, 특이하게 검었다. 검푸른색도 검붉은색도 아닌 건포도색이었다. 이름은 마우키이고, 족장의 아들이었다. 그는 '탐보'가 셋이 있었다. '탐보'는 멜라네시아 말로 '금기'를 가리키는데, 실제로 폴리네시아 말인 '타푸'와 친척 관계였다. 마우키의 세 가지 '탐보'는 이랬다. 첫째로 그는 여자와 악수를 하는 것도, 여자의 손이 그의 몸이나 개인 물품에 닿는 것도 금물이었다. 둘째로는 대합을 먹는 것도, 대합과 한불로 요리한 음식을 먹는 것도 금물이었다. 셋째로 악어에게 손을 대는 것도, 악어의 이빨 하나라도 실었던 카누에 타는 것도 금물이었다.

그의 이는 피부와는 다른 종류의 검은색이었다. 칠흑색 아니면 검댕 색깔이었는데, 어머니가 포트애덤스의 산사태에서 나온 어떤 광물질 가루를 이에 대고 문질러서 하룻밤 새 그렇게 되었다. 포트애덤스는 말레이타 섬의 바닷가 마을이고, 말레이타는 솔로몬 제도에서 가장 야만적인 섬이다. 너무도 야만적이라 어떤 교역자도 농장 건설자도 그곳에 발을 붙이지 못했다. 초기의 해삼 어부와 백단향 교역자에서부터 최근의 자동 라이플총과 휘발유 엔진을 갖춘 인력 징발꾼까지, 수많은 백인 모험가가 전투 도끼와 스나이더 총알에 산화했다. 그래서 말레이타는 20세기에 이른 오늘날 인력 징발꾼이 선호하는 지역으로 남아 있다. 그들은 그 해안 지역 주민들과 계약을 해서 좀 더 개명한 이웃 섬들의 대농장에 가서 1년에 30달러를 받고 일을 하게 했다. 이 이웃 섬들의 원주민은 이제 너무 개명해서 대농장에서 일할 수가 없었다.

마우키는 귀를 뚫었다. 한 군데도 아니고 두 군데도 아니고 스무남은 군데였다. 작은 구멍 한 곳에는 진흙 파이프 담배를 꿰었다. 큰 구멍들은 그런 용도로 쓰기에는 너무 컸다. 담배 파이프조차 쑥 빠져나갈 것이다. 실제로 양쪽 귀의 가장 큰 구멍에는 지름이 10센티미터나 되는 둥근 나무토막을 끼웠다. 그 구멍들의 둘레는 대략 32센티미터였다. 마우키의 취향은 다양했다. 작은 구멍들에는 빈 권총 탄창, 말편자 못, 구리 나사, 온갖 끈, 매듭, 나뭇잎을 꽂았고, 서늘한 저녁에는 진홍색 히비스커스 꽃을 꽂았다. 그의 행복에 주머니는 불필요해 보였다. 게다가 주머니는 불가능하기도 했다. 그가 입는 옷은 폭이 10여 센티미터 되는 광목 천 한 조각이 전부였기 때문이다. 주머니칼은 머리칼에 꽂아서 칼날을 곱슬머리에 아물려 놓았다. 가장 소중한 소유물인 도자기 컵 손잡이는 거북 등껍질 고리에 달고, 그 고리는 코중격 연골의 구멍에 꿰었다.

하지만 이런 요란한 장식에도 마우키의 얼굴은 보기 좋았다. 그의 얼굴은 어느 기준으로 보아도 아름다웠고, 멜라네시아인이 볼 때는 두드러지게 잘생긴 얼굴이었다. 한 가지 결점이라면 힘이 부족한 것이었다. 그 얼굴은 부드럽고 여성스러우며 소녀 같았다. 이목구비는 작고 단정하며 섬세했다. 턱도 작고 입도 작았다. 턱과 이마와 코에는 어떤 힘도 성격도 보이지 않았다. 오직 눈만이 그의 기질의 큰 부분을 이루고 다른 사람들은 이해하지 못하는 수수께끼를 암시했다. 그 수수께끼란 용기, 고집, 대담함, 상상력, 교활함이었다. 지속적이고 특정한 행동에서 표출되는 그의 이런 특성들은 사람들을 놀라게 했다.

마우키의 아버지는 포트애덤스 마을의 족장이었기에 마우키도 태생적으로 바닷사람으로, 거의 양서류와 비슷했다. 그는 물고기와 굴의 생활 방식을 알았고, 산호초에 훤했다. 카누도 잘 알았다. 수영은 한 살 때 배웠고, 일곱 살 때는 숨을 1분 동안 참으며 바닷속 10미터까지 내려갈 수 있었다. 그런데 그는 일곱 살 때 수영도 못하고 바다를 겁내는 숲 사람들에게 납치당했다. 그 뒤로 마우키는 바다를 멀리, 정글의 틈새 앞에 가거나 높은 산기슭에 올랐을 때만 보았다. 그는 판포아 노인의 노예가 되었다. 그는 말레이타 산기슭에 흩어진 20개 마을을 통괄하는 최고 족장이었다. 그곳에서 피어오르는 연기만이 조용한 아침에 바다를 항해하는 백인들에게 섬 내부에 많은 사람이 산다는 유일한 증거였다. 백인들은 말레이타 내부로 침투하지 못했기 때문이다. 예전에 금을 사냥하던 시절 한 번 시도한 적이 있었지만, 그들의 머리통은 언제나 숲 사람들의 연기 가득한 오두막 서까래에 웃음을 지은 채 걸리게 되었다.

마우키가 열일곱 살 청년이 되었을 때, 판포아가 담배가 떨어졌다.

그는 담배가 떨어져서 괴로웠다. 그가 다스리는 마을들은 힘든 시절을 보내고 있었다. 판포아는 과거에 실수를 저지른 바 있었다. 수오는 큰 스쿠너가 들어오지 못하는 작은 항구로, 맹그로브 숲이 깊은 물을 둘러싸고 있었다. 그곳은 덫이었고, 그 덫으로 두 백인이 작은 케치*를 타고 들어왔다. 그들은 인력 징발꾼이었고, 세 정의 라이플총과 다량의 탄약은 물론 담배와 다른 교역품도 많이 가지고 있었다. 수오에는 바닷사람이 살지 않았고, 숲 사람들은 그곳을 통해 바다로 내려갔다. 도착한 케치는 좋은 성과를 거뒀다. 첫날에 20명의 일꾼을 계약시킨 것이다. 판포아마저 계약했다. 하지만 바로 그날 새 일꾼들은 두 백인의 목을 날리고 선원들을 죽이고 케치를 불태웠다. 그 뒤로 석 달 동안 숲에는 담배와 교역품이 넘쳐 났다. 그러더니 전함이 나타나서 마을들이 있는 수 킬로미터의 언덕들에 포탄을 쏘았고, 놀란 주민들은 마을을 버리고 숲으로 더 깊이 들어갔다. 그다음 전함은 군인을 상륙시켰다. 마을과 담배와 교역품이 함께 불탔다. 코코넛 나무와 바나나 나무는 잘리고, 타로토란 밭은 뒤엎어졌으며, 돼지와 닭은 도살되었다.

이 일은 판포아에게 교훈을 주었지만, 어쨌건 그는 담배가 떨어졌다. 그런데 그의 젊은이들은 겁을 먹어서 인력 징발선에 타지 못했다. 그래서 판포아는 노예인 마우키를 백인들에게 넘겨 농장에서 일하게 하고, 그 대가로 담배 반 상자와 칼, 도끼, 옥양목, 구슬을 선불로 받아 오게 했다. 사람들이 그를 스쿠너에 태웠을 때 마우키는 혼비백산했다. 그는 도축장에 끌려가는 새끼 양 신세였다. 백인들은 사나운 종족이었다. 그건 분명했다. 그렇지 않고는 달랑 두 명이 탄 스쿠너로 말레이

* 돛대가 두 개인 범선.

타 해변의 모든 항구로 들어올 수가 없었다. 그 배들에는 15에서 20명에 이르는 흑인 승무원이 있고, 거기에다 흑인 일꾼도 60명에서 70명쯤 있는데 말이다. 또 해안 사람들이 기습 공격을 해서 스쿠너와 모든 인력을 고립시킬 위험도 있었다. 정말이지 백인들은 무시무시한 자들이 분명했다. 게다가 그들은 희한하기 짝이 없는 주술 장치들을 가지고 있었다. 순식간에 총알을 연달아 쏘는 라이플총, 바람이 없어도 스쿠너를 움직이는 철과 놋쇠 장치, 사람처럼 말하고 웃는 상자. 또한 그는 한 백인의 이야기도 들었다. 그 사람이 가진 주술 장치가 어찌나 대단한지 자기 이를 모두 뽑았다가 도로 박을 수 있다고 했다.

그들은 마우키를 선실로 내려보냈다. 갑판에는 백인 한 명이 허리에 리볼버를 두 정 차고 보초를 섰다. 선실에는 다른 백인이 책을 앞에 두고 앉아서 거기에 이상한 표시와 선을 새기고 있었다. 그는 마우키를 돼지나 닭처럼 보았고, 그의 겨드랑이 안쪽을 보더니 다시 책에 무언가를 써넣었다. 그런 뒤 글을 쓰던 막대기를 마우키에게 내밀었고, 마우키는 그것을 아주 살짝 잡았을 뿐이지만 그렇게 함으로써 문글럽 비누 회사의 대농장에서 3년간 일하는 서약을 맺었다. 사나운 백인들이 그 서약을 실행시키기 위해 불굴의 의지를 발휘할 것이라는 사실과 그 모든 것 뒤에는 대영제국의 힘과 군함이 같은 목적으로 대기하고 있다는 사실은 아무도 설명해 주지 않았다.

배에는 다른 흑인들도 있었는데, 그들의 출신지는 들어 본 적도 없는 먼 곳이었다. 백인들이 그들에게 뭐라고 말을 하자, 그들은 마우키의 머리에서 길쭉한 깃털을 떼어 내고, 머리를 짧게 자르고, 허리에는 노란 옥양목으로 만든 가리개 천을 둘러 주었다.

스쿠너에서 여러 날을 보내며 꿈도 꿔 본 적 없을 만큼 많은 땅과 섬을 보고 나서야 그는 뉴조지아 섬에 내려서 정글을 개간하고 참새그 령을 베는 일에 투입되었다. 그는 처음으로 일이 무엇인지 알았다. 판 포아의 노예로 살던 시절에도 이렇게 일한 적은 없었다. 그리고 그는 일하는 것을 좋아하지 않았다. 일은 새벽에 시작해서 밤에야 끝났고, 식사는 하루에 두 끼였다. 음식은 지겨웠다. 몇 주일 동안 고구마만 나 올 때도 있고, 몇 주일 동안 밥만 나오기도 했다. 그는 날마다 코코넛 껍질을 잘라 코코넛을 빼냈고, 끝도 없이 긴 시간 동안 야자를 훈연하 는 불을 지피느라 눈이 침침해졌다. 그에 이어 그는 나무를 베는 일에 투입되었고, 도끼질을 잘해서 나중에는 교량 건설조에 들어갔다. 한번 은 벌을 받아 도로 건설조에 투입되기도 했다. 먼 해변으로 말린 야자 를 가지러 갈 때나 백인들이 물고기의 씨를 말리러 나갈 때 보트의 선 원으로도 일했다.

그런 가운데 그는 베슈드메어 영어*를 익혀서 백인들과도 대화하고, 또 그것이 아니었다면 천 가지 방언이 필요했을 모든 일꾼들과도 대 화했다. 그는 백인들에 대해 몇 가지를 알게 되었는데, 가장 중요한 것 은 그들이 약속을 지킨다는 것이었다. 일꾼에게 담배를 주겠다고 하 면 담배를 주었다. 어떤 일꾼에게 만약 어떤 일을 하면 '일곱 종'을 쳐 낼 것이라고 했는데 그 일꾼이 그 일을 하면 반드시 일곱 종을 쳐 냈 다. 마우키는 일곱 종이 무엇인지 몰랐지만 베슈드메어 말에는 그런 표현이 있었고, 그는 그게 아마 그럴 때 이따금 터지는 피와 이빨일 것 이라고 생각했다. 그는 다른 것도 배웠다. 잘못을 하지 않으면 맞지도 않고 벌을 받지도 않는다는 것이었다. 백인들은 술을 많이 마셨지만

* Beche-de-mer English, 솔로몬 제도 일대에서 쓰이는 영어와 고유어의 혼합 언어.

술에 취했을 때도 규칙을 어긴 경우가 아니면 때리지 않았다.

마우키는 대농장을 좋아하지 않았다. 일하는 것이 싫었고, 또 그는 족장의 아들이었다. 판포아가 그를 포트애덤스에서 납치한 지도 벌써 10년이라 집이 그리웠다. 그는 심지어 판포아의 노예 생활도 그리웠다. 그래서 그는 달아났다. 숲에 숨어 있다가 남쪽으로 가면 해변이 나올 테고, 그곳에서 카누를 훔쳐서 포트애덤스로 돌아갈 생각이었다. 하지만 그러다 열병에 걸려서 잡혔고, 산 사람이라기보다 죽은 사람처럼 농장으로 돌아왔다.

그는 다시 한 번 도망쳤고, 이때는 다른 말레이타 일꾼 두 명도 함께였다. 그들은 해변을 30킬로미터 걸어서 그 마을에 사는 말레이타 자유민의 오두막에 숨었다. 하지만 한밤중에 마을 사람 전체도 두려워하지 않는 백인 두 명이 와서 세 사람에게서 일곱 종을 쳐 내고 돼지처럼 묶어 보트에 던졌다. 특히 그들을 숨겨 준 남자는 머리카락과 살갗과 이빨이 날아간 모습을 보면 일곱 종을 일곱 번이나 쳐 냈다고 할 수 있었고, 그는 남은 인생 동안 절대로 도망 노동자를 숨겨 줄 엄두를 낼 수 없게 되었다.

마우키는 1년 동안 계속 노역에 종사했다. 그런 뒤 가내 심부름꾼이 되어 좋은 음식을 먹고 편하게 지냈다. 그가 하는 일은 집 안을 청소하고 백인들에게 하루 중 아무 때라도 위스키와 맥주를 내가는 가벼운 일이었다. 그는 그 일이 좋았지만 그보다는 포트애덤스가 더 좋았다. 그에게는 2년이 남아 있었지만, 향수병의 고통 속에 2년은 너무 길었다. 그는 그곳에서 일하며 지내는 동안 영리해졌고, 이제는 가내 일꾼이다 보니 기회가 있었다. 그는 총을 닦는 일을 해서 창고방 열쇠가 어디에 있는지 알았다. 그래서 달아날 계획을 세웠고, 어느 날 밤 말레이타 출신 열 명과 산크리스토발 출신 한 명이 보트를 해변까지 밀고 갔다. 보트 자물쇠의 열쇠도, 보트에 실은 윈체스터 총 12자루와 막대한 양의 탄약, 기폭 장치와 도화선이 함께 든 다이너마이트 상자, 담배 7상자도 마우키가 챙겨 왔다.

북서 계절풍이 불었고, 그들은 밤을 타서 남으로 이동하고 낮에는 무인도에 숨거나 보트를 큰 섬의 숲에 끌어 올려 숨겼다. 그렇게 해서 과달카날 섬에 이르자 그 해안을 절반 정도 지나서 인디스펜서블 해협 너머 플로리다 섬에 갔다. 그리고 그곳에서 산크리스토발 출신 청년을 죽여 머리만 빼고 나머지 몸통을 구워 먹었다. 말레이타 해변까지는 이제 30킬로미터밖에 남지 않았지만, 마지막 날 강한 조류와 바람 때문에 좀처럼 그 거리를 좁히지 못했다. 날이 밝았을 때도 아직 목적지까지는 몇 킬로미터가 남아 있었다. 하지만 날이 밝자 백인 두 명이 경비정을 타고 왔고, 이들은 12정의 총으로 무장한 11명의 말레이타인들을 두려워하지 않았다. 마우키와 일행은 백인들의 대장이 사는 툴라기로 끌려갔다. 그곳에서 백인 대장은 재판을 열었고, 도망 노동자들은 하나씩 묶여서 회초리를 20대씩 맞은 뒤 15달러의 벌금을 선고받았다. 그런 뒤 다시 뉴조지아로 돌아가자 백인들은 그들에게서 일곱 종을 쳐 낸 뒤 다시 일을 시켰다. 하지만 마우키는 이제 가내 심부름꾼 자리를 잃고 도로 건설조에 들어갔다. 벌금 15달러는 농장의 백인들이 냈고, 그 돈은 그가 일을 해서 갚아야 했다. 그것은 6개월의 추가 노동을 의미했다. 게다가 그가 훔친 담배는 1년 치의 노동을 추가시켰다.

포트애덤스는 이제 3년 반 거리가 되었다. 그래서 그는 어느 날 밤 카누를 훔쳐 매닝 해협의 섬들에 숨었다가 해협을 건너 이사벨 섬의 동쪽 해변을 따라갔지만 3분의 2 지점인 메린지 석호에서 다시 백인들에게 잡혔다. 일주일 뒤에 그는 숲으로 달아났다. 이사벨에는 숲에 사는 원주민이 없고 바닷사람뿐이었는데, 그들은 모두 기독교인이었다. 백인들은 담배 500대를 현상금으로 내걸었고, 마우키는 카누를 훔치려고 바다로 내려갈 때마다 바닷사람들에게 추격당했다. 이렇게 넉 달이 지나서 현상금이 담배 1,000대로 올랐을 때 그는 결국 잡혀서 다시 뉴조지아의 도로 건설조로 돌아갔다. 이제 마우키는 담배 1,000대의 값인 50달러를 갚아야 했는데, 그것은 1년 8개월의 노동을 의미했다. 포트애덤스는 이제 5년 거리가 되었다.

향수병은 갈수록 심해졌고, 그는 체념하고 얌전히 4년 동안 일을 한 뒤 집으로 돌아가고 싶은 마음이 전혀 없었다. 다음번에 그는 달아나는 순간에 잡혔다. 그 사건은 문글림 비누 회사의 그 섬 담당자인 해버비 씨에게 넘어갔고, 그는 마우키를 구제 불가능한 상습범으로 판정했다. 솔로몬 제도의 구제 불능 상습범들은 수백 킬로미터 떨어진 산타크루스 제도의 농장에 보내졌다. 마우키도 그곳으로 보내졌지만 그는 그곳에 도착하지는 않았다. 그를 태운 스쿠너가 산타안나에 멈추었을 때, 마우키는 밤을 틈타 해변까지 헤엄쳐 간 뒤 그곳 교역소에서 라이플총 두 정과 담배 한 상자를 훔쳐서 카누를 타고 크리스토발로 갔다. 이제 말레이타는 북쪽으로 80~90킬로미터 거리에 있었다. 하지만 마우키는 도중에 질풍을 만나 산타안나로 돌아갔고, 그곳에서 교역소 사람에게 차꼬가 채워져 산타크루스에서 돌아오는 스쿠너를 기다리는 신세가 되었다. 교역자는 라이플총 두 정을 되찾았지만, 담배는 마우키에게 다시 1년의 노동을 더해 주었다. 이제 그가 회사에 바쳐야 할 기간은 6년이 되었다.

뉴조지아로 돌아가는 길에 스쿠너는 과달카날 남동쪽 끝의 마라우 해협에 닻을 내렸다. 마우키는 수갑을 찬 채 해변으로 헤엄쳐 가서 숲으로 달아났다. 스쿠너는 그냥 갔지만, 해변의 문글림 교역자가 담배 1,000대를 내걸자 숲 사람들은 마우키를 잡아갔고, 그의 노동 기간은 1년 8개월이 늘었다. 하지만 그는 스쿠너가 기항하기 전에 다시 달아났고, 이번에는 교역자의 담배 한 상자를 보트에 실었다. 하지만 북동풍이 불어 우기 섬에 난파했고, 그곳의 기독교인 원주민들이 그의 담배를 훔치고 그를 문글림 교역자에게 넘겼다. 원주민들이 훔친 담배는 노역 1년을 추가시켰고, 이제 전체 노동 기간은 8년 반이 되었다.

　"저놈을 로드하우로 보내야겠어." 해버비 씨가 말했다. "분스터가 거기 있으니, 두 사람이 알아서 하게 해야겠어. 마우키가 분스터를 잡든지, 분스터가 마우키를 잡든지, 어느 쪽이든 좋아."

　이사벨 섬의 메린지 석호를 떠나서 자북극 방향으로 250킬로미터를 가면, 바다 위로 솟은 로드하우의 부서진 산호 해변이 있다. 로드하우는 둘레가 250킬로미터 정도 되는 고리 모양의 땅으로, 가장 넓은 곳의 폭은 몇백 미터에 달하고, 높이는 해발 3미터까지 솟아 있다. 이 고리 안쪽에는 산호가 가득한 커다란 석호가 있다. 로드하우는 지리적으로도, 인종적으로도 솔로몬 제도에 속하지 않는다. 로드하우는 환초環礁이지만 솔로몬 제도는 일반 섬들이고, 그곳의 사람과 언어는 폴리네시아 계열이지만, 솔로몬 제도는 멜라네시아 계열이다. 로드하우에는 폴리네시아에서 서쪽으로 떠내려온 사람들이 살았고, 오늘날에도 그렇다. 횡목을 단 큰 카누가 남동무역풍에 실려 이곳 해변으로 밀려왔기 때문이다. 그리고 물론 북서계절풍 시기에 멜라네시아에서 떠내려온 사람들도 약간 있을 것이다.

로드하우 또는 '온통자바'라고도 하는 그곳은 아무도 가지 않는다. 토머스 쿡 앤드 선 회사는 그곳에 가는 표를 팔지 않고, 어떤 여행객도 그곳을 꿈꾸지 않는다. 백인 선교사도 그 해안에는 상륙하지 않는다. 5,000명의 원주민은 온순하고 원시적이다. 하지만 그들이 언제나 온순한 것은 아니다. 『항해의 지침』은 그들이 잔인하고 표리부동하다고 말한다. 하지만 『항해의 지침』의 편집자들은 그리 오래지 않은 과거에 그곳 주민들이 큰 배를 나포해서 이등 항해사만 남기고 모든 선원을 죽인 뒤 그들의 심장에 일어난 변화를 알지 못할 것이다. 이 생존자는 그 소식을 형제들에게 전했다. 그러자 교역 스쿠너 세 척이 그와 함께 로드하우로 돌아갔다. 그들은 곧장 석호로 들어가서 그곳 주민들에게 백인은 오직 백인만이 죽일 수 있고 열등한 종족이 간섭하면 안 된다는 백인의 복음을 전했다. 스쿠너들은 석호 곳곳을 오가며 약탈과 파괴를 자행했다. 그 좁은 고리 섬에서 이들이 도망칠 방법은 없었고, 달아날 숲도 없었다. 사람들은 눈에 띄는 대로 사살당했고, 눈에 띄지 않을 방법은 없었다. 마을은 불타고 카누는 파괴되고 닭과 돼지는 도살되고 소중한 코코넛 나무는 베어졌다. 스쿠너들은 한 달 동안 이런 일을 벌인 뒤 떠나갔다. 그런 뒤 섬 사람들의 영혼에는 백인에 대한 공포가 불로 지진 듯 새겨졌고, 그들은 다시는 백인을 해칠 엄두를 내지 못했다.

막스 분스터는 로드하우의 유일한 백인으로, 남태평양 곳곳에 퍼진 문글림 비누 회사 소속 교역자였다. 회사는 그를 없애는 대신 로드하우에 보냈다. 그곳은 세상에서 가장 외딴곳이었기 때문이다. 회사가 그를 없애지 못한 것은 대신할 사람을 구하기가 어려웠기 때문이다. 그는 건장한 독일인이지만 머리에 문제가 있었다. '반미치광이'라는 말도 그에게는 호의적인 표현이었다. 그는 폭력배이자 겁쟁이였고, 그 섬의 어느 야만인보다도 세 배는 더 야만적이었다. 그리고 겁쟁이였기에 그의 야수성은 비겁한 야수성이었다. 처음 회사에 들어갔을 때 그는 사보 섬에 배치되었다. 폐병쟁이 관리자가 그 자리를 대신하러 가자 분스터는 그를 두드려 패서 운신을 못 하게 만든 뒤 타고 온 스쿠너에 그대로 태워 보내 버렸다.

그러자 해버비 씨는 분스터를 대신할 사람으로 요크셔 출신의 젊은 거한을 골랐다. 요크셔 청년은 타고난 싸움꾼으로, 먹는 것보다 싸우는 것을 더 좋아한다고 했다. 하지만 분스터는 싸우지 않았다. 그는 순한 양처럼 열흘을 보냈는데, 그 열흘 뒤에 요크셔 청년이 이질과 열병의 연합 공격을 받고 뻗었다. 분스터는 그때야 그에게 가서 그를 두드려 패고 그의 몸을 수십 차례 짓밟았다. 그러고는 청년이 병이 나으면 무슨 일을 할지 겁이 나서 해안 경비정을 타고 구부투로 도망쳤고, 그곳에서는 보어인의 총에 양쪽 엉덩이가 망가진 영국 청년을 두들겨 팸으로써 자신의 존재를 알렸다.

그러자 해버비는 분스터를 쓸모없는 오지인 로드하우로 보냈다. 그는 임지에 도착한 것을 축하하기 위해 진 반 상자를 들이켜고, 자신을 태우고 온 스쿠너의 늙고 허약한 항해사를 때렸다. 스쿠너가 떠나자 카나카들을 해변으로 불러 담배 상자 하나를 걸고 씨름을 제안했다. 그는 카나카 세 명을 쓰러뜨렸지만 네 번째 카나카에게 무릎을 꿇었는데, 그 사람은 담배를 받는 대신 폐에 총알을 맞았다.

그렇게 분스터의 로드하우 통치가 시작되었다. 가장 큰 마을은 인구가 3,000명이나 되었지만, 그가 지나갈 때면 환한 대낮에도 인적이 없었다. 남자, 여자, 아이 들은 그를 피해 달아났다. 개와 돼지도 길을 비켰고, 왕조차 주저 없이 깔개 밑으로 숨었다. 총리 두 명은 분스터에 대한 공포 속에 살았다. 그는 어떤 일을 두고도 토론하지 않고 주먹부터 휘둘렀다.

마우키는 이런 로드하우에 가서 장장 8년 반 동안 분스터 밑에서 일하게 된 것이다. 로드하우에서 달아나는 것은 불가능했다. 좋든 싫든 분스터와 그는 한데 묶였다. 분스터는 체중이 90킬로그램이었다. 마우키는 50킬로그램이었다. 분스터는 타락한 야수였다. 하지만 마우키는 원시적인 야만인이었다. 그리고 두 사람 다 고집이 있었다.

마우키는 자신이 가는 곳의 주인이 어떤 사람인지 전혀 몰랐다. 조심하라는 말을 전혀 듣지 못했기에 그는 당연히 분스터가 다른 백인들처럼 술을 많이 마시고, 약속을 지키고, 이유 없는 매질은 하지 않는 통치자이리라고 생각했다. 그 점에서 분스터는 우위에 있었다. 그는 마우키에 대해 모든 것을 알았고, 그를 흐뭇하게 맞아들였다. 그리고 마지막 요리사가 팔이 부러지고 어깨가 탈구되었기에 마우키에게 요리를 비롯한 각종 집안일을 시켰다.

그래서 마우키는 곧 백인이 다 똑같지 않다는 사실을 알게 되었다. 스쿠너가 떠난 바로 그날 그는 사미세에게 가서 닭을 사 오라는 명령을 받았다. 사미세는 통가 원주민 선교사였다. 하지만 사미세는 석호 건너편으로 가서 사흘 후에야 돌아올 예정이었다. 마우키는 그 소식을 가지고 돌아왔다. 그는 가파른 계단을 올라서—그 집은 땅 위로 3.6미터 솟은 장대 위에 있었다—보고를 하려고 거실로 들어갔다. 교역자가 닭은 어디에 있느냐고 물었다. 마우키는 선교사가 없다고 설명하려고 입을 열었다. 하지만 분스터는 설명 따위는 원하지 않았다. 그는 주먹을 날렸다. 마우키는 입에 주먹을 맞고 공중으로 떠올랐다. 그는 문밖으로 날아가서 좁은 베란다 난간을 부수고 땅바닥에 떨어졌다. 입술은 짓찧어져 뭉개졌고, 입안은 피와 부러진 이로 가득 찼다.

"이제 내가 말대답을 싫어한다는 걸 알겠지." 교역자가 벌겋게 성이 난 얼굴로 부서진 난간 너머를 내다보며 소리쳤다.

마우키는 이런 백인은 본 적이 없었지만 어쨌건 조심조심 걷고 그의 심기를 거스르지 않기로 결심했다. 그는 보트꾼들이 얻어맞는 것을 보았는데, 그중 한 명은 노를 젓다가 노걸이를 깼다는 이유로 사흘 동안 차꼬를 차고 아무것도 먹지 못했다. 그런 뒤 마을의 소문을 듣고 분스터가 세 번째 아내를—물론 강압적으로—들인 이유를 알게 되었다. 첫 번째와 두 번째 아내는 흰 산호 모래를 덮고 머리맡과 발치에 산호 비석을 세운 묘지에 누워 있었다. 사람들 말에 따르면 그 여자들은 맞아서 죽었다. 세 번째 아내도 분명히 학대받고 있다는 것을 마우키는 알 수 있었다.

하지만 분스터의 심기를 거스르지 않는 일은 도무지 불가능했다. 그는 인생 자체에 화가 난 사람처럼 보였다. 마우키는 침묵을 지키면 부루퉁해 있다고 맞았다. 말을 하면 말대답을 한다고 맞았다. 무거운 표정을 짓고 있으면 무슨 꿍꿍이를 하고 있느냐고 매질을 당했다. 밝은 표정과 미소를 보이려고 하면 주인을 비웃는다며 맞았다. 분스터는 악마였다. 마을 사람들은 스쿠너 세 척의 교훈이 없었다면 그를 해치웠을 것이다. 아니면 달아날 숲이라도 있었으면 그를 해치웠을지 모른다. 하지만 백인을 죽이면, 그게 어떤 백인이라도 군함이 와서 자신들을 죽이고 소중한 코코넛 나무를 벨 것이 분명했다. 보트꾼들은 사고로 경비정을 뒤집어 그를 익사시킬 계획을 세웠다. 문제는 분스터가 배가 뒤집히지 않도록 조치해 놓았다는 점이었다.

마우키는 그들과 종족이 달랐고, 분스터가 살아 있는 동안에는 탈출이 불가능했기에 그의 마음을 얻기로 결심했다. 하지만 그럴 기회가 없었다. 분스터는 언제나 경계를 했다. 밤이건 낮이건 항상 총을 곁에 두었다. 또 누구도 자기 등 뒤로 지나가지 못하게 했다. 마우키는 서너 차례 두드려 맞은 다음에야 그것을 알게 되었다. 그리고 분스터는 로드하우의 주민 전체보다 이 온화하고 다정한 얼굴의 말레이타 청년을 더 두려워해야 한다는 것을 알았다. 그래서 그에 대한 가혹 행위의 수준을 더 높였다. 그리고 마우키는 조심조심 움직이며 벌을 받아들이고 기다렸다.

다른 백인들은 모두 그의 '탐보'를 존중했지만 분스터는 그렇지 않았다. 마우키는 일주일에 담배 두 대를 받았다. 그런데 분스터는 그것을 아내에게 주어 보내고, 그녀에게서 그것을 받으라고 마우키에게 명령했다. 하지만 마우키는 그런 일은 할 수 없었기에 담배 없이 지냈다. 그런 식으로 그는 끼니도 무수히 거르고, 무수한 날을 허기진 상태로 보냈다. 그는 석호에서 자란 대합으로 수프를 끓이라는 명령을 받았다. 그는 그 일을 할 수 없었다. 대합은 '탐보'였기 때문이다. 그는 여섯 번 연속 대합에 손대기를 거부했고, 여섯 번을 다 혼절할 정도로 맞았다. 분스터는 마우키가 탐보를 어기느니 차라리 죽을 것을 알면서도 그의 거절을 반역이라고 칭했다. 아마 대신할 요리사가 있었다면 그를 죽였을 것이다.

분스터가 특히 좋아하는 장난 하나는 마우키의 곱슬머리를 잡고 벽에 머리를 찧는 일이었다. 또 한 가지는 마우키가 다른 데 신경을 쓰고 있을 때 그의 살을 담뱃불로 지지는 것이었다. 분스터는 이것을 예방접종이라고 불렀고, 마우키는 일주일에도 몇 번씩 예방접종을 받았다.

분스터는 또 언젠가 화가 몹시 나자 마우키의 코에 걸린 컵 손잡이를 잡아 빼서 코의 연골을 완전히 찢어 버렸다.

"대단한 컵이야!" 그는 자신이 일으킨 피해를 살펴보면서 그렇게 말했다.

상어 가죽은 사포 같지만 가오리 가죽은 한결 더 거칠어서 줄칼 같다. 남태평양 원주민은 카누와 노를 매끈하게 만들 때 가오리 가죽을 썼다. 분스터는 가오리 가죽으로 벙어리장갑을 만들게 했다. 그리고 그것을 마우키에게 시도해 보니 한 번 슥 훑었을 뿐인데도 목에서 겨드랑이까지 등가죽이 벗겨졌다. 분스터는 신이 났다. 그는 아내에게도 장갑의 맛을 보이고 보트꾼들에게도 보였다. 총리들도 왔다가 한 번씩 그 타격을 당했지만 웃음을 지으며 그것을 장난으로 받아들여야 했다.

"웃어, 염병할 것들, 웃어!" 그가 이렇게 말했기 때문이다.

마우키는 장갑 장난의 가장 큰 피해자가 되었다. 하루도 장갑에 닿지 않고 지나가는 날이 없었다. 피부가 너무 많이 벗겨져서 밤에도 잠을 자기가 힘들었고, 약간 아문 피부 표면이 다시 벗겨지는 일도 예사였다. 마우키는 조만간 때가 오리라고 믿고 참을성 있게 기다렸다. 그리고 그때가 오면 어떻게 해야 할지 세밀한 부분까지 생각해 두었다.

어느 날 아침 분스터는 우주에서 일곱 종을 쳐 내고 싶은 기분으로 일어났다. 그는 마우키에게 시작해서 마우키로 끝냈으며, 중간에 아내를 때려눕히고 보트꾼 전체를 두드려 팼다. 아침 식사 때 그는 커피가 맛이 없다고 뜨거운 커피를 마우키의 얼굴에 뿌렸다. 하지만 10시가 되자 분스터는 오한으로 덜덜 떨었고, 30분 후에는 열이 펄펄 끓었다. 평범한 열병이 아니었다. 그것은 금세 악성으로 변해서 흑수열로 발전했다. 여러 날이 지나는 동안 그는 점점 쇠약해져서 침대에서 일어나지 못했다. 마우키는 기다리며 지켜보았고, 그러는 동안 피부는 다시 나았다. 그는 보트꾼들에게 경비정을 뭍으로 끌어 올려 바닥을 문지르고 전체적으로 정비해 두라고 명령했다. 그들은 그 명령이 분스터의 명령인 줄 알고 그대로 따랐다. 하지만 그때 분스터는 의식을 잃고 누워서 아무 명령도 하지 못했다. 지금이 마우키의 기회였지만, 그는 가만히 기다렸다.

최악의 시기가 지나고 분스터가 회복세에 들었지만 아직 기력이 없을 때, 마우키는 도자기 컵 손잡이를 비롯한 자신의 장신구 몇 가지를 상자에 넣었다. 그런 뒤 마을로 가서 왕과 두 총리를 만났다.

"당신들은 분스터라는 이 친구를 좋아합니까?" 그가 물었다.

그들은 한목소리로 그 교역자를 전혀 좋아하지 않는다고 말했다. 총리들은 그동안 당한 모욕과 부당 행위에 대한 말들을 쏟아 냈다. 왕은 견디지 못하고 울었다. 마우키는 무례하게 그들의 말을 잘랐다.

"당신들은 나를 압니다. 나는 우리나라의 족장입니다. 당신들은 이 백인 주인을 싫어합니다. 나도 그를 싫어합니다. 경비정에 코코넛을 100개, 200개, 300개 채우십시오. 내가 그를 끝장낼 테니 당신들은 그냥 주무십시오. 카나카 전체가 그냥 주무십시오. 집에서 그 사람이 고함을 질러도 안 들리는 척 주무십시오. 여러분 모두가 곤히 잠드십시오."

마우키는 이런 식으로 보트꾼들과도 이야기했다. 그런 뒤 분스터의 아내에게 고향으로 돌아가라고 했다. 그녀가 거절했다면 곤란했을 것이다. '탐보' 때문에 그녀에게 손을 댈 수 없었기 때문이다.

집이 비자 그는 분스터가 혼곤하게 누워 있는 수면실로 갔다. 그리고 먼저 리볼버를 치우고 손에 가오리 장갑을 끼었다. 분스터가 받은 최초의 충격은 가오리 장갑이 코를 끝에서 끝까지 긁어서 살갗을 벗겨 낸 것이었다.

"어때?" 마우키가 웃으며 장갑으로 두 번 더 문질렀다. 먼저는 그의 이마를 벗겨 냈고, 두 번째로는 얼굴 옆면을 긁었다. "웃어, 염병할 것아, 웃어."

마우키는 꼼꼼하게 작업했고, 카나카들은 집에 숨어서 1시간도 넘게 분스터의 비명을 들었다.

일을 마치자 마우키는 보트 나침반과 라이플총과 탄약 전부를 가지고 경비정으로 가서 담배 상자로 바닥짐을 채웠다. 그때 살갗이 다 까진 흉악한 동물이 집에서 나와서 소리를 지르며 해변을 달리다 모래밭에 넘어져 이글거리는 태양 아래 알아들을 수 없는 소리를 지껄였다. 마우키는 그 모습을 보고 잠시 망설이다가 그에게 가서 머리를 베고, 그것을 깔개로 싸서 경비정 선미의 함에 넣었다.

카나카들은 길고 뜨거운 낮이 지나가는 동안 너무도 곤히 잠들어서 경비정이 수로를 나가 남동무역풍을 타고 남쪽으로 떠나는 것도 보지 못했다. 경비정은 이사벨의 해변으로 가는 긴 여정에서도, 또 그곳에서 맞바람을 뚫고 말레이타로 가는 지루한 길에서도 사람들의 눈에 띄지 않았다. 그는 이전까지 그 누구도 지녀 본 적 없을 만큼 많은 라이플총과 담배를 가지고 포트애덤스에 내렸다. 하지만 그는 여기에서 멈추지 않았다. 백인의 머리를 베었으니 숲만이 그를 보호해 줄 수 있었다. 그래서 그는 숲 마을로 가서 판포아 노인과 부하 족장 여섯 명을 사살하고, 스스로 모든 마을의 족장이 되었다. 그의 아버지가 죽자, 마우키의 형이 포트애덤스를 다스렸고, 그렇게 바닷사람과 숲 사람이 합해진 결과 이들은 말레이타의 200개 전사 부족 가운데 가장 강해졌다.

마우키는 영국 정부보다 남태평양 곳곳에 퍼진 문글럼 비누 회사가 더 두려웠다. 그러던 어느 날 숲으로 그가 문글럼 회사에 8년 반 치 노역을 빚지고 있다는 사실을 일깨워 주는 전갈이 왔다. 그는 호의적인 답을 보냈고, 그래서 그 스쿠너의 선장은 어쩔 수 없이 마우키의 통치 기간 중 숲에 들어왔다가 살아 나간 유일한 백인이 되었다. 이 사람은 살아 나갔을 뿐 아니라 750달러어치의 금화를 가지고 갔다. 그것은 8년 반 치 노동의 값에 라이플총과 담배의 값을 합한 것이었다.

마우키의 체중은 이제 50킬로그램이 아니었다. 그는 허리둘레가 지난날의 세 배가 되었고, 아내는 네 명이었다. 그는 그 밖에도 많은 것을 소유했다. 라이플총, 리볼버, 도자기 컵 손잡이, 그리고 숲 사람들의 머리도 있었다. 하지만 그 머리 전체보다 더 소중한 것은 완벽하게 말려서 처리한 갈색 머리칼과 누런 턱수염이 달린 머리 하나였다. 마우키는 평소에는 그것을 섬세한 가리개 천으로 싸 두었다가, 다른 부족과 전쟁에 나가게 되면 어김없이 초가 궁전에서 혼자 이 머리를 꺼내서 오래도록 엄숙하게 명상을 한다. 그럴 때면 온 마을에 죽음 같은 침묵이 내리고 아기들도 소리를 낼 수 없다. 그 머리는 말레이타에 가장 강력한 주술 장치이고, 그것을 가진 것이 마우키가 위대한 이유라고 사람들은 생각한다.

문둥이 쿨라우

Koolau the Leper

"우리가 병에 걸려서 그들은 우리의 자유를 빼앗았다. 우리는 법에 따랐고 잘못한 게 없다. 하지만 사람들은 우리를 감옥에 넣으려고 한다. 몰로카이가 감옥이라는 건 모두가 잘 알 거다. 니울리의 누이는 7년 전에 몰로카이로 갔고, 그 뒤로 니울리는 누이를 보지 못했다. 앞으로도 못 볼 것이다. 니울리의 누이는 죽을 때까지 거기에 있어야 한다. 그건 누이의 뜻도 아니고 니울리의 뜻도 아니며 그 땅을 다스리는 백인의 뜻이다. 그러면 이 백인들은 도대체 누군가?

우리는 안다. 우리 아버지를 통해서 또 아버지의 아버지를 통해서 그것을 안다. 그 사람들은 부드럽게 말하며 순한 양처럼 왔다. 그럴 수밖에 없었다. 우리는 수가 많고 강한 데다 모든 섬이 우리 것이었으니까. 말한 대로 그들은 부드럽게 말했다. 그들은 두 부류였다. 한 부류는 우리에게 신의 말씀을 설교하게 허락해 달라고 했다. 다른 부류는 우리와 교역을 하게 허락해 달라고 했다. 그것이 시작이었다. 이제는 모든 섬이 그들의 것이고, 모든 땅, 모든 가축—— 모든 것이 그들의 것이 되었다. 신의 말씀을 설교한 이들, 럼주의 말씀을 설교한 이들이 모여서 족장이 되었다. 그들은 아주 큰 집에서 수많은 하인을 거느리고 왕처럼 산다. 아무것도 없던 자들이 모든 것을 가졌고, 우리 같은 카나카가 배가 고프다고 하면 '대농장이 있으니 일을 하면 된다'고 비웃으며 말한다."

쿨라우는 말을 멈추었다. 그리고 한 손을 들어서 부풀고 뒤틀린 손가락으로 검은 머리에 쓴 붉은 히비스커스 꽃 관을 들어 올렸다. 달빛이 그 장면을 은빛으로 물들였다. 평화로운 밤이었지만 주변에 앉아 이야기를 듣는 사람들은 모두 패잔병 같은 분위기를 띠고 있었다. 그들의 얼굴은 사자 같았다. 코가 있어야 할 자리에는 구멍이 뚫리고, 손이 썩어 나간 팔 끝은 뭉툭했다. 모두 30명 정도로 세상 울타리 바깥의 남녀였다. 그들에게는 짐승의 표시가 되어 있었기 때문이다.

그들은 향기롭고 달빛 가득한 밤에 꽃을 두르고 앉아 있었다. 그들의 입술은 거친 소리를 냈고, 목구멍은 쿨라우의 말에 동의한다는 표시로 걱걱거렸다. 그 생명체들은 한때 남자와 여자였다. 하지만 이제는 남자와 여자가 아니었다. 그들은 괴물이었다. 그들의 얼굴과 몸은 인간을 뒤튼 낯설었다. 그 흉측한 모습은 수천 년 동안 지옥에서 고문을 당한 것만 같았다. 손은—손이 있는 경우에—갈고리 같은 모습이었다. 얼굴은 어떤 미친 신이 인간을 만들 때 뭉개고 짓밟으며 장난친 흔적 같았다. 여기저기 그 미친 신이 뭉개다 만 이목구비가 있고, 한 여자는 한때 눈을 담았던 구멍 두 곳으로 뜨거운 눈물을 흘렸다. 어떤 이들은 가슴에서 고통의 신음을 냈다. 또 어떤 이들은 천이 찢어지는 것 같은 소리로 기침했다. 두 명은 백치였다. 만들다가 뭉갠 거대한 원숭이 같았다. 그들에 비하면 원숭이조차 천사 같았다. 그들은 달빛 속에 머리에 금빛 꽃을 두르고 알아들을 수 없는 말을 중얼거렸다. 부푼 귓불이 부채처럼 펄럭거리는 한 명은 주황색과 진홍색이 섞인 눈부신 꽃을 따서 펄럭이는 괴물 귀를 장식했다.

쿨라우는 이 짐승들의 왕이었다. 그리고 이곳은 그의 왕국이었다. 꽃이 만발한 협곡, 튀어나온 절벽과 험한 바위 들 위로 들염소 울음이 떠돌았다. 삼면으로 솟은 높은 절벽은 열대의 초목이 눈부신 장막을 이루어 덮고 있고, 그 중간중간에 쿨라우의 백성들이 사는 동굴들이 있었다. 네 번째 면은 흙이 아득한 깊이로 떨어져 내리는 낭떠러지로, 아래쪽 멀리 낮은 봉우리와 바위가 보였고, 그 밑에는 태평양의 파도가 거품을 뿜으며 으르렁거렸다. 날씨가 좋으면 칼랄라우 계곡 초입의 바위 해변에 배를 댈 수도 있지만, 날씨가 아주 좋아야 했다. 그리고 침착한 등산가라면 해변에서 칼랄라우 계곡을 거슬러 쿨라우가 통치하는 이 절벽들 틈까지 올라올 수 있을지도 모른다. 하지만 그렇게 하려면 아주 침착해야 할 뿐 아니라 들염소 길도 잘 알아야 했다. 놀라운 점은 쿨라우의 백성인 이 인간 폐물 무리가 그 불행을 끌고 어지러운 염소 길로 이 험준한 곳까지 왔다는 것이다.

"형제들." 쿨라우가 입을 열었다.

하지만 찡그린 원숭이 같은 자가 발광의 비명을 내질렀고, 쿨라우는 그 날카로운 웃음이 암벽에 메아리쳐서 고요한 어둠 속으로 멀리 사라질 때까지 기다렸다.

"형제들, 이상하지 않아? 예전에는 땅이 우리 것이었는데, 지금은 우리 것이 아니야. 신의 말씀을 설교한 자들과 럼주의 말씀을 설교한 자들이 무얼 주고 땅을 가져간 거지? 어디 1달러라도 받은 사람 있어? 그런데도 땅은 그자들의 것이 되었어. 그리고 그 대가로 우리더러 자기들 땅에 와서 일하라고 하고, 우리가 노동해서 거둔 소출도 자기들이 가져가지. 하지만 예전에 우리는 일할 필요가 없었어. 거기다가 우리가 병에 걸리면 그자들은 우리의 자유를 빼앗아 가."

"병을 가져온 게 누구지, 쿨라우?" 킬롤리아나가 물었다. 이 여윈 남자는 얼굴이 목양신 판과 몹시 비슷해서 그 얼굴을 보면 갈라진 발굽을 찾아 눈길을 아래로 내리게 될 정도였다.* 그의 발은 실제로도 갈라져 있었지만, 그것은 헐고 썩은 상처들 때문이었다. 하지만 킬롤리아나는 더없이 용감한 등산가로, 모든 염소 길을 알고 있었고, 쿨라우 무리를 이 칼랄라우 구석으로 이끌고 들어온 장본인이기도 했다.

"좋은 질문이야." 쿨라우가 대답했다. "우리가 한때 말들을 놓아먹이던 사탕수수 밭에서 일하려고 하지 않자 그들은 바다 건너 중국에서 일꾼을 데려왔다. 그때 중국의 병도 함께 왔다. 우리가 그 병에 걸렸고, 그러자 그들은 우리를 몰로카이 감옥에 넣으려고 한다. 우리는 카우아이에서 태어났다. 오아후, 마우이, 하와이, 호놀룰루 같은 다른 섬들에도 다녔지만 언제나 카우아이로 돌아왔다.** 우리가 왜 돌아왔지? 이유가 있다. 우리가 카우아이를 사랑하기 때문이다. 우리는 여기에서 태어나서 여기에서 살았고, 여기에서 죽을 것이다. 그러니까 우리 중에 약한 이가 나오지 않는다면 말이다. 우리는 그런 것은 원하지 않는다. 그런 사람에게는 몰로카이가 맞는다. 그런 자가 있으면 보내야 한

---

* 그리스 신화의 목양신 판은 상반신은 인간이고 하반신은 염소이다.
** 모두 하와이 제도의 섬들이다.

다. 내일 군인들이 해안에 상륙한다. 약한 이들은 그들에게 내려가도 좋다. 그러면 바로 몰로카이로 데려갈 것이다. 하지만 우리는 남아서 싸울 것이다. 알아 두어야 할 건 우리는 죽지 않는다는 것이다. 우리에게는 총이 있다. 우리는 사람이 한 줄로 기어 다녀야 하는 좁은 길들을 안다. 그 길에서는 한때 니하우의 카우보이였던 나 쿨라우 혼자서 1,000명도 상대할 수 있다. 그리고 여기에는 카파헤이가 있다. 이 사람은 한때 사람들을 심판하는 자였고 명예가 있었지만, 지금은 우리 모두와 마찬가지로 쫓기는 신세가 되었다. 이 사람 말을 잘 들어라. 이 사람은 현명한 사람이다."

카파헤이가 일어섰다. 그는 한때 판사였다. 푸나후에서 대학을 다니고 교역자와 선교사의 이익을 보호하는 외국 열강의 높은 분들과 함께 식사를 했다. 카파헤이는 그런 사람이었다. 하지만 지금은 쿨라우가 말했듯이 쫓기는 신세, 법 바깥의 짐승이 되었고, 불행에 너무 깊이 빠져서 법을 완전히 초월해 있었다. 그의 얼굴에 남은 이목구비라고는 몇 개의 구멍들과 눈썹도 눈꺼풀도 없이 타오르는 눈뿐이었다.

"문제를 만들지 말자." 그가 말했다. "우리는 우리를 그냥 여기 내버려 두라고 부탁할 거야. 하지만 그 사람들이 우리를 가만두지 않으면 그들이 문제를 겪고 벌을 받을 것이다. 보다시피 나는 손가락이 없어." 그가 모두의 눈앞에 뭉툭한 손을 들어 올렸다. "하지만 엄지손가락 한 마디는 있고, 이걸로 손이 멀쩡하던 시절처럼 방아쇠를 당길 수 있어. 우리는 모두 카우아이를 사랑해. 우리는 죽든 살든 여기를 지킬 거고, 몰로카이 감옥으로 가지 않아. 이 병은 우리의 병이 아니야. 우리는 아무 죄도 짓지 않았어. 신의 말씀과 럼주의 말씀을 설교하던 자들이 훔친 땅에서 일을 시키려고 데려온 중국인 쿨리들이 가져온 병이야. 나는 판사였어. 나는 법과 정의를 알고, 남의 땅을 빼앗는 것도, 그들에게 중국의 병을 옮기는 것도, 또 평생토록 감옥에 가두는 것도 다 부당한 일이라는 걸 알아."

"인생은 짧고 하루하루는 고통으로 가득하다. 힘껏 마시고 춤추고 즐겁게 지내자." 쿨라우가 말했다.

절벽의 한 동굴에서 꺼내 온 호리병들이 사람들 사이를 돌았다. 호리병에는 코르딜리네 뿌리를 증류한 독한 술이 들어 있었다. 뜨거운 액체가 몸속을 흐르고 머리로 올라가면서 그들은 자신들이 한때 남자와 여자였다는 것을 잊었다. 다시 남자와 여자가 되었기 때문이다. 뻥 뚫린 눈구멍으로 뜨거운 눈물을 흘리는 여자는 예전에는 우쿨렐레의 현을 뜯으며 원시 세계의 숲에서 터져 나오는 격렬한 애정의 외침 같은 노래를 부르던 생명력이 넘치는 여자였다. 공기는 부드러우면서도 강렬하고 유혹적인 그녀의 외침으로 가득 찼다. 깔개 위에서는 킬롤리아나가 여자의 노래에 맞추어 춤을 추었다. 그것은 착각할 수 없었다. 그는 모든 동작으로 사랑을 표현했다. 다음으로는 뭉개진 얼굴과는 어울리지 않는 풍만한 엉덩이와 가슴을 지닌 여자가 춤을 추었다. 그것은 살아 있는 사자死者의 춤이었다. 허물어지는 몸속에서도 생명은 여전히 사랑하고 열망했기 때문이다. 시력 잃은 눈으로 뜨거운 눈물을 흘리는 여자는 계속 사랑의 외침을 내질렀고, 춤꾼들은 따뜻한 어둠 속에 사랑의 춤을 추었으며, 호리병은 그들의 두뇌가 기억과 욕망으로 녹아내릴 때까지 사람들 사이를 돌았다. 깔개 위의 여자 곁에서 얼굴은 전혀 망가지지 않고 아름다웠지만 울퉁불퉁 뒤틀린 팔이 병의 참화를 보여 주는 날씬한 여자가 그 팔을 올렸다 내리며 춤을 추었다. 그리고 두 백치는 제각기 이상한 소리를 내면서 따로 떨어져서 사랑을 조롱하는 기괴한 춤을 추었다. 그들 자신이 삶에 조롱당했기에.

하지만 여자의 사랑의 외침이 그쳤고, 춤꾼들은 호리병들을 내려놓고 멈춰서 모두 낭떠러지 아래 바다를 내려다보았다. 창백한 유령 같은 폭죽이 달빛 가득한 하늘로 터져 올랐기 때문이다.

"군인들이 왔어. 내일은 싸움이 벌어질 거야. 잠을 잘 자서 준비를 해 두자." 쿨라우가 말했다.

문둥병자들은 그 말에 따라 절벽의 거처들로 물러갔고, 쿨라우만이 남아서 라이플총을 무릎에 놓고 조용히 앉아 멀리 해변에 오르는 배들을 바라다보았다.

칼랄라우 계곡 안쪽 깊이 자리한 이곳은 훌륭한 도피처였다. 절벽의 뒷길을 잘 아는 킬롤리아나를 제외하고 다른 사람들이 그 협곡에 들어올 수 있는 길은 칼날처럼 좁은 길 하나뿐이었다. 그 길은 길이가 100미터 정도였다. 폭은 넓은 곳도 30센티미터 정도밖에 되지 않았다. 양옆은 낭떠러지였다. 오른쪽으로도 왼쪽으로도 한 번만 삐끗하면 죽음으로 이어졌다. 하지만 그곳을 건너면 지상의 낙원이었다. 무성한 초목이 절벽들 아래로 푸른 물결을 쏟아붓고, 절벽 꼭대기에서 거대한 넝쿨을 이루어 떨어지며, 수많은 틈새에 고사리와 기생식물을 던져 넣었다. 쿨라우와 동료들은 여러 달 동안 쿨라우의 지도 아래 이 초목의 바다와 싸웠다. 그들은 멋대로 자란 바나나, 오렌지, 망고 나무에서 빽빽한 풀과 꽃을 떼어 냈다. 좁은 빈터들에는 야생 칡이 자랐고, 흙이 박힌 암벽에는 타로토란과 멜론이 있었다. 그리고 햇빛이 드는 공간마다 황금빛 열매를 매단 파파야 나무가 있었다.

쿨라우는 해변의 낮은 계곡에서 이곳으로 쫓겨 왔다. 이제 여기에서 쫓겨난다면 울퉁불퉁한 봉우리들 틈의 내부 요새로 무리를 이끌고 들어갈 생각이었다. 지금 그는 총을 옆에 두고 엎드려서 나뭇잎 장막 사이로 해변의 군인들을 내다보았다. 그들이 가지고 온 큰 대포들이 거울처럼 햇빛을 반사시켰다. 칼날 길이 그들 앞에 있었다. 그곳을 향해 올라오는 그들은 작은 점 같았다. 그들은 군인이 아니라 경찰이었다. 그들이 실패하면 군인이 나설 것이다.

그는 뒤틀린 손으로 라이플 총신을 사랑스럽게 문지르고, 조준경을 깨끗하게 했다. 그는 니하우에서 들소를 사냥할 때 사격술을 배웠고, 그 섬에서는 아직도 그의 사격 솜씨가 회자되었다. 힘들게 올라오는 사람들의 점이 더 커지고 가까워지자, 그는 사정거리를 어림하고 사선에 직각으로 부는 바람의 세기를 판단한 뒤, 총탄이 그 먼 아래쪽 과녁을 빗나갈 가능성을 계산했다. 하지만 그는 쏘지 않았다. 그리고 그들이 칼날 길 초입에 닿자 비로소 자신의 존재를 알렸다. 하지만 모습은 드러내지 않고 숲 속에서 말했다.

"너희가 원하는 게 뭐냐?" 그가 물었다.

"우리는 문둥이 쿨라우를 원한다." 원주민 경찰을 이끄는 남자가 대답했다. 그는 푸른 눈의 미국인이었다.

"돌아가라." 쿨라우가 말했다.

그는 그 남자를 알았다. 부보안관이었다. 바로 그 사람이 자신을 니하우에서 쫓아내 카우아이 섬의 칼랄라우 계곡으로, 그리고 계곡에서 협곡으로 도망치게 만든 자였기 때문이다.

"너는 누구냐?" 보안관이 물었다.

"나는 문둥이 쿨라우다." 그가 대답했다.

"그러면 나와라. 우리는 널 원한다. 네 머리에는 1,000달러가 걸려 있다. 생포도 사살도 상관없다. 너는 도망갈 수 없다."

쿨라우는 숲 속에서 큰 소리로 웃었다.

"나와!" 보안관이 명령했지만 침묵만이 돌아왔다.

보안관과 경찰이 의논했고, 쿨라우는 그들이 돌진을 준비한다는 것을 알았다.

"쿨라우, 내가 널 잡으러 갈 거다." 보안관이 소리쳤다.

"그러면 먼저 해와 바다와 하늘을 잘 보아 두어라. 네 인생에서 마지막으로 보는 걸 테니."

"좋아, 쿨라우." 보안관이 달래듯이 말했다. "네가 명사수라는 건 안다. 하지만 나를 쏘지는 못할 거다. 나는 너한테 잘못한 게 없어."

쿨라우는 숲에서 끙 소리를 냈다.

"나는 너한테 잘못한 게 없어." 보안관이 다시 말했다.

"나를 감옥에 넣으려고 하는 게 네 잘못이다." 쿨라우가 대답했다. "그리고 나를 잡아서 1,000달러를 벌려고 하는 것도 잘못이야. 살고 싶으면 그 자리에서 움직이지 마."

"나는 너를 잡으러 왔다. 미안하지만 그게 내 임무다."

"너는 그 길을 건너기 전에 죽을 거다."

보안관은 겁쟁이가 아니었지만 얼른 결정을 내리지 못했다. 그는 양쪽의 낭떠러지를 내려다보고 자신이 가야 하는 칼날을 훑어보았다. 그런 뒤 마침내 결정을 내렸다.

"쿨라우." 그가 소리쳤다.

하지만 숲은 침묵을 지켰다.

"쿨라우, 쏘지 마. 내가 가겠다."

보안관은 돌아서서 경찰에게 몇 가지 명령을 하고 그 위험한 길에 올랐다. 그는 천천히 움직였다. 그것은 팽팽한 줄을 타는 것과 같았다.

양쪽은 잡을 것이 아무것도 없는 허공이었다. 용암 바위는 발밑에서 부서졌고, 부서진 조각들은 까마득히 아래로 떨어졌다. 태양이 머리 위에서 타올랐고, 그의 얼굴은 땀에 젖었다. 하지만 그는 계속 움직였고, 마침내 길 절반쯤 되는 지점에 이르렀다.

"그만! 한 발짝만 더 움직이면 쏜다." 쿨라우가 숲에서 명령했다.

보안관은 멈추어 비틀거리다 허공 위에 중심을 잡았다. 얼굴은 창백했지만 눈빛은 결연했다. 그가 마른 입술을 핥았다.

"쿨라우, 너는 나를 못 쏴. 나는 네가 못 쏜다는 걸 알아."

그는 다시 움직였다. 총알이 핑 날아와 그를 절반쯤 빙글 돌았다. 그는 놀라고 성난 표정으로 비틀거리다 쓰러졌다. 칼날 길 위로 몸을 가로 던져서 목숨을 구하려고 했지만 그는 그 순간 자신이 죽을 것을 알았다. 다음 순간 칼날 길 위에는 아무도 없었다. 그런 뒤 경찰관 다섯 명이 한 줄을 이루어 놀라울 만큼 차분하게 칼날 위로 밀려왔다. 그리고 나머지 경찰이 숲을 향해 총을 쏘았다. 그것은 광기였다. 쿨라우는 다섯 번 방아쇠를 당겼고, 그 속도는 연발총을 쏘는 것처럼 빨랐다. 그는 위치를 바꾸고 덤불을 뚫고 들어오는 총알 밑에 낮게 엎드려서 밖을 내다보았다. 경찰 네 명이 보안관의 길을 뒤따라갔다. 다섯 번째는 칼날 위에 몸을 걸친 채 아직 살아 있었다. 길 저편의 살아 있는 경찰들은 이제 총을 쏘지 않았다. 노출된 바위에서는 그들에게 희망이 없었다. 그들이 물러가기 전에 쿨라우는 그 마지막 한 사람을 쏠 수 있었다. 하지만 그는 쏘지 않았고, 그들은 회의를 하더니 한 명이 흰 속셔츠를 벗어서 깃발처럼 흔들었다. 그런 뒤 그 사람과 다른 한 사람이 칼날 길을 걸어 다친 동료에게 갔다. 쿨라우는 아무 신호도 하지 않고 그들이 천천히 낮은 계곡으로 내려가면서 작은 점이 되어 가는 것을 보았다.

2시간 뒤에 쿨라우는 다른 숲에 있다가 경찰들이 계곡 다른 쪽으로 올라오려고 하는 것을 보았다. 그들이 점점 높이 올라오자 들염소들이 이리저리 도망쳤고, 쿨라우는 확신할 수가 없어서 킬롤리아나를 불렀다.

"아니, 길이 없어." 킬롤리아나가 옆에 와서 말했다.

"염소들은?" 쿨라우가 물었다.

"놈들은 옆 계곡에서 온 거야. 하지만 저자들은 여기까지 못 와. 길이 없어. 저 사람들은 염소보다 현명하지 않아. 떨어져 죽을 거야. 가만히 지켜봐."

"저 사람들은 용감해. 어쨌건 지켜보자." 쿨라우가 말했다.

그들은 나팔꽃 틈에 나란히 엎드렸고, 노란 히비스커스 꽃비를 맞으면서 점같이 보이는 남자들이 올라오는 모습을 보았다. 얼마 후 그 일이 일어났다. 그들 중 셋이 미끄러져 구르더니 절벽 150미터 아래로 떨어졌다.

킬롤리아나가 키득거렸다.

"더 이상 우리를 괴롭히지 않을 거야."

"저자들은 대포를 가지고 있어. 군인들은 아직 안 왔어." 쿨라우가 대답했다.

졸린 오후에 대부분의 문둥병자들은 바위 속 거처에서 잠을 잤다. 쿨라우는 새로 닦아 준비한 총을 무릎에 두고 자기 거처 입구에서 졸았다. 팔이 뒤틀린 여자는 숲에 누워서 칼날 길을 감시했다. 쿨라우는 갑자기 해변에서 들리는 폭발음에 번쩍 깨었다. 다음 순간 공중은 귀청을 찢는 굉음으로 가득 찼다. 그는 엄청난 폭음에 겁을 먹었다. 모든 신이 광목천을 찢듯 하늘을 북북 찢는 것 같았다. 그것은 정말이지 거대한 소리였고 빠른 속도로 가까워졌다. 쿨라우는 두려움 속에 그것을 눈으로 보기라도 하려는 듯 고개를 위로 돌렸다. 그때 절벽 높은 곳에서 포탄이 검은 연기를 분수처럼 내뿜으며 터졌다. 바위가 부서지면서 부스러기가 절벽 아래로 흩어졌다.

쿨라우는 손으로 이마의 땀을 훔쳤다. 충격은 놀라웠다. 그는 포탄을 경험한 적이 없었고, 이것은 그가 상상했던 어떤 것보다 무시무시했다.

"하나." 카파헤이가 문득 수를 세기로 마음먹고 말했다.

두 번째와 세 번째 포탄이 절벽 꼭대기 위로 비명을 지르며 날아가더니 보이지 않는 곳에서 터졌다. 카파헤이는 차분히 수를 세었다. 문둥이들은 동굴 앞마당에 모였다. 처음에는 겁을 먹었지만 포탄이 계속 날아오르자 어느새 안심을 하고 그 장관을 감탄하며 바라보았다. 두 백치는 포탄이 공중을 가르고 지나갈 때마다 격렬하게 뛰며 즐거운 비명을 질렀다. 쿨라우는 차츰 자신감이 돌아왔다. 저것은 아무 피해도 일으키지 못했다. 그렇게 큰 포탄을 저 먼 거리에서 총처럼 정확히 쏠 수는 없는 것이다.

하지만 변화가 생겼다. 포탄이 점점 가까워졌다. 하나는 칼날 길 옆의 숲에서 터졌다. 쿨라우는 팔이 뒤틀린 처녀가 거기에서 망을 보고 있다는 것을 떠올리고 그리로 달려갔다. 그가 들어갈 때 숲에서는 아직도 연기가 오르고 있었다. 그는 기겁했다. 가지들이 산산조각 나 있었다. 여자가 있던 자리에는 구멍이 패어 있었다. 그리고 여자는 사방으로 흩어져 있었다. 포탄이 여자의 바로 위에서 터진 것이다.

쿨라우는 먼저 밖을 내다보고 군인들이 그 길로 오지 않는 것을 확인하고 다시 동굴로 달려 올라갔다. 포탄이 계속 신음과 비명을 내며 날았고 계곡은 폭음으로 메아리쳤다. 그가 동굴들이 보이는 곳에 갔을 때 두 백치가 마디가 떨어져 나간 서로의 손을 붙들고 즐겁게 뛰고 있었다. 쿨라우는 달리면서도 백치들 옆의 땅에서 검은 연기가 솟는 것을 보았다. 폭발은 그들을 떼어 놓았다. 하나는 꼼짝 않고 누웠고, 다른 하나는 손으로 기어 동굴 쪽으로 갔다. 두 다리가 힘없이 끌리고 온몸에서 피가 쏟아져 나왔다. 그는 피로 목욕을 한 것 같았고, 새끼 강아지처럼 울면서 기어갔다. 나머지 문둥병자들은 카파헤이만 제외하고 모두 동굴로 도망쳐 들어갔다.

"열일곱." 카파헤이가 말하고 "열여덟" 하고 덧붙였다.

그 마지막 포탄이 동굴 한 곳으로 들어갔다. 그 폭발 소리에 모든 동굴에서 사람들이 튀어나왔지만 그 동굴에서는 아무도 나오지 않았다. 쿨라우는 매캐한 연기를 뚫고 그 안으로 들어갔다. 네 사람의 몸이 처참하게 조각나서 뒹굴고 있었다. 그중 한 사람은 바로 조금 전까지 계속 눈물을 흘리던 앞 못 보는 여자였다.

다시 나가 보니 사람들이 공포에 사로잡혀서 이미 협곡 바깥 어지러운 봉우리들 틈으로 가려 하고 있었다. 다친 백치는 힘없이 칭얼거리며 땅바닥에 두 손을 짚고 몸을 끌면서 그들을 따라가려고 했다. 하지만 첫 번째 오르막에서 더 힘을 쓰지 못하고 쓰러졌다.

"죽이는 게 나을 거야." 쿨라우가 계속 같은 자리에 앉아 있는 카파헤이에게 말했다.

"스물둘." 카파헤이가 말했다. "그래, 죽이는 게 현명할 거야. 스물셋, 스물넷."

백치는 쿨라우가 자신에게 총을 겨누는 것을 보자 서글프게 울었다.

쿨라우는 망설이다가 총을 내렸다.

"못 하겠어." 그가 말했다.

"바보 같으니. 스물여섯, 스물일곱." 카파헤이가 말했다. "내가 보여주지."

그는 무거운 돌멩이를 들고 일어서서 다친 백치에게 갔다. 하지만 그가 손을 들어 올린 순간 포탄이 그의 위에서 터져서 그는 그 일을 할 필요가 없어졌고, 동시에 숫자 세는 일도 끝났다.

쿨라우는 협곡에 혼자 남았다. 그는 살아남은 자기 사람들이 망가진 몸을 이끌고 산봉우리 너머로 사라지는 모습을 보았다. 그런 뒤에 돌아서서 처녀가 죽은 숲으로 갔다. 포화는 계속되었지만 그는 움직이지 않았다. 아래쪽에서 군인들이 올라오고 있었기 때문이다. 포탄이 5~6미터 앞에서 터졌다. 그는 땅바닥에 납작 엎드렸고, 포탄 부스러기들이 몸 위로 떨어지는 소리를 들었다. 히비스커스 꽃이 소나기처럼 쏟아졌다. 그는 고개를 들어 길을 내려다보고 한숨을 쉬었다. 겁이 났다. 총알은 걱정되지 않았지만 포탄은 무시무시했다. 포탄이 휭 지나갈 때마다 그는 몸을 떨며 엎드렸다. 하지만 매번 다시 고개를 들고 길을 살펴보았다.

마침내 포화가 멈추었다. 그는 군인들이 다가오는 것을 보고 그렇게 추론했다. 그들은 한 줄로 길을 올라왔고, 그는 그들의 수를 세다가 중간에 놓쳤다. 어쨌건 모두 100명가량 되었다. 그들 모두가 문둥이 쿨라우를 잡으러 오고 있었다. 그는 약간 자부심을 느꼈다. 경찰과 군인이 대포와 총으로 그를 잡으러 왔는데, 그는 혼자인 데다 심지어 온전치도 못했다. 그들은 그의 목에 1,000달러를 걸고, 그를 잡거나 죽이려고 했다. 그것은 평생토록 그가 가져 본 적도 없는 큰돈이었다. 그 생각은 씁쓸했다. 카파헤이의 말이 맞았다. 쿨라우는 잘못한 것이 없었다. '하올레'*가 훔친 땅에 일할 사람이 필요해서 중국인 쿨리들을 데려왔고, 그들이 이 병을 가져왔다. 그리고 이제 그가 그 병에 걸려 1,000달러짜리 목숨이 되었지만 그는 그 돈을 가질 수 없었다. 그 돈의 값을 하는 것은 병으로 문드러지고 포탄에 부서진 쓸모없는 시신이었다.

군인들이 칼날 길에 이르렀을 때 그는 경고를 하려다가 죽은 처녀의 몸을 보고 침묵을 지켰다. 그리고 여섯 명이 칼날 길 위에 올라서자 총을 쏘기 시작해서 아무도 남지 않을 때까지 계속 쏘았다. 그는 탄창을 비우고 재장전하고 다시 비웠다. 그는 계속 쏘았다. 자신이 당한 모든 부당 행위가 머릿속에서 타올랐고, 그는 분노와 복수심에 사로잡혔다. 염소 길 아래에서 군인들이 총을 쏘며 얕은 기복 속에 몸을 숨기려 했지만, 그에게는 노출된 표적이었다. 총알들이 그의 옆을 횡횡 지나갔고, 이따금 포탄이 공중을 찢었다. 총알 하나가 두피를 가르며 지나갔고, 두 번째 총알은 어깨뼈를 지졌지만 피부는 다치지 않았다.

그것은 학살이었고, 살상을 행하는 사람은 한 명이었다. 군인들은 부상병들을 부축하고 물러갔다. 쿨라우는 그들을 한 사람씩 겨누어 쏘다가 살이 타는 냄새를 느꼈다. 처음에는 주변을 둘러보았지만 곧 자신의 손이 타고 있다는 것을 알았다. 문둥병이 손의 신경을 파괴해서 자기 살이 타는 것도 감각하지 못하고 냄새로 알아야 했다.

그는 숲에 엎드려 미소를 짓다가 포탄을 떠올렸다. 그것은 분명 다시 그를 향해 날아올 테고, 이번에는 그가 총을 쏜 그 숲으로 날아올

* 하와이 원주민이 백인을 가리키는 말.

것이다. 그가 여태껏 포탄이 떨어지지 않은 절벽 한구석으로 위치를 옮기자마자 포격이 재개되었다. 그는 포탄 수를 세었다. 협곡에 60개를 퍼부은 뒤에야 포화가 멈추었다. 그렇게 좁은 지역을 그렇게 포격하면 어떤 생명체도 살아남을 수 없을 것이라고 군인들은 생각하고, 오후의 타오르는 태양 아래 다시 염소 길에 올랐다. 그리고 칼날 길은 다시 저지되었고, 그들은 다시 해변으로 물러갔다.

쿨라우는 그 뒤로 이틀 동안 더 길을 지켰지만, 군인들은 그의 은신처에 포탄을 날리는 것 이상의 일을 하지 않았다. 그리고 나서 협곡 뒤쪽 절벽 위에 문둥이 청년 파하우가 나타나, 칼롤리아나가 염소를 사냥하다가 떨어져 죽었으며 여자들이 겁에 질려 있다고 소리쳤다. 쿨라우는 청년을 불러서 그에게 여분의 총을 주고 길을 지키라고 명령했다. 사람들은 절망에 빠져 있었다. 그리고 이런 극한의 상황에 너무 무력해진 까닭에 먹을 것을 구할 수 없어서 모두 굶주리고 있었다. 그는 병이 덜 심한 두 여자와 한 남자를 골라서 협곡에서 먹을 것과 깔개를 가져오게 했다. 그리고 나머지 사람들을 독려해서 가장 약한 사람마저 힘을 합해 임시 거처를 짓게 했다.

하지만 먹을 것을 가지러 보낸 사람들이 돌아오지 않자 그는 직접 협곡에 가기로 했다. 그가 절벽 꼭대기로 나왔을 때 대여섯 발의 총성이 울렸다. 총알 하나가 어깨의 살을 뚫고 지나갔고, 두 번째 총알이 절벽에 박히면서 튄 돌 조각에 뺨이 베였다. 그는 뒤로 펄쩍 뛰면서 협곡에 군인이 가득한 것을 보았다. 사람들이 그를 배신했다. 그들은 포탄이 너무도 무서워서 몰로카이의 감옥을 선택한 것이다.

쿨라우는 납작 엎드려서 무거운 탄띠 하나를 풀었다. 그리고 첫 번째 군인의 머리와 어깨가 시야에 똑똑히 솟아오를 때까지 기다렸다

방아쇠를 당겼다. 이런 일이 두 번 일어났고, 그런 뒤 얼마간 시간이 흐르자 절벽 위로 머리와 어깨 대신 백기가 올라왔다.

"너희가 원하는 게 뭐냐?" 그가 물었다.

"네가 문둥이 쿨라우라면 우리는 널 원한다"라는 대답이 돌아왔다.

쿨라우는 잠시 현재 상황도 잊고, 다른 모든 것도 잊고, 하늘이 무너져도 자기 뜻을 관철시키고야 마는 '하올레'들의 엄청난 고집에 감탄했다. 그렇다. 그들은 자신들이 죽는 한이 있어도 모든 것과 모든 사람에게 자신들의 뜻을 관철시킬 것이다. 그는 그들에게 감탄하지 않을 수 없었다. 그들이 가진 의지는 생명보다 강하고, 세상 모든 것을 자기들의 목적에 맞추어 굽혔다. 그는 자신의 싸움에 희망이 없음을 알았다. '하올레'들의 그 엄청난 의지를 막아설 방법은 없었다. 그가 천 명을 죽여도 그들은 바다의 모래처럼 일어서서 더 많은 숫자로 그에게 닥칠 것이다. 그들은 자신들이 언제 지는지 몰랐다. 그것이 그들의 약점이자 미덕이었고, 쿨라우의 종족에게 부족한 것이었다. 그는 이제 신을 설교하고 럼주를 설교하는 한 줌밖에 안 되는 사람들이 어떻게 모든 땅을 정복했는지 알 수 있었다. 그것은……

"무슨 말을 하려는 거지? 나와 함께 가겠나?"

백기 아래 보이지 않는 남자가 말했다. 그 사람은 다른 하올레와 마찬가지로 정해진 목표를 향해 똑바로 전진하고 있었다.

"이야기 좀 하지." 쿨라우가 말했다.

남자의 머리와 어깨가 올라오더니 몸통 전체가 나타났다. 매끈한 피부에 눈이 파란 스물다섯 살의 젊은이로, 대위 옷을 입은 모습이 날씬하고 깔끔했다. 그는 다가오다가 멈춰 서서 쿨라우와 3~4미터 정도 떨어진 곳에 앉았다.

"용감한 친구로군, 나는 너를 파리처럼 죽일 수 있는데." 쿨라우가 의아한 듯 말했다.

"아니, 그럴 수 없다." 상대가 대답했다.

"왜지?"

"쿨라우, 너는 남자니까. 나쁜 남자지만. 네 이야기를 알고 있다. 명사수라는 걸."

쿨라우는 킁 소리를 냈지만, 속으로는 흐뭇했다.

"우리 사람들한테 무슨 말을 했지? 그 젊은이하고 두 여자, 그리고 남자한테?"

"그자들이 항복했어. 너도 항복하는 게 좋아."

쿨라우는 믿을 수 없다는 듯이 웃었다.

"나는 자유인이야. 나는 잘못한 게 아무것도 없어. 내가 요구하는 건 날 가만 내버려 두라는 게 전부야. 나는 자유롭게 살았고, 자유롭게 죽을 거야. 나는 항복하지 않아."

"그러면 네 부하들이 너보다 더 현명한 거야." 젊은 대위가 대답했다. "봐, 저기 그 사람들이 오고 있다."

쿨라우는 고개를 돌려서 살아남은 자기 무리가 다가오는 것을 보았다. 신음과 한숨에 싸인 그 섬뜩한 행렬은 비참함을 끌고 지나갔다. 그 모습은 쿨라우를 더 씁쓸하게 만들었다. 그들이 지나가면서 그에게 욕설을 퍼부었기 때문이다. 그리고 맨 뒤에서 헐떡이던 노파가 걸음을 멈추더니 갈고리발톱 같은 손을 뻗고, 해골 같은 얼굴을 양옆으로 흔들며 그에게 저주를 내렸다. 그들은 하나둘 절벽을 넘어 숨어 있는 병사들에게 항복하러 갔다.

"이제 가도 된다." 쿨라우가 대위에게 말했다. "나는 항복하지 않는다. 이게 내 마지막 말이다. 잘 가라."

대위는 절벽을 넘어 동료들에게 돌아갔다. 그리고 다음 순간 휴전 깃발이 없어서 모자를 얹은 총집을 들어 올렸고, 쿨라우의 총알이 그것을 꿰뚫었다. 그날 오후 그들은 해변에서 포탄을 날렸고, 그가 접근이 불가능한 고지대로 물러가자 군인들이 그를 따라왔다.

그들은 6주 동안 화산 봉우리와 염소 길을 이 잡듯 뒤지며 쿨라우를 찾았다. 그가 란타나 정글에 숨어 있을 때, 그들은 열을 지어서 토끼를 몰듯 란타나 정글과 구아버 숲을 훑었다. 하지만 그는 언제나 교묘히 피했다. 그를 모는 일은 불가능했다. 사람들이 다가붙으면 그는 확실한 총으로 그들을 물렸고, 사람들은 부상병을 데리고 염소 길 아래 해변으로 물러갔다. 때로 숲 속에서 그의 갈색 몸뚱이가 언뜻 보이면 그들은 총을 쏘았다. 한번은 그들 다섯 명이 엄폐물 없는 염소 길에 그가 나타난 것을 발견하기도 했다. 그들은 총알을 있는 대로 다 쏘았지만, 그는 절뚝거리며 어지러운 길을 올라갔다. 그 뒤로 그들은 핏자국을 보고 그가 다쳤다는 것을 알았다. 그렇게 6주가 지나자 그들은 포기했다. 군인과 경찰은 호놀룰루로 돌아갔고, 칼랄라우 계곡은 오롯이 그의 것으로 남았다. 물론 그 뒤로도 때때로 인간 사냥꾼이 찾아왔지만 자기들만 다칠 뿐이었다.

그리고 2년이 지난 뒤 쿨라우는 마지막으로 숲으로 기어 들어가 코르딜리네 잎과 족두리풀 꽃 틈에 누웠다. 그는 자유롭게 살았고 자유롭게 죽음을 맞으려 했다. 이슬비가 내려서 그는 누더기 담요로 망가진 사지를 덮었다. 몸에는 방수 외투를 입고 있었다. 그는 가슴에 마우저 소총을 얹고 잠시 애정 어린 손길로 총신의 물기를 닦았다. 그의 손에는 이제 방아쇠를 당길 손가락이 없었다.

그는 눈을 감았다. 몸의 쇠약함과 머리의 혼란 때문에 이제 끝이 가깝다는 것을 알았다. 그는 들짐승처럼 자신이 죽을 곳을 찾아 숨어들었다. 그의 헤매는 의식은 니하우에서 보낸 청년 시절을 떠올렸다. 인생이 부예지고, 빗소리가 희미해지면서 그는 다시 한 번 격렬하게 말을 길들이는 시절로 돌아갔다. 그는 등자를 망아지의 배 밑에 묶은 채 사납게 날뛰는 녀석의 등에 올라타고 있었다. 망아지는 울타리를 부수고 달려 나가서 카우보이들을 하늘로 날려 보냈다. 그리고 다음 순간, 어쩌면 자연스럽게, 그는 산기슭 목초지에서 들소를 쫓고 있었다. 놈들을 올가미로 묶어서 계곡으로 데리고 내려갔다. 낙인을 찍는 축사의 땀과 먼지가 다시 한 번 그의 눈을 찌르고 콧구멍을 간지럽혔다.

그가 그렇게 원기 왕성하고 온전하던 젊은 시절을 새롭게 누릴 때, 임박한 죽음의 강렬한 고통이 그를 다시 현실로 데려왔다. 그는 괴물 같은 두 손을 들어 놀라워하며 바라보았다. 도대체 어쩌다? 어쩌다? 그렇게 온전하고 생기 넘치던 젊음이 어쩌다 이렇게 되었는가? 그러다 그는 다시 기억하고, 잠시 문둥이 쿨라우가 되었다. 눈꺼풀이 힘없이 내려왔고, 빗소리가 그의 귀에서 그쳤다. 그의 몸에 긴 떨림이 내려앉았지만 이제 그것도 그쳤다. 그는 고개를 잠깐 들었다가 바로 떨구었다. 그런 뒤 눈을 뜨고 감지 않았다. 그가 마지막으로 생각한 것은 마우저총이었고, 그는 손가락 없는 두 손을 포개 그것을 가슴에 안았다.

강한 자들의 힘
The Strength of the Strong

우화 자체가 거짓말은 아니다, 하지만 거짓말쟁이는 우화로 말한다.

_『립킹』*

긴 수염 노인은 이야기를 하다가 기름 묻은 손가락을 핥고, 낡은 곰 가죽이 덮지 못한 허리의 맨살에 닦았다. 그의 앞에는 손자인 사슴몰이, 노란머리, 어둠이무서워가 웅크리고 앉아 있었다. 세 젊은이의 겉모습은 비슷했고, 모두 똑같이 들짐승 가죽으로 신체 일부를 가리고 있었다. 체격은 앙상하고 여위었으며, 엉덩이가 좁고 다리는 굽었지만, 반대로 가슴은 두껍고 팔도 굵었으며 손도 컸다. 가슴과 어깨, 팔다리 바깥쪽에는 털이 많았다. 머리칼은 길고 부스스했고, 그 일부는 눈을 가리기도 했다. 눈은 새처럼 말똥말똥하고 검게 반짝였다. 미간은 좁고 뺨 사이는 넓었으며 아래턱은 큼직하게 튀어나와 있었다.

* 러디어드 키플링의 우화집『그냥 이야기들』에 대한 반박을 담은 작품.

별빛이 밝은 밤이었고, 아래쪽으로 울창한 언덕이 멀리까지 끝없이 펼쳐져 있었다. 먼 하늘은 화산 빛으로 붉었다. 등 뒤에는 동굴이 검게 입을 벌리고 있었고, 그곳에서 이따금 바람이 불어 나왔다. 한쪽에는 먹다 만 곰의 시체가 있었고, 그 주변에는 늑대처럼 생기고 털이 북슬북슬한 큰 개 몇 마리가 약간 거리를 두고 떨어져 앉아 있었다. 사람들 옆에는 모두 활과 화살, 몽둥이가 있었다. 동굴 입구에는 조잡한 창이 바위에 기대어져 있었다.

"그렇게 해서 우리는 동굴에서 나무로 옮겨 갔단다." 긴 수염 노인이 말했다.

그 말에 젊은이들은 앞부분의 이야기를 떠올리고 아이들처럼 떠들썩하게 웃었다. 긴 수염도 웃었다. 코에 꽂은 10센티미터가 넘는 뼈바늘이 오르락내리락 춤을 추면서 사나운 인상을 더해 주었다. 그는 여기에 적힌 대로 말하지는 않았지만, 그가 낸 동물 같은 소리는 똑같은 뜻을 전했다.

"그리고 그게 내가 처음 기억하는 바다 계곡이지." 긴 수염이 말을 이었다. "우리는 아주 어리석은 무리였어. 힘의 비밀을 몰랐거든. 가족들이 각기 따로 살고 각자 알아서 살았어. 전부 30가족이었는데, 서로에게 힘이 되지 않았어. 서로를 두려워만 했지. 아무도 다른 사람을 찾아가지 않았어. 우리는 나무 꼭대기에 풀집을 짓고, 바깥의 단에 돌멩이를 쌓아 두었어. 누가 찾아오면 던지려고. 또 우리는 창과 화살도 가지고 있었지. 그래서 다른 가족의 나무 밑은 걷지 않았어. 우리 형은 부우그의 나무 밑을 걷다가 머리가 박살 나서 죽었단다.

부우그 노인은 힘이 장사였어. 어른의 머리를 두 손으로 어깨에서 뽑아낼 수 있다는 말도 있었어. 정말로 그랬다는 말은 못 들었지만. 아

418

무도 그럴 기회를 주지 않았거든. 우리 아버지도 그랬어. 어느 날 아버지가 해변에 나갔을 때 부우그가 우리 어머니를 쫓아갔지. 어머니는 빨리 달리지 못했어. 그 전날 산에서 열매를 따다가 곰 발톱에 다리를 다쳤거든. 그래서 부우그는 어머니를 잡아서 자기 나무 위로 데리고 갔어. 아버지는 어머니를 돌려받지 못했어. 겁이 났으니까. 부우그 노인은 아버지를 보면 인상을 찡그렸지.

하지만 아버지는 신경 쓰지 않았어. 힘센팔이라는 이름의 다른 남자가 있었어. 그 사람도 힘이 셌고, 최고의 어부였지. 그런데 어느 날 갈매기 알을 훔치러 올라가다가 절벽에서 떨어졌고, 그 뒤로는 힘을 쓰지 못했어. 기침을 엄청나게 하고 양어깨가 쪼그라들었어. 그래서 아버지는 힘센팔의 아내를 데려왔어. 그 사람이 기력을 회복하고 우리 나무 아래에 와서 기침을 했을 때 아버지는 웃으면서 그에게 돌을 던졌어. 그 시절 우리는 그렇게 살았어. 힘을 합해서 강해지는 법을 몰랐어."

"형제의 아내도 빼앗았나요?" 사슴몰이가 물었다.

"다른 나무에 따로 나가 살 때는 그랬지."

"하지만 지금은 그런 일을 하지 않잖아요." 어둠이무서워가 말했다.

"내가 너희 아버지들에게 그러면 안 된다고 가르쳤거든." 긴 수염은 털북숭이 팔을 곰 고기에 넣고 기름덩이를 꺼내서 명상하듯 빨아 먹었다. 그리고 다시 손을 옆구리의 맨살에 닦고 이야기를 계속했다. "내가 지금 하는 이야기는 우리가 아직 뭘 몰랐던 오래전의 일이야."

"그렇게 살다니 정말 모두 바보였나 봐요." 사슴몰이가 말했고, 노란 머리도 목구멍소리로 공감을 표시했다.

"곧 말하겠지만 그 뒤에 우리는 더 큰 바보가 되었어. 그래도 어쨌건 좀 더 현명해졌는데, 그 사연은 이렇단다. 우리 고기잡이족은 모두의 힘을 한데 모아서 강해지는 법을 몰랐어. 하지만 큰 계곡 분수령 너머의 육식족들은 힘을 모아서 함께 사냥하고, 함께 고기를 잡고, 함께 싸웠지. 어느 날 그자들이 우리 계곡에 왔어. 우리 가족은 각자 자기 동굴이나 나무로 들어갔어. 그때 온 육식족은 10명뿐이었는데, 그 10명이 함께 싸웠고, 우리는 가족들이 따로따로 싸웠지."

긴 수염은 손가락으로 오래, 그리고 혼란스럽게 수를 세었다.

"우리 중에 남자는 모두 60명이었어." 그는 손가락과 입술을 모두 사용하여 말했다. "그리고 우리는 아주 강했어. 우리가 몰랐을 뿐이야. 우리는 육식족 10명이 부우그의 나무를 공격하는 것을 보았어. 그는 잘 싸웠지만 방법이 없었지. 우리는 가만히 보았어. 육식족 몇몇이 나무를 올라가려고 하자, 부우그는 돌멩이를 던지려고 밖으로 나왔지. 그러자 바로 그 일을 기다리던 다른 육식족들이 화살을 마구 날렸고, 그게 부우그의 마지막이었어.

다음으로 육식족들은 동굴에 사는 외눈박이와 그 가족을 잡았어. 그자들은 우리가 요새 곰을 잡을 때 하는 것처럼 동굴 입구에 불을 피워서 연기로 그 가족을 끌어냈어. 그런 뒤에는 여섯손가락을 잡으러 그가 사는 나무 위로 올라갔어. 그자들이 여섯손가락과 다 자란 그의 아들을 죽이는 동안 우리는 도망쳤어. 그자들은 우리 여자들을 잡았고, 걸음이 느린 노인 둘과 아이 몇 명을 죽였지. 그리고 여자들을 큰 계곡으로 데리고 갔어.

그 뒤로 우리는 다시 돌아왔는데, 그 사건에 충격을 받고 서로 돕고 살아야 한다는 생각에 모여서 의논을 했어. 그게 우리가 처음 한 회의였어. 최초의 부족 회의였지. 그 회의를 통해서 우리는 비로소 하나의 부족이 되었거든. 그 사건으로 교훈을 얻었으니까. 10명의 육식족은 각자 열 사람 몫의 힘이 있었어. 열이 하나처럼 싸웠으니까. 그자들은 모두의 힘을 합했어. 하지만 우리는 30가족에 남자가 60명이라도 한 남자의 힘밖에 없었어. 각자가 혼자 싸웠으니까.

그 회의는 아주 길고 또 힘들었어. 그때 우리는 지금처럼 쓸 말이 없었으니까. 오랜 시간이 지난 뒤에 벌레가 몇 가지 말을 만들었고, 다른 사람들도 이따금 말을 만들었어. 그래도 우리는 결국 힘을 합치기로 결정하고, 육식족들이 분수령을 넘어 우리 여자들을 훔치러 오면 한 사람처럼 싸우기로 했어. 그렇게 해서 우리는 부족이 되었지.

우리는 분수령에 두 사람을 세웠어. 한 사람은 낮에, 또 한 사람은 밤에 육식족들이 오는지를 감시했어. 이들은 부족의 눈이었어. 그리고 열 사람을 뽑아서 몽둥이와 창과 활을 들고 밤낮으로 마을을 지키게 했지. 전에는 고기를 잡거나 대합을 캐거나 갈매기 알을 훔치러 갈 때도 무기를 가지고 갔고, 일을 할 때도 절반은 먹을 것을 구하고 절반은 누가 올까 살펴보느라 바빴어. 이제는 바뀌었지. 남자들은 무기 없이 가서 내내 먹을 것을 구했어. 여자들이 풀뿌리나 열매를 캐러 산에 갈 때도 열 남자 중 다섯이 따라가서 지켜 주었지. 그러는 동안 부족의 파수꾼은 분수령 꼭대기에서 적들이 오는지를 살폈어.

하지만 문제는 생겼어. 평소처럼 여자들 문제였지. 아내가 없는 남자들이 다른 남자의 아내를 원해서 남자들 사이에 싸움이 자주 일었고, 그래서 이따금 누군가가 머리가 깨지거나 몸에 창을 맞거나 했어. 파수꾼 한 사람이 분수령 꼭대기에 서 있으면, 다른 사람이 그의 아내를 훔쳤고, 그러면 그 사람이 내려와서 싸웠지. 그런 뒤에는 다른 파수꾼이 아내를 도둑맞을까 걱정했고, 그 사람 역시 내려와서 싸웠어. 또

늘 무기를 들고 다니는 열 사람 사이에도 문제가 있었어. 그들은 다섯 씩 패가 나뉘어 싸웠고, 결국 한 무리가 해변으로 달아나고 다른 무리가 쫓아가는 지경이 되었지.

그렇게 해서 우리 부족은 파수꾼도 없어지고 경비대도 없어졌어. 우리는 60명의 힘이 없었지. 우리는 아무 힘도 없었어. 그래서 부족 회의를 열고 처음으로 법을 만들었지. 그 시절 나는 아주 어렸지만 똑똑히 기억해. 우리는 우리가 강해지려면 우리끼리 싸우면 안 되고, 부족민을 죽인 사람은 부족이 죽인다는 법을 만들었어. 또 다른 남자의 아내를 훔친 자도 죽인다고 했고, 힘이 아주 센 사람이 그 힘으로 부족민을 다치게 하면 그 사람도 죽여서 누구도 그의 힘에 다치지 않게 해야 한다고 했어. 만약 그 사람이 힘을 멋대로 쓰게 하면, 사람들은 겁을 먹고 부족은 모래알이 되어서 예전에 육식족들이 침략해서 부우그를 죽였을 때만큼 약해질 테니까.

돌주먹은 힘센 사람이었어. 아주 힘이 세고 법을 몰랐지. 그가 아는 건 자기 힘뿐이었어. 그리고 그 힘을 마구 휘둘러서 대합셋의 아내를 빼앗았어. 대합셋은 싸우려고 했지만 돌주먹이 몽둥이로 머리를 깨 버렸어. 돌주먹이 그렇게 우리가 뜻을 모아 만든 법을 잊었기에, 우리는 그의 나무 밑에서 그를 죽이고 법이 그 누구보다 강하다는 걸 보여 주기 위해 그의 몸을 나뭇가지에 매달았지. 우리 모두가 법이었고, 법보다 높은 사람은 없었으니까.

그 뒤로 다른 문제가 생겼어. 사슴몰이, 노란머리, 어둠이무서워야, 부족을 만드는 건 쉬운 일이 아니란다. 많은 일이 있었단다. 사소한 일들이 자꾸 생겨서 남자를 모두 불러다가 회의를 하는 일이 아주 번거로워졌지. 아침, 정오, 밤 그리고 한밤중에도 회의가 열렸어. 우리는 회의를 하고 사소한 문제들을 결정하느라 나가서 식량을 구할 시간도 없어졌어. 그 사소한 문제들이란 언덕 위의 새 파수꾼을 누구로 할지, 또 부족을 지키느라 식량을 구하지 못하는 경비대에게 식량을 얼마만큼 배정해야 할지 같은 것이었어.

그래서 족장이 필요해졌지. 부족 회의를 이끌고, 자기가 한 일을 회의에서 설명할 사람이. 우리는 피스피스를 족장으로 뽑았어. 그는 힘도 세고 또 교활한 사람이었지. 화가 나면 살쾡이처럼 '피스피스' 하는 소리를 냈어.

부족을 지키는 열 사람은 계곡의 좁은 부분에 돌로 장벽을 쌓기로 했어. 여자들과 큰 아이들도 돕고 다른 남자들도 도와서 벽은 튼튼해졌어. 그 뒤로 부족의 모든 가족이 동굴과 나무에서 내려와서 초가집을 지었어. 집들은 널찍해졌고, 동굴이나 나무보다 훨씬 좋았지. 이렇게 남자들이 힘을 합해서 부족을 이루니까 모두 생활이 나아졌어. 장벽과 경비대와 파수꾼 덕분에 사냥하고 고기를 잡고 뿌리를 캐고 열매를 딸 시간이 많아졌어. 먹을 게 많아지고 더 좋아져서 배고픈 사람이 없어졌지. 그때 세다리—이런 이름이 붙은 건 어릴 때 다리를 다쳐서 지팡이를 짚고 다녔기 때문인데—가 야생 알곡의 씨앗을 가져다가 집 근처의 계곡에 심었어. 또 다른 계곡에서 찾은 알뿌리 같은 것도 심어 보았지.

장벽과 파수꾼과 경비대 덕분에 바다 계곡은 안전했고, 먹을 것이 풍족해서 다툴 일이 없으니, 다른 바닷가 마을들과 높은 뒷산에서 짐승에 가깝게 살던 많은 가족이 우리 마을로 살러 왔어. 그래서 얼마 지나지 않아 바다 계곡은 사람들로 북적이고 아주 많은 가족이 살게 되었지. 하지만 이런 일이 있기 전에 우리 부족은 이전까지 모두가 자유롭게 쓰던 땅을 분배했어. 세다리가 곡식을 심으면서 그 일을 시작했지. 하지만 우리 대부분은 땅에 신경을 안 썼어. 자기 땅 경계에 돌 울타리를 두른 걸 보고 바보짓이라고 생각했지. 먹을 게 이렇게 많은데 더 바랄 게 뭐가 있느냐고 말야. 그때 내가 아버지와 함께 세다리네 땅에 돌 울타리를 둘러 주고 그 대가로 곡식을 받았던 게 기억나는구나.

그래서 땅은 몇몇의 손에 다 들어갔고, 세다리가 가장 많이 가졌지. 처음에 땅을 받은 사람들은 땅을 원하는 소수의 사람들에게 그걸 주고 그 대가로 곡식이나 알뿌리를 받기도 하고, 곰가죽이나 생선을 받기도 했어. 곰가죽이나 생선은 농사를 짓는 사람들이 어부들에게 곡식을 주고 받은 것이었지. 그래서 어쨌건 땅은 금세 다 사라졌어.

그 무렵 피스피스가 죽고 그 아들인 개이빨이 족장이 되었어. 개이빨은 어쨌건 자기 아버지가 족장이었으니까 자기가 뒤를 이어 족장이 되어야 한다고 주장했지. 그리고 자기가 아버지보다 더 훌륭한 족장이라고 생각했어. 개이빨은 처음에는 좋은 족장이었고, 열심히 일해서 부족 회의를 할 필요가 점점 없어졌어. 그런 뒤 바다 계곡에 새로운 목소리가 등장했지. 꼬인입술이었어. 우리는 그자를 별로 대단치 않게 여겼는데, 어느 날 그자가 죽은 영혼들과 이야기를 하기 시작했어. 나중에 우리는 그를 큰뚱보라고 불렀지. 엄청나게 많이 먹으면서 일은 하지 않아서 더없이 뚱뚱해졌거든. 어느 날 큰뚱보가 자신은 죽은 자들의 비밀을 알고 신의 말씀을 전한다고 했어. 그는 개이빨과 친해졌고, 개이빨은 우리에게 큰뚱보의 초가집을 지어 주라고 명령했지. 그리고 큰뚱보는 그 집 전체에 '터부'를 걸어 놓고 안에 신을 모셨어.

개이빨은 점점 부족 회의보다 힘이 커졌고, 이에 부족 회의가 불만을 품고 새 족장을 뽑아야 한다고 하자, 큰뚱보가 신의 목소리로 그러면 안 된다고 했어. 세다리를 비롯해서 땅을 가진 자들도 개이빨을 옹호했지. 게다가 부족 회의에서 가장 힘센 자는 바다사자였는데, 땅을 가진 자들이 그에게 몰래 땅을 주고 곰가죽과 곡식도 주었어. 그래서 바다사자는 큰뚱보의 말이 정말로 신의 말이니 따라야 한다고 했어. 그리고 얼마 지나지 않아 바다사자는 개이빨의 입이 되어 늘 그의 말을 대신 해 주었지.

그리고 홀쭉허리가 있었어. 그자는 허리가 아주 가늘어서 평생 제대로 먹지 못한 사람 같았지. 그는 강한 파도가 모래톱을 휩쓸고 간 뒤 강 하구에 커다란 어망을 설치했어. 그 전까지 사람들은 어망이라는 것을 본 적도, 생각해 본 적도 없었어. 그는 몇 주일 동안 아들과 아내와 함께 그걸 만들었어. 다른 사람들은 그렇게 고생하는 걸 비웃었지. 하지만 그게 완성되자 홀쭉허리는 단 하루에 온 부족이 일주일 동안 잡는 것보다 더 많은 고기를 잡았어. 사람들은 그 일을 아주 기뻐했지. 강에 어망을 설치할 곳은 딱 한 군데가 더 있었어. 하지만 우리 아버지와 나와 다른 남자 여남은 명이 아주 큰 어망을 만들자 우리가 개이빨에게 만들어 준 큰 초가집에서 경비대가 왔어. 그리고 우리에게 창을 휘두르면서 꺼지라고 했지. 개이빨의 입인 바다사자의 명령을 받고 홀쭉허리가 거기에 어망을 만들기로 했다고.

사람들에게서 불만이 끓어오르자 우리 아버지가 부족 회의를 소집했어. 하지만 아버지가 말을 하려고 일어서자 바다사자가 목에 창을 던져서 아버지는 돌아가셨지. 그리고 개이빨과 홀쭉허리와 세다리와 땅을 가진 자들은 그게 잘된 일이라고 했어. 큰뚱보는 그게 신의 뜻이라고 말했지. 그 뒤로 사람들은 부족 회의에서 일어나 말하는 걸 두려워했고, 이제 회의는 열리지 않았어.

그리고 돼지턱이라는 사내가 염소를 키우기 시작했어. 그는 이 일을 육식족에게서 배웠고, 오래지 않아 염소가 아주 많아졌지. 땅이 없고 어망도 없어 배를 곯을 게 두려운 사람들이 기꺼이 돼지턱에게 가서 염소를 돌봐 주고, 들개와 호랑이를 막아 주고, 산 위로 몰고 가서 풀을 뜯게 해 주었지. 그 대가로 돼지턱은 염소 고기와 염소 가죽을 주었고, 그러면 일꾼들은 때로 그걸 물고기와 곡식, 알뿌리와 바꿨어.

이 시기에 돈이 등장했지. 바다사자가 그걸 처음 생각해 내고 개이빨과 큰뚱보와 의논한 거야. 이들 셋은 바다 계곡의 모든 것을 가지고 있던 자들이야. 곡식 세 바구니 중 하나는 그들 것이고, 생선도 세 마리 중 하나는 그들 것이고, 염소도 셋 중 하나는 그들 것이었어. 그들은 그걸로 경비대와 파수꾼을 먹였고, 남는 것은 자기들이 가졌지. 때로 물고기가 아주 많이 잡히면 그자들은 자기들 몫의 물고기로 무얼 해야 할지 몰랐어. 그래서 바다사자는 여자들을 시켜 조개껍데기로 돈을 만들게 했지. 작고 동그란 조개껍데기를 모아 가운데에 구멍을 뚫고 표면을 매끈하게 다듬었지. 그걸 끈으로 꿰었고, 그렇게 꿴 것을 돈이라고 불렀어.

끈 하나가 물고기 30마리 또는 40마리와 같은 값어치였지만, 여자들은 하루에 끈 하나를 만들어도 생선을 두 마리밖에 못 받았어. 그리고 그 생선은 개이빨, 큰뚱보, 바다사자의 생선 가운데 그들이 먹지 않는 것이었지. 그래서 돈은 모두 그들의 것이 되었어. 그런 뒤 그들은 세다리와 땅을 가진 자들에게 그들이 낼 곡식과 알뿌리를 돈으로 대신 달라고 했고, 홀쭉허리에게는 물고기 대신 돈으로, 돼지턱에게는 염소와 치즈 대신 돈을 달라고 했지. 그래서 아무것도 없는 사람, 남들 밑에서 일하는 사람들은 돈으로 대가를 받았어. 이 돈으로 곡식을 사고 생선, 고기, 치즈도 샀지. 그리고 세다리를 비롯해서 가진 게 있는 사람들도 개이빨과 바다사자와 큰뚱보에게 물건 대신 돈을 주었어. 그리고 그들은 경비대와 파수꾼에게 돈을 주었고, 경비대와 파수꾼은 돈으로 먹을 것을 샀지. 그리고 돈을 만드는 데 비용이 얼마 들지 않아서 개이빨은 경비대에 더 많은 사람을 들였어. 돈을 만들기가 쉬우니까 많은 남자들이 조개껍데기로 돈을 만들려고 했지. 하지만 경비대가 그런 사람들한테 창을 던지고 화살을 쏘았어. 그자들이 부족을 해체하려 한다고 하면서 말이야. 부족을 해체하는 것은 나쁜 일이었어. 그러면 육식족들이 분수령을 넘어와 모두를 죽일 테니까.

큰뚱보는 신의 목소리였는데, 어느 날 부러진갈비뼈를 데려다가 사제로 만들어서 이제 그 사람이 큰뚱보의 입이 되어 큰뚱보의 말을 대신 했지. 두 사람은 다른 사람들을 데려다가 하인으로 삼았어. 홀쭉허리와 세다리와 돼지턱도 집에다 사람을 두고 여러 가지 심부름과 일을 시켰어. 점점 더 많은 사람이 먹을 것을 만드는 일에서 빠져나가서 남은 일꾼들은 어느 때보다 더 많이 일해야 했어. 사람들은 일하기가 싫어서 다른 사람에게 일을 시킬 방법을 찾는 것 같았어. 그리고 찌그러진눈이 그런 방법을 찾았어. 그는 곡식으로 술을 만들었고, 그런 뒤에는 더 이상 일하지 않았어. 그가 개이빨과 큰뚱보 같은 높은 사람들을 몰래 만나서 술은 오직 찌그러진눈만 만들 수 있게 했거든. 하지만 찌그러진눈은 일하지 않았어. 다른 사람들이 그를 위해 술을 만들었고, 그는 그들에게 돈을 주었지. 그런 뒤 그는 돈을 받고 술을 팔았고, 모두가 그 술을 샀어. 그리고 찌그러진눈은 개이빨과 바다사자와 그들 모두에게 많은 돈을 주었어.

개이빨이 두 번째 아내와 세 번째 아내를 들였을 때 큰뚱보와 부러진갈비뼈는 그를 지지했어. 개이빨은 보통 사람들과 다르고, 큰뚱보가 집에 모신 신 아래로 가장 높은 사람이라고 했어. 개이빨도 그 말에 동의하면서 자기가 아내를 여럿 두는 것에 불만을 품는 자가 누구인지 물었어. 개이빨은 큰 카누를 만들고 많은 사람들을 일에서 빼냈어. 그 사람들은 개이빨이 타는 카누의 노를 젓는 것 말고는 하는 일이 없어서 늘 햇빛을 쬐며 뒹굴었지. 얼마 후 개이빨은 호랑이얼굴을 경비대 대장으로 세우고 오른팔로 삼았어. 개이빨이 어떤 사람을 싫어하면 호랑이얼굴이 그 사람을 죽였어. 또 호랑이얼굴도 다른 사람을 오른팔로 삼아서 또 다른 사람을 대신 죽이게 했어.

정말 이상했어. 시간이 흐를수록 남은 사람들은 더 열심히 일을 하는데도 먹을 것은 점점 줄어들었거든."

"하지만 염소와 곡식과 알뿌리와 어망이 있잖아요." 어둠이무서워가 말했다. "그건 어떻게 된 건가요? 사람들이 일을 하는데도 먹을 것이 줄어들었나요?"

"그렇단다." 긴 수염이 말했다. "어망을 가진 세 사람은 어망이 생기기 전에 온 부족이 잡은 것보다 더 많은 고기를 잡았어. 하지만 내가 우리는 바보였다고 말하지 않았니? 고기를 더 많이 잡을수록 우리가 먹을 것은 더 적어졌어."

"그렇다면 일을 하지 않는 사람들이 그걸 모두 먹었다는 거잖아요?" 노란머리가 물었다.

긴 수염이 슬픈 얼굴로 고개를 끄덕였다. "개이빨이 키우는 개들은 고기를 잔뜩 먹었고, 아무 일도 안 하고 햇빛에 누워 뒹구는 자들은 살이 뒤룩뒤룩 쪘지만, 많은 아이들이 배가 고파서 잠을 못 자고 울었지."

사슴몰이는 기근 이야기가 나오자 곰 고기 한 덩이를 잘라서 꼬챙이에 꿰고 석탄불에 구웠다. 그리고 그것을 쩝쩝 먹으면서 긴 수염의 이야기를 들었다.

"우리가 불평하면 큰뚱보가 일어섰고, 신이 현명한 자들에게 땅과 어망과 술을 갖게 했다고 말했어. 그 현명한 자들이 없으면 우리는 모두 나무에 살던 시절보다 나을 게 없을 거라고.

그리고 어떤 사람이 나타나서 왕을 위해 노래하는 가수가 되었어. 우리는 그 사람을 벌레라고 불렀어. 아주 작은 데다 얼굴도 사지도 볼품없고, 일에도 솜씨가 없었거든. 벌레는 기름진 골수와 최고급 생선, 갓 짜낸 염소젖, 햇곡식, 불이 있는 아늑한 집을 좋아했어. 그리고 왕의 가수가 되면서 아무것도 하지 않고 살찔 수 있는 방법을 찾았지. 사람들의 불평이 높아지고 몇몇 사람이 왕의 초가집에 돌을 던지자, 벌레는 고기잡이족으로 사는 것이 얼마나 좋은가 하는 노래를 불렀어. 그는 고기잡이족은 신이 선택한 부족이고, 신이 창조한 최고의 부족이라고 노래했어. 육식족은 소돼지라고, 고기잡이족이 신의 명령에 따라 싸우고 죽는 것은 정말로 훌륭한 일이라고 노래했어. 신의 명령이란 육식족을 죽이는 걸 말하지. 그 노랫말은 우리 가슴에 불길을 던졌고, 우리는 육식족과 싸우러 달려 나갔어. 우리는 우리가 배고픈 걸 잊고, 불평했던 것도 다 잊고, 호랑이얼굴이 우리를 이끌고 분수령을 넘어가는 모습에 감격했지. 거기에서 우리는 육식족을 많이 죽이고 기뻐했어.

하지만 바다 계곡의 상황은 좋아지지 않았어. 먹을 것을 얻는 방법은 세다리와 홀쭉허리와 돼지턱 밑에서 일하는 것밖에 없었어. 곡식을 심을 땅이 없었으니까. 그리고 그들에게 필요한 일꾼의 수보다 일자리를 원하는 사람의 수가 더 많았지. 그래서 사람들은 배를 곯았고, 아내와 아이들과 노모도 마찬가지였어. 호랑이얼굴은 원하면 경비대에 들어오라고 했고, 실제로 많은 사람이 경비대에 들어가서, 수많은 게으름뱅이들을 먹여 살리느라 힘들어 불평하는 일꾼들에게 창을 찌르는 일밖에 아무것도 하지 않게 되었지.

그리고 우리가 불평하면 벌레가 새로운 노래를 불렀어. 그는 세다리와 돼지턱 무리는 강한 사람들이고, 그래서 그렇게 많은 걸 갖고 있다고 노래했어. 우리는 그렇게 강한 사람들이 곁에 있는 걸 기뻐해야 한다고, 그러지 않으면 우리 자신의 나약함과 육식족 때문에 망할 테니, 기꺼이 그런 강한 자들에게 모든 것을 바쳐야 한다고 했어. 큰뚱보와 돼지턱과 호랑이얼굴과 그들 무리는 이게 모두 맞는 말이라고 했지.

그러자 긴송곳니가 '좋아, 그렇다면 나도 강자가 되겠어' 하며 곡식을 가져다 술을 만들어서 돈을 받고 팔았지. 찌그러진눈이 불평을 하자 긴송곳니는 자기도 강자라면서 찌그러진눈에게 더 시끄럽게 굴면 골통을 깨 버리겠다고 했어. 그러자 찌그러진눈은 겁이 나서 세다리와 돼지턱에게 갔고, 다시 그들 셋이 함께 개이빨에게 갔어. 개이빨이 바다사자에게 말했고, 바다사자는 호랑이얼굴에게 사람을 보내 소식을 전했어. 그리고 호랑이얼굴은 경비대를 보내서 긴송곳니의 집을 태우고 그가 만든 술도 모두 태웠어. 긴송곳니와 가족도 모두 죽였지. 큰뚱보는 그게 좋은 일이라고 말했고, 벌레는 법을 지키는 게 얼마나 좋은지, 바다 계곡이 얼마나 좋은 곳인지, 그리고 바다 계곡을 사랑하는 자들은 모두 나가서 나쁜 육식족을 죽여야 한다고 노래했어. 그의 노래는 다시 우리 가슴에 불길이 되었고, 우리는 불평하는 법을 잊었어.

아주 이상했어. 홀쭉허리는 고기를 너무 많이 잡은 바람에 그걸 팔아도 돈을 별로 못 벌게 되면 잡은 고기를 도로 바다에 버렸어. 그러면 남은 고기로 돈을 더 많이 벌 수 있었거든. 그리고 세다리는 곡식을 더 비싸게 팔기 위해 넓은 밭을 놀리는 일이 많았어. 그리고 여자들이 조개껍데기로 돈을 너무 많이 만드는 바람에 무얼 살 때 돈이 아주 많이 필요해지자, 개이빨은 이제 돈을 만들지 못하게 했어. 여자들은 할 일이 없어져서 남자들 일을 시작했어. 나는 어망에서 일하고 닷새에 한 번씩 돈을 받았어. 하지만 이제 내 여동생도 일을 하면서 열흘마다 돈을 받았지. 여자들은 돈을 덜 받았고, 먹을 것은 부족했고, 호랑이얼굴은 우리더러 경비대가 되라고 했어. 하지만 나는 경비대가 될 수 없었어. 호랑이얼굴은 나처럼 한쪽 다리가 성치 않은 사람은 쓰지 않았을 거야. 그리고 나 같은 사람이 많았어. 우리처럼 몸이 온전치 않은 사람들은 일거리를 달라고 구걸하거나 일하는 여자들의 아기를 돌보는 일밖에 할 게 없었어."

노란머리도 그 이야기에 배가 고파져서 석탄불에 곰 고기를 구웠다.

"하지만 왜 모두 들고일어나서 세다리와 돼지턱과 큰뚱보 무리를 죽이고 먹을 것을 빼앗지 않았나요?" 어둠이무서워가 물었다.

"우리가 잘 몰랐기 때문이야." 긴 수염이 대답했다. "생각할 게 너무 많았고, 경비대는 툭하면 창을 휘두르고, 큰뚱보는 신을 말하고, 벌레는 새로운 노래를 불렀어. 그리고 누가 옳은 생각을 하고 옳은 말을 하면, 호랑이얼굴과 경비대가 잡아가서 썰물이 되어 물이 빠진 바닷가 바위에 묶었고, 그러면 밀물이 들었을 때 죽었어.

돈, 그건 정말 이상한 물건이야. 마치 벌레의 노래 같았어. 괜찮은 것 같지만 그렇지 않았고, 우리는 그걸 얼른 알아차리지 못했어. 개이빨은 돈을 그러모았어. 그걸 초가집에 잔뜩 쌓아 두고 경비대에게 밤낮없이 지키게 했어. 그자가 집에 돈을 많이 쌓아 둘수록 돈은 점점 귀해졌고, 사람들은 한 푼이라도 벌려면 전보다 더 많이 일을 해야 했어. 그러면 또 육식족과 싸우자 어쩌고 하는 이야기가 나왔고, 개이빨과 호랑이얼굴은 여러 채의 집에 곡식, 말린 생선, 절인 염소 고기, 치즈를 잔뜩 쌓아 두었지. 그리고 그렇게 먹을 게 많은데도 사람들은 굶주렸어. 하지만 그게 무슨 상관이야? 사람들이 불만에 찰 때마다 벌레는 새로운 노래를 불렀고, 큰똥보는 신이 우리에게 육식족을 죽이라 명령했다고 했고, 호랑이얼굴은 우리를 데리고 분수령을 넘어가서 그들도 죽이고 우리도 죽게 했어. 나는 경비대에 들어가 햇빛 아래 뒹굴 자격이 없었지만, 전쟁이 벌어지면 호랑이얼굴은 나도 기꺼이 데리고 갔어. 그리고 그들의 집에 저장된 음식을 다 먹으면, 우리는 전쟁을 멈추고 그들에게 더 많은 음식을 쌓아 주려고 일하러 갔지."

"모두 제정신이 아니었던 것 같네요." 사슴몰이가 말했다.

"정말로 모두 제정신이 아니었어." 긴 수염이 동의했다. "모든 게 다 이상했어. 깨진코라는 자가 있었어. 그자가 모든 게 잘못되었다고 말했지. 우리가 힘을 합해서 힘이 강해진 건 맞다고 했어. 우리가 처음으로 부족을 이루었을 때, 힘이 너무 세서 부족에 해를 입히는 사람들에게서 힘을 빼앗은 건 잘한 일이라고도 했어. 형제의 머리를 부수고 아내를 빼앗던 자들 말야. 그런데 우리 부족은 이제 강해지는 대신 오히려 더 약해지고 있고, 그건 다른 종류의 힘으로 부족을 해치는 사람들이 있기 때문이라고 했어. 세다리처럼 땅의 힘을 가진 자, 홀쭉허리처럼 어망의 힘을 가진 자, 돼지턱처럼 염소 고기의 힘을 가진 자들이 그런 사람이라고. 깨진코는 그러니까 이자들에게서 사악한 힘을 빼앗아야 한다고 말했어. 그들도 모두 일을 하게 하고, 일하지 않는 자는 먹지도 못하게 해야 한다고.

그러자 벌레는 다시 깨진코 같은 사람들에 대한 노래를 만들었지. 그들은 다시 나무 위로 돌아가려고 하는 사람들이라고.

하지만 깨진코는 그렇지 않다고 했어. 자기는 과거로 돌아가는 게 아니라 앞으로 나아가고자 한다고, 우리는 힘을 합해야 강해지는 게 맞다고, 고기잡이족이 육식족과 힘을 합치면 싸움도 없고, 파수꾼도 없고, 경비대도 없고, 모두가 일을 하면 먹을 게 많아서 모두가 하루에 2시간씩만 일하면 된다고 했어.

그러자 벌레는 다시 노래를 했지. 깨진코는 게으름뱅이라고. 〈별들의 노래〉라는 노래도 있었어. 그건 정말 이상한 노래였지. 그 노래를 들으면 다들 독한 술을 마신 것처럼 미쳤어. 그 노래는 못된 말벌이 꿀벌의 집에 들어와서 꿀을 훔치려고 한다는 이야기였어. 게으름뱅이 말벌이 꿀벌들한테 일할 필요가 없다고 말했다는 거야. 또 꿀벌들에게 곰과 친하게 지내라고, 곰은 꿀 도둑이 아니라 착한 친구라고 말했다고 했어. 벌레가 노랫말을 교묘하게 만들어서, 그 노래를 들으면 꿀벌은 바다 계곡 부족이고 곰은 육식족이라는 걸 알 수 있었어. 게으른 말벌은 깨진코였지. 꿀벌들이 말벌의 이야기를 듣고 멸망하기 일보 직전까지 갔다고 벌레가 노래하자 사람들은 길길이 뛰었고, 또 마침내 착한 꿀벌들이 일어나서 말벌을 죽였다고 노래하자 사람들은 돌을 들어 깨진코에게 던졌지. 결국 깨진코는 죽고, 그 자리에는 돌멩이가 수북이 쌓여서 모습조차 보이지 않게 되었어. 날마다 고되게 일하면서도 굶주리는 가난한 사람들이 깨진코에게 돌을 던졌어.

깨진코가 죽은 뒤 자기 생각을 말하는 사람은 한 명뿐이었어. 바로 털보얼굴이었지. 털보얼굴이 물었어. '강한 자들의 힘은 어디로 간 거지? 우리는 모두 강해. 우리는 아무 일도 안 하고 많이 먹으면서 나쁜 힘으로 우리를 해치는 개이빨이나 호랑이얼굴이나 세다리나 돼지턱보다 강해. 노예는 강하지 않아. 만약 불의 사용법을 처음 알아낸 사람이 그 힘을 혼자 사용했다면 우리는 그의 노예가 됐을 거야. 지금 우리가 어망의 사용법을 처음 알아낸 홀쭉허리나 땅과 염소와 술의 사용법을 알아낸 사람들에게 노예가 된 것처럼 말야. 형제들, 우리는 예전에 나무에 살았고, 그때는 안전하지 않았어. 하지만 이제는 우리끼리 싸우지 않아. 우리는 힘을 합했어. 그러니 육식족과도 싸우지 말아야 해. 그들과 힘을 합해야 해. 그러면 우리는 정말로 강해질 거야. 그러면 우리 고기잡이족이랑 육식족이 함께 나가서 호랑이와 사자와 늑대와 들개를 죽이고, 모든 언덕에서 염소를 기르고, 모든 산과 계곡에 곡식과 알뿌리를 심을 거야. 그런 날이 오면 우리는 아주 강해져서 야생 동물도 달아날 거야. 누구도 우리에게 저항하지 못할 거야. 각자의 힘이 세상 모든 사람의 힘이 될 테니까.'

털보얼굴이 그렇게 말하자, 사람들은 그자를 죽였어. 그자는 미친자고, 나무로 돌아가서 살고 싶어 한다고 말하면서. 아주 이상했어. 누군가가 일어나서 앞으로 나아가려고 하면, 서 있는 사람들이 저자는 옛날로 돌아가려는 자이니 죽여야 한다고 말했어. 그러면 가난한 사람들도 함께 그 사람에게 돌을 던졌지. 그들은 바보였어. 우리 모두 바보였어. 일도 하지 않으면서 살만 뒤룩뒤룩 찌는 사람들만 빼고. 바보들이 현명하다는 말을 듣고, 현명한 자들은 돌에 맞아 죽었지. 일하는 자들은 배를 곯았고, 일하지 않는 자들은 너무 많이 먹었어.

그리고 우리 부족은 힘을 잃기 시작했어. 아이들은 허약하고 병에 잘 걸렸어. 제대로 먹지 못해서 이상한 병이 돌았고, 사람들은 파리 떼처럼 죽었어. 그때 육식족이 침입했지. 우리는 그동안 너무 자주 호랑이얼굴을 따라 분수령을 넘어가서 그들을 죽였어. 이제 그들이 피의 복수를 하러 온 거야. 우리는 너무 약하고 병이 들어서 장벽을 지킬 수가 없었고, 그들은 우리를 모두 죽였어. 몇몇 여자만 살려서 자기네 땅으로 데려갔지. 벌레와 나는 도망쳤고, 나는 거친 땅에 숨어서 짐승을 사냥해 먹었는데, 그러자 배를 곯는 일이 없어졌어. 나는 육식족의 아내 하나를 훔쳐서 사람들이 찾지 못하는 높은 산의 동굴에 가서 살았어. 그리고 아들을 셋 낳았고, 그 세 아들 다 육식족의 아내를 훔쳤지. 나머지는 너희도 알 거다. 너희는 내 아들들의 아들들이니."

"그러면 벌레는요? 그 사람은 어떻게 됐나요?" 사슴몰이가 물었다.

"그 사람은 육식족에게 가서 그곳 왕의 가수가 되었어. 이제는 노인이지만, 예전과 똑같은 노래를 부른단다. 사람들이 일어서서 나아가려고 하면 그자들은 예전으로 돌아가서 나무에서 살려고 한다고."

긴 수염은 곰 시체 속에서 비계를 한 움큼 빼내서 이 없는 잇몸으로 빨아 먹었다.

"언젠가," 그가 손을 허리에 닦으면서 말했다. "바보들은 다 죽고, 살아 있는 사람들은 앞으로 나아갈 거야. 그들이 강한 자들의 힘을 갖고, 그 힘을 합해서 이 세상 모든 사람이 다른 사람과 싸우지 않게 될 거야. 경비대, 장벽을 지키는 파수꾼도 없어질 거야. 그리고 털보얼굴의 말대로 모든 맹수를 죽이고, 모든 언덕이 염소 풀밭이 되고, 모든 산골짜기에 곡식과 알뿌리를 심게 될 거야. 그리고 모든 사람이 형제가 되고, 아무도 햇빛 아래 뒹굴면서 남이 만든 걸 먹고 살지 않게 될 거야. 바보들은 다 죽고 〈벌들의 노래〉 같은 걸 부르는 사람은 없는 세상이 올 거야. 사람은 벌이 아니니까."

전쟁
War

I

그는 스물넷에서 스물다섯 살 정도 된 젊은이였고, 그토록 조심스럽고 긴장한 상태가 아니었다면 젊은이답게 경솔하고 유쾌한 자세로 말을 탔을지도 모른다. 그의 검은 눈은 사방을 떠돌며 작은 새들이 뛰어다니는 가지를 훑었고, 숲의 변화하는 풍경을 뚫고 계속 앞을 내다보다가 언제나 양옆의 덤불로 돌아갔다. 그는 귀도 쫑긋 세웠지만, 사방은 조용하고, 들리는 소리는 서쪽 먼 곳에서 울리는 무거운 대포 소리뿐이었다. 그 소리는 그의 귀에 몇 시간째 단조롭게 울렸기에, 오히려 그것이 그쳐야만 관심을 끌 것 같았다. 그에게는 더 긴급한 일이 있었기 때문이다. 그의 안장 앞머리에는 카빈총이 놓여 있었다.

어찌나 긴장하고 있었는지 메추라기 한 무리가 말 앞에서 하늘로 폭발하듯 날아오르자 그는 깜짝 놀라서 자동적으로 말고삐를 당기고 카빈총을 어정쩡하게 들어 올렸다. 그런 뒤 머쓱하게 웃으며 침착함을 되찾고 계속 길을 갔다. 그는 너무도 긴장한 데다 자신의 일에 깊이 몰두해 있어서 땀이 눈에 들어가도 닦지 않았고, 그 땀은 코를 흘러내려서 안장 손잡이에 툭툭 떨어졌다. 기병대 모자의 띠는 새로 흐른 땀에 얼룩이 졌다. 그가 탄 얼룩빼기 말도 땀에 흠뻑 젖었다. 바람 한 점 없이 뜨거운 날의 정오였다. 새도 다람쥐도 햇빛 아래로 나오지 않고 나무 그늘에서 쉬고 있었다.

청년과 말의 몸통에 나뭇잎이 흩어지고, 노란 꽃가루가 뿌옇게 덮였다. 사람들은 꼭 필요한 경우가 아니면 야외에 나오지 않았기 때문이다. 청년은 숲 밖으로 나가지 않았고, 마른 습지나 노출된 오르막 목초지를 지날 때면 어김없이 멈춰 서서 주변을 둘러보았다. 길은 꼬불꼬불했지만 그는 계속 북쪽으로 갔다. 그가 두려워하며 찾는 것은 북쪽에 있었다. 그는 겁쟁이가 아니었지만 보통의 문명인 이상의 용기는 없었고, 살고 싶지 죽고 싶지 않았다.

작은 언덕을 오를 때는 덤불 사이의 소로로 갔는데, 덤불이 너무 빽빽해서 말에서 내려 말을 끌고 가야 했다. 하지만 길이 서쪽으로 굽자 그 길에서 나와 참나무 언덕 능선을 타고 다시 북쪽으로 갔다.

능선은 가파른 내리막길이 되었다. 너무 가팔라서 그는 비탈 표면을 지그재그로 가야 했고, 떨어진 낙엽과 엉킨 덩굴 틈에 자꾸 미끄러졌으며, 말이 자신에게 쓰러질까 잘 살펴야 했다. 땀이 줄줄 흘렀고, 꽃가루가 알싸한 맛과 냄새로 갈증을 키웠다. 아무리 조심해도 내려가는 길은 시끄러웠고, 그는 자주 멈춰 서서 메마른 더위 속에 숨을 몰아

쉬며 아래쪽에 어떤 위험 신호가 있지는 않은지 귀를 기울였다.

비탈을 다 내려오자 평지가 나왔는데, 숲이 너무나 빽빽해서 끝을 가늠할 수가 없었다. 여기에서 나무의 특징이 변해서 그는 다시 말에 오를 수 있었다. 언덕 기슭의 참나무들은 이리저리 뒤틀린 데 반해 축축하고 기름진 이 땅의 참나무들은 키가 크고 꼿꼿하며 줄기가 두껍고 잎이 무성했다. 덤불은 여기저기 흩어져 있어서 쉽게 피할 수 있었고, 또한 전쟁으로 내쫓기기 전에 소들이 풀을 뜯었던 구불구불하고 공원 같은 습지들을 여러 차례 마주쳤다.

길이 골짜기로 내려가서 그는 더 빨리 움직일 수 있었고, 30분 뒤 어느 빈터 가장자리의 낡은 울타리 앞에 섰다. 뻥 뚫린 공간이 별로 마음에 들지 않았지만, 길은 그곳을 지나 나무들이 서 있는 개울둑으로 이어져 있었다. 뻥 뚫린 공간은 겨우 400~500미터 정도였지만 그래도 그는 그곳으로 들어서고 싶지 않았다. 개울가의 숲에 라이플총이 한 자루, 스무 자루, 천 자루 숨어 있을지도 몰랐다.

그는 출발하려고 두 번 시도했다가 두 번 다 멈춰 섰다. 고립무원인 자신의 상태가 무서웠다. 서쪽에서 울리는 전쟁의 맥동은 수천 명이 함께 싸운다는 뜻이었다. 여기는 고요와 그 자신뿐이었고, 더 있다면 매복처에서 총알이 날아와 박힐 가능성뿐이었다. 하지만 그의 과제는 발견하기 두려운 것을 발견하는 것이었다. 그는 언젠가 어디선가 상대편에 속한 사람을 만날 때까지 가야 했다. 그 사람들도 그와 마찬가지로 적과 접촉한 내용을 보고하기 위해 정찰을 하고 있을 것이다.

그는 마음을 바꾸고 숲 안쪽을 통해 둘러 가다가 다시 앞을 내다보았다. 이번에는 빈터 한복판에 작은 농가가 보였다. 사람 흔적은 없었다. 굴뚝에도 연기가 나지 않았고, 마당에 꼬꼬댁거리는 닭도 없었다.

부엌문이 열려 있어서 그 검은 구멍을 한참 들여다보았더니 아무 때고 농부의 아낙이 불쑥 튀어나올 것만 같았다.

그는 마른 입술에서 꽃가루와 먼지를 핥고 몸과 마음을 다진 뒤 타오르는 햇빛 속으로 나갔다. 아무 일도 없었다. 그는 집을 지나갔고, 강변의 숲으로 다가갔다. 하지만 한 가지 생각이 악착같이 계속되었다. 고속 총알이 자기 몸에 박히는 것이었다. 그 때문에 그는 자신이 아주 나약하고 무방비하게 느껴져서 안장에 낮게 붙어 몸을 웅크렸다.

숲가에서 말고삐를 잡고 100미터가량 걷자 개울이 나왔다. 개울은 폭이 6미터 정도였고, 흐르는 것 같지는 않았지만 시원하고 맛있어 보였다. 그리고 그는 목이 말랐다. 하지만 그는 나뭇잎 장막 안에서 반대편 장막에 시선을 고정한 채 한동안 기다렸다. 아예 편하게 기다릴 수 있도록 카빈총을 무릎에 올려놓고 자리에 앉았다. 시간은 흘렀고, 그도 천천히 긴장이 풀렸다. 마침내 그는 위험이 없다고 판단했다. 하지만 덤불을 가르고 물로 몸을 숙이려고 할 때 맞은편 덤불이 움직였다.

어쩌면 그것은 새인지도 몰랐다. 하지만 그는 기다렸다. 다시 한 번 덤불이 흔들리더니 사람 얼굴이 불쑥 튀어나와서 그는 자칫 소리를 지를 뻔했다. 그 얼굴은 몇 주일 동안 깎지 않은 적갈색 수염으로 덮여 있었다. 파란 눈동자의 두 눈은 미간이 넓었고, 얼굴 가득 피로와 불안이 퍼져 있음에도 눈가에는 웃음이 만들어 낸 잔주름이 패어 있었다.

이 모든 것을 그는 현미경을 보듯 또렷이 보았다. 거리가 6미터밖에 되지 않았기 때문이다. 그리고 이 모든 일이 너무도 순식간에 일어나서 그는 카빈총을 어깨에 올렸다. 그리고 조준경을 들여다보며 그 사람은 이제 죽은 목숨이나 마찬가지라고 생각했다. 그렇게 짧은 직사

거리에서 그건 너무도 분명한 사실이었다.

하지만 그는 쏘지 않았다. 천천히 카빈총을 내려놓고 앞을 바라보았다. 물병을 든 손이 보였고, 적갈색 수염이 병을 채우려고 내려갔다. 물이 쿨렁쿨렁 들어가는 소리가 들리더니 팔과 물병과 적갈색 수염이 다시 덤불 속으로 사라졌다. 그는 오랫동안 기다렸다가 갈증을 달래지 못한 채 다시 말로 기어가서 천천히 햇빛이 내리쬐는 초원을 지나 그 너머의 숲으로 들어갔다.

II

다시 뜨겁고 바람 없는 하루였다. 여러 부속채와 과수원을 거느린 사람 없는 큰 농가가 숲 속 빈터에 서 있었다. 얼룩빼기 말을 타고 안장 앞머리에 카빈총을 놓은 젊은이가 검은 눈을 불안하게 움직이며 숲에서 달려 나왔다. 그는 집이 가까워지자 안도의 한숨을 쉬었다. 초여름에 여기에서 전투가 벌어진 것은 분명했다. 기관총 클립과 빈 탄창이 푸르스름하게 녹슨 채 땅바닥에 뒹굴었고, 젖은 땅은 말발굽 자국들로 어지러웠다. 부엌 바로 옆에 이름과 번호가 적힌 무덤이 있었다. 부엌문 옆의 참나무에는 누더기 차림의 두 남자가 매달려 있었다. 쪼그라들고 망가진 그 얼굴은 인간의 얼굴과 전혀 비슷해 보이지 않았다. 그 아래에서 얼룩빼기 말이 콧김을 뿜었고, 그는 말을 쓰다듬고 달래며 조금 떨어진 곳으로 끌고 가서 묶었다.

집 안은 엉망이었다. 그는 빈 탄창을 밟으며 이 방 저 방에서 창밖을 정찰했다. 남자들이 이 집에 진을 치고 잤고, 어느 방에는 부상자들이 누웠던 것이 분명한 얼룩들이 있었다.

그는 다시 밖으로 나와 말을 끌고 창고 뒤를 지나 과수원으로 들어갔다. 나무 여남은 그루에 익은 사과가 가득 매달려 있었다. 그는 사과를 따 먹으면서 주머니를 채웠다. 그러다 문득 한 가지 생각이 들어 태양을 바라보며 야영지로 돌아갈 시간을 계산했다. 그리고 셔츠를 벗고 소매를 묶어 자루로 만든 뒤 거기에 사과를 담았다.

그가 말에 올라타려는 순간 말이 귀를 쫑긋 세웠다. 남자도 귀를 기울였다. 부드러운 흙을 밟는 발굽 소리가 희미하게 들렸다. 그는 창고 모퉁이로 기어가서 밖을 내다보았다. 말을 탄 남자 여남은 명이 흩어진 대열을 이루어 빈터 맞은편에서부터 다가오고 있었고, 거리는 겨우 100여 미터였다. 그들은 그 집으로 가고 있었다. 몇몇은 말에서 내렸지만, 몇몇은 말 위에 계속 앉아 있는 것이 오래 머물지는 않을 듯했다. 무언가 의논을 하고 있는 것 같았다. 혐오스러운 침략자의 언어로 흥분해서 말하는 소리가 들렸기 때문이다. 시간이 흘렀지만 합의점이 도출되지 않는 것 같았다. 그는 카빈총을 총집에 꽂고 말에 올라탄 뒤 사과를 담은 셔츠를 안장 앞머리에 얹고 차분히 기다렸다.

발소리가 다가오자 그가 말의 옆구리를 거세게 찼고, 말은 신음을 토하며 달려 나갔다. 창고 모퉁이에서 침입자—군복을 입었지만 열아홉, 스무 살 정도밖에 안 되어 보이는 어린 청년—가 말에 치이지 않으려고 뒤로 펄쩍 뛰었다. 동시에 말이 방향을 틀었고, 젊은이는 집 옆에 있던 사람들이 놀라는 모습을 보았다. 어떤 사람들은 말에서 뛰어내렸고, 그는 사람들이 어깨에 라이플총을 올리는 모습을 보았다. 그가 부엌문을 지나고 그늘에서 흔들리는 마른 시체들 곁을 지나자, 적들은 집의 앞쪽으로 돌아갔다. 라이플총이 탕 울리고, 또 한 번 울렸지만, 그는 안장 위에 몸을 낮게 기울이고 전속력으로 달렸다. 한 손으로는 사과를 담은 셔츠를 잡고 다른 손으로는 말의 방향을 잡았다.

울타리 상단 난간은 높이가 1.2미터 정도였지만 그는 자신의 말을 알았고, 말은 산발적인 총성 속에 맹렬히 질주해서 그것을 뛰어넘었다. 직선으로 700미터 앞에 숲이 있었고, 말은 큰 걸음으로 그 거리를 주파했다. 적들은 모두 총을 쏘고 있었다. 어찌나 많이 쏘는지 개별적인 총성은 들리지 않을 정도였다. 총알 하나가 그의 모자를 뚫었지만 그는 몰랐다. 하지만 또 하나의 총알이 안장 앞머리의 사과를 꿰뚫은 것은 알았다. 그가 움찔하고 몸을 더 낮추는데 낮게 쏜 세 번째 총알이 말 다리 사이의 돌멩이를 맞히고 하늘로 치솟으며 무시무시한 벌레처럼 붕붕거렸다.

탄창들이 비면서 총소리가 줄어들더니 마침내 사격이 그쳤다. 젊은이는 우쭐해졌다. 자신은 그 엄청난 집중포화를 뚫고 멀쩡하게 살아 나온 것이다. 그는 뒤를 돌아보았다. 그렇다. 그들은 탄창이 모두 비었다. 몇몇이 재장전을 하고 있었고, 또 몇몇은 말을 찾아 집 뒤로 돌아가고 있었다. 그가 보는 사이에 이미 두 사람이 말을 타고 모퉁이를 돌아 그를 향해 맹렬히 달려왔다. 동시에 그는 자신이 아는 것이 분명한 적갈색 수염이 땅바닥에 무릎을 꿇고 총을 들어 차분하게 장거리 사격을 준비하는 모습을 보았다.

젊은이는 말에 박차를 가하며 몸을 낮게 웅크리고 상대가 조준하지 못하도록 이리저리 방향을 비틀며 달아났다. 그래도 총알은 오지 않았다. 말이 한 번씩 뛸 때마다 숲은 가까워졌다. 이제 숲이 200미터 정도밖에 남지 않았는데도 총성은 울리지 않았다.

하지만 그는 마침내 총성을 들었고, 그것은 그가 들은 마지막 소리였다. 그는 안장에서 느리게 떨어지기 전에 이미 죽었기 때문이다. 그리고 사람들은 집 앞에서 그가 떨어지고, 그의 몸이 땅바닥에 한 번 튕기고, 빨간 사과들이 터져 나와서 구르는 모습을 보았다. 그들은 난데없이 사과가 폭발한 데 웃고 적갈색 수염을 한 사내의 장거리 사격 솜씨에 박수갈채를 보냈다.

멕시코인
The Mexican

I

그의 이력은 아무도 몰랐다. 훈타*의 사람들은 특히 더 몰랐다. 그는 그들의 '작은 수수께끼'이자 '큰 애국자'였고, 나름대로 다가오는 멕시코 혁명을 위해 누구 못지않게 열심히 일했다. 그들은 처음에는 이 사실을 잘 몰랐다. 훈타의 누구도 그를 좋아하지 않았기 때문이다. 그가 북적대고 정신없는 그들의 공간에 처음 흘러들어 왔을 때, 그들은 모두 그가 스파이가 아닌지 의심했다. 포르피리오 디아스**의 비밀 기관에 매수된 자가 아닌지 의심했다. 너무 많은 동료가 미국 전역의 민간

* 남미의 군사정권 또는 혁명 조직을 가리키는 말. 여기서는 멕시코 혁명 조직을 말한다.
** 1876~1911년까지 멕시코의 대통령을 지낸 독재자. 1911년 멕시코 혁명으로 물러났다.

교도소와 군 교도소에 수감되었고, 어떤 사람들은 국경 너머로 끌려가서 진흙벽돌 벽 앞에서 총살당했다.

처음 보았을 때 그는 별로 호의적인 인상을 주지 않았다. 그때 그는 열여덟 살 정도밖에 안 된 소년이었고, 나이에 비해서도 몸집이 그리 크지 않았다. 그는 자기 이름이 펠리페 리베라이고, 혁명에 힘을 보태는 것이 소망이라고 말했다. 그게 다였다. 다른 말도, 더 이상의 설명도 없었다. 그는 가만히 서서 기다렸다. 입에 미소도 없고, 눈에 싹싹한 표정도 없었다. 대담한 파울리노 베라도 몸속이 부르르 떨렸다. 무언가 섬뜩하고 지독하며 알 수 없는 기운이 느껴졌다. 소년의 검은 눈에는 뱀과 그 독을 닮은 무언가가 있었다. 그것은 차가운 불꽃처럼 타올랐고, 거기에는 응축된 분노가 있었다. 그는 그 번득이는 눈길로 음모가들의 얼굴에서 세스비 부인이 부지런히 두드리는 타자기로 옮겨갔다. 하지만 그의 눈은 부인에게 오래 머물지 않았다. 그녀는 그때 위쪽을 보고 있었다. 그녀도 무언가 알 수 없는 것을 감지하고 손을 멈추었다. 그녀는 쓰던 서한의 리듬을 되찾기 위해 글의 앞쪽을 다시 읽어야 했다.

파울리노 베라는 질문을 담은 눈길로 아렐라노와 라모스를 바라보았고, 그들도 그에게, 그리고 서로에게 의문의 눈길을 보냈다. 그들의 눈에는 의심이 주는 망설임이 떠올라 있었다. 이 가녀린 소년은 미지의 존재로, 미지의 모든 위험을 품고 있었다. 그는 얼른 가늠하기 어려운 인간이었고, 정직하고 평범한 혁명가들과는 동떨어진 무언가를 가지고 있었다. 디아스와 그 폭정에 대한 그들의 분노는 기본적으로 정직하고 평범한 애국자들의 분노였지만 이 소년은 달랐다. 그것은 낯선 것이었지만, 그것이 무엇인지는 알 수 없었다. 하지만 언제나 충동

적이고 행동이 빠른 베라가 나서서 차갑게 말했다.

"좋아. 혁명을 위해 일하고 싶다고? 외투를 벗어서 저기에 걸어라. 양동이와 걸레가 어디 있는지 일러 줄 테니 따라와. 바닥이 더러워. 먼저 이 방의 바닥을 닦고, 그다음에 다른 방들도 닦아야 해. 침 뱉는 타구도 닦아. 그다음에는 창문을 닦고."

"그게 혁명을 위한 일입니까?" 소년이 물었다.

"혁명을 위한 일이야." 베라가 대답했다.

리베라는 모두에게 차가운 의심의 눈길을 던지더니 외투를 벗었다.

"좋아요." 그가 말했다.

그게 다였다. 그는 날마다 와서 쓸고 닦고 씻었다. 난로의 재를 치우고, 석탄과 불쏘시개를 가져와서 그들 중 가장 기운 넘치는 사람이 책상에 나타나기도 전에 불을 지폈다.

"여기에서 자도 되나요?" 그가 한 번 물었다.

아하! 바로 이것이었다. 디아스의 손길이 보였다! 훈타의 거점에서 잠을 잔다는 것은 그들의 비밀, 조직의 명단, 멕시코에 있는 동지들의 주소를 손에 넣는다는 뜻이었다. 그들은 그 요청을 거절했고, 리베라는 두 번 다시 그런 요청을 하지 않았다. 그는 어딘지 모르는 곳에서 자고, 어딘지 모르는 곳에서 무언지 모르는 것을 먹었다. 한번은 아렐라노가 그에게 2달러를 주었다. 리베라는 고개를 저으며 거절했다. 베라가 돈을 받으라고 거들자 그가 말했다.

"저는 혁명을 위해 일하고 있어요."

현대의 혁명에는 돈이 들고, 훈타는 언제나 자금 압박에 시달렸다. 혁명가들은 배를 곯으며 일했고, 하루는 늘 짧았으며, 때로는 혁명이 몇 달러 상관에 달린 것처럼 보이기도 했다. 한번은 집세가 두 달 치

밀려서 집주인이 내쫓겠다고 협박하자, 허름한 옷차림의 청소부 소년 펠리페 리베라가 메이 세스비의 책상에 금화 60달러를 놓고 갔다. 이런 일도 있었다. 또 한번은 타자기로 바쁘게 찍은 300통의 편지—지원을 호소하고, 노동단체의 지지를 요청하고, 신문 편집자들에게 공정 보도를 요구하고, 미국 법정이 혁명가들을 대하는 방식에 항의하는—를 우편 요금이 없어 부치지 못하고 있었다. 베라의 시계는 이미 사라지고 없었다. 부친이 물려준 구식 회중시계였다. 메이 세스비가 약지에 끼었던 금반지도 똑같이 사라졌다. 상황은 절박했다. 라모스와 아렐라노는 절망 속에 콧수염을 잡아당겼다. 편지는 보내야 했고, 우체국은 외상을 주지 않았다. 그러자 리베라가 모자를 쓰고 외출했다. 그리고 돌아와서는 메이 세스비의 책상에 2센트짜리 우표 1,000개를 내려놓았다.

"이게 설마 디아스의 저주받은 돈인가?" 베라가 동료들에게 물었다.

그들은 눈썹만 추켜올릴 뿐 이렇다 저렇다 말을 못 했다. 그 뒤로도 혁명의 청소부인 펠리페 리베라는 일이 생기면 훈타에 금과 은을 내놓았다.

그런데도 그들은 그를 좋아할 수 없었다. 그들은 그를 몰랐다. 그의 행동 방식은 그들과 달랐다. 그는 자기 이야기를 전혀 하지 않았다. 어떤 탐색의 시도도 거절했다. 그는 아직 어렸지만, 그들은 감히 그에게 질문할 엄두를 내지 못했다.

"아주 외로운 아이 같아. 도무지 모르겠어." 아렐라노가 답답한 듯 말했다.

"인간이 아니야." 라모스가 말했다.

"영혼이 마비됐어." 메이 세스비가 말했다. "빛과 웃음이 없어. 죽은 사람과 마찬가지야. 그런데도 맹렬하게 살아 있어."

"지옥을 경험한 게 분명해." 베라가 말했다. "지옥을 경험하지 않은 사람이 그런 표정을 지을 수는 없어. 그런데 그 친구는 아직 어리단 말야."

어쨌건 그들은 그를 좋아하지 못했다. 그는 말도 없고, 질문도 없고, 어떤 제안도 하지 않았다. 그들이 열렬하게 혁명을 이야기하면 표정 없이 서서 들었고, 차갑게 타오르는 눈을 빼면 어디에도 생명력이 보이지 않았다. 사람들의 얼굴을 번갈아 바라보는 그의 눈은 백열하는 얼음 송곳처럼 날카로웠고, 사람들은 그 모습에 당혹했다.

"스파이는 아냐." 베라가 메이 세스비에게 말했다. "애국자야. 우리 중 누구보다도 큰 애국자야. 그건 알겠어. 가슴과 머리로 느껴져. 하지만 그 친구 자체에 대해서는 아무것도 아는 게 없지."

"성격이 격해." 메이 세스비가 말했다.

"그래." 베라가 몸을 떨며 말했다. "그 친구가 그 눈으로 나를 볼 때 거기에서는 애정이 아니라 위협이 느껴져. 호랑이 눈처럼 사나워. 내가 혁명에 불충하게 보이면 그 친구는 나를 죽일 거야. 그 친구는 심장이 없어. 강철처럼 무자비하고 서리처럼 차가워. 사람이 얼어 죽는 추운 밤 산꼭대기의 달빛 같아. 나는 디아스와 그 수하의 살인마들은 두렵지 않아. 하지만 이 젊은 친구는 겁이 나. 정말이야. 겁나. 이 친구는 죽음의 숨결이야."

하지만 베라는 일단 리베라를 믿으라고 동료들을 설득했다. 로스앤젤레스와 캘리포니아 반도 사이의 통신선이 단절되었다. 동료 세 명이 스스로 무덤을 파고 그 앞에서 총살당했다. 로스앤젤레스에서 두 명이 더 잡혔다. 연방 사령관 후안 알바라도는 괴물이었다. 훈타의 모든 계획이 좌초되었다. 그들은 이제 캘리포니아 반도의 혁명가와 새로이 합류한 활동가들과 연락할 수 없게 되었다.

젊은 리베라는 지시를 받고 남쪽으로 갔다. 그가 돌아왔을 때 통신선은 복구되고, 후안 알바라도는 죽었다. 그는 침대에서 가슴에 칼이 깊이 박힌 채 발견되었다. 그것은 리베라에게 지시한 사항 이상의 일이었지만, 훈타 사람들은 그가 움직인 시간을 알았다. 그들은 묻지 않았다. 그도 말하지 않았다. 하지만 그들은 서로를 바라보며 추측했다.

"내가 말했지." 베라가 말했다. "디아스는 누구보다 이 친구를 두려워해야 해. 이 친구는 인정사정없는 신의 손이야."

메이 세스비가 언급하고 모두가 감지한 격한 성미는 구체적인 증거가 있었다. 그는 이따금 입술이 터지고 뺨에 멍이 들고 귀가 부풀어서 나타났다. 그가 먹고 자고 돈을 벌고 그들이 모르는 일을 하는 바깥세상 어딘가에서 싸움을 벌인 것이 분명했다. 시간이 흐르면서 그는 그들이 발행하는 혁명 주간지 조판 일을 하게 되었다. 그런데 그는 손가락 관절이 깨지거나 엄지손가락을 다치거나 한쪽 팔을 쓸 수 없어서 조판을 못 할 때가 여러 번 있었다. 그럴 때 그의 얼굴은 말하지 않는 고통으로 일그러져 있었다.

"망나니야." 아렐라노가 말했다.

"천박한 곳에 자주 가는 거야." 라모스가 말했다.

"하지만 그 돈은 어디에서 나는 거지?" 베라가 물었다. "바로 오늘, 방금 전에 나는 그 친구가 종잇값을 치렀다는 말을 들었어. 140달러야."

"여기 안 올 때가 가끔 있잖아." 메이 세스비가 말했다. "그리고 그 이유를 설명한 적은 한 번도 없어."

"그 친구한테 감시를 붙여야 해." 라모스가 말했다.

"내가 감시하고 싶지는 않아." 베라가 말했다. "그러면 자네들은 아마 장례식 때나 나를 볼 거야. 저 친구한테는 엄청난 열정이 있어. 신조차 그 열정을 가로막지 못할 거야."

"그 친구 앞에 서면 내가 어린애가 된 것 같아." 라모스가 털어놓았다.

"그 친구한테서는 아주 강한 힘이 느껴져. 그 친구는 원시인, 야생 늑대, 방울뱀, 독지네야." 아렐라노가 말했다.

"그 친구는 혁명의 화신이야." 베라가 말했다. "그 불길이고 영혼이야. 끝없는 복수심으로 조용히 살상을 행하는 소리 없는 절규야. 밤의 파수꾼을 뚫고 움직이는 파괴의 천사야."

"불쌍하기도 해." 메이 세스비가 말했다. "그 친구는 아는 사람이 없고, 모든 사람을 미워해. 하지만 우리에 대해서는 참아 주고 있어. 우리가 자기 소망의 수단이니까. 그 친구는 혼자야…… 완전히 혼자야." 그녀는 울컥한 듯 목소리가 갈라지고 눈빛이 흐려졌다.

리베라의 행동과 움직이는 시간은 정말로 수수께끼였다. 일주일 내내 모습을 보이지 않을 때도 있었다. 한번은 한 달을 떠나 있었다. 그런 뒤에는 어김없이 아무 예고도 없이 불쑥 돌아와서 메이 세스비의 책상에 금화를 내려놓았다. 그리고 다시 여러 날 여러 주 동안 훈타에서 모든 시간을 보냈다. 그랬다가 다시 불규칙한 기간을 두고 새벽부터 오후 늦게까지 자리를 비웠다. 그리고 그럴 때면 일찍 와서 늦게까지 있었다. 아렐라노는 그가 자정에 다시 부어오른 손으로 또는 새롭게 터진 입술로 피를 흘리며 조판을 하는 모습을 보았다.

위기의 시기가 닥쳤다. 혁명이 훈타에게 달렸건 그렇지 않건 훈타
는 큰 압박을 받았다. 자금 부족은 어느 때보다 심했고, 돈을 구하기는
더 어려워졌다. 애국자들은 모든 돈을 다 바쳤기에 더 이상 바칠 돈이
없었다. 멕시코에서 도망쳐 온 철도 보수 노동자들은 형편없는 봉급
의 절반을 내주었다. 하지만 그것으로는 부족했다. 여러 해에 걸친 눈
물 어린 노력이 결실에 다가가고 있었다. 때는 무르익었다. 혁명은 기
로에 놓여 있었다. 한 번의 움직임, 한 번의 영웅적인 노력이면 고비를
넘어 승리로 나아갈 수 있었다. 그들은 멕시코를 알았다. 일단 시작되
면 혁명은 알아서 나아갈 것이다. 디아스 일당의 체제는 종이 궁전처
럼 무너질 것이다. 국경 지역은 준비되어 있었다. 세계산업노동자동맹
소속 노동자 100명을 거느리고 온 한 양키는 명령이 국경을 넘어와서
캘리포니아 반도 정복을 시작하기를 기다렸다. 하지만 그는 총이 필
요했다. 그리고 대서양까지 훈타와 접촉하는 모든 사람에게 총이 필
요했다. 그들은 그저 모험가, 용병, 날강도, 불만에 찬 미국인 노조 활
동가, 사회주의자, 무정부주의자, 폭력배, 멕시코인 추방자, 도망 노동
자, 매를 맞으며 일해서 더 지독한 복수를 원하는 쾨르드알렌과 콜로
라도의 광산 노동자 들, 그러니까 현대 세계의 미친 혼란에서 떨어져
나온 격렬한 표류물들이었다. 그리고 그들에게는 총과 탄약, 탄약과
총이 필요했다. 그것은 그치지 않는 외침이었다.

국경 전체에 퍼진 이런 잡다하고 가난에 찌들고 원한에 찬 대중을
한번 흔들면 혁명은 알아서 갔다. 그들은 세관, 북부의 통관항들을 점
령할 것이다. 디아스는 버티지 못할 것이다. 그는 그들에게 군대를 보

내지 못할 것이다. 남쪽을 지켜야 하기 때문이다. 하지만 남쪽에도 불길이 퍼질 것이다. 사람들이 일어설 것이다. 도시의 방벽이 차례로 무너질 것이다. 주들이 하나둘 쓰러질 것이다. 그리고 마침내 사방에서 승리의 혁명군이 디아스의 마지막 교두보인 멕시코시티로 압박해 들어갈 것이다.

하지만 돈이 없었다. 때가 오기만을 기다리는, 총을 사용할 사람들이 있었다. 총을 팔고 건네줄 업자도 알았다. 하지만 여기까지 혁명을 키우는 동안 훈타의 자금은 고갈되었다. 마지막 한 푼까지 다 쓰고, 마지막 자원, 마지막 애국자까지 쥐어짜 냈는데, 위대한 모험은 아직도 기로에 놓여 있었다. 총과 탄약! 누더기 대대라도 무장을 해야 했다. 하지만 어떻게? 라모스는 압수당한 영지를 한탄했다. 아렐라노는 젊은 날의 낭비벽을 눈물로 후회했다. 메이 세스비는 훈타가 지난날 좀 더 절약했더라면 상황이 달랐을까 생각해 보았다.

"멕시코의 자유가 겨우 몇천 달러에 좌우되다니." 파울리노 베라가 말했다.

그들의 얼굴에 절망이 어렸다. 최근에 혁명의 편에 가담해서 자금을 대기로 했던 마지막 희망 호세 아마리요는 치와와에 있는 농장에서 체포되어 자기 집 마구간 앞에서 총살되었다. 그 소식이 이제 막 닿았다.

리베라가 무릎을 꿇고 바닥을 닦다가 고개를 들었다. 솔을 든 그의 맨팔은 더러운 비눗물로 얼룩져 있었다.

"5,000달러면 되나요?" 그가 물었다.

그들은 깜짝 놀랐다. 베라가 고개를 끄덕이고 숨을 꿀꺽 삼켰다. 말은 할 수 없지만 그는 그 순간 커다란 신뢰에 감싸였다.

"총을 주문하세요." 리베라가 말했고, 그런 뒤 어색해하며 그들이 들어 본 적 없을 만큼 긴 이야기를 했다. "시간이 없네요. 3주 후에 5,000 달러를 가지고 올게요. 괜찮아요. 날씨가 따뜻해져서 싸우기 더 좋을 거예요. 그리고 3주가 제가 할 수 있는 최선이에요."

베라는 자신의 믿음에 저항했다. 믿을 수 없었다. 혁명이라는 놀이를 시작한 뒤 너무도 많은 희망이 깨졌다. 그는 이 혁명 조직의 누더기 청소부를 믿었지만, 그러면서도 믿기 어려웠다.

"제정신이 아니구나." 그가 말했다.

"3주 후에 올게요. 총을 주문하세요." 리베라가 말했다.

그는 소매를 내리며 일어서서 외투를 입었다.

"총을 주문하세요. 저는 지금 갈게요." 그가 말했다.

III

급한 목소리와 당황한 걸음, 수많은 전화 통화와 욕설이 오간 뒤에 켈리의 사무실에서 야간 회의가 열렸다. 켈리는 바빴다. 거기에다 불운했다. 그는 뉴욕의 대니 워드를 끌어와서 빌 카시와 대전을 시키기로 했다. 날짜는 3주 뒤였는데, 지금 카시는 스포츠 기자들에게는 비밀이지만 크게 다쳐서 이틀째 몸져누워 있었다. 그를 대신할 사람이 없었다. 켈리는 동부로 정신없이 전신을 보내서 가능한 경량급 선수를 찾았지만 모두 일정이 차 있었다. 그런데 이제 희망이 희미하게 살아났다.

"용기가 대단해." 켈리가 리베라를 한 번 훑어보고 말했다.

리베라의 눈빛에는 적대적인 미움이 담겨 있었지만, 그 얼굴은 계속 무표정했다.

"저는 워드를 이길 수 있어요." 그가 한 말은 그게 전부였다.

"어떻게 알아? 워드가 싸우는 거 본 적 있어?"

리베라는 고개를 저었다.

"워드는 한 손만 쓰고 두 눈을 감고 싸워도 너를 이겨."

리베라는 어깨만 으쓱해 보였다.

"할 말 없어?" 흥행사 켈리가 으르렁거리듯 말했다.

"저는 그 사람을 이길 수 있어요."

"지금껏 누구하고 싸웠는데?" 마이클 켈리가 물었다. 마이클은 흥행사 켈리의 동생으로 옐로스톤 도박장을 운영해서 권투 경기로 큰돈을 벌었다.

리베라는 말없이 차가운 시선으로 대답했다.

흥행사의 비서인 경쾌한 남자가 소리 내어 비웃었다.

"로버츠는 알겠지." 켈리가 싸늘한 침묵을 깼다. "그 사람이 여기에 오기로 했어. 전갈을 보냈거든. 앉아서 기다려. 네 모습을 보면 별로 기회는 없을 것 같지만. 형편없는 경기로 팬들을 실망시키면 안 돼. 권투 경기 표가 한 장에 15달러라는 건 알지?"

로버츠가 왔고, 약간 술에 취해 있었다. 그는 키가 크고 호리호리하고 느슨한 사람으로, 걸음걸이도 말투만큼이나 매끈하고 나른하며 또 느렸다.

켈리는 바로 본론으로 들어갔다.

"로버츠, 자네가 이 멕시코 친구를 발견했다고 자랑했잖아. 카시는 지금 팔이 부러졌는데, 지금 이 꼬마가 배짱도 좋게 여기에 와서 카시

대신 싸우겠다고 하는군. 어떻게 생각해?"

"괜찮아, 켈리. 이 친구는 싸울 줄 알아." 로버츠가 느리게 말했다.

"다음에는 이 친구가 워드를 이길 거라고 말할 것 같은걸."

로버츠는 그 말을 신중히 생각해 보았다.

"아니, 그런 말은 안 하겠어. 워드는 일류 선수고, 링의 제왕이야. 하지만 리베라를 간단히 보낼 수는 없을 거야. 나는 리베라를 잘 알아. 이 친구를 흥분시킬 수는 없어. 내가 아는 한 리베라는 절대 흥분하지 않아. 그리고 이 친구는 양손잡이야. 어떤 자세에서도 케이오 펀치를 날릴 수 있어."

"그건 됐고. 경기를 어떻게 할 것 같아? 자네는 평생토록 권투 선수를 훈련시켰잖아. 나는 자네의 판단을 존중해. 이 친구가 돈값을 할 수 있겠어?"

"당연하지. 그리고 리베라 때문에 워드가 꽤나 애를 먹을걸. 자네는 이 친구를 모르지만 나는 알아. 내가 발견했어. 이 친구는 흥분하지 않는 악마야. 누가 물어보면 혜성같이 나타난 신예라고 해. 워드는 이 무명 친구의 재능에 긴장할 거고, 자네들도 긴장할 거야. 리베라가 워드를 깰 수 있다고 말하지는 않겠지만 멋진 경기를 해서 새로운 강자의 출현을 알릴 거야."

"좋아, 워드에게 전화해." 켈리가 비서에게 돌아섰다. "내가 보고 괜찮으면 연락할 테니 오라고 해 두었어. 워드는 지금 맞은편 옐로스톤에 있어." 그는 트레이너에게 돌아섰다. "술 한잔하겠어?"

로버츠는 하이볼을 홀짝이며 감추어 둔 이야기를 했다.

"내가 이 조그만 녀석을 어떻게 발견했는지 얘기 안 했지? 이태 전에 이 친구가 우리 구역에 나타났어. 나는 딜레이니와 대전을 앞두고 프레인을 훈련시키고 있었지. 프레인은 고약한 친구야. 자비심이라고는 눈곱만큼도 없는 성정이지. 너무 인정사정없이 때려서 훈련 상대를 찾기가 힘들었어. 그때 이 조그맣고 끼니도 못 채운 멕시코 아이가 어슬렁거리는 걸 봤고, 나는 너무 절박했어. 그래서 아이에게 글러브를 끼워서 들여보냈지. 이 아이는 생가죽보다 질겼지만 약했어. 그리고 권투의 ABC도 모르더군. 프레인은 리베라를 늘씬하게 두드려 팼어. 하지만 리베라는 그렇게 힘든 경기를 2라운드나 버티고 기절했어. 배를 곯았던 거야. 그게 전부였어. 얼마나 맞았느냐고? 얼굴을 알아볼 수 없었을 정도야. 나는 리베라에게 50센트를 주고 푸짐한 식사를 대접했지. 이 친구가 음식을 먹던 그 모습을 자네도 봤어야 해. 이틀 동안 한 끼도 못 먹었다더군. 나는 그게 끝일 줄 알았어. 그런데 다음 날 이 친구가 또 왔어. 그렇게 맞고서 50센트와 푸짐한 식사를 위해 온 거야. 그리고 시간이 지나면서 기술이 조금씩 늘었지. 타고난 싸움꾼이고, 맷집은 믿을 수 없을 정도야. 심성은 그냥 얼음덩어리고, 날 만난 뒤로 한 번에 열 마디 이상을 한 적이 없어. 그냥 묵묵히 맡은 일을 하는 유형이야."

"저도 이 친구를 봤어요. 로버츠 씨와 일 많이 했죠." 비서가 말했다.

"온갖 선수가 리베라하고 시험 대전을 했어." 로버츠가 대답했다. "그러는 동안 이 친구는 그들에게 배웠어. 어떤 친구들은 때려눕힐 수도 있었지만 굳이 그러지 않더군. 권투 자체를 좋아하지는 않는 것 같았어. 그렇게 보였어."

"지난 몇 달 동안 작은 클럽들에서 계속 경기를 했잖아." 켈리가 말했다.

"맞아. 하지만 이유는 몰라. 갑자기 경기에 마음을 쏟는 거야. 번개처럼 나가서 지역의 B급 선수들을 족족 때려눕혔지. 돈이 필요한 것 같았고, 실제로 좀 벌었지만 행색을 보면 도무지 그런 것 같지 않아. 특이해. 무슨 생각을 하는지 아무도 몰라. 어디에서 시간을 보내는지도. 일을 할 때도 일이 끝나면 바로 사라져. 어떤 때는 몇 주일씩 안 보이기도 해. 하지만 남의 말을 안 들어. 제대로 활동하면 큰돈을 벌 수 있는데, 이 친구는 그러고 싶어 하지 않아. 그리고 대전료는 항상 현금만 고집하고."

이 무렵에 대니 워드가 왔고, 그 행차는 꽤나 요란했다. 그는 매니저와 트레이너를 대동하고, 다정함과 선량함과 강력함을 돌풍처럼 몰고 들어왔다. 인사말과 농담이 오가고, 대꾸가 이루어지고, 모두가 웃었다. 그것은 그의 방식이었고, 그중 절반만 진심이었다. 그는 연기에 능숙했고, 다정함을 세상살이라는 게임의 중요 자산으로 여겼다. 실제로 속을 들여다보면 그는 신중하고 차가운 싸움꾼이자 사업가였다. 나머지는 가면이었다. 그를 알거나 그와 거래해 본 사람들은 핵심에 이르면 그가 '빈틈없는 대니'가 된다고 말했다. 그는 경기의 사업 관련 회의에 빠짐없이 참석했고, 어떤 사람들은 매니저도 실제로는 대변인 역할만 할 뿐이라고 했다.

리베라의 방식은 달랐다. 그의 핏줄에는 스페인뿐 아니라 인디언의 피도 흘렀고, 그는 구석에 말없이 앉아서 오직 검은 눈만을 움직여 사람들의 얼굴을 훑으며 상황을 파악했다.

"저 친구로군." 대니가 대전 예정자를 훑어보며 말했다. "만나서 반갑네."

리베라의 눈이 적대적으로 타올랐지만, 대니의 말을 알아들은 표시는 없었다. 그는 그링고*는 모두 싫어했지만, 이 그링고는 그에게도 특이할 만큼 즉각적인 반감을 안겨 주었다.

"이런!" 대니가 흥행사에게 익살맞게 말했다. "설마 나한테 귀머거리 벙어리를 붙여 주는 건 아니겠지요?" 웃음이 사그라지자 그는 또 농담을 던졌다. "로스앤젤레스가 벼랑에 몰린 모양이에요. 임시변통할 수 있는 최대한이 이 정도라면 말예요. 어느 유치원에서 데려온 거죠?"

"리베라는 훌륭한 친구야, 대니. 내 말 허투루 듣지 마. 보기만큼 만만하지 않아." 로버츠가 말했다.

"표는 벌써 반이나 팔렸어." 켈리가 사정했다. "그냥 받아들여, 대니. 이 이상은 우리도 할 수가 없어."

대니는 다시 한 번 리베라를 건성으로 훑어보고 한숨을 쉬었다.

"살살 해 주죠. 이 친구가 버텨 주면요."

로버츠가 콧방귀를 뀌었다.

"조심해야 돼." 대니의 매니저가 경고했다. "행운을 잡은 풋내기한테 모험을 해서는 안 돼."

"알았어요, 조심할게요." 대니가 미소 지었다. "초장에 혼쭐을 내고 다음에는 관중들을 위해 살살 할게요. 15라운드까지 가는 게 좋지 않겠어요, 켈리? 그리고 나서 박살을 내는 거예요."

"그래. 너무 티 나게만 하지 않으면 돼." 매니저가 대답했다.

"그러면 대전료 이야기를 하죠." 대니가 말을 멈추고 계산에 들어갔다. "물론 카시의 경우하고 똑같이 전체 입장료의 65퍼센트예요. 하지만 분배가 달라져야 할 것 같네요. 80퍼센트면 맞을 것 같아요." 그리고 매니저에게 말했다. "어때요?"

---

* 라틴아메리카 사람들이 미국 사람을 경멸적으로 부르는 말.

매니저가 고개를 끄덕였다.

"어때, 좋아?" 켈리가 리베라에게 물었다.

리베라는 고개를 저었다.

"그게 관행이야." 켈리가 설명했다. "대전료는 총 입장료 수입의 65퍼센트야. 너는 신참이고 무명이야. 너하고 대니가 그걸 나눠서 너한테 20퍼센트가 가는 거지. 이 정도면 공정하지 않아, 로버츠?"

"공정해. 너는 아직 유명하지 않으니까." 로버츠가 동의했다.

"총 입장료 수입의 65퍼센트가 얼마죠?" 리베라가 물었다.

"아마 5,000달러, 잘하면 8,000달러 정도야." 대니가 끼어들어 설명했다. "그러면 네 몫은 1,000에서 1,600달러 정도 될 거야. 나 같은 유명 선수에게 얻어맞고 버는 돈치고는 쏠쏠하지. 어때?"

그때 리베라가 모두를 깜짝 놀라게 했다.

"승자가 전부 가져요." 그가 단호하게 말했다.

침묵이 내려앉았다.

"이건 어린아이 손목 비틀기야." 대니의 매니저가 말했다.

대니가 고개를 저었다.

"나는 선수 생활을 오래 했어. 심판이나 지금 속한 회사를 비난하지 않아. 도박 사업자나 가끔 있는 부정 경기에 대해서도 아무 말 안 해. 하지만 나 같은 선수에게 그건 사업적으로 별로 좋지 않아. 나는 경기를 안전하게 해. 모르는 일이거든. 내가 팔이 부러질지도 모르고 내가 먹는 물에 누가 약을 탈지도 몰라." 그는 무겁게 고개를 저었다. "이기건 지건 상관없이 내가 80퍼센트를 갖는 걸로 해. 어때, 멕시코 친구?"

리베라는 고개를 저었다.

대니는 폭발했다. 지금 이것이 핵심이었기 때문이다.

"더러운 멕시코 놈! 마음 같아서는 지금 당장 네 머리를 박살 내고 싶구나."

로버츠가 두 사람 사이를 가로막고 섰다.

"승자가 전부 가져요." 리베라가 무거운 얼굴로 다시 말했다.

"왜 그렇게 고집하는 건데?" 대니가 물었다.

"내가 당신을 이길 수 있어요." 리베라가 에두르지 않고 말했다.

대니는 외투를 벗어 던지려고 했다. 하지만 매니저가 알고 있듯이 그것은 연기였다. 외투는 그에게서 떨어지지 않았고, 대니는 주변 사람들의 만류를 순순히 받아들였다. 모두가 그에게 동조했다. 리베라의 편은 없었다.

"이 바보 같은 친구야." 켈리가 끼어들었다. "너는 무명이야. 우리는 네가 지난 몇 달 동안 무얼 했는지 알아. B급 선수들을 계속 이겼지. 하지만 대니는 급이 달라. 다음 경기가 챔피언 결정전이야. 그리고 너는 무명이야. 로스앤젤레스 밖에서 네 이름을 들어 본 사람은 아무도 없어."

"이제 듣게 될 거예요. 이 경기가 끝나면요." 리베라가 어깨를 으쓱하고 대답했다.

"네가 이길 거라는 생각이 눈곱만큼이라도 드는 거야?" 대니가 불쑥 물었다.

리베라가 고개를 끄덕였다.

"제발. 말 좀 들어. 광고도 생각해야지." 켈리가 부탁했다.

"나는 돈이 필요해요." 리베라가 대답했다.

"너는 천 년이 지나도 나를 못 이겨." 대니가 말했다.

"그러면 왜 버티죠? 쉽게 돈을 벌 수 있는데 왜 싫다고 하나요?" 리베라가 반격했다.

"좋아, 그러면 그대로 해 줄 테니 나한테 뭐라고 하지 마!" 대니가 확신에 사로잡혀 소리쳤다. "네가 링에서 죽을 때까지 너를 두드려 팰 거야. 나를 이렇게 놀렸으니까. 보도자료를 써요, 켈리. 승자가 전부 가진다고. 스포츠 칼럼에 크게 실리게 해요. 원한의 경기라고 이름 붙여요. 이 애송이한테 세상을 좀 가르치겠어요."

켈리의 비서가 글을 적기 시작하자 대니가 가로막았다.

"잠깐! 너 체급은?" 그가 리베라를 돌아보며 물었다.

"경기장에서"라는 대답이 돌아왔다.

"그럴 수 없어, 애송이. 승자가 다 가진다면 오전 10시에 계체를 할 거야."

"승자가 다 갖는 건 맞아요?" 리베라가 말했다.

대니는 고개를 끄덕였다. 그걸로 결정됐다. 그는 힘을 잘 비축해서 링에 오를 것이다.

"10시에 계체요." 리베라가 말했다.

비서의 펜이 종이를 쓱쓱 긁었다.

"그건 2킬로그램을 좌우해." 로버츠가 리베라에게 말했다. "너는 큰 실수를 했어. 이 싸움을 그냥 버렸어. 대니는 황소 같아. 너는 바보고, 저 친구는 널 박살 낼 거야. 너는 눈곱만큼의 가능성도 없어."

리베라는 차분한 미움의 표정으로 응답했다. 그는 자신이 아는 그링고 가운데 가장 신뢰할 만한 사람인 그마저 경멸했다.

IV

리베라가 링에 오르는 모습은 누구도 주목하지 않았다. 미약하고 산발적이며 열의 없는 박수가 울렸을 뿐이다. 관중은 그를 믿지 않았다. 그는 위대한 대니에게 도축당하러 끌려온 양이었다. 게다가 관중은 실망했다. 대니 워드와 빌 카시의 격렬한 대전을 기대했는데, 이제 이 작은 풋내기를 참아 주어야 했다. 그들은 대니에게 두 배, 심지어 세 배의 돈을 걸어서 바뀐 상황에 대한 실망을 표현했다. 그리고 돈이 간 곳에 마음도 가기 마련이었다.

멕시코 소년은 자기 코너에 앉아 기다렸다. 시간이 느리게 흘렀다. 대니는 그를 기다리게 했다. 그것은 오랜 술수였지만, 젊은 신인급 선수들에게는 늘 통했다. 그들은 두려움을 마주하고 앉아서 담배 연기 자욱하고 냉정한 객석을 바라보며 점점 위축되었다. 하지만 이번에 그 술수는 실패했다. 로버츠의 말이 맞았다. 리베라는 흥분하지 않았다. 그는 누구보다도 운동신경이 발달했지만 그런 종류의 신경은 없었다. 자신의 패배를 예견하는 분위기는 그에게 아무 영향을 미치지 못했다. 그의 스태프와 세컨드 들은 그링고이고 낯선 자였다. 그들은 한심한 종자였다. 명예도, 효율도 없는 경기의 더러운 표류물이었다. 그들은 또 자기가 맡은 코너가 질 것이라는 확신으로 냉담하게 굴었다.

"조심해야 돼." 스파이더 해거티가 주의를 주었다. 스파이더는 그의 제1 세컨드였다. "버틸 수 있을 때까지 최대한 버텨. 그게 내가 켈리한 테서 받은 지시야. 안 그러면 로스앤젤레스 신문들은 조작 경기라고 하면서 더 비난할 거야."

그런 말은 전혀 용기를 주는 말이 아니었다. 하지만 리베라는 신경 쓰지 않았다. 그는 프로 권투 경기를 경멸했다. 그것은 혐오스러운 그 링고의 혐오스러운 경기였다. 그가 애초에 권투 훈련장에서 인간 샌드백으로 그 일을 시작한 것은 배가 고팠기 때문이었다. 자신이 거기에 놀라운 재능이 있다는 것은 아무 의미가 없었다. 그는 그 일을 싫어했다. 훈타에 들어가기 전까지 그는 돈을 벌려고 싸운 적이 없었고, 그에게 그 돈은 쉬운 돈이었다. 그리고 물론 사람의 아들 가운데 자신이 경멸하는 직업에 뛰어난 재능이 있음을 알게 된 사람이 그가 처음은 아니었다.

그는 분석하지 않았다. 그저 이 싸움을 이겨야 한다는 것만을 알았다. 다른 결과는 있을 수 없었다. 그에게는 저 북적이는 관중석이 꾸는 어떤 꿈보다 더 강력한 힘이 믿음과 용기를 주었기 때문이다. 대니 워드는 돈을 위해, 그리고 그 돈이 안겨 주는 안락한 생활을 위해 싸웠다. 하지만 리베라가 싸우는 이유는 그의 머리에 깊이 새겨져 있었고— 눈앞에 타오르는 끔찍한 환상들은 링의 코너에 눈을 크게 뜨고 앉아 술수 많은 상대를 기다리는 그에게 실제로 그가 그런 삶을 산 것만큼이나 또렷하게 떠올랐다.

그는 하얀 벽에 둘러싸인 리오블랑코의 수력발전소를 보았다. 굶주리고 병약한 6,000명의 노동자와 하루에 10센트를 받고 장시간 교대 노동을 하는 7, 8세의 아이들을 보았다. 걸어 다니는 시체, 염색 공장 노동자들의 해골처럼 창백한 얼굴을 보았다. 그는 아버지가 염색 공장을 '자살 구덩이'라고 부른 것을 기억했다. 그곳에서 1년을 보내면 죽게 되어 있었다. 그는 작은 파티오도 보았다. 어머니는 그곳에서 요리를 하고 힘겨운 살림을 꾸려 가면서도 틈틈이 그를 어루만지고 사랑해 주었다. 덩치 크고 콧수염도 크고 가슴이 두꺼우며 누구보다 친절했던 아버지는 모든 사람을 사랑하고도 사랑이 남아돌아서 어머니와 파티오 구석의 꼬맹이까지 사랑해 주었다. 그 시절에 그의 이름은 펠리페 리베라가 아니었다. 성은 페르난데스이고, 이름은 후안이었다. 하지만 나중에 경찰 간부와 주지사, 지방 경찰이 페르난데스라는 이름을 좋아하지 않는다는 것을 알고 이름을 바꾸었다.

크고 다정했던 호아킨 페르난데스! 리베라의 환상 속에서 그는 아주 큰 자리를 차지했다. 그때는 이해하지 못했지만 돌아보면서 알게 되었다. 그는 작은 인쇄소에서 조판을 하거나 어지러운 책상 위에서 늘 급하게 글을 썼다. 그리고 노동자들이 나쁜 일을 하는 것처럼 어둠 속에 조용히 찾아와서 그와 오랫동안 대화하는 이상한 밤들도 있었다. 그때 꼬맹이였던 리베라는 때로 잠들지 않고 구석에 누워 있었다.

스파이더 해거티의 목소리가 먼 곳에서 아득하게 들렸다. "처음부터 높지는 마. 그게 사람들의 지시야. 맞을 만큼 맞아야 돈을 벌 수 있어."

10분이 지났지만 그는 아직도 자기 코너에 앉아 있었다. 대니는 보이지 않았다. 술수의 효과를 최대한 발휘하려는 것이 틀림없었다.

하지만 리베라의 기억에는 더 많은 환상이 타올랐다. 파업, 아니 정확히는 공장 폐쇄, 이유는 리오블랑코의 노동자가 푸에블라의 파업하는 형제를 도왔다는 것이었다. 배고픔, 열매를 따러 언덕을 돌아다니던 일, 모두가 먹고 배탈이 난 뿌리와 풀 들. 그 뒤로는 악몽이었다. 회사 앞 광장, 수천 명의 굶주린 노동자, 로살리오 마르티네스 장군과 포르피리오 디아스의 군인들. 라이플총이 죽음의 포화를 퍼부으면서 노동자들이 당한 부당 행위는 그들 자신의 핏물에 씻겨 나갔다. 그리고 그날 밤! 그는 베라크루스로 실려 가 상어 밥이 될 시체들이 높이 쌓

인 대형 화물차들을 보았다. 그는 그 시체 더미를 기어 올라가서 뒤엉
키고 망가진 시체들 틈에서 어머니와 아버지를 찾았다. 어머니는 특
히 잘 기억했다. 얼굴만 나와 있고 나머지 부분은 다른 시체 수십 구
밑에 깔려 있었다. 포르피리오 디아스의 군인들이 다시 라이플총을
갈겼고, 그는 땅으로 내려와서 쫓기는 코요테처럼 달아났다.

그때 그의 귀에 바다가 일어나는 듯 거대한 포효가 울렸고, 그는 대
니 워드가 트레이너와 세컨드 들을 거느리고 중앙 복도를 걸어오는
것을 보았다. 관중석은 승리를 움켜쥘 인기 스타를 열렬하게 맞았다.
모두가 그의 편이었다. 대니가 경쾌하게 고개를 숙이고 로프 사이로
링에 오를 때 리베라의 세컨드들마저 유쾌한 듯한 표정을 지었다. 대
니의 얼굴은 끝없는 미소로 환했다. 모든 이목구비가 웃음에 동참해
서, 눈가의 주름들과 눈동자 깊은 곳도 함께 웃었다. 이토록 다정한 전
사는 없었다. 그 얼굴은 호의와 우정의 살아 있는 광고판이었다. 그는
모두를 알았다. 그는 농담하고, 웃고, 로프 너머 친구들과 인사했다. 멀
리 있는 사람들은 감탄을 억누르지 못하고 "대니! 대니!" 하고 외쳤다.
이런 기쁘고 애정 어린 박수갈채가 족히 5분은 이어졌다.

리베라는 무시당했다. 그는 관중의 안중에 존재하지 않았다. 스파이
더 해거티의 거만한 얼굴이 그에게 바짝 다가왔다.

"겁먹지 마." 스파이더가 주의를 주었다. "그리고 아까 했던 말 잊지
마. 버텨야 돼. 쉽게 뻗지 마. 네가 뻗어 버리면 대기실에서 때리라는
지시를 받았어. 알겠어? 싸워야 돼."

관중석에서 박수갈채가 터져 나왔다. 대니가 링을 가로질러 그에게
다가오고 있었다. 대니는 허리를 굽혀 양손으로 리베라의 오른손을
잡더니 문득 쾌활하게 흔들었다. 미소에 싸인 대니의 얼굴이 가까이

에 있었다. 관중은 대니의 스포츠 정신에 환호를 보냈다. 그는 상대를 형제애로 맞고 있었다. 대니의 입술이 움직였고, 관중은 그 말을 운동선수의 우애의 말로 해석하고 다시 환호했다. 리베라만이 그 나직한 말을 들었다.

"멕시코 쥐새끼, 뼈도 못 추리게 해 주지." 대니가 다정하게 웃는 입술로 말했다.

리베라는 움직이지 않았다. 일어나지도 않았다. 그저 눈으로 혐오를 드러내 보일 뿐이었다.

"일어서!" 뒤에서 누가 로프 사이로 소리쳤다.

군중이 그의 스포츠맨답지 않은 행동에 야유를 보냈지만, 그는 움직이지 않았다. 대니는 다시 한 번 열렬한 환호 속에 링을 가로질러 자기 코너로 갔다.

대니가 겉옷을 벗을 때 사방에서 아아아 오오오 하는 감탄이 일었다. 그의 몸은 완벽했다. 유연성과 건강과 힘이 넘쳤다. 피부는 여자처럼 하얗고 매끄러웠다. 우아함, 탄력, 힘이 기거했다. 그는 수많은 전투에서 그것을 증명했다. 모든 체육 잡지가 그의 사진을 실었다.

스파이더 해거티가 리베라의 스웨터를 머리 위로 벗길 때는 신음 같은 소리가 일었다. 그의 몸은 검은 피부 때문에 더 야위어 보였다. 근육은 있지만 상대만큼 멋있는 근육은 아니었다. 관중이 미처 보지 못한 것은 그의 가슴 두께였다. 그들은 근섬유의 맷집도, 근육의 순간적인 폭발력도, 온몸을 놀라운 격투 장치로 만드는 신경의 정교함도 몰랐다. 관객이 본 것은 갈색 피부를 한 열여덟 살 소년의 몸이 전부였다. 대니는 달랐다. 대니는 스물네 살의 남자였고, 그의 몸은 남자의 몸이었다. 그 대조는 그들이 링 가운데 함께 서서 심판의 마지막 지시

사항을 들을 때 더욱 두드러졌다.

리베라는 로버츠가 신문기자들 뒤쪽에 앉는 것을 보았다. 그는 평소보다 술을 더 많이 마신 상태였고, 때문에 말도 더 느렸다.

"덤비지 마, 리베라." 로버츠가 나른하게 말했다. "대니가 널 죽이지는 못해. 시작하자마자 달려들겠지만 당황하지 마. 그냥 잘 막고 버티고 클린치해. 널 크게 다치게 하지는 못해. 그냥 훈련장에서 하는 연습 경기라고 생각해."

리베라는 그 말을 들었다는 어떤 신호도 보이지 않았다.

"부루퉁하기는. 늘 저 모양이야." 로버츠가 옆자리 남자에게 말했다.

하지만 리베라는 평소와 같은 혐오의 표정을 잊었다. 무수한 라이플총의 모습이 눈앞을 가렸다. 꼭대기에 있는 1달러짜리 좌석까지 눈에 보이는 관객의 얼굴 전체가 라이플총으로 변했다. 그리고 멕시코의 메마르고 뜨겁고 고통받는 긴 국경과 총이 없어 그곳을 출발하지 못하는 남루한 무리가 보였다.

그는 자기 코너에 서서 기다렸다. 세컨드들은 의자를 가지고 로프 밖으로 나갔다. 링 대각선 방향에서 대니가 그를 마주했다. 공이 울리고 경기가 시작되었다. 관객은 즐거워서 아우성이었다. 이보다 더 결과를 짐작하기 쉬운 전투는 없었다. 신문 기사가 맞았다. 이것은 원한의 경기였다. 대니는 당장 멕시코 풋내기를 때려눕히겠다는 뜻을 명확히 보이면서 둘 사이의 거리를 4분의 3 정도 달려왔다. 그리고 주먹을 한 방 휘두른 것도, 두 방 휘두른 것도, 열 방 휘두른 것도 아니었다. 그는 회전하는 펀치 기계, 파괴의 회오리바람이었다. 리베라는 없었다. 그는 경기의 달인이 모든 각도와 자세로 퍼붓는 산사태 같은 펀치에 파묻혀 있었다. 그가 로프로 밀려가자 심판이 두 사람을 떼어 놓

468

았지만, 그는 금세 다시 로프로 밀려갔다.

그것은 경기가 아니라 도살, 학살이었다. 권투 관객이 아닌 다른 관객이라면 첫 1초에 모든 감정을 고갈시켰을 것이다. 대니는 확실히 자신의 능력을 보여 주었고, 그것은 눈부셨다. 관객들은 어찌나 확신과 흥분과 기쁨에 사로잡혔는지 멕시코 소년이 아직 쓰러지지 않았다는 사실도 미처 몰랐다. 그들은 리베라를 잊었다. 리베라는 대니의 난도질 같은 공격에 휘감겨서 그들에게 보이지 않았다. 그렇게 1분이 가고, 2분이 지났다. 그리고 둘이 갈라설 때 관객은 멕시코인을 똑똑히 보았다. 입술이 터지고 코피가 흘렀다. 그가 비틀거리며 클린치에 들어갈 때 로프와 닿았던 부분의 피부가 피를 머금고 빨갛게 부풀어 올라 있었다. 하지만 관객이 알아차리지 못한 것은 그의 가슴이 헐떡거리지 않고, 그의 눈이 변함없이 차갑게 타오른다는 것이었다. 너무도 많은 챔피언 지망생이 훈련장의 격렬한 분위기 속에서 그에게 이런 난도질을 퍼부었다. 그는 건당 50센트짜리로 시작해서 일주일에 15달러짜리가 될 때까지 살아남았다. 그것은 혹독한 학교였고, 그는 혹독하게 배웠다.

그런 뒤 놀라운 일이 일어났다. 회오리바람처럼 몰아치던 공격이 갑자기 멈췄다. 리베라가 혼자 서 있었다. 대니, 무적의 대니가 누워 있었다. 의식이 돌아오면서 그가 몸을 부르르 떨었다. 그는 비틀거리지도 않고, 주저앉지도 않았으며, 천천히 쓰러지지도 않았다. 리베라의 라이트 훅이 느닷없이 공중에서 그를 강타했다. 심판은 리베라를 한 손으로 밀면서 쓰러진 검투사 옆에 서서 카운트를 시작했다. 권투 팬은 깨끗한 케이오 펀치에 환호하는 것이 관례이다. 그런데 이 관객은 환호하지 않았다. 이 일은 너무도 예기치 못한 일이었다. 그들은 팽팽한 침묵 속에 심판의 카운트를 들었고, 침묵 속에서 로버츠의 유쾌한 목소리가 울렸다.

"내가 말했지. 저 친구는 양손잡이라고!"

대니는 '5'를 세었을 때 몸을 굴려 뒤집고 '7'을 세었을 때 한쪽 무릎으로 일어나서 '9'과 '10' 사이에 일어섰다. '10'을 셀 때에도 무릎이 바닥에 있으면 '다운' 상태로 간주되어 패배한다. 무릎이 바닥을 떠나는 순간 그는 '업' 상태가 되었고, 그 순간부터 리베라는 그를 공격할 권리가 있었다. 리베라는 그런 기회를 얻지 못했다. 그는 대니의 무릎이 바닥을 떠나는 순간 다시 공격을 하려고 했다. 그래서 주변을 도는데 심판이 가운데 끼어서 돌았고, 리베라는 그가 카운트를 아주 느리게 센다는 것을 알았다. 모든 그링고가 그를 적대하고 있었다. 심판마저.

'9'에 심판은 리베라를 뒤로 확 밀었다. 그것은 불공정한 일이었지만 덕분에 대니는 다시 미소를 띠고 일어설 수 있었다. 그런 뒤 그는 몸을 살짝 기울이고 두 팔로 얼굴과 복부를 가리고 영리하게 클린치에 들어갔다. 경기의 규칙을 따르자면 심판은 두 사람을 갈라 놓아야 했지만 그러지 않았고, 대니는 파도를 맞는 따개비처럼 리베라에게 매달려서 매 순간 기력을 회복했다. 라운드의 마지막 1분은 빨리 지나갔다. 끝까지 버티면 대니는 자기 코너에서 1분을 쉬며 기력을 회복할 수 있었다. 그리고 그는 버텼으며 그런 곤경 속에서도 내내 미소를 잃지 않았다.

"얼굴에서 미소가 떠나지 않아!" 누군가가 소리쳤고, 관객은 큰 웃음으로 안도했다.

"멕시코 놈의 펀치력이 무시무시해." 대니가 자기 코너에 앉아서 세컨드들이 바쁘게 몸을 돌보는 동안 숨을 헐떡이며 코치에게 말했다.

2라운드와 3라운드는 조용히 지나갔다. 솜씨 좋고 노련한 링의 제왕은 시간을 끌고 방어하고 버티면서 1라운드에 당한 충격에서 회복하는 데 전념했다. 4라운드에 이르자 그는 기력을 되찾았다. 충격을 받았지만, 워낙 몸 상태가 좋아서 다시 활력을 찾을 수 있었다. 하지만 그는 이제 난도질 전술을 시도하지 않았다. 멕시코인은 싸움꾼이었다. 대신 그는 자신이 가진 최고의 싸움 기술을 활용했다. 기술과 경험에서 그는 훨씬 뛰어났고, 비록 치명적인 펀치를 날리지는 못했지만, 이제 체계적으로 상대를 두드렸다. 리베라가 한 방을 날릴 때 그는 세 방을 날렸지만, 거기에는 결정적인 힘이 없었다. 그런 주먹을 여럿 날려야 결정적인 파괴력을 얻을 수 있었다. 그는 양 주먹이 모두 돌처럼 파괴적인 이 양손잡이를 존경했다.

리베라는 방어를 위해 레프트 스트레이트를 어지럽게 날렸다. 그는 계속 레프트 스트레이트로 대니의 입과 코에 충격을 쌓았다. 하지만 대니는 변화무쌍했다. 그가 차기 챔피언으로 여겨지는 이유는 이 때문이었다. 그는 경기 방식을 생각대로 바꿀 수 있었다. 그는 이제 인파이팅에 들어갔다. 그리고 이 방식을 특히 더 교묘하게 활용해서 상대의 레프트 스트레이트를 피했다. 관중은 열광의 도가니에 빠졌고, 그는 이에 화답하듯 멋지게 교착을 풀고 인사이드 어퍼컷을 날렸고, 멕시코인은 공중에 붕 떴다가 바닥에 쓰러졌다. 리베라는 한쪽 무릎을 꿇은 자세로 카운트를 거의 다 셀 때까지 쉬었고, 심판이 카운트를 빨리 센다는 것을 알았다.

대니는 7회에서 다시 한 번 악마 같은 인사이드 어퍼컷을 작렬시켰다. 리베라는 그 펀치에 잠시 비틀거렸을 뿐이지만 그에 뒤따른 무방비 상태 속에서 대니가 다시 주먹을 날려 로프 밖으로 날아갔다. 리베라는 링 바깥 신문기자들 위로 떨어졌고, 그들은 그를 로프 바깥의 링 가장자리로 다시 올려 보냈다. 그는 거기에서 한쪽 무릎을 꿇고 쉬었고, 심판은 빠른 속도로 카운트했다. 그가 들어가야 하는 로프 안쪽에서는 대니가 그를 기다렸다. 심판은 대니를 막지도, 뒤로 밀지도 않았다.

관중은 기쁨으로 날뛰었다.

"죽여, 대니, 죽여!" 누가 고함쳤다.

그러자 수십 명이 그 말을 따라 했다. 늑대들의 전쟁 구호 같았다.

대니는 최선을 다했지만, 리베라는 '9'가 아니라 '8'에 예기치 못하게 로프 안으로 불쑥 들어가서 안전하게 클린치를 했다. 그러자 심판이 그가 얻어맞을 수 있도록 둘을 떼어 놓아서 대니에게 부당한 심판이 줄 수 있는 모든 이점을 주었다.

하지만 리베라는 버텼고, 그의 머리에서 현기증은 사라졌다. 모두 똑같았다. 그들은 혐오스러운 그링고이고, 모두 편파적이었다. 그리고 그런 고충 속에서 환상들이 그의 머릿속에 번쩍 떠올랐다. 사막을 가르는 긴 철로, 지방 경찰과 미국 경찰, 감옥과 유치장, 물탱크 앞의 떠돌이들— 그가 리오블랑코의 파업 이후 겪은 여정의 누추하고 고통스러운 파노라마가. 그리고 위대하고 붉은 혁명이 눈부시게 조국을 휩쓰는 것을 보았다. 그의 앞에 총이 있었다. 혐오스러운 얼굴들 하나하나가 총이었다. 그는 총을 위해 싸웠다. 그 자신이 총이었다. 그 자신이 혁명이었다. 그는 멕시코 전체를 위해 싸웠다.

관객은 리베라에게 화를 내기 시작했다. 저놈은 왜 예정된 패배의 길을 받아들이지 않는 거지? 물론 놈은 패배할 거야. 하지만 왜 저렇게 버티는 걸까? 놈에게 관심 있는 사람은 거의 없고, 있어도 요행수를 노리는 도박꾼뿐이야. 그들은 대니가 이길 것을 믿어 의심치 않으면서도 멕시코인에게 4 대 10 또는 1 대 3으로 돈을 걸었다. 리베라가 몇 라운드까지 버틸까 하는 것에는 상당한 수치가 올라갔다. 큰돈을 걸고 7라운드, 아니 6라운드도 못 버틸 것이라고 장담하는 사람도 있었다. 그리고 이 내기에서 이긴 사람들도 현금의 위험이 해결되자 인기 스타에 대한 열광에 합류했다.

하지만 리베라는 패배하기를 거절했다. 8라운드 내내 대니는 어퍼컷을 재현하려 했지만 실패했다. 9회에 리베라는 다시 한 번 온 관중석을 충격에 빠뜨렸다. 클린치 상황이 되자 그는 허리에서 두 사람 몸 사이의 좁은 공간으로 빠르고 가벼운 라이트를 올려붙여서 교착을 풀었다. 대니는 쓰러졌고 차분하게 카운트를 들었다. 관중은 놀랐다. 그는 자신의 경기에서 당하고 있었다. 그의 유명한 라이트 어퍼컷이 그에게 되돌아오고 있었다. 그가 '9'에 일어설 때 리베라는 그에게 다가가려고 시도하지 않았다. 심판은 대놓고 그런 플레이를 가로막고 있었지만, 상황이 역전돼서 리베라가 일어서려고 할 때는 멀찍이 비켜나 있었다.

리베라는 10라운드에서 허리춤에서 솟아오른 라이트 어퍼컷을 상대의 턱에 두 번 박았다. 대니는 절박해졌다. 미소는 여전했지만, 그는 다시 난타 공격으로 돌아갔다. 하지만 그가 아무리 회오리바람처럼 몰아쳐도 리베라는 타격받지 않았고, 오히려 그 혼돈을 뚫고 대니를 연달아 세 번 쓰러뜨렸다. 대니는 이제 그다지 빨리 회복하지 못했고, 11라운드에 들어서자 상태가 심각해졌다. 하지만 그 뒤로 14라운드까지 그는 자신의 선수 인생에서 가장 용맹한 싸움을 선보였다. 그는 시간을 끌고 방어하고 간간이 공격하며 힘을 모았다. 또한 유능한 권투 선수가 아는 온갖 반칙을 이용했다. 모든 술수와 간계를 썼다. 클린치 상황에서 우연인 듯 머리로 받기, 리베라의 글러브를 팔과 몸 사이에 넣고 누르기, 글러브로 리베라의 입을 막아서 숨을 못 쉬게 하기 같은 것이었다. 그리고 클린치 상황에서 뭉개진 입술에 여전히 미소를 띠고 여러 차례 리베라의 귓속에 입에 담기 어려운 더러운 욕설을 퍼부었다. 심판에서 관중까지 모두가 대니의 편이었고, 대니를 도왔다. 그리고 그들은 그가 무슨 생각을 하는지 알았다. 이 난데없는 무명 선수에게 당하면서 그는 모든 것을 한 방의 펀치에 걸었다. 그는 일부러 틈을 보이고 피하고 속이고 접근하며, 모든 힘을 모은 한 방으로 분위기를 뒤집을 기회를 찾았다. 예전에 다른 위대한 권투 선수가 그렇게 했듯이 그도 할 것이다. 그것은 명치와 턱에 박히는 라이트 레프트였다. 그는 할 수 있었다. 그는 다리가 무너지지 않는 한 팔에 강한 펀치력이 남아 있기로 유명했기 때문이다.

리베라의 세컨드들은 라운드 사이에 그를 제대로 돌보지 않았다. 수건을 가지고 오기는 했지만, 그걸로 헐떡이는 폐에 공기를 몰아 주지 않았다. 스파이더 해거티가 조언을 했지만, 리베라는 그것이 잘못된 조언임을 알았다. 모두가 그의 반대편에 있었다. 그는 속임수에 둘러싸여 있었다. 14라운드에서 그는 다시 대니를 다운시켰고, 심판이 카운트를 하는 동안 두 팔을 양옆에 늘어뜨리고 쉬었다. 아까부터 리베라는 상대편 코너에서 수상한 속삭임이 이는 것을 감지했다. 마이클 켈리가 로버츠에게 가서 허리를 숙이고 속삭였다. 리베라는 사막을 경험해서 귀가 좋았고, 그 말을 일부 들었다. 그는 더 듣고 싶어서 상대가 일어서자 일부러 클린치 상태를 만들어 로프에 기댔다.

"대니가 이겨야 돼." 마이클이 말하고 로버츠가 고개를 끄덕였다. "나 지금 큰돈을 잃게 생겼어. 돈을 너무 많이 걸었어. 저 친구가 15라운드까지 가면 나는 끝장이야. 자네 말이라면 들을 거야. 잘 좀 이해시켜 줘."

그 뒤로 리베라는 환상을 보지 않았다. 그들은 그를 속이려 하고 있었다. 그는 다시 한 번 대니를 쓰러뜨린 뒤 두 손을 늘어뜨리고 쉬었다. 로버츠가 일어섰다.

"됐어. 네 코너로 가." 그가 말했다.

그는 훈련장에서 쓰던 권위 있는 말투로 리베라에게 말했다. 하지만 리베라는 그에게 혐오의 표정을 지어 보이고 대니가 일어서기를 기다렸다. 그가 코너에서 1분 동안 휴식을 할 때 흥행사 켈리가 와서 말했다.

"그만해, 정신 나간 친구야." 그가 거칠고 낮은 목소리로 말했다. "경기를 포기해, 리베라. 내 말 들어. 네 장래는 내가 책임져 줄게. 다음번에 대니를 이기게 해 줄게. 하지만 여기서는 포기해야 돼."

리베라의 눈은 그 말을 들었음을 보여 주었지만, 그는 승낙도 거절도 하지 않았다.

"말 좀 해 봐." 켈리가 화가 나서 물었다.

"넌 어쨌건 지게 돼 있어." 스파이더 해거티가 덧붙였다. "심판은 네가 이기지 못하게 할 거야. 켈리 말대로 경기를 포기해."

"포기해, 친구. 그러면 네가 챔피언이 되게 도와줄게." 켈리가 사정했다.

리베라는 대답하지 않았다.

"꼭 그럴 테니 도와줘, 친구."

공이 울리는 소리에 리베라는 무언가가 임박했음을 감지했다. 관중은 감지하지 못했다. 무엇인지 몰라도 그것은 링 안에 있었고, 아주 가까웠다. 대니는 초반의 확신을 되찾은 것 같았다. 그의 자신감이 리베라를 겁먹게 했다. 술수가 준비되어 있었다. 대니가 달려들었지만 리베라는 반격을 거부했다. 그는 옆걸음으로 물러났다. 상대가 원하는 것은 클린치였다. 어떤 식으로건 그 술수를 쓰는 데 그것이 필요했다. 리베라는 뒤로 물러서서 빙글빙글 돌았지만, 조만간 클린치가 실행되고 술수가 나타날 것을 알았다. 그는 그것을 끌어내기로 결심했다. 그는 대니가 다음번에 달려들 때 클린치를 하려는 듯한 동작을 해 보였다. 하지만 둘의 몸이 마주치려는 순간 뒤로 가볍게 물러섰다. 그와 동시에 대니의 코너에서 반칙이라는 외침이 일었다. 리베라가 그들을 속였다. 심판은 어정쩡하게 서 있었다. 그의 입술에서 바르르 떨리던 결정은 입 밖으로 나오지 않았다. 꼭대기 좌석에서 한 청년이 날카롭게 외쳤기 때문이다. "야비한 짓 하지 마!"

대니는 대놓고 리베라를 욕하며 덤벼들었지만 리베라는 사뿐사뿐 피했다. 또한 리베라는 더 이상 그의 몸에 펀치를 날리지 않기로 결심했다. 그 때문에 이길 기회를 절반이나 날렸지만, 그가 이기려면 기회는 아웃파이팅밖에 없다는 것을 알았다. 그들은 사소한 일에도 반칙을 선언할 것이다. 대니는 조심성이라고는 없이 달려들었다. 그는 2라운드 동안 리베라를 쫓아다녔지만, 리베라는 그와 가까이 있는 것을 피했다. 그러면서 그는 맞고 또 맞았다. 그 위험한 클린치를 피하기 위해 수십 대를 맞았다. 대니가 이렇게 대단한 공세를 펼치는 동안 관객은 일어서서 열광했다. 그들은 이해하지 못했다. 그들의 눈에는 인기 스타가 승리를 향해 다가가는 것만 보였다.

"안 싸우고 뭐 해?" 관중은 리베라에게 화가 나서 외쳤다. "겁쟁이! 겁쟁이!" "붙어서 싸워, 비겁한 놈아!" "죽여, 대니! 죽여!" "이겨! 죽여!"

경기장 안의 모든 사람 가운데 오직 리베라만이 냉정을 유지했다. 기질과 혈통으로 보면 그는 그곳에서 가장 열렬한 사람이었지만, 그동안 너무 엄청난 열기들을 거쳤기에 여기에 모인 1만 개의 목구멍이 파도처럼 뿜어내는 집단적 열정은 여름날 땅거미 속의 부드러운 서늘함 같았다.

17라운드에서도 대니는 계속 공격했다. 리베라는 강타를 맞고 허리를 굽혔다. 두 손을 늘어뜨리고 뒷걸음질을 쳤다. 대니는 이것이 기회라고 보았다. 이제 그가 손아귀에 들어왔다고 생각했다. 그렇게 리베라는 그를 방심시킨 뒤 그의 입에 깨끗한 펀치를 날렸다. 대니는 쓰러졌고, 그가 일어날 때 리베라는 목과 턱에다 주먹을 내리꽂아서 다시 쓰러뜨렸다. 이런 일이 세 번 반복되었다. 어떤 심판도 이것을 반칙이라고 선언할 수 없었다.

"아, 빌! 제발!" 켈리가 심판에게 탄원했다.

"그럴 수 없어. 기회를 안 줘." 심판이 한탄했다.

대니는 그렇게 맞고서도 영웅적으로 맞섰다. 켈리와 링 주변 사람들이 경찰에게 경기를 중단시키라고 소리쳤지만, 대니의 코너는 수건을 던지지 않았다. 리베라는 뚱뚱한 경관이 뒤뚱거리며 로프 안으로 들어오려는 모습을 보았다. 그링고의 경기에는 사기를 칠 수 있는 방법이 너무나 많았다. 대니는 그의 앞에서 그로기 상태로 비틀거리고 있었다. 심판과 경찰이 리베라에게 손을 뻗을 때 그는 마지막 펀치를 날렸다. 경기를 중단시킬 필요가 없었다. 대니가 일어나지 않았기 때문이다.

"카운트요!" 리베라가 거친 목소리로 심판에게 외쳤다.

그리고 카운트가 끝나자 대니의 세컨드들이 그를 일으켜서 코너로 데리고 갔다.

"누가 이겼나요?" 리베라가 물었다.

심판은 마땅치 않은 기색으로 그의 글러브 낀 손을 잡고 들어 올렸다.

리베라에게 축하의 함성은 일지 않았다. 그는 혼자 자기 코너로 걸어갔지만, 세컨드들은 아직 의자를 가져다 두지도 않았다. 그는 로프에 기대서 혐오의 표정으로 1만 명의 그링고 전체를 천천히 훑어보았다. 무릎이 떨렸고, 탈진으로 흐느낌이 새어 나왔다. 그 혐오스러운 얼굴들이 현기증과 구토감 속에 흔들렸다. 그런 뒤 그는 그 얼굴이 다 총이라는 것을 기억했다. 이제 총은 그의 것이었다. 혁명은 계속될 것이다.

침흘리개 병동의 이야기
Told in the Drooling Ward

　나? 나는 침흘리개가 아니다. 나는 조수이다. 간호사 존스 선생님이
나 켈시 선생님은 내가 없으면 아무것도 못한다. 이 병동에는 55명의
하급 침흘리개가 있는데, 내가 없으면 그들이 어떻게 밥을 먹겠는가?
나는 침흘리개에게 밥 먹이는 걸 좋아한다. 그들은 말썽을 일으키지
않는다. 그럴 수가 없다. 다리나 팔에 문제가 있고, 말도 하지 못한다.
그들은 아주 하급이다. 나는 잘 걷고 말도 하고 여러 가지 일을 한다.
침흘리개를 다룰 때는 조심해야 하고, 너무 빨리 먹이지 말아야 한다.
안 그러면 목이 막힌다. 존스 선생님은 나더러 전문가라고 한다. 새 간
호사가 오면 나는 그분에게 시범을 보인다. 새 간호사가 그들에게 밥
먹이는 모습을 보면 얼마나 웃기는지 모른다. 너무도 느릿느릿 조심
조심 밥을 먹여서 아침 식사를 끝내기도 전에 저녁때가 된다. 그러면

내가 시범을 보여 준다. 내가 전문가니까. 댈림플 박사도 내가 전문가라고 말하지만 그분도 알아야 한다. 우리가 제대로만 하면 침흘리개들은 두 배로 빨리 먹을 수 있다는 것을.

내 이름은 톰이고, 나이는 스물여덟 살이다. 이 기관의 모든 사람이 나를 안다. 이곳은 시설이다. 캘리포니아 주립으로, 주 정부에서 운영한다. 나는 이곳에 온 지 오래되었다. 모두가 나를 믿는다. 나는 침흘리개들의 일로 바쁘지 않을 때면 여기저기 다니며 심부름을 한다. 나는 침흘리개들이 좋다. 내가 침흘리개가 아닌 것에 감사하게 만든다.

나는 이 복지원이 좋다. 바깥세상은 싫다. 물론 내가 세상을 좀 다녀 보았고, 달아난 적도, 입양된 적도 있기는 하다. 하지만 내게는 복지원이 잘 맞고, 그중에서도 침흘리개 병동이 제일이다. 나는 침흘리개처럼 보이지 않는다. 딱 보면 알 것이다. 나는 조수이다. 전문 조수. 박약자치고는 훌륭하다. 박약자가 뭐냐고? 아, 정신박약자를 말한다. 당신이 아는 줄 알았다. 여기에 있는 우리는 모두 박약자이다.

하지만 나는 상급 박약자이다. 댈림플 박사는 나더러 복지원에 있기에는 너무 똑똑하다고 말하지만 나는 그런 사실을 밝히지 않는다. 이곳은 좋은 곳이다. 그리고 나는 다른 박약자들처럼 발작하지 않는다. 숲 저편에 있는 저 집은 상급 간질병 환자들이 따로 사는 곳이다. 그들은 다른 박약자들과 달라서 그곳에 갇혀 산다. 그들은 그곳을 클럽하우스라고 부르고, 자기들도 바깥세상 사람들과 같지만 다만 아플 뿐이라고 말한다. 나는 그 사람들을 별로 좋아하지 않는다. 그들은 발작을 하지 않을 때면 나를 비웃는다. 하지만 상관없다. 나는 갑자기 쓰러지거나 머리가 깨질 걱정은 없으니까. 때로 그 사람들은 앉을 자리를 찾아서 방 안을 빙글빙글 돌면서도 찾지를 못한다. 하급 간질병자들은 추악하고, 상급 간질병자들은 잘난 척한다. 내가 간질병자가 아닌 것이 다행이다. 그 사람들은 아무것도 아니면서 그저 허풍만 떤다. 그 게 전부이다.

켈시 선생님은 내가 말이 너무 많다고 한다. 하지만 나는 이치에 닿 는 말만 하고 다른 박약자들은 그렇지 않다. 댈림플 박사는 내가 언어 에 재능이 있다고 한다. 나도 안다. 내가 혼자 있을 때나 아니면 침흘 리개가 듣고 있을 때 말하는 걸 들어 봐야 한다. 때로 나는 정치가가 되고 싶기도 하지만 그건 너무 번거로운 일이다. 그들은 모두 말솜씨 가 대단하다. 그래서 그 일을 계속하는 것이다.

이 시설에 미친 사람은 없다. 그냥 정신이 박약한 것뿐이다. 재미있 는 이야기가 하나 있다. 큰 식당에서 식탁 차리는 일을 하는 상급 박약 자 여자 여남은 명이 있다. 가끔 그 사람들이 일이 일찍 끝나면 의자 를 동그랗게 놓고 앉아서 이야기를 한다. 그럴 때 문 앞으로 살그머니 다가가서 이야기를 들어 보면 웃음을 참느라 죽을 지경이 된다. 그들 이 무슨 이야기를 하는지 아는가? 대충 이렇다. 한참 아무도 말을 하 지 않는다. 그러다가 한 사람이 말한다. "내가 정신박약자가 아니라서 정말 다행이야." 그러면 다른 사람들이 모두 고개를 끄덕이며 기뻐한 다. 그리고 또 한동안 아무도 말을 하지 않는다. 그러다가 다음 여자가 "내가 정신박약자가 아니라서 정말 다행이야" 하고 말하고 다시 모두 가 고개를 끄덕인다. 이렇게 원을 한 바퀴 도는 동안 다른 이야기는 전 혀 나오지 않는다. 정말로 박약자들 아닌가? 판단은 당신에게 맡기겠 다. 나는 그런 종류의 박약자는 아니다. 정말 다행이다.

때로 내가 전혀 박약자가 아니라는 생각도 든다. 나는 악단에서 활 동하고, 악보도 읽을 줄 안다. 악단은 악단장만 제외하고 모두 박약자라고 하는데, 악단장은 미친 사람이다. 우리는 그걸 알지만 우리끼리 있을 때 말고는 그런 말을 하지 않는다. 그의 직업도 정치 쪽이고, 그 사람이 직업을 잃는 건 우리도 싫다. 나는 드럼을 친다. 이 시설은 나 없이는 돌아가지를 않는다. 내가 한 번 아팠기에 안다. 내가 입원해 있는 동안 침흘리개 병동이 무너지지 않은 것이 신기하다.

나는 원하기만 하면 이곳에서 나갈 수 있었다. 나는 몇몇 사람이 생각하는 것만큼 박약하지 않다. 하지만 그 사실을 밝히지는 않는다. 이곳에서 지내는 것이 정말 좋다. 게다가 내가 떠나면 모든 것이 마비될 것이다. 나는 언젠가 내가 박약자가 아니라는 사실이 들통 나서, 사람들이 나를 혼자 힘으로 살라고 세상으로 내보낼까 봐 겁이 난다. 나는 세상을 알고, 그곳을 별로 좋아하지 않는다. 복지원은 나에게 아주 좋다.

알다시피 나는 때로 웃는다. 어쩔 수 없다. 하지만 나는 그 웃음을 자주 지을 수 있다. 어쨌건 나는 그렇게 나쁘지 않다. 거울을 보면 내 입은 아래로 늘어져서 웃기게 생겼고 치아도 좋지 않다. 박약자는 어디에서도 입과 치아를 보면 안다. 하지만 그렇다고 그게 내가 박약자라는 증거는 아니다. 내가 그렇게 보이는 건 행운이다.

나는 많은 것을 안다. 내가 아는 걸 전부 말하면 당신은 놀랄 것이다. 하지만 무언가를 알고 싶지 않을 때나 사람들이 하기 싫은 일을 시킬 때 나는 입을 아래로 늘어뜨리고 웃으며 바보 같은 소리를 낸다. 하급자들이 내는 바보 같은 소리를 잘 관찰해서 흉내 내면 누구라도 속일 수 있다. 그리고 나는 그런 소리를 아주 많이 안다. 켈시 선생님은 언젠가 나보고 바보라고 했다. 아주 화가 나 있었는데, 나는 그렇게 그분을 속였다.

켈시 선생님은 언젠가 나에게 왜 박약자들에 대한 책을 쓰지 않느냐고 물었다. 내가 선생님에게 꼬마 앨버트의 문제를 이야기해 주던 중이었다. 그는 침흘리개이고, 왼쪽 눈을 꼬는 모습을 보면 그 친구의 문제가 무엇인지 알 수 있다. 그래서 그걸 켈시 선생님에게 설명해 주었더니, 선생님은 그걸 몰랐기 때문에 화를 냈다. 언젠가 나는 책을 쓰겠지만 그건 보통 일이 아니다. 게다가 그보다는 말하는 것이 더 좋다.

마이크로가 뭔지 아는가? 머리가 주먹만큼 조그만 사람들을 말한다. 그런 사람들은 대체로 침흘리개이고, 아주 오래 산다. 하이드로*들은 침을 흘리지 않는다. 그들은 머리가 크고 똑똑하다. 하지만 자라지 않는다. 그들은 언제나 죽는다. 나는 하이드로를 볼 때마다 저 사람도 곧 죽겠지 하고 생각한다. 때로 내가 게을러지거나 간호사가 나한테 화를 내면 나도 할 일 없는 침흘리개가 돼서 남이 나에게 밥을 떠먹여 주면 좋겠다는 생각이 든다. 하지만 아무래도 말도 할 수 있는 본래의 나로 사는 편이 좋을 것 같다.

바로 어제 댈림플 박사가 내게 말했다. "톰, 자네가 없다면 내가 어떻게 했을지 정말 모르겠어." 그분은 알아야 한다. 그분은 2년 가까이 박약자 1,000명의 대장 노릇을 하고 있기 때문이다. 전에는 왓컴 박사였다. 그들은 임명을 받는다. 정치와 관련되어 있다. 이곳에서 지내는 동안 나는 아주 많은 의사를 보았다. 나는 그 누구보다도 여기에 오래 있었다. 25년을 있었다. 하지만 불만은 없다. 이 시설은 지금 더없이 잘 운영되고 있다.

상급 박약자로 사는 것은 아주 쉽다. 댈림플 박사를 보라. 그 사람은

---

* 뇌수종 환자를 가리키는 것으로 보인다.

여러 가지 문제가 있다. 그는 정치를 통해서 자리를 유지한다. 우리 상급자들도 정치를 말한다. 우리는 정치를 잘 알고 정치는 나쁘다. 여기 같은 시설들이 정치에 따라 운영되면 안 된다. 댈림플 박사를 보라. 그는 이곳에 2년을 있으면서 많은 것을 배웠다. 하지만 얼마 후 다시 정치가 끼어들어서 그분을 내쫓고 박약자에 대해 아무것도 모르는 새 의사를 보낼 것이다.

여기에서 나는 수천 명의 간호사를 알고 지냈다. 어떤 이들은 다정하다. 하지만 그들은 왔다가 간다. 여자들은 대부분 결혼한다. 때로 나도 결혼하고 싶다는 생각이 든다. 한번은 왓컴 박사에게 그 말을 했더니 그분은 애석하지만 박약자들은 결혼 허락을 받을 수 없다고 말했다. 나는 사랑에 빠진 적이 있다. 상대는 간호사였다. 이름은 말하지 않겠다. 눈이 파랗고, 머리는 노랗고, 목소리는 다정했으며, 나를 좋아했다. 그렇다고 말했다. 그리고 나더러 늘 얌전히 있으라고 했다. 그리고 나는 그 말대로 얌전하게 지냈지만 나중에 달아났다. 그 여자가 떠나서 결혼했기 때문이다. 내게는 아무 말도 하지 않고서.

내가 볼 때 결혼 생활이란 생각보다 별로인 것 같다. 예전에 앵글린 박사 부부는 자주 싸웠다. 나는 그들을 보았다. 한번은 박사의 아내가 박사더러 박약자라고 부르는 소리도 들었다. 박약자가 아닌 사람을 박약자라고 부르는 것은 잘못이다. 앵글린 박사는 그 말에 노발대발했다. 하지만 그는 오래 있지 않았다. 정치가 그를 내쫓았고, 맨드빌 박사가 왔다. 그는 아내가 없었다. 박사가 엔지니어하고 이야기하는 걸 한 번 들은 적이 있다. 엔지니어와 그의 아내는 서로 앙숙처럼 싸웠고, 그날 맨드빌 박사는 자기가 페티코트에 얽매이지 않아서 다행이라고 말했다. 페티코트는 치마의 일종이다. 설령 박약자일지라도 나는 그 말뜻을 알았다. 하지만 나는 밝히지 않았다. 밝히지 않으면 많은 것을 들을 수 있다.

나는 평생 많은 것을 보았다. 한번은 입양되어서 기차를 타고 60킬로미터도 넘게 떨어진 곳에 있는 피터 보프라는 남자 부부의 집에 살러 간 적이 있다. 그 사람들은 목장이 있었다. 앵글린 박사는 내가 튼튼하고 똑똑하다고 했고, 나도 그렇다고 말했다. 입양되고 싶어서였다. 피터 보프는 나를 잘 돌보겠다고 했고, 변호사들이 서류를 마무리했다.

하지만 나는 곧 목장은 내가 살 곳이 아니라는 걸 알았다. 보프 부인은 나를 너무도 무서워해서 나를 집 안에 재우지 않았다. 그들은 창고를 고쳐서 그곳에 나를 재웠다. 나는 4시에 일어나서 말을 먹이고 소젖을 짜고 우유를 배달해야 했다. 그들은 그것을 집안일이라고 불렀지만, 그 일은 온종일 해도 끝이 나지 않았다. 나는 장작을 패고 닭장을 치우고 채소밭의 김을 매고, 그곳의 거의 모든 일을 했다. 전혀 놀지 못했다. 그럴 시간이 없었다.

한 가지 말해 주겠다. 서리 내린 땅에서 소젖을 짜는 일보다는 박약자들에게 죽과 우유를 먹이는 일이 더 낫다. 보프 부인은 내가 자기 아이들하고 노는 것도 겁을 냈다. 그리고 나도 겁이 났다. 주변에 사람이 없으면 아이들은 얼굴을 찡그리고 나를 '저능아'라고 불렀다. 모두가 나를 '저능아 톰'이라고 불렀다. 동네의 사내아이들은 내게 돌을 던졌다. 이곳 복지원에서는 그런 일이 있을 수 없다. 박약자들은 그 사람들보다 품행이 좋다.

보프 부인은 내가 느리다고 생각되면 나를 꼬집고 내 머리칼을 당기곤 했고, 그러면 나는 바보 같은 소리를 내면서 더 느리게 일했다.

아줌마는 자기가 언젠가는 나 때문에 죽을 것이라고 했다. 내가 목초지에 있는 옛날 우물의 뚜껑을 열어 두어 어린 송아지가 우물에 빠져 죽었다. 그러자 피터 보프가 내게 매를 들겠다고 하더니 정말 매를 들었다. 그 사람은 가죽띠를 들고 나를 덮쳤다. 끔찍했다. 나는 평생 매를 맞아 본 적이 없었다. 복지원에서는 그런 일이 일어나지 않는다. 내가 나한테는 복지원이 딱이라고 말하는 이유는 바로 이것이다.

나는 법을 안다. 그래서 그 사람이 나를 가죽띠로 때릴 권리가 없다는 걸 알았다. 그것은 가혹 행위였고, 후견인 서류에는 가혹 행위를 하면 안 된다고 써 있었다. 나는 아무 말도 하지 않았다. 그냥 기다렸고, 그걸 보면 내가 어떤 종류의 박약자인지 알 것이다. 나는 오래 기다리면서 점점 더 느리게 행동했고, 점점 더 바보 같은 소리를 냈지만, 그 사람은 내 바람과 달리 나를 복지원으로 돌려보내지 않았다. 하지만 어느 날, 그달의 1일이었는데, 브라운 부인이 내게 3달러를 주었고, 그것은 피터 보프네 우윳값이었다. 때는 아침이었다. 부인은 나더러 저녁에 우유를 배달할 때 영수증을 가지고 오라고 했다. 하지만 나는 그러지 않았다. 그냥 기차역으로 가서 다른 사람들처럼 표를 사서 복지원으로 돌아왔다. 나는 그런 종류의 박약자이다.

그때는 앵글린 박사가 떠나고 맨드빌 박사가 그 자리에 와 있었다. 나는 바로 그의 방으로 들어갔다. 그분은 나를 몰랐기에 "안녕하세요. 오늘은 면회 가능일이 아닙니다" 하고 말했다. 그래서 나는 말했다. "저는 손님이 아니라 톰이에요. 여기 사람이에요." 그러자 그분은 휘파람을 불고 놀란 표정을 지었다. 나는 그동안의 사정을 모두 이야기하고 가죽띠 자국을 보여 주었고, 그는 점점 더 화가 나서 피터 보프의 사례를 자세히 살펴보겠다고 했다.

어떤 침흘리개들은 나를 보고 반가운 기색을 보이지 않는 것 같기도 했다.

나는 침흘리개 병동으로 바로 갔다. 새 간호사가 꼬마 앨버트에게 밥을 먹이고 있었다. 내가 말했다. "잠깐만요. 그렇게 하면 안 돼요. 왼쪽 눈이 꼬인 거 안 보여요? 시범을 보여 드리죠." 간호사는 내가 새 의사라고 생각했던 것 같다. 나에게 숟가락을 주었기 때문이다. 그리고 앨버트는 내가 떠난 이후로 가장 편안한 식사를 했을 것이다. 침흘리개는 잘 알고 대하면 나쁘지 않다. 나는 존스 선생님이 켈시 선생님에게 내가 침흘리개를 다루는 데 놀라운 재능이 있다고 말하는 걸 들은 적이 있다.

언젠가 나는 댈림플 박사와 이야기를 해서 내가 박약자가 아니라는 판정을 받을 것이다. 그런 뒤 진짜 조수로 침흘리개 병동에 취직해서 월급 40달러와 숙식을 제공받으며 일할 것이다. 그러고 나서 존스 선생님과 결혼해서 계속 여기에서 살 것이다. 존스 선생님이 내가 싫다면 켈시 선생님이나 다른 간호사와 결혼하면 된다. 여기에는 결혼하고 싶어 하는 간호사가 아주 많다. 그리고 나는 아내가 화를 내며 나더러 박약자라고 해도 상관하지 않을 것이다. 그래 봐야 무슨 소용인가? 침흘리개들을 참을 줄 아는 사람에게 아내는 별문제 아닐 것이다.

내가 달아났을 때의 이야기를 할 때가 된 것 같다. 나는 달아날 생각을 전혀 하지 않았고, 찰리와 조가 시킨 일이었다. 그들은 상급 간질병자이다. 내가 윌슨 박사에게 심부름을 하고 침흘리개 병동으로 돌아갈 때 찰리와 조가 체육관 모퉁이 뒤편에서 내게 손짓을 했다.

"안녕. 침흘리개들은 어때?" 조가 말했다.

"좋아. 최근에 발작했던 적은 없어?" 내가 물었다.

그들은 그 말에 화를 냈고 내가 다시 길을 가는데 조가 말했다. "우리는 달아나고 있어. 같이 가자."

"왜?" 내가 물었다.

"우리는 산꼭대기를 넘어갈 거야." 조가 말했다.

"가서 금광을 찾을 거야. 우리는 이제 발작 안 해. 다 나았어." 찰리가 말했다.

"좋아." 내가 말했다. 그리고 우리는 체육관 뒤로 가서 숲으로 들어갔다. 10분 정도 걸었을 때 내가 멈추었다.

"왜 그래?" 조가 말했다.

"잠깐. 돌아가야겠어." 내가 말했다.

"왜?" 조가 물었다.

내가 대답했다. "꼬마 앨버트를 데리러."

그들은 그럴 수 없다고 말하며 화를 냈다. 하지만 나는 신경 쓰지 않았다. 그들은 기다릴 것이 분명했다. 나는 여기에서 25년을 살아서 산으로 가는 뒷길을 알지만 찰리와 조는 몰랐다. 그들이 나를 기다린 이유도 그것이었다.

그래서 나는 돌아가서 꼬마 앨버트를 데려왔다. 앨버트는 걷지도 못하고, 말도 못하고, 할 줄 아는 건 침흘리기뿐이라서 두 팔로 안아야 한다. 우리는 마지막 건초밭을 지나갔는데, 나는 그 이상을 간 적이 없었다. 그 뒤로 숲이 빽빽해졌고 나는 길을 찾을 수 없어서 우리는 큰 개울로 뻗은 오솔길을 걸어서 복지원 땅이 끝나는 울타리 밑을 기어나갔다.

우리는 개울 건너편의 높은 언덕을 올랐다. 그곳은 덤불은 없고 모두 큰 나무뿐이었지만, 경사가 너무도 가파르고 낙엽이 미끄러워서 제대로 걸을 수가 없었다. 잠시 후 우리는 정말로 험한 곳에 이르렀다. 길이가 12미터 정도 되고, 미끄러지면 수백 미터, 아니 수십 미터를 굴러떨어지는 좁은 길이었다. 아니 떨어지지는 않는다. 그냥 미끄러질 뿐이다. 내가 꼬마 앨버트를 안고 제일 먼저 건넜다. 조가 다음으로 왔지만 찰리는 중간에 겁을 먹고 주저앉았다.

"발작할 것 같아." 그가 말했다.

"아냐, 그렇지 않아." 조가 말했다. "그러면 너는 앉지 않았을 거야. 너는 항상 서서 발작을 하니까."

"이 발작은 종류가 달라." 찰리가 말하고 울음을 터뜨렸다.

그는 자꾸 몸을 흔들었지만 발작을 하고 싶다는 이유만으로 발작을 할 수는 없었다.

조는 화가 나서 나쁜 말을 했다. 하지만 그건 아무 도움이 되지 않았다. 그래서 나는 찰리에게 부드럽고 친절하게 말했다. 박약자는 그렇게 다루어야 한다. 화를 내면 더 나빠진다. 나는 안다. 나도 마찬가지다. 그래서 내가 보프 부인을 그토록 괴롭힌 것이다. 부인은 늘 화를 냈다.

어느새 오후로 접어들었고, 우리는 길을 가야 했다. 그래서 내가 조에게 말했다.

"욕 그만하고 앨버트를 받아. 내가 가서 찰리를 데려올게."

그리고 나는 그렇게 했다. 하지만 찰리는 너무 겁을 먹고 어지러워해서 내가 도와주는데도 두 손 두 발로 기었다. 내가 찰리를 건네준 뒤 꼬마 앨버트를 다시 받아 안았을 때 어딘가에서 웃는 소리가 나서 나는 아래를 내려다보았다. 어떤 남자와 여자가 말을 타고 우리를 쳐다보고 있었다. 남자는 안장에 총이 있었고, 웃는 것은 여자였다.

"저 망할 사람들은 대체 누구야? 우리를 쫓아온 거야?" 조가 겁을 먹고 물었다.

"욕 좀 그만해. 저 남자는 이 목장 주인이고 작가야." 내가 그에게 말하고 남자에게 인사했다.

"안녕하세요, 엔디콧 씨."

"안녕. 여기에서 뭐 하는 거니?" 그가 물었다.

"달아나고 있어요." 내가 말했다.

그가 말했다. "행운을 빈다. 그리고 어둡기 전에 꼭 돌아가야 해."

"진짜로 달아나는 거예요." 내가 말했다.

그러자 그와 아내가 함께 웃었다.

"좋아." 그가 말했다. "어쨌건 행운을 빌게. 하지만 어두워지면 곰과 퓨마가 나올 수 있으니 조심해."

그런 뒤 그들은 웃으며 말을 달려 갔다. 기분이 좋은 것 같았지만, 곰과 퓨마 이야기는 하지 않는 게 좋았을 것이다.

언덕을 내려가자 길이 나타났고, 우리는 훨씬 빨리 갔다. 찰리는 이제 발작의 기미가 사라졌고, 웃으면서 금광 이야기를 했다. 문제는 꼬마 앨버트였다. 앨버트는 덩치가 거의 나만 했다. 나는 옛날부터 그 아이를 꼬마 앨버트라고 불렀지만 그사이에 아이는 자랐다. 그 애가 너무 무거워서 나는 조와 찰리를 따라갈 수가 없었다. 나는 숨이 찼다. 그래서 내가 아이를 번갈아 데리고 가자고 제안했지만 그들은 거절했다. 그러자 나는 내가 너희를 떠나면 너희는 길을 잃을 것이고, 퓨마와 곰에게 잡아먹힐 것이라고 했다. 찰리는 그 자리에서 발작을 일으킬 것 같았고, 조가 말했다. "나한테 줘." 그 뒤로 우리는 번갈아 앨버트를 들었다.

우리는 계속 산을 올라갔다. 금광은 없었던 것 같지만, 산꼭대기에 갔으면 어쩌면 그걸 찾았을지도 모른다. 우리가 길을 잃지 않았다면, 그리고 날이 어두워지지 않았다면, 그리고 꼬마 앨버트를 데리고 다니느라 지치지 않았다면. 많은 박약자가 어둠을 무서워하고, 조는 그 자리에서 발작을 할 것 같다고 말했다. 하지만 발작을 하지는 않았다. 나는 그렇게 운이 없는 사람을 본 적이 없다. 그는 원할 때 발작을 하지 못한다. 어떤 박약자들은 필요하면 번개처럼 발작을 일으킨다.

사방이 진짜 캄캄해졌는데, 우리는 배가 고팠고 불도 없었다. 박약자들에게는 성냥을 주지 않았고, 우리는 덜덜 떠는 것밖에 할 수 있는 일이 없었다. 그리고 우리는 배고픈 일을 생각해 본 적이 없었다. 언제나 음식이 있었기 때문이다. 그래서 박약자로 사는 편이 세상에 나가서 돈을 벌며 사는 것보다 더 좋은 것이다.

그중에서도 최악은 조용한 것이다. 그보다 더 나쁜 것은 딱 하나, 시끄러운 것뿐이다. 조용한 침묵이 흐르는 가운데 이따금 온갖 종류의 소음이 들렸다. 아마 토끼였던 것 같은데, 그것들이 덤불 속에서 들짐승 같은 소리를 냈다. 부스럭부스럭, 쿵쿵, 딱딱 따다닥 하는 소리들. 찰리가 먼저 발작을 했다. 진짜 발작이었고, 조도 지독한 발작을 했다. 나는 사람들이 많은 곳에서 발작을 하는 것은 상관하지 않는다. 하지만 어두운 숲 속에서는 문제가 다르다. 그러니까 아무리 상급자들이라고 해도 간질병자들하고 같이 금광을 찾아 나서는 건 좋지 않다.

그렇게 끔찍한 밤은 처음이었다. 조와 찰리는 발작을 하지 않으면 어쨌건 발작을 하는 척했고, 어둠 속에서 추위로 덜덜 떠는 모습은 보이지는 않아도 발작처럼 느껴졌다. 나도 몸이 너무 떨려서 발작을 할 것만 같았다. 그리고 앨버트는 먹을 것이 아무것도 없어서 침만 줄곧 흘렸다. 나는 그렇게 고약한 앨버트의 모습은 처음이었다. 왼쪽 눈을 꼬고 또 꼬아서 눈이 밖으로 튀어나올 것 같았다. 보이지는 않아도 나는 앨버트의 동작을 알았다. 그리고 조는 앉아서 욕만 했고 찰리는 울면서 복지원으로 돌아가고 싶다고 했다.

우리는 죽지 않았고, 다음 날 아침에 왔던 길을 그대로 되돌아갔다. 꼬마 앨버트는 엄청나게 무거워졌다. 윌슨 박사는 노발대발하면서 나하고 조하고 찰리가 그곳에 있는 박약자 중에 최악이라고 했다. 하지만 침흘리개 병동의 간호사인 스트라이커 선생님은 나를 끌어안고 돌아와서 기쁘다며 울었다. 나는 그 순간 내가 그 선생님과 결혼할지도 모르겠다고 생각했다. 하지만 겨우 한 달 뒤에 그녀는 새 병원의 배수관을 고치러 온 시내의 배관공과 결혼했다. 그리고 꼬마 앨버트는 이틀 동안 눈을 꼬지 못했다. 그만큼 피곤했다.

다음에 다시 달아난다면 그때는 바로 산을 넘어갈 것이다. 하지만 간질병자들을 데리고 가지는 않을 것이다. 그 병은 낫는 병이 아니고, 그들은 겁을 먹거나 흥분하면 발작을 한다. 하지만 꼬마 앨버트는 데려갈 것이다. 이유는 몰라도 나는 꼭 꼬마 앨버트가 있어야 한다. 그리고 어쨌건 달아나지 않을 것이다. 침흘리개 병동이 금광보다 좋고, 새 간호사가 온다는 이야기를 들었다. 게다가 이제 꼬마 앨버트는 나보다 커서 그 애를 데리고 산을 넘을 수가 없다. 그 애는 날마다 커진다. 놀랍기 그지없다.

물의 아기
The Water Baby

나는 지친 귀로 마우이의 위업과 모험에 대한 코호쿠무의 끝없는 노래를 들었다. 마우이는 폴리네시아에서 프로메테우스 비슷한 반신半神으로, 하늘에 고정된 갈고리로 땅을 바닷속에서 끌어내고 이어 하늘을 위로 번쩍 들어 올렸다. 이전까지 사람들은 허리를 펼 공간이 없어서 네 발로 기어 다녀야 했다. 또한 마우이는 태양의 16개 다리에 덫을 걸어서 이제 하늘을 좀 더 천천히 지나가게 했다. 태양은 노동조합의 편이라서 하루 6시간 노동을 원했지만, 마우이는 그것을 무시하고 하루 24시간 노동을 부과했다.

"다음에 부를 노래는 릴리우오칼라니 여왕*의 가족 노래야." 코호쿠

---

* 하와이의 마지막 군주.

무가 말하고 노래했다.

> 마우이는 마음이 불안해져서
> 태양에게 올가미를 놓았지.
> 겨울이 태양을 이겼고,
> 여름은 마우이가 이겼다네……

　나도 하와이에서 태어나서 이곳 신화를 이 늙은 어부보다 잘 알았지만, 그것을 끝도 없이 암송할 만한 기억력은 없었다.
　"이 이야기를 다 믿으시나요?" 내가 다정한 하와이 말로 물었다.
　"다 아주 오래전 일이지." 그가 생각에 잠겼다. "내 눈으로 마우이를 보지는 못했어. 하지만 옛날 노인들이 모두 이 일을 이야기해 주었어. 이제 내가 노인이 돼서 내 아들과 손자 들에게 이 이야기를 해 주고 있고, 내 아들과 손자 들은 앞으로 태어날 자기 아들과 손자 들에게 이 이야기를 할 거야."
　"믿으시는군요." 내가 말했다. "태양을 무슨 야생 사슴 잡듯 밧줄로 잡았다는 허풍하고 하늘을 땅 위로 높이 들어 올렸다는 허풍을요."
　"나는 잘난 사람도 아니고 지혜가 많지도 않아, 라카나." 어부 노인이 말했다. "하지만 선교사들이 번역해 준 하와이 성경을 읽었는데, 거기에 보니 태초의 아버지가 땅과 하늘과 해와 달과 별을 만들고 또 말, 바퀴벌레, 지네와 모기, 바닷니와 해파리에 이르는 온갖 짐승과 남자와 여자를 다 만들었다고 하더구나. 마우이는 그렇게 많은 일을 하지는 않았어. 그분은 어떤 것도 '만들지' 않았어. 그저 세상에 질서를 잡아 준 게 전부고, 그것도 아주 오랜 시간이 걸렸지. 큰 허풍보다는 작은 허풍을 믿는 게 더 쉽고 이치에 맞지 않니?"

여기에 내가 답할 말은 없었다. 이치 면에서 나는 노인을 당하지 못했다. 게다가 나는 머리가 아팠다. 또 웃기는 일은 내가 스스로 인정했듯이 진화론은 우리에게 인간은 직립하기 전에 네 발로 다녔다고 분명하게 말하고, 천문학은 지구의 자전 속도가 천천히 감소해서 하루의 길이가 길어진다고 확실히 일러 주며, 지진학자들은 하와이의 모든 섬이 화산 활동의 결과로 바다 밑에서 솟았다고 인정한다는 것이다.

다행히 100미터가량 떨어진 바닷물에서 대나무 장대가 벌떡 일어나 악마의 춤을 추었다. 그것은 의미 없는 토론을 끝내 주었고, 코호쿠무와 나는 노를 물에 담그고 횡목 달린 우리의 작은 카누를 춤추듯 움직이는 장대까지 저어 갔다. 코호쿠무가 장대 끝과 연결된 줄을 잡고 이리저리 움직이자 60센티미터짜리 '우키키키'*가 맹렬히 저항하며 햇빛 속에 젖은 은색을 번득이다 카누 안쪽 바닥에 북소리를 툭탁탁탁 울렸다. 코호쿠무는 꿈틀거리는 오징어를 집어 들어서 이빨로 살아 있는 미끼를 베어 낸 뒤 그걸 낚싯바늘에 걸고 배 바깥으로 낚싯줄과 봉돌을 떨구었다. 막대기는 물 위에 납작하게 떴고 카누는 천천히 떠내려갔다. 납작하게 누운 그런 막대기 스무남은 개가 이룬 초승달 꼴을 살펴보면서, 코호쿠무는 맨허리에 두 손을 닦고 케케묵은 쿠알리의 노래를 시작했다.

마우이의 위대한 낚싯바늘이여!

---

* 네줄물퉁돔을 가리키는 하와이 말.

마나이-이-카-라니, '하늘에 단단히 박혔네!'

땅을 묶은 줄이 그 바늘에 달리고,

높으신 카우이키가 그것을 삼켰네!

미끼는 히나에게 바쳐진

붉은 부리 알라에로다!

카우이키는 몸부림치고 고통 속에

죽어 가며 하와이로 가라앉는다!

땅이 물속에서 걸려서

표면으로 떠올랐네.

하지만 히나는 새의 날개를 감추고

물속에서 땅을 깨뜨렸도다!

아래쪽에서는 도둑맞은 미끼를

고기들이 먹어 치웠네.

깊은 진흙탕의 울루아가!

전날 밤 장례식장에서 싸구려 술을 많이 마신 까닭에 그의 늙은 목소리가 갈라지고 삐걱거렸다. 그것도 내 짜증을 더욱 돋울 뿐이었다. 나는 머리가 아팠다. 물에 비친 강렬한 햇빛에 눈이 아프고, 첨벙거리는 바다 위 횡목의 장난 때문에 뱃멀미도 상당히 일었다. 공기는 답답했다. 하얀 해변과 산호초에 둘러싸인 와이헤*에는 고요한 무더위를 달래 줄 바람 한 점 없었다. 나는 너무 힘들어서 고기잡이를 그만두고 뭍으로 돌아갈 결심조차 하기 힘들었던 것 같다.

* 하와이 오아후 섬의 한 마을.

나는 눈을 감고 누워서 시간을 잊었다. 심지어 코호쿠무가 노래를 한다는 사실도 잊었는데, 그가 노래를 그쳤다. 그가 감탄하는 목소리에 나는 태양의 화살 아래 눈을 떴다. 그가 수중경으로 바닷속을 들여다보고 있었다.

"큰 놈이야." 그가 말하더니 내게 수중경을 주고 뱃전을 넘어 다리부터 물속으로 들어갔다.

그는 물보라를 전혀 일으키지 않고 몸을 뒤집어 잠수했다. 나는 수중경을 통해 그의 움직임을 좇았다. 수중경이란 사실 50센티미터 정도 길이의 길쭉한 상자일 뿐이다. 위쪽은 뻥 뚫리고 아래쪽은 유리판을 물이 새지 않도록 단단하게 붙여 놓았다.

코호쿠무는 지루한 사람이고 그의 수다는 괴롭기 짝이 없지만, 그가 물속으로 내려가는 모습을 보니 감탄하지 않을 수 없었다. 그는 일흔 살이 넘은 나이에 창처럼 날렵하고 미라처럼 쪼그라든 모습으로 우리 인종의 건장한 젊은이들도 잘 하지 않거나 못하는 일을 했다. 바닥까지는 12미터였다. 나는 산호초에 깊이 숨어 밖으로 몸의 일부만 보이는 그의 목표물을 알아볼 수 있었다. 그는 예리한 눈으로 오징어의 튀어나온 촉수를 본 것이다. 그가 헤엄쳐 가는 동안에도 촉수는 생명체가 아닌 척하려고 느릿하게 당겨졌다. 하지만 촉수의 일부만 살짝 보아도 그 주인인 오징어의 크기를 짐작할 수 있었다.

12미터 깊이의 수압은 젊은이에게도 버거운데, 이 노인에게는 별로 불편하지 않아 보였다. 아마 그는 불편하다는 생각 자체를 해 본 적이 없을 것이다. 허리께에 두른 '말로' 천을 빼면 아무런 보호 장치나 의복이 없는데도 그는 인간을 포식하는 사나운 동물들 앞에서 주저하지 않았다. 그가 오른손으로 산호를 짚고 왼팔을 어깨까지 구멍에 넣는 모습이 보였다. 30초가 지나갔고, 그사이 그는 왼손으로 그 안을 더 듬고 탐색하는 것 같았다. 그러더니 빨판 가득한 촉수들이 격렬하게 흔들리며 차례로 나왔다. 촉수는 그의 팔을 꼭 붙들고서 뱀처럼 꿈틀 거렸다. 그리고 마침내 오징어의 몸통 전체가 움찔거리고 들썩거리며 나타났다. 아니, 어쩌면 낙지나 문어인지도 몰랐다.

하지만 노인은 생명의 필수품, 그러니까 물 밖의 공기를 마시려고 서두르지 않았다. 12미터 물속에서, 촉수 끝에서 끝까지 폭이 3미터 에 가깝고 아무리 튼튼한 수영객도 익사시킬 수 있는 문어에 둘러싸 인 채 그는 차분하고도 편안하게 그 괴물을 이길 수 있는 한 가지 일 을 했다. 여위고 매 같은 얼굴을 그 미끄러운 덩어리 가운데 밀어 넣 고, 늙은 송곳니 몇 개를 놈의 심장부에 박아 넣은 것이다. 그 일을 하 자 그는 천천히, 정석대로 수압의 변화에 조심하며 위로 올라왔다. 그 리고 카누 옆에 오자 이 대책 없는 늙은 죄인은 물속에서 나오지 않은 채 몸에 매달린 징그러운 놈을 떼어 내면서 무수한 오징어 사냥꾼들 이 대대손손 불러 온 승리의 노래 〈풀레〉를 터뜨렸다.

오, 터부의 밤의 카날로아여!

단단한 바닥에 꼿꼿이 서라!

오징어가 있는 바닥에 서라!

꼿꼿이 서서 깊은 바다의 오징어를 끌어내라!

일어서라, 오 카날로아여!

움직여라! 움직여! 오징어를 깨워라!

납작 엎드린 오징어를 깨워라!

온몸을 납작 엎드린 오징어를……

나는 눈을 감고 귀를 막은 채 그를 도와주지 않았다. 그는 누가 돕지 않아도 이 불안한 배를 뒤집는 일 따위는 전혀 없이 올라올 수 있다는 것을 잘 알았다.

　"훌륭한 오징어로구나." 그가 나직하게 말했다. "여자 오징어야. 이제 개오지 조개의 노래를 해 주마. 우리가 오징어의 미끼로 쓴 붉은 개오지의 노래를……"

　"할아버지는 어젯밤 장례식에서 보기 안 좋았어요." 내가 그의 노래를 막았다. "이야기 다 들었어요. 아주 소란스럽게 구셨다고요. 모두 귀가 멀 때까지 노래를 하셨다고 들었어요. 돌아가신 분 아드님한테 욕도 하고요. 술을 고래처럼 드셨다는데, 할아버지 나이에 술은 안 좋아요. 그러다 꼴깍 돌아가실 거예요. 오늘은 뻗어 계셔야 하지 않나요?"

　"하!" 그가 웃었다. "그래, 너는 술도 안 마셨고, 내가 노인이 된 뒤에야 태어났고, 어젯밤에 아직 해도 있고 닭들도 돌아다닐 때 잠을 자 놓고는 정작 오늘 네가 뻗었구나. 이유를 설명해 다오. 어젯밤 술이 당기던 만큼 지금은 그 이야기가 듣고 싶구나. 그 옛날 요트를 타고 왔던 영국인의 말처럼 나는 오늘 상태가 최고야. 악마처럼 최고야."

　"할아버지는 정말 어쩔 수 없어요." 내가 어깨를 으쓱하며 대꾸했다. "한 가지는 분명해요. 악마도 할아버지를 원하지 않는다는 거죠. 할아버지가 노래를 한다는 보고가 이미 들어갔거든요."

　"아냐, 그렇지 않아." 그는 그 말을 진지하게 생각하며 말했다. "악마는 내가 가면 좋아할 거야. 내가 좋은 노래들을 불러 줄 거고, 족장들에 대한 소문으로 그 친구가 옆구리를 긁게 할 거거든. 내 출생의 비밀을 이야기해 줄까? 저 바다가 내 어머니야. 나는 코나*가 부는 기간에 카호올라웨 해협의 이중 카누에서 태어났어. 어머니 바다의 힘을 받았지. 나는 오늘처럼 어머니의 품에 돌아가서 안길 때마다 금세 다시 강해져. 어머니는 내 생명의 근원이야."

'안타이오스**의 변종이군!' 내가 생각했다.

"어느 날 내가 정말로 늙으면," 코호쿠무가 계속 떠들었다. "내가 바다에서 죽었다는 소식이 전해질 거야. 하지만 그건 잘못된 생각이야. 실제로 나는 어머니 품으로 돌아간 거니까. 거기 어머니의 품에서 쉬다가 두 번째 생명을 얻어 마우이의 황금 시절처럼 눈부신 젊은이가 되어 태양 속으로 들어갈 테니까."

"이상한 종교예요." 내가 말했다.

"젊었을 때는 이상한 종교들이 내 머리를 어지럽혔지." 코호쿠무가 말했다. "하지만 젊은 현자야, 늙은이의 지혜의 말을 들어 보렴. 나는 이만큼은 알아. 늙으면서 나는 점점 바깥이 아니라 내 안에서 진리를 찾게 돼. 내가 어머니 품으로 돌아간다는 생각과 어머니에게서 태양 속으로 다시 태어난다는 생각을 왜 했을까? 너는 몰라. 내가 아는 것도 누구한테 들은 것도 아니고 책에서 본 것도 아니며 다른 데서 일러 준 것도 아니야. 그냥 내 안에서, 바다만큼 깊은 내 마음속에서 솟은 생각일 뿐이야. 나는 신이 아니야. 나는 뭘 만들지 않아. 그러니까 내가 이 생각을 만든 건 아니야. 나는 이 생각의 아버지와 어머니를 몰라. 나보다 앞선 오랜 옛날의 생각이고, 그러니까 진실이야. 사람은 진실을 만들지 않아. 눈이 멀지 않았다면 진실을 보고 알아차릴 뿐이지. 내가 생각한 이 생각이 꿈일까?"

* 하와이의 남서계절풍으로 겨울에 분다.
** 그리스 신화 속 대지의 여신 가이아의 아들로, 땅에 닿을 때마다 힘을 얻는다.

"할아버지 자신이 꿈일지도 모르죠." 내가 웃었다. "그리고 저도 하늘도 바다도 단단한 땅도 모두 다 꿈이고요."

"나도 그런 생각 많이 했다." 그가 차분하게 말했다. "그럴지도 몰라. 어젯밤에 내가 종달새인 꿈을 꾸었어. 할레아칼라 산 기슭 초원의 종달새들처럼 하늘에서 아름답게 노래하는 종달새. 나는 노래하고 또 노래하면서 해를 향해 날아올랐어. 그에 비하면 코호쿠무는 노래한 것도 아니지. 내가 꿈에서 새가 되어서 하늘에서 노래했다고 했는데, 혹시 진짜 내가 종달새인 건 아닐까? 그리고 그게 꿈이었다고 말하는 이 순간이 종달새가 꾸는 꿈인 건 아닐까? 누가 그렇다 아니다 말할 수 있겠니? 너는 내가 코호쿠무 노인의 꿈을 꾸는 종달새가 아니라고 말할 수 있겠니?"

나는 어깨를 으쓱했고, 그는 흥이 나서 말을 이었다.

"네가 마우이인데, 꿈속에서 존 라카나가 되어 나와 함께 카누를 타고 있는 건지 아닌지 어떻게 알겠니? 마우이인 네가 잠에서 깨어나서 옆구리를 긁으며 '내가 하올레인 꿈을 꾸었군' 하고 말할지도 모른다는 걸?"

"그건 모르죠." 내가 인정했다. "어쨌거나 할아버지는 제 말을 안 믿을 거예요."

"꿈속에는 우리가 아는 것보다 훨씬 많은 게 있어." 그가 엄숙하게 말했다. "꿈은 아주 깊은 곳까지 내려가. 아마 태초보다 더 내려갈 거야. 마우이가 하와이를 바닷속에서 건져 올린 것도 다 꿈이었던 게 아닐까? 이 하와이 땅도 꿈이고, 너도 나도 오징어도 다 마우이의 꿈이 아닐까? 그리고 종달새도?"

그는 한숨을 쉬고 고개를 가슴팍에 댔다.

"이런 알 수 없는 수수께끼들로 내 늙은 머리만 어지럽구나." 그가 다시 말했다. "그러다 피곤해지고 잊어버리고 싶으면 술을 마시고 고기를 잡고 옛날 노래를 하고 노래하는 종달새가 된 꿈을 꾸지. 나는 그게 제일 좋아. 그리고 술을 많이 마시면 그 꿈을 자주 꿔……"

그는 아주 낙심한 기분으로 수중경을 통해 석호를 내려다보았다.

"당분간 입질은 없을 거야." 그가 말했다. "상어들이 왔으니 놈들이 떠날 때까지 기다려야 해. 그때까지 지루하지 않도록 로노 신에게 카누를 끌고 가는 노래를 해 주마. 알고 있지?"

내게 나무줄기를 주세요, 로노여!
내게 나무의 큰 뿌리를 주세요, 로노여!
내게 나무의 귀를 주세요, 로노여!

"아, 제발 노래 좀 그만하세요!" 내가 노래를 자르며 말했다. "머리가 아파요. 할아버지 노래를 들으면 자꾸 더 아파져요. 할아버지는 오늘 상태가 악마처럼 최고일지 몰라도 목청은 갔어요. 차라리 꿈 이야기를 하세요. 아니면 허풍을 떠시든지요."

"아프다니 안됐구나. 그렇게 젊은데." 그가 선뜻 양보했다. "더는 노래하지 않으마. 그리고 네가 들어 본 적도 없는 이야기를 하나 해 주지. 꿈 이야기도 아니고 허풍도 아니고 실제로 있었던 일이야. 그리 오래지 않은 옛날, 여기, 바로 이 석호가에 케이키와이라는 소년이 살았어. 케이키와이는 너도 알듯이 '물의 아기'라는 뜻이지. 아이는 정말로 물의 아기였어. 아이의 신은 바다와 물고기 신들이고, 아이는 태어난 그날부터 물고기의 말을 알았지만, 물고기들은 그 사실을 몰랐어. 그러던 어느 날 상어들이 그 아이가 물고기 말을 하는 것을 들었지.

그 사연은 이랬어. 발 빠른 사신들이 와서 왕이 우리 섬으로 행차를 하고, 다음 날 이곳 와이혜에서 루아우*를 대접받을 거라는 소식을 전했어. 왕의 행차는 언제나 힘들었어. 작은 마을의 얼마 되지 않는 주민들이 많은 입에 음식을 채워 주어야 했으니까. 왕은 항상 왕비와 시녀들, 사제와 주술사, 춤꾼과 피리꾼, 훌라 가수, 전사, 하인 들을 데려왔고, 함께 오는 높은 족장들도 아내와 주술사와 전사와 하인 들을 데리고 왔거든.

때로 와이혜같이 작은 마을은 왕이 한 번 행차하고 가면 모두 여위고 굶주렸어. 하지만 왕을 먹이지 않을 수는 없고, 왕을 화나게 하는 건 좋지 않아. 그래서 와이혜 사람들은 왕의 행차 소식을 재난 경고처럼 여기고, 들판과 연못과 산과 바다의 모든 일꾼이 잔치에 쓸 재료를 구했지. 그래서 값진 타로토란에서 구이용 사탕수숫대, 오피히**에서 리무***, 닭, 멧돼지, 토란 먹인 강아지까지 모든 걸 구했어. 딱 하나만 빼고 말야. 어부들은 바닷가재를 잡지 못했어.

그런데 왕이 가장 좋아하는 음식이 바로 바닷가재였어. 그는 그걸 어떤 '카오카오(음식)'보다 높이 샀고, 사신들은 그것을 특별히 언급했지. 그리고 왕의 입맛을 거스르는 건 좋지 않았어. 하지만 산호초에 상어가 너무 많았고, 그게 문제였어. 처녀 하나와 노인 하나가 상어 밥이 되었지. 바닷가재를 잡으러 뛰어든 젊은이 하나도 잡아먹혔고, 다른 젊은이 하나는 팔을 잃고, 또 한 명은 손과 발을 하나씩 잃었어.

* 하와이식 잔치.
** 삿갓조개.
*** 해조류.

하지만 물의 아기인 케이키와이가 있었지. 아이는 그때 열한 살밖에 되지 않았지만, 반만 사람이고 반은 물고기라서 물고기 말을 알았어. 마을 어른들이 그의 아버지에게 가서 바닷가재를 잡을 수 있게 물의 아기를 보내 달라고, 그래서 왕의 배를 채우고 화를 피하게 해 달라고 부탁했어.

그다음에 일어난 일은 많은 사람이 똑똑히 본 일이야. 어부와 아낙, 타로토란 농부와 새잡이, 마을 어른 들까지 와이헤의 모든 주민이 내려와서 물의 아기 뒤에 서서 지켜보았어. 물의 아기는 바위 가장자리에 서서 깊은 물속의 바닷가재들을 바라보았지.

상어 1마리가 고양이 눈으로 아기를 올려다보고, 상어 말로 '어린애 고기'라고 외쳐서 석호의 다른 상어들을 불렀어. 상어들은 그렇게 함께 일하고, 그게 놈들이 강한 이유야. 상어들이 외침에 응답해서 왔고, 마침내 40마리가 모였지. 긴 놈, 짧은 놈, 여윈 놈, 통통한 놈이 모두 40마리였어. 놈들이 서로에게 말했지. '저 어린애를 봐. 소금기 없는 달콤한 인간 고기야. 우리는 소금이라면 차고도 넘치잖아. 저런 고기는 맛도 좋고 먹기도 좋고, 배 속에 들어가면 살살 녹으면서 단맛이 흘러나와.'

놈들은 다른 말도 많이 했어. '저 아이는 바닷가재를 잡으러 왔어. 저 아이가 물에 들어오면 우리가 잡아먹을 거야. 아이는 우리가 어제 먹은 물기 없고 질긴 노인하고도 다르고, 팔다리 근육이 너무 단단한 젊은이하고도 달리 마냥 부드러워서 배 속에 들어가기도 전에 식도에서 녹아 버릴 거야. 아이가 뛰어들면 모두 달려들자. 그중 운이 좋은 놈이 아이를 삼키면 아이는 사라지지. 한입에 꿀꺽, 운이 좋은 놈의 배속으로 사라질 거야.'

물의 아기 케이키와이는 상어의 말을 알았기에 이런 음모를 다 들었지. 그런 뒤 아기는 상어 말로 상어의 신 모쿠할리에게 기도를 했고, 상어들은 그 소리를 듣고 서로에게 꼬리를 흔들며 고양이 눈을 찡긋거렸어. 그런 뒤 아기가 말했어. '이제 나는 왕에게 바칠 바닷가재를 잡으러 물에 들어갈 거다. 하지만 아무도 나를 해치지 못할 거다. 꼬리가 가장 짧은 상어가 내 친구라서 나를 보호해 줄 테니까.'

아이는 그렇게 말하고 용암 돌덩이를 집어 들어서 옆으로 5~6미터 떨어진 물속에 첨벙 던졌지. 상어 40마리가 그 소리에 달려들었고, 그러는 동안 아이는 물에 들어가서 상어들이 사태를 파악하기 전에 바다 밑바닥에서 왕에게 바칠 통통한 바닷가재, 살이 꽉 찬 암놈을 잡아 가지고 올라왔어.

'하!' 상어들이 화가 나서 말했어. '우리 중에 배신자가 있어. 저 맛있는 음식, 입맛 당기는 어린애가 우리 중 하나가 자기를 구해 준다고 말했어. 우리 꼬리 길이를 재 보자!'

그리고 놈들은 옆으로 나란히 서서 꼬리를 쟀지. 꼬리가 짧은 놈들은 꼬리를 늘이려고 용을 썼고, 꼬리가 긴 놈들도 뒤지지 않으려고 용을 썼어. 놈들은 꼬리가 가장 짧은 놈에게 화를 내며 달려들어서 살점 하나 남기지 않고 다 뜯어 먹어 버렸어.

그들은 다시 물의 아기가 들어오기를 기다렸어. 물의 아기는 다시 상어 말로 모쿠할리에게 기도한 뒤 말했어. '꼬리가 가장 짧은 상어가 내 친구라서 나를 보호해 줄 거야.' 그리고 다시 용암석 덩어리를 집어 들고 이번에는 반대쪽으로 던졌어. 상어들이 첨벙 소리에 달려들었는데, 서두르느라 서로 부딪치고 물을 마구 튀겨서 온 물이 거품투성이가 되고 아무것도 볼 수 없었지. 그러면서 모두 다른 놈이 아이를 먹는

다고 생각했어. 그리고 물의 아기는 왕에게 바칠 바닷가재를 또 한 마리 잡아서 올라왔어.

이제 39마리 상어가 꼬리를 재고 꼬리가 가장 짧은 놈을 잡아먹어서 상어는 38마리로 줄어들었지. 물의 아기는 이런 일을 계속했고, 상어들도 이런 일을 계속해서 상어가 1마리씩 형제들에게 잡아먹힐 때마다 바위에는 왕에게 바칠 통통한 바닷가재가 1마리씩 늘어났어. 물론 상어들은 꼬리를 잴 때 엄청나게 싸우고 소리치고 했지. 하지만 어쨌건 그 과정은 공평하게 이루어졌어. 마지막으로 남은 상어 2마리는 본래 40마리 중에서 가장 큰 두 놈이었거든.

물의 아기는 다시 꼬리가 가장 짧은 쪽이 자기 친구라고 말하고 용암석 덩어리로 2마리 상어를 속인 뒤 바닷가재를 또 한 마리 잡아 가지고 올라왔어. 2마리 상어는 서로 상대가 꼬리가 더 짧다고 말하면서 싸웠고, 꼬리가 더 긴 쪽이 이겼어……"

"잠깐요, 코호쿠무 할아버지! 그 상어는 이미……" 내가 그의 말을 자르고 끼어들었다.

"네가 무슨 말을 하려는지 안다." 그도 내 말을 자르고 얼른 다시 이야기를 이었다. "그리고 네 말이 맞아. 39번째 상어를 먹는 데는 시간이 아주 오래 걸렸어. 39번째 상어의 배 속에는 놈이 이미 먹은 다른 상어 19마리가 들어 있었고, 40번째 상어의 배 속에도 놈이 먹은 다른 상어 19마리가 들어 있었으니 처음과 같은 식욕은 없었지. 하지만 이 상어는 아주 큰 상어였다는 걸 잊으면 안 돼.

그 39번째 상어와 그 상어 안에 든 상어 19마리를 먹는 데 시간이 너무 오래 걸려서 마지막 상어는 어둠이 내리고 와이헤 사람들이 왕에게 바칠 바닷가재를 가지고 집으로 돌아갈 때까지도 먹고 있었어.

그리고 다음 날 아침에 사람들이 해변에 나가 보니 너무 많이 먹어서 배가 터져 죽은 상어가 1마리 있었단다."

코호쿠무는 이쯤에서 이야기를 마치고 영악한 눈으로 내 눈을 바라보았다.

"잠깐, 라카나!" 내가 무슨 말인가를 하려고 하자 그가 막았다. "네가 뭐라고 할지 알아. 내가 직접 본 게 아니니까 사실인지 어떤지 모르지 않느냐는 거지. 하지만 난 안다. 증명할 수도 있어. 우리 할아버지는 물의 아기의 작은할아버지의 손자를 알았어. 그리고 지금 내가 손가락으로 가리키는 저 바위가 물의 아기가 서 있다가 바다에 들어간 곳이야. 나도 저기서 바닷가재를 잡으러 자주 바다에 들어갔어. 바닷가재를 잡기 아주 좋은 곳이지. 그리고 저기에서 상어도 자주 보았어. 또 내가 직접 보고 또 세어 보았는데, 바다 밑바닥에는 물의 아기가 던진 용암석 39개가 있단다."

"하지만……" 내가 입을 열었다.

"하!" 그는 나를 가로막았다. "가만! 이야기하는 사이에 고기들이 다시 입질을 하는구나."

그는 꼿꼿이 일어서서 그 밑에 물고기가 걸려서 몸부림치고 있다는 표시로 악마의 춤을 추는 장대를 가리켰다. 그는 노를 잡으려고 몸을 숙이며 나에게 말했다.

"나는 당연히 알지. 용암석 39개는 아직 거기 있거든. 아무 때라도 네가 직접 내려가서 세어 보렴. 나는 당연히 알아. 그게 사실이라는 걸."

붉은 자
The Red One

온다! 갑작스러운 소리의 분출, 바셋은 그것을 대천사의 나팔 소리로 상상하면서 시계를 보며 시간을 쟀다. 이토록 거대하고 강력한 소환 앞에 도시의 벽들은 무너질 수도 있을 듯했다. 그는 벌써 천 번도 넘게 주변 부족의 요새 안까지 이 일대를 지배하는 거대한 울림을 분석하는 데 실패했기 때문이다. 소리의 근원인 산 협곡은 그 물결에 따라 울렸고, 소리는 점점 커져서 땅과 하늘과 공중을 가득 채웠다. 그는 병자의 공상으로 그것을 불행이나 분노에 잠긴 고대 거인의 외침으로 여겼다. 소리가 어찌나 우렁차게 커지는지 좁은 태양계 바깥에 있는 누군가에게 보내는 신호가 아닐까 싶을 정도였다. 소리 안에는 또 그것을 듣고 이해해 줄 귀가 없다는 한탄스러운 외침도 있었다.

병자의 환상이 그러했다. 그래도 그는 그 소리를 분석하려고 애썼다. 그것은 천둥처럼 우렁차고, 황금 종처럼 부드러우며, 팽팽한 은줄처럼 섬세하고 달콤했다. 아니다, 그것은 그 어떤 것도 아니고 그것들의 조합도 아니었다. 그의 어휘와 경험에는 그 소리를 제대로 묘사할 말이 없었다.

시간이 흘렀다. 1분, 1분이 모여 10분, 20분, 30분이 되었고, 그래도 소리는 최초의 충격 이후 새로운 충격은 없는 상태로 계속 변하면서 지속되었다. 그리고 처음에 소리가 나타났을 때만큼이나 거대하게 흐려지고 약해져서, 어지러운 중얼거림, 재잘거림, 커다란 속삭임의 범벅이 되었다. 그리고 천천히, 자신을 낳은 미지의 품 안으로 물러갔고, 마침내 치명적인 분노의 속삭임과 유혹적인 기쁨의 속삭임을 칭얼거리며 우주의 어떤 비밀, 무한한 의미와 가치를 담은 이야기를 전달하려고 했다. 그런 뒤에는 위협도 약속도 없는 소리의 그림자로 줄어들어서 병자의 의식 속에 한참을 고동쳤다. 이제 소리가 더 이상 들리지 않자 바셋은 시계를 보았다. 대천사의 나팔 소리는 1시간을 울리다 완전한 정적 속으로 사라졌다.

그렇다면 이것은 그의 어둠의 탑인가? 바셋은 브라우닝을 떠올리고 자신의 해골 같은 손을 바라보며 생각했다. 그리고 차일드 롤런드가 자기 팔만큼이나 힘없는 팔로 나팔을 들어 입술에 문 공상에 미소 지었다.* 그가 링마누의 해변에서 처음 이 소리를 들은 게 몇 달 전인지, 몇 해 전인지 스스로에게 물어보았다. 알 수 없었다. 병은 아주 오래되었다. 의식이 있을 때는 시간을 알았고 여러 달이 지나간 것을 알았지만, 망상과 혼수상태의 간격은 측정할 수 없었다. 인력 징발선 나리 호

---

* 로버트 브라우닝의 시 「차일드 롤런드가 어둠의 탑에 왔다」에는 차일드 롤런드가 어둠의 탑의 유령들을 바라보며 나팔을 입에 무는 대목이 나온다.

의 베이트먼 선장은 어떻게 되었을지 궁금했다. 또 그 배의 술 취한 항해사는 알코올진전섬망으로 죽었을까?

그런 헛된 상상 속에 바셋은 링마누 해변의 그날, 그가 그 소리를 처음 듣고 그것을 따라 정글로 뛰어든 그날 이후의 일들을 돌이켜 보았다. 사가와는 그 일에 반대했다. 아직도 그의 모습이 생생했다. 공포에 사로잡힌 작고 원숭이 같은 얼굴, 표본 상자를 잔뜩 짊어진 등, 바셋의 잠자리채와 동물 연구용 산탄총을 든 두 손까지. 그가 떨면서 베슈드메어 영어로 말했다. "나 숲이 무서워요. 숲에 나쁜 사람 많아요."

바셋은 그 기억에 슬픈 미소를 지었다. 뉴하노버* 출신 청년 사가와는 겁을 먹었지만, 끝까지 충실하게 그를 따라서 그 소리의 근원을 찾아 더 깊은 숲으로 들어갔다. 불에 타서 속이 빈 나무줄기가 정글 속에서 북소리를 울렸지만 바셋은 그것은 아니라고 판단했다. 그의 다음번 판단은 틀렸다. 그러니까 소리의 근원인지 원인인지는 30분 정도만 가면 나올 것이고, 자신은 늦지 않게 나리 호로 돌아갈 수 있으리라는 생각이었다.

"저 큰 소리 좋지 않아요. 악마의 소리예요." 사가와가 말했다. 그리고 사가와가 옳았다. 바로 그날 그는 도끼에 머리가 잘리지 않았나? 바셋은 몸을 떨었다. 거기에다 사가와는 당연히 숲의 나쁜 사람들에게 먹혔을 것이다. 그의 마지막 모습이 떠올랐다. 산탄총을 잃고, 주인의 동물학 연구 장비도 다 잃고, 머리를 잘린 채 좁은 숲길에 누워 있던 모습. 그렇다. 그 일은 1분 사이에 일어났다. 그 1분 전에 바셋은 고개를 돌려서 그가 짐을 지고 꾸준히 따라오는 모습을 보았다. 그런 뒤

---

* 파푸아뉴기니 비스마르크 제도의 한 섬.

바셋 자신에게 문제가 닥쳤다. 그는 손마디가 잘린 뒤 대충 치료된 왼손의 검지와 중지를 바라보고, 그것을 뒤통수 움푹한 곳에 문질렀다. 숲에서 손잡이가 긴 전투 도끼가 번개처럼 날아왔고, 그는 재빨리 머리를 숙이고 손가락을 쳐들어 도끼의 방향을 약간 비틀었다. 손가락 두 개와 머리의 고약한 상처는 그가 목숨을 건지고 바친 대가였다. 그는 10번 산탄총으로 자신을 죽일 뻔한 숲 사람의 생명을 날려 버렸다. 다른 총으로는 사가와의 몸 위를 굽어보는 숲 사람에게 총알을 퍼부었고, 총알 대부분은 기쁘게도 사가와의 머리를 가지고 달아나던 사람에게 박혔다. 모든 것이 너무도 창졸간이었다. 그 자신과 죽은 숲 사람 그리고 머리 없는 사가와가 좁은 멧돼지 길에 있었다. 어두운 정글 양옆에서는 어떤 움직임도 생명의 소리도 없었다. 그리고 그는 엄청난 충격에 휩싸였다. 그는 평생 처음으로 사람을 죽였고, 그때 자신이 저지른 참상을 생각하니 지금도 속이 울렁거렸다.

그런 뒤 추격이 시작되었다. 그는 해변과 숲 사이에 있을 인간 사냥꾼들을 피해 멧돼지 길로 퇴각했다. 모두 몇 명인지는 짐작할 수 없었다. 한 명일 수도 있고, 백 명일 수도 있었다. 아무도 보지 못했기 때문이다. 일부는 나무 위로 올라가서 정글의 지붕을 뚫고 이동할 것이 분명했다. 하지만 이따금 휙휙 지나가는 그림자 외에 특별히 보이는 것은 없었다. 활시위를 당기는 소리는 들리지 않았지만, 어딘가에서 작은 화살들이 날아와 그의 옆을 핑핑 지나가거나 나무줄기에 박히거나 땅바닥에 떨어져서 퍼덕거렸다. 화살촉은 동물의 뼈였고, 살대에는 보석처럼 무지갯빛을 내는 벌새 가슴깃털이 붙어 있었다.

그러다 한 번—오랜 시간이 흐른 지금 그 생각이 떠오르자 그는 즐겁게 웃었다—고개를 들다가 그는 머리 위에 그림자 하나가 드리워지는 것을 감지했다. 그게 무엇인지 전혀 알지 못하는 상태로 그는 5번 산탄총을 마구 날렸다. 그림자는 성난 고양이처럼 비명을 지르며 나무고사리와 난초를 뚫고 떨어지더니 계속 비명을 지르며 그의 튼튼한 여행용 구두 발목에 인간의 이빨을 박아 넣었다. 하지만 그는 가만히 있지 않고, 다른 발을 들어서 비명을 침묵으로 바꾸어 버렸다. 바셋은 그 뒤로 야만에 단련되어서 그 회상에 다시 즐겁게 웃었다.

그날 밤은 얼마나 대단했는지! 자신이 지독하고 다양한 열병에 시달린 것도 당연하다고, 그는 잠 못 이룬 그날 밤을 떠올리며 생각했다. 다친 상처의 통증은 모기떼의 공격에 비하면 아무것도 아니었다. 모기를 피할 길은 없었고, 그렇다고 겁 없이 불을 피울 수도 없었다. 모기들은 그의 몸에 독을 들이부었고, 다음 날 그는 눈이 뜨기도 힘들 만큼 부어서 언제 도끼가 날아들고 자기 시체가 사가와의 뒤를 이어 숲 사람들의 식사가 될지도 그다지 신경 쓰지 못하고 비틀비틀 걸었다. 그는 24시간 만에 심신 모두 녹초가 되었다. 모기가 퍼부은 엄청난 양의 독으로 제정신이 아니었다. 그는 몇 차례 자신을 쫓아오는 그림자들에게 총을 쏘았다. 무는 낮벌레들과 각다귀가 고통을 더해 주었고, 피가 흐르는 상처에 게으르게 들러붙은 짜증스러운 날파리들은 손으로 털어 내거나 눌러 죽이지 않으면 안 되었다.

그리고 그날 그는 다시 한 번 그 놀라운 소리를 들었다. 처음보다 더 멀어진 것 같았지만, 가까운 숲 속에서 울리는 북소리 위로 당당하게 솟아올랐다. 여기에서 그는 실수를 했다. 자신이 그것을 지나쳤다고, 그러니까 그것이 링마누 해변 쪽에 있다고 생각하고 그쪽을 향해 다시 갔지만, 실제로 그는 미지의 섬의 심장부로 더 깊이 들어갔다. 그날 밤 그는 바냔 나무의 뒤틀린 뿌리 틈에서 탈진해서 잠이 들었고, 모기들은 그를 멋대로 물어뜯었다.

그 뒤의 날들은 악몽처럼 기억이 희미했다. 그가 똑똑하게 기억하는 한 가지는 자신이 갑자기 숲 마을에 있었고, 노인들과 아이들이 정글로 달아나는 장면이었다. 한 사람만 빼고 모두가 달아났다. 머리 위쪽에서 고통에 잠긴 짐승의 울음소리 같은 것이 들려 고개를 들어 보니 여자, 젊은 여자가 뜨거운 태양 아래 한 팔로 매달려 있었다. 아마 며칠은 그렇게 매달려 있었던 것 같았다. 밖으로 튀어나온 부푼 혀를 보면 알 수 있었다. 여자는 아직 죽지 않았고, 공포에 잠긴 눈으로 그를 바라보았다. 도와줄 수 있는 단계를 지났어, 그는 여기저기 관절이 깨지고 뼈가 부러졌음을 알려 주는 다리의 부종을 보며 판단했다. 그는 여자를 쏘기로 결심했고, 여기에서 그 장면은 끝났다. 자신이 총을 쏘았는지 쏘지 않았는지도 기억나지 않았다. 또 자신이 어떻게 그 마을에 들어갔고 어떻게 나왔는지도 전혀 기억할 수 없었다.

그 끔찍한 방랑의 시기에는 서로 연관되지 않는 장면들이 기억 속에 드문드문 남았다. 집이 여남은 채 있는 다른 마을에 쳐들어가서 산탄총으로 모두를 내쫓은 것이 기억났다. 너무 약해서 달아나지 못한 노인 한 명만이 그에게 침을 뱉으며 으르렁거렸고, 그러는 동안 그는 땅속 화로 뜨거운 돌멩이 속에서 녹색 이파리에 싸여 먹음직스러운 김을 내뿜는 돼지를 끌어냈다. 그리고 그곳에서 고삐 풀린 야만성이 그를 사로잡았다. 배불리 먹은 뒤 돼지 뒷다리를 들고 그곳을 떠나려다가 그는 일부러 볼록 렌즈로 어느 집의 초가지붕을 태웠다.

하지만 바셋의 머리에 가장 깊이 새겨진 것은 축축하고 불쾌한 정글이었다. 그곳은 지독한 악취를 풍겼고, 언제나 황혼처럼 어둠침침했다. 빛줄기들은 30미터 높이의 빽빽한 지붕을 뚫고 들어오지 못했다.

그 지붕 밑에는 죽음에 뿌리를 박고 죽음을 먹고 사는 기생적인 공중 초목이 매달려 있었다. 그는 이 모든 것 사이를 떠돌면서, 언제나 머리 위를 날아다니는 식인종 그림자의 추격을 받았다. 그들은 감히 그와 대적하지는 못하지만 조만간 그를 잡아먹을 것을 확신하는 사악한 유령들이었다. 바셋은 그때 자신이 상처 입은 들소이고, 추격자들은 평원의 코요테, 겁이 많아서 들소에게 바로 달려들지는 못하지만 언젠가 들소가 죽으면 그걸로 자신들의 배를 채우리라 확신하는 코요테들이라고 생각한 것이 똑똑히 기억났다. 황소의 뿔과 발굽이 코요테를 물리치듯이 그의 산탄총은 이곳 솔로몬 제도 사람들, 과달카날 섬 숲 사람들의 그림자를 물리쳤다.

그리고 초원을 발견한 날이 있었다. 어느 날 갑자기 신이 칼로 뚝 자른 것처럼 정글이 끝났다. 그 끝에 있는 검은 수직 절벽은 높이가 30미터였다. 그 가장자리에 풀이 있었다. 어떤 목축업자도 가축도 기뻐했을 향긋하고 부드러운 풀이었고, 그 싱그러운 푸르름은, 고대의 지각 변동으로 생겨나서 이리저리 팼지만 적도의 독한 비에도 버티고 솟은 산맥을 향해 큰 섬의 등뼈까지 뻗어 있었다. 풀이라니! 그는 10미터 정도 기어가서 풀에 얼굴을 묻고 그 냄새를 맡고 주체할 수 없는 흐느낌을 터뜨렸다.

그렇게 흐느껴 울 때 그 놀라운 소리가 다시 터져 나왔다. 그토록 거대하면서도 그토록 부드러운 소리를 '터져 나왔다'고 표현해도 좋은지는 알 수 없었지만. 그 소리의 달콤함은 어떤 소리와도 달랐다. 그것은 음량도, 울림도 커서 어떤 괴물의 놋쇠 목구멍에서 나오는 것 같았다. 하지만 드넓은 사바나 초원 저편에서 그를 부르는 그 소리는 마치 그의 고통받은 영혼에 내리는 축복 같았다.

그는 풀밭에 누워 있던 것을 기억했다. 뺨은 젖었지만 눈물은 그쳤고, 소리를 듣다 보니 링마누 해변에서 그 소리를 들은 것이 이상했다. 어떤 이상한 기압과 기류가 소리를 그렇게 멀리까지 싣고 갔던 것 같았다. 그런 상황은 앞으로 천 날, 만 날이 지나도 다시 일어나지 않을지 몰랐다. 하지만 그가 두어 시간 표본을 채집하려고 나리 호에서 내린 그날, 그 일이 일어났다. 그는 특히 유명한 정글 나비를 찾고 있었다. 그것은 날개 끝에서 끝까지가 30센티미터나 되고, 정글 지붕만큼 부드러운 검은색에 정글 지붕에만 살아서 마취총으로만 잡을 수 있다. 그래서 사가와가 20번 산탄총을 가지고 갔던 것이다.

그는 이틀 밤낮에 걸쳐 초원을 기어갔다. 고통은 컸지만 그림자의 추격은 정글이 끝나면서 그쳤다. 그리고 죽을 것 같던 갈증은 두 번째 날의 폭우가 해결해 주었다.

그런 뒤 발라타가 왔다. 그는 사바나가 끝나고 다시 빽빽한 산악 정글이 시작되는 그늘에서 모든 것을 포기하고 쓰러졌다. 처음에 그녀는 그의 무력함에 기쁨의 비명을 질렀고, 튼튼한 나뭇가지로 그의 머리를 때리려고 했다. 하지만 아마도 그의 완벽하게 무력한 태도에 마음이 움직였든지 아니면 인간다운 호기심 때문인지 몰라도 그녀는 행동을 멈추었다. 어쨌건 그녀는 멈추었다. 그는 임박한 타격을 예상하고 눈을 떴다가 그녀가 자신을 유심히 살피는 모습을 보았다. 그녀는 그의 파란 눈과 하얀 피부에 특히 놀랐다. 그녀는 차분하게 쪼그려 앉아서 그의 팔에 침을 뱉고 손가락으로 그의 하얀 피부를 더럽힌 정글의 흙과 오물을 문질러 닦았다.

그녀에게 관습적인 모습은 전혀 없었고, 그녀의 모든 것이 그에게는 특별한 충격이 되었다. 그는 그 기억에 힘없이 웃었다. 그녀의 옷차림은 무화과 잎을 두르기 전의 이브와 똑같았기 때문이다. 그녀는 땅딸막하면서도 여위었고, 팔다리는 비대칭이고, 근육은 밧줄 같고, 평생토록 몇 번 씻지 않은 듯 때에 절어서, 그가 과학자의 눈으로 평생 관찰한 어떤 여자보다도 못생겼다. 가슴은 성숙과 젊음을 동시에 일러주었고, 다른 게 아니었다면 성별은 그녀가 왼쪽 귓불에 펜 장신구, 그러니까 돼지 꼬리를 통해 알 수 있었다. 꼬리는 자른 지 얼마 되지 않아서 절단 부위에서 흐른 피가 그녀의 어깨에 촛농처럼 굳어 있었다. 그리고 그녀의 얼굴! 쪼글쪼글한 원숭이 같은 얼굴에 몽골 인종의 들창코가 박히고, 윗입술은 두껍지만 아랫입술은 축 처져서 거의 없다시피 좁은 턱 속으로 사라졌으며, 경계하는 두 눈은 동물원 원숭이의 눈처럼 깜박거렸다.

그녀가 나뭇잎에 물을 담아 오고, 묵어서 약간 상한 돼지 구이를 주었어도 그 흉측함은 조금도 덜하게 여겨지지 않았다. 그는 잠시 힘없이 음식을 먹은 뒤 그녀를 보지 않으려고 눈을 감았지만, 그녀는 자꾸자꾸 그를 찔러 눈을 뜨게 하고 그의 파란 눈동자를 바라보았다. 그런 뒤 그 소리가 왔다. 그것은 이제 훨씬 가깝다는 것을 알 수 있었다. 그리고 그가 힘겹게 그것을 쫓아왔지만 그것은 여전히 몇 시간 거리에 있다는 것도 알았다. 그런데 그 소리는 그녀에게 놀라운 영향을 미쳤다. 그녀는 몸을 움츠리고 고개를 돌린 채 신음하며 공포로 이를 딱딱 부딪쳤다. 하지만 그것이 1시간 동안 충분히 울리고 사라진 뒤 그는 눈을 감고 잠이 들었고, 발라타는 그에게서 파리를 쫓아 주었다.

그가 잠이 깼을 때는 밤이었고, 그녀는 없었다. 하지만 그는 힘이 다시 살아난 것을 느꼈고, 모기의 독에 철저하게 시달려서 이제 염증도 괴롭지 않았다. 그는 눈을 감고 해가 뜰 때까지 한 번도 깨지 않고 잤

다. 잠시 후 발라타가 다른 여자 대여섯 명을 데리고 돌아왔는데, 그
여자들도 못생긴 것은 마찬가지였지만 그녀만큼은 아니었다. 그녀의
행동을 보면 그를 그녀의 발견물이자 재산으로 여기는 것 같았다. 그
를 자랑스럽게 뽐내는 그 모습은, 그의 상황이 그토록 절박하지 않았
다면 우스웠을 것이다.

　나중에 그가 수 킬로미터는 되는 듯한 힘겨운 길을 걸어 빵나무 그
늘에 있는 주술의 집 앞에 쓰러졌을 때, 그녀는 자신이 그의 소유주라
는 생각을 확실하게 보여 주었다. 응구른—바셋이 나중에 알게 된 바
로는 마을의 주술사인—은 그의 머리를 갖고 싶어 했다. 재잘대는 원
숭이 같은, 모두 발라타처럼 벌거벗고 야만적인 이 부족의 다른 남자
들은 그의 몸통을 화덕에 굽고 싶어 했다. 그때 그는 그들의 언어를 몰
랐다. 그들이 무언가를 표현하는 그 거친 소리를 '언어'라고 한다면 말
이다. 하지만 바셋은 그들이 의논하는 주제가 무엇인지는 정확히 알
았고, 특히 남자들이 그를 정육점의 상품처럼 누르고 찌르며 살의 촉
감을 느껴 볼 때 더욱더 그것을 확신했다.

　발라타가 다른 사람들에게 속수무책으로 밀리고 있을 때 사고가 일
어났다. 한 남자가 바셋의 산탄총을 살펴보다가 공이치기를 풀고 방
아쇠를 당긴 것이다. 총 개머리가 튕겨서 그 남자의 배 속에 박힌 것은
그나마 양호한 결과였다. 산탄이 1미터 정도 거리에 있던 토론자 한
명의 머리를 날려 버렸기 때문이다.

　발라타마저 다른 사람들처럼 달아났고, 바셋은 그들이 돌아오기 전
에 닥쳐오는 열병으로 감각이 흔들리는 상태에서도 총을 다시 찾았
다. 그럼으로써 오한으로 이가 부딪치고 현기증으로 시야도 흐렸지만,
희미한 의식을 지탱해서 나침반, 시계, 볼록 렌즈, 성냥의 마법으로 숲

사람들을 겁줄 수 있었다. 그리고 마지막에 위엄 속에 새끼 돼지 한 마리를 산탄총으로 쏘아 죽이고 이내 기절했다.

바셋은 자신에게 얼마만큼의 힘이 남아 있는지 알아보려고 팔을 굽혀 보고 비틀거리며 천천히 일어섰다. 그는 충격적으로 여위어 있었다. 하지만 그 후로 오래도록 병을 앓다가 약간 회복했다가 하는 동안, 그는 한 번도 그때만 한 힘을 회복하지 못했다. 그가 두려운 것은 이미 여러 번 경험한 재발병이었다. 약 없이, 심지어 키니네*도 없이 그는 지금껏 가장 치명적인 악성 말라리아와 흑수열의 복합을 뚫고 살아남았다. 하지만 계속 버틸 수 있을까? 그는 그 질문을 멈출 수 없었다. 과학자로서 그 소리의 비밀을 풀기 전에는 죽고 싶지 않았기 때문이다.

그는 지팡이를 짚고 죽음과 응구른이 다스리는 어두운 주술의 집으로 걸어갔다. 주술의 집은 정글만큼 캄캄하고 지독한 악취를 풍겼다. 바셋이 볼 때는 그랬다. 하지만 그곳에는 그가 가장 좋아하는 친구이자 수다쟁이인 응구른이 있었다. 그는 언제라도 장광설을 쏟거나 토론할 준비를 갖춘 채 죽음의 재와 느릿한 연기 속에 앉아서 서까래에 매달린 인간 머리들을 솜씨 좋게 돌렸다. 오랜 병중에 몇 달 정도 의식이 멀쩡할 때 바셋은 응구른과 발라타와 긍응은 부족의 단순한 심리와 어려운 언어를 습득했다. 긍응은은 그들의 아둔한 족장으로 응구른에게 휘둘렸고, 또 수군대는 소문에 따르면 응구른의 아들이었다.

"오늘은 붉은 자가 입을 열까요?" 바셋이 물었다. 이때쯤 그는 응구른 노인의 섬뜩한 작업에 익숙해져서, 인두人頭 훈연에 흥미마저 느끼게 되었다.

---

* 말라리아 치료의 특효약으로, 해열제나 강장제 따위로도 쓰인다.

응구른은 전문가의 눈으로 현재 작업 중인 머리를 살펴보며 말했다. "열흘은 지나야 '다 됐다'고 할 수 있어. 누구도 이런 머리를 처리한 적은 없어."

바셋은 노인이 붉은 자의 이야기를 피하는 데 조용히 웃었다. 늘 그랬다. 응구른뿐 아니라 이 이상한 부족의 사람들은 누구도 붉은 자의 신체적 특징에 대해 말하지 않았다. 붉은 자는 신체가 있을 것이 분명했다. 그토록 놀라운 소리를 내니 말이다. 그리고 붉은 자라고는 하지만 바셋은 붉다는 것이 그것의 색깔을 말하는 건지도 알 수 없었다. 그가 그동안 수합한 희미한 실마리들로 보면 그것의 행동이나 힘도 충분히 붉다고 할 수 있었다. 응구른에 따르면, 붉은 자는 다른 부족의 신들보다 훨씬 더 힘이 세고, 살아 있는 인신 제물의 붉은 피에 목말라 할 뿐 아니라 다른 신들도 그에게 제물이 되었다. 그는 이 부족을 비롯한 일대 여남은 부족 연합의 신이고, 이 마을은 그 연합의 중심으로 지도적 역할을 했다. 붉은 자로 인해 많은 외부 마을이 파괴되거나 심지어 궤멸되었고, 포로들은 붉은 자의 제물이 되었다. 이것은 지금도 그렇고 오랜 옛날부터 대대로 전하는 역사였다. 응구른이 젊었을 때 초원 너머 부족들이 기습 공격을 했다. 하지만 응구른과 전사들이 반격을 해서 포로를 많이 잡았다. 아이들만 해도 100명이 넘게 붉은 자 앞에서 피를 흘리며 죽었고, 남자와 여자는 훨씬 더 많았다.

이 수수께끼의 신을 응구른은 '천둥 치는 자'라고도 불렀다. 때로는 소리치는 자, 신의 목소리, 새의 목청, 벌앞잡이새의 달콤한 목청을 지닌 자, 태양의 노래꾼, 별에서 온 자라고도 불렀다.

왜 별에서 온 자냐고 바셋은 응구른에게 물었다. 늙은 주술사에 따르면, 붉은 자는 아주 오래전부터 지금 그 자리에서 노래와 호통으로 인간을 다스렸다. 하지만 웅구른의 아버지는—그 순간에도 썩은 풀 싸개와 연기에 싸여 주술의 집 서까래에 걸려 있는—다르게 생각했다. 그 현명한 고인은 붉은 자가 밤하늘에서 왔다고 믿었다. 안 그러면 왜—그의 논지가 그랬다—사라진 지난날의 조상들이 별에서 온 자라는 이름을 전해 주었겠는가? 바셋은 그런 논리에 어느 정도 설득력이 있음을 인정하지 않을 수 없었다. 하지만 웅구른은 긴 인생 동안 무수한 밤하늘을 지켜보았어도 별이 초원이나 정글 숲에 내려온 것은 한 번도 못 보았다고 했다. 실제로 찾아보았다고 했다. 물론 유성은 보았다. (바셋의 질문에 그가 그렇게 답했다.) 하지만 그렇게 따지면 버섯이나 썩은 고기에서 나는 인광도 보았고, 어두운 밤에 반짝이는 반딧불이도, 산불도, 또 쿠쿠이 열매가 타는 불도 보았다고 했다. 하지만 불꽃과 빛이 다 타면 무엇이 되는가? 사라진 것들의 기억, 오직 기억뿐이다. 완수한 짝짓기, 잊힌 잔치, 사라진 욕망의 기억처럼 그것은 타오르고 반짝거려도 아무런 만족을 주지 못한다. 어제의 식욕은 어디로 갔는가? 사냥꾼이 잡지 못한 멧돼지 고기는? 남자를 알기 전에 처녀로 죽은 여자는?

기억은 별이 아니라는 것이 웅구른의 주장이었다. 기억은 별이 될 수 없다. 게다가 그렇게 오래 살면서 보아도 밤하늘은 변한 것이 없었다. 별들이 제자리를 벗어나는 일은 본 적이 없었다. 게다가 별은 불인데, 붉은 자는 불이 아니라고 했다. 이렇게 부지불식간에 유출된 정보는 바셋에게 아무런 힌트도 되지 못했다.

"붉은 자가 내일은 입을 열까요?" 그가 물었다.

웅구른은 누가 알겠냐는 듯 어깨만 으쓱해 보였다.

"그러면 모레는요? 글피는요?" 바셋이 계속 물었다.

"네 머리를 연기에 절이고 싶구나." 응구른이 화제를 돌렸다. "다른 머리들하고는 다르니까. 어떤 주술사도 이런 머리는 가지지 못했어. 게다가 나는 아주 잘 절일 거야. 여러 달이 걸리겠지. 달이 여러 번 찼다가 기울 테고, 연기는 느릿느릿 움직일 테지. 내가 직접 장작을 모을 거야. 네 피부는 쪼글쪼글해지지 않을 거야. 지금 네 피부처럼 팽팽할 거야."

그는 일어서더니 연기에 싸여 낮에도 어둑어둑한 서까래에서 풀 싸개 하나를 내려서 풀었다.

"그건 네 머리 같은 머리지만 잘 절여지지 않았어." 그가 말했다.

바셋은 그것이 백인의 머리라는 말에 귀를 쫑긋 세웠다. 그는 큰 숲의 중앙에 사는 이 정글 부족이 백인과 교류가 없었다고 이미 오래전에 결론 내렸기 때문이다. 그들은 남태평양 서부 지역 어디에서나 쓰이는 베슈드메어 영어를 몰랐다. 담배도 모르고 화약도 몰랐다. 쇠고리로 만든 귀한 칼과 더욱 귀한 전투 토끼―값싼 일반 도끼로 만든―는 초원 너머 정글의 숲 사람들과 전쟁을 할 때 포획한 것이고, 그들 역시 이따금 백인과 접촉하는 산호 해변의 바다 부족에게서 그것을 얻었으리라고 짐작했다.

"바깥 마을 사람들은 머리를 절일 줄 몰라." 응구른이 더러운 풀 싸개에서 백인인 것이 분명한 머리를 내려서 바셋의 손에 놓았다.

그것은 오래된 것이 분명했고, 금발 머리를 통해 백인임을 알 수 있었다. 영국 사람, 오래전의 영국 사람인 것도 분명했다. 시든 귓불에 아직도 꽂혀 있는 무거운 금 고리를 통해 알 수 있었다.

"이제 네 머리는……" 주술사가 자신이 가장 좋아하는 화제로 돌아갔다.

"말씀드릴 게 있어요." 바셋은 새로운 생각이 떠올라 그의 말을 가로 막았다. "제가 죽으면 제 머리를 연기에 절이도록 드릴게요. 하지만 그 전에 제게 붉은 자를 보여 주세요."

"네가 죽으면 난 어쨌건 네 머리를 가질 거야." 응구른은 제안을 거절했다. 그리고 야만인의 솔직한 태도로 덧붙였다. "게다가 너는 오래 못 살아. 지금도 거의 죽은 목숨이야. 날마다 기력이 쇠할 거고, 몇 달 지나지 않아서 나는 여기에서 네 머리를 연기 속에 돌리고 있을 거야. 기나긴 오후에 너처럼 잘 알던 사람의 머리를 돌리는 것은 아주 즐거운 일이지. 나는 너한테 말도 걸 거고, 네가 알고 싶어 하는 비밀도 많이 이야기해 줄 거야. 그건 아무 문제가 되지 않아. 너는 이미 죽어 있을 테니."

"응구른." 바셋이 화가 나서 협박했다. "쇠붙이 아기 천둥이 내 손에 있는 거 몰라요?" 이것은 그의 막강한 산탄총을 가리키는 말이었다. "나는 언제라도 어르신을 죽일 수 있고, 그러면 어르신은 내 머리를 못 가져요."

"상관없어. 그러면 긍웅은이나 다른 사람이 가질 테니까." 응구른은 차분하게 말했다. "어쨌건 네 머리는 여기 연기 속 주술의 집에서 돌고 또 돌 거야. 네가 아기 천둥으로 나를 빨리 죽일수록 네 머리는 더 빨리 연기 속에서 돌아갈 거야."

바셋은 자신이 졌음을 알았다.

붉은 자는 누구인가? 바셋은 기력이 조금씩 돌아오던 그다음 주에 스스로에게 천 번은 물어보았다. 그 신기한 소리의 근원은 무엇인가? 이 태양의 노래꾼, 별에서 온 자, 이 수수께끼의 신은 누구인가? 검은 피부, 곱슬머리, 원숭이 얼굴의 야만인들에게 숭배받으면서 그들만큼 야만적으로 행동하는 자, 그가 그토록 오랫동안 금기의 거리에서 그 낭랑하고 우렁찬 노래와 명령을 들었던 그 신은?

그는 자기가 죽으면 머리를 주겠다는 제안으로 응구른을 매수하는 데 실패했다. 백치 족장인 긍응은은 명청한 데다 응구른의 손아귀에 잡혀 있어서 고려할 필요가 없었다. 남은 건 발라타였다. 그녀는 처음 그를 발견하고 그의 눈을 찔러서 자신의 못생긴 얼굴을 보게 만든 그 날부터 그를 좋아했다. 그녀는 여자였고, 그는 오래전부터 그녀가 부족을 배신하게 만드는 길은 그녀의 여심을 이용하는 길밖에 없다는 것을 알았다.

바셋은 까다로운 남자였다. 그는 처음에 발라타의 못생긴 얼굴을 보고 받았던 충격을 극복하지 못했다. 영국에 있을 때 강건한 부류의 여자들은 아무리 아름답다 해도 그의 취향이 아니었다. 하지만 그는 지금 과학을 위해 자신을 희생하는 남자의 인내심으로 그런 섬세함과 세련됨을 모두 무시하고, 추악하기 짝이 없는 숲 여자와 연애에 돌입했다.

그는 몸을 떨었지만, 고개를 돌려 찡그린 얼굴을 감추고 때가 각질처럼 덮인 그녀의 어깨를 두 팔로 안고, 목과 턱으로 기름에 절어 냄새나는 곱슬머리를 느꼈다. 하지만 그녀가 그 접촉에 곧바로 흥분해서 첫 단계부터 신음하고 돼지처럼 꿀꿀거리자 그는 거의 비명을 지를 뻔했다. 이건 너무 심했다. 그가 이 이상한 연애에서 다음으로 한 일은 그녀를 개울로 끌고 가서 몸을 열심히 닦아 준 것이었다.

그 뒤로 그는 진정한 구혼자처럼 그녀에게 자주 그리고 오랜 시간을 들였고, 의지로 혐오감을 이겼다. 하지만 그녀가 열렬하게 제안하는, 부족 전통에 따른 결혼은 망설였다. 다행히 그들 부족은 금기가 강했다. 그에 따라 응구른은 악어라면 뼈도 살도 가죽도 만질 수 없었다. 그것은 그가 태어났을 때 정해진 것이었다. 궁응은은 여자와 접촉하는 것이 금기였다. 그런 오염이 일어나면 문제를 일으킨 여자가 죽어야 죄를 씻을 수 있었다. 그 일은 바셋이 오기 전에 한 번 있었다. 아홉 살짜리 여자애가 놀다가 넘어지면서 신성한 족장에게 부딪힌 것이다. 그런 뒤 그 여자아이는 사라졌다. 발라타는 바셋에게 그 여자아이는 붉은 자 앞에서 사흘 밤낮에 걸쳐 죽었다고 속삭였다. 발라타는 빵나무 열매가 금기였다. 바셋에게는 다행이었다. 물이 금기인 사람도 있었기 때문이다.

그는 스스로 특별한 금기를 만들었다. 남십자성이 하늘 가장 높은 곳에 올랐을 때에만 결혼할 수 있다는 것이었다. 그는 그렇게 자신의 천문학 지식을 이용해서 아홉 달에 가까운 유예를 얻어 냈다. 그리고 자신은 그사이에 죽든지 아니면 붉은 자와 붉은 자가 내는 소리의 근원을 파악하고 해변으로 도망치든지 두 가지 중 하나가 되리라고 믿었다. 처음에 그는 붉은 자가 멤논 같은 거석상으로, 태양빛을 받아 특정 온도에 이르면 소리를 내는 것이리라고 생각했다. 하지만 기습 공격으로 포로들을 잔뜩 잡아 와서 비 내리는 밤에 희생제의를 치를 때는 햇빛이 전혀 없었음에도 붉은 자가 평소보다 훨씬 더 큰 소리를 내서 바셋은 그 이론을 버렸다.

발라타와 함께, 때로는 남자나 여자 들 무리와 함께 있을 때 그는 정글의 세 방향은 자유롭게 다닐 수 있었다. 하지만 네 번째 방향, 그러니까 붉은 자의 거소 쪽은 금지되었다. 그는 발라타와 더 철저히 사랑을 했고, 동시에 그녀에게 목욕을 더 자주 시켰다. 그녀는 사랑을 위해서라면 어떤 배신도 해낼 수 있는 불굴의 여성이었다. 그는 그녀를 바라보면 욕지기가 나고, 그녀와 접촉하면 절망이 일었지만—하지만 꿈에서도 그녀를 피할 수가 없었다—섹스의 우주적 진리가 그녀에게 생명력을 불어넣고 그녀 자신의 인생보다 애인의 행복을 더 중시하게 만든다는 것을 알았다. 줄리엣과 발라타 간의 본질적인 차이가 무엇인가? 고도 문명사회의 부드럽고 세련된 산물과 그보다 몇만 년 앞선 짐승 같은 원형 사이에는? 차이는 없었다.

바셋은 무엇보다 과학자였고, 그다음으로 인도주의자였다. 그는 과달카날 정글의 심장부에서 자신의 연애를 화학반응처럼 시험했다. 그는 숲 여자에 대한 거짓 열정을 키우면서, 동시에 자신을 붉은 자에게 데리고 가서 대면시켜 달라는 요구도 키웠다. 그도 알다시피 이는 여자가 희생하는 해묵은 이야기였고, 그 일은 어느 날 두 사람이 분류도 안 되고 이름도 없는 작고 검은 물고기를 잡을 때에 일어났다. 그 고기는 2~3센티미터 길이에, 절반은 뱀장어 피부에 절반은 비늘에 덮이고, 적황색 알이 꽉 차서 통통했다. 그것은 민물에 드나들었고, 신선도에 상관없이 날것을 통째로 먹는 것이 훌륭한 별미로 여겨졌다. 발라타는 썩은 정글 바닥으로 몸을 던져서 그의 발목을 잡고 쪽쪽거리는 소리를 내며 그의 발에 입을 맞추어 그의 등골을 오싹하게 만들었다. 그녀는 이렇게 지독한 사랑의 희생을 원한다면 차라리 자신을 죽여 달라고 했다. 그리고 붉은 자의 금기를 깨는 자가 어떤 벌을 받는지를 말해 주었다. 그런 자는 산 채로 7일 동안 고문을 받아야 했고, 그 자세한 내용을 전하면서 그녀는 진창에 얼굴을 박고 한탄했다. 이야기를 다 듣자 그는 인간이 인간을 벌주는 끔찍한 방식에 관한 한 자신이 초심자임을 깨달았다.

하지만 바셋은 그녀가 지독한 고통 속에 비명을 지르며 죽는다 해도, 그런 위험을 감수하면서까지 붉은 자의 비밀을 알고 싶다는 남자의 뜻을 굽히지 않았다. 그리고 발라타는 여자에 지나지 않았기에 결국 굴복했다. 그녀는 그를 데리고 금지된 방향으로 갔다. 북쪽에서 밀려 내려온 흙덩이가 남쪽에서 올라온 흙덩이를 만나 생겨난 느닷없는 산 하나가 개울을 어지럽혔고, 그들은 그 물길을 통해 깊고 어두운 협곡으로 들어갔다. 1.5킬로미터 이상 걸으니 협곡 길은 가파른 오르막이 되었고, 그들은 그의 지질학적 관심을 잡아 끈 생석회 산등성이를 걸었다. 그는 기력이 없어서 자주 쉬었지만, 어쨌건 그들은 울창한 언덕을 계속 올라서 메사라고 하는 평평한 고원으로 나갔다. 바셋은 그것이 검은 화산 모래로 이루어진 것을 알아보았고, 소형 자석으로도 발밑의 날카로운 알갱이를 잔뜩 끌어모을 수 있다는 것도 알았다.

그런 뒤 발라타의 손을 잡고 계속 가서 마침내 그곳에 이르렀다. 그곳은 거대한 구덩이였다. 고원의 중심에 인공적으로 만든 것이 분명했다. 옛 역사, 남태평양 항해 지침서, 기억하고 있는 수많은 자료들이 맹렬하게 머릿속으로 밀려왔다. 이 섬들을 발견하고서 이곳이 전설 속 솔로몬 왕의 금광이라 믿고 솔로몬 제도라는 이름을 붙인 것은 멘다나였다. 사람들은 그의 그런 어린애 같은 순진함을 비웃었다. 하지만 여기 바셋은 지금 남아프리카의 다이아몬드 광산 같은 깊은 구덩이 앞에 서 있었다.

하지만 그곳에 있는 것은 다이아몬드가 아니었다. 그보다는 진주에 가까웠다. 진주처럼 영롱한 빛을 띠었다. 하지만 그 크기는 역사상 지구의 모든 진주를 합친다 해도 따르지 못할 만큼 컸다. 그리고 그 색깔은 어느 진주, 아니 어느 물건에도 없는 색깔이었다. 그것은 붉은 자의 색깔이었기 때문이다. 바셋은 그것이 붉은 자임을 바로 알았다. 그것은 완벽한 구체로 지름이 50∼60미터에 이르렀고, 그 꼭대기는 구덩이 가장자리에서 20∼30미터 아래에 있었다. 그 색깔은 래커 같았다. 실제로 사람이 바른 래커의 일종 같았지만, 숲 사람들이 만들었다고 보기에는 너무도 정교했다. 색깔은 붉은색을 겹겹이 덧칠한 것처럼 버찌색보다 더 밝은 홍색이었다. 햇빛에 영롱하게 반짝이는 그 빛은 겹겹의 붉은색에서 나오는 것 같았다.

그가 내려가는 것을 막으려는 발라타의 모든 노력은 수포로 돌아갔다. 그녀는 흙에 몸을 던졌지만, 그가 구덩이 벽에 난 나선형 길을 내려가자 공포에 움찔거리고 칭얼거리며 따라왔다. 그 붉은 구체가 귀중한 보물로 발굴된 것은 분명했다. 얼마 되지 않는 12개 마을 연합의 주민들 수와 그들의 원시적인 도구와 방법을 생각해 보면, 아무리 많은 세대를 거쳐도 그 거대한 구덩이를 팔 수는 없었다.

구덩이 바닥에는 인골이 가득했고, 그 사이에 나무와 돌로 만든 마을 신상神像들도 부서지고 깨져 있었다. 음란한 토템 문양이 가득한 어떤 신상은 길이가 12미터에서 15미터나 되는 단단한 나무줄기로 만든 것이었다. 그는 그중에 바닷가 마을에 넘쳐 나는 상어 신과 거북 신이 없다는 것을 알아차렸고, 투구 모양 주물呪物이 많은 데 놀랐다. 과달카날 깊은 정글의 야만인들이 투구를 어떻게 알았을까? 수 세기 전 멘다나의 병사들이 투구를 쓰고 여기까지 왔을까? 그렇지 않다면 숲 사람들은 어떻게 투구 형태를 생각해 낸 것일까?

바셋은 신들과 뼈들을 밟으며 칭얼거리는 발라타를 데리고 계속 걸어서 붉은 자의 그림자 속으로 들어갔고, 마침내 그것의 거대한 돌출부 아래 도달해 그것에 손을 대 보았다. 래커가 아니었다. 래커를 칠했다면 매끈해야 할 것이다. 그것에는 골이 지고 흠집이 많고, 여기저기

열에 녹은 자국이 있었다. 그리고 그 재료는 금속이었다. 하지만 그가 아는 어떤 금속이나 합금도 아니었다. 그 색깔은 도색한 것이 아니라고 그는 결론을 내렸다. 그것은 금속 자체의 색깔이었다.

그는 가만히 대고 있던 손가락을 표면 위로 이리저리 움직여 보았다. 그랬더니 그 거대한 구체 전체가 자극을 받아서 반응을 했다. 놀라웠다! 그토록 큰 물체가 그렇게 가벼운 자극에 반응하다니! 그것은 손가락의 움직임에 리드미컬하게 진동했고, 그 진동은 이어 바스락거리고 웅웅거리는 소리가 되었다. 하지만 그 소리는 아주 독특했다. 너무도 아련하고 가늘어서 나직한 휘파람 같았다. 너무 부드러워서 요정의 나팔처럼 달콤했고, 마지막 부분은 정말이지 지상으로 내려오는 신들의 종소리 같았다.

그는 발라타에게 질문을 담은 눈길을 던졌지만, 그녀는 그가 일으킨 붉은 자의 소리에 바닥의 뼈들 틈에 엎드려 신음하고 있었다. 그는 이 경이로운 물체에 대한 생각으로 돌아갔다. 안이 비어 있고, 지상에 알려지지 않은 금속이라는 것이 그의 결론이었다. 별에서 온 자라는 옛이름은 지당한 이름이었다. 그것은 별에서 왔을 수밖에 없고, 우연의 산물이 아니었다. 그것은 정교한 솜씨와 두뇌의 산물이었다. 그렇게 완벽한 형태에 속이 빈 구조는 우연의 결과일 수 없었다. 그것은 금속을 아는, 어느 먼 미지의 땅의 지성의 소산이 분명했다. 그는 놀라움에 휩싸여 그것을 바라보았다. 그의 머리에는 별들을 뚫고 날아와 지금 그의 앞에 우뚝 서 있는 이 우주 여행자를 설명하는 온갖 가설이 들불처럼 난무했다. 참을성 있는 식인종들에게 발굴된 이 물체는 두 겹의 대기권을 뚫고 떨어지는 과정에서 열기로 인해 흠집이 나고 칠이 되었을 것이다.

하지만 이 색깔은 어떤 익숙한 금속에 열이 더해져서 생겨난 것인가? 아니면 금속 자체의 색인가? 그는 그 물질의 성질을 알아보려고 주머니칼로 찔러 보았다. 그러자 구체 전체가 거대하게 속삭였다. 날카롭게 울리는 소리, 황금빛으로 쨍하는 소리—속삭임이 쨍하다고 말할 수 있다면—가 높아지고 낮아지며 음역의 양극단이 둥글게 합해져서, 그가 금기의 거리 바깥에서 그렇게 자주 들었던 우렁찬 천둥소리로 폭발할 기미를 보였다.

그는 안전도 잊고 자기 목숨도 잊은 채 상상할 수 없는 물체의 신비에 넋을 잃고 그 물체를 강하게 쳐 보려고 칼을 들었지만, 발라타가 그를 가로막았다. 그녀는 공포 속에 무릎을 꿇은 채 그의 무릎을 감싸 안고 제발 그만하라고 부탁했다. 그리고 자신의 소망이 얼마나 간절한지 알리고자 자기 팔을 이빨로 으스러지도록 꽉 깨물었다.

그는 그런 행동을 제대로 보지 못했지만, 자동적으로 좀 더 부드러운 본능에 양보해서 칼질을 억제했다. 그에게 인간 생명은 우주 먼 곳에 있는 고등 생명체에 대한 이 거대한 암시 앞에 하찮은 것이 되어 버렸다. 그는 그 못생긴 숲의 여자를 개처럼 발로 차서 일으키고는 자신과 함께 바닥을 돌게 했다. 얼마간 돌다가 그는 공포에 맞닥뜨렸다. 무수한 인골 틈에서 실수로 긍응은 족장의 금기를 깨뜨린 아홉 살 소녀의 말라비틀어진 시체를 알아본 것이다. 그리고 유골이 된 유해 가운데 아직 유골이 되지 않은 유해들도 있었다. 진실로 숲 사람들은 붉은 자에게서 스스로의 형상을 보고 자신들을 그 이름에 맞추어서, 그토록 붉은 제물로 그것을 달래 온 것이었다.

이 오랜 희생의 납골당에서 인골과 인간상, 신상 들을 좀 더 밟으며 가니, 붉은 자가 정글을 지나고 초원을 지나 먼 링마누 해변까지 자기 소리를 우렁차게 보내는 장치가 발견되었다. 그것은 단순하고 원시적이지만 붉은 자만큼이나 완벽한 장치였다. 15미터 길이의 왕대공이 세 그루의 거대한 나무줄기가 이룬 삼각대 꼭대기에 덩굴식물 밧줄로 매달려 있었다. 왕대공에는 수 세기에 걸쳐 새겨 넣은 신들의 형상이 있었는데, 모두 투구를 쓰고 악어의 벌린 입 안에 서로 겹쳐진 채 앉아 있었다. 삼각대를 이룬 나무줄기들에도 예술과 신에 대한 현대적 이해를 담은 기이한 형상이 가득 새겨져 있었다. 왕대공에서는 덩굴식물 밧줄이 내려와서 사람이 힘과 방향을 조정하게 되어 있었다. 이 왕대공은 공성전을 할 때 성벽을 깨는 거대한 망치처럼 우람하고 붉고 영롱한 구체를 때릴 수 있었다.

이곳이 옹구른이 그 자신과 휘하의 열두 부족에게 펼치는 종교의 근원이었다. 바셋은 지성을 담고 우주 공간을 날아온 이 놀라운 사신이 숲 사람의 요새에 떨어져서, 식인종이자 인두 사냥꾼인 이 원숭이 같은 야만인들에게 숭배받고 있다는 생각에 거의 분노감까지 느끼며 소리 내어 웃었다. 그것은 신의 말씀이 지옥 바닥의 진창에 떨어진 것과 같았다. 여호와의 십계명을 새긴 돌판을 동물원 원숭이들에게 준 것과 같았다. 소란스러운 정신병원에서 산상수훈을 한 것과 같았다.

시간은 느리게 흘렀다. 밤이면 바셋은 일부러 주술의 집에 가서 영원히 흔들리는 머리들 아래 물푸레나무 바닥에 누워 밤을 보냈다. 그곳이 여자들의 금기 지역이라 발라타를 피할 수 있었기 때문이었다. 남십자성이 하늘을 올라가서 혼인날이 다가올수록 그녀의 애정은 더 무시무시하게 강해졌다. 그는 낮이면 주술의 집 앞 빵나무 그늘의 해먹에 누워서 시간을 보냈다. 그러다 열병으로 혼수상태에 빠지면 이런 일정은 어그러졌고, 그는 며칠 밤낮을 머리의 집에 누워서 보냈다. 그는 열병과 싸우려고, 살아남으려고, 기력을 되찾으려고 노력했다. 힘을 되찾아 초원을 지나고 정글을 지나 해변으로 가려고, 거기에서 아무 인력 징발선이라도 만나서 문명과 문명인에게 돌아가려고, 가서 그들에게 다른 세상의 소식을 전하려고, 과달카날 섬의 검은 심장부에서 야만인들에게 야만적으로 숭배받는 그 물체의 소식을 전하려고 했다.

또 어떤 밤들에는 빵나무 해먹에 늦게까지 누워서 서쪽 별이 마을을 둘러싼 검은 정글 너머로 천천히 지는 것을 한참 바라보았다. 그는 상당한 천문학 지식이 있었기에 까마득히 먼 항성의 보이지 않는 거주자들에 대해, 그리고 캄캄한 물질의 구덩이에서 생명이 수줍게 나와서 그곳에 거주하게 된 과정을 멋대로 상상하는 병자의 기쁨을 누렸다. 그는 공간의 한계만큼이나 시간의 한계에도 구애받지 않았다. 파괴적 라듐에 대한 어떤 가설도 에너지의 보존과 물질의 불멸에 대한 그의 과학적 믿음을 흔들지 않았다. 별들은 처음부터 있었다. 그리고 이 소용돌이치는 우주에서 모든 것은 비교적 비슷하고, 비교적 같은 물질로 이루어져 있을 것이다. 예외는 변종들뿐이다. 모든 것은 인간의 경험을 관통하는 것과 똑같은 법칙에 복종하거나 그런 법칙을 이룬다. 그래서 그는 인간이 우리 태양계의 항성인 태양의 부속물인 것처럼 다른 세상과 인생도 항성의 부속물이라고 추론했다.

그가 여기 빵나무 아래 누워 지성으로 별빛 속을 들여다보는 동안에도, 온 우주는 그의 눈과 같은—얼마간 다르다 해도—수많은 눈의 탐색에 노출되어 있을 테고 그 눈들 곁에는 같은 상징을 통해 모든 것의 의미와 구조를 질문하고 탐색하는 지성이 있을 것이다. 그는 그렇게 추론하면서 자기 영혼이 그 당당한 무리, 무한의 장막에 영원한 시선을 던지는 수많은 자들과 나란히 자리하는 것을 느꼈다.

그들은 누구이고 또 무엇인가? 그토록 멀리 떨어진 곳에서, 그 거대하고 붉고 영롱한, 천상의 노래를 하는 메시지를 여기에 보낸 우월한 존재들은? 그들도 분명히, 그리고 오래전부터 사람들이 최근에야 우주의 달력에 따라 발을 디딘 길을 걸었을 것이다. 그리고 우주 공간 너머로 그런 메시지를 보낼 수 있다는 것은 그들이 지금 인간들이 눈물과 피땀 속에, 암중모색과 혼란 속에 겨우겨우 다가가고 있는 높은 경지에 이미 도달해 있다는 증거였다. 그토록 높은 성취를 이룬 그들은 누구인가? 그들은 형제애를 터득했는가? 그들은 사랑의 법칙이 연약함과 쇠퇴의 벌을 부과한다는 것을 아는가? 분투는 인생인가? 자연선택의 무자비한 규칙이 온 우주의 법칙인가? 그리고 가장 즉각적이고 통렬한 질문은 이것이었다. 그들의 결론, 그들이 오래전에 습득한 지혜는 지금도 붉은 자의 금속 심장에 갇혀서 어느 지구인이 와서 읽어 주기를 기다리고 있는가? 한 가지는 분명했다. 이 소리 나는 구체는 어느 혼돈스러운 항성의 사자가 갈기에서 떨어낸 붉은 이슬이 아니라는 것이다. 그것은 우연이 아니라 고안의 산물이었고, 그 안에는 별의 말과 지혜가 있었다.

그곳에는 어떤 기계 장치와 원소와 동력, 어떤 지식과 수수께끼와 운명 통제가 있을까! 공공건물의 주춧돌처럼 작은 물체 안에도 아주 많은 것이 들어 있을 수 있기에, 이 거대한 구체에는 당연히 거대한 역사, 인간은 추측도 못 할 방대한 연구, 그리고 숙달하면 지상의 인간을 개인과 집단을 막론하고 지금의 진창에서 상상할 수 없이 높은 순수와 힘의 경지로 오르게 할 법칙과 공식이 들어 있을 것이다. 그것은 근

시안과 탐욕이 하늘을 찌르는 인간에게 시간이 주는 가장 큰 선물이었다. 그리고 바셋 자신은 외계의 지성이 인간에게 보낸 메시지를 처음 발견하는 행운을 얻었다!

다른 숲 부족의 외지인은 말할 것도 없고 어떤 백인도 붉은 자를 보고 살아남은 자가 없다고 응구른은 바셋에게 말했다. 그에 대해 바셋은 의로 맺은 형제도 있지 않느냐고 여러 차례 반박했다. 하지만 응구른은 엄숙하게 그렇지 않다고 했다. 의로 맺은 형제라도 외지인은 붉은 자의 선의의 대상이 아니라고, 부족에서 태어난 자만이 붉은 자를 보고도 목숨을 유지할 수 있다고 했다. 하지만 지금 그의 비밀스러운 죄를 아는 사람은 발라타뿐이고, 그녀는 붉은 자 앞에서 희생될지도 모르는 두려움에 입술을 꽉 닫았기에 그는 경우가 달랐다. 그가 해야 할 일은 기력을 빼앗아 간 열병에서 회복되어 문명으로 돌아가는 것이었다. 그런 다음에 다시 원정을 와서, 과달카날의 인구 전체가 파괴된다 해도 붉은 자의 심장에서 다른 세계의 메시지를 빼낼 것이다.

하지만 바셋의 열병은 더 잦아졌고, 짧은 회복 시기에도 기력이 더 없어졌으며, 혼수상태는 갈수록 길어져서 마침내 그는 강인한 체질에 내재된 낙관주의의 마지막 희망을 넘어서 이제 자신이 초원을 지나 위험한 해변 정글을 뚫고 바다로 나갈 가능성은 없다는 것을 알게 되었다. 남십자성이 하늘을 올라갈수록 그는 시들어 갔고, 발라타마저 그의 결혼 금기가 풀리기 전에 그가 죽을 것을 알았다. 응구른은 일부러 나가서 바셋의 머리를 훈연할 재료를 모았고, 바셋에게 그가 죽으면 머리를 예술적으로 완벽하게 훈연해 주겠다는 뜻을 자랑스럽게 밝혔다. 바셋은 충격받지 않았다. 그의 인생은 너무도 오랫동안 깊이 썰물 져 내려가서 임박한 소멸에 두려워 떨 수가 없었다. 그는 무의식과 반의식의 시기를 넘나들며 버텼다. 꿈결 같고 비현실적인 반의식의 시기에는 자신이 정말로 붉은 자를 보았나 아니면 망상을 하는 건가 하는 의문까지 들었다.

그러다가 모든 안개와 거미줄이 걷히고 머릿속이 은방울처럼 맑아진 날, 그는 쇠약해진 자기 몸을 올바르게 바라볼 수 있었다. 그는 손도 발도 들 수 없었다. 몸을 통제할 수 있는 힘이 너무도 적어져서 아예 없는 것 같기도 했다. 그의 육신은 영혼에 너무도 가볍게 올라앉아 있었고, 그의 영혼은, 그 짧고 명징한 시기에, 이제 암흑이 가까이 왔다는 것을 알았다. 끝이 가까워져 있었다. 자신이 두 눈으로 바깥 세계의 사자인 붉은 자를 본 것은 분명했다. 하지만 그는 그 메시지를 세상으로 가지고 나갈 수 없었다. 어쩌면 벌써 1만 년 동안 과달카날 심장부에서 들어 줄 이를 기다렸을지 모르는 메시지를. 마침내 바셋은 결심을 하고 일어나서 응구른을 빵나무 그늘로 불렀고, 생의 마지막 시도, 살아서 겪을 마지막 모험을 의논했다.

"저는 법을 알아요, 응구른." 그가 문제를 결론지으며 말했다. "부족에 속하지 않은 사람은 붉은 자를 보고 살아남을 수 없어요. 하지만 어쨌건 이제 나는 살지 못해요. 그러니까 부족의 젊은이들이 저를 붉은 자의 얼굴 앞에 데리고 가면, 저는 그를 보고 그 목소리를 듣고 거기에서 어르신의 손에 죽겠어요. 그렇게 하면 세 가지가 만족될 수 있어요. 법도 지키고, 제 소망도 들어주고, 또 기다리던 제 머리도 빨리 손에 넣을 수 있어요."

응구른이 동의하고 덧붙였다.

"그렇게 하는 것이 좋겠다. 병들어 나을 수 없는 자가 조금이라도 더 살려고 하는 건 어리석지. 병자는 떠나는 게 산 사람들에게도 좋아. 늦은 걸로 치면 너는 이미 많이 늦었어. 내가 현명한 자와 이야기하는 건 좋았지만 여러 달 동안 이미 우리는 대화가 거의 없었어. 너는 대신 머리의 집에서 죽어 가는 돼지 같은 소리를 내거나 내가 모르는 말로 떠들기만 했어. 그건 날 혼란스럽게 했어. 나는 연기 속에 머리를 돌리면서 빛과 어둠에 대해 숙고하는 걸 좋아하니까. 너의 시끄러운 소리는 내가 죽기 전에 얻을 마지막 지혜가 움트는 데 방해가 되었어. 네게는 이미 어둠이 내려앉았으니 지금 죽는 게 좋아. 그리고 장담하는데, 내가 네 머리를 훈연하는 동안 부족의 누구도 우리를 방해하지 않을 거야. 그리고 나는 네게 많은 비밀을 말해 줄 거야. 나는 늙고 현명한 데다 네 머리를 연기 속에 돌리면서 지혜가 더 커질 테니까."

그래서 들것이 만들어졌고, 바셋은 남자 여섯 명이 어깨에 멘 들것을 타고 인생의 모든 모험을 마무리할 마지막 모험을 떠났다. 통증도 이미 몸을 떠나서 있는지 없는지도 불분명한 몸과 명료한 생각이라는 조용한 기쁨을 안겨 주는 머리로 그는 흔들리는 들것에 누워서 흐릿하게 사라지는 세계를 바라보았고, 주술의 집 앞의 빵나무와 빽빽한 정글 지붕 밑의 어둠과 우뚝한 산들 사이의 침침한 협곡, 생석회 산등성이, 검은 화산 모래에 덮인 고원 평지를 마지막으로 보았다.

그들은 구덩이의 나선형 길을 따라 언제라도 붉은 색깔과 빛에서 다정한 노래와 천둥소리로 변할 듯이 번쩍이는 붉은 자를 향해 내려갔다. 그들은 공양된 사람의 뼈와 신상 들 위를 지나고, 아직도 살아 있는 공포스러운 공양물 옆을 지나서 거대한 삼각대와 왕대궁 막대 앞으로 갔다.

바셋은 여기에서 응구른과 발라타의 도움 아래 흔들리는 엉덩이로 일어나 앉아서 맑고 확고하며 깊은 눈으로 붉은 자를 보았다.

"웅구른, 한 번만." 그가 버찌색의 모든 색조가 반짝이며 떨리는 표면에서 눈을 떼지 않고 말했다. 그것은 언제나처럼 바르르 떨며 소리로 변하고 싶어 했다. 비단의 바스락거림, 은색 휘파람, 황금빛 현의 울림, 요정 나라의 벨벳 피리, 먼 곳의 아득한 천둥소리가 되고 싶어 했다.

"기다리고 있겠다." 웅구른이 오랜 침묵 후에 말했다. 그는 자루가 긴 전투 도끼를 조용히 들고 있었다.

"웅구른, 한 번만." 바셋이 다시 말했다. "붉은 자가 말하게 해 주세요. 듣기만 했던 그 소리를 눈과 귀로 확인하게 해 주세요. 그런 뒤 내가 손을 들면 내 목을 쳐 주세요. 내가 손을 들면 고개를 떨구고 목덜미를 드러내 줄 테니까요. 하지만 웅구른, 저는 이제 영원히 밝은 빛을 떠날 거고, 붉은 자가 놀라운 목소리로 불러 주는 위대한 노래 속에서 죽고 싶습니다."

"그리고 장담하건대 네 머리만큼 잘 훈연된 머리는 다시 없을 것이다." 웅구른이 말하며 부족민들에게 신호해서 그들을 왕대궁에서 내려온 밧줄 앞에 세웠다. "네 머리는 내가 만든 머리 가운데 가장 훌륭한 머리가 될 것이다."

바셋은 노인의 자부심에 조용히 웃었고, 장식 가득한 큰 통나무가 12미터 뒤로 끌려 나왔다. 다음 순간 그는 천둥처럼 터져 나오는 소리에 열락에 빠졌다. 하지만 이런 천둥이라니! 그것은 소리 나는 모든 금속의 청아함을 담은 부드러움이었다. 그것은 대천사들의 목소리였다. 그것은 다른 모든 소리와 견주어서도 웅대하게 아름다웠다. 다른 항성계 행성의 초인들의 지성이 담겨 있었다. 그것은 유혹적이고, 듣지 않을 수 없는 신의 목소리였다. 그리고 그 외계 금속의 기적! 바셋은 자신의 두 눈으로 색깔이 소리로 변모되는 모습을 보았다. 거대한 구체의 표면 전체가 색깔인지 소리인지 알 수 없는 것으로 가득 차고 떨리고 증기를 뿜었다. 그 순간 그는 사물의 틈새도 보았고, 물질과 힘이 섞이고 스며드는 것도 보았다.

시간이 흘렀다. 마지막 순간, 바셋은 응구른의 신경질적인 동작에 열락에서 빠져나왔다. 그는 늙은 주술사를 잊고 있었다. 짧은 환상은 바셋의 목구멍에 갈라진 웃음을 일으켰다. 산탄총은 들것에 그와 나란히 놓여 있었다. 그가 할 일은 총구를 머리에 대고 방아쇠를 당겨서 자기 머리를 산산조각 내는 것뿐이었다.

하지만 그를 배신할 필요가 있을까? 바셋은 그런 생각이 들었다. 사람이지만 원숭이와 가까운, 식인종에 인두 사냥꾼이지만, 어쨌건 응구른은 자신의 식견에 따라 공정하게 행동했다. 응구른은 윤리와 계약, 배려, 신사적 행동의 선구자였다. 그래, 바셋은 결심했다. 마지막 순간에 그를 배신하는 것은 유감스럽고 불명예스러운 행동이었다. 그의 머리는 응구른의 것이고, 응구른의 손에서 훈연될 것이다.

손을 들어 신호하고 고개를 내밀어 약속한 대로 팽팽한 척추 관절을 드러내는 동안 바셋은 발라타를 잊었다. 그저 여자일 뿐이지만 사랑받지 못한 발라타. 그는 보지 않고도 등 뒤에서 날카로운 도끼가 들어 올려진 것을 알았다. 그리고 마지막 직전의 순간에 바셋에게 미지의 그림자가, 곧 벽이 갈라질 듯한 신비감이 떨어졌다. 도끼가 내려오는 걸 알았을 때, 그리고 강철 날이 그의 살과 신경을 가르기 직전의 순간에 그는 메두사의 평온한 얼굴을, 진실을 본 것 같았다. 그리고 강철 날이 어둠을 내리는 순간, 환상 속에서 자기 머리가 빵나무 옆 주술의 집에서 영원토록 돌아가고 있는 것을 보았다.

동토에서 적도까지,
야성의 땅에서 인간과 사회를 탐구하다

  잭 런던은 40년의 짧은 생애 동안 상당히 많은 작품을 남겼고, 그 가운데 몇몇 장편소설은 전 세계적으로 큰 인기를 끌었다. 출세작인 『야성의 부름』과 그 후속작 『늑대개 화이트팽』은 영화로도 여러 번 제작되었으며, 『강철 군화』와 『마틴 에덴』은 시대를 뛰어넘어 우리나라에서도 베스트셀러가 되었다.

  하지만 그는 장편소설뿐 아니라 단편소설에도 많은 힘을 쏟아서 살아생전 모두 18권에 이르는 소설집을 펴냈다. 이 책에는 그중에서 가려 뽑은 25편의 작품이 실려 있다.

  이 책은 2부로 이루어져 있는데, 1부는 〈클론다이크 이야기〉로 분류된다. 런던은 평생토록 수많은 모험을 하며 그곳에서 보고 듣고 겪은 일을 작품에 담아냈다. 그리고 그 출발점이 된 것이 클론다이크 골드러시였다.

1896년 8월, 캐나다의 북극 인근 지역인 클론다이크 강 변에서 금맥이 발견되었다. 다음 해에 그 소식이 미국에 닿자 순식간에 수만 명이 금을 찾아 북극으로 떠났다. 총 10만 명을 헤아렸던 이 황금 사냥꾼들 가운데 당시 21세였던 잭 런던도 있었다. 런던은 칠쿳 고개를 넘고 거친 물길을 헤치며 금광으로 향했지만 겨울의 추격을 뿌리치지 못하고 어느 버려진 오두막에서 긴 겨울을 보냈다. 하지만 1898년 봄에 도슨에 갔을 때는 이미 남아 있는 채굴지가 거의 없었다. 결국 런던은 그해 7월에 빈손으로 샌프란시스코로 돌아와야 했다. 하지만 그때 그의 머릿속에는 어떤 금보다도 더 가치 있는 이야깃거리가 가득 들어 있었다.

런던은 클론다이크에서 돌아온 다음 해에 단편소설 「들길을 가는 사내에게 건배」로 데뷔했고, 곧이어 중편소설 「북극의 오디세이」로 주목을 받기 시작했다. 그리고 마침내 장편소설 『야성의 부름』으로 27세의 나이에 상업적 성공과 작가적 명성을 모두 거머쥐었다. (『야성의 부름』은 초판 1만 부가 발간 당일에 모두 팔렸다고 한다.)

런던은 이후 장편소설 『바다의 늑대』 등으로 성공을 이어갔지만, 단편소설도 끊임없이 발표해서 모두 50여 편에 이르는 클론다이크 관련 단편소설을 썼고, 그 작품들은 6권의 작품집에 담겨 있다(『늑대의 아들』『그의 아버지들의 신』『혹한의 아이들』『인간의 믿음』『생명의 애착』『잃어버린 얼굴』).

잭 런던은 이후에도 수많은 모험을 통해 다양한 세계를 탐구했지만, 오늘날까지도 그의 명성은 클론다이크 이야기에 크게 의존하고 있다. 그리고 그의 작품 세계 전체를 관통하는 핵심 메시지 또한 이 작품들에서 뚜렷한 모습을 보인다.

클론다이크 이야기에서 주인공들은 인간을 농락하는 혹독한 환경에서 생존을 위해 처절하게 분투한다. 런던은 이러한 고난을 더없이 강렬하고 생생하게 묘사하지만, 런던의 이야기들은 단순한 모험기를 뛰어넘는 시대정신을 담고 있다.

잭 런던의 시대는 다윈주의에 이은 사회 진화론이 사회 담론으로 위력을 떨치고, 이를 문예사조로 포용한 자연주의가 영향력을 넓히던 때였다. '적자생존'으로 요약되는 진화론적 세계관과 가혹한 현실에 던져진 인간을 실험하듯 정밀히 관찰하는 자연주의는 런던 문학의 토대가 되었고, 북극이라는 공간은 그를 위한 훌륭한 배경이 되었다. 이때 그는 냉혹한 환경—자연—의 위력을 강력하게 묘사하면서도 거기에 맞서는 다양한 인간 정신의 발현에도 깊은 관심을 기울인다. 그의 주인공들은 불굴의 의지로 고난을 이기기도 하고(「생명의 애착」) 어리석음과 나약함으로 실패하기도 하며(「불 피우기」「이역에서」), 성공과 실패가 뒤섞이기도 한다(「들길의 지혜」). 또한 철학적일 만큼 초연하게 자연의 법칙을 받아들이기도 한다(「생명의 법칙」).

그러나 런던의 작품에는 자연과 인간의 대결을 뛰어넘는 또 다른 중요한 차원이 담겨 있다. 침략자 백인과 원주민 사이의 갈등이 그것이다. 런던은 이따금 지금 우리 눈에는 당혹스러워 보이는 백인 우월주의를 드러내기도 한다. 하지만 그들이 '적자'로서 승리할 것을 예견하기는 해도 그것을 도덕적 당위로까지 보지는 않는다. 그리고 백인이 우월하건 어쨌건 그들이 원주민에게 얼마나 큰 불행을 안겼는지를 가감 없이 보여준다. 심지어 백인에 대항하는 영웅적인 전사를 그리기도 했다. 그가 클론다이크 작품 가운데 가장 큰 애착을 보였다는

「노인 동맹」이 그 예이다. 또 「그의 아버지들의 신」에서는 당당한 혼혈 족장과 비겁한 백인 선교사를 대비시켜서 백인의 우월함에 의문을 보이기도 한다.

개인적으로, 당시 아직 20대 초중반이었던 런던은 사회에 만연한 인종 차별적 관념을 모두 탈피하지 못했지만, 그의 작가의 눈은 그것을 뛰어넘는 진실을 어느 정도 포착하고 있었다고 여겨진다. 실제로 데일 로스라는 평자는 이렇게 말했다.

런던이 살면서 글을 쓴 시대는 사회적 다원주의, 실용주의와 도구주의, 프로이트, 베블런, 헨리 애덤스, 마르크스, 융, 파블로프, 니체의 시대였다. 그러므로 런던, 노리스, 드라이저 같은 작가가 행동주의와 결정론과 신낭만주의가 뒤섞인 일종의 절충주의를 보이는 것도 그리 놀라운 일이 아니다. 그러므로 런던이 서로 충돌하는 이념과 주장을 보인다고 비난하는 것은 그가 자신이 살았던 세계를 대표한다고 비난하는 것이다.

클론다이크 이야기로 유명 작가가 된 이후에도 잭 런던은 모험을 멈추지 않았다. 러일전쟁 때는 종군 기자로 조선에 취재를 가기도 했고, 1907년에는 직접 건조시킨 스나크 호를 타고 세계 여행길에도 올랐다. 이 시기의 다채로운 모험도 많은 작품으로 이어졌는데, 이 책의 2부에 실린 작품들이 이에 속한다. 2부의 작품들도 배경은 다르지만 가혹한 환경에서 분투하는 사람들의 이야기라는 점은 클론다이크 이야기와 공통적이다. 여기에서 그들은 중노동에 시달리는 아동-청소년이기도 하고(「배교자」), 늙고 배고픈 퇴물 권투 선수이기도 하며(「스테이크 한 조각」), 노예와 다를 바 없는 이주 노동자이기도 하다

(「시나고」).

하지만 2부의 작품들에서는 그보다 훨씬 두드러진 집단이 있는데, 바로 백인의 식민 지배에 시달리는 남태평양 원주민들이다. 스나크 호의 세계 일주 계획은 런던의 건강 악화로 인해 중단되었지만, 그가 2년 동안 하와이를 비롯한 남태평양의 여러 섬을 다닌 경험은 『남태평양 이야기』를 비롯한 여러 권의 책으로 태어났다. 그리고 이 작품들은 클론다이크 이야기와는 또 다른 몇 가지 특징을 보여 준다.

그 가운데 가장 중요한 것은 백인 우월주의가 대폭 누그러들었다는 점이다. 남태평양 이야기에는 침략자 백인의 잔혹함과 도덕적 파탄이 아주 선명하게 그려져 있다. 「시나고」의 셰머나 「마우키」의 분스터 같은 인물은 그 악독함이 야수적일 지경이다. 그들만큼 악독하지는 않다 해도 기꺼이 불의에 동참하는 백인도 다수 등장한다. 그리고 남태평양 이야기는 아니지만 「멕시코인」에 나오는 백인 흥행사들 역시 무명의 멕시코인 선수가 승리하는 것을 막기 위해 온갖 술수를 동원한다.

그에 반해 백인에게 시달리는 피지배 인종들은 백인보다 도덕적으로 훨씬 뛰어난 모습을 보인다. 귀향을 포기하지 않는 불굴의 낙관주의자 마우키, 자유로운 인생을 위해 싸우는 문둥이 쿨라우, 부당한 죽음을 초연히 받아들이는 아초, 혁명을 위해 모든 술수를 이기고 끝내 승리하는 리베라 들은 압도적인 고난 속에서 영웅적인 면모를 발휘한다. 거기다 「물의 아기」 같은 작품은 하와이 원주민의 조야해 보이는 세계관이 서양의 신학에 밀리지 않는다는 것을 암시한다.

진 캠벨 리스먼 같은 학자는 잭 런던이 일생 인종과 관련해서 이중적이고 모순된 태도를 취했지만, 단편소설들은 그중에서 가장 편견 없고 공정한 모습을 보여 준다고 말한다. 이것은 몇몇 사람들이 잭 런던 문학의 핵심이 단편소설이라고 말하는 근거가 되기도 한다.

여기에 실린 작품들은 대체로 낯설고 이국적인 배경에 우리와 거리가 멀어 보이는 인물들이 등장하지만, 런던은 거기에 항상 생생하고 보편적인 인간 현실을 담고 있다. (실제로 「시나고」는 우리 역사와 동떨어진 이야기도 아니다.) 아마 런던이 평생을 사회주의자로 살면서 사회 구조에 깊은 관심을 기울인 데에도 이런 영향이 있었을 것이다. 하지만 그러면서도 작품 하나하나가 이야기로서 더없이 흥미진진한 것은 런던의 재능이 아니면 설명할 수가 없을 것 같다. 런던의 단편소설은 지금까지 우리나라에 꽤 여러 편 소개되었지만, 이 책만큼 많은 작품을 실은 책은 없는 것으로 알고 있다. 독자 여러분이 잭 런던 단편소설의 진면목을 풍성하게 감상할 수 있는 좋은 기회가 되길 바란다.

잭 런던 연보

1876   1월 12일, 샌프란시스코에서 출생. 존 그리피스 채니라는 이름을 받는다. 어머니 플로라 웰먼은 점성술사 윌리엄 채니가 아이 아버지라고 주장했지만 채니는 그 사실을 부정하며 플로라 웰먼을 떠났다. 흑인 유모 버지니아(제니) 프렌티스가 잭을 돌본다. 플로라 웰먼은 9월에 존 런던과 결혼하고, 아들의 이름을 존 그리피스 런던으로 바꾼다.

1876~85   런던 가족은 샌프란시스코 만 지역의 이곳저곳을 떠돌며 불안정하게 살아간다. 잭은 어머니보다 유모 제니와 의붓누나 일라이자에게 더 많은 보살핌을 받으며 자란다.

1888	런던 가족이 오클랜드로 이주한다. 잭은 오클랜드 공공 도서관에서 독서의 즐거움을 경험한다. 신문 배달, 술집 청소 등 온갖 잡일을 해서 가족의 생계를 돕는다.
1891	콜 중학교를 졸업하고 통조림 공장에서 몇 달 동안 일한다. 이어 제니 프렌티스에게서 빌린 돈 300달러로 소형 범선 래즐대즐 호를 사서 샌프란시스코 만 지역에서 굴을 훔치는 해적이 된다. 그런 뒤에는 해적을 감시하는 캘리포니아 어업 순찰대에 들어간다.
1893	1월에 물범잡이 스쿠너 소피아 서덜랜드 호에 올라 7개월 동안 항해하며 오가사와라 제도와 요코하마를 방문한다. 귀국 후에는 황마 공장에서 일한다. 에세이 「일본 해안의 태풍 이야기」가 《샌프란시스코 모닝콜》에 게재된다.
1894	발전소에서 일하다가 4월에 워싱턴까지 도보 행진을 하는 '켈리의 실업자 군대'에 합류한다. 하지만 5월 말 미주리 주 해니발에서 행진단을 이탈하고, 6월 말에는 부랑죄로 체포되어 뉴욕 주 이리 카운티 교도소에 30일을 구금된다. 이 이야기는 『길 *The Road*』(1907)의 토대가 된다.
1895	오클랜드 고등학교에 1년 동안 다니며 교지 《고교 이지스》에 글을 쓴다. 메이블 메이블 애플가스(『마틴 에덴 *Martin Eden*』의 여주인공 루스 모스의 모델)를 만나 사랑에 빠진다.

1896	사회당에 입당하고, '오클랜드의 소년 사회주의자'로 유명해진다. 고등학교를 중퇴한 뒤 캘리포니아 대학에 입학하지만 한 학기 만에 자퇴하고 세탁소에서 일한다.
1897	7월에 클론다이크 골드러시에 동참하기 위해 의붓누나 일라이자의 남편인 제임스 셰퍼드와 함께 샌프란시스코를 떠나 알래스카로 간다. 캐나다 유콘 준주 스플릿업 섬의 오두막에서 겨울을 보내고 괴혈병에 걸린다.
1898	7월에 유콘 강을 타고 내려와 클론다이크 지역을 떠나고 샌프란시스코로 돌아온다.
1899	1월에 첫 단편소설 「들길을 가는 사내에게 건배」가 《오버랜드 먼슬리》에 게재되고 이어 8월에 중편소설 「북극의 오디세이」가 《애틀랜틱 먼슬리》에 채택된다. 12월에 애나 스트런스키(『켐턴과 웨이스의 편지 The Kempton-Wace Letters』의 켐턴)를 만난다.
1900	4월 7일, 첫 책이자 클론다이크 이야기를 담은 단편소설 9편이 실린 『늑대의 아들 The Son of the Wolf』을 출간한다. 같은 날 엘리자베스(베스) 매던과 결혼해서 오클랜드에 정착한다.
1901	1월에 딸 조안 런던이 태어난다. 오클랜드 시장 선거에 사회당 후보로 출마한다. 클론다이크 이야기가 담긴 두 번째 단편집 『그의 아버지들의 신』을 출간한다.

1902 가족과 함께 샌프란시스코 만 지역의 피어먼트힐스로 이사한다. 조지 스컬링(『마틴 에덴』의 러스 브리센던)과 가까운 사이가 된다. 여름 동안 영국 런던 이스트엔드의 노동자 지역에서 6주를 지내며 『밑바닥 사람들*The People of the Abyss*』을 위한 자료를 수집한다. 10월에 둘째 딸 베키 런던이 태어난다. 클론다이크 이야기가 담긴 세 번째 단편집 『혹한의 아이들*Children of the Frost*』과 첫 번째 장편소설 『눈의 딸*A Daughter of the Snows*』을 출간한다.

1903 『켐턴과 웨이스의 편지』(사랑을 주제로 한 서간 대화집. 애나 스트런스키 공저)를 익명으로 출간한다. 『야성의 부름*The Call of the Wild*』이 출간되고 큰 성공을 거둔다. 차미언 키트리지와 사랑에 빠지고 베스 런던과 별거한다. 논픽션 『밑바닥 사람들』을 출간한다.

1904 1월에서 6월까지 조선에서 지내며 러일전쟁의 종군 기자로 활동한다. 『바다의 늑대*The Sea-Wolf*』가 출간되고, 베스트셀러가 된다. 단편집 『인간의 믿음*The Faith of Men and Other Stories*』을 출간한다.

1905 3월에 오클랜드 시장 선거에 사회당 후보로 출마한다. 6월에 소노마 카운티 글렌엘런 근처에 있는 힐 농장을 사서 뷰티 농장으로 개조를 시작한다. 미국 동부와 중서부에서 사회주의에 대한 순회 강연을 한다. 11월에 베스 런던과 이혼하고 다음 날 차미언 키트리지와 결혼한다. 사회 문제를 다룬 에세이집 『계급 전쟁*The War of the Classes*』과 장편소설 『게임*The Game*』을 출간한다.

1906	세계일주를 계획하고 스쿠너 스나크 호를 건조하기 시작한다. 『늑대개 화이트팽*White Fang*』, 『비포 아담*Before Adam*』과 단편집 『달의 얼굴*Moon-Face and Other Stories*』, 『생명의 애착』을 출간한다.
1907	4월에 차미언과 함께 스나크 호를 타고 출항하여 27개월 동안 하와이, 마르키즈 제도, 타히티, 솔로몬 제도를 방문한다. 회고록 『길』을 출간한다.
1908	건강 악화로 여행을 중단하고 호주 시드니의 병원에 입원한다. 『강철 군화*The Iron Heel*』를 출간한다.
1909	3개월간의 항해를 거쳐 7월에 글렌엘런으로 돌아온다. 『마틴 에덴』을 출간한다.
1910	뷰티 농장을 확장하고 일라이자에게 관리를 맡긴다. 농장 주택 울프하우스 건축을 시작한다. 딸 조이가 태어났지만 이틀 만에 죽는다. 네바다 주에서 열린 존슨-제프리 권투 챔피언 결정전을 취재해서 보도한다(이때의 경험은 「멕시코인」에 담긴다). 『타오르는 한낮*Burning Daylight*』과 단편집 『잃어버린 얼굴*Lost Face*』을 출간한다.
1911	차미언과 함께 로스앤젤레스, 오리건 주, 뉴욕 등을 여행한다. 멕시코 혁명에 대한 지지를 표명한다. 『모험*Adventure*』과 단편집 『남태평양 이야기*South Sea Tales*』, 『신이 웃을 때*When God Laughs and Other Stories*』를 출간한다.

1912   차미언과 함께 5개월 동안 디리고 호를 타고 볼티모어에서 남아
메리카의 케이프혼을 지나 시애틀로 돌아오는 항해를 한다. 단편
집 『오만의 집과 그 밖의 하와이 이야기*The House of Pride and Other Tales*
of Hawaii』, 『짙은 연기*Smoke Bellow*』, 『태양의 아들*A Son of the Sun*』을 출
간한다.

1913   7월에 맹장 수술을 받는다. 신장이 좋지 않다는 것을 알게 된다. 8
월에 울프하우스에 원인을 알 수 없는 화재가 일어난다. 10월에
『바다의 늑대』가 영화로 개봉된다. 『달의 계곡*The Valley of the Moon*』
『참혹한 짐승*The Abysmal Brute*』과 단편집 『야간 출생자*The Night-Born*』
를 출간한다.

1914   4월에 차미언과 함께 베라크루스로 가서 멕시코 혁명에 대한 기
사를 쓴다. 6월에 이질과 늑막염으로 귀국한다. 『엘시노어 호의
반란*The Mutiny of the Elsinore*』과 단편집 『강한 자들의 힘』을 출간한다.

1915   급성 류머티즘에 걸려 하와이에서 5개월 동안 요양한다. 두 편의
환상소설 『성홍병*The Scarlet Plague*』과 『별 방랑자』를 출간한다.

1916   3월에 사회당을 탈당하고, 7월에 캘리포니아로 돌아온다. 9월에
류머티즘으로 입원한다. 그리고 11월 22일에 급성 위장형 요독증
으로 자택에서 사망한다. 약물 과용이라는 설도 있다.

세계문학 단편선을 펴내며

세상의 모든 이야기는 단편으로 시작되었다. 성서와 그리스 신화를 비롯해 인류의 많은 신화와 설화는 단편의 형식으로 사물의 기원, 제도와 금기의 탄생, 운명이라는 이름의 삶의 보편적 형식을 설명했다.

〈세계문학 단편선〉은 모든 산문의 형식 중 가장 응축적이고 예술성이 높은 단편소설에 포커스를 맞추어 세계문학을 바라보는 새로운 관점을 제시하고자 한다. 단편소설을 언급할 때 빼놓을 수 없는 작가들의 작품들은 물론이고, 한두 편의 장편소설로만 우리에게 알려진 세계적 작가들이 남긴 주옥같은 단편들을 통해 대가의 진면모를 총체적으로 바라볼 수 있게 할 것이다. 또한 우리에게 문학의 변방으로 여겨져 왔던 나라들의 대표적 단편 작가들도 활발히 소개할 것이며 이미 순문학과의 경계가 불분명해진 장르문학의 형성과 발전에 크게 기여한 작가들의 작품 역시 새롭게 조명해 나갈 것이다.

에드거 앨런 포는 문학작품은 독자가 앉은자리에서 다 읽을 수 있을 정도로 짧아야 한다고 했다. 바쁜 일상의 삶을 사는 현대인들에게 〈세계문학 단편선〉은 삶과 사회, 나아가 세계를 바라볼 수 있게 하는 더할 나위 없이 좋은 친구가 될 것이라 확신한다.

21세기인 현재에 이르기까지 단편소설은 그리스 신화가 그러했듯이 삶의 불변하는 조건들을 응축된 예술적 형식으로 꾸준히 생산해 왔다. 그리고 새로운 문학적 기법과 실험적 시도를 통해 단편소설은 현재도 계속 진화, 확장되고 있다. 작가의 치열한 예술적 열정이 가장 뜨겁게 반영된 다양한 개성으로 빛나는 정교한 단편들을 통해 문학의 진정한 존재 이유를 독자들이 느낄 수 있기를 소망하며 이번 〈세계문학 단편선〉을 펴낸다.

현대문학 편집부

잭 런던

초판 1쇄 펴낸날 2015년 4월 30일

지은이 잭 런던
옮긴이 고정아
펴낸이 양숙진

펴낸곳 (주)현대문학
등록번호 제1-452호
주소 137-905 서울시 서초구 신반포로 321(잠원동)
전화 02-2017-0280
팩스 02-516-5433
홈페이지 www.hdmh.co.kr

ⓒ 2015, 현대문학

ISBN 978-89-7275-721-4 04840
세트 978-89-7275-672-9

* 책값은 뒤표지에 있습니다.